真水无香

仵新社 著

陕西师范大学出版总社 西安

图书代号　WX25N1272

图书在版编目（CIP）数据

真水无香 / 仵新社著. -- 西安：陕西师范大学出版总社有限公司，2025.7. -- ISBN 978-7-5695-4918-8

Ⅰ. I247.5

中国国家版本馆CIP数据核字第2024W90C37号

真 水 无 香
ZHENSHUI WUXIANG

仵新社　著

责任编辑	梁　菲
责任校对	刘存龙
封面题字	翟文章
头像摄影	贺新四
出版发行	陕西师范大学出版总社
	（西安市长安南路199号　邮编 710062）
网　　址	http://www.snupg.com
印　　刷	西安市建明工贸有限责任公司
开　　本	720 mm×1020 mm　1/16
印　　张	32.75
字　　数	530千
版　　次	2025年7月第1版
印　　次	2025年7月第1次印刷
书　　号	ISBN 978-7-5695-4918-8
定　　价	98.00元

读者购书、书店添货或发现印装质量问题，请与本公司营销部联系、调换。
电话：（029）85307864　85303629　　传真：（029）85303879

目 录

第一章	001
第二章	073
第三章	131
第四章	194
第五章	260
第六章	323
第七章	387
第八章	451

第一章

滨海开发区管委会主任方岩已经在官场摸爬了近三十年，看到阶梯状站立在面前的三个人时，还是有点摸不着头脑。

这三个人的身份一眼就可以看出来。右边一位，高大俊朗，身着只有大肚子孕妇和满肚子学问的大教授才配穿的背带装，洁白的衬衣上垂着一条紫色带花的领带，昂头挺胸，神情高傲；中间的一位，个头胖瘦都适中，一身军装，泰然自若，沉稳大气，既有军人威势，也有长者风范；左边一位，身材瘦小，着青灰色中山装，神态淡定，目光犀利，气度亦不凡，不是企业家就是成功的商人。

让方岩犯疑的，是这三个身份完全不同的人怎么会走到一起。方岩的思维快速运转，推断着各种可能，但一时间很难做出准确的判断。从三个人的容貌和气度看，肯定有点来头，于是他站了起来。

穿军装的跨前一步，双手递过一张名片。方岩快速扫了一眼，王廷轩，名字够大气的，再看下面的军衔职务，更是吃惊不小，大校军衔，北京四方集团公司副总经理。往北京跑了很多趟，早就听说过这个公司，是为落实军转民方针而生的一家大公司，资金实力雄厚。方岩心里涌上一种久旱逢甘霖般的欣喜，难道好运真的就要来了？

"欢迎欢迎！"看到廷轩的右手已经伸了出来，方岩身体前倾，双手将对方的手握住，有一种很宽厚的感觉。

廷轩抽出手，先指低个，再指高个："张东海，甘肃315厂厂长，枪支专家；黄敬儒，河北53所研究员。这两位现在是我的左膀右臂。"

东海趋前两步，两手与方岩两手相握，使劲摇晃了两下。他的手小，但很有力。

"张厂长是咱们滨海人，也是知识分子，当年响应国家号召，支援边疆建设，一干就是二十多年。"廷轩笑着补充。

"我这个知识分子和我们黄研究员没法比，中专学历，不值一提。当年的满怀抱负、一腔热情倒是真的，现在想来多少有点荒唐，不说别的，对父母的亏欠是无法再补偿了。"

方岩又将东海的手握住，表情也更加丰富了一些："听名字就是咱山东人。理解理解，为理想而舍弃亲情，遗憾在所难免。这次能荣归故里，为家乡的经济建设做贡献，也算得一种补偿。"

东海笑了："这个话我可不敢讲。我现在是王总的马前卒，王总指向哪里，我就往哪里拱。"

笑声中，方岩蓄满笑意转向敬儒，却发现对方已扭转身体，打量着挂在墙壁上的规划图，脸上流露出明显的轻蔑："咱们这个开发区发展得可真不怎么样，看起来像个小渔村。"

"老黄。"廷轩轻声制止。

"黄研究员说的是事实。我已经在主任这个位置上坐了五年，心里也很着急。"想摆点客观原因，又知道不能摆，好不容易等来几个货真价实的，难道要把人家吓跑不成？为了掩饰尴尬，方岩唤秘书倒上茶水。

宾主坐定以后，廷轩郑重介绍此行的目的："我们北京四方集团公司是为了响应国家军转民的方针而成立的综合性投资公司，隶属总装备部，为了拓展公司业务，准备设立几家分公司。这次下来的任务只有一个，就是选点。此前已经跑了两个地方，这里是最后一站。"

三选一，方岩刚生出的一点兴奋又被紧张取代。也不知道前面两个地方是哪里，管它那么多呢，既然还没有最后定，那就存有机会。方才的谈话中，是不是已经流露出一点倾向性的东西呢？来不及仔细思虑，他有更为关心的问题，便直接问了出来："贵公司的投资额是多少？"

廷轩将两个手指伸成剪刀状。

"二百万？"方岩脸上的笑意更浓了一些。

"两千万，以后如果需要还可以再追加。"

方岩坐不住了，不再唤秘书，亲自执壶给三个人杯中续水。廷轩伸直右手，食指和中指在茶几上轻叩了两下，东海将茶杯端了起来，只有敬儒视若无睹，头仰靠在沙发上，跷着二郎腿，脚一点一点的。方岩心中浮上一丝不快，但很快压了下去。研究员，全市也没几个，不能不让人家牛。两千万，这是建区以来投资意向最大的一笔，真要能拿下来，必将会为开发区带来生机。

回到座位，方岩已经控制好自己的情绪："这里的现状你们已经看到了，我不想多说什么，说了也没用。我只想在这里做几个承诺，这里的地价五十元一平方米，在全国是最低的，我无权、也不好意思再压低地价，但有一样，你们看好哪一块，我就可以让他们给你们圈哪一块，这是一张开发区规划图，对你们的选择应该能有所帮助。另外，其他地方能享受到的税收优惠这里都有，其他地方享受不到的税收优惠这里也有。还有，如果你们能选定这个地方，我就是你们公司的一员，有什么棘手的事情可以直接给我打电话。"

不管三人如何推拒，方岩坚持送到楼下，看到院子里停放着一辆挂军牌的黑色奔驰，心中尚存的一点疑虑已全然消失。他抢行一步，想去拉开车门，却见左前位置上钻出一个年轻人，敏捷地将车门一一打开。

廷轩介绍道："这是我们的司机小宋。"

方岩伸出手，小宋有点受宠若惊，两只手在胸前抹了一下，将方岩的手抓住，然后很快松开。

方岩摆着手，目送轿车远去。他感到心中的希望随着排气管喷出的烟气在不断上升。

先建宾馆，开发区独此一家。虽叫宾馆，但不管是规模，还是档次，就是招待所。

两张木扶手沙发，廷轩和东海各占了一张，敬儒斜躺在床上，双手抱在脑后。

廷轩端起白瓷茶杯，掀开盖，将里面的茶叶拨了拨，啜了一小口："在讨论正事之前，我想先说一句题外话，以后和这些地方官员打交道的时候，咱们说话最好能客气一点。"

敬儒当然知道这句话的指向，直起了身子，一脸的不屑："对这些'土鳖'，有什么好客气的！"

东海有几分愠怒："是不是在黄研究员眼里，我们这些人都是'土鳖'？我告诉你，千万不要小瞧这些地方官员，搞企业离不了这些人，他们可以让你生，也可以让你死。"

敬儒的大头颅摆了一下："有什么可怕的，法律是干什么吃的，能由他们说了算？这种人我见得多了，你敬他一尺，他贬你一丈；你贬他一尺，他敬你一丈。"

"什么乱七八糟的逻辑，"廷轩喝止，"我们是来干事，不是来摆谱的。要想让人尊重，必须先尊重人，这道理永远都不会错。现在咱们言归正传，这几个地方已经看过了，请二位谈一下个人看法。"

"这么简单的事情还用得着讨论吗？"敬儒声调很高，"孰优孰劣，一目了然，自然是厦门第一，青岛第二，这个地方压根就不用考虑。"

"我不这么认为。"东海以手托颐，声音低沉有力，"厦门和青岛那两个地方发展得是不错，可是门槛也高，咱们这点投资额在那里根本算不了什么，不管进入哪个行业，以小博大，做起来都会很难，也难以获得地方政府的重视和支持。比较一下三个地方官员的态度，就很容易看出来。"

"态度，态度能当饭吃吗？"敬儒气势汹汹地看着东海，"咱们这是在做重大决策，千万不能掺杂个人情感因素。"说完求救似的将头转向廷轩。

"没想到黄研究员的火气还挺大。我以前在厂子也经常发火，后来改了许多，因为我觉得这样做显得很没有修养。"东海略带讥讽。

廷轩的头靠在沙发背上，双目微闭，良久，缓缓睁开。"我比较倾向老张的意见。我们看问题不能着眼于现在，要用发展的眼光看。这个地方现在的确有点滞后，但正因为如此，发展潜力比别的地方也会更大一些。毛主席不是说过，在一张白纸上，才可以画出更新更美的图画吗？"

敬儒有点恼羞成怒："我保留个人意见。另外，我需要重新考虑一下自己的选择，看看要不要陪着你们在白纸上画画。"他站起身，踢踢踏踏地回了自己房间。

东海故意装出受到惊吓的样子："这个黄研究员火气大，脾气也大，他会不会真的回去？"

廷轩笑了一下："回去更好。他和你不同，你是我挖来的，他是上面硬塞给我的。以我对他的了解，走的可能性不大。他是因为副所长没当上才赌气出来的，怎么好意思再回去。"

"没当上就对了,说明上级领导有眼光。我就看不惯这个人,高傲自大,还喜欢玩点心机。就说这单间,怎么能轮到他住?理由倒挺充分,打呼噜怕影响别人休息,自己得了实惠,还要别人领他的情。我当时就想说我也打呼噜,咱们谁也别嫌弃谁,想一想还是忍住了,和这种人住一个屋,我担心会把自己憋死闷死。"

"就是嘛,一点小事,没必要与他计较。我觉得这么住着挺好的,咱们可以叙叙旧,还可以聊一聊公司的事情。这个人毛病是不少,但对公司肯定会有点用。拉大旗做虎皮嘛,研究员这块招牌会让咱们公司的起点高一些,对外办事也会方便一些,现在社会上很多人就认这个。"

"听说他在个人生活方面也不是很检点。"

"这个你也知道?"

"同属一个系统,每年都要到北京开几次会。开会时间短,闲扯时间长,每个单位的经营状况,领导班子人员构成,基本上都一清二楚。这一方面的消息有着奇异的生命力,流传最快,也最广。"

"年轻时在情感上出一点小错也属正常,尤其像他那样一表人才,不出错反而有点不正常。我们要做的,是用其所能用。你放心,怎么用他,我心里有数。我打算让你担任副总经理,让他做总经济师,这种人只能用,不能重用。只是委屈了你,一个大厂长,到这里给我当助手。"

"王总,您千万别这么说,能跟着您干,是我的造化。在那个厂子待了二十多年,我早就待腻了。再说和平年代,军工企业的日子都不是很好过,尤其是我们这些造枪造炮的传统企业,每年的任务都吃不饱,只能磕头烧香地讨要些补贴维持生计,这样的厂长当着有什么意思。在这里我想给您坦白一点,选择这个地方,我是带有一点私心的,就想能离老母亲近一些。您不知道,这么多年了,每一次打过电话,我都要难受好半天,作为人子,不能在父母膝下承欢,实在是人生一大憾事。前几年父亲离世,对我触动很大,让我深深地自责和愧疚,现在只能在母亲身上补报一二。"

廷轩神态亦有点黯然:"国事家事,自古难两全。现在你离亲情近了,我又离亲情远了。"

门有节奏、有分寸地响了三下,廷轩喊了声"请进",敬儒高大的身躯便镶嵌在门框里，头微低，面无表情，是很标准的不卑不亢："王总，我想单独和您谈一谈。"

廷轩意味深长地看了东海一眼，跟着走了出去。

"您真想选定这个地方？"甫一坐定，敬儒便开始发问。

廷轩点了点头。

"我想知道，这个决定究竟是您做出的，还是受了他的影响？对您我没什么说的，但我对他的想法和动机持怀疑态度，除了老家在这里外，还有没有别的因素？我听说有些地方为了拉投资，给出的奖励很高。"

廷轩正色道："我尊重你，但请你也相信我的智商，更不要随意猜疑和诋毁自己的同志，有这种偏见，将来还怎么共事？"

"害人之心不可有，防人之心不可无，我只是想再认真地提醒您一下，免得事后后悔。说实在话，我是冲着您这个人来的，要是换作别人，我早就一走了之。那好吧，既然您已经定了，我就豁出命跟着干就是了。"

见廷轩回来，躺在床上的东海抬起身子，脸上带着轻微的不满和嘲弄。"有什么新情况？"

廷轩一笑："能有什么新情况，不过是给自己找个台阶下。"

"我想着也是这么回事。不过这种行事风格真让人有点受不了，说话阴阳怪气，做事鬼鬼祟祟。白总和他是什么关系，怎么会把他推荐过来？"

"不清楚，一顿猛夸，好像是天底下最有学问的人。"

"白总这个人怎么样？我听说他这个位置本来是您的。"

"老领导退了以后，有过这样的传言，上面也找我谈过话，最后却是他从空而降。对他的人品，接触不算多，我不好妄加评议。但有一点是确定的，他的行事风格不像个军人，更像是一个老练的政客。"

"如此看来，老黄还有另外的身份。"

"这个我自然能想到，本想拒绝，可是再一想，不做暗事，怕他干什么。算了，不说这些了，休息吧，养足精神，干好明天的事情。"

翌日晨，在先建宾馆餐厅，廷轩和东海相对而坐。早餐供应的饭食很简单，稀饭、馒头、煮鸡蛋、带鱼段、咸菜和两样时令蔬菜。

敬儒右手攀着领带，迈着方步进来，左右环顾一番，脸上溢出不满。"这也叫自助餐？未免太寒酸了点吧！咱们是来创业的，不是来出家的。"

等了十几分钟的东海也毫不掩饰自己的不满："我说黄研究员，哪来那么多不满，创业首先讲求的是吃苦，而不是享受。"

又闻到了火药味，廷轩急忙制止："我是来吃饭的，不是听你们两个说'相声'的。咱们就利用吃饭的时间开个小会。选址的事情既然已经确定，我今天就飞回去给家里汇报一下。家里的态度是明确的：尊重我们的选择，所以应该不会有太大的变故，估计过几日我就能把注册资金带过来。现在这边有几件很着急的事情要做，需要二位辛苦一下。一是企业的注册登记，名字不用想，就在总公司名称后面加上滨海分公司就行了；二是办公地点和员工宿舍的选择，宿舍可以随便一点，租几套或买几套房子就行了，但办公地点要讲究一些，不能让别人觉得像个皮包公司，我看这个宾馆的大堂就不错，租下来做上几个隔断就可以使用。这两件事由老张负责办理。"

东海的头点了两下。

"老黄主要负责人才招聘的事情。我们的公司将是一个集工业、房地产、酒店、贸易为一体的综合性公司，我对未来公司的期望是高起点，多技术含量，最现代化管理。起点能不能高，人才是关键。当务之急是找到几个满意的中层，另外，会计和出纳要一步到位。我对这些人的要求是学历和经验能兼而有之，如果不能，那就以学历为先。你要多跑几趟人才交流中心，和他们建立好关系。我想，以你的学识和眼力，完成这个任务应该不是什么难事。"

东海在一旁调侃："就是，黄研究员在那里一站，就是一棵大树，还愁落不下几只凤凰。"

明知道话里有话，敬儒的脸上还是有了些许笑容。

"司机小宋和车，我给你们留下，谁需要谁用。你们一个管理经验丰富，一个学识渊博，有你们两位鼎力相助，我对未来充满了信心。咱们都是快要奔五的人了，打起精神来，奋斗个十年、二十年，干成几件于国于民有利的事情，也给我们的生命留下一些值得回味和怀念的东西。"

很难分清是自然流溢还是做出来的，两个人都有几分动容。

廷轩抬腕看了看表："飞机1点20分起飞，还有几个小时，咱们再去转一转，把需要的地块初步定下来。"

水泥路面只有不多的几条，一条东西向的长一点，其他都可以一眼望到头。路像是为这辆奔驰专修的，看不到其他车辆。

车一离开公路，立刻被黄尘裹了起来。敬儒丝毫不掩饰自己的失望与厌恶，嘟囔了一句："典型的蛮荒之地！"

小宋专注于前方，不停地转动着方向盘，以避开坑洼之地，尽量让车平稳一些。廷轩和东海都没有接话。

廷轩喊了声"停"，车便停了下来，黄尘随之消散，车和从车里面出来的人都在5月的阳光下清晰起来。

地面上泛着盐碱的白光，冷艳而落寞地铺展向远方。这地显然是不能耕种的，除了一蓬蓬不知名的杂草，别无他物。远处近处，有大大小小的坑，坑里面有水，像盐碱一样泛着白光。坑边都有一围枯黄的苇秆，像忠实的、永恒的守望者。

廷轩四下里望了望，用脚在盐碱地上点了两下，东海手里拿的开发区规划图上就多了一个圈。敬儒对此毫无兴趣，背手，昂头，哲人一样仰望天际。

最后圈定的是酒店的位置，离海很近。看着东海在规划图上画出又一个圈，廷轩说："走吧，咱们再到海边转转。"

站在防护堤上，廷轩解开上衣扣子，双手插腰，将衣摆豁在身后，深情地望着远方。

堤下是一道宽约百米的平缓的金黄色的沙滩，向两旁无尽地延伸开去。其后是一条蛇形的水花，不停地翻腾着，扭动着。再后面，就是海了，一望无际，再望无涯。远处，有影影绰绰的岛和渔船，已经被海逼迫得快要消失了似的。几只海鸥炫耀似的飞上飞下，一会儿一头扎到水里，一会儿在空中恣意翻旋，像是在表明它们才是这片海的主人。

"我喜欢看海，它让人视野更开阔，心胸更宽广。"廷轩的神态里有几分陶醉。

"这些年，除了父母，我最想念的就是它。我家离这里有七八里地，小时候一有机会，就会约上几个小朋友到这里来游泳、玩耍，在沙滩上疯跑、堆沙人、摸蛤、抓螃蟹，它曾经带给我无尽的快乐。"东海的语气里也有几分陶醉，但还有些许伤感。

敬儒没有说话，只在嘴角吊起一丝不易觉察的嘲弄。

廷轩意犹未尽："走吧，再到近前看看。"话落音，人已经下了堤。

走进沙里，才发现沙分了几种颜色。离堤坝最近处，是一味的金黄；稍远一点，带了点土黄；近海处的沙子湿湿的，呈现的是泥黄色。

脚一踩到湿沙上面，就听到一片沙沙声，只见一团团沙蟹仓皇逃遁。它们逃跑的方式很特别，不是往海里跑，而是往沙里钻。就见平展展的沙面上突然泛起一层沙泡，然后又像水泡一样迅速消失。

廷轩止住脚："我们这样走过去，会不会踩死它们？"

东海笑了："您放心走就是了，我们根本踩不到它们，就这点时间，它们能钻到一尺以下。海里这些玩意，数它们最难抓。"

他们在浪花溅不到的地方立住脚，先打量着近前的浪涌，远看是一条线，其实有几尺宽，不知疲倦、无休无止地涌荡着、涌荡着，像大海在呼吸。

廷轩将目光移向远处，只见海天一色，分不清谁更蓝得碧透一些。他的身心完全舒展开来，做了个深呼吸，由衷地赞道："景色好，空气也好！"

"这个地方很有点特色。全国靠近海的地方不少，但北面临海的地方没有几处，你们住一住就知道了，空气润而不潮，是它得天独厚之处。"东海不无骄傲地说。他似乎想获得敬儒的认同，向那边看了一眼，敬儒却将头转向另一边。

太阳在背后暖暖地照着，迎面而来的风却变得冷硬了许多，浪涌的哗哩哗啦的声响似乎更响亮了一些。东海抬起头，见几片云彩正从北边快速飘移过来，喊了声"不好，要变天"，转身疾行。廷轩和敬儒将信将疑，但都紧紧地跟在身后。

刚爬上堤岸，就见风声大作，沙尘蔽日，沙粒打在脸上、脖子上，针扎似的疼。浪涌已将它的低吟浅唱变作惊天的怒吼，像紧追而来的猛兽。

敬儒右手拽着领带，左胳膊抬起来护着脸面，低头弯腰，急急地向轿车跑去，姿势很有点狼狈可笑。廷轩和东海却收住脚，回望着海，见那浪涌已有一人多高，方才站的地方已经完全被海水吞没。廷轩脸上没有惊慌，却有几分惊异，说了声："好悬！"

东海已经完全恢复了平静："海洋气候就是这个样子，说变脸就变脸，今天还算好，没给咱们泼一身雨。"

回到车上，见敬儒犹是惊魂未定的样子，东海忍不住笑了起来："黄研究员应该有几十年党龄了吧，上了战场，肯定是逃兵一个。"

敬儒显出几分恼怒："党龄长怎么了？党龄长也不能随便把命丢了。你的家乡观念是不是太强了一点？刚才还在为它大唱赞歌，这鬼地方，鬼天气，我真看不出有什么好。"

东海欲作回应，被廷轩抢在了前面："任何事物都有它的两面性，大海也是一样，可望而不可知，深邃而又凶险，这才是它真正的魅力所在。我们将要投身的商海，其凶险程度绝对不会比大海低，也将会经受波诡云谲，暗流涌动，甚至是惊涛骇浪，对此我们一定要有足够的心理准备。"

几个人的神色都变得严肃起来。

五天以后，廷轩又飞回滨海。

坐上车，廷轩就迫不及待地发问："这边的事情办得怎么样？"

小宋没有说话，苦笑着摇了摇头。

廷轩有点发急："你跟了我这么多年，有什么事不能说？"

小宋这才开口："该办的事情好像都在办，只是差一点将我劈成两半。这两个人都能摆谱，尤其是这个黄研究员，几十步远的路也要坐车过去，稍不如意，就会给脸子看。"

廷轩的心放了下来："他们都是有身份的人，有身份的人架子自然会大一些。"

小宋脸上露出明显的不屑："比他们大的官我也不是没见过，都比他们好伺候得多。"

廷轩半是劝解半是安慰："还是要以工作为重。家里又给了一辆车，安排了两个司机，以后不会再让你为这种事犯难。"

"我这边的事情进展都还顺利，"东海扫了一眼手里的笔记本，"注册登记的各项资料均已准备齐全，就等您签字。办公地点的租借问题也已经和酒店的老总谈妥，一楼除给他们保留一个结算柜台和一条上楼通道外，其余全部租给我们。我计算了一下，有一百四十多个平米。我计划隔出两个小间，一个大间。两个小间，一间作您的办公室，另一间作我和老黄的办公室。大间集体办公，加人加桌，估计应付个一两年没有问题。"

廷轩点点头："既然隔，就隔出三个单间来，面积都小一些就是了。和你们原来的办公条件比，现在已经很寒酸了，不能让你们太受委屈。"

"这里的住房也很好租，虽然建成的房子不是很多，但买房租房的人更少，所以选择余地很大，而且价格很好谈。我已经看好一套三居室，作为老黄咱们三个的宿舍；另外，初步订了两套两居室的房子，都在一楼，对门。一套用作男员工宿舍和食堂，一套作为女员工宿舍。"

"那房子一层几户？"廷轩问。

"三户，中间那一套结构有点别扭，我没有要。"

"索性一块定下来，有用。现在的房价是多少？"

"五六百，地段最好的也超不过七百。"

"这么便宜！依我看就不要租，直接买下来就是了。我不相信这里的房价会一直这么低，过几年没有用，卖掉就是了，既省了房租，说不定还能再赚点差价。另外，除了前面说的几套外，挑楼层好的再买两套。我这单身是当定了，但不能让你们过牛郎织女的生活，这边安排好之后，就尽快把家属接过来。工作问题可以找一下方主任，看看能不能安排，实在安排不了咱们自己解决。"

东海大受感动："您把什么事都想到了，我们除了卖命地干，还有什么好说的。"

敬儒的二郎腿翘得老高，身子前后动了两下，是认同的意思。

"那几块地也已基本谈妥。方主任这个人真够意思，亲自给土地部门的领导打电话，那边已经表态，钱只要一到位，马上就可以画线。"

廷轩的脸上露出满意的神态："还有没有其他事？"

"有是有。"东海似乎在思考要不要说出来。

"有就说出来，咱们现在就是在商量解决问题。"

"咱们这一来惊动很大，有几个部门的领导找上门来，想让我们多注册几个公司，他们现在都有任务，压力很大。还有，这几天几家银行的人几乎都泡在这里，有的是信贷科长，有的是行长亲自来，都希望咱们能把户头开在他们行。"

廷轩略微思考了一下:"第一件事情我认为可以答应他们。咱们既然定位为集团公司,多注册几个也没有什么不好。至于第二件事情,我已经想到了。"他从上衣口袋里摸出几张银行汇票放到桌面上:"我们以后的发展离不开银行的支持,最好谁也不要得罪,我把两千万的注册资金分了四份,可以在几家银行分别存放。"

看见汇票,敬儒的眼神忽然亮了许多。

廷轩转过头来:"老黄,说说你这边的情况。"

"这几天人才交流中心几乎在围着我们转。"敬儒毫不掩饰自己的得意和骄矜之色,"我对他们那里储存的人才信息进行了仔细、认真而严格的筛选,总算不辱使命,找到了我们迫切需要的几个人才。容我给你们一一道来。"他将攥在手里的圆桶状的纸在桌面上展开,清了清嗓子,戴上眼镜,眼珠左右转动了两下,开始说话。他的嗓音很浑厚,好像只有那么高大的身躯和宽阔的胸膛才能发出来:"肖炜平,男,三十二岁,中共党员,未婚,陕西师范大学中文系毕业,现为纺织学院讲师,爱好文学,在报刊上发表过小说、散文多篇。这是我为咱们物色的办公室主任,你们看怎么样。"说着将一份简历递给廷轩。

廷轩接过来看了看,上面有一张小照,偏分头,面孔英俊,棱角分明,目光清澈。他将简历转递给东海:"三十二岁了还没有结婚,不过这不是我们最该关心的事情。说下一个。"

"现在的年轻人可不像我们那个时候,谈一个就能成一个。他们更讲求婚姻质量,想的更多的是爱情而不是家庭。我接着说下一个。牛振乾,男,三十一岁,中共党员,已婚,毕业于山西工程学院冶炼系,现为山西铝厂技术科科长,工程师。我认为可以让他担任工程部经理,你们再看看。"

牛振乾头发很短,几近光头,面黑而饱满,形象似包公,神态却见出差异,目光有点儿自以为是,又有几分凶狠。廷轩不是很喜欢,将简历推给东海,东海看后嘟囔了一句:"这相照的,看着像个囚犯。"

敬儒没有理会东海,眼睛又落到另一张简历上:"下面是我为财务物色的几个人选。朱仁义,男,三十六岁,中共党员,已婚,大专学历,河南焦作煤矿财务处副处长。"

东海很有几分吃惊的样子:"混得不错呀,三十六岁已经是副处级,为什么还要出来？"

敬儒不满地看了东海一眼："想出来自然有他想出来的理由，我们是在挑选人才，不需要去查人家祖宗八辈。你这个正处级干部，不是也跑出来了吗？"

东海脸呈愠怒之色，廷轩急忙伸出两手，手心向下："谈正事，谈正事。"

"孟开元，男，三十岁，已婚，毕业于陕西财经学院会计系，现任甘肃省天水市地税局税政科长，会计师。他和朱仁义各有优劣，难分伯仲，让谁当财务经理更合适一些，我也看不清楚，只能请领导定夺。"

廷轩的目光在摆在面前的两份简历上停留了几分钟。朱仁义圆头圆脸，慈眉善目，满脸是笑，给人一种亲近感，但多少透出几分圆滑。孟开元消瘦一些，尖挺的鼻梁上架一副眼镜，很是斯文，目光坚定，温和而又单纯。从感觉上来讲，他更偏向于后者，但财务经理是一个很重要的角色，不敢掉以轻心："既然不好决定，那就先放一放，面试以后再说，只要有能力，我就不会让他们闲着。"

"成小茜，女，二十五岁，未婚，中专学历，本地人，有四年工作经验。与其他几个人相比，她的学历是低了一些。我是这么想的，出纳工作，重在品质、责任心和工作熟练程度，又在本地干了几年，办事情比较熟悉和方便。"

从照片上看，人很年轻，谈不上多漂亮，但很是素净。

以为已经结束，谁知敬儒又从口袋里摸出一张："下面这个人是我自作主张增加的。"他笑了一下，笑得有点勉强，又有点高深莫测："我是这么想的，咱们这样一个大公司，王总应该有一个秘书。公司既然要做大做强，以后免不了要和外商打交道，必然需要一个翻译。我选中的这个人叫叶丽，南开大学外语系的高才生，英语六级，可一身兼二职。当然，这只是我个人的想法与看法，如果觉得不需要，不与她联系就是了。"

照片上的女孩长发及肩，笑盈盈的，美得让人不敢直视，廷轩感到心里面有个地方猛烈地动了一下。

东海拿过简历，直摇头："太过妖艳了一些，又是离异，这样的女孩容易招惹是非，我的意见是最好别要。"

廷轩又拿过简历看了一眼："长得漂亮的女孩不见得就轻浮，反正要面试，我看就给她一个机会吧。"

敬儒面露胜利者的笑容，窥了东海一眼。

"这件事先到这里，老黄再辛苦一下，尽快通知他们来面试。下面，我说说我这边的事情，"廷轩打开公文包，从里面抽出几张纸，"除了注册资金之外，我把咱们三个人的身份也带了回来。我是法定代表人兼总经理，老张任副总经理，老黄任总经济师。从今天开始，我们三个人就绑在了一起，谁也跑不掉。"

东海面露喜色："没说的，还是那两句老话：鞍前马后，肝脑涂地。"

敬儒的表情则比较复杂，讳莫如深："我本来还想再考虑考虑，既然到了这一步，那就没有了退路，只能同心同德、勠力向前了。"

廷轩将几份任命装回公文包："家里对我们很支持，这次又给拨了一辆奔驰，虽然不是新车，我开了一下，性能还很不错。车已经在路上，随车走的有两名司机，一个厨师。我想过几天再买上一辆皮卡，车暂时就够用了。"

"总公司想得真是周到，配车，连司机都配上了，"敬儒的赞赏里带着揶揄，"只是感觉有点怪怪的，咱们到底是公司，还是退伍军人安置所？"

廷轩叹一口气："这也是没有办法的事情，当初总公司成立的时候，宗旨里面就有妥善安置退伍军人这一条。对这些人，我的原则是不让他们参与管理，全部做一些后勤保障性的工作。反正这样的人公司也需要，他们不来，也要在当地招聘，对公司的人员素质和管理水平不会有什么影响。不过在这里我要提醒二位一句：该管的时候必须管，但不要轻易去招惹他们。他们都是义务兵，军龄短的七八年，长的十几年，能留在部队干这么长时间，都有一定的背景。像来的这两个司机，以前都在给部长开车；来的这个厨师，以前在一个政委家里做饭。不管是哪一个，打个小报告上去，都够咱们喝一壶的。"

东海与敬儒对视了一眼，神情都有点复杂，似在咂摸这句话的分量，同时在思考具体的应对方式。

"一楼中间那一套房子就留给他们四个当兵的住，这样可以减少他们与其他人的接触，避免一些不必要的麻烦。将职工食堂也放在中间那个屋，尽量让招来的人才住宿条件更好一些。"

东海点了点头。

"最后还有一件事，我对咱们三个人的工作做了个初步分工。这不是一成不变的，以后根据需要还可以适当调整。"

敬儒的身子更直了一些。

"我抓全盘和人事，老张负责财务、房地产和工程项目，老黄负责贸易和技术开发。"

东海立即表态："我没有意见。我早就说过，指到哪儿，打到哪儿。"

敬儒略有不快，谁都知道，人事和财务是最重要的两个部门。

"还有，以后我不在公司期间，由老张代行总经理职务。"

东海的神情里多了感动和感激，敬儒的神情则断电似的暗了一下。

灰色的奔驰车到达目的地，已经是晚上6点多钟。等得很不耐烦的小宋拉开车门，亲切地骂道："你们这几个杂碎，是不是到什么地方风流去了，怎么现在才到？"

车厢里先钻出来一个，冲着小宋的前胸就是一拳："你小子当领导了是不是？敢这么对老子说话，快说，饭安排好了没有，老子快饿死了！"

在一个小餐馆里，四个人围着一张方桌坐定。新来的三个人个头都不算高，而且都偏瘦一些。车里最先出来的面皮白净，圆脸，表情丰富，眼珠像养在玻璃缸中的小鱼，不停地转动。他打量了一下餐厅，露出些鄙夷来："老子给你们送来一辆奔驰，就在这样的破地方接待我们，也有点太不够意思了吧！"

小宋反唇相讥："小高，你小子横什么？你以为还是给部长开车的时候，见了老子眼皮都不抬一下。"

小高的表情颇有戏剧性，在自己的嘴上来了一下："忘了忘了，这里是人家的地盘，那我还嚣张什么？快给大家说说，老王给你封了个什么官？"

小宋一本正经地说："那还用说嘛，肯定是正司级。"

小高掩口而笑："闹了半天，和我还是一个级别，那还有什么可牛的？这我就不明白了，既然是军办企业，就应该以我们为主，为什么对我们小宋这么不重视？"

"以我们为主干什么？成立一个车队，开个小饭馆？还有，到了这里，千万不能再老王老王的叫了，要注意维护王总的威信。"小宋正言相告。

"完了完了，原想着到这里能跟着咱们小宋沾点光，没想到这家伙的立场早就出了问题。"小高嘴一瘪，装出要哭的样子。

其他两个人不说话，只是笑。

菜端上来，小高先拿起筷子尝了一口，皱了皱眉："什么破饭馆，和咱们老纪的手艺差远了！"

老纪在几个人中年纪最大，所以前面冠了个"老"字。姓纪，头脸竟然有几分鸡相，脸扁平，眼睛小，额头、鼻尖争相凸出。他也夹了点菜送进嘴里，咀嚼了几下，声音里略带责备："小高你不要乱说，我的手艺怎么能和人家相比。"

小高有点发急："你谦虚个球啊！现在都什么年代了，你还玩谦虚，谦虚会让人没路你知道不知道？小孙你别傻吃傻笑，说几句公道的人话行不行？"

小孙给人的感觉是在咸菜缸里腌过一样，看上去蔫巴巴的，没有一点精气神。他努力将眼睛睁大了一些："想听我说人话是不是？我劝你赶紧把你的臭嘴闭上。"

小高不但不生气，反而很开心地笑了："我早就对你们说过，想让我闭嘴，除非先把我掐死。"

几杯酒下肚，小高的话更多了一些，舌头也好像更灵活了一些："我们几个在北京是哥们儿，在这里也是打断骨头连着筋的哥们儿，以后一定要扭在一起，互相关照和帮衬，谁要敢让我不舒服，我就会让他不自在。"

"算了算了，别那么张狂，我们在哪里都不过是找口饭吃。"老纪以老大哥的口吻劝导。

"我觉得老纪说得对，咱们在哪里都是伺候人的，把车开好、把饭做好就行了，想那么多干什么？"小宋也跟着附和。

"那不行！"小高的音量突然高了许多，"吃饭也得有个好心情才行，谁敢小瞧咱们，我会让他后悔一辈子。"

"说大话当不了饭吃，"小孙把一块红烧肉填进嘴里，"我现在不想别的，就想着能早日将老婆孩子接出来，让他们过上几天城里人的生活。"

桌上的气氛忽然变得沉闷起来。

小高却嘎嘎地笑了："瞧你们那点出息，脑子里除了老婆孩子，就没有别的东西。当年我劝你们把没过门的媳妇蹬掉，你们都不听，还骂我是当代陈世美。现在后悔了吧，三十多岁，都像个农村老大爷似的。"

小宋瞪了小高一眼："你别在这里说风凉话，你这光棍要打到什么时候。不是说要找一个城里的吗？人呢，人在哪里？等我的孙子喊你大哥的时候，我看你还能不能笑出来。"

小高的笑声更高了一些:"到时候我拉着你一起应。我向你们保证:三年之内,我一定会让活生生的人站在你们面前,到时候管好你们的眼珠子,别让我帮你们在地上捡。"

小宋把耳朵扯得像猪耳朵一样长:"我没听错吧,这样的保证是第几次了。到时候别在哪里随便找个来糊弄我们。"

几个人都笑了起来。

开元和仁义被安排在一个房间,互相做过介绍之后,仁义脸上立刻堆满了笑容:"这么说以后我就是你的兵了,有什么事还要多加关照。"

开元的笑容要淡一些:"为什么我不能是你的兵呢?你已经是副处级,而我只是个科级。"

仁义的笑容灿烂了一下,又恢复如初:"一个企业的副处长算什么,在我们眼里,你们税务局的人都是领导。我真是想不明白,那么好的单位,为什么还要出来,换作是我,打死也不会动这个心思。"

"这有什么,在一个地方待腻了,想换换环境,去年出来旅游,一下子就喜欢上了这个地方。这话我是不是也可以反过来说:我要是爬到你那个级别,打死也不会出来。"

仁义笑出了声:"副处算个什么玩意,你没听过有人给副处编的那个笑话吗?以后不管谁领导谁,咱们都是兄弟。我年长几岁,这个老大哥是当定了。"

另一个房间,基本上是一言堂。振乾走来走去,滔滔不绝地讲述着。炜平则斜躺在床上,手里拿着一本书,看两眼,又不得不礼貌性地停下来。

"你知道我为什么要出来吗?气不顺。去年竞选副厂长,我和那个家伙只差了两票,上去以后就经常给我使绊子。我能吃这个哑巴亏?和他大吵了几次,关系越来越僵。

"伤心呐!这么多年我给厂子做了多大贡献,出来的时候竟然没有人挽留,也不说经济上给点补偿什么的。妈的,我恨不得弄一包炸药把厂子给炸了。

"我这个人没有别的优点,就喜欢交朋友。咱们两个能到一个公司,又能住在一个房间，这就是缘分，以后有用得着我的地方，尽管说话。"

炜平的眼睛不得不从书本上移开："我可能会让你失望。我这个人不大喜欢交往，朋友极少。"

"你放心，我一定会成为你那极少中的一个。走吧，咱们也不要只顾自己聊，把那两个叫到客厅里，互相认识认识。"

炜平很不情愿地放下书，跟着走了出来。

在客厅里，振乾还是主角："挺全啊，人事，财务，工程技术都有了，以后这个公司就得靠咱们几个撑起来。我真是想不明白，像咱们这些人，要学历有学历，要经历有经历，还要搞什么面试，三尊神一个一个地拜，把我们当什么了？要饭的吗？简直是天大的笑话！"

看见叶丽，小茜吃惊地睁大了眼睛，前前后后看了个够："妈呀，你这是怎么长的？！小高说下午要去接一个美女回来，我还不大相信。你长成这样，让我这样的女人怎么活？"

素净，开朗而又单纯，叶丽一下子喜欢上了这个女孩。她抓住小茜的手，真诚地说："没你说得那么邪乎，其实每个女人都有自己独到的美，只是有没有人发现、有没有人欣赏而已。就说你，聪明、善良、体贴，谁娶了你，算是烧了高香。"

一丝忧郁从小茜脸上掠过："有这些管什么用。现在的男人哪一个不是先看脸蛋，后看身段，到现在我还是单身。"

叶丽的神色也暗了一下："结了婚又怎么样？还不是说离就离。"

"和你离婚？那个男人不是傻了就是疯了。"

"既没傻也没疯，就是有点痴，官痴，一门心思想着往上爬，已经是市政府副秘书长了，还不满足。"

"市政府副秘书长！"小茜掩着张开的嘴，"这叫事业心，现在的女人谁不喜欢这样的男人？"

"我就不喜欢。付出的是柔情，得到的是无视和冷漠，这是我无法忍受的。而且，这像一种无期徒刑，没有出路，没有期限，所以我只好逃了出来。独立，不依附，是妇女解放运动赐予我们的权利，我们不能再还回去。"

好像太遥远了一点，小茜似懂非懂，眼神里有点茫然。

"走吧，带我去看看那几个男同事。"

门被推开的时候，振乾的胳膊还抡在空中，口中的半句话也咽了回去，目光随着其他人的目光，齐刷刷地聚到了叶丽身上。

小茜抢前一步："我给你们介绍一下，这是新到的叶丽女士，这几个是……"

"小茜你先别说话，我猜猜看，"纤指指向仁义，"朱仁义。"胳膊优雅地一轮，食指点着开元，"孟开元。"苗条的身体转向振乾，"牛振乾。"最后目光定定地看着炜平，"这一个必定是肖炜平了吧。怎么样，我全猜对了吧。以后咱们就是同事，请多关照。"一个轻盈而华丽的转身，人已经在门外。

屋子里的人忽然全都无语，沉默了几分钟，仁义站起身："屋子里有点闷，我出去转转。"

回到房子，小高毫不掩饰自己的兴奋与迷恋，对几个战友侃侃而谈："妈的，在北京待了十年，也没见过这么漂亮的！一看到她，我下面就有了感觉，就想直接给拉到野地里去，真能满足一次，吃颗枪子也值。"

"那你为什么没给拉到野地里，却给拉了回来？"小孙看着小高，很认真的样子。

"你这个蔫货，一听到这种事就来劲。你们是不知道，那个女人身上有一股邪劲，让人又爱又怕。"小高忽然变得非常沮丧。

"没想到咱们高大胆也有害怕的时候。"老纪多少有点幸灾乐祸。

"追了一个又一个，老母猪撵兔子，一个也没到手。要我说，你还是早日改邪归正，回到革命队伍中来吧。回头我问问你嫂子，看看她那些侄女里面有没有合适的。"小宋很是语重心长。

总是最后一个住声的小高一反常态，没有接话，抱着膝盖发起呆来。小宋的手在小高眼前晃了两下，伸了下舌头，摇了摇头："魔怔了，咱们该干嘛干嘛，别理他。"

仁义回来，已是9点多钟，未等开元发问，先自解释："来时还信心满满的，突然就变得空落落的。你说这鬼地方能发展起来吗？这个公司能有希望吗？这么大年龄了还要住集体宿舍，感觉一下子又回到了刚参加工作的时候，这种滋味真不好受。"

开元探究地看着仁义："这么说你在打退堂鼓？"

"我要是你，肯定会回去。多好的单位，工资待遇有保证，身份也不一样，走到哪个企业都是大爷。不像我们，走到哪里都得低头哈腰。这几年企业又连续亏损，不要说奖金，连工资都没法保证。我这个副处长不好当啊，领导手里没钱急，职工拿不到钱骂，到处不落好，里外不是人。"

"没想到一个大处长会这么可怜，那你还有什么可犹豫、可后悔的？我迈出这一步就没想着再回去。再说，我们单位有规定，辞职离开的原则上不再接收。既来之，则安之，看看海，呼吸一下新鲜空气，我觉得已经很值了。"

仁义没有再说话，眼睛里有明显的失望。

"这几个人你们已经见了谈了，我想听听你们的看法，尽快把几个中层定下来。"廷轩两个手的中指按着太阳穴，没睡好的样子。

"炜平和振乾这两个人好说，"东海看着廷轩，斟酌着字句，"一个人事，一个工程，可以说是老黄为坑找来的萝卜，直接放进去就是了。"

廷轩摇头："我对这两个人也不是很满意。两个人的能力估计都没有什么问题，但炜平严谨有余，灵活不足，振乾有点魄力，锋芒却又太露。人无完人，先这么用了吧。现在关键是仁义和开元这两个人怎么用，我想了一晚上也没想明白。"

"确实挺难决断。这两个人，一个稳重，经验丰富，一个有朝气，知识全面。相比之下，我更倾向于仁义，搞财务最需要的是谨慎，不能出事，一出事就是大事。"东海说。

廷轩将头转向敬儒："老黄的意见呢？"

敬儒欠了下身子："我比较同意老张的意见，这两个人，一个有经验，一个有潜质，特殊时期，还是先拣好用的用。"

廷轩狐疑地看了两人一眼："这一次你们两个人的意见倒是难得的一致。"

东海偏转头，避开了廷轩的目光。敬儒却接住了廷轩的目光，并且堂而皇之地表白："我不是一个鸡肠狗肚之人，在大是大非面前绝不糊涂。"

"那我就尊重你们的意见，先用这个仁义，至于开元，只好先让他受点委屈。会后，我再找他单独谈一谈，不能让人家寒心。我想，我们这个企业以后有的是让他发挥才能的机会。"

"成小茜这个出纳我看也不错。叶丽呢，是留还是让她回去？这真是一个奇葩，别的女人唯恐自己的男人官做得不够大，她倒好，和爱当官的老公一刀两断，这心肠真够硬的！"东海提出另外的问题。

"这个女孩给我的印象还不错，有个性，有思想，大方，自然，艳而不俗，美而不媚。我这里有一个炜平就够了，不需要什么秘书，就让她在贸易部干吧。"

东海略感惊异，敬儒的脸上却明显泛出一层喜色。

"现在还差一个技术开发部经理，等厂房建起来、项目引进来再配。其他人既然已经到位，就要让他们动起来。各部门的职责范围，财务、人事等各项规章制度，要尽快制定出来。办公室装修完还需要几天？"

"隔断已全部做好，还有一些电路和照明方面的事情，三天之内肯定能交付使用。"东海回答。

"这几天就让他们在宿舍里办公。最后还有一件事，开业典礼怎么办？搞，还是不搞？搞的话，应该怎么搞？"

"要我说不但要搞，而且动作越大越好，"敬儒反应很快，"既然是大公司，就应该是大手笔。在这件事情上不能怕花钱，要让公司形象在轰动效应中树起来。"

东海不满地看了敬儒一眼，没有说话。廷轩用手拍了拍脑门："让我再想一想，该请些什么人。"

开业典礼，自己这个总经理总要讲几句话。廷轩想试试炜平的文字功夫，让人将炜平喊了过来："你给我写一份开业典礼上用的讲话稿，字数不要太长，也不要太短，五百字左右就行。"

炜平很是直率："这东西我从来没写过，您能不能告诉我，都该写些什么?"神色平静,声调平和,毫无愧疚之意。

一个中文系毕业的大学讲师,竟然连一份讲话稿都不会写。廷轩难掩自己的失望之色,摆了摆手:"那就算了吧,还是我自己写。"

讲稿草成之后,他有心再试一下,就给炜平拿了过去:"这次活动很重要,来宾的层次也很高,我写出来了,你再给润润色。"

炜平也不谦辞,也不推让,伸手接了过去。廷轩的不满又增加了一层。

二十多分钟后,炜平将改过的稿子送了过来。廷轩先粗略看了一遍,就感到血在往上涌。字数几乎没变,但文稿已被改得面目全非,原来的词语只保留了一两句,心想这个年轻人胆子真够大的,一点情面也不给留。

再细看一遍,就忍不住暗自赞叹起来,想要表达的东西都在,但辞藻、语势、境界已全然不同。抬起头时,已是满面笑容:"就这么定了吧,到外面找个打字的地方,把它打印出来。"

这一天,先建宾馆门外增加了三块牌子,哪一块牌子也比宾馆原来的牌子要大。宾馆的苏总不但没有生气,反而很高兴。惨淡经营三年,什么时候有过这样的人气?有四方公司的两年租赁合同做保障,以后不用再为财务报表上的亏损数字犯愁。看着门前摆放的一长排花篮花盆,他相信自己的运气也会在这一天彻底改变。他自降身价,穿戴整齐,像服务生一样在门口迎送客人。

福海酒楼的董老板这一天也喜不自胜。十二桌,每桌两千元的标准,这样的好事以前什么时候有过。他初算了一下,这一天的盈利比平常一个月还要多。欣喜之余,他不敢掉以轻心,跑上跑下,忙里忙外,不住声地吆喝。

这一天也是开发区最风光、最荣耀的一天。白总专程从北京赶了过来,还领来了一位退休的部长和一位没有退休的副部长。得知消息,主管工业的副省长也从省城赶了过来。市长原本打算派主管工业的副市长参加,临时又改变了主意,也出现在酒会上。开发区所有与企业有关的银行、财政、税务、工商、城建等部门的领导全在座。方岩和他的几个副主任全都放下了架子,既像公司的接待,又像酒店的招待,热情地招呼和应酬,让工商、城建几个部门的领导很是坐立不安。

东海第一次见白总,本来还有点担心,会不会对自己很冷淡,见面之后,却是一见如故的样子。白总的手握得很紧，脸上盈满了笑意，眼神里带着赞赏，这让他不由自主地生出些感动。但这种感动存在的时间很短，因为他很快发现，白总在和敬儒握手时，笑意更浓，握手的时长和力度也远超过自己，这便让他有了些不满和不快。不过这种不满和不快停留的时间也很短，他很快就笑了起来，多大年龄了，竟然还会起争宠之心，既然铁了心要跟着王总干，为什么还要在意这个白总的态度。

祝贺，致谢，笑声和掌声，让宴会厅里春光融融。最后的剪彩，更是将气氛推向高潮。

宴会期间，有两个人最引人注目。一个是敬儒，仍然是背带装，风度翩翩，精神饱满，容光焕发，频频离座，到其他各桌敬酒攀谈。他有身高的天然优势，声音也有点像鹤，高亢嘹亮，并伴着笑声阵阵。对此东海很是不满，小声对廷轩说："这个人最大的毛病就是太把自己当回事。"

廷轩宽容地笑了笑，用手在东海手背上压了一下："没事，把他当一张名片看就是了。"

另一个引人注目的是叶丽，她着一身淡灰色的职业装，更显得亭亭玉立、楚楚动人。她脸上蕴着自信而从容的笑意，步履轻盈地穿梭于各桌之间。她没有给客人敬酒，只是在适时地添茶斟酒。很多目光都不由自主地追随着她的身影，有的含蓄，有的直露，有的柔和，有的火辣。

对叶丽的表现，廷轩在总结会上不吝溢美之词："叶丽同志本来也可以像我们一样，心安理得地坐在那里吃吃喝喝，可是她为什么要站起来，去干那些服务员该干的事情？我想，她这样做绝不是为了引起别人的注意，出什么风头，而是为了给宴会增色，让本次活动更圆满。我认为，这是一种很可贵的品质，这样的员工对于公司来说，多多益善。"

东海偷觑了敬儒一眼，见对方脸上不但毫无愧色，而且将大巴掌拍得山响。

廷轩问小宋："你们这几个司机里面谁脾气最好？"

小宋不假思索，脱口而出："小孙。"

"那就让他负责接送张总和黄总他们两个吧。"

"办公室到这里只有一里多地，还需要接送？"

"这是他们应该享受的待遇，我必须这样安排，至于坐不坐那是他们的事情。"

一间大办公室，三间小办公室，就是一个公司了。三个小办公室一字排开，廷轩居中，东海在右，敬儒在左。大办公室里，四个部门占据了四个方位，财务部三桌三人，其他部门都是两桌一人。所有的桌椅、柜子都是全新的，屋顶用月白色的宝丽板做了吊顶处理，一下子低矮了许多，长短不一的日光灯管，纵横交错地镶嵌在天花板上。

上班的第一天早上，廷轩宣读了总公司的任命，并且宣布了公司对几个中层的任命：炜平为办公室副主任，仁义为财务部副经理，振乾为工程部副经理，叶丽为贸易部副经理。仁义强压住心中的狂喜，但还是忍不住看了开元一眼，不过他什么也没有发现，开元的神色很平静，平静得像一池深水。

到了晚上，两个人同处一室，气氛就有些沉闷，神情都有点尴尬。仁义不想在沉闷的气氛里继续待下去，先开口说话："我不知道领导为什么会做出这样的安排，但我希望今天的事情不要影响咱们之间的感情。让一个税政科科长当会计，实在是太委屈了一点。你放心，以后只要有机会，我就会给几位领导举荐你。"

开元淡淡一笑："领导这么安排肯定有这么安排的道理，你不要有什么不安，也不要有什么顾虑，以后咱们就是上下级关系，我知道自己该怎么做，一定会服从和配合。我这个人对当官没有什么兴趣，所以也不需要你举荐和提携，只要别给我使绊子、穿小鞋就行了。时间长了你就会了解我，对君子我更君子，对小人我更小人，在我感到不舒服、不痛快的时候，也会做出一些非常性的动作。"

很平淡的几句话，却让仁义心惊肉跳，暗自发着狠声：这家伙绝非善茬，只要逮住机会，最好把他弄出去。

另一间房子里，振乾正在大发牢骚："真不知道这几个领导是怎么想的，弄个破经理，还要在前面加个'副'字，这算是尊重人才么？狗屁！这是对人才的轻视和践踏。还有那个叶丽，一个高中英语老师，凭什么就和我们平起平坐？"

"按照你的逻辑，我这个讲师也不应该当这个办公室副主任，也没有资格和你平起平坐？"炜平强力压制着自己的厌烦和厌恶，半是争辩，半是揶揄。

"那怎么能相提并论，一个高中老师，怎么能和一名大学讲师比？"

"我看不出其中的差别。要说差别，只是分配时的意愿和运气不同。你当初要是分配到北京哪个大机关里，现在说不定已经是厅级干部了，还会为了一个部门经理的正副问题大动肝火？"

振乾一时语塞，但不愿认输，露出些无耻相："还是做女人好，有个好脸蛋、好身段，就什么都有了。有人喜欢，有人重用，还有人维护。我说老弟，你是不是对她有点意思，要是有的话，我就去帮你撮合撮合。"

炜平不想再将这种无聊的话题延续下去，将头埋进了《泰戈尔诗集》。但他看不进去，一个女人的影子在眼前晃动，与这个叶丽相比，很难说谁更美，但更可爱是确定无疑的。清纯而妩媚，乖巧又任性，精致生动的面容，光滑柔韧的肌肤，还有头发中、衣服上散发出的淡淡的清香，都是那样让人迷恋，魂不守舍。这熟悉的一切，突然就变得那么遥远，万里之外的她，现在在干什么？是否也有同样的思念？

振乾难耐寂寞，到客厅打开电视机，发泄似的，将音量开得很大。

既然坐在了这个位置上，那就要用事实证明自己应该坐在这个位置上，从而证明领导的眼睛是雪亮的，决定是英明正确的。仁义开始像机警的猎犬一样寻找着机会。

机会就是给有心人准备的，仁义自己也没有想到，机会居然会来得这么容易、这么快。看到炜平拿来的购买办公用品的报销单据，他心里一动，两万多的数额，一点好处不得似乎是不正常的，他决定亲自去调查落实一番。没想到跑这一趟，还真让他发现了猫腻。他强压着心中的狂喜，回来后直接进了东海办公室，将报销单据放在桌面上，声音尽量压得很低："张总，这一批办公用品有问题。"

"什么问题，质量还是价格？"

"至少吃了百分之二十的回扣。"

东海的脸色变得很难看，报销凭证上已经有了自己的签字，真要有什么问题，自己也是有一定责任的："你确定？"

仁义很严肃地点了点头："我已经调查核实过了。"

仁义的神态和语气让东海不由得不信："岂有此理！刚到公司就敢这么干，

这胆子也有点太大了吧。你去把炜平给我叫进来。"

炜平进来的时候，东海已经调整好自己的表情，强压着怒火，声音尽可能地平静："你是不是应该对我说点什么？"

炜平一脸茫然。

"我告诉你，抵赖是没有用的，装傻也没有用，老老实实地把问题讲出来，我也许还能在王总面前为你求求情，给你一次改正错误的机会。"

炜平脸上是受到羞辱的激愤："我不知道我做错了什么，但我不喜欢你用这样的口气和我说话，我请你尊重我的人格。"

没有惊堂木，东海只好用手拍了一下桌子："你还有理了是不是？我问你，这一批办公用具是在什么地方买的？"

"新潮商场，开发区只有这一家卖家具的商场。"

"你敢说价格方面没有问题？"

"价格，价格方面能有什么问题？我是按照商场的标价买的，不信你可以去核对一下。"

炜平的神情不像是装出来的，东海心里闪出一个念头：也许这家伙真是一个不食人间烟火、不懂商场规则的傻瓜笨蛋。这是关系到个人品行方面的大事，必须要谨慎一些，他决定亲自跑一趟，把事情搞清楚。

调查结果让他哭笑不得。商场经理很有些难为情："我们也猜不透是怎么回事，问过价格就把支票交给了我们。我们还以为你们公司家大业大，不在乎这点小钱。我可以用我的人格担保，这个人绝对是干净的，没有吃一分钱的回扣。"

东海苦笑："我相信你说的话，干净是不假，就是有点傻，哪有买东西不讨价还价的。"

"差价部分我会派人给你们送过去，只能怪我们贪了一些，希望你们不要再为难那个同志。"经理一脸的歉意。

"这是我们公司的内部事务，我们会酌情处理的，你就不要再操心了。"

回到公司，东海给廷轩讲述了事情经过，仍然气呼呼的："这简直就是个傻子，你说这样的人我们还有必要再留着吗？"

廷轩倒笑了起来："我们要取其所长，我就喜欢这种实心眼的人。知道了他的秉性，以后买东西这样的事情不要再让他干就是了。"

事情的真相和结果都出乎仁义意料，他心里多少有点后悔，为什么当时不了解得更清楚一些。坐实了开除了当然好，弄成现在这个样子，就有了点偷鸡不成蚀把米的感觉。人家是总经理身边的人，得罪这个人肯定不会是什么好事，公司就这么大，现在又住在一个宿舍，整天脸碰脸的，这不是自己在给自己找别扭吗？

为了避免尴尬，仁义吃过晚饭就想往自己房间钻，却被振乾一把抓住："仁义，你今天这事干得有点不地道，为什么不先问炜平，却要直接捅到领导那里去？你是想用弟兄们的血染红你的领子吗？"

开元明奉暗讽："我们领导这叫坚持原则，秉公办事，大义灭亲。"

炜平倒是真心实意地替仁义打圆场："这件事不能怪朱经理，只能怪我没有经验。我以前买东西都是问过价格，交钱走人。"

"以后注意，以后注意。"仁义不知是说与炜平，还是说与自己，挣脱振乾的手，进了房间。

振乾气犹未平，声音压低了一些："还想有以后，也就是你，他要敢这么对我，看我敢不敢把他的头扭下来当夜壶。不过，我晚上不起夜，要这玩意也没什么用。"

分明是一块大蛋糕，自然不乏问津之人。来访的客人很快就多了起来，承包工程的，供应材料的，商谈合作的，应聘面试的，进进出出，热闹非凡，两边小办公室的门也就像蚌壳一样开开合合。

相对而言，廷轩倒显得轻松一些，但他的脑子一刻也没有闲着。他开始思考公司未来的发展，这种思考让他感受到一种切切实实的压力和责任。他甚至开始怀疑，离开北京安逸的家，安逸的生活，到这里来当这个法定代表人，是否是一个正确的选择。

远离控制，说了就算，掌握巨额资产的使用权，可以决定和改变很多人的命运，这是多少人所艳羡和求之不得的。可是良知呢，党性原则呢，都可以不要了吗？所以，这些得天独厚的特权，其实也是一种沉甸甸的责任，不能随意地使用这份资产，更要谨慎地保护和增加这份资产；对这些人的命运，不能只是决定和改变，还有保障。而这些，是容易做到和完成的吗？

商海深不可测，人心更深不可测。谁善谁恶，谁优谁劣，不是一眼就能看得出来的。笑脸后的狰狞，恭维里的阴险，怎么才能识得破呢？一个企业要不断发展壮大，就得弘扬正气，抑恶扬善，取能弃愚，这一切怎么才能做到呢？

这条船能行多久，行多远，与自己这个掌舵人密切相关。船要行进，首先要平衡，这平衡又是那么容易把握的吗？他想到了两个助手，眉头不由皱了起来。这个黄敬儒，到底是个什么样的人，和白总是一种什么样的关系，能真正为自己所用吗？这个张东海倒是个好帮手，可是他那瘦小羸弱的身体到底能承受多少呢？

五年发展的粗线条勾勒出来以后，廷轩将东海和敬儒唤到了自己办公室："我为公司做了一个五年规划，你们听一听是否可行。

"现在到明年上半年，为工程施工阶段，酒店、标准厂房和两栋住宅楼同时动工，住宅楼明年六月底交工，此前要做好销售宣传工作，如果销售顺利，下半年再开两栋。酒店和标准厂房争取在八月底完工，然后进行内装修和设备购置安装，标准厂房开始招商引资，酒店争取在后年元月份开业。在此期间，贸易部要发挥作用，利用我们的资金优势，好好做他几笔，不求多赚，包住我们的费用就行。我有个建议，可以先从钢材、水泥等建筑材料做起，能卖则卖，卖不了我们自己可以用，不至于压在手里，占用资金。"

"这个我可得把丑话说在前面，既然管工程，就得对工程质量负责，符合质量标准的我肯定照单全收，不符合标准的我一公斤也不会要。"东海的神情很严肃。

敬儒面露不悦："在你眼里，我和小叶谁是白痴，还是两个人都是？"

"我认为你们两个人谁都不是，但我还是要再加一句：低于市场价的，差价部分可以作为贸易部的利润，高于市场价，必须另寻买主。"

廷轩皱了皱眉头："咱们还是言归正传。第三年，酒店营业收入一千万，利润一百万；房地产收入一千二百万，利润一百五十万；工业项目收入八百万，利润五十万。此后两年，酒店的收入和利润保持百分之二十的增长，房地产和工业项目各保持百分之五十和百分之百的增长。贸易的不确定性比较大，不设硬性指标，作为机动，以弥补亏欠。"

东海略加思索："我认为可行，如果连这样的目标都达不到，那我们就白忙活了。"

敬儒的目光在廷轩手里的纸页上扫了一眼，大大咧咧地说："规划嘛，都是做给别人看的，计划不如变化快，谁知道五年后是什么样子。"

廷轩最忍受不了的就是敬儒这种玩世不恭的态度，正色道："我们这个规划不是做给别人看的，是要求我们努力去完成和实现的。"

"好好好，算我没说，算我没说。"敬儒立刻举起白旗。

"还有两件事情。一个是工资待遇问题，事关员工的切身利益，需要尽快定下来。我认为应该基于这么几个原则，一是不能低于原来的工资，二是略高于当地企业的工资标准，三是老总、中层和员工的工资差别不能拉得太开。我已让炜平去做这方面的准备，形成文字后咱们再专题讨论。"

"最后一件事情，说大不大，说小不小。我们现在虽然是企业化管理，但不能失去党的领导。公司已经有八名党员，可以考虑先成立一个支部。我兼任书记，老张最近工作比较忙，就由老黄担任副书记。"

一个副书记，让黄敬儒脸上有了笑容。

炜平把打印好的工资表送给仁义，仁义溜了一眼，神色不由一暗。让他不快的不是自己工资低，而是开元的工资，只比自己低了五十元，而小茜的工资，却比开元的工资差了一百五十元。当了经理的喜悦和优越感瞬间被冲刷掉不少，他阴郁地看着炜平，目光里含着不信任："这工资表是你做的？"

"对呀。"这一问多少有点蹊跷，炜平立刻猜知原因所在，又补充了一句："表是我做的，标准是公司领导定的。如果你觉得什么地方不合适或者有问题，可以直接去找领导。"

能去找吗？能在领导面前把自己的不快吐出来吗？这种傻事只有白痴才会做。可是这五十元到底是怎么回事呢？经理和会计之间的工资差异怎么可能只有五十元？这不是简单的五十元钱的问题，代表着公司领导对一个人的看法，那么，公司领导对自己和开元到底是什么样的看法呢？这个问题如鲠在喉，卡了好几天，也憋闷难受了好几天。再看开元，怎么看都不顺眼。

开元觉得自己很难再与仁义同处一室。通过这一段时间的接触，他已经彻底看透了这个人，性格沉闷，心理阴暗，虚伪而又庸俗。有了这样的看法，他感到每一分钟都很难熬。在这种沉闷的煎熬和压迫中，开元萌生了换房的想法。

选谁呢？这几乎不用考虑。振乾的目空一切、夸夸其谈早已经领教过了，不能从猪圈里跳出来再钻进狗窝。可选的只有炜平，虽然接触不多，但直觉告诉他，这个人是可交可处的。

午饭时，开元和炜平坐到一起，将声音压低了一些："我想和你住一个屋，你看行不行？"

炜平有点意外，但这显然是一件好事。这个人的品格和修养，显然要比振乾高出许多。他脸上带了笑："我当然欢迎，可是话该怎么说呢？"

开元诡异地一笑："只要你同意，我有办法。"

当天晚上入睡以后，开元便开始磨牙。他磨牙并不经常，只是在深度睡熟的时候才有。上大学时，有几次被同学摇醒，结婚后有一次被老婆作为罪证录了音，他才知道那声音有多恐怖多难听，像刀刃的撞击，像瓷片的刮擦。他回想着那种声音，努力让它更响亮一些。他听到仁义在翻身，在叹气，在起来走动。他稍微停了一会，又开始磨，直磨到完全没有了意识。

第二天早上，仁义瞪着布满红丝的眼睛问："你晚上怎么还有磨牙的毛病？"

开元故作惊讶："我昨天晚上磨牙了？这毛病怎么又犯了呢？影响你休息了吧，是不是很难听？你为什么不叫醒我？"

又坚持了一个晚上，仁义感到自己的神经系统快要崩溃，终于逼出了换房的念头。换谁呢，好像也不难选择。振乾是不是同类尚不可知，炜平却绝非同类。于是在上班之后，他将振乾拉到了宾馆外面，神秘兮兮的："我想换一下房，和老弟你住一个屋。"

振乾很是不解："住得好好的，为什么要换？"

仁义脸上的痛苦一点也不像装出来的："你是不知道开元这个人，本来还好好的，宣布任命之后便态度大变，整天鼻子不是鼻子脸不是脸的，住在一起说多别扭有多别扭。再说，咱们都是从企业来的，应该有更多的共同语言。"

振乾想起炜平对自己的态度，好像也没有反对的理由和必要，也就答应了下来。

换房之后，开元感到自己的呼吸一下子顺畅了许多，和炜平之间的关系也一下子走近了许多，一夜之间，两个人成了无话不谈的朋友。

仁义却没有这么好的运气，耐着性子，好不容易听完了一大通高谈阔论，那张床上又传来浊重的、时起时伏的呼噜声，这是他完全没有想到的。人是自己请进来的，不可能再撑出去。再说，这家伙天不怕地不怕的，是能撑出去的人吗？暗夜里，他大睁着双眼，沮丧而仇恨。隔壁房间传过来的欢笑声，更加深了他的仇恨。

熬到12点多，隔壁房间已没了动静。他去上厕所，回来时将耳朵贴在门缝听了听。他希望听到那令人毛骨悚然的磨牙声，这样心里多少能有点安慰，可是，什么也没听见。他失望地直起身子，忽然意识到了点什么，很想将门一脚踢开。但他终究没有那么做，像心灵受伤的狗一样踅回自己房间。

这天吃过晚饭，廷轩让所有党员留在了小食堂。

"今天这个会开过，咱们四方公司滨海分公司的党支部就告正式成立，由我担任支部书记，黄敬儒同志担任副书记。为什么要成立这个支部？我就是想和军队一样，给咱们这个企业再加一道保险。除了小宋和小孙，在座的都是公司的核心和骨干，我希望你们能用共产党员的标准严格要求自己，发扬我党艰苦奋斗、努力拼搏、无私奉献的优良传统，为公司的发展做出应有的贡献。老张，你也给大家讲几句。"

敬儒脸上的笑容顿失，立刻把不满写在脸上。东海看得很清楚，笑了一下："今天这个会老黄是主角，应该让老黄先说。"

敬儒一点也不客气，立刻侃侃而谈："我们这个国家是党领导的国家，我们这个社会是党领导的社会，所以，党的领导就应该无时不在，无处不在。随着公司人员的增加，咱们这个组织也会不断发展壮大，现在是支部，将来肯定要成立党委。王总的工作比较忙，我在这一方面就要多担一些责任，你们以后要是有什么想法和建议可以直接找我谈。王总说得对，你们是中坚和核心，所以，不但要发挥自身的能量，还要留意和观察其他员工的思想状况，要善于捕捉新苗头、新动向，一有发现，要立刻给组织汇报。"

振乾抬起头，故作吃惊的样子："我怎么听着有点克格勃的味道。"

除了敬儒，所有人都笑了。敬儒瞪了振乾一眼："振乾，你这个同志是怎么回事，这么严肃的事情也能乱开玩笑。我最后再强调一点，党性原则高于一切，我们绝不能越雷池半步。"

廷轩又一次看着东海："你还是给大家说几句吧。"

东海站了起来："我这人有个毛病，喜欢站着说话，不是有那么一句话，叫站着说话腰不疼嘛。按说今天这个会议我是没有资格说话的，但王总让说，我就以一名老党员的身份说几句。我只想谈一个问题，那就是党性和人性的关系。我认为，党性是建立在正常和健全的人性之上的，一个没有人性的人，绝无党性可言，要有，那也是掺了假的，变了味的。这几年挖出来的这样的蛀虫还少吗？所以，我想把我喜欢的一句话送给大家，打铁还要自身硬，要想干成事，先学会做人，自爱、自律，而后才能自强。"

廷轩先鼓掌，随后响起一片掌声，敬儒的手也象征性地动了两下。

信任感可以让人敞开心扉。对于走出来的原因，开元本来想作为一个秘密永远封存心底，因为那个过程有太多的困惑、愤慨和伤痛，也有很多正常人难以理解的东西。但对于炜平，开元觉得没有必要隐瞒，何况他对炜平也存有好奇，从大学校园里走出来和从机关事业单位走出来一样，会让常人感到难以理解。

"为什么要出来呢？我也经常这样问自己。有一套两居室的房子，有一个在银行上班的老婆，有一个三岁的儿子，毕业七年，从一名职员干到正科级，说快不快，说慢不慢，该有的好像都有了，还有什么不满意的呢？可是没有办法，沉闷、压抑、呼吸不畅，感觉到非走不可。老婆哭，双方家长劝，几个要好的朋友指着鼻子骂神经病，都没有用。我这人就是这样，犟，认准了的事情，就不会再回头。

"让我萌生出走念头的，首先是对工作本身的失望。刚参加工作的时候，我有一种敬畏感和神圣感。税务是国家税收的执法部门，税收是刚性的，不可随意更改，这些我都牢牢地记在了心里。可是随着时间的推移，我越来越发现不是那么回事，该免不该免的在免，该减不该减的在减。每年都在搞财务税收大检查，检查出的问题却总是大化小，小化了。我粗略计算了一下，我们地区每年流失的税收少说也有一千多万，你说我这个税政科长还有什么脸坐在自己的位置上？

"我走出来的另一个原因，是人格和工作环境的背离。不知道是什么原因，这几年送礼之风愈刮愈烈，企业给相关的权力部门送，下级给上级送，下级机关给上级机关送，顶吗，该怎么顶？面对刮来的一阵狂风，能顶得住吗？昧着良心和职业道德去适应吗？又很难说服自己，违背做人的初衷。所以，只能独善其身，不揭发，不劝阻，不收，亦不送。

"我没有想到，在一个恶浊的环境中，想独善其身也很难做到。局里每年都要搞一次民意测验，前几年我一直排在最前面，这几年却每况愈下，排名越来越靠后，这让我很费解，也很伤感。失宠于领导是能够理解的，可我想不出我在什么地方得罪了同事和手下。但这样的结果让我逐渐看清了一个事实：我已经成了局里的另类，除非我洗心革面，重新做人，否则只会越来越边缘化。我清楚地看到，必须走了。

"我走出来还有一个目的，就是想看一看那些问题是区域性的，还是全国性的。也想从企业角度了解一下中国的税收体系，看清楚其中的症结到底在什么地方。如果条件成熟，我也许会写一篇这一方面的文章。我的文字功夫一般，到时候还要请你这位大作家多帮忙。"

"一个刚入门的文学青年而已，谈什么大作家。"炜平自嘲地笑笑。他是不想将那一段蚀骨的爱恋和伤痛告诉别人的，可是当一个人向你敞开心扉的时候，你心灵的窗户还需要紧关着吗？能够忍受孤独是一种可贵的品质，可是孤独难道不是一种无奈的选择吗？在有了倾诉的机会、能够一吐为快的时候，谁还愿意紧闭双唇，让那些思念、苦闷和伤痛在胸腔里荡来荡去呢？

"我们两个出来的原因也相同也不相同，都有逼迫的味道，但你是为工作环境所逼，我是为生存环境所逼。我没有结过婚，但有一个同居了六年的女友，她是我的学生，在他们班上第一节课时，我就发现了她。我想不只是我，其他老师也很容易发现她，就像沙堆中的一颗珍珠，杂草丛中的一束鲜花。我感觉到自己一下子被击中了，慌乱了几分钟才平静下来。她目光定定地、亮亮地看着我，看着我，里面好像多了点嘲弄和挑衅的意味。"

"她长得肯定非常漂亮？"开元知道多此一问，但还是问了一句。

"漂亮，但更主要的是特别，是那种看一眼就忘不了的特别。她的面容，看上去是那么清纯，但微翘的鼻头和被笑容扯动的唇线，却展露着任性和不羁，美丽的睫毛下面，跳动着火焰一样的光彩。我性格比较内向，不敢主动向她靠拢，是她先找的我。你知道她见到我说的第一句话是什么吗？'我现在相信一见钟情这句话是真的了，你也喜欢我是不是？脸红了，我看过一点心理学，脸红就代表着承认。'我现在还清楚地记得她说话时的表情，坦诚、直率、火辣，让你连一句遮掩的话都说不出。

"当天晚上,她就把她的东西从女生宿舍搬到了教师公寓——我的寝室,就像两条小溪合流到一起那么自然和简单。把东西放好整理好,她跪在床上,捧着我的头,问:'我很贱是不是?我很随便是不是?我告诉你,你以后不能笑我,不能小瞧我,知道不知道?'

"从此以后,除了彼此的上课时间,我们全都腻在一起。一起在校园里散步,一起到图书馆借书看书,一起看电影、吃饭。不管在什么地方,她都高昂着头,一会手舞足蹈,一会朗声大笑,引来一片惊异,更多是歆羡的目光。

"那一段时间,我的生命好像完全被激活,精力充沛,才思喷涌,接连写出并发表了几篇小说和散文。好多个晚上,她依偎在我身旁,听我念我的已经发表或者还没有发表的作品。她微闭着双眼,似要睡去的样子,神情是那么迷人,让我往往不能自已,把兴趣从纸页上转移到她身上。这样的时候她倒很有定力,把我放到她头上或者身上的手拿开。'人家正听得高兴,为什么要停下来?接着念。'她就是这样,很任性,有时也可以说很专横,但你就是没法对她生气,她一个笑容,就能让我火气全消。

"她不只活泼开朗,而且非常聪颖,平常也不见她怎么学习,可是考试成绩在班里总是名列前茅。毕业以后,她分配到了工业厅。能留在省会城市,又是那样的单位,这是多少人梦都梦不来的。她也高兴过一阵,可上班几个月之后,她的神情就暗淡下来,念叨着没意思没意思。然后,辞职,换单位,换了一个又一个,国企、私企、合资企业都干过,短的半个月不到,长的四五个月,两年时间,炒了八家公司鱿鱼。有一天忽然告诉我:咱们去美国吧,我不想在国内待了。我吃一大惊,因为这个问题我从来没有想过。我不能反对,只能敷衍:我一个教书的,到美国去能干什么呢?她难得认真地思考了一回,思考的结果是她先过去,站稳脚跟后再将我接过去。她的话让我心生恐惧,因为我知道,她想做的事情就一定能做到,而分离对于我来说是很难忍受的。

"第二天,她就买回来一大堆托福资料,然后突然变了个人似的,异常刻苦和勤奋,除了吃饭和睡觉,其他时间都在阅读和记忆。半年,她只用了半年时间,便完成了托福的全部考试。等了两个月,就等来了斯坦福大学的录取通知。

"她走了。走的前一天晚上,她一会哭一会笑,一遍又一遍地要。我强打精神，强颜欢笑，但我清楚地知道，这可能是人生中最后的盛宴了。

"她走了，把寂寞和孤独留给了我。在房间，在教室，在学校的任何地方，我都能看见她的影子，都会勾起我无限的眷恋和思念。我感受着真实的压迫，却又无法逃遁。我感到才思枯竭，坐在桌前，一个小时一个小时过去，却写不出一个字。就在这个时候，一位我很尊重的编辑约我谈话，大意是要想写出真正有分量的好的作品，就要跳出校园的圈子，到社会中去，在那里才能更真切、更准确地把握时代的脉搏。他的话让苦闷彷徨的我眼前一亮，就来到了这个地方。"

"你们现在还有没有联系？"开元问。

"有，但已经越来越少，越来越淡，我能感觉到，我们已是渐行渐远了。"炜平闭上眼睛，那个熟悉的身影又出现在眼前。这个时候，她在那边干什么呢？

"你老婆长得漂亮不漂亮？"

这一问，直接、突兀，让仁义猝不及防。他的脑子里出现了一个女人，衣着朴素，长相平平，皮肤黑而粗糙，神情里存着自卑，眼睛里含着胆怯。他一时想不出该怎么回答。

好在振乾并不是真的发问，而是作为自己讲述的铺垫："我告诉你，我老婆当年可是我们厂里的一枝花。"

"能比这个叶丽更漂亮？"仁义忽然有点愤愤不平，有心扫一下振乾的兴。

"不是一个味道，就像茶和咖啡，你能说哪个更好喝？"振乾完全沉浸在自己的兴奋里，"不过有一点我敢肯定，我老婆比叶丽更性感，更有女人味。不说别的，单那走路的姿势就叫人受不了，两个屁股蛋扭动得那才叫一个别致。不瞒你说，我最初就是让她的两个屁股蛋给迷上的。她是我们厂部的打字员，追求她的人能拉一卡车。就长相和经济条件而言，我一点也不比他们优越，但我这人就有这个特点，自己想要的东西绝不会让给别人。你知道我是怎么把她弄到手的吗？"

仁义没有吭声，他知道，这时候不管他吭不吭声，对方都不会停下来。

"那一天快要下班时，我拿了一份草拟的文件，模仿厂长的笔迹在上面写了'急件，速打印'几个字，送到打字室。她当时正在换衣服，上身穿着一件红色的羊毛衫，胸脯和臀部一样饱满。这更让我血液循环加速，心跳加快。她有些不满，但还是穿上工作服，又坐了下来。我站在她身后，一边看她打字，一边等待时机。听到楼里面已经完全没有了动静，我就开始动手，一举拿下了她。"

"她就没有反抗？"仁义想象着当时的情景，身体有点燥热，喉咙有些发干。

"刚开始还挣扎了几下，后来就不动了，最后还挺配合的。"

"就这么简单？"仁义稍感失望。

"就这么简单。不过后来我才知道，我当时扮演着征服者和被征服者双重角色。结婚以后她才告诉我：'你以为你模仿的那几个字我当时没看出来？'我问她既然看出来了你为什么不走？为什么要从我？你猜她怎么回答：'因为你身上有一股狠劲，像个真男人。'你听听，真男人，多高的评价！这事情让我乐了好多天。妈的，这两地分居的日子真不好过，一想起她那绵软的身子我就受不了。你打算什么时候把老婆接出来？"

"我压根就没想着让她出来。"仁义的语气有点恶狠狠的。话一出口，他就有点后悔，但已经无法收回，就像启了塞的酒，味已经跑了出来，再盖上也没有用。封存在胸腔里的那块心病已经搁置得太久太难受，索性破一次例，开一次戒，一吐为快："我的婚姻没有你那么浪漫和美满，要想形容的话，只有'悲惨'两个字最合适。我生在农村，长在农村，二十一岁就结了婚，媒人牵线，结婚前只见过两面，毫无感情可言。可是一年以后，我们还是有了一个儿子。后来恢复高考，算我运气好，上了个大专，两个人就更无感情可言。有时候回家待一天，也想不出一句要说的话。可她就是不离，坚决不离，什么样的条件都不离。无奈之下，只好一天天吊着。原来一个月回去一次，后来两个月、三个月回去一次，心想她总会有死心的时候，谁想，她还是不松口。我不回去，她竟然开始到单位来找我，来了也不说话，就在办公室里坐着，我不回去她不走，弄得我一点面子也没有，威望也一落千丈。无奈之下，我才动了出来的念头。她不是能找吗？我看她还能找到这里来。"

"原来你是逃婚出来的，想不到你这个家伙还是一个现代版的陈世美。"振乾放纵地大笑。

"声音低一点行不行？"仁义有点发急，"别把话说得那么难听，换作你也肯定会这么做。"

"开个玩笑，你急什么？"振乾收住笑，"说起来你也是个受害者，谁让高考中断了那么几年呢，像你这样的悲剧在全国到处都能找到。不过我有一点想不明白，这些年你的性生活是怎么过的？"

仁义的眼神亮了一下，又暗淡如初，显得可怜兮兮的："过什么过，把自己当太监就是了。"

"不可能，"振乾坐了起来，"像你这样的年龄，正是如狼似虎的时候，怎么能熬得住？我不信，打死我也不信。老实交代，是不是有一个小情人？"

哀戚快速消退，自得爬上了脸："有倒是有过一个，不过算不得什么情人，只不过是同病相怜而已。"

振乾更来了精神："我就说嘛，你这闷骚闷骚的，能委屈了自己？快说说，她长得怎么样？你是怎么把她搞到手的？"

仁义的脑海里浮现出另一个女人的影子，瘦小，白净，五官精致，笑起来很好看。他重重地叹了口气："很平淡，没有什么可谈的。她和我是同行，离过婚，我们在一次会议上认识，然后就开始交往。不过现在说这些还有什么用，全让我那个死心眼的老婆给搅黄了，出来前我们已经断绝了来往。"

"那总该有第一次吧，给我说说你们的第一次。"振乾穷追不舍。

仁义忽然警惕起来，这家伙这么刨根问底的，是不是另有什么目的？说不定他谈自己的事情就是抛下的一个诱饵。即便不是这样，依这家伙的行事风格，说话口无遮拦，说不定哪天就会把自己的事情当笑话抖搂出来。这么一想，立刻开始收口："男人和女人之间的那些事，你肯定比我懂得更多，有什么可说的！"

"没意思。"振乾往后一仰，很快就发出呼噜声。

仁义拉灭灯，却大睁着双眼，让无尽的心事在暗夜里徜徉。

"你看看，你写的这叫什么东西！"东海板着脸，气呼呼地看着振乾，"文理不通，漏洞百出，真不知道这些年在企业你是怎么混的。"

看到门留有个缝，振乾过去关严实了，脸上的笑容有点勉强，声音压得很低："我给你说张总，写东西不是我的强项。"

"那你的强项是什么？当领导？要不要我把这个副总让给你做？"

像被逼到绝路的恶狗，振乾脸上的笑容消退了，显出些阴冷和凶狠。他迎着东海的目光，走近了一些："我给你说张总，我对你还是很尊重和崇拜的，但你是不是也应该给我这个部门经理留一点面子?"

"你什么意思,犯了错还不能说是不是?"东海依然沉着脸,但语气已然柔和了许多,"我这个人就这个脾性,眼睛里揉不得沙子,但时间长了你就会知道,我不会阴人、害人,丁是丁,卯是卯,该批评的时候批评,该保护的时候保护。算了吧,这份东西我让炜平再加工一下,这里有几份施工企业的资料,你先拿去看一下,熟悉熟悉情况,为工程招标做一些准备。"

晚上,振乾在屋子里大发牢骚:"我给你说实话,这个公司里让我佩服和尊重的人只有一个,那就是王总,其他人在我眼里什么都不是。那个黄敬儒,以大学者自居,像一只大公鹅,脖子昂得老高,但也看不出有什么能耐,或许就是大草包一个。这个张东海,仗着个副总头衔,也牛皮哄哄的,看这个不如意,看那个不顺眼。招标文件我在工厂里做了无数次,还没有人敢说三道四,在他这里就过不去。你等着瞧,总有一天,我要让他知道马王爷长着几只眼。"

有敲门声,很分明,也很有节奏。振乾出去开门,仁义听到振乾说话忽然有点口吃:"黄总,怎、怎么是您?"

敬儒带有磁性的声音里充满了亲和力:"晚上没事,我过来看看你们。你把那两个女同志也叫过来,我带了点好茶,咱们喝喝茶,聊聊天。"

叶丽和小茜进来的时候,屋子里每个人的眼睛似乎都亮了一下。

两张单体沙发,敬儒当仁不让地占了一张,肥胖的身子将里面填得满满的。振乾毫不谦让,自己坐了另一张,其他人都坐在黄色的木椅子上。

敬儒呷了口茶,笑容满面,顾盼生辉:"都尝尝,看看怎么样。这是我前年到云南讲学时人家给送的,正宗的白茶,听说一千多块钱一斤,还很难买到。"

振乾学着敬儒的样子,也呷了一口,眯着眼睛仔细品味了一下,发出由衷的赞叹:"真好,这是我一生中喝过的最好的茶。"

敬儒笑意更浓:"我就是喜欢和你们这些年轻人打交道,这样好像自己也能变得年轻一些。"

"在公司里,您就是我们的精神领袖。"振乾的态度极为谦恭。

炜平和开元相视一笑,仁义脸上则有几分惊色。

"话可不敢这么说,要是让有些人听到了,会产生其他的想法。不过希望我们以后能够多沟通、多交流，工作上生活中有什么困难，尽管告诉我，我这个总经济师手里没有多少权，但为民请命的事情还是可以做的。"说到这里，他用手在振乾的肩膀上轻拍了两下，"今天的事情不要往心里去，人的性格不同，知识占有和修养不同，思维方式和行事风格自然也会不同，所以，误会和委屈都是不可避免的。但有一点，决不能气馁，不能打退堂鼓。我相信，有你们这些充满朝气的年轻精英在，我们公司一定会一天天好起来，一天天壮大起来。"

像是为了证明所言不虚，又开始单个点评。用手指一下振乾，又指一下仁义："先说你们两个，原来就是企业的中层和中坚，年龄、学识、经验，可以说要什么有什么，什么工作还能难倒你们？"

又将头转向炜平："一个大作家来给咱们当办公室主任，行政事务方面还有什么放心不下的？现在还写小说吗？以后写出来能不能让我先过过目，我年轻的时候也很爱看小说，不一定能给你提出什么好的建议，但在政治上起码能为你把把关。"

然后看着开元："怎么样？从行政事业单位到企业，由监管角色转为被监管，心里这道坎不好迈吧？没事的，过一段时间就好了。我相信你是不会后悔的，人生多一些经历总比少一些经历要好。"

面对着叶丽和小茜的时候，更柔情了一些，也更加语重心长："公司现在处于起步阶段，这两年主要的任务是基建，标准厂房、酒店、居民楼，都是在花钱，工程项目的回报也没有那么快，只有贸易能给公司赚点钱。叶丽呀，你是我独具慧眼相中的人才，也是公司破格任用的唯一一个，一定要努力工作，充分发挥你的聪明才智，干出点成绩来，才能对得起我和王总对你的信任。"

叶丽显然对这句话没有思想准备，脸上飞起一抹红晕："黄总，您把我说怕了，您看我这肩膀，担得起如此重任吗？而且我只会几句英语，对贸易一窍不通，要不您给王总说一下，干脆换个人得了？"

"刚说过不要气馁，不要打退堂鼓，你这就来了。有我在后面掌舵，你还有什么可怕的，只管放心大胆地干就是了。这个小茜好像还没有对象吧，不用着急。你看咱们公司来的都是些青年才俊，以后还会陆续地来大批地来，还愁找不到一个意中人？仁义和叶丽，你们一个是领导，一个是大姐，在这件事情上要多费点心，我就等着吃小茜的喜糖。"

小茜羞涩地低下了头。

"据我所知，你们里面有几个人还不是党员。这个不对嘛，工作上要争先，思想上也要不断进步，谁要是有这方面的意愿，可以来找我谈。在这件事情上，我还是有一定发言权的。"

很完全，也很圆满，敬儒显然对此行很满意，站起身来，将领带往上提了提："好啦，我该走了。我这个人就一个特点，心直口快，想起什么就说什么，今天晚上就是想给你们打点气，不要耽误了你们休息。"临行不忘诙谐，行了个很不标准的军礼，听到了想要听到的笑声，这才转身离去。

回到房间，仁义问振乾："是不是很感动？"

"感动个球！"振乾将头一扬，"拿我们当傻子，还不是拉帮结派、笼络人心那一套！"

"这和你刚才说的话好像有点不一样。"仁义故意装作不解的样子。

"什么话，草包还是精神领袖？这叫谋略你懂不懂？看到看透的事情你都可以说出来，但一定要分清场合，否则不是神经病就是傻子。"

仁义心中暗暗叫苦，这个表面上鲁莽的家伙其实并不那么简单。妈的，来的都是些什么人，好像没有一个人能掐算得准、能拿捏得动。

这天早上，敬儒在楼下多等了五分钟。这五分钟，让他焦灼不已，激愤不已。这不是一个简单的等待问题，是对人格的轻慢，是对高级知识分子的不尊重。更重要的是，这是一个苗头，一个很不好的苗头，有了第一次，就会有第二次第三次，如此下去，颜面何在？威望何在？

坐上车后，他没有看东海，直接向小孙发难："你这个小孙呀，看着老实巴交的，眼睛里却有水，知道谁重要谁不重要。"

小孙不敢接言，满脸的委屈和惶惑。

"我告诉你小伙子，要想做事，先要学会做人，不能说自己只是一个开车的，就可以不关心人格问题。"敬儒依然不依不饶。

小孙欲哭无泪。

东海实在看不过眼，接过话头："有牢骚就对我发，欺负人家小孙干什么？出门前接了个电话，耽误了几分钟，至于这样吗？"

"我哪敢对您呀，官大一级压死人，我赔笑都来不及，哪还敢发什么牢骚。不过一个人受到轻慢，吐几口苦水总是许可的吧。"

东海咽了口唾沫，将厌恶和愤怒一起咽了下去。

"明天您让小孙去接他一个人吧，这个车我不坐了。"东海没有进自己办公室，气呼呼地坐在廷轩对面。

问明原委，廷轩沉思了一会，然后按了按东海的肩膀："这个人好面子，爱摆谱，你又不是不知道，何必和他一般计较。这件事我来安排，你就不要管了。"

东海难掩失望之色，摇摇头："您这么一味地迁就和纵容，迟早会后悔的。"

廷轩又在东海肩膀上按了一下，没有再说话。

第二天早上，东海见来接自己的是小宋，心里已经明白了怎么回事，还是问了一句："王总呢？"

"王总说他走过去，以后让我负责接送你。"

东海真有些哭笑不得，这就是所谓的解决办法，真是匪夷所思！总经理步行，副总坐车，这车还能坐吗？他从车上下来，向小宋摆了摆手。"你把车开到公司去吧，王总能走，我也能走。"

对此，敬儒视而不见，故作不知。享受不享受特权是你们的事情，与我何干？在原单位老子就有专车接送，在这里有什么不可以？

此后几年，这成了四方公司一道独特的风景：总经理和副总经理步行上班，总经济师专车接送。后来有人问敬儒："看来你们公司对你这个大知识分子还是很尊重的。"敬儒不屑地摆了下头："狗屁，那是我争取来的。"

看见开元和小茜又在谈笑着什么，仁义气就不打一处来，看着开元，第一次用了命令的口气："你把今年的财务计划做一下。"

开元的表情很丰富，意外，惊讶，然后有了点笑容："我没听错吧，让我做财务计划？我记得这应该是财务经理分内的工作。"

仁义有点恼："你什么态度？你就这样配合我的工作？"

开元两手一摊："我态度很好啊，我认为我已经很好地配合了你的工作，要不请经理指出来，属于我职权范围内的事情，哪一项我没有干好？"

"你别忘了，你的岗位职责里还有一条：接受财务经理临时指派的工作。"

"我认为这一条应该改成接受财务经理不想干或者干不了的工作。好吧，让我干也可以，那你能不能先告诉我：公司今年的经营思路，开工及进展情况，还有资金使用的灵活程度。"

"这些都告诉了你，这计划还用得着你做？"

"那么你的意思是财务计划可以随意编造？这样的话，十分钟以后我就可以给你。"

仁义已经完全败下阵来，但他不想认输，将火气发泄在小茜身上，提高了音量："这里是工作的地方，以后上班时间不要聊天。"

小茜向开元伸了下舌头，开元回了个鬼脸。

方岩主任打来电话，招远一位开金矿的徐老板要到开发区来考察投资环境，想到公司来看看，希望能热情接待，并且多说好话。

廷轩不敢怠慢，决定亲自接见。说好的10点，等到11点才到，心里已是不悦，及见到人，更有几分厌恶，头发蓬乱，西装，无领带，前襟敞开，胸前滚动着一根很粗的黄金项链。头大脸大，五官也都不小，最显著的是鼻孔，像两孔窑洞。带一个长相很普通的小女孩，进门先为自己开脱："我说该走了该走了，他们非要再打两圈，妈的，这一个小时从老子腰包里掏走了两万多。"然后抬头打量了一下办公室："房间这么小！这地方是租的吧？你们公司的注册资金是多少？"

廷轩控制着自己的情绪，据实以告。

"才两千万，两千万能干什么事？"徐老板毫不掩饰自己的轻蔑，"去年我做期货，一把就赔出去四千万。钱这东西真不是什么好玩意，没有着急上火，太多了也着急上火。几个亿趴在账上，看着心烦，我总得给它找个出路。听说你们是军工企业，我对军工企业还是比较信任的。可是你们为什么会看中这个地方？这地方哪一辈子才能发展起来？实不相瞒，这已经是我第三次过来，方主任和其他几个副主任都到我那里去过，表态，许愿，就差跪下来求我。可我能答应么？有钱不假，有钱也不能拿钱打水漂，是不是？我还是不明白你们为什么会看中这个地方。对了，我知道了，你们的钱是国家的，不是你们自己的。"

廷轩觉得自己的忍耐已经到了极限，想尽快结束这次会见，站了起来："对不起徐老板，我一会儿还有个会。"

"会下午开还不是一样？"徐老板很是不解，抬起手腕看了看表，"快十二点了，中午咱们聚一聚，喝几杯。"然后，不由分说地抓住廷轩的胳膊就往外拖，手劲很大，廷轩感到是被一头野牛拽了出来。

东海和敬儒也被如法炮制，然后徐老板开始在大办公室里点人数。"一二三四五六七，二加三加七，十二个人，挤一点能坐下，走走走。"

福海酒楼，徐老板找到主座，让廷轩坐在大客位置，然后，将头转向东海和敬儒："你们两个谁排在前面？"

廷轩无奈，只好将两个人的姓名和职务做了介绍。

"副总经理，总经济师，好像副总经理更大一些是不是？好，张副总就是二客，黄总经济师就是三客。小马你给我做副陪，其他人想怎么坐就怎么坐。服务员，再加两把椅子！"

敬儒的脸色已经变得很难看。

坐定以后，服务员拿过菜单，徐老板将手一摆："看什么看，拣你们最好的上，茅台有没有？拿两瓶！"然后，挺直身子，将军一样左右看了看，想说什么好像又没有想好，吭了两声，气流不通的样子，伸出小拇指依次在两个窑洞一样的鼻孔里挖。显然很有成果，放到眼前看了看，交给食指和拇指，捻了两下，然后弹到地上。

带来的女孩小马对此好像已是见惯不惊，其他人脸上都有些不堪，叶丽和小茜将头扭向一边。

东海已经看出此人的底蕴，有心调侃几句，活跃一下气氛："机会难得，徐老板能不能把你成功的经验给我们传授传授？"

"运气，就是运气，"徐老板立刻神采飞扬，"你们知道我最初是干什么的吗？泥瓦匠，整天被一个小工头呼来喝去。后来自己就成了工头，攒了几个钱。我给你们说，财运来的时候想挡都挡不住。南方有个商人在我们那儿开金矿，砸进去五百多万，连金子的影子都没看到。挺不下去了，五十万往外盘，有人找到了我，我那天喝了点酒，要是没喝酒也许什么事都没有。这是大赌，赌输了等于前十几年白忙活。喝了酒后脑子发热，心就动，而且动得厉害。可我手里只有二十万，拿不出那么多钱。过了一会儿那人又回来，说二十万也行。我现在想起来就想笑，那个倒霉蛋，那个蠢货，当时是彻底绝望了，看来人在绝望的时候什么蠢事都能干出来。我花了二十万，买到了他用五百多万开出的四眼矿井。你们猜怎么着？我只往下挖了两米，金子就出来了。那人知道消息后，气得吐血，在医院里住了半年。后来还来过一次，脑子好像有点不大清醒，在井口一站就是几个小时。我看他挺可怜的，又给了他十万，派人将他送了回去，从此再没了消息。"

"你能不能再给我们说说，有钱和没钱的感觉有什么不同？"东海继续发问。

徐老板愈发得意，将剥好的一只虾送进嘴里，发出很响亮的吧唧声，同时不忘说话："天堂与地狱，皇帝与乞丐。我给你们举几个例子。以前我走进乡政府，腿就会发软，现在不要说乡长，就是县长想见我一面，还要看我心情好不好；以前买一辆自行车都难，现在我一百万以上的车有十几辆；我二十七岁才娶的第一任老婆，现在我已经有了第四任，要说长相……"他忽然色眯眯地看着叶丽，"和这位小姐能有一比。"

叶丽感到一阵恶心，喝了口水压住。

几杯酒下肚，徐老板的话更有点收不住："除了黄金之外，我现在是看见什么做什么，钢材铝材加工、房地产、酒店、期货、股票，可是他妈的，挣钱的少，赔钱的多。看来知识这个东西还是有点用的，我已经开始重金招揽人才，这个小马，就是我刚招来的大学生。小马，站起来用英语给大家讲几句话。"

"My name is Ma Guimin.I wish you all good health and all the best！"（我叫马桂敏，祝大家身体健康，万事如意！）

徐老板显得很受用，很陶醉，眯缝着眼睛，很响亮地啜了口酒。

"Little sister, knowledge is not used to show off, talent is not used to decorate the facade．"（小妹妹，知识不是用来卖弄的，人才不是用来装饰门面的。）

声音从叶丽嘴里吐出，宛如莺歌，又流利又柔和。徐老板睁大双眼，很吃惊的样子："你们这里也有人会说英语？"

"除了我，这里每个人都能说两句。"廷轩淡淡地回了一句。

徐老板气焰大减，眼睛又直戳戳地看着叶丽："想不想到我那里去干，我给你最高薪。"

叶丽微微一笑："徐老板还不知道，我这个人最怕的就是有钱人。"

一直没有说话的敬儒站了起来:"This is the most pure woodlouse I have ever seen."(这是我见过的最纯正的土鳖。)说完转身离去。

叶丽、炜平、开元先笑,其他人跟着笑,廷轩脸上的肌肉也忍不住动了两下。

徐老板不明就里,疑惑地看着小马:"他说的是什么?"

小马面露难色:"我词汇量少,听不大明白,好像说您是……"

叶丽接过话头:"我们黄总说您是他见过的真正的大腕。"

又是一阵笑声。徐老板在笑声中获得了自信,粗壮的脖子转动了两下:"大腕谈不上,不过我这手腕倒是挺有劲的,不信的话你们谁来比试比试。"

这下是哄堂大笑,连小马也跟着笑了。

离席时,廷轩客气了一句:"徐老板来我们公司,这顿饭还是我们来买单吧。"

徐老板的回应是廷轩完全没有想到的:"爽气,我就喜欢和王总这样的人打交道。既然如此,我也不能不给王总这个面子。不过咱们说好,过些天我请你们到我那里去,咱们再好好喝一顿。"

廷轩心里暗暗叫苦,这一桌饭,加上两瓶茅台,最少也要花去两千多块。更不舒服的是,这钱花得实在太冤,请的什么人?吃出了什么名堂?

隔日,方岩打来电话,声音很是兴奋:"王总啊,感谢你们的盛情款待,徐老板对你们公司尤其是对你的印象非常好,已经决定到这里投资,你知道注册资金是多少吗?一个亿!徐老板说了,你们这种有素质的人做出的选择是不会错的,他准备放开手脚再豪赌一次。"

廷轩很想开个玩笑:你要是真想感谢的话,就把那两千多元的餐费给我报了,想一想关系还没到那么熟,就忍了下去。

"徐老板还说了,以后如果有机会,很想和你们公司合作。"

廷轩心里一惊:"心意我领了,但合作的事情以后还是不要再提,他家大业大,弄不好什么时候把我们一口吞了。"

方岩笑了:"你放心,有我在,就不会有那样的事情发生。你知道吗?我对你们公司有一种特殊的感情,是你们给我带来了好运,最近除了徐老板,还有好几家公司签订了投资协议,投资额都不算小。开发区真要能发展起来,我给你们记头功。"

放下话筒,廷轩感到埋在心底的积郁和浊气已经释放了不少。

报价，摸排，筛选，三家建筑公司终于确定下来，廷轩长长地出了口气。

烂尾楼，在北京见得很多，半死不活地躺在那儿，黑洞洞的窗口传递着绝望，把很多公司拖向死亡。究其原因，有违章而建被强令停止的，有投资方资金链断裂难以为继的，但相当一部分，是施工方的原因，有的资质不够，有的质量不过关，有的卷钱跑路。这样的悲剧和笑话绝不能在这里重演和出现，这是廷轩在公司的大小会议上反复强调过的。细节决定成败，谨慎，再谨慎，这是他反复说给自己听的。

三个大塔吊很快在不同方位矗立起来，像三只巨型蜻蜓，在蓝色的天空中展翅翱翔，这情景看着就让人情绪激动，热血沸腾。一有闲暇，他就让小宋拉着他到几个工地转悠一圈，有时和东海一起，有时和振乾一起。在那里，能看见工人忙碌的身影，能听见工头声嘶力竭地叫喊。他很享受这样的场面，这样的情景，在一片喧嚣声中，想象着楼房盖成后的样子，思考着公司的未来。

叶丽也开始忙碌起来。

从内地到沿海，从学校到企业，从教书到做贸易，她经历了一次断裂式的转变，这带给她的不是失落、迷茫和慌乱，而是清新、惊喜和迷醉。她能感觉到内心深处的伤痛正在逐渐消退，一个充满自信的、全新的自我正在悄然站起。

出来的原因，可能没有人会相信，可是不那么说又该怎么说呢？能把实情告诉他们吗？当然不能，那是怎样的屈辱啊！自己都无法正视，又岂可说与人听。

那种如遭雷击般的感觉，真的太可怕了。那是一天早晨，她正要去上班，却见丈夫开门回来，市政府的副秘书长，经常要赶写材料，彻夜不归已是常见的事情。她对此不满，但又无可奈何，既为官场中人，就得尽官场中事。她折回来，问吃问喝，极尽关怀。丈夫很累，脱下西服外套，倒床便睡。她帮他脱掉鞋子，将腿扶上床，扭头看见衬衣最上面的扣子还勒紧在丈夫的脖子上，这样睡多不舒服啊。她心疼地想，小心翼翼地让扣子从扣眼里滑落出来。多么熟悉的脖颈啊，这是用手臂环绕过，用手指摩挲过，用唇和舌吻过的。她有点心动，俯下身子，想在丈夫肩窝里留下一个轻吻，可是这个温存没能完成。她看到丈夫右边肩胛上有一抹血痕，将衣领向上掀了掀，这血痕更深、更清晰了一些，是两排很分明的牙印。出于本能，将左边衣领也向上掀了掀，看到了完全相同的印痕。一个念头像冰冷的蛇一样从心里钻了出来，他在外面有女人了！

他怎么可能在外面有女人呢？还有什么样的女人能让他动心？她感到困惑，委屈，更多的是伤感，然后愤怒便开始滋长，一分一寸地滋长，让血液变冷，让心变硬。

她没想哭，但不争气的眼泪还是流了出来，滴落到丈夫脸上。丈夫醒了过来，眼睛里闪过惊慌，下意识地将衣领向下拽了拽。

她冷笑。她奇怪自己也会冷笑："你不会告诉我这是让什么动物咬的吧？"

知道已经无法遮掩，丈夫只能道出实情。原来他和一个女副市长有染，这也是他多次彻夜未归的主要原因。她突然感到自己的神经有点错乱，想哭，想喊，又想笑。那个副市长她是见过的，个头不高，腰腿粗壮，一张粗俗而蛮横的脸，嗓门很高。她努力想象着丈夫与那个副市长赤身裸体在一起的情景，恶心得想要吐出来，又悲愤得想用刀子把自己捅死。

丈夫跪在地上，可怜巴巴地为自己辩解：自己也不想这么做，可是有什么办法呢？人家是顶头上司，自己的前途命运完全掌握在人家手里，第一次发生关系之后，他到卫生间里呕吐了好半天。

她相信丈夫说的是事实，可这些能作为原谅的理由吗？职务对一个人真有那么重要，可以连廉耻和情操都不要？困惑，屈辱，愤懑，她情绪恍惚地走到门外，想不出这种丢人现眼的事情该给谁去讲述，心里的委屈和伤痛该给谁去诉说。她到学校告了假，绕城转了两圈。她想不明白，生活中为什么会有这种荒诞不经的事情。这样的事情，为什么会落到自己头上？当年的校花、学霸，为什么会有这样的命运？令多少人艳羡、赞叹的婚姻，为什么会出现这样的变故？不到十年时间，那个洒脱、纯真、诙谐风趣的大男孩到哪里去了，怎么会一天天变成现在这个样子？那挺拔的身姿、英俊的脸面，是那个粗俗不堪的女人配享用的吗？他们接过吻吗？是谁更主动一些？那会是什么样的感觉，这一点他应该没说假话，除了恶心，不可能有别的感觉。可是，这件事到底是怎么发生的呢？她使劲想，想得脑袋发疼发胀，也没想出个头绪来。但无论如何，这段婚姻是不可能再延续了，这个家也不可能再待下去了。

幸亏没有孩子，开始她不想要，后来他不想要，她不想要是认为还没到要的时候，他不想要自然也有他的理由，其中可能也包含这件无法启齿的龌龊。但不管怎么说，总算避免了一个不幸生命的诞生，让情感剥离过程少了许多撕扯和伤痛。

离婚的过程很顺利，丈夫百般求告无望，又怕丑事败露，只好放弃。在财产分配上，丈夫很大度，愿意净身出户，分文不取。她冷笑，我一个飘零之人，要房子做什么？只取了部分现金，一步跨到了滨海。

这真是一个治疗心灵创伤的好地方，叶丽很庆幸自己做出了一次正确选择。每天晚饭之后，她都会来到海边，有时和小茜一起，有时孤身一人。沿着海岸线，散漫而惬意地行走，看海，看洒在海面上的余晖，看在余晖中翻飞的海鸥。相伴的，还有微凉的海风，还有时大时小却永不停歇的涛声，她能感觉得出，心灵的创痕像被浪涌荡平的沙滩一样，日渐光滑和湿润起来。

说好的秘书兼翻译，怎么就成了贸易部副经理了呢？这个疑问困扰了她很长时间，在顶头上司黄敬儒面前试探过几次，都没有找到答案。黄敬儒的神情永远是那么莫测高深，回答也是模棱两可，避实就虚："给个官当还不好吗？多少人想当还当不上，好好干，千万不要给我丢脸；有我给你把关，你还有什么好担心的？"减压，勉励，似乎也透露出一点信息，这个职位和他有一定的关系。

对这个顶头上司，叶丽却没有多少好感。大腹便便、目空一切的样子，和母校的几个大教授很有几分相似，应该是很有学问的一个人，研究员的身份也很能证明这一点。但不知为什么，就是敬不起来，敬之后的远之或近之连想也不用去想。他很喜欢找人谈话，一谈就是一个多小时，兴致勃勃，口若悬河，声情并茂，治国之方，立身之本，一大套一大套，一大堆一大堆的，过后却想不出一句有用的话。最烦的是那双眼睛，探照灯似的，想把你五脏六腑都看清楚，自己却躲躲闪闪的，极尽虚无缥缈、腾挪遮掩之能事。这起码不是一个真诚的人，她想，不像王总，看着就像一座山，真实而可靠。

既然当了这个副经理，那就要干出点样子来。可是做贸易不是简单地用钱买东西，那是要承担极大风险的。近几年国家的经济在发展，骗子和骗术也在发展，令人瞠目结舌、扼腕叹息的事例在电视、报纸上频频出现，所以在没有绝对把握的情况下，绝不能贸然出手。她决定先从建筑材料入手，对滨海地区的生产供应、质量标准和价格情况做一个全面摸排，然后再逐步向其他材料、其他地区扩展和延伸。

黄敬儒对她的想法大加赞赏，并立刻把小高喊了过来："你拉叶经理去，叶经理让到什么地方你就到什么地方。"

小高好像很乐意接受这份差事，瞟了叶丽一眼，怪模怪样地行了个军礼："是。"

坐到公司新买的丰田面包车上，叶丽就感到有点不对劲，小高的眼睛不是专注于前方，而是时不时地看一眼上面的后视镜。她有点好奇，不知道那里面有什么东西，探头看了一眼，恰好与小高色眯眯的目光相对。小高像被捉赃的贼一样露出些尴尬相，嘿嘿地干笑了两声。叶丽很有些气恼，冷了脸，将后视镜向司机位置扳了扳，不想小高竟厚着脸皮又给扳了过来，还嬉皮笑脸地给自己辩解："姐，你不要那么小气好不好，看几眼也不会看少你什么。你知道你在小弟心目中是什么地位吗？是女神，平常在办公室里也没有机会，今天就让小弟多看几眼。"

叶丽只觉得一阵恶心，厉声喝道："停车，我坐公交车去。"

"好好好，我不再说话就是了。"小高这才噤声，行程中毕恭毕敬的，像个仆人。

"开元，你来一下。"廷轩在办公室门口喊。

仁义用狐疑的目光将开元送了进去。

廷轩面带笑容，目光中透着亲切："早就想单独和你聊一聊，整天忙忙乱乱的，一直拖到了今天。我不敢再等，怕你给我偷偷跑掉。怎么样，让税政科长干一个会计，是不是感到挺憋屈的？"

开元也笑："坦率地讲，心理落差是挺大的，不过既然迈出了这一步，我就有足够的心理准备。我可以在这里做个保证，除非公司将我开除，否则我是不会当逃兵的。"

"这我就放心了。当初在谁当财务经理的问题上我们也挺犯难的，权衡来权衡去，只好让你先委屈一下。在这里，我也可以给你做个保证，这种状况绝不会持续太长时间，咱们公司有的是用人的地方。这个话题到此为止，我今天找你来，是想了解一下税收政策方面的事情。你能不能先告诉我，避税和逃税有什么不同？"

"在我看来，避税只是逃税的另一种说法而已。所谓合理避税，只不过是纳税主体将自己的身份包装得更合法一些，相关程序和经营运作更合规一些，巧妙地利用国家税收优惠政策，谋取企业利益最大化。"

"那你认为，我们这个企业如果想合理避税，需要做哪些方面的工作？"

开元略加思索，然后很肯定地回答："成立一个合资企业。"

"既然是合资企业，就得有外资，这不是一件容易的事情。"

开元又是一笑："现在的合资企业有几家是真正的合资企业，找个港澳人士或港澳企业，资金打出去，兑换成港币或美元再打回来，一家合资企业就诞生了。"

"这不是在弄虚作假吗？难道工商部门发现不了？"

"真正要查肯定能查出来，问题是没有人去查，工商部门即使发现也会睁一只眼闭一只眼，因为各地、各级政府的年度考核内容里都有重要的一条：新增几家合资企业，引进多少外资。"

"挂个合资牌对企业真有好处？"

"好处多多，两费可以不交，所得税免二减三，利润若用于再投资，已交所得税还可以返还。"

"这是件大事，让我再想想，再想想。"

打电话给总公司，很快就得到肯定的答复：可行，其他地方已有这么干的。放下电话，廷轩又开始犯难，这个有港澳身份的人或港澳企业到哪里去找。

"这件事包在我身上，"敬儒拍着胸脯保证，"我有一个叫于欣的大学同学，原来是四川省林业厅的副厅长，前几年辞职去了香港，听说在那边搞了个经贸公司，运营得很不错。"

"不会是外逃的贪官吧？"东海半开玩笑半认真。

"不要把别人都想得那么坏，"敬儒似乎无意争辩，"我可以以我的人格担保，这个人品质方面绝对没有问题，完全靠得住。"

"那好吧，你打个电话让他过来，把有些事情当面商定一下。"廷轩拍板。

过了两天，敬儒亲自到机场将于欣接了回来。这个人体型与敬儒很有几分相似，只是略微低了一点，不知是没睡好还是喝酒太多，面部微胀，像吹足气的猪尿泡。看到廷轩，就像见到多年未见的老友，表现出十几分的亲热，两只手将廷轩的右手紧紧握住："早就听黄总提到过您，很想一见，今天也算了了一桩心愿。我在四川受过小人的算计和排挤，所以最怕小人，就想和王总这样讲信用、敢担当的人打交道。"

谈到费用问题，于欣撇起很不纯正的港腔："这些事情都是不值一提的啦，对我来说，这些钱都是毛毛雨啦，多个朋友多条路，我就当是给朋友帮个忙啦。这件事情要抓紧办啦，我很想和王总多待几天，可是那边的事情很多，耽误不起的啦。"

看过拟定好的合同文本，于欣突然变脸："怎么是一次性支付五万？我来这一趟就值五万？算了，这件事还是不要再做的啦。"

这一惊非同小可。廷轩看着敬儒，敬儒显得很为难的样子，面向于欣："咱们不是说好的吗？"

"是我没听明白，还是你没听明白？你们也可以去打听一下，每年营业收入的百分之五，这是现在的惯例，这种事我已经做了七八次，还没有碰到过像你们这样的。没想到你们这样的大公司，办事反而这么不痛快。算了，算了，这件事能办就办，不能办就到此为止。"说完像受了天大委屈似的，气呼呼地回了房间。

廷轩很生气，看着敬儒："这就是你说的品质没有问题、靠得住的朋友？"

敬儒牙痛似的咧了咧嘴："十几年没见，谁知道会变成这样。"

"那么，现在该怎么办？接受他的条件，还是让他走人？"

"肯定不能签，"一直没有说话的东海怒冲冲地站了起来，"还说什么近君子防小人，我看这就是一个典型的小人。一次性五万我认为已经够多了，还想按每年收入的百分之五，这不和强盗一样吗？亏他也能想出来，百分之五是什么概念，营收一百万就得给他五万，一千万他就到手五十万，而且不管企业盈利还是亏损，他的钱都得给，与其这样，还不如把我们公司变更成他的名字，我们都直接给他打工好了。"

"我同意，"廷轩的态度也很坚决，"老黄你再去问一下，看还有没有商量的余地，如果没有，买一张机票让他走人。"

"好好好，我再去找他谈谈，我不相信他会一点面子都不给我。"

看着敬儒的背影，东海脸色阴沉："谁知道其中到底是怎么回事。"

"他们两个会串通一气？这我倒不大相信。"

"王总，你这个人就是太宽厚，总把人往好处想。我当了十几年厂长，这一点体会最深，人心叵测。很多时候，用人心是换不来人心的，所以该硬的时候就得硬，该狠的时候就得狠。"

"这个问题咱们以后再议，现在的主动权掌握在咱们手里，而不是掌握在他于欣手里。谈不拢，让他走人就是了。我就不相信，天地这么大，还找不来一个合适的外商？"

说话间，敬儒气喘吁吁地进来，瘫软似的往椅子上一坐："你说我为什么要揽这个事，这不是自己给自己找罪受吗？连骂带劝的，费了半天口舌，总算松了口，答应破一次例，给咱们降两个点。"

"百分之三也不行，"东海声色俱厉，"你告诉他，不要再打营收的主意，利润的百分之三还可以考虑。"

敬儒看廷轩，脸上是认同的意思，只好很不情愿地抬起身子，受了天大委屈似的嘟囔了一句："我这个研究员，倒成了一个跑堂的。"

敬儒三上三下，总算有了一个双方都可以接受的结果：营收的百分之一，利润的百分之二。

尽管廷轩和东海对于欣这个人已经深感厌恶，但出于礼节礼貌，晚上的接待还是必不可少。

宴席上的于欣又完全变了一个人，好像此前的争执和龃龉完全没有发生过，谈笑风生，频频举杯邀酒："今天这酒一定要喝个痛快，不为别的，就为结识了王总和张总两个新朋友。来，干!

"从此以后咱们就是一家人了，一家人不说两家话，以后香港那边如果有什么事情，打电话告诉我就行了，凭我现在的实力，没有什么摆不平的。来，再干一个!"

酒至半酣，于欣端起酒杯对了廷轩："王总啊，兄弟我还有一个不情之请。"

廷轩神色平静："请讲。"

"这个合资公司的总经理能不能让敬儒干？这样我们以后协调沟通起来会方便一些。"

敬儒有些紧张地注视着廷轩，但他在廷轩脸上没有看出任何东西，却听见东海嗤了下鼻子："这好像应该是我们公司的内部事务吧？"

于欣猛地晃了下脑袋："喝大了喝大了，再议再议。"

第二天东海告诉廷轩："我当时就想骂一句，再议你妈个大头鬼！"

知道成立合资企业的事情以后，仁义很有些气恼：这件事为什么自己没想到呢，反让开元抢了个风头。知道并不占理，还是忍不住低声向开元发了句牢骚："成立合资企业的事情为什么不先告诉我？"

开元的话好像是准备好了的："你没问过我呀。"

仁义只好打起官腔："你也是在官场混过的人，总该懂得一点组织原则。"

"你的意思是王总不该越级和我谈话？那要不要我去告诉王总一声，让他不要再犯类似的错误？"

"算了吧，以后注意点就行了。"

"怎么能算了呢？我不知道我以后要注意什么，是我的责任我会担着，不是我的责任打死我也不会接受。"开元的声音大了许多。

仁义已无心恋战，站了起来："我出去还有点事，回来再说。"

这样下去，经理这个位子迟早会被开元这小子夺走，仁义忽然充满了紧迫感和危机感，怎么才能变被动为主动，保住这个位置呢？他苦思冥想，终于想到了办法。

这一天，仁义见廷轩办公室没有外人，便敲门走了进去，神秘兮兮地说："王总，有两件事情我思考了很多天，觉得有必要请示您一下。"

"什么事，你说。"廷轩的头伏在一张图纸上，没有抬起来。

"我认为咱们公司应该再设一套账。"

"为什么？"廷轩吃惊地抬起头。

"应付检查，少交税。"为了证明自己的正确，仁义又补充了一句："很多企业都是这么做的。"

"什么乱七八糟的！"廷轩大声呵斥，"我们是军办企业，正规公司，不要搞那些鸡鸣狗盗的玩意。说吧，还有什么事？"

仁义心意大乱，声音有些发颤："要不要建一个小金库，以后发奖金什么的可以方便一些，领导有一些不好报销的开支也好处理一些。"

"你脑子里怎么净装着这些东西？奖金该发就发，有什么不方便的？费用该报的就报，不该报的就不给报，还要怎么处理？你这个当经理的，要多想想财务管理、资金运作方面的大事，不要再动这些歪脑筋，盯在这些鸡毛蒜皮的小事上。"

送上门挨剋，自讨没趣，走出来的仁义如丧家之犬，恨不得找个没人的地方抽自己几个大嘴巴。他把这羞辱变作仇恨，一并记在了开元头上。

炜平走进工商管理局，办理合资企业的注册登记。

窗口里面，是一个四十多岁的女人，卷发，脸面被岁月冲刷得看不出美丑。人是坐着的，却有一种居高临下的、睥睨一切的傲慢。问明来意，目光变得犀利起来，在炜平脸上审视了足有一分钟，才甩出三份登记表和一张小纸条："按上面写的去准备，准备好再来。"

感觉是领到了慈禧太后的圣旨，炜平不敢怠慢，回到公司后看着小纸条，一项项准备，一份份填写，该签字的地方签字，该盖章的地方盖章，检查无误后，又来到工商局。想着那张脸和那张脸上散发出来的气场，炜平已有些发怵，小心翼翼地将材料递进去。女人扫了炜平一眼，先抽出登记表看，立刻发现了问题："这里不对，这一行是外资企业，你们是合资企业，应该填这一行。"

炜平赔着小心："能不能在上面改一下？"

"不行，这么重要的文件，怎么能在上面胡涂乱改？"口气是不容置疑、毫无商量余地的，又甩出来三份表，"拿回去重填！"

炜平不敢再辩，又回到公司，将三份表重填了一遍。看看时间，已近12点，忽然觉得身心俱疲。

下午再去，多了个心眼，带上了公章。事实很快证明，这种担心不是多余，那如炬的目光往下扫了两行，立刻又发现了问题："这里应该是实收资本，怎么能写成注册资本？"然后，又甩出三份表，说："拿回去重填。"

炜平很想说一句，为什么不一次看完，把问题全部指出来？嘴动了动，终究没有开口。

找了张桌子，再改再填，盖上章，才觉得有点可笑，章下面是法人签字，是自己不能代、也不敢代的。回公司的路上，未免有几分沮丧，这么一点小事，一次一次地改，一趟一趟地跑，领导会怎么看，怎么想。

好在廷轩并没有流露出不耐烦或者不满，只是开了个玩笑："看来合资企业的法人比国企的法人更值钱，这一天时间就让我签了三次字。"

再站到窗前，炜平已有点心惊肉跳，他努力说服自己，让脸上带有一点笑容，目光也更柔和一些。

女人将登记表看完，又拿起公司章程看，终于又发现了问题。"这一段话怎么能这么写？你们公司是不是连一个会写文章的人都没有？"她抽出一张白纸，拿起笔，"回去后按这个改过来。"

炜平心里叫苦不迭，公司章程上不仅有中方法定代表人的签字，还有外方代表人的签字，改动一下不是那么简单。这份章程完全是按照正规文本拟定的，怎么会有问题？他真想郑重其事地告诉这个女人：自己是中文系毕业的大学生，已经发表过几篇小说。他想不出这个女人听了后会是什么表情，怀疑，吃惊，还是识破骗局的哈哈大笑？

那女的并没有马上写，双目微闭，像是在酝酿情绪，或者在选择词句。这种状况炜平在写作过程中也经常出现，心想，也许真的遇见了一位高人，回去后好好比对比对，学习学习。

她好像已酝酿成熟，用圆珠笔在纸上画了两下，生气地扔在一边："这破笔，用它的时候就不出油。"

炜平见状，忙摘下自己的派克笔递了过去。笔是女友送的，他一直很珍惜。

那女的打开笔，在纸上划拉了两下，大理石一样的脸上有了点笑意："你这笔挺好用的。"

被修改的忧惧逼着，炜平已顾不得许多，随口应道："要是觉得好你就留着用吧。"

女人脸上的笑容更浓了一些，写了几个字，然后将纸一揉，扔进纸篓："要不就不改了吧，反正也不是实质性的问题。"然后，很利索地在几份登记表上签上自己的名字："拿去让我们杨科长签字，右转南面第三个房子。"

炜平没有想到，更让他吃惊、愤慨的事情还在后面。在杨科长办公室，炜平看到了惊心动魄、永远无法忘却的一幕。

门是虚掩着的，炜平轻轻敲了两下，听到里面有人说话，便推门而入。他看到个头不高、胖成圆形的杨科长正在厉声训斥一个人。那个人四十多岁年龄，瘦弱，穿着很普通，像个小商贩。杨科长好像正在气头上，没有注意到他进来。

"你告诉我，你这是第几次了？"杨科长的手指几乎戳到那个人的鼻子。

"我……"

"我什么我，你还有理了是不是？"然后抡圆了胳膊，将一记响亮的耳光印在那个人脸上。炜平很难相信眼前的一幕，感到血液断流、空气凝固了似的。

被打的脸偏转过来，看见了炜平，杨科长的眼睛跟随着被打人的眼睛，也看到了炜平，显然有些意外，气呼呼地问了一句："谁让你进来的？"然后又转向那个人，声音已然低了许多："你自己说说，我应该不应该打你？"

"应该应该。我知道杨科长你这是在教育我，为了我好。"那人捂着左脸，赔着笑，哈着腰，一副感恩戴德的样子。

"知道就好，以后做点正经买卖，不要再干这种扰乱市场、违法乱纪的事情。"

"好好好。"那人低着头，小跑了出去，出门前瞥了炜平一眼，里面好像很有点感激的成分。

"你有什么事？"转过头来，杨科长已面带笑容。

炜平将手中的材料递了过去。

"这些人简直就是地痞无赖，不让干的事情他们非要干，推一个烧烤车，整天和我们的人兜圈子、打游击，你说可气不可气？我这人是个火暴脾气，火气一上来，就控制不住自己。"杨科长一边翻看资料，一边在为自己的行为辩解。

签过字后，杨科长将资料推了过来，笑容里已透着亲切："你们这个公司我知道，军办企业，大公司。我这个人喜欢交朋友，以后这边如果有什么事情可以直接来找我。"然后，他将声音压低了一点："不过今天的事情最好不要说出去，现在是法治社会，不管怎么说，打人总是不对的。"

归途中，方才的一幕仿佛胶着在了脑子里，抡圆了的胳膊，响亮的声音，被打者卑微的笑容，都强烈地刺痛了炜平，他继而感到深深的悲哀。这还是一个自由平等的社会吗？那一巴掌之下，平等何在？人的尊严何在？

杨科长签字时，炜平仔细看了看那只手——那只刚刚打过人的手，不大，但极厚实，连接在粗壮的小臂上，应该很有些力量，那一巴掌，打在脸上应该是很疼的。从那打人的动作看，好像很熟练，绝对不会是第一次。那么，谁给了执法者随便打人的权力？现代社会的尊卑又是怎么划分的？

他有点恼恨自己，为什么当时没有挺身而出，对这种禽兽般的野蛮行径加以斥责？当时似乎是被吓住了，可是真的只是懦弱这么简单吗？仗义执言之后呢，会是什么结果？这个字还能签吗？这个合资企业还能成立吗？他忽然明白过来，划分尊卑，助长执法者气焰和暴虐的，是社会地位和权力。他接着生出一种很奇怪的想法：如果那一巴掌落在自己脸上会怎么样？除了不会谄媚地笑之外，其他的是不是都会一样？那么，卑贱者的权益和尊严靠什么来维护呢？直接还击，以暴制暴吗？即使有强壮的体魄，有那么强壮的心魂吗？求助于法律吗？似乎又太遥远了一些。

被打者那一个"我"字后面，想说些什么呢？是想说生活所迫、被逼无奈吗？是想乞求宽恕、做出一些保证吗？那可怜而又令人生厌的面孔和面孔上的笑容，已经存在了几个世纪，还要继续存在多久呢？

出来后见到的这些人，经历的这些事，只怕在校园里一辈子也不会遇到，看来编辑的意见是对的，校园外面的事情的确要比校园里面宽泛得多、复杂得多。回想自己小说里的儿女情长、卿卿我我，确实是太单纯、肤浅了一些。

到了晚上，炜平还是气愤难平，把这件事情讲与开元听。开元听了也很生气："我以为沿海地区的思想观念和管理方式能先进一些，没想到也是这样。在我们那个地方，经常可以看到城管追着小贩跑，我曾亲眼看见一个五十多岁的妇女跪在地上，想把她炸油糕的炊具要回来，不过打人的事情我还是第一次听说。"

"让我更想不通的是那个被打之人，挨了打之后还能笑出来，我觉得那是我见过的最愚蠢、最丑陋的笑。"

"这样的笑容在社会上随处可以见到，只是你没有留意而已。在那些为了个人或者企业谋取利益的人的脸上，在那些一心想着往上爬的公职人员脸上，都能看到这种甜腻腻的、令人生厌的笑容。"

炜平没有再说话，陷入沉思，这的确是一个值得深思的命题：有的人用生命捍卫着尊严，有的人却为了利益舍弃、出卖着尊严。他想起了词义完全相反的两句话，人穷志短，人穷志不穷。到底是残酷的现实在创造着词句，还是巧妙的词句在玩弄着真理？暗夜里，他苦涩地笑了。

两天后，先建宾馆门前，又多了一块"四方科技发展有限公司"的牌子。

仁义很想再找一个表现自己的机会，但一直没有找到。这一天，看到小茜拿回来的电话费单据，他眼前一亮，立刻拿到东海办公室，神情很是忧虑："张总，咱们的费用该控制了，这样下去是不行的。"

东海看了眼金额，也很生气。就这么几个人，对外业务联系也不多，一个月的电话费竟然高达一千多块！冷了脸吩咐道："到邮电局打个明细出来，查一查到底是怎么回事。"

走出来，仁义又有点踌躇满志、春风得意。这件事当然不能再让小茜去办，喊了小孙，奔邮电局而来。

拿到明细，迫不及待地看，不看短途，目光直接落到长途一块。看过之后，心里就有点后悔，并开始暗暗叫苦。

长途话费，集中在两个人身上，一个是叶丽，金额四百多元，地点很分散，青岛、济南、大连、广州，显然是在联系业务。另一个是敬儒，金额六百多元，地点只有一个，河北，自然是私事无疑。其他的长途比较零散，北京的较多一些，西安、天水的也有，通话时间短，金额也都不大。

这可如何是好？如实汇报，必然会得罪这个黄总，邀一点功，得罪一个总经济师，明显不是一笔合算的买卖。可事到如今，又怎么能瞒得过去呢？坐在车里，他拿着明细单，一遍一遍地看，希望能找到可以为之开脱的东西，但最终什么也没有发现。私话，肯定是私话，其中一个电话竟然打了一个多小时，单笔金额四十多元。看来是无法遮掩的了，他的心里不由得一阵阵发紧。

接过明细单，东海的目光很快就落到了敬儒的电话记录上，手指也很快跟了上去，一行行地向下移动，神情像熄灭火的炉灰一样阴冷。仁义情知不好，有心分散一下东海的注意力，指着开元的几条电话记录："开元也打过好几个。"

东海有点奇怪地看了仁义一眼："离家这么远，打个电话，问候一下，报个平安，难道不是人之常情？你就没给家里打过一个电话？"

仁义不能说无人可打，灵机一动："我都是到邮电局去打的。"

东海又看了仁义一眼，多少有点疑惑在里面，这未免让仁义生出几分惶悚，好在他听到的是另外的话："你跟我来，这件事还是让王总处理更合适。"

"你看你看，"东海将敬儒的通话记录指与廷轩，"他一个人的话费，就占了公司总话费的一多半，而且全部是私人电话，这要是不严加约束，上行下效，费用还怎么控制？"

廷轩也显得很生气，但抬起头来的时候，已经平静了下来："这样吧，下班前开个会，把这件事情谈一下。"

掩上门，廷轩陷入沉思。这件事说大不大，说小不小，但处理起来很棘手。如果是其他人，该批评批评，该扣工资就扣工资，可这个人是享受副总待遇的总经济师啊！能不给留点面子吗？这个助手真的很令人头疼，什么冠冕堂皇的话都能说，什么鸡零狗碎的事都能做。怎么办呢，这件事总不能置之不理吧，长此以往，所有的规章制度不全都成了摆设？

在会上，廷轩只能就事论事，强调控制费用的必要性和重要性，以上个月的电话费为例，要求每个人加强自律，严格遵守公司的各项规章制度，不该花的钱一分都不能多花。

东海补充了几句，最后以仁义到邮电局打私人电话为例，对仁义的工作责任心和严于律己的行为提出了口头表扬。

这份荣耀，并没有让仁义直起腰杆，反而使其将头低了下来。

下班后，敬儒立刻将仁义唤到自己办公室，阴着脸，用一双大眼将仁义逼住："你这小子，想过河拆桥是不是？"

仁义如芒刺在背，嗫嚅道："我怎么敢，张总安排的，我不能不去做。"

"算了吧，别以为我没听见，你小子邀功心切，想拿我当牺牲品。我告诉你，没那么容易，我能坐在这个位置上，自然有坐在这个位置上的道理。王总为什么不直接点名？为什么不按规章制度处理？我劝你小子还是动动脑子，好好想一想，人生最可怕的就是稀里糊涂地做了让自己后悔的事情。"话锋忽然一转，"一点电话费，值得这么大张旗鼓、兴师动众吗？这像是能干大事的做派吗？我在原来的单位都是想怎么打就怎么打，不要说国内长途，国际长途也经常打，从来就没有人管过。一个研究员，打个电话还要受限制，真是天大的笑话！"

走出来的仁义有点失魂落魄，得了个表扬，得罪一个人，而且还是一个不能得罪的人，人算天算，福兮祸兮，鬼知道！

当天晚上，敬儒就敲开了廷轩的房门，一进门便打躬作揖的："王总啊，我无荆可负，但这罪还是要请的。我这个人心里搁不住事，这件事不说清楚，晚上就睡不着。我认为今天这个会开得很及时、很有必要，费用的节约和控制就应该常抓不懈。我感到很惭愧呀，上个月的私人电话我就多打了几次。我老婆最近身体不大好，本想回家一趟，又怕耽误这边工作，不回去吧，心里又放不下，只能打电话多问几次。还是党性原则不够强啊，顾了亲情，忘了规章制度。今天在会上没有点名，我知道您是在给我留面子，情我领了，但这件事不能这么过去。法律面前人人平等，制度面前也是一样，既然定了，就得坚决执行。我给他们说一声，下个月把这些钱从我的工资里面扣出来。您放心，我绝不会因为这件事闹什么情绪，一定会始终如一地、坚定不移地支持您的工作。"

云遮雾罩的，很难分清哪一句话是假，哪一句话是真，只能当真话听，以真话回："扣工资就免了吧，这件事到此为止，不要再提，以后注意点就是了，我们当领导的，更要注意自己的形象。"

"那是自然，那是自然，身教胜于言传，榜样的力量是无穷的嘛。"

廷轩已有几分厌烦，转了话题："夫人的病好点了吗？"

敬儒忽然激愤起来："什么病？主要是心病，整天疑神疑鬼的，怀疑我和这个有染，和那个不对劲，身体能好吗？"

廷轩戏问了一句："那你是不是真有什么情况？"

敬儒一怔，然后信誓旦旦地拍着胸脯："怎么可能呢？你看我是那样随便的人吗？来了这么长时间，你发现我的行为有任何不检点之处吗？"

"没有没有。"与其谈所谓的正事，还不如谈这些有趣，"不过我想你夫人的担心也不是没有道理，像你这样的学问、这样的长相，应该是很有女人缘的。"

"那倒是真的，"敬儒一脸自得，"围着我转的女人多得是，可我受党教育这么多年，能连这一点定力都没有，随随便便出轨吗？你不知道，我这个老婆就是个醋坛子，不捕风捉影地泼洒上一些，心里就憋得难受。"

"醋坛子好啊，说明她心里有你，不像我那个老婆，连一句亲热的话都不会说。有一次我故意问她：'你对我这么不关心，就不怕我外面有人？'你猜她怎么回答？'我不相信哪个女人的眼神比我还差。'"

笑声中，敬儒起身告辞。消除了芥蒂，保留了形象，增进了感情，敬儒这一夜睡得很好。

公司买了三部对讲机，廷轩、东海、振乾人手一部。办公室里，经常能听到东海的呼叫声。喂喂喂，振乾，你在哪个工地？喂喂喂，振乾，听到我说话没有？声音怎么那么吵？

公司还买了一辆红色的嘉陵摩托，为振乾专用。振乾骑着红色的摩托，戴着红色的头盔，在几个工地间来往穿梭。每一段道路都不是很长，但人少车更少，可以让振乾开足了马力，过足发飙发狂的瘾。几个工地上，经常可以听到振乾声嘶力竭的叫喊声，或者和对讲机说话，或者和工头争吵，或者对工人吆喝。一回到办公室，人便像累瘫了似的，往椅子上一歪，拿起大水杯，咕嘟咕嘟往脖子里灌水。

东海对振乾的表现赞赏有加，在廷轩面前夸奖过好几次："没看出来，这家伙还真是块好料，工作起来有一种拼命三郎的劲头。"

三个工地的基础工程在对讲机的呼叫与应答之间，在摩托车喷出的尾气和扬起的尘土里，在振乾声嘶力竭的叫喊声中，一寸寸、一尺尺地长高了。

摸排之后，叶丽心里有了底，她将各个地方钢材和水泥的规格、标号和价格分门别类地打印出来，先拿给敬儒看。敬儒如获至宝，很兴奋："干得好，算我没看错你，有了这个东西，咱们就能立于不败之地。"然后，压低了声音："你了解不了解咱们工地上的材料价格？"

叶丽略微迟疑了一下，从口袋里掏出另一张纸。敬儒似有不满："你这个小叶，对我还要留一手。"很急切地将两张纸放到桌子上比对，脸上有了发现金矿似的惊喜，说："这两份材料先放我这儿，你下去后不要声张，待我给王总汇报后再做决定。"

这种情况，是叶丽最不想看到的。通过几个月的接触和了解，她对这几个老总的为人和做派已经略知一二。这个黄总经济师，肯定会到王总那里去邀功，把这一份功劳据为己有。这还不是最要紧的，这件事延伸下去，必然会触及张总，张总心里会怎么想？出风头，有意找茬，没事找事。不管怎么想，都不是什么好事。

数据整理出来以后，她很想先拿给张总看，又觉得那么做不大合适。不管怎么说，黄总经济师才是自己的顶头上司。反复权衡之后，觉得还是走正常渠道为好。谁能想到呢，隐隐约约的担忧，很容易就变成了现实，这让她很是焦虑不安。

敬儒走进廷轩办公室的时候，腰杆挺得很直，以至于额头在门楣上碰了一下。但这轻微的疼痛丝毫没有影响到他的心情，神采奕奕，目光灼灼："我安排小叶做了个市场调查，不了解不知道，一了解吓一跳。咱们的工程招标是不是有什么漏洞和问题？我大略算了一下，单这钢材和水泥的价差就有五十多万。"

廷轩的目光在几张纸上盘旋了很长时间，抬起头来，神情上却看不出有什么变化："招标过程我全程参与，不会有什么问题，至于这价差问题，我和老张交流一下看法再说。"

敬儒颇为失望，原以为看到这么惊人的数字，廷轩会神色大变，将东海叫过来质问、训斥，能亲眼看见东海的尴尬与狼狈，那该是多么快人心意的事情！可廷轩既然这么说了，他也不好硬留，只能带着强烈的遗憾退出。

看到表格上那一行行数字，东海也吃惊不小，脸色一点点沉了下来："我还真是小瞧了这几个建筑商，心真是黑！看来我们的工作做得还不是很到位，想着采用大包方式，管理起来会容易一些，没想到还是让他们钻了空子。这件事情的主要责任在我，您放心，我现在就去和这几个经理谈，两种解决办法：第一，将价差从合同总额里减除；第二，把建筑材料这一块挖出来，咱们自己供。"

听到东海喊自己的名字，叶丽心里一紧。看来该来的总归会来，躲是躲不过去的。不过已经把这件事情琢磨了无数遍，想想也没有什么好怕的。如实相告就是了，能理解最好，不理解，话说得难听，那也没有什么好客气的，大不了卷铺盖走人。

没有想到，进门却如沐春风，东海脸上竟是一脸笑容："你这个小叶呀，悄没声地干成了一件大事。我已经和这几个建筑公司的经理商量好，材料这一块以后由我们自己做。我在王总那里又给你讨了一重身份，兼任工程部的采购。如果真能按这个价格做下来，你就为公司立了一大功。工程竣工之日，我会为你向王总请功邀赏。"

和预想的反差太大，叶丽有点晕乎乎的，还没来得及想个明白，又听到敬儒在喊自己的名字。

"老张叫你去干什么？没说什么难听话吧？"敬儒压低声音问。

叶丽忽然生出恶作剧的念头，将东海的话绘声绘色地复述了一遍。

"不可能，他能有这么大的肚量？"敬儒冷笑着摇了摇头，"这可能是他的缓兵之计，你以后做事情一定要小心，千万不要叫他抓住什么把柄。不过你也不要太担心，有我坐在这里，谅他也不敢把你怎么样。"

叶丽没有被感动，反而有点胸闷。一个人走到宾馆外面，深呼吸了几下，感觉舒服了许多，但一个疑问却在心里不断放大：这两个人的身高和品质为什么完全不成正比？

"姐，我看上了一个人。"小茜很有点难为情，从神态看，是鼓足了勇气才说出来的。

"谁？"问的同时，叶丽的思维在快速转动。公司这几个男人中，没结婚的只有两个人，一个是炜平，一个是小高。小高司机身份，又像个小油条，流里流气、油嘴滑舌的，小茜肯定看不上，那么只有一种可能。

"办公室的肖主任。我知道我配不上人家，可是没有办法，我就是很喜欢他。"小茜快要哭出来的样子。

叶丽的手放在小茜的肩膀上说："别那么没有自信好不好？我们小茜谁都能配得上。等一会我过去帮你问问，看看他有没有这一方面的考虑。"

这倒是一个机会，叶丽暗想。第一次见到炜平，她有一种似曾相识之感，后来想明白，是和前夫有几分相像的原因。哪里像呢，具体也说不清楚。通过几个月的观察，她给他总结出八个字：优雅有余，阳刚不足。这种有余和不足让他身上具有一种轻微的神秘感，并由此生出一种距离感，让人既想走近又不好走近。相对而言，她对开元的好感更多一些，开朗，诙谐，刚直不阿。不过，她心里很清楚，这种好感只是一个大姐姐对小弟弟的欣赏而已，不会掺杂任何别的东西。她很分明地感觉到，自己的感情就像焚烧过又被水浇灭的灰烬，连一点火星都找不到。爱情是死灭了的，远离了的，但一个飘零在外的灵魂，总需要友情的依靠和安慰。单是一个小茜是不够的，要想立足和发展，必须找到更多的支撑点。炜平和开元这两个人尽管性格不同，作风各异，但有一点是相同的，都很正直和真诚，是值得信任和依赖的。早就想走近一些，一直没有合适的机会，现在有了这个借口，有什么理由不用呢？

门是仁义打开的。看见叶丽，他眼睛放大了一圈："是叶女士！"然后本能地侧了身子，将叶丽往自己房间让。

"我找炜平和开元有点事。"叶丽轻盈地一迈，从仁义身旁绕过，仁义很是失望，眼睁睁地看着叶丽走进另一扇门。

正躺在床上闲聊的炜平和开元看见叶丽，也吃惊不小，慌忙下床穿鞋。开元一边让座泡茶，一边开起玩笑："这不是在做梦吧？什么风把叶大美人刮到了我们屋？"

叶丽打量着房间，还算整洁，床头、桌子上都摆着书，除了轻微的男人的汗腥味，没有别的不好的味道。她笑一笑，直接表明来意："我是来给肖大主任牵线保媒的。"

这让炜平始料未及，一时不知道该怎么回答。开元夸张地睁大了眼睛："有这等好事？肖主任不好意思，我权且代之。敢问女方是什么样的人？长相如何？"

八字未见半撇，叶丽不想把小茜的名字讲出来，若不成，以后见面都会有几分尴尬。情急之下，只能胡编乱造："我有一个表妹，听我说这边好，也想过来，姨妈不同意，设定一个条件，除非能在这边找个人，把自己嫁了。至于长相，还是很能说得过去的。"

开元心里已猜知八九，看了炜平一眼，装出很同情又很痛心的样子："你这个姨妈怕是要失望了，咱们肖主任已经有了女朋友，只是远了一点，在大洋彼岸的美国。你这个表妹要是你的妹妹就好了，我就可以狠狠心，回去把我老婆休了。"

几句话把大家惹笑了，房间里的气氛一下子活跃起来。

叶丽随手翻动着摆在桌子上的文学和经济方面的书："早就想过来和你们聊聊，又担心和你们聊不到一块，一个大作家，一个经济学家，想着挺吓人的。"

开元嘎嘎地笑了："我这个经济学家我老婆都不认，家里的经济大权她一人独揽，从来不让我染指。"

"像我这样的作家，闭着眼睛伸出手，想抓多少就能抓多少。"炜平也跟着谦虚。对于这个叶丽，他的感觉很复杂。尽管初见时的惊艳，平日优雅的言谈举止，金矿老板饭桌上的机智应对，都在不断添加着好感，不过也仅仅是好感而已，他从来没有萌生过走近的欲望。是心中那始终鲜活的影子在阻止阻挡，还是别的什么原因，他没有细想过。但不管是作为一个男人，还是作为一个作家，比对总是难免的。两个人都貌美如花，但一个如梅，俏丽中透着冷艳；一个如桃，娇艳中含着火热。自己更喜欢哪一种呢？答案是不言自明的。

"我们也很想过去，又担心别人说闲话，你要是长得稍微差一点就好了。"开元半开玩笑半认真。

叶丽脸微微一红："残花败柳，有什么好担心的。你要是愿意，我今天就认下你这个弟弟，这样别人就不会说什么了。"

开元叹一口气："你要是个男的就好了，我们就可以来个桃园三结义。"

"我看倒不如弄个'四人帮'。"振乾走了进来，接着分派角色，逗得一片笑声。

叶丽看了看门，心存不忍："要不要把仁义叫过来一起聊？"

"叫他过来干什么？"振乾走过去将门掩上，声音也低了许多，"我告诉你们，他和咱们根本就不是一路人，名字起得倒好，其实就是个人渣，心理阴暗得很，整天就想着防人、算计人。我告诉你开元，以后和这个人打交道一定要多留点心眼。"

"我怕他干什么？和企业打了这么多年交道，我什么样的人没见过。"开元的笑容中带了轻蔑。

"防人之心不可无啊！自古以来，坦荡君子难敌戚戚小人，就是因为一个在明，一个在暗，明枪易躲暗箭难防啊！不过你也不要太担心，有我看着他，谅他也不敢做出什么出格的事，真要敢造次，一巴掌拍死他。"

接下来的时间，又几乎成了振乾的一人堂。这让叶丽多少有点失望，但总体还是很高兴的，不管怎么样，总算迈出了这第一步。

仁义还没有睡，眼睛试探性地看着回来的振乾："聊什么聊得这么高兴？"

"能聊什么，还不是海吹乱聊。"振乾敷衍了一句，又加了点教训口吻，"我劝你还是尽快放下副处长的臭架子，要和群众打成一片。还有，对开元的态度最好也能改变一下，我看领导对这个人还是很重视的，说不定哪一天你们的位置就会倒个个儿，到时候你哭都来不及。"

几句话，让仁义如坠云雾。仁义又用一双失神的眼睛，伴着暗夜，伴着振乾响亮的鼾声。

听到叶丽带回来的消息，小茜双手掩面，发出悲声："我的命怎么这么苦啊，好不容易看上一个，还被别人抢了先。姐，你没把我的名字告诉他们吧，这让我以后怎么见人？"

叶丽将小茜揽在怀里："你姐我有那么傻吗？天底下的好男人多的是，姐以后一定帮你多留意。再说，你和这个肖主任也不是完全没有可能，他那个女友谁知道是怎么回事，飞那么远，还能飞得回来吗？"

几句话又让小茜脸上有了笑容。

对一个女人来说，男人真的是必需的吗？什么样的男人才算是一个好男人？看着小茜单纯的模样，叶丽真想把自己的遭遇讲出来。可是不能啊，苦闷可以，烦恼可以，厌恶和憎恨都可以，但那是让生命和人格蒙羞、让灵魂轻贱和战栗的龌龊啊！有什么理由让别人跟着污秽一次、作呕一回呢？

一场突如其来的大雪，让滨海地区的气候骤然变冷，也让几个塔吊凝然不动，工地上了无人声。

"这个地方就是这样，收工早，开工晚，这一停就要停到正月十五以后。好在我了解这个习惯，做工程计划时已将这些时间扣除在外。"东海挠着头，一脸的无奈。

"我认为在'地方'二字前面应该再加个'鬼'字。如果选了厦门，何至于这样？"敬儒多少有点幸灾乐祸。

"话不能这么说，有弊必然有利。花同样的钱，你在厦门能买到多少地，怕是连现在的十分之一都买不到。"东海立刻反击。

"你们两个不要再争了，我还是那一句话：既来之，则安之，能改变的就尽量去改变，改变不了的就只能去适应。现在的问题是，我们的人怎么办？是提前放假呢，还是在这儿干等？"廷轩皱着眉头，显得心事很重。

"我认为该放就放，做企业，就应该实实在在，没有必要考虑那些虚头巴脑的东西，再说咱们这样的企业，也不受当地放假时间的限制。"东海直接亮明了自己的态度。

"我是担心放这么长时间，会不会把人心放散？另外，我还有一种担忧：过完年后这些人还能不能再回来？"廷轩仍然忧心忡忡。

"不是没有这一种可能，"敬儒煞有介事地附和，"生活环境和工作条件都这么差，他们不可能没有想法。招来这些人不容易，要是走上几个，就太可惜了！"

"这一点我倒可以打保票，"东海显得很自信，"咱们军工企业这块牌子还是有一定吸引力的。另外，王总的为人，相信他们不会看不出来。当然，安全起见，不妨再加一点保险，在职务和福利方面考虑一下。"

廷轩点点头："这些我也考虑过，那几个中层的'副'字是该去掉了，可是咱们现在还没有什么效益，发奖金显然不大合适。"

"这还不好办？换个名目，叫过节费就行了。不过既然叫过节费，就不好再分什么三六九等，只能一视同仁。"

"那就这么定了，工资上有差异，过节费平等一次也没有什么不合适。还有一件事情，不怎么光彩，但又不得不做。我在北京时，几个分公司年前都会送去些当地的土特产，这已经成了惯例，咱们也不好例外。所以，我想让小宋跟我跑一趟，送一车海鲜回去。公司这边也按照同样标准，一人一份。"

"应该的，应该的。"东海点头称是，"现在的社会风气就是这样，一点土特产算得了什么。您是不知道，不只是企业，那些行政事业单位，也是一级一级地在送，那档次、价值，说出来能吓死人。一个在财政厅工作的朋友去年过年送我一条毛毯、五斤毛线，礼这么重，我哪敢收，朋友苦笑：'就当帮我消灾呗，下面一个市局送的，处级以上每人两条毛毯，二十斤毛线，怎么用得了？'不是贴心贴肺的朋友还不敢送，潜规则，谁破谁倒霉。"

"出淤泥而不染，那是骗人的鬼话！众人皆醉我独醒，还不如不醒，跟着一块醉。"敬儒大发感慨。

"我真想不出这样的费用他们是怎么处理的，万一被税务查出来怎么办？"廷轩疑虑未消。

"这种事还用得着您操心，交给仁义去办就是了。如果连这点小事都处理不好，他这个经理就白当了。"东海显得很有底气。

"不管怎么说，总算是不正之风，所以，这件事情还是知道的人越少越好。真是想不到，自己反感的事情，自己还要去做。"廷轩一脸的无奈。

"人这一辈子，谁能不干几件违心的事情？官场规则，人情世故，哪一样可以置之不顾？我们所能做的，一是管好自己，二是把握一个度，别太离谱就行了。"东海半是感叹，半是宽慰。

"社会这个大染缸啊，能把人变成什么样子？早知道这样，我还不如安安心心做我的学问。"敬儒半是感叹，半是埋怨。

"你现在回头应该还来得及吧，不是有那么一句：苦海无边，回头是岸。"东海不失时机地挤兑了一句。

"不是还有一句'好马不吃回头草'？我这个研究员的脸面，总比一匹马脸值钱一些吧？"

"说着说着又说远了，"廷轩略表不满，"你们要是同意，我就让仁义和小宋去把货定了，后天我和小宋一起送回去。"

"您坐小宋的车回去？"敬儒很是吃惊。

"这有什么？我刚才说了，这件事知道的人越少越好。让小宋一个人开车回去，我又不大放心。路上换着开一开，他就会轻松一些。"

廷轩和东海在看办公楼的图纸，敬儒走进来，欲言又止的样子。

"有什么事吗？"廷轩抬起头。

"有点事，我这还真不好意思开口。于老板刚才打电话过来，说他节前资金有点紧，想从咱们这里预支一点。"

"开什么玩笑！"东海毫不掩饰自己的气恼和厌恶，"你这个同学是不是想钱想疯了？"

"他想预支多少？"廷轩倒显得很平静。

"五万。"敬儒似乎看到了希望。

"你告诉他，一分也没有。既然签订了协议，那就严格按协议执行。"

敬儒神情沮丧："早知道这样，我就不应该揽这个事。现在倒好，里外不是人。"

东海追着敬儒的背影："是人不是人，只有自己最清楚。"

公司的决定，又一次让仁义哭笑不得。去副扶正，是天经地义的事情，一个正儿八经的副处级，到这个没有级别的公司当个经理，已经够掉价的了，还要给前面加个"副"字，这等于在尾骨上接了条尾巴，怎么想怎么别扭。算你们还有点眼光，及时认识和纠正了自己的错误。让那几个人跟着沾点光，也没有什么不可。可是，为什么又要把这个开元提为副经理呢？财务部三个人，两个经理，是对开元的器重，还是对自己的不信任？联想到振乾说过的话，仁义心里愈发的不安。

看见振乾吹着口哨、欢天喜地地收拾着行装，仁义却一点也打不起精神。这么长的假期，该到哪里去呢？再去碰那不想碰的身子，看那不想看的脸？这样的日子，什么时候才是个头呢？狗日的命运，为什么总是对自己这么不公呢？

"他娘的，都成了当官的了，就咱们这几个当兵的还是当兵的。"小高在宿舍里大发牢骚。

"不是还有一个小茜陪着咱们吗？"小孙蔫蔫地反问。

"想那么多干什么？"老纪拿着发放的一千元过节费在手上摔打，"要我说，这个才是真的。有了它，今年就能过个好年。"

"老纪说得对，知足常乐。就这个过节费来说，我们和老总拿的一样多，还有什么不满意的？你可以去打听一下，有哪个企业是这么做的？"小宋也正言相告。

"可怜虫，小屁精，我老高倒了什么霉，交了你们这几个不争气的朋友！"

为了发泄自己的不满，在送几个男性中层去往火车站的路上，小高时不时来一个急刹车，回来后得意地讲给几个战友听，哈哈地笑个不停。

海鲜贵在一个鲜字。这个道理廷轩没来滨海之前就懂，来了滨海以后更懂。凌晨3点半起床，4点到市里海鲜市场装货，5点钟，白色的丰田皮卡已经奔驰在通往京城的公路上。

知道副驾驶位置最危险，廷轩还是坐在了这个位置上。因为他清楚地知道，凌晨是驾驶员最容易瞌睡走神的时候。他必须通过不停地谈笑使小宋的思维处于清醒活跃状态，让睡意无机可乘。

天还没有亮起来的意思，夜色依然很重。车灯在夜色中刺出两道白色的光柱，探寻着前面的路。好在公路上的雪已经全消，车辆也很少，廷轩的心放下来许多。

由东向西，尽管他们是追着夜色在跑，7点多钟的时候，夜色还是渐渐地散了，青黑色的公路，以及路两旁的积雪都清晰地出现在视线里。廷轩强迫小宋停下来，两个人互换了位置。他一边勒上安全带，一边嘱咐小宋不要说话，抓紧时间打个盹，养精蓄锐。

他喜欢开车，喜欢这种风驰电掣的感觉。以前开的都是挂军牌的轿车，开这种挂地方牌的工具车还是第一次，但感觉并没有什么不同，他很享受这种速度对于生命和灵魂的冲击力。

天已经大亮，将美丑混杂的大地完全裸露出来。路上的车辆在逐渐增多，车速不得不减了下来。廷轩的心情略微有些烦躁，一些杂七杂八的念头也开始冒了出来。

自己现在扮演的是什么角色？一个分公司的法人代表、总经理，亲自开车给总公司送礼，会让人感动，还是会让人耻笑？

明知道不对的事情为什么还要去做呢？难道潜规则是一堵不敢撞、撞不破的墙吗？难道财务制度、党性原则在特定情况下就失去意义了吗？

这些潜规则是怎么形成的呢？这种不正之风为什么会愈演愈烈呢？这难道是改革开放和发展经济的必要过程和必然现象吗？

……

下午3点多钟，车驶进了总部所在的四合院。廷轩让小宋去办理交接手续，又反复交代返回时慢点开，然后整了整衣装，走向总经理办公室。这一步里有太多的迟疑和逆反，却是必须要迈出的一步。人这一生，总有些违心的事情要做，承认现实，顺势而为，是智者之举。滨海公司以后的发展，也离不开这个人的支持。

看见廷轩，白总从座椅上跳了起来："你要再不回来，我就要派人去接了。你不知道我心里有多着急，公司明年的发展规划，还有其他许多事情，都等着你回来商定。"

这个人就有这个本事，能快速缩短两个人之间的距离，让你感到很亲近。

知道是开车回来的，白总又嚷嚷起来："怎么回事？你以为你的命是你自己的是不是？我提醒你一句，你现在不但是滨海公司的总经理，还是咱们总公司的副总经理，这两个地方你都要负责任。你们发来的年度总结报告我已经看过了，干得不错嘛，真是老将出马一个顶俩！这几个分公司，我最放心的就是你们那里。辛苦了这么长时间，回来了就先歇两天，把该补的课都补上，别让人家弟妹骂我不近人情。"

对热情报以笑脸，这是世之常理，人之常情。廷轩调整着自己的情绪，闲聊了一会，便告辞出来，又到两个副总和其他几个办公室转了转，莫名地生出一种恍惚感。都是笑脸，都很热情，但总感到与以前有些不同，到底不同在什么地方，一时又想不明白。

走进自己办公室，看到所有东西都像离开以前那样摆放着，上面蒙着一层细碎的灰尘，时间在这里似乎静止了，凝固了。忽然想明白了方才所感到的不同，那是因时间和距离而生的陌生感。

有点困乏，他用毛巾在椅子上挥了挥，颓唐地坐下。门外人来人往，说话声、笑声时有所闻，却不见有人进来。这就是所谓的边缘化吧？他终于意识到，尽管副总经理的职务还在，尽管办公室还给保留着，但自己已经不属于这里。

那么，继续待在这里还有什么意思呢？他想回去，又想再等一等，把属于自己的那一份海鲜带回去。可是左等右等，也不见人送来。这是怎么回事呢？计算人数时，分明是把自己算在了里面的，可是为什么不给送来呢？莫非他们以为我该拿的已经拿到了，可是皮卡车不是轿车，没有后备箱，装了什么难道他们看不见吗？怎么办呢？能出去说明情况，把属于自己的那一份要回来吗？是不是会显得自己心胸太小了一些？还有，那一份如果派了其他用场，或者被某一个人多占了，追问之下，会是什么结果？算了吧，几百块钱的东西，舍了就舍了吧。一个总经理，两头都没得着，苦笑之后，也有点闷闷的。

再走出来，竟有点不想见人，装作思考问题的样子，将目光收得很近，面对面碰上了，点个头，挤点笑，就算过去，人很快就到了大门外面。

心里面装了事，晚上的房事就有点分神，有点应付差事，力不从心。好在老婆对性事方面的要求不高，有那么个过程就行，没有用狐疑的目光看他，也没有追问原因，反而掖好被子，让他安然入睡。

第二章

这个春节廷轩过得很不安生，他的心始终静不下来。睁着眼睛的时候，在家里，闭上眼睛的时候，就回到滨海开发区，眼前就会浮现出那片泛着盐碱的白色的土地，高耸在空中的塔吊，冒出地面的底座。将这些赶开的时候，又会出现一张张面孔。几乎没有一次例外，最后停留在脑海里的，总是叶丽的面容。俏而不媚，艳而不俗，毫无疑问，他非常欣赏和喜欢这个女孩，但只是欣赏和喜欢而已，他对她从未产生过一个男人必然会有的欲念，这样一种纯净的心境，连他自己都难以相信。

定好的十五上班，他十三就赶了回来。让他待不下去、提前动身的是一个梦。他梦见一台塔吊的悬臂突然坠落，砸死了一个人，那个人是趴着的，翻转过来，竟然是敬儒的面孔。这梦很有些奇怪，好好的塔吊，怎么能说断就断呢？敬儒不管工程，跑到工地上去干什么？又怎么会那么巧，偏偏被砸死了呢？但不管怎么说，这不是一个好梦。它会不会是一种暗示，一个提醒？他百思难解，惶惑不安，作为动身的理由，这已经足够了。

飞机上空落落的，没有几个人。候机大厅里也空落落的，没有几个人。明知道小宋不会在，他还是下意识地扫视了一圈。出来后叫了一辆出租，告诉了目的地，司机听到后奇怪地笑了一下。他问司机笑什么，司机却不说，将油门加大了一些。

离开发区越近，车辆越少，人也难得见到一个。目之所及，是死寂般的冷清。在一些背阴处，尚未消尽的残雪，在无精打采的太阳下泛着幽微的冷光。

"这个地方,十五以前一般不会有人来。"司机地方口音很重,但勉强还能听懂,他明白了司机为什么会笑。

他还以一笑,需要解释吗?怎么解释?他没有回宿舍,让司机拉着在几个工地上转了一圈,看到几台塔吊依然伟岸地矗立着,虽然了无生气,但头尾皆全,完好无缺。

"这个地方就有这个好处,安全,工地上连个人都不用留,没人偷。"司机的赞美里带着揶揄。

"不可能永远是这个样子。"廷轩在给司机说,也是给自己说。这颗心,算是放下来了。

十五晚上,廷轩让老纪多做了几个菜,分作两桌。人坐定之后,他清点了一下人数,十三个人,竟然一个不少。他平日并不喜酒,心里一高兴,也跟着大家多喝了几杯。

"王总,您应该给大家讲几句。"东海在一旁怂恿。他喜酒,也有点量。

廷轩站了起来:"你不说我也会讲的。今天晚上这顿饭算作收心宴,明天就要各就各位,投入正常工作。今年是公司发展的最重要的一年,去年我们只是在花钱,今年不仅要花钱,还要挣钱。酒店要开业,项目要上马,住宅楼要销售,有大量的工作要做,所以我们要打起精神,鼓足勇气,把每一件事情都当作一次战役,逢必战,战必胜。"

东海先鼓掌,后举杯:"也许是喝了点酒,这老年躯壳里的血也有点沸腾。我相信每一个敢走出来的人都有一定的底气,对人生也会有自己的想法。通过去年大半年的观察,我能看出来,你们都是好样的,没有一个孬种。王总是现役军人,我们这个企业是军办企业,所以我们要有军人的拼劲和狠劲,拼搏它几年,奋斗它几年,让我们公司成为滨海的一个品牌。来,认同我这几句话的,把这一杯酒喝了。"

敬儒慢悠悠地站了起来,声音也慢悠悠的:"来这里之前,总公司的白总让我到他那里去聊了聊,他对王总和我们这边的工作还是很满意的,并且表示会继续给予财力方面的支持,所以说我们这个公司还是很有希望的。就我个人而言,我想先借用曹操的一句话'老骥伏枥,志在千里',再借用诸葛亮的一句话'鞠躬尽瘁，死而后已'。"

前半段话让廷轩感到很不舒服，又不好当众发作，脸上便有点下不来。东海看出来了，机敏地接过话头："据我所知，总公司还没有总经济师，黄总是不是快要高升了？来来来，提前祝贺一下，以后还望多加提携。"

敬儒面呈骄矜之色："没有那么快。真要有那么一天，别人我也许会忘，绝不会忘了你张总。"

廷轩回过劲来，也戏谑了一句："现在有一句话叫充分利用现有资源，真要有那么一天，还望能上天言好事。"

敬儒猛然想起廷轩在总公司的副总经理身份，神色立刻变得谦卑起来："王总这叫什么话，在哪儿我都是您的兵。我刚才借用古人的那两句话不只是说说而已，不在这里干出点名堂来，我是绝不会走的。"

不知是没听出来，还是听出来不关心，其他人脸上都没有什么表情，只顾低头吃菜，抬头喝水。只有振乾，将探询的目光，一会儿投向这个，一会儿投向那个。

"待在屋里有什么意思？来来来，聊一会，聊一会。"振乾强拉硬拽地把同宿舍的几个人弄到了客厅，拿出从老家带来的芝麻饼，并给每个人倒上茶水。炜平和开元见状，也回到房间拿出枣、核桃和柿饼。仁义坐着没动，干笑了两声："我们那个地方，实在没有能拿得出手的东西。"

"怎么没有？"开元毫不客气，"花生糕，牡丹饼，道口烧鸡，哪一个不是全国有名？"

仁义面露窘态，把一块柿饼送到嘴边，又放了下来："有的这个季节没有，有的买不到。"

振乾更尖刻："什么没有没有的，铁公鸡就铁公鸡，别把我们当傻瓜。看在你年龄比我们大的份上，不和你一般计较。咱们说点正经的，今天吃饭你们注意到了没有，这几个老总的关系还真有点复杂，王总和张总显然关系更好一些，可是这黄总上面却有人。"

"要我说，咱们这些当兵的，干好自己的工作就行了，何必去关心那些事情。"开元不以为然。

"不对，"振乾振振有词，"不是有那么一句话叫不怕脑子笨，只怕站错队吗？我当年要是脑子稍微灵光一些，现在也许就不会在这个地方。"

"这么活着累不累呀？我谁都不跟，只跟着自己的良心走。"开元坚持己见。

仁义不置可否，只是嘿嘿地笑。

"有的人在为生命寻找支点，有的人在为灵魂寻找支点，哪一个是正确的，哪一个是最先要考虑的，只怕没有人会知道。"炜平似在自言自语。

振乾似乎听懂了，又似乎没有懂，想不出该怎么接，立刻转移了话题："回去那一天和我老婆做了三次，就这样，那个骚货还不依不饶的。我告诉你们，在这一方面，女人就是比男人强。开元你做了几次？老实回答。"

"我这体格哪能和你比，像你那么做，我这小命就保不住了。"开元巧妙应答，避实就虚。

振乾转向仁义："你呢，在你那乡下老婆肚子上趴了几回？"

这话问得既肉麻又无礼，炜平和开元都有点担心地看着仁义。谁知仁义不但没恼，反而一脸的灿烂："我要告诉你们一个好消息，我终于解脱了，自由了。"

振乾无限放大着自己的吃惊："今天见面我就觉得有点不对劲，一身西装，满面红光，打了二斤鸡血似的，原来是从牢笼里面逃出来了呀！她怎么突然又同意了呢？"

"绝望了呗，"仁义不无得意，"看来我这一步是走对了，我听说她到我们单位跑了十几趟，急疯了一样。这次回去我告诉她，如果再不离婚，我会让她永远也找不到我，她这才松了口。"

振乾竖起拇指："有种，够狠！人常说一夜夫妻百日恩，你把人家睡了这么多年，难道一点感情都没有？"

伤痛和无辜在仁义脸上交替："你个振乾，就会拿我开涮。我们的结合本来就是一个错误，我只是在改正错误罢了。"

"那你没去找你的小情人？现在可以理直气壮、明目张胆地去找。"

"到哪里去找？人家早已经和别人成了家。这个蠢婆娘，耽误了我这么多年！"仁义脸上露出恼恨和凶狠。

"现在也不晚啊。"开元半是安慰，半是调侃，"社会上把你这样的人叫白金王老五，正值当年，事业有成，值钱着呐，有的是女人缘。"

"就是就是，"振乾跟着起哄，"像你这要头有头，要脸有脸的，哪个女人见了不眼馋？没问题，这件事就包在哥们身上，说不定还能找一个黄花大闺女，到时候要真想感谢老弟，就让老弟享受一下初夜权。"

"我就知道你这家伙不会有什么好心。"仁义瞪了振乾一眼，随后又叹了口气，"不过我现在还不算真的解放，还需要再煎熬四年。我儿子今年才十四岁，我必须把他供养到十八岁。早知道这样，当初就不应该让他出生。"

振乾冲炜平和开元挤了挤眼："人自由了，那点钱算得了什么？真有什么需要，给老弟吭一声就是了。"

仁义大受感动："看来咱们没有白住这么多天，你这个朋友我是交定了！"

振乾又偷偷地做了个鬼脸："初夜权问题咱们也说定了。"说完先自大笑。

正月十六早上，几个工地上的塔吊无一例外，仍然像停摆的钟表似的一动不动。廷轩心里发急，叫了东海和振乾，直奔工地。

每个工地上都有了人，但都是稀稀拉拉的，总共加起来不过十几个，三个一团、五个一堆地散漫在阳光下，闲聊或者打扑克。东海的脸沉了下来，问经理在什么地方？回答几乎一致：经理正在催人。东海不好给工人发火，回来后拿起电话一通乱打，连喊带叫带骂地吼叫了几天，几台塔吊才先后摆动了起来。

春天来了，气候一天天变暖，绿色一天天惹眼。海边的防沙林带，很快就变成一条绿带，逶迤地、飘逸地顺着海岸延伸而去。

开发区也迎来了自己的春天。塔吊一台接一台地耸立起来，远看像一群飞舞的蜻蜓。街道上的人和车也明显多了起来，装满了土、沙或其他建筑材料的大货车隆隆而过，不用贴着地面，就能感受到一种蓬勃的躁动。

开元给炜平看儿子的照片。

照片上的小男孩虎头虎脑的，笑容灿烂，聪颖中带着顽劣，很是惹人喜爱。

"怎么样？像个小帅哥吧？"开元颇为自豪，"刚过五岁，已经能识一千多个字，能背几十首唐诗，说不定将来也能像你一样，当个作家。"

"千万不要和我一样，"炜平真有点着急起来，"而立之年已过，要家没家，要业没业，充其量就是个三四流作者，写的东西连自己都不想看第二遍。他将来肯定会比你我更有出息，名和钱倒在其次，重要的是要活出自我，活出自己的尊严。"

"尊严一方面要靠自己去争取，另一方面要靠良好的社会风气做保障，在这个物欲横流的商品社会里，要找到自己的价值和尊严是很困难的。我真的希望他将来能成为一名作家或其他艺术工作者，靠自己的心智和努力工作、生存、发展，远离社会这个大染缸。"

"不要那么悲观好不好，社会风气不可能一直是这个样子，而且我认为，一个人的尊严更多地依赖个人的努力和坚守。以我为例，可以说活得很不成功，但我不认为我没有尊严。我们这一代有我们这一代的人生经历，他们那一代有他们那一代的人生经历，这是无法预判，也是无法替代的，你现在操这个心，是不是为时太早了一些？"

开元不由一乐："职业病，三年规划、五年规划做多了，对什么事情都想规划一下。有时候我自己也感到好笑，你知道他的天赋、兴趣和爱好在哪一方面吗，操这些闲心会有什么用？我这么做算是杞人呢，还是庸人？算了吧，不扯这些了。你那个春节回来了吗？"

炜平摇了摇头，神色暗淡下来："打了个电话，听到的全是抱怨，绿卡不好拿，出门不方便，东西太贵，好像生活得很不开心，让她回来，她又不肯。"

"你又给她寄钱了？"

炜平点点头。

"你这么下去怎么行？就那么点工资，家里要用，那边要寄，你有没有考虑自己将来的生活？你们在一起的可能性还有多大？你对她这么有信心，真相信她的心不会变吗？"

决绝出现在炜平脸上："我不敢保证她的心不会变，但我知道我的心不会变。"他从一本书里面取出一张纸交给开元，说："这是我前几天写的，看了以后你也许就会明白。"

开元将纸页展开，上面是一首诗。

我不知道

在哪里存放我最后的记忆

但我知道

我最后的思念

肯定属于你

我不知道

我最终的希望在哪里

但我知道

我此生的挂念

和你相关息息

那一切都属于你了呀

最初的欢乐和最后的哭泣

最初的觉醒和最终的皈依

不要说

埋藏在了心底

就会忘记

不要说

封存得严密

就没有了痕迹

醒过来的那一刻啊

哭出来的那一刻啊

仍然肝肠寸断鲜血淋漓

　　开元看了，不由暗暗心惊。这是一个什么样的女人，能让一个男人如此癫狂和痴迷？自己和老婆的情感已算得深厚，也未曾生出过这样的情愫。这是文人的天性呢，还是真有这么深沉、这么炽热的爱？很难做出准确的判断，但有一点是确定的，以后这样的开导还是免了为好。

得到了自由身的仁义也开始在春天里躁动起来。可以光明正大地毫无顾虑地选择了，追求了，可以向着自己的幸福生活大步迈进了，这是一件多么快人心意的事情！

遗憾的是，公司里的女性只有两个。小茜是不用考虑的，年龄差异太大不说，姿色也太过平常了一点，这是关系到后半辈子幸福的大事，草率不得，马虎不得，绝不能让自己再受委屈。那么，和叶丽有没有这种可能呢？他反复比较、权衡，得出的结论是：不但有可能，而且可能性很大。都是离过婚的，年龄也比较相近；出来前自己是副处长，她只是一名教师；她的长相是出众了一些，可自己的身高和长相也完全说得过去。综合分析，反倒是自己的优势更大，这让他的心气更足了一些。自己离婚的消息想必已经传到了她的耳朵里，那么，她会不会有同样的想法？他回想此前和叶丽的接触，好像对自己一直都很客气，这种客气可以不可以当作尊重来理解？

有了这种想法，他的目光便更多地附着在叶丽身上，用眼角的余光和透过睫毛的微光观察着叶丽的一举一动，一笑一颦。他更加注重自身形象，早上洗漱时，如果发现不多的毛发有一点凌乱，便会给手指上蘸点水，抹得平平的。走路时将天生外撇的脚尖尽量收拢，改良鸭步，给人以鹅行之感。与此同时，开始有意地更多地表现自己，让言谈更风趣，让面容更和善，让笑容更亲切。叶丽来报销费用或领取支票时，他既爽快又热情。他欣喜地发现，叶丽的目光在自己身上停留得更多了一些，目光里有感谢，有笑意，好像还有一点别的什么。这种发现让他激动不已，心痒难熬，他觉得时机已经成熟，是该将这层窗户纸捅开了。

他选择了一个周六。周末小茜都是要回家的，为了更稳妥一些，他想再确认一下，下班之前，打破了自己定的规矩，以关心下属的语气，和小茜闲聊了几句，问小茜家在哪里？家里都有什么人？为什么每个周末都要回去？问得小茜一头雾水，开元也投来疑惑不解的目光。

晚饭时没有看到小茜，肯定是回去了。回到宿舍，仁义仰倒在床上，开始酝酿情绪，准备言辞。振乾不在，这家伙节后大有改变，每天晚饭后都会像发情的公牛似的到处转悠，往往到9点以后才能回来。隔壁有说话声，声音总是那么不大不小，能听出来谁在说，却听不出在说什么。

一遍一遍地看表，到了7点，他走到客厅，打开了电视，将音量开得比平日大了一些。等了五分钟，见没有人出来，终于鼓足勇气，蹑手蹑脚地开了门，然后关死，用粗壮的手指，在对面门上轻轻叩了两下。

叶丽看见仁义，不由一愣，这个人的出现完全在意料之外。看见对方急着进来的样子，不好硬拦，只能侧身让过。

"小茜不在？"坐到沙发上，仁义的情绪稳定了一些，眼睛左右看了看，明知故问。

"回家去了呀。"叶丽泡好茶水端过来，从侧面打量着仁义的圆脑袋，猜测着对方的来意。

仁义端起茶杯，吹了吹漂浮在水面上的茶叶，小啜了一口，又抬起头四下里看了看，闻到了茶叶之外的一种淡淡的幽香，不由赞叹了一句："你们女同志的宿舍就是比我们男人的干净。"

他过来不会是为了说这几句话吧？叶丽想，眼下没有别的办法，只能敷衍："我那天看你们宿舍也挺干净的呀。"

"基本上都是我一个人在收拾，单身这么多年，就养成了这么一个好习惯，自己住的地方么，就要让它看上去舒服一点。"话题忽然一转，"你听到我离婚的事情了吧？"

叶丽点点头。

"我让那个女人害苦了，硬是拖了我十五年！人这一辈子有几个十五年。"仁义神情悲苦，几近哽咽。

叶丽觉得应该给予一点同情，面露悲悯之色。

叶丽的同情使仁义勇气大增，干脆单刀直入："你觉得咱们两个有没有可能？"

叶丽一惊，随即大声笑了起来。

仁义惊慌地向门口看了看："行不行你给一句话，你笑什么？"

叶丽想忍，但没有忍住，还是咯咯咯地笑。

仁义有点恼羞："你觉得我配不上你是不是？我告诉你，来这里之前，我已经是正儿八经的副县级。"

叶丽止住笑，双手放平，是求你不要再说下去的意思："不是你配不上我，是我配不上你。有的女人旺夫，我这个女人克夫，我前夫本来可以提正县级，硬是让我给克没了。我们两个就是因为这个才离婚的。"

仁义将信将疑地看着叶丽，想从那张俏丽的脸庞上找到答案。

叶丽担心仁义再纠缠下去，向门口移动了几步："真的，我不骗你，我和第一个男朋友相处了三个多月，他爹就莫名其妙地死了。你好不容易从牢笼里逃了出来，我怎么忍心再害你呢？"

"那我要是不在乎呢？"仁义一脸情圣的表情。

叶丽又想笑，但这一回忍住了，脸却稍微有点变形，声调也冷了下来："你不在乎我在乎，我告诉你，咱们两个绝对没有可能。"

仁义知道已经没有再待下去的必要，站起来往外走。到了门口，又回转身来："我希望你不要把今天的事情说出去。"

叶丽巴不得赶紧把这尊神请出去，很认真地保证："这个你放心，我绝对不会说出去。"

她想去开门，却被仁义抢在了前面，先侧耳听了听，然后迅速拉开门，走了出去。

叶丽将门锁死，还是禁不住地乐。看来这个世界上还真有想吃天鹅肉的老蛤蟆。你还别说，那圆圆的脑袋，鼓起的眼睛，和癞蛤蟆还真有几分相像。可是，他怎么会产生这种想法，怎么会有这样的勇气呢？

想着想着，就有点伤悲起来。活着活着，怎么就活成这个样子了呢？这样的人也敢有想法，也敢来追求？这不仅仅是一出闹剧，也是极大的贬损和侮辱啊！那个卖身求官的家伙，如果看到这一幕，会怎么想呢？同情？怜悯？嘲弄？但有一点是确定无疑的，如果他现在就在面前，如果她手里有一把刀子，她会毫不犹豫地把他杀了。

仁义回宿舍之前，先到外面转了一大圈。他需要想一想，冷静冷静。

4月的夜风还带着微凉，在已现秃顶迹象的脑门上这么一吹，他顿然清醒过来。她的笑分明是因好笑而发的呀，自己还傻乎乎地问人家笑什么。可是问题到底出在什么地方？她为什么会感到好笑呢？这么说来，她后面的话都是应付性的，不可信的，她内心其实是瞧不起自己的。但她究竟有什么理由和资格瞧不起自己呢？他又将两个人的条件一一比对了一番，越比对越觉得对方并没有什么优势可言，这便有了恼羞和愤恨的理由，同时在心里面发着狠声：一个离过婚的残花败柳而已，有什么可骄傲的？我非要找一个更年轻漂亮的给你看，到时候让你眼睛悔绿，肠子悔青。

小高出事了，而且出了大事。

又一个女友告吹，小高心情不好，晚上喝了点酒，开着皮卡车出去兜风解闷。

鬼使神差，将车开到了滨海大学校园里，见一个身材苗条的女孩在道边散步，便踩了一下油门，然后减慢速度，与女孩并行。为了引起女孩的注意，先是将音响的音量开到最大，女孩似乎没听到，继续往前走。小高又将右前门的车窗摇下来，女孩肯定能听见，但还是不理不睬地继续往前走。情急之下，小高按了两声喇叭，这回女孩扭头看了一眼，但脚步没有停下来的意思，反而有所加快。这一扭头，小高已经看得很清楚，女孩年轻漂亮，情绪便有些失控，停下车，挡到女孩前面，涎着脸问："小妹妹，交个朋友行不行？"

女孩又惊又气："我不认识你，和你交什么朋友？"

"交往了不就认识了吗？我告诉你，我在一个大公司工作，有的是钱，只要你同意交往，以后的学费就包在哥哥身上。"

"我不稀罕你的钱，请你不要再胡搅蛮缠。"女孩闻到了小高身上的酒味，一边呵斥，一边夺路而逃。酒壮色胆，小高的欲念已经遏制不住，抓住女孩就往车里面拖。女孩一边挣扎一边大声呼喊，引来了几名男生，将小高扭送到校保卫科。

廷轩接到通报，脸色铁青地沉默了十几分钟，才把东海、敬儒、炜平叫来商议对策。

"开除！对这样的害群之马，我们决不能姑息迁就。"在对小高的处理问题上，廷轩先亮明了态度。

"这样处理是不是太重了一些？"敬儒显得忧心忡忡，"年轻，又喝了点酒，情绪更容易失控。再说这样处理，对上面好不好交代？"

"这是理由吗？公司形象我们就不要了吗？这件事没有商量的余地，我不管他有什么背景，豁出我这个总经理不当，也不能把他再留在公司。"

"多亏没开着挂军牌的车去，否则影响更坏。"东海感叹。

"现在的影响还小吗？我感到自己的脸面都让这不争气的东西给揭光了。我现在最担心的是媒体曝光，这件事要是传扬开来，我们公司还有什么形象可言？以后的事情还怎么做？"廷轩转向炜平，"你去处理这件事情，不要怕花钱。第一，把这个不争气的东西给我带回来。第二，代表公司，给那个女学生当面道歉，可以多给一点精神补偿。第三，尽一切可能，让事情大化小，小化了，绝对不能出现在新闻媒体上。"

第二天一上班，廷轩先将仁义叫到办公室，神色严肃地说："小高的事情按辞退处理，补偿方面参照最高标准。"

小高已经从炜平嘴里知道了公司的处理决定，自知无脸见人，没有回公司，到宿舍取了自己的行李物品，回家去了。

皮卡车是小宋开回来的，顺便将炜平一道拉了回来。事情的处理结果让廷轩紧绷的面容稍微松弛了一些。女孩接受了道歉，但拒绝了精神补偿；给报社赞助两万元，将已经写好的新闻稿压了下来。

几天后，总公司打来电话，说以前小高接送的那位部长听到消息后沉思了半天，最后吐出两个字：活该！廷轩的心这才完全放了下来。

出了地面的楼体就像挣出地面的草禾，一节节地拔高。

每天到几个工地转一圈，这已经成了廷轩工作中的一个必不可少的组成部分。就那么远远地站着，看塔吊转动，看物体移动，看工人走动，听粗重不一的叫喊声和吆喝声，他感到充实、兴奋和激动。这几个楼体，就是看得见、摸得着的希望啊！

让他不安的是，楼体在不断增高的同时，账户里的钱也在不断减少。分公司成立时，总公司就有言在先：注册资本之外，原则上不再增加资金，资金缺口由分公司自行解决。是该考虑在银行贷点款了，他将仁义和开元喊到办公室，商议对策。

"没问题，这事情包在我身上，去年几个行的信贷科长都问过要不要贷款。"仁义显得很自信，"以我来看，可以先少贷一些，根据需要再逐步增加，这样可以最大限度地降低财务费用。"

"我的看法不同。我认为能多贷就尽量多贷。今年与去年不同，银根在紧缩，增加了贷款难度。而且，据我所知，这些银行都长着狗眼，你越有钱他越大方，你越需要钱他勒得越紧。"开元不无忧虑。

廷轩将信将疑地看了开元一眼："我想我们公司的实力摆在这儿，银行应该能给点面子。这样吧，贷款手续办起来也挺麻烦的，所以贷款额不要太大，也不要太小，每个行先贷上二百万怎么样？"

仁义得意地溜了开元一眼，信心满怀地走了出去。

再回来的时候，仁义已经神气全无，一副垂头丧气、失魂落魄的样子，到廷轩办公室大诉其苦："我真没想到，这些人变脸会变得这么快！我把能想到的好话都说了，就差没跪到地上，还算有点效果，有一家银行还没有完全封口。"

"能贷多少？"廷轩仍然心存侥幸。

"二十万。"

"二十万？还不够塞牙缝的。"廷轩心里突然一片灰暗。他觉得有一股火气在向外蹿，很想发泄出来，但还是强力控制住了。发火有什么用？对下级发火只能证明自己的无能。他稳定住情绪，让语调尽量平和："好了，我知道了，你去休息吧。"

对一个企业来说，还有比资金链断裂更可怕的事情吗？这就像一个人的血管里突然没有了血液，接下来的事情可想而知，停产，停业，破产清算。不管出现哪种情况，都是失败，都是耳光，都是无法容忍和接受的。

怎么办呢？最先想到的，还是总公司。原则上不再增加，还有个特殊情况特殊对待，自己好歹还兼任着副总经理，开了口，总该给一点面子吧。可是这个面子到底有多大，钱能给多少，他心里一点底都没有。他先给总会计师郑维忠打了个电话，探了探口风。郑维忠说总公司的资金也不宽松，硬挤的话，只能挤出来一二百万。不过听说上面要增加一笔拨款，但不知道什么时候才能到位。郑维忠是一个实在人，说的话可信度还是很高的。一二百万，即便能要回来，按现在的工程进度，又能支撑多久？他无法再让自己保持镇定，一个人坐不住，把东海和敬儒喊了过来。先通报了一下情况，然后向着东海："你给我算一下，几项工程到完全竣工还需要多少钱？"

东海略微思考了一下："单是工程这一块，按照预算，还欠九百多万，酒店和办公楼装修，还需要增加三百多万。减去施工单位的质保金，估计资金总需求在一千一百万左右。"

"咱们账面上只剩下一百多万元，如果运气好的话，可以从总公司再要上二百万，剩下这七百万到八百万的资金缺口该如何解决？我想听听你们两位的意见。"

敬儒跷着二郎腿，仰着脸，一副与己无关的样子。东海看不惯，忍不住刺了一句："资金的事情，应该属于总经济师的职权范围吧。"

敬儒白了东海一眼："我又不是行长他爹，我能有什么办法？花钱的事情不找我，没钱的时候找我，总经济师有这么当的吗？"

廷轩有点生气："这不是发牢骚的时候，如果对工作安排有意见，以后可以提，现在还是先讨论正事。"

敬儒很有几分委屈："我没有意见，我能有什么意见？我就是见不得有人说风凉话。其实资金这个问题我一直都很担心，去年就想建议先贷下来。可是贷下来又用不着，白白损失几十万的利息，这样的事情我们能干吗？人都说银行谁有钱就喜欢谁，看来这是真的。实在不行的话，我给白总打个电话。"

"总公司的底我已经探过了，能给的不可能比二百万更多。听说上面要追加一笔投资，可是远水解不了近渴。机关的办事效率我知道，哪一件事都要给你拖个一年半载的。"

"要不让方主任帮我们想想办法。"东海吞吞吐吐的，自己先有些底气不足。

"能行吗？"廷轩将信将疑，"会不会让人家太为难？"

"有什么好为难的？"敬儒倒来了劲，"当初把话说得那么好听，许了一大堆愿，关键时候总不能撒手不管。"

拨通电话，讲明事由，然后是十几秒的等待。廷轩情知不好，立刻做出撤退的姿态："知道这事很让你为难，要不就算了，我们再想办法。"

电话里传来方主任的笑声："按说企业和银行之间的事情政府部门不应该插手，但是你们的事情我不能不管。你们是我的福音，是开发区竖起的第一杆旗，决不能让它倒下来。我真不知道这些银行是怎么想的，两千万的投资砸在这儿，他们还有什么可担心的？这样吧，晚上我把几个行长约到一起坐一坐，把你们公司的投资规模、发展计划给他们讲一讲，打消他们的顾虑，增强他们的信心。不过，我要把话说在前面，我只能努力促成，不敢保证成功。另外，这是在帮你们办事，饭钱由你们出。"

廷轩已是感激不尽，道谢之后接着表态："应该的，应该的。"

还是福海酒楼。几个老总自然要露面，仁义也是非去不可。廷轩想了想，又喊上了开元。

虽然条条框框的管理体系不同，地方最高领导的话还是很有点作用，四个行的行长全都如约而至。四个行长都是男性，年龄在四十到五十岁之间，长相各异，高低不同，胖瘦不一，相同的是面容和眼神，面部肌肉像是被酒泡软了似的，有点松弛和下垂，眼睛却亮亮的，闪动着狐狸样的警惕、猜疑和不信任。

方岩最后一个到，一边让站起来的人坐下，一边开着玩笑："我先声明一点，我今天就是牵个线、搭个桥，充当的是媒人角色。行不行你们自己定，绝对没有强迫的意思，千万不要到你们的上级单位告我的黑状。"

几个行长免不了打着哈哈，敷衍一番。

廷轩先将公司的几个人做了介绍，然后对公司的背景、成立公司的初衷、注册资本情况和公司未来的发展方向做了简要说明。东海谈了几个项目的进展情况，资金投入和此后的需求情况，最后故作轻松地开了个玩笑："生意场上也讲求礼尚往来，去年我们在你们每个行都存了几百万，今年是不是也该帮我们一把？"

敬儒正襟危坐，一副大义凛然的样子："你们看看我们这几个人，哪一个像骗子，如果我们这样的公司不可信，那还有可信的公司吗？"

几个行长全都笑容可掬，就是没有一个人开口。

几杯酒下肚，气氛逐渐活跃起来。仁义表现得很殷勤，频频离座，脸上溢满笑容，给几个行长和方主任添茶斟酒。

"人家把该说的都说了，你们好歹也表个态。"方主任有点不耐烦，"我把丑话说在前面，我不能给你们下命令，但是你们如果把这个企业给我挤走了、撵跑了，那你们以后所有的事情都不要再找我。"

这几句带有威胁意味的话让几个行长笑容顿敛，神色肃然，但还是没有人开口。

"我能不能说几句？"开元扶了扶镜框，声音不大，但时机选得好，都能听见。

廷轩赞许地点了点头。

"银行贷款最注重的指标是风险系数，我想就我们公司贷款的风险系数做一个简要分析。我们公司的实收资本是两千万，现在的实际投资也接近两千万，而我们需要的贷款只有七八百万，贷款与实收资本或者说与净资产的比率连百分之四十都不到，这还没有考虑土地、资产增值因素，我想不出有什么风险可言。除非有一个前提认定，开发区肯定发展不起来，投资注定要泡汤，否则的话，我认为给我们公司贷款应该是零风险。"

方主任已经把不满写在了脸上："这位同志分析得这么清楚，你们还有什么可犹豫的？开发区今年的发展形势你们也看到了，是不相信你们的眼睛，还是不相信我这个主任？我不能以主任的身份给你们做什么担保，但我可以用我的人格来保证。去年我给市领导立了军令状，如果开发区两年内还没有实质性的、突破性的变化，我将引咎辞职。今天也可以把这个话用在这个地方，如果你们给四方公司的贷款出了问题，我也将引咎辞职。"

话说到这个份上，任是铁石之人也不能不为之所动。建行行长率先表态："别人的面子可以不顾，你这个领导的面子不能不给。这个同志姓孟，是吧？孟经理讲的几句话很有意思，一方面是在消除我们的疑虑，同时巧妙地给我们施加压力，逼我们就范。我们银行不是薄情寡义、唯利是图，也不是有眼无珠、鼠目寸光，实在是让这些年的呆账坏账给弄怕了，再加上今年银根紧缩，权力也在收紧，我们这些支行行长所掌握的机动权越来越小。可是，今天已经把话说到这种地步，我要是再不吐口，以后还有什么脸面再待在这个地方。我报个数，确保一百万，争取二百万。"

口子一开，其他几个行也纷纷跟进，加起来，在四百万到六百万之间。方主任站了起来，举杯到几个行长身边："看来我这个主任的脸还值点钱。不对，是王总和他的企业值得信任。我相信，这会是一次成功的行企合作。来来来，敬你们几位一杯。"

廷轩也举起酒杯："我也在这里表个态，我们四方公司将会通过自己的努力，在这个地方站稳脚跟，并且不断发展壮大，决不会让方主任失望，更不会让几位行长坐蜡。"

问题圆满解决，笑脸和笑声都变得更加朗然，只有仁义略显忧郁，并不时向开元那边投去隐蔽的、狠毒的一瞥。

振乾手里的对讲机换成了一个叫手机的东西，黑乎乎的，形状有点像哑铃，但两头不一样大小，小的一端还可以抽出蛇信子一样的线来。这让振乾愈发地神气起来，几乎手不离机，不管是穿行在工地上，还是骑在摩托车上，都会时不时把手机贴在耳边，侧耳聆听或者大声叫喊。不知是信号不好还是为了炫耀，每天要让蛇信子一样的线吐纳几十次。回到办公室，他便让手机像小狮子一样蹲伏在桌子上，蹲伏出一种威势，也蹲伏出他的自信。

四号人物，他有足够的理由这么相信，因为除了三个老总，他是唯一的手机持有者。如果说此前的对讲机是工作需要，现在则很难继续这么理解，因为黄总也配上了呀！这不是他想往这一方面想，而是事实在逼着他往这一方面想。还有一点可以证明，在宿舍里，或者在没有其他人的时候，仁义已经牛总牛总地叫了，表面上的谦虚客气自然不能少，但这心里还是很受用的。这说明什么？说明人心所向，说明群众的眼睛是雪亮的。

他没有忘记自己的承诺，也是对仁义提前俯首称臣的回报，很热心地让几个建筑公司的经理帮忙，接连给仁义介绍了好几个对象。遗憾的是仁义一个也没看上，都是离过婚的不说，更重要的是那长相和自己的前妻难分上下，有叶丽的影子在眼前晃着，那容貌便显得更加不堪。熬了那么多年，费了那么大劲，难道就为了这样一个结果？仁义心有不甘，所以意志坚定，态度明确，见一个，吹一个，很果断，决不拖泥带水。

振乾很是生气，破口大骂："你也不撒泡尿照照自己，还真以为自己是钻石王老五啊？是不是还想像皇帝选妃子那样来个全国海选？我告诉你，你这个球事我还不管了。"

反正承诺的事情已经兑现，该回报的也已经回报，此后就像忘了这件事情似的，真的不再去管。

仁义回以老谋深算的、阴冷的笑容。用一部手机就觉得自己了不起，高人一等，喊你一声总你就真成了总？等着瞧，鹿死谁手还很难说呢！

炜平和开元在海边漫步。晚霞煌煌的余晖洒落在无际的海面上，让6月温热的风摇曳出一片斑斓。

"真没想到，企业的生存环境会这么差！"开元由衷地感叹，"我们这个有背景、有一定资金实力的军工企业尚且如此，其他企业就可想而知了。企业要生存、要发展，只能另辟蹊径，用各种非常手段打通各种关节，或者铤而走险，投机取巧，坑蒙拐骗。"

"在这个过程中，各种规章制度和正常的游戏规则就会被无视和践踏，人性和人格便会不断地变异和沦丧，这样下去，社会风气还能变好吗？"炜平也忧虑重重。

"在这种非正常的竞争中，真正受伤的是那些有潜力、有抱负，秉公守法的正规企业，应该属于它们的资源被剥夺，应该属于它们的空间被挤占，供血不足，处处掣肘，让多少优秀企业难以生存，自生自灭。长此以往，经济何以持续发展？民族又靠什么来复兴？"开元已有些愤愤然。

"我对经济问题不是很懂，依你来看，这是经济发展的一个必然过程呢，还是一种非正常现象？"

"我也看不透，道不明。我只是希望，这个过程能越短越好，这种乱象能尽快得到治理和纠正。"

"你觉得从哪里入手比较好呢？"

"观念，首先是观念的转变，包括官员的公仆和服务意识。没有这些意识的根本转变，就不可能有好的风气，好的环境。在天水的时候，一个企业的财务科长给我讲过这样一个笑话。他到财政局去办理税收返还，按照规定应该退给他们二十万，可是办事人员只给退十万，说是领导这么交代的。于是一级一级往上找，找到了正局长那里。他拿着文件让局长看，并且据理力争。局长笑了，说了一句话：'我承认你说的是事实，但关键的问题是，你说了算，还是我说了算。'那位科长想不出还能再说什么，只能灰溜溜退出。你看，在这样一种扭曲的、变态的意识之下，还有什么公正可言？"

"这个企业就不能告吗？"炜平生气地问。

开元忍不住笑了起来："看来你对社会上的事情是真的不了解。企业告政府部门，你听说过吗？除非这个企业第二天打算关门大吉，否则绝不敢动告的念头。这还不算最恶劣、最恶心的。我们局有一个专管员，从一个分局调到另一个分局，离开的前两天，给他分管的几个企业打电话，说是他们的税率还有可能再降低一些，让抓紧去办手续。这对企业来说，是天上掉馅饼的好事啊，自然满怀感激之情，又是请客又是送礼的，最后的结果可想而知。能告吗？证据呢，有吗？就算胜券在握，也不能随便动这个心思呀，投鼠忌器，接手的专管员会怎么想，如果因此把你列为每年被查的重点，会有好果子吃吗？你怎么不说话？是不是心里面堵得慌？"

"我真的想象不出，还有这种不知廉耻的卑鄙小人！"

"不只是有，而是很多、很普遍。你在工商局看到的一幕也绝对不会是个别现象，在那些人的心目中，他们手中的权力只是满足私欲的工具，他们的管辖范围就是他们的自留地，想薅就薅，想拔就拔。这样的事例很多，你要是想听的话我可以讲上几个晚上。为什么要让你们这些作者到生活中去，就是因为生活中有很多超出想象的东西。"

"这种丑恶现象如果继续泛滥下去，经济还能发展、国家还有希望吗？"

"所以需要你这样有良知的作家去写、去呼喊，唤出一股劲风，扫除阴霾，还玉宇之清澈。"

"我？"炜平哑然失笑，"我能有那么大能耐？"

"事情总得有人去做。咱们两个可以合作，你写，我提供素材。书出版的时候，把我的名字缀在后面就行，让我也跟着你扬一下名，稿费我保证一分钱不要。"开元很是郑重其事，一点没有开玩笑的意思。

霞光已完全隐而不见，夜色慢慢重了起来，海也失去了斑斓，一味地幽深下去。无休无止的浪涌声依然清晰可闻，这是海的脉动，还是海的叹息？她壮阔的胸怀里，是不是也有太多的不满、不解、憎恶和愤怒？是不是也在渴望一场风暴，借以激浊扬清，还自己以纯净？

炜平忽然有点想念以前的校园了，单纯而又静谧，也许那才是与自己的生命相契合的生活。接触现实，认识世界，竟然也是一个残酷的过程啊！要心灵震惊多少次、战栗多少次才算完成呢？他开始怀疑自己还能不能坚持得下去。

那个熟悉得不能再熟悉的影子又乘虚而入，一下子将心灵占据得满满的。纯真的眼神，俏皮的笑容，爽朗的笑声，丰腴得恰到好处的身体，婀娜的走姿，透不过气的吻，疯狂的做爱，一幕幕，一层层，喷泉般涌出，他不由自主地烦躁和伤感起来，突然间转向大海，用尽全力吼叫了一声，把身边的开元吓得不轻。

叶丽发现小茜喜欢偷偷地盯着自己的胸脯看，目光里带着迷恋和艳羡，尤其是在自己脱掉外衣，穿着衬衣或者羊毛衫的时候，那目光里甚至带着男性的火辣。可是一旦触碰到自己的目光，小茜的目光便会像受惊的兔子一样缩回去。这个女孩为什么会对自己的胸脯感兴趣呢？她知道自己的胸长得好，那里也是最让前夫迷恋和神魂颠倒的地方。可那里毕竟是禁区之一啊，让自己喜爱的人看，是愉悦和享受；被别的男人看，是羞愧和厌恶；被一个同性这样看，奇异之外，总有点不大舒服。此前也有同性凝目于上，但那是大胆的、直露的，不像这般半遮半掩，偷偷摸摸。上大学的时候，一个最要好的闺蜜就从背后捏住，附耳发着恶声：我真想用剪刀给你剪一半下来。

时间一长，她又有新的发现。卫生间里装有淋浴设备，洗澡很方便，可是小茜很少在宿舍里洗澡。如果哪一天出汗太多不得不洗，小茜就会在里面将门锁死。宿舍里又没有别人，至于这么小心吗？那就只有一种解释：小茜是在防着自己。莫非小茜的身体有什么羞于见人的缺陷？她只能私下里胡乱猜测。经过屈辱而惨痛的婚变，她对"隐私"一词有了深刻的了解。那是个人的事，自己不说，别人是不能问的。

又一次恋爱失败后，小茜才流着眼泪向她袒露了心迹。

"姐啊，你说我该怎么办呢？胸长成这样，难道是我的错吗？吃药，拔，揉搓，我把该想的办法都想了，可它就是不动。这些个该死的男人，我以为心思都在脸蛋和身材上，没想到对胸也是这么在意。我的标准已经降得够低的了呀，可他们却是这么挑剔。因这个原因终止，这已经是第三次了，有一个还拉下脸问我：'你的胸长成这样，将来怎么养孩子？'这和养孩子有什么关系？可是我能给他回答能给他解释吗？不谈就不谈了呗，我总得给自己留点脸面。可是这么下去，什么时候才是个头啊！姐，你说我以后还见不见谈不谈了呀？"小茜说着说着，放声哭了起来。

原来是这么回事。叶丽对小茜有了更多的同情。真是想不到，胸也能左右一个女人的命运。女人活在世上，实在是太苦了呀！她很想现身说法，告诉和安慰小茜，并不是有一个饱满的胸部就会有一个好的婚姻。可是能吗？那些苦痛和屈辱，只怕这一生只能自己一个人独自吞咽了。她抓住小茜的手："没事的小茜，你相信姐，并不是所有的男人都这么浅薄和无聊，你这么年轻，这么漂亮，一定会找到属于自己的归宿。"

安慰着小茜，自己的眼泪却长长地淌了下来。

这一次敬儒没有站在门前喊，而是走到叶丽办公桌前，用指关节在桌面上轻叩了一下，声音也压得比较低："叶经理你来一下。"

称呼也不对，以前都是小叶小叶的叫。今天这是怎么了？叶丽来不及细想，放下手头的事情，跟着走了过去。

门又在身后掩上，这个习惯让叶丽很不舒服。敬儒脸上带着掩饰不住的喜悦，又多少掺杂了些神秘。

"你算过没算过，到现在为止，给公司省了多少钱？能给你奖励多少？"

叶丽摇摇头，真没算过，每次都是根据工程上的需求情况下单，这样既可以降低风险，又可以减少资金积压。但市场情况真的很难预料，每吨钢材的价格从年初的三千二百元一路长到了三千六百元，相对于原来的大包，公司总体是占了便宜还是吃了亏，都很难说得清楚，哪还好意思再想奖励的事情。

"这样不行啊！零打碎敲的，谁还能记得住？我担心他们给你的奖励承诺最后会泡汤。我想咱们能不能做一笔大的，一下子就让他们记得牢牢的。现在就有这样一个机会，我有一个朋友，他的亲家是包钢厂的厂长，给了他五百吨的钢材指标，我想咱们能不能把它吃下来。"

五百吨！叶丽吃惊不小。干了这一段时间贸易，她的账算得比以前快了许多。按每吨三千六百元计，需要一百八十万元，这么大的资金量，万一有什么闪失，是难以承受的。她调整好情绪，尽量将话说得婉转一些："这么大的事情，我可做不了主，您最好还是和王总、张总商量一下。"

"我和他们商量，功劳就不是你的了，"敬儒有点恨其不争，"你这个同志精明有余，但魄力不足。真出现什么问题，有我在后面担着，你还有什么可怕的？"凑近了一些，同时将声音压得更低了一些："他享受的是出厂价，你知道他报给我的价格是多少吗？说出来你都不信，三千三，整整比市场价低了三百。五百吨的差价是多少？十五万呀！这么好一个机会我们能让它跑了？"

叶丽心里也动了一下，三千三这个价格，还是很有点诱惑的。但即使按三千三计算，需要支付的资金也有一百六十多万，一想到这个，心里就有点慌慌的。再说，资金的支付不是自己一个人说了能算，需要层层审核，也就是说，自己实际上是没有权力做这个决定的。她沉吟了一下，站了起来："我去给王总和张总汇报一下，听听他们的意见。"

"要快，人家在等我的回话。这样的便宜谁不想占，这样的机会更容易转瞬即逝。你和他们谈的时候先不要提我的名字，以免引起不必要的误会。误会这东西可大可小，说开了，一笑了之；说不开，可能就是一生的疙瘩，有时还会酿出人命来。"

叶丽已无心再听这些大道理，出来后先进了廷轩办公室。

廷轩听了汇报，用手指在额头上按压了几下，这是他思考问题时的习惯动作。"现在看倒是很合算。钱不是什么问题，关键是对钢材走势的预判，是不是还会一直这么涨下去，我对这一方面的情况不是很了解。这样吧，你去和张总、振乾谈一下，他们在第一线，看得应该更清楚一些。"

没有问消息来源，叶丽不由暗自庆幸。

东海听了后先是怀疑，侧着脑袋问了一句："有这样的好事？"随后便高兴起来："这事真要办成，我这脸上也能好看一些。你不知道，这几个建筑公司的经理最近经常刺我，说什么不是挺能争的吗，给你们公司争到了多大利益？还有什么人算不如天算，湿算干裂之类的话。你不要多心，我这话不是有意要说给你听。不管怎么说，咱们前面还省了不少，总算下来打个平应该没有问题。至于钢材以后的走势，谁能说得清楚，看现在这个势头，只怕还要往上再冲一冲。要不就把它买回来吧，如果势头不对，卖掉一部分就是了。但我要强调一点，质量上绝对不能含糊，这么大一笔交易，质量上出了问题，我们谁都承担不起。"

刚轻松了一些的叶丽又开始紧张起来。振乾不在办公室，她也没打算找他。

她讨厌这个人，讨厌程度甚至超过了仁义。她最不喜欢他那充满了欲望的赤裸裸的目光，贪婪、凶狠而又淫荡，让她感到很不舒服。

尽管得到了两个老总的首肯，她心里还是很不踏实。一百多万，这毕竟是一笔巨额款项啊，万一有什么闪失，这一辈子还能抬得起头来吗？怎么才能做到万无一失，或者把风险降到最低呢？思来想去，她想到了开元。

对于开元，她没有什么好隐瞒的，将整个过程和盘托出。开元将眼镜向上推了推，笑容里带着善意的嘲弄意味："我说一句不爱听的话，我对你这个顶头上司没有什么好印象，整天高高在上、不可一世的样子，也没见他干出几件正经事。这件事看上去不坏，但经过他的手，就要多打几个问号。现在市面上的行情谁都清楚，他那个同学为什么要以这么低的价格出手？他和那个同学之间的关系有这么铁，会送这么大一个人情？还有，既然这是一件长脸、出风头的大好事，他为什么要让给你？我不相信他有这样的好心和胸怀。"

叶丽感到背脊有点发凉，伸手将衣领紧了紧："那你分析会是什么原因？"

"我认为有这么几种可能：往好的方面想，他那个同学拿到手的价格远低于三千三，所以不在乎这点差价。往不好的地方想，一是钢材质量有问题，二是对市场情况有明确的预判，钢材价格将会掉头向下。你这个顶头上司可能对这几种情况吃不准，才会把这个好事让给你做。"

"你认为哪一种可能性更大一些？"

"后面两种。一把舍弃十五万，一般商人都不会这么做的。"

叶丽感到身上已经有了冷汗："你越说我越怕，算了算了，这件事还是不要做了。"

开元倒笑了起来："有什么可怕的？他有他的算计，我们有我们的主意。首先要坚持一点，不见兔子不撒鹰，必须在到货以后，质量检验没有什么问题，再给他付款。另外，为了抵御钢材价格下跌的风险，可以将这批钢材先卖掉一半。做生意，不能总想着多赚，更要想着少赔。"

叶丽觉得心里一下子踏实了许多，开起玩笑："咱们领导没有眼光，你要是当这个贸易部经理肯定比我干得更好。"

开元也不谦虚："这个我承认，我学的专业和贸易多少有点联系。可是我不喜欢和商人打交道，尔虞我诈，薄情寡义，眼睛里除了钱，看不见别的东西，近墨者黑，和他们接触多了，也许会变成他们那个样子。"

"听你的意思，我现在也是一个奸商？"叶丽微嗔。

"不是不是，"开元连连摆手，"出污泥而不染，大多数人做不到，个别人还是可以做到的，我对你一直很尊敬很崇拜，早就想认你做个干姐。"

"好啊，跪下来磕三个头，你这个弟弟我就认下了。"

笑声中，叶丽要离开，又被开元叫住："还有一个问题要注意，对方是一个经济实体还是个人，如果是个人，能不能开出发票？如果没有发票，日后被税务查出来，这一笔税金就要由咱们公司补交，那也不是一个小数。所以，货到后也不能付全款，再压他百分之二十，等发票寄过来再打给他。"

心思真够缜密的！叶丽心中暗自佩服，到了嘴边却变为取笑："方才还说不喜欢和商人打交道，现在怎么越看越像个商人。"

"什么什么？"敬儒急了，"这样的好事到哪里去找？咱们担心，人家就不担心吗？那么大一批货，发过来拿不到钱怎么办？我那个同学也不是傻子，算了算了，这个便宜咱们还是不要占了。"

叶丽故作愁眉苦脸的样子，把开元的想法做了巧妙的嫁接："我也没有办法，这是王总的意思。第一次打交道，金额又这么大，一定要慎之又慎。"

"慎之又慎，慎之又慎，那最好什么事情也不要做。"敬儒气呼呼地站了起来，在房间里踱了两圈，然后一脸狐疑地看着叶丽，"你没告诉他们这件事与我有关吧？"

叶丽摇摇头。她认为自己并没有撒谎，敬儒说的他们，应该不包括开元。

"他们也没问？"

叶丽继续摇头，心里却在想，问了我能不说吗？

敬儒又踱了两圈，脸上风起云涌的，好像思想斗争得很激烈，停下来的时候，仍然吊着雨脚："这样吧，我再给同学打个电话，用我这张老脸再蹭一蹭，看看能不能接受咱们的不平等条约。你说我这是不是自己在给自己找别扭？做人难，做一个有担当的人更难。这件事真要做成了，我不分你的奖金，但一定要好好请我吃一顿。"

走出来的叶丽已是一身轻松。等着吧，我请你吃一顿，还不如请开元吃一顿。

很快就得到敬儒确定的答复。接下来做合同，发传真，很是忙乱了一阵。与此同时，她按照开元的意见，将二百吨钢材以三千五百八十元的价格预订了出去。

过了十天，三百吨钢材分别运送到几个工地，在得到振乾质量没有问题的确认后，通过层层审批，让财务将百分之八十的货款汇给了对方。

第二天下午，她就被敬儒喊到办公室。敬儒一改往日的斯文，脸一下子长了许多，厉声责问："你到底是怎么回事？为什么不按合同约定执行？做生意怎么能如此不讲信用？"

叶丽一脸的无辜："您介绍的客户，我怎么敢呢？等他的发票一到，我立刻将余款打过去。"

"余款？"敬儒盯着叶丽的眼睛，好像要从里面看出个究竟，"合同里面并没有写这一条。"

"黄总您是不知道，这样的亏我已经吃了好几次，事前都答应得好好的，拿到钱后便一拖再拖，财务这边又一个劲催，逼得我上吊的心都有。"叶丽装作很痛苦的样子。

"有我这个大活人坐在这里，你还担心什么？难道我这个研究员的脸还比不上一张发票？"敬儒的语气和缓了一些，但脸色依然难看。

"您不是不让告诉他们这件事与您有关吗？我怎么能告诉王总是您让汇的款？再说发票这样的小事，怎么能让您分心。"

"你这么做，以后让我怎么见这个同学。本想帮帮你，结果是给自己挖了个坑。好了，我再给他打个电话，让他尽快把发票寄过来。"

叶丽没有想到，这一等，就是两个多月。让她更没有想到的是，钢材价格竟然会急转直下，一落千丈，几个月时间，从三千六百元降到两千七百元。她暗自庆幸的同时，一遍又一遍地感谢着开元的指点。

难怪会有商海之说，难以捕捉的风向，涌动的暗流，叵测的人心，这商场的诡异与凶险一点不亚于大海。此前的成功，只能说是运气而已，而那些小小的得意，此刻又显得多么肤浅！

廷轩平日总是最后一个离开办公室，这一天下班时却不见了人影，东海办公室的门也关得死死的，敬儒心里就有点犯疑，这两个人为什么会提前离开，有什么事情要躲着自己？

晚饭时，还是没见到两个人，敬儒忍不住问炜平："王总到哪里去了？"

炜平迅速做出判断，既然能问，说明不知道；既然没告诉，说明不想告诉或不能告诉。可是王总只说要去哪里，并没有要求保密，说明没有必要隐瞒，所以便如实相告：方主任要调走，请王总和张总去吃饭。

敬儒就有点气闷，脸上也有点不自然。从内心讲，他并没有把这个方主任太当回事，可是被一个不当回事的人不当回事，这滋味似乎更不好受，这不是轻慢，简直是一种侮辱！

这个姓方的是怎么回事，把自己忘了吗？这种可能性几乎为零。他对自己的个人形象还是很自信的，一个大学同学就下过这样的定义：见过一面，便会终生难忘。同学之间没有什么功利目的，这句话的可信度还是比较高的。这个评价已经在镜子里得到无数次的验证，伟人的身高，庄重而又丰富多彩的面容，高贵而洒脱的气质，不要说别人，自己看着都很受用。

这就只有一种可能，这个姓方的是有意而为之。真不知道他心里是怎么想的，难道一个研究员的身份还比不过一个虚衔的大校和一个败落的、处级编制的兵工厂厂长？如此说来，他的调走不但应该，简直就是活该！

饭桌上，方岩情绪激动，声音悲怆，几近哽咽。

"我今天没有叫别人，就叫了你们几位企业的老总，想对你们说几句心里话，吐一吐肚子里的苦水。

"说是提拔重用，鬼才知道是怎么回事！我听说开发区升格的报告已经打了上去，留在这里不是照样提拔吗？为什么还要多此一举呢？一个朋友偷偷告诉我，说是要给市长的一个亲信腾地方。我相信这才是他们的真实目的。官场上的事情你们不知道，有时候肮脏得简直让人说不出口。什么能力，什么工作需要，全都是骗人的鬼话！领导看中的只有亲疏，只有远近，其他的都可以视而不见，置之不理。

"我是真的不想走啊！哪怕让我把这正县级一直干下去也无所谓。从办理开发区的申报到现在，我这个主任当了六年。我把这块地方当作我的孩子和我的命一样看待，这几年苦撑苦熬的，跑资金，拉项目，费尽了心血。我不想别的，就想在有生之年能干成一件有意义的事情，等老了回忆的时候，有那么点能抓住的东西。现在开发区刚有了一点起色，却要让我走，你们说这不是往我心上捅刀子吗？找了一趟又一趟，一点松动的余地也没有。有时候真想大声骂几句，可是我心里也很清楚，这位置是靠骂能保住的吗？

"我找你们来，还有一事相求。不管你们以后遇到多大困难，都不要轻言放弃，不要离开这个地方。我人虽然走了，心还留在这里，我希望自己当年的梦想能够在你们手里、在后来的投资者手里一步步变为现实。"

回家的路上，东海幽幽地说："方主任的离开，对咱们公司是一大损失。"

"一个有抱负、想干点实事的人，总是会多遭受一些磨难。"廷轩答非所问，抬头看天。天空不理会人的心情，依然星月交辉，一片灿烂。

秋天将要来临的时候，敬儒迎来了自己的春天。

刚坐到开发区一把手位置的刘主任亲手将经济顾问的聘书送到办公室，这让敬儒大感意外，心花怒放，使他对这个继任者一下子充满了好感。尽管与前任相比，无论是长相还是气质，这个继任者都要相差许多，但士为知己者用，谁还会在乎对方的长相和气质呢？在满脸赔笑、殷勤接待的同时，他觉得有必要矜持一点，谦虚一下："感谢刘主任的好意，只是这么重的担子我怎么担当得起？"

刘主任很是恭敬："黄研究员就不要再谦虚了，我让他们查过，你是咱们开发区学历最高的。开发区这么多年都没有发展起来，大老板心里着急呀，把我派到这里，我的思想压力也很大。来之前大老板找我谈了一次话，给了个八字方针，叫重视人才，科技开路。所以，我一到任就立刻搜集人才方面的信息。你可是咱们区的一宝啊，这个重任你不担，还有谁能担？不过我要事先说明，这个职务只是个虚衔，报酬方面我们会考虑，但不会太高。"

敬儒不屑地哧了下鼻子："钱算什么？能为开发区的发展多做点贡献，让肚子里的学问派上点用场，难道不是值得高兴和自豪的事情？"

刘主任很是感动："真正的知识分子就是不一样！依黄研究员来看，开发区怎么才能快速发展起来？"

敬儒不知道刘主任所说的大老板是市长还是市委书记，只能顺着他的话往下说:"你们大老板的八字方针是绝对正确的,在我看来,还要加大招商引资的力度,目光不能只是着眼于国内,要逐步向国外拓展。"

刘主任如遇仙人指路,敬仰有加:"大老板也是这么说的,我也打算这么做,只是苦于找不到门路。"

"这事好办。我以前在国际学术交流会上结识到一个澳大利亚学者,他们国家的有钱人很多,都在给资金找出路。如果你们有兴趣的话,我甘当一次马前卒。"

刘主任激动起来:"太好了!我马上把这件事情给大老板汇报一下,尽快组成一个招商团,到澳大利亚跑一趟。"

两个人相见恨晚,相谈甚欢。临别时,敬儒将刘主任领到廷轩办公室,介绍了身份,说明了来意。书生意气,挥斥方遒,嗓音高亢,笑声朗朗,他想隔壁的东海一定能够听见,也一定会卑微地想钻到桌子底下。那一次未被邀请的郁闷在这一刻得到了完全释放。

送走刘主任,敬儒又折回廷轩办公室,很痛苦的样子,大摇其头:"没有办法,怎么推都推不掉!说是市领导的意思,我很奇怪,市领导怎么会知道我的名字?"

"这说明你的名号是越来越大了嘛,将来公司说不定也能跟着你沾点光。"廷轩很认真,一点没有取笑的意思。

"盛名之下其实难副啊,我能帮上他们什么大忙?不过,既然接了人家的聘书,总得有一点姿态,到管委会那里多跑几趟,公司的工作可能会受到一点影响。"

"没事的,"廷轩很大度,"以后有什么好事想着公司就行了。"

"那是必须的,我还拿着公司的工资,这一点私心肯定会有的。你放心,有好事我肯定第一个想到公司。"

这真是一个美好的日子,既开心又舒心,敬儒回到办公室,把那份聘书看了又看。

"我了解过了,这个刘主任才是个真正的'土鳖'。初中没毕业,十几年前现任市长在一个乡上当乡长的时候,他是通讯员,听说很忠诚,也很乖巧,后来这个市长走到哪里,就把他带到哪里,水涨船高,一步步爬到了现在这个位置。我很奇怪,老黄这个见不得'土鳖'的大圣人,怎么会对这个'土鳖'情有独钟？我想还是他的眼睛有点问题，对自己有用的就是金龟，没用的便是'土鳖'。"东海像是在讲故事，又有点发牢骚。

"对上眼了，各取所需呗，"廷轩淡然一笑，"有人要借名，有人要借势，天作之合，一拍即合。"

"整天还玩什么清高，一张顾问聘书就让自己飘了起来，拿着这边的工资，一趟一趟往管委会跑，到底算怎么回事？"东海已有点愤愤不已。

"我倒觉得这未必不是一件好事，起码咱们的耳根子可以清净不少。如果有可能，我真希望他就在那里上班，我可以白给他一份工资。"

"这倒是真的，"东海转嗔为喜，"这个黄研究员中看不中用，除了高谈阔论、哗众取宠之外，干不了什么实际的事情。我担心管委会也是看走了眼，忙活来忙活去，最后落得竹篮打水一场空。"

"这已经不是我们所能左右的事情，有的人重结果不重过程，有的人重过程不重结果。对这些仕途中人来说，过程尤为重要，因为过程时间长，结果时间短；过程很容易看见，而结果难得一见。这会给人一种错觉：过程就是结果。现在有一句话叫态度决定一切，大概就是从这种错觉中来的，因为态度完全存在于过程之中。既然人家这么信任咱们这个黄研究员，那就让他折腾去吧，我和你一样，也不相信他能干成什么事，但愿不要闹出太大的笑话，让我们公司的名声跟着受损。"

忧虑化为忧郁，浮现在两个人脸上。

《滨海日报》在头版登出了招商团即将出访澳大利亚的消息，市长任团长，刘主任和黄敬儒为副团长。

敬儒拿着报纸，兴冲冲地走进廷轩办公室："我就随口那么一说，他们还当了真。这规格真够高的，市长亲自带队。你看，还给我弄了个副团长。"

廷轩在报纸上扫了一眼，故作高兴的样子："好事啊，引进几个好项目或者弄几亿美元投资回来，你就是开发区的大功臣。"

"哪有那么容易，我只是在中间搭个桥、牵个线而已，成不成要看他们双方的诚意。"敬儒脸上看不出是故作谦虚还是不以为然，"即便引不来项目、弄不来投资，让这些人开阔开阔眼界，长长见识，也未尝不是一件好事。"

廷轩不由生出几分反感，也许这就是这个人的真实想法。这么多人出去，要花多少钱，而结果，只是为了饱一下眼福，这也有点太不负责任、太无耻了吧！

"我还想向你借一个人。这个名额是我好不容易争取来的。"敬儒既像是在请求，又像是在表功。

"借谁？"

"叶丽，我想让她给我们当几天翻译。"

"你自己不是会说英语吗，还需要什么翻译？"

"我那点底子，糊弄糊弄不懂英语的人还可以，到了正经场合哪能拿得出手？"敬儒难得地虚心了一次，"这是国际交往，万一有听不懂的地方，或者说上一两句错话，耽误了事情不说，丢的可就是国家的脸。"

"好吧，我给叶丽说一声，让她准备一下。"廷轩爽快地答应了下来，不知道为什么，他很想清楚地了解这次招商的整个过程。

"我不想去。"叶丽回答得很干脆。

"为什么？"廷轩感到很意外。

为什么，能说不喜欢这个人，和这个人待在一起觉得别扭吗？当然不能，谁知道他们之间是什么样的关系，在这种情况下，只能贬低自己："我那点英语底子我自己最清楚，哄哄学生还可以，怎么能担此大任。"

"你就不要再谦虚，这件事就这么定了。这样的机会并不是很多，出去见见世面，长长见识，有什么不好？另外，我要给你安排一件事：闲余时间多与宾馆的经理、领班和服务人员接触接触，尽可能地了解和掌握酒店的运转程序和管理办法，越具体越详细越好。"

叶丽知道自己不应该再说什么。再一想，不就是当个翻译吗，有什么可怕的？借此还可以检验和提高一下自己的英语水平，总体还是利大于弊，这心也就坦然了下来。

到悉尼，要到北京转机，一行十二人，背包拉箱的，迤逦而行时，像一条吞了几个青蛙的蛇。

除了团长、副团长，其他几个男的是市里和开发区几个要害部门的领导。另外有一个女的,年龄在四十到五十岁之间,身体像发酵的面包,皮肤却保养得很好,不但难见一纹,且有少女般的白净与弹性。涂了唇膏,浓妆艳抹的,既俗不可耐又盛气凌人。看到第一眼,叶丽就很不喜欢这个人,担心会和这个女人住在一起,那将是很难忍受的事情。后面听到有人嫂子嫂子的叫,知道是市长夫人,心这才放了下来,再看那女人时,便不再是那么难以容忍。

市长的威信似乎很高,市长讲话时,没有一个人插言;市长笑的时候,其他人便跟着笑。叶丽还注意到,一向高傲自负的黄总经济师秉性也大有改变,目光更多地停留在市长脸上,很有点讨好、逢迎的意味。市长和刘主任的关系最耐人寻味,市长对刘主任说话,就像父亲对儿子说话,取笑,挖苦,有时还会斥责几句,刘主任脸上,没有气愤,没有反感,甚至连羞愧都没有,有的只是温顺而谄媚的笑容。

北京到悉尼,十三个小时的飞行时间。叶丽没坐过这么长时间的飞机,也没到过这么远的地方,心里充满了好奇,同时有隐隐的不安。此行会遇到些什么事情,招商会有实质性的结果吗?自己的英语水平能扮演好翻译这个角色吗?以前几乎是自说自话,这次却真的要和外国人打交道。澳大利亚人的英语发音有没有什么特殊的地方,万一卡壳了怎么办?随着航程的延长,她的忧虑也在一点点加深加重。

走下飞机,她的心情一下子舒展开来,所有的忧虑全都飘散得无影无踪。澳大利亚的天空,广阔而又纯净,蓝得透彻,蓝得纯粹。从内地到滨海,感觉是到了另外一个天地,而这里,则完全是另外一个世界。

候机室里,真有一个叫迈克的澳大利亚人在迎接。这个人胖瘦和敬儒差不多,个头还要高出一些。两个人好像很熟,见面又是握手又是拥抱的,亲热得不行。叶丽听迈克的发音,和正常的英语并没有太大的不同,心便放下来一些,即刻进入自己的角色,从市长开始,将招商团的人员一一做了介绍。介绍到那个女人时,她略微迟疑了一下,将目光投向敬儒,敬儒点了一下头,是认可的意思,她便向迈克亮明了这个女人的真实身份。迈克似乎早已知晓,毫无惊异之色,笑容反而更热烈了一些。

中巴车在平坦的公路上穿行,两旁的景色一掠而过,又像是停滞不动。目之所及,看不到多少建筑物,尽是苍翠的绿色。看不出是地面的绿招惹着天空的蓝，还是天空的蓝诱惑着地面的绿，两者是那么和谐地交融在一起，形成了一种令人迷醉的、梦幻般的视觉效果。如果不是坐在车上，叶丽真想大喊一声。

车停在一个外表看起来很不起眼的宾馆门前，市长下车后打量了一眼，脸上流露出明显的不满。迈克这个外国人好像很了解中国国情，急忙告诉叶丽：这个宾馆在悉尼绝对属于一流。到房间以后，市长开心地笑了。这是一个套间，房间不仅空间大，而且豪华。叶丽小声问了一下价格，心里不由一惊，每晚三百美元，相当于两千多元人民币。标间的价格估计也不会低多少，如此算来，住宿费用便会是一笔很大的开支。加上往返机票、伙食费，这一次招商的成本费用会有多高？

参观过几家工厂，接触过几个澳商，招商团便改作旅游观光团。先是悉尼，后是墨尔本，歌剧院、海港大桥、盛凯达路、维多利亚艺术中心、维多利亚美术馆，新鲜的，惊艳的，刺激的，震撼的，好像不把澳大利亚的自然景观和人文景观研究个透，是决不会收兵的。叫迈克的澳大利亚人热情很高，全程陪同，哇哩哇啦地不停讲解，害得她一次又一次地收回自己好奇的目光，耐着性子做翻译。

时间在一天天过去，没有人再提招商引资的事情，更没有人着急。彼此好像都心照不宣，兴高采烈，乐此不疲，好像此行的目的就是观光旅游。

政府官员是不是都是这个样子？表面上正义凛然，冠冕堂皇，骨子里卑贱猥琐，鸡鸣狗盗。看着这些人的脸和言行，她一次又一次地想到了前夫和把前夫诱逼到床上的女市长，他们身上是不是有太多的相通之处？偌大一个中国，是靠他们在支撑的吗？

回到悉尼，叶丽看到敬儒将一沓美元塞到迈克手里，迈克略加推让，便接了下来。是劳务费，还是引见费？没让自己翻译，也许是不想让自己知道，又不是自己的钱，不去管就是了。

不知是作为回报，还是需要这么一块遮羞布，第二天迈克送来一份投资意向书，叶丽仔细看了一遍，一边是中方，以市长为代表；一边是澳方，以迈克为代表，主要内容是双方以后将加强沟通与交流，澳方将选择适当时机组成以投资商为主的考察团，去考察滨海的投资环境。其中的一个附加条款让她看了很不舒服。除了往返机票之外，考察团的所有费用，均由中方负责。

叶丽将翻译好的意向书拿给敬儒看，敬儒如获至宝，激动万分："这下好了，回去就有个交代了！"

叶丽想不出敬儒如此高兴的理由，指着附加条款让敬儒看："这一条公平吗？"

"有什么不公平的？"敬儒倒有点大惑不解，"你以为拉投资、引项目是那么容易？现在是咱们在求人家，这些费用难道还能让人家出？不让咱们报销往返机票就算不错的了。"

叶丽心里就有点闷闷的，这算什么投资意向，简直就是一份不平等条约！她很想说服自己，可这心里还是畅快不起来，现在是什么年代了呀，中国正在走向富裕，走向强大，还需要再干这种低声下气、摧眉折腰的窝囊事吗？

这次招商活动，到底算怎么回事呢？说是缺少资金，却在大肆挥霍、铺张浪费，说是引进资金，却先给人钱财，这是欲取先予的必然规律吗？回想整个过程，好像并不是这么简单。如果是一个私企老板在招商引资，会这么做吗？如果他们花的是自己的钱，会如此不知怜惜、大肆挥霍吗？

晚上的答谢宴会更是奢华至极，龙虾，皇帝蟹，袋鼠肉，牡蛎，鲍鱼，三文鱼，几乎将澳大利亚的美食一网打尽。酒是带去的茅台，一桌两瓶。看菜单时，叶丽就很奇怪，龙虾，皇帝蟹，怎么会用上这样的名字？虾和蟹在滨海也是吃过的，难道还会有太大的不同？菜端到桌上才明白过来，这里的虾和蟹前面冠上龙和皇帝几个字，真是再准确不过了。龙虾与国内的虾相比，只能算作远亲。可是蟹呢，长相和颜色几乎完全一致，个头与见到过的最大的赤甲红相比，也有一倍之多。这是什么原因呢？难道物种也在跟着人种变化？

不知是因为用餐习惯不同，还是担心语言交流不畅，宾主分桌而坐。开席以后，市长先站起来，热情洋溢地讲了几句感谢的话，将杯中酒一饮而尽。接着，又倒满一杯，端过去一个一个碰。其他人也纷纷仿效，按照职务大小鱼贯而敬。这便苦了叶丽，那么多美食捞不着吃，跟着一趟一趟跑。敬酒者表情亲切，语气真诚，一遍一遍地感谢，可是没有一个人说出要感谢什么。

市长夫人坐着没动，心安理得地大快朵颐。敬儒敬酒时，没有叫叶丽，一个人走了过去，先抱着迈克的肩膀低语了几句，然后直起身子，举起酒杯，加大了音量，用英语祝澳大利亚人身体健康、心想事成、财源广进。其他中国人听不懂他在说什么，但脸上都不约而同地显出几分惊异。这也许是自己这个顶头上司想要的结果，叶丽暗自笑了一下，夹了块袋鼠肉送进嘴里，嚼了嚼，觉得和牛肉的味道没有太大的区别。

　　澳大利亚人不知道是没有这种敬酒的习惯，还是不屑于这么做，除了迈克，没有一个人过来敬酒。只是在目光不期而遇的时候，脸上露出点笑容，举杯表示一下。举杯只是一个尊重的动作，不见得就喝，然后迅速将目光转向别处。

　　宴会之后，又是舞会。到了舞场，叶丽立刻成了关注的焦点。现场只有两个女人，年龄、身材、容貌，差异可谓巨大。这点审美观澳大利亚人还是有的，弃了市长夫人，一个接一个地过来邀舞，她无法拒绝，只能一曲接一曲地跳。她惊奇地发现，这些澳大利亚人舞跳得都特别好，而且特别绅士，眼神里没有欲望的流露，手上没有一点多余的动作。恭维，玩笑，都把握得恰到好处。"你长得真美！""你们中国的女孩是不是都像你一样美？""天啊，我为什么不早点到中国去，能娶一个中国姑娘做妻子该有多好！"她一概笑而不答，但心里是舒服的，熨帖的，因为她知道，他们的话起码有一半是发自内心的。

　　市长夫人并没有被冷落太长时间，敬儒立刻担当起护花使者的职责，走过去，弯腰伸手，做出很标准的邀舞动作。叶丽没有想到，市长夫人竟然很会跳舞，虽然体型有点蠢笨，但步点踩得很准，动作也很到位。她想象不出，那两条腿需要多大力气，才能让那麻袋样的躯体那么运转自如。市长夫人看上去一点也不累，很享受很陶醉的样子，还不时向叶丽这边看一眼，目光里带着挑衅。

　　叶丽很担心国内那几个男同胞会走过来，不说别的，单是他们嘴里呼出的、身上散发出的烟味就让人受不了。他们此行好像还带着给中华烟做广告的任务，一有机会，便会把白秆黄嘴的烟卷叼在嘴里。旅行途中，叶丽记不清指着禁止吸烟的牌子提醒了他们多少回。

　　还好，没有人走过来，他们只是远远地看着，脸上带着欣赏的、痴迷的浅笑，有的眼睛随着市长的眼睛转动，有的直直地看着这边，有的望着市长夫人那边，余光却在这边。是环境弄人，还是自己在作践自己，这些人在自己的地盘上可能不可一世，威风八面，换一个地方，便可能什么也不是，甚至连自己是一个人也忘记了。

　　总算是结束了！叶丽回到房间，冲了个热水澡，惬意地躺在床上，让思绪散漫地铺开。

　　人生真是无常，谁能想到会有这么一次澳洲之行呢？这能不能算作自己的运气，并且为之高兴呢？这次招商活动到底算怎么回事？看透了，说穿了，就是一次打着招商幌子的公费旅游。那么，自己这个翻译，难道不是充当和扮演着助纣为虐的角色？这一趟下来要花多少钱？几十万总该有了吧，她难过地合住了双眼，不想再顺着这个思路想下去。

　　可是，澳洲这个地方多美呀？能亲眼看一下，亲身感受一下，真的是不虚此生了。空阔碧透的天空，新鲜而湿润的空气，悉尼歌剧院别具一格的造型，海港大桥磅礴的气势，维多利亚艺术馆的天工巧夺，都给人留下了极为深刻的印象。

　　印象深刻的还有澳大利亚人以及他们的生活态度。他们就像伴随在他们身边的植物一样，保持着自然而率真的天性。他们好像都很充实，很乐观，不知道忧愁为何物。待了这么多天，走了这么多地方，竟然没有见过一张愁眉苦脸的面孔。

　　按照王总的嘱托，她和宾馆的经理、领班和服务员都攀谈过几次，他们都很率真，几乎有问必答。他们对人生好像没有太多的想法，觉得像现在这样活着就挺好的。叶丽真有点羡慕他们，没有太多的欲念和奢望，没有那么多的算计，也不需要提防。自由自在、无忧无虑地活着，难道不是一种真正的幸福？

　　门铃响了一下，隔了几秒钟，又响了一下。

　　这么晚了，还会有什么事呢？叶丽很不情愿地下了床，在猫眼里看见了敬儒有点变形的脸。她拉开门，很想在门口把话说完，可是对方已经挤了进来。

　　"圆满，太圆满了！"敬儒大大咧咧地在沙发上坐下，"我没想到这次招商活动会这么成功，市长和刘主任都很满意。"

　　叶丽想不出圆满在哪里，成功在哪里，市长和刘主任的满意从何而来，她不知道该怎么回答，只能找别的话说："黄总，我给你倒杯水。"

　　"不用不用，"敬儒的大手摆了两下，"我有点兴奋，睡不着，就想过来和你聊聊。"

　　叶丽无奈，只好在另一张沙发上坐下。她看到敬儒说话时，目光一直闪烁在自己胸前，心里就有点后悔，开门之前，应该先换下睡衣。前夫不止一次地说过，她穿着睡衣的时候最性感。为了验证前夫的话，她也让穿着睡衣的自己一次又一次地出现在镜子里。一头乌发披散在身后，脖颈细长，皮肤细腻，脱离了胸罩羁绊的双乳尖挺在胸前。是有那么点性感，她会在镜子里留一个满意的笑脸或一个滑稽的鬼脸。一边骂着自己下作，一边去迎合前夫勃发的欲望。可是今天不同啊，这睡衣也许会增加自己的危险，她下意识地将衣领往上提了提。

"市长和刘主任对你的表现也很满意，我已经给他们说了，以后如果有机会，就把你调到行政机关去。"

"我什么都不懂，又缺心少肺的，到行政机关去能干什么？"

"你怎么能这么说话？人往高处走，水往低处流，现在谁不是在削尖脑袋往行政机关钻？也不要觉得他们有什么了不起，他们能干的事情我们照样能干。我就不相信我这个人只能做学问，给我一个市长试试，我干得肯定比他们强。"

叶丽认为自己应该更多地保持沉默，并将沉默当作一种暗示或提醒，让这个人赶紧离开。

"你父亲肯定是一个文化人吧？"敬儒又引出新的话题。

"一个小学老师而已，能有什么文化？"叶丽耐着性子回答。

"你看，让我说对了吧。你父亲肯定看过莎士比亚，你这个名字应该是从《罗密欧与朱丽叶》来的。那真是一个感人至深、催人泪下的爱情故事，年轻的时候我看一次感动一次，流一次眼泪。这虽然是一出悲剧，但仔细想想，人一生如果连一次真正动心的恋情都没有，那才是真的可悲。咱们中国的大多数男人和女人只知道性，不懂得情和爱，只有实际，没有浪漫，多少夫妻就这样一天一天、一年一年地过来了。我和我老婆也是这样。我为什么没有让她到滨海来，就是不想见到她，烦。"

这个人会感动、会流泪吗？他为什么要对自己说这些，一种不祥的预感缓缓地笼了上来。

"我这个人没有太多的长处，看人还是有一套的，在那么多表格中一眼就看到了你。提你当这个经理，他们还犹犹豫豫的，我很生气，什么事都是人干出来的，就应该给年轻人多压担子。你看，你现在不是干得很好吗？"敬儒的声音忽然又压低了一些，"我告诉你，总公司一把手白总和我的关系很铁，所以王总对我还是很有几分忌惮的，我说的话在公司里还有一定的分量。"

见叶丽没有说话，知道已被自己打动，索性将话说得更明白一些："这几天他们都在和我开玩笑，说你是我的人。我不知道你是怎么想的，我是早已经把你看成了我的人，你愿意去行政事业单位，我给你铺路搭桥；你乐意留在公司，我就是你的保护伞，绝对不会让你受任何委屈。"

我的人，什么意思？思想的归属，灵魂的归属，还是肉体的归属。她感觉到有一道黑影，在逐渐向自己迫近。

敬儒感到时机已经完全成熟，到了收获果实的时候，将头往沙发背上一仰，微闭了双眼，声音甜腻腻的："小叶，你帮我按一下肩，这几天休息不够，酸麻酸麻的。"

魔爪已经伸出来了，叶丽不能再视而不见，但还不想把话说得太难听，也不想骤然翻脸，毕竟是自己的顶头上司，以后还要继续打交道。她稳定住情绪，声音里含了冷意："对不起，我没有学过这个。"

"没学过怕什么？你的手只要往上面一放，我就会感到舒服。"敬儒依然闭着眼睛。女人都是这样，总要扭捏几下，好像不这样就不足以显示她们的纯洁与清高。无论如何，今天这个猎物是跑不掉了。

叶丽感到自己受到了莫大的侮辱，这时候已经顾不了许多，声音更冷了一些："黄总，你也算是一个有头有脸的人，为什么不考虑别人的尊严？"

敬儒睁开了眼睛，从叶丽脸上和声音中意识到自己的判断出现了问题，悻悻地站了起来："和你开个玩笑，那么认真干什么？"

叶丽松了口气，这样结束，彼此都还能留一点脸面。

谁知敬儒走了两步，猛然一个转身，将叶丽紧紧抓住，身体也贴了上来。

他这是要用强了，叶丽惊恐地想。她一边奋力挣扎，一边厉声斥责："你要干什么？你这是在犯罪，你知道不知道。"

敬儒狎昵地一笑："两个人的感情问题和犯罪有什么关系？从看到你的照片那一刻起，我就相信你会是我的人，你知道我等这一刻等了多长时间？你心里也是愿意的，也是高兴的，对不对？"他一边说一边低下头来，用肥厚的嘴唇寻找自己的目标。

叶丽愤怒地战栗起来，脑子却异乎寻常的清醒。面对这样一个男人，躲闪和反抗都是没有用的。她索性不动，让面容和声音变得冰一样冷："如果招商团里死了一个人，黄总是不是会觉得更圆满？"

像是被锐利的东西击中了心脏，敬儒的手忽然松软下来。但他仍然不相信自己会输，脸上带着猜疑，带着恼怒，甚至还有几分厌恶："我没想到你会这么不识抬举，连知恩图报都不懂，以后还怎么做人？我告诉你，你一定会后悔的。"

叶丽反锁了门，又拖了把椅子顶在门上，心和腿肚子仍然兀自跳个不停。真没想到，这个道貌岸然的伪君子，竟然还包藏着这样的祸心！那两片肥厚的嘴唇，要是贴在脸上或者胸前，该有多么恶心！本来就算不得一次愉快的出行，再加上这么一个意想不到的、又荒唐又憋屈的收尾，她的心情一下子糟透了。

另一间房子里，敬儒平仰躺在床上，目光在天花板上面游弋。欲火已然熄灭，欲念还像断裂的蛇体一样在蠕动。

多水灵、多鲜活的一个尤物啊！秀美的面容，细长的脖颈，细腻的肌肤，白生生的奶根，哪一样都能让人失魂落魄。眼看就要到手了呀，怎么又给弄丢了呢？

真应该再狠点心，再坚持一下，那么，现在就不是躺在这里懊恼，而是在惬意地愉快地回味。可是，如果真像她所说的那样，留下一份遗书，从窗户跳下去，那会是什么样的后果？可能会成为一桩国际性的丑闻，总经济师和经济顾问自然是当不成了，只怕还会有牢狱之灾。

看着柔柔弱弱、文文静静的，性子怎么会如此刚烈呢？妈的，自己的运气怎么就这么差，偏偏就碰上了这么一个。一年多的神思、运筹和等待就这么全瞎了吗？

她会不会把这件事情说出去呢？短暂的惊恐不安之后，他得出否定的结论。证据呢？她能拿出什么证据？只要自己矢口否认，她就是在污蔑，在造谣中伤。动机可以找到很多，推倒自己往上爬；求办的事情没答应；主动示好，以身相许没同意。还有，她不是提到了"尊严"两个字吗？知道尊严的人一般都很在乎自己的名声，所以她应该不会说出去。当然，要防止意外发生，要防患于未然，有些事情还需要做在前面。

回到公司，敬儒认为有必要将此次出访的成果给廷轩汇报，或者说通报一下，他提前酝酿好情绪，可以说声情并茂。

"此行不虚啊！参观了几个大厂，又和几个大投资商建立了联系，他们都对来华投资表现出浓厚的兴趣，明年准备组织十几个有实力的投资商到这里实地考察。遗憾的是没给咱们公司办成什么事，关键是他们的手笔都很大，又是跑马场，又是高尔夫球场，出口就是几亿美元，咱们厂房这么点地方人家根本看不上。"

"叶丽的英语水平怎么样？还能应付吧？"廷轩不想再听下去，岔开话题。

"英语那是没有什么说的，连澳大利亚人都伸大拇指，只是……"

"只是什么？"廷轩不由紧张起来。

"这些话我本来不想说，可是不说又觉得对同志不负责任。我认为她的个人行为不是很检点，一有空闲，就和一些酒店管理人员搅和在一起，嘀嘀咕咕的，也不知在说些什么。对此市领导很是不满，担心会泄露国家机密，有几次想批评，让我给拦住了。"

廷轩笑了："她能泄露什么国家机密？这事不能怪她，是我安排的。"

这下轮到敬儒吃惊了。他安排的，安排这件事的目的是什么？为什么没有对自己说？看来以后对这个看似率真、没有什么心机的老兵油子还要多加一点提防。

第二天的《滨海日报》头版刊登了招商团载誉归来的消息，内中不乏劳苦功高、硕果累累的溢美之词。与文字相配的，是招商团主要成员下飞机时的照片，作为副团长，敬儒自然不可或缺。自信满满、笑容可掬的神态，与报纸想要渲染的气氛相得益彰。

避开叶丽，敬儒拿了报纸给其他人看："怎么样？上面这个老头风度还可以吧？看看这里，四方公司总经济师，咱们公司也能跟着我出点名是不是？跑这一趟我真是感慨良多，不管是市长，还是其他官员，对我这个研究员都很敬重。让人敬重自然是一件好事，可是怎么才能让人敬重？你必须有真才实学才行。所以呀，任何时候都不能放松学习，学识渊博了，出类拔萃了，自然就会有人赏识。"

振乾拿到了驾照，再到几个工地转悠，便开了丰田皮卡。摩托车换了屁股，成了新招来的一个销售人员的坐骑。

"今天领你去放松放松。"这天吃过晚饭,振乾朝仁义神秘地眨巴了下眼。

仁义不明白放松是什么意思,有点犹豫不决。

"走吧,一个房子住了这么长时间,我还能害你不成?"振乾亲热地将手放在仁义肩膀上,半搭半勾地将人带了出来。

车一出了小区,便上了通往市里的公路。路上车辆不是很多,振乾将车速提到了一百码。

"知道我为什么要学开车吗?我最喜欢这种风驰电掣的感觉。人这一生,不只是和时间在赛跑,也是和自己的生命在赛跑,所以该争取的要争取,该抓住的要抓住,该享受的要及时享受。"

这几句话,说浅也浅,说深也深,仁义不明白振乾到底想说什么,只觉得车不像其他几个司机开得那么平稳,有些紧张,身子挺得直直的,紧抓着门把手。

车一直开到火车站附近,找了个地方停下,然后七拐八拐地来到一排平房前。这些房子有些奇怪,门脸几乎完全一样,门都半开着,门楣上都闪烁着暧昧的、橘黄色的光。

这到底是什么样的地方?仁义犹豫着要不要进去,被振乾在后面推了一把:"进去吧进去吧,到了这里就别装什么清纯,我一会过来叫你。"

"大哥是第一次来吗?"一个浓妆艳抹的女孩迎上来,将仁义领到一个房间。里面的空间很小,一张两人坐的沙发,一张茶几,灯泡超不过十瓦,勉强能看清人脸。

"大哥要喝点什么?茶还是咖啡?"女孩甜腻腻地问。

这里面的东西应该不会太便宜,他迟疑着要不要喝。

"我就陪大哥喝杯咖啡吧。"女孩替他做了主,很快端了两杯咖啡进来,然后就势在他身旁坐下。

女孩喝咖啡时,他偷偷打量了女孩一眼,模样谈不上美,也算不得丑,比前妻显然要强出许多。天这么凉了,却穿了件旗袍,胸前露得不能再露,胸罩肯定是没有的,身子一动,就见那两团东西跟着晃悠。要是放在平常,他的身体肯定会有反应,但这一次很奇怪,情欲像是死了似的。

女孩放下咖啡,又坐近了一些,他心里巴不得如此,身体却在本能地往后缩。女孩见状笑了笑，也就不再进逼，端起咖啡递了过来："大哥喝口咖啡，暖暖身子。"

咖啡的味道几乎都是一个样子，苦中微带点甜，但咖啡的热量让他稍微坦然了一些，松弛了一些。

"听口音大哥不是本地人吧？"得到肯定的答复后，女孩脸上布满了同情，"你们男人也真不容易，这么大年龄还要出来打拼！所以，一定要学会善待自己，该享受的时候就要及时享受。"

这几句话没有什么逻辑，但很暖心，让他对女孩生出几分亲切感。

女孩拉过他的手，放在自己腿上，用手指在掌心摩挲："大哥的手这么柔软，不是老板就是高级白领，挣的钱肯定不会少，以前为什么没有来过？"

仁义感到自己的欲念像僵死的蛇一样在慢慢复苏、蠕动，他很想将女孩揽在怀里，然后将手伸向让他心动的地方。但他终于没有动，这个小屋子只悬了张门帘，而外面的门半开着，一点安全感都找不到。

女孩像是看出了他的心事，低声安慰："大哥不用担心，这里面很安全的。"同时将他的手往上拉了拉，放在了最接近隐秘的地方。隔了一层布的肚皮传递着柔软和柔软的起伏，女孩的头也靠了过来。她的头发是棕黄色的，发间散发出一种奇异的香味。他觉得自己心跳在加快，血脉在偾张，情绪已近失控。但他最后还是站了起来："我该走了。"

女孩显得很失望："大哥难得来一次，这么快就要走？"可能是见惯不惊，也不多加挽留。

门口有一个小的不能再小的吧台，一个小伙子坐在里面，拿了个游戏机在玩。

"咖啡多少钱？"他问，心想两小杯咖啡不可能超过二十。

"一杯三十。"

他心里惊了一下，也难受了一下，但他知道，这时候难受是没有用的，掏出一百元递了过去。

接钱的手并没有缩回去，也没有找钱的意思。男孩的脸上浮现出轻蔑，也很像是厌恶："一看就是个土老帽，小姐的一百元小费不给了？"

一百！就坐这么一小会，一百！他感到心里被门口溜进来的冷风灌得满满的，涨红了脸为自己申辩："我可什么都没有干。"

站在身旁的女孩忽然一改温柔，脸扭曲得很难看，声音也十分尖利："真不要脸！你敢说你没有碰我？"

听到声音，另外两个男孩不知从什么地方钻了出来，一左一右站在门口。

这样的场景是仁义没有经历过的，给吧，心疼，不给，能走得了吗？

吧台里的男孩一脸不耐烦："掏吧，还在等什么？开业这么久，还真没见过你这种货色，既想潇洒，又舍不得花钱。我给你提个合理化建议，回去后把你下面那玩意割了，以后就不会再动这样的心思。"

仁义不由得愤怒起来："你凭什么侮辱人？"

男孩笑了："你这种货色难道不应该侮辱吗？我告诉你，再磨叽下去，我还会揍你，你信不信？"

站在门口的两个男孩像是为了证明确有其事，走近了一些。

正在犯难之际，振乾从外面闯了进来，将一百元钞票扔在吧台上，拉了仁义就往外走，身后传来一阵放纵的笑声。

"我的脸都让你给丢尽了！早知道这样，真不应该带你出来。看你整天像太监一样活着，担心你忘记了自己是一个男人，想着带你出来放松放松，享受享受，没想到会是这样一种结果。看来同情心也是会害死人的。"

放松，享受？仁义苦笑，早知道这样，打死我也不会出来。他忽然停住了脚步："不行，他们还没给我找钱。"

振乾用手卡着仁义的后脑勺："算我求你了，给我留点脸行不行？"

上了车，振乾余怒未消，半是开导，半是挖苦："我真是不明白，你都这么大年龄了，怎么还没活出来？钱不花，留着它干什么？我现在真怀疑你还是不是一个男人，告诉我，下面是不是不行了？"

不知道该怎么回答，也不想回答，仁义仍然浸泡在自己的痛苦里，手卡着脖子，想把自己掐死的样子，头挣扎着摆来摆去。

"妈的，害得老子也半途而废。"振乾抱怨了一句。不知又想到了什么高兴事，嘿嘿地笑了几声。

仁义想不出半途而废是什么意思，难道那里面还真能干成什么事？不过，那又要多花多少钱？

回到宿舍，仁义将一百元钱还给振乾，振乾没有推拒，大大方方地接了过去，好像理应如此，天经地义。

这天晚上，仁义又没有睡好，眼前晃动着咖啡馆狭小的空间，幽暗的灯光，女孩涂抹得浓重的眉毛，血红的嘴唇，裸露的前胸和半裸的乳。而晃动次数最多的，是两张百元大钞，两小杯咖啡，摸一下手，这代价实在是太大了！更可气的是，不是自己主动摸女孩的手，而是女孩在摸自己的手。被人家摸一下就要给人家一百元，世上哪有这样的道理？还有那没找回的四十元钱，他心疼得哆嗦起来。

那女孩的脸是怎么回事，怎么会变得那么快那么彻底。难怪人说婊子无情戏子无义，没想到在自己身上又验证了一回。

振乾说的半途而废又是怎么回事？他是不是经常去那个地方？难道他就不心疼钱，心里就不害怕吗？

迷迷糊糊的，他终于睡着了。

仁义没有想到，他的担心和疑虑很快就变为事实，他的吝啬和谨小慎微也让他躲过一劫。小心无大碍，这句话总归是不会错的，他一边自我安慰，同时也有点沾沾自喜。

时间仅过去一个星期，振乾开车出去，很晚还没有回来。发生了什么事情呢？他有点担心，也有点莫名地兴奋。要不要叫醒炜平和开元？要不要去告诉领导？他很纠结，很矛盾。不告诉，真出了事怎么办？告诉了，他又回来了怎么办？依这个人的秉性，不但不会领自己的情，肯定还会责怪自己多管闲事。他在纠结和矛盾的心境中度过了后半夜。天快亮的时候，他听到了敲门声，在门口看到了东海铁青的脸。

东海什么话也没说，径直走到卧室，目光扫了一圈，这才开口问道："振乾晚上没回来？"在得到肯定的答复后，似有不满："这么大的事为什么不及时汇报？"

"我以为是领导安排他去干什么事。"这话在脑子里已经出现了无数遍。

"你真会想！领导能安排他去干这样的好事？出事了，你带上五千元到天桥派出所把人给我领回来，这钱以后就从他工资里面扣。你搭个车去，记着，这件事先不要张扬，知道的人越少越好。"

真出事了。仁义感到震惊，也在暗自窃喜。是不是昨天晚上在搞什么扫黄打非活动？振乾恰好撞在了枪口上。多悬啊，如果活动提前一个礼拜，现在就不是去领人，而是被人领，那将是一件多么丢脸的事情啊！振乾这一晚上也不知道是怎么过的，不知道为什么，他突然很急切地想看到振乾现在的面孔。他连早饭都没有吃，喊了小茜，到办公室取了钱，便直奔市里而来。

见到振乾，他有点不相信自己的眼睛。一夜未见，这个人完全变了样，既苍老又颓唐，先前的玩世不恭、盛气凌人已了无痕迹，低头弯腰，低眉顺目的，一副囚犯的样子，看着很可怜。

出了派出所大门，振乾腰挺直了一些，径直过去开车。仁义担心地看着振乾："要不还是别开了吧，让小宋小孙他们开回去。"

振乾阴惨惨地一笑："你怕什么？怕我拉着你同归于尽？"

仁义颇为委屈："你怎么能这么说？你不知道我心里有多着急，连早饭都没有吃。"

"你是急着来看我的狼狈相吧？"振乾斜了仁义一眼，上车，打火。

仁义被道破心事，想不出再说什么，装作生气的样子望着窗外。

车一开出市区，便飞了起来，速度到了一百三十码。仁义紧张得心快要跳出来，双手抓了拉手，屁股已与座椅若即若离。

振乾用余光瞄了仁义一眼，脸上浮现出恶作剧般的笑容："昨天晚上我差点将你供出来。"

这恰好是仁义最担心的，立刻急赤白脸地为自己辩护："我那天可是什么事情都没有干。"

"干不干不是你说了算，是他们的手段说了算。把你放在蒸笼一样的格子里，用电烤上你几个小时，你会怎么样？说你是杀人犯你也会承认。放心吧，我这个人优点不多，但出卖朋友的事情我是绝对不会干的。

"我就是想不通，既然禁止，为什么要让那样的地方存在？不想管的时候睁一只眼闭一只眼，好像真的是在搞改革开放，谁想干什么就干什么。想起来的时候又抽风似的搞个突然袭击，谁碰上谁倒霉。你知道我现在最想干的事情是什么吗？杀人！现在如果那几个警察站在前面，我肯定会把他们撞死。"

仁义连说话的勇气都没有，只能在心里祈祷：那几个警察千万别出现在前面。你想撞谁就去撞谁，但不要带着我一块撞。

在廷轩办公室，振乾哭得很伤心："请您相信我王总，我是被他们冤枉的。工作压力大，我就是想到那里喝杯咖啡，放松放松，没想到就被他们抓了去。"

"那你为什么要承认？"廷轩的脸色很不好看。

"我是被他们逼的呀！您是不知道，那些人比国民党的军统特务还要凶残，我要是再不承认，就会被他们烤焦。"

廷轩仔细看了振乾一眼，确实是被烤过的样子。他有一个同学在公安系统，对里面的内幕多少知道一些，完全不动手是根本不可能的，单靠"坦白从宽、抗拒从严"八个字的说教办案，案件肯定会堆积成山。他有点怜悯，但更多的是厌恶："行了，你回去休息吧，今天就不要上班了。自己做过的事情只有自己心里最清楚，想一想以后该怎么做。"

目送振乾可怜兮兮地离开，廷轩心里忧烦不已，一个公司，怎么会有这些乱七八糟的人，怎么会出现这些乌七八糟的事？先是一个小高，现在又是一个振乾，将来不知道还会有谁。这件事虽然没有小高事件那么恶劣，但也像吞了一把鸡毛似的让人恶心。该怎么处理呢？他有点拿不定主意，将东海和敬儒叫了过来。

"一个共产党员，怎么能干出这么龌龊、这么丢脸的事情。"敬儒很有点义愤填膺，"要我说，这种人就不能留，你现在心软一下，将来说不定又给你惹出什么事。当然了，这只是我的观点。振乾是张总的人，主意还要张总来拿。"

东海能听出敬儒的暗讽和挤兑，但他现在顾不了那么多，神情严肃，心情沉重："这件事我首先要做检讨，平日里忙于工作，放松了思想方面的教育和监督。对于振乾的处理，我认为不能一棍子打死。出现这种事情，我很痛心，很生气！我不会为这种恶劣行径做辩护，但也认为不是不可以理解。人都有生理需求，他们这个年龄，正是血气方刚的时候，妻子又不在身边，做出这样的事情也在情理之中。另外，这个同志有他的优点，工作上还是很卖力的。现在几项工程已经到了最后阶段，正是用人之际，后面还有大量的验收工作要做，少了这个熟悉情况的人，将会大大增加工作难度。所以，我想我们能再给这个同志一次机会，让他做一次深刻检查，也可以给一个处分，但最好能保留他的工程部经理职务。"

"你的话有些我可以理解，有些无法认同，"廷轩仍然在气头上，"什么年龄、生理需求、妻子不在身边，这些都不是理由。炜平、仁义、开元，这几个人的年龄和他相差不多，为什么只有他一个人到那种地方去？说透了，还是思想品质有问题。我们要认识到这个事件的严重性，必须严肃处理，以儆效尤。当然，我们也不能因为这一件事情就全面否定这个同志以前的工作，也不能因为这一件事情就断送了人家的前途命运。在具体处理上，我原则上同意老张的意见，但检查一定要深刻，必须让他彻底悔悟，痛改前非。"

"我也同意这么处理。"敬儒突然一百八十度的大转弯，"我刚才也是气蒙了，对同志还是要以爱护和帮助为主。年轻人嘛，犯个生理方面、作风方面的错误也属正常，只要改正了还是好同志。要说这件事情我这个支部副书记也不是完全没有责任，最近一段时间忙了管委会那边的事情，和年轻同志的交流少，关心也不够。"

当东海将公司的处理决定告知振乾的时候，振乾紧紧地抓住东海的手，又一次流下了眼泪："张总，您这等于是救了我一命啊！从今往后，我就是您的人，您让干什么我就干什么。"

东海没有受到感动，脸色也没有好看多少："这是公司的决定，不是我的决定。你要真想感谢我，就把自己的工作做好，行为上多检点一些，别再弄什么花边新闻出来。擦屁股的事情没有人愿意干。"

"振乾，吃过饭跟我出去遛一圈。"晚饭时，敬儒当了众人的面亲热地喊。

振乾没有受宠若惊，反而将头缩得更低了一些。

两个人行走在月光下，一高一低，从背影看很像是一对父子。

"有点委屈是不是？我也觉得这样处理太重了一些，在感情问题上出一点格还能叫错误？可是没有办法，你也知道，在公司里面我只有建议权，没有决定权。不要背什么思想包袱，我今天叫你出来，就是要让其他人知道，领导对你还是很爱护、很重视的。"

振乾低着头，垂着手，很像是做了错事让大人教育的孩子。

敬儒知道自己的话已经产生了效果，语气更亲切、更温和了一些："这些公安也真是的，就这么点小事，关一晚上，还要罚款五千，一点人情味也没有。让他们离开老婆，在外面单上一年，看看他们会做些什么。"

振乾仍然不语，默默地往前走。

"刚开始听说这事我还不大相信，火车站附近真有那样的场所，你是怎么找到那个地方的？"

振乾忽然抬起头来，声音很大："要不等风头过去，我带你到那里看一看。"

这个回应完全在敬儒意料之外，受到惊吓似的，四下里看了看，很快便清楚了振乾的捉弄意味，不由沉下脸来："你这叫什么话？我是在代表组织和你谈话，严肃点好不好。"

"我现在不想什么狗屁组织，就想睡觉。"振乾转身往回走，让黄研究员一个人在月光下发呆。他想不明白，一个刚犯了严重错误的人，怎么会有这样的胆量？自己这一番言辞，铁石之人听了想必也会感动，这家伙怎么会是这种反应？是不是东海将开会的情况透露了出来？这个老滑头，怎么一点组织原则也不讲！

隔日的《滨海日报》报道了公安部门雷霆出击，扫黄打非，一举捣毁火车站附近卖淫窝点的消息。还好，战果里只提到现场抓获嫖客几人，卖淫女几人，并没有提到姓名，更没有连及单位，廷轩总算松了口气。

经此一劫，振乾元气大伤，能保住经理职务已是万幸，第四人眼见得是做不成了。在宿舍和办公室里，他的话都少了许多，走路也像夹了尾巴似的，步长很短，速度很慢。只有在工地上，还是原来的样子，野狼一样奔窜，大喊大叫，眼睛里散发着灼热的光芒。

叶丽没有想到，前夫会突然出现在办公室。

还是那样的行走和站立姿势，还是自信满满的笑容，还有那一身着装，黑白方块相间的呢子大衣，亚麻色西裤，三接头的黑色皮鞋，这一切都是那么熟悉。尤其是这一身着装，是求婚那一天穿过的，已经感光似的留在了脑海里。

这一切让她生出一种幻觉，仿佛一下子回到了过去。但她很快就清醒过来，知道办公室不是说话的地方，做了个手势，在一片惊讶、猜疑、好奇的目光中，领着前夫走了出来。

10月的太阳，冷艳地注视着这一对昔日令无数人艳羡的恋人和夫妻。他们无言地走，走出很长一段路，叶丽才开始说话："你来干什么？出差吗？"

前夫停住脚步，深情地看着她："我是专门来找你的，那个人已经调走。"

叶丽知道前夫说的那个人是谁，气血在往上涌："她调走不调走和我有什么关系？她一定高升了吧？为什么没有把你一块带走？"

前夫脸上露出几分可怜相："你不要再挖苦我，好不好？你知道我这几年是怎么过来的？屈辱、担忧、厌恶，有时候我真想把她掐死。可是我没有勇气那么做，你不知道她的权势有多大，报复心有多强。"

叶丽沉着脸："你来就是为了跟我说这些？"

"当然不是，我是想接你回去。分开这一年多我才真正意识到，你对于我是多么重要。"

叶丽冷笑："你觉得还有这种可能吗？"

"怎么不可能？咱们有那么好的感情基础。"

感情基础，你还配谈什么感情基础。叶丽感到眼泪在不听话地往出涌，咬着下唇，硬忍住了。

"这一年多时间，别人也给我介绍了不少，可是我一个也没看上，肤浅的肤浅，俗艳的俗艳，贪婪的贪婪，有你的影子挡在前面，她们都显得那么粗俗不堪。"前夫既像是在表白，又像是在倾诉。

"你也知道，我父母是那么喜欢你，离婚以后，他们不知道骂了我多少次。来之前我去过你家几趟，你父母也支持我过来，你母亲说看见别人领着自己的孙子外孙，很羡慕，也很着急。"

叶丽觉得心灵深处有了那么一点点柔软。

"你在这里受这样的罪干什么？回去后可以什么都不干，我的政府秘书长的任命已经下达，挣的工资足够我们花的。你要想回学校也可以，不想再教书，就搞行政，我给教育局打个招呼，混上几年，当个副校长也不是没有可能。"

叶丽迅速将那一点松动堵严实了。回不去了，真的回不去了！这个人已经无可救药，心里装满了官位、权力和权力的运用。如果再出现一个慧眼识英的女上级，他会怎么做？她不敢也不想再想下去。

前夫以为自己的话已经奏效，神采开始飞扬起来："据我了解，在咱们省，像我这种年龄的正处级没有几个。"

"那当然啦，走捷径肯定会更快一些。"叶丽冷冷地刺了一句，"你是不是还想说，如果我跟你回去，几年后就有可能当上市长夫人？我明确告诉你，我不稀罕，咱们两个也绝对没有复合的可能，你还是早点回去当你的秘书长去吧。"

前夫的脸红了一下，他有点不相信似的盯着叶丽的脸，慢慢又恢复了自信："我这个人的性格你也知道，认准的事情是绝对不会罢手的。当年能把你追到手，现在就能把你带回去。我就住在你们楼上，下去很方便，如果需要的话，我也可以和你一块办公。"

怎么才能让他彻底死心，快点回去呢？叶丽犯起难来。前夫的性格她当然知道，做起事情来真有那么一股不达目的不罢休的狠劲。他在办公室里进进出出的，别人会怎么看？这样的事情，让别人怎么管，估计警察也是不会管的。她愁肠百结，焦虑万分。万般无奈之际，又想到了开元。

"原来是前姐夫啊！这长相不要说女人，男人看了都会动心，姐，你怎么会舍得离婚呢？"开元先开起玩笑。

"你算是什么弟弟，我都快急死了，你还耍贫嘴！"

开元双手合十，下巴在手指上一点一点的："让他离开的最好办法是让他死了这个心，让他死了这个心的最好办法是让他绝了这个念头。"

"死了心和绝了念头有什么区别，你别卖关子好不好？说点有用的。"叶丽有点发急。

开元依然不急不慢："让他绝了这个念头的最好办法就是让他知道你已经心有所属。"

叶丽脸上已是红云纷乱："你瞎说些什么？我往哪里去属？"

开元做个鬼脸："咱们公司就有一个现成的。"

叶丽已猜知是谁，心事重重的："这不大好吧，以后见了面多难堪，再说人家会同意吗？"

"这有什么，演一出戏而已，凭我这三寸不烂之舌，定然能说动他。"

"你出的这是什么馊主意，不行不行。"炜平一听便急了起来。

"亏你还是个作家，连这么简单个戏都不会演！同事有难，难道我们不应该帮一把？你放心，到时候你只管吃饭，一句话都不用说。"

跑了这么远的路，一起吃个饭，自然是人之常情，前夫想也没想就答应下来。见到桌上还有两个年轻男人，心里就有点别扭，脸上也有点不自在。他想不明白，夫妻两个修好，再续前缘，叫上这两个人干什么。

叶丽表面上很平静，先指开元："这是我们公司财务部的孟经理。"后指炜平："办公室的肖主任。"

"也是……"开元想要插言，被叶丽瞪了回去。

事已至此，前夫也只好大度一些，伸出手去。开元表现得很热情，用双手握了，还用力摇了两下。炜平却很冷淡，只是礼貌性地握了握，也没正眼看一下。事后，这个举动很得开元的赞赏，抢了人家老婆嘛，自然会心虚一些。

饭桌上的气氛免不了有些尴尬，开元只好勇担重任，没话找话："老兄，你真是厉害呀！三十刚出头就是正处级，这在全国估计也没有几个，前途无量，前途无量啊！来，兄弟我敬你一杯。"

前夫的面容活泛了一些，露出些自得之色："关键是不能停，两三年必须上一个台阶，一旦停下来就麻烦了，你就会逐渐淡出领导的视线，就会被边缘化，当作一颗闲子被搁置起来。"

开元虚心地听，像是在取经的样子，然后转入别的话题："你们那个地方的经济发展情况怎么样？国营企业是不是都在亏损、倒闭？财政收入有没有保障，人员工资还能发得出来吗？

"老兄，你好好干，真要是干大了，也让兄弟跟着沾点光，弄个税务局局长什么的当当，也算对得起我学的这个专业。"

整个就餐过程，基本上是开元一人在问在说，虚虚实实，真真假假，东一榔头，西一棒槌，叶丽很想笑又不能笑，脸型就稍微有一点变异。

饭局快要结束时，前夫郑重其事地问了一句："你们这个公司是什么级别？"

开元立刻委屈地大叫起来："一个破公司，能有什么级别？我在原单位好歹也是个正科级，到这里当个部门经理，前面还要加个'副'字，你说我憋屈不憋屈，有几次都想去跳海。我给你说的话都是真的，要是有好的机会，我就去跟着你干。"

炜平一语未发，喝酒时举一下杯子，然后便一门心思地和饭菜打交道，好像只有他一个人在吃饭。叶丽又好笑又好气，这到底是一个什么样的人，真能沉得住气！既然来了，好歹也应该应付一下吧。

戏将谢幕，炜平却做了一件出乎意料的事情，抢着去结了账。她和开元忽略了的一个漏洞，让他很自然地给补上了。这个傻里傻气的家伙，总算是做对了一件事情。她心中暗笑，并且存了感激。后来她才知道，不是炜平有意为之，而是他的习惯，和别人一起吃饭，总会抢着买单。

炜平和开元走了以后，两个人重新落座。前夫以为机会来了，想要张口，被叶丽抢在了前面："咱们两个已经没有可能，今天吃这个饭，就是想让你们两个见上一面。"

前夫这才明白了这顿饭的用意，大感意外，脸色也变得很难看："是废话特别多那个？"

叶丽知道他这是在有意贬损自己，只作不知："他比我小，再说我的眼力也不至于那么差。虽说是二婚，我也不能太委屈自己。"

"是不会说话的那个，办公室的肖主任。"前夫毫不掩饰自己的轻蔑，语气里带了嘲讽。他有足够的理由这么做，一个市政府的秘书长，一个中小企业的办公室主任，这之间的差距有多大。

"不是不会说话，是不爱说话。"叶丽纠正，然后极尽吹嘘渲染之能事，"来这里之前他是大学教授，作家，已经出了好几本书。他到企业来是为了体验生活，写出更好的作品。"

这一招果然奏效，前夫脸上的高傲渐渐消退，代之以痛苦、愤懑和沮丧。沉默良久，终于站了起来："既然你已经找到了自己的归宿和幸福，我想我除了祝福之外，不应该再说什么。我还有一个请求，能不能让我再抱一下？"

叶丽觉得眼泪忽然有点控制不住。她扭过头："我去趟厕所。"

在卫生间，她让泪水恣肆地流。那深情而又温暖的一拥，是多么熟悉，又是多么遥远！每天上班前都会有那么一下，他的双臂环在她的腰上，她的头贴着他的胸，两只手从他的腋窝里穿过去，勾在他的肩膀上，这样可以拥得更紧一些。接着便会有一个吻，在颊上，在额上，在唇上，然后便会甜甜地、暖暖地度过一天的日子。这美好的一切，怎么说不见就不见了呢？那个猪狗不如的女市长，她知道自己都干了些什么吗？丑恶之外，还有伤天害理。伤天害理啊！

骤然而起的伤感和柔情都随着眼泪流了出来，心在一点点变硬。她洗了把脸，调整好情绪，走了出来。

想抱就抱呗，她僵着身体，垂着手臂，像一截枯树。她相信，枯树上除了绝望，是抱不出其他感觉的。

前夫果然很失望，省略了最后一道程序，调转身，大步离去。

叶丽颓然地坐回到椅子上，感到身上没有了一点气力。结束了，总算是结束了！其实这算不得什么结束，原本就是一个不应该有的开始。可是心里为什么还这么难受呢？从此以后，这个人也许永远不会再出现在自己的视线里、生活中和生命中，可是记忆呢？是能轻易抹掉的吗？哪怕掺杂了屈辱和伤痛，也会是那么执着，那么顽固，与生命相依相伴，不离不弃。

次日，她让开元将饭钱还给炜平，开元不接，脸上带了坏笑："这饭钱他难道不应该掏吗？"

叶丽故作恼怒："又开始胡说了是不是？人家有女朋友，我的心你也知道，早已经死了。"

"有我这个当兄弟的在，怎么会让你的心死了呢？你放心，这事包在兄弟身上，一定会让你梅开二度，焕发第二春。"

她担心开元嘴里再喷出什么更难听的，将钱塞到开元手里，匆匆离开。

虽然只是一出戏，但此后她对炜平的好奇和关注都增加了一些。这到底是一个什么样的人呢？

没封顶的楼体就像是没有头的身子，不管多高多胖，看着都有点别扭。封顶后就不同，获得了生命似的，健全且灵动起来。

办公楼、住宅楼、酒店和厂房相继竣工，尽管比计划延迟了十几日或几十日，但廷轩感到自己的心情并没有受到多大影响，依然欢欣着。但这些欢欣和喜悦都没有持续很长时间，因为他清楚地知道，这些东西建起来不是为了看的，只有卖出去或者有效地用起来，才能体现其价值，并且产生价值。

现实情况比预想的还要严峻许多，生产项目一个也没有谈成，两栋、七十多套房子只卖出去了三套，酒店的装修资金又出现了缺口。如果房产市场持续低迷，如果项目迟迟不能引进，如果酒店不能按时投入运营，银行贷款靠什么偿还？利息用什么支付？在有炜平参加的公司领导班子会议上，他的神情近乎悲壮。

"现在的情况你们都看到了，不知道你们怎么样，我有生以来从没有感受过这么大的压力。怎么办呢？当缩头乌龟，还是迎难而上？我想先亮明我的观点，我是个军人，军人是绝对不会退缩的，既然当了这个法人，就会与这个企业同生死。你们两个呢，也可以谈谈自己的看法。"

东海目光定定的："我的立场是明确的，而且绝不会动摇。开弓没有回头箭，搞企业遇到点困难是很正常的事情，见一点风浪就退缩，那还能干成什么大事？"

敬儒的神情比较复杂："问题是我们已经无路可退了呀，只有破釜沉舟这一种选择。虽然我以前有不同的看法，但既然走到了这一步，那还有什么可说的？"

"好，我要的就是你们这样的话。下面我宣布几件事，炜平认真记一下。"

是宣布，而不是商量，东海和敬儒不约而同地互看了一眼。

"从今年年终到明年年初，我们要完成工作重心的转移，从建筑施工转移到生产项目引进和酒店管理上来。老黄要在项目引进上多花费心思，生产设备的安装、生产管理这一块由老张全权负责，商品住宅的销售和后续开发就交给振乾去做。

"鉴于现在住宅楼的销售情况，我认为可以拿出两个单元来解决员工的住宿问题，以解除他们的后顾之忧。这个问题或迟或早都得解决，早解决总比晚解决要好。至于价格，炜平可以到其他单位打听一下，原则上不超过市场价的一半。炜平还需要辛苦一下，尽快拿出一个切实可行的分配方案。"

"是不是先把范围确定一下。"东海插言，"已婚的自不必说，单身的给不给分？"

"给。"廷轩似乎早有考虑，"像炜平、仁义、叶丽这样的，年龄都不算小，随时都有可能结婚，干脆一起解决算了。"

"那几个转业军人也一起参与吗？"敬儒提出另外的问题。

"既然都是公司员工,那就应该一视同仁,他们也是人,也需要解决两地分居问题。当然,在标准方面还是要有点差别。我们现在只有两种户型,我的意见是:中层以上三室一厅,其他人两室一厅。至于楼层方面,可以参照职称、工龄、年龄去定。说到这里,我想问一句:房子早就给你们了,人为什么还没有过来?"

东海很有点难为情:"调动问题没有办好,联系了几家单位都没有给回话。"

"我不是让你去找老方吗?"

"我开不了这个口,再说那边还有个小孙子要照顾,我就想着先拖一拖。"

廷轩看着敬儒:"老黄现在是经济顾问了,这一点小忙都帮不上?"

"我记住了,以后有机会我就给他们说一说。"敬儒答应得倒很痛快。

"也说说你,总不会是相同的原因。"

"人家看不上这个地方,不愿意过来。我想不过来也好,整天就知道叨叨,不过来耳根子还能清净一些。"

也许道出了部分实情,廷轩想。老白好像也说过,他们夫妻一直不和,可是那些长途电话又是打给谁的呢?他忽然也想卖一下关子:"虽然不是你们的原因,但办事不力,也要略加惩戒,这次分房你们两个就不能参与了。"

东海微露惊异,敬儒尤甚。这样的机会毕竟很难得,与市场价相比,有几万元的差额。

廷轩笑了起来:"放心吧,我得罪谁也不敢得罪你们两个。我打算今年在酒店前面开两栋别墅式住宅,想让你们一步到位,省得折腾来折腾去。那里吃饭方便,上班也近,还能给我省点油钱。"

又是一个意外。这个意外却让东海和敬儒的神色明朗起来,生动起来,当然,感激之情也是少不了的。

省油钱的说法,虽然只是一个玩笑,也让敬儒心里不舒服了那么一下。但只是一下而已,人在兴奋的时候,一点小小的不愉快是影响不了情绪的。就像浮游在朝霞或晚霞中的云彩,遮挡不了其光芒,反而会添加一些妩媚的诱惑。

"房子的问题就先说这些,下面我有一个人事方面的提议。"

房间里的气氛立刻凝重起来。

"我想让叶丽担任酒店的总经理,开元出任财务总监。"

这真算得一个爆炸性新闻。敬儒这才清楚廷轩安排叶丽和悉尼宾馆管理人员接触的真实原因，心中不由叹服：这才叫老谋深算，想得真够远的！

"我想问一句：酒店的规格怎么定？"东海先提出另外的问题。

"比公司低半格，总经理享受公司副总待遇。"这一问似在廷轩预料之中，他回答得很干脆。

"这样的话，我认为有些不妥。开元当财务总监没有什么问题，但让叶丽担任总经理，是不是提拔得太快了一些。在行政事业单位，最快两年才能上一个台阶。我们是企业，自然可以灵活一些，但也不能太离谱。另外，有一个平衡问题，其他几个中层会怎么想？"

"我同意老张的看法。"敬儒已经想明白，不能成为自己的人，这是显而易见的事实，与其别别扭扭地待在一起，还不如远离一些为好，当然，决不能让她太得意，更不能和自己平起平坐，"叶丽跟了我这么长时间，我对她是寄予厚望的。这丫头确实有她的长处，聪明，肯钻研，能吃苦，可是把酒店那么大一个摊子交给她，我还真有点不放心。"

"要不老黄你来当这个总经理。"廷轩看上去很认真。

"不行不行。"敬儒连连摆手，"我是搞理论研究的，干不了这些婆婆妈妈的事。再说，让我一个研究员领着一帮小屁孩去伺候客人，成何体统！"

廷轩笑了："开个玩笑，就把你吓成那样。以后几年，酒店可能是咱们最稳定的收入来源，所以总经理这个人选非常重要。原本打算外聘一个，一者要价太高，二者毕竟不是自己人，用起来完全是两回事。通过我对叶丽这一年多的观察，我认为她能胜任这项工作。既然你们两个意见一致，我也不再坚持，就先给她任命一个副总经理，行使总经理职权。"

"最后，我想再说一件事。叶丽离开以后，贸易业务先暂停一段时间。这一年多我算是看出来了，这种钱真的不好挣，稍有不慎便会把自己搭进去。再说，咱们现在的资金情况也不允许，等以后经验丰富了，资金充裕了，再让它动起来。"

这一个决定让敬儒心里很不舒服，原本手下只有一个部门一个兵，现在倒好，真成了光杆司令。可是有什么办法呢？人家的理由很充分，几乎无可辩驳。看来不是哑巴，也有吃了黄连说不出口的时候。

"我哪能干得了这个！"叶丽是真着急。她没有想到，让她了解悉尼宾馆的情况是为了这个。在那里她已经看到了，想着要管那么多人，处理那么多事，头皮就有点发麻。

"有什么不行的？"廷轩面带微笑，"事情都是人干出来的，又不是什么高科技，只要多动点脑筋，仔细点认真点就行了。我这里有一张南京中心大酒店经理培训班的报名表，你拿去填一下，后天就可以动身。学习结束回家过年，节后给我正式上任。"

看到叶丽还在迟疑，廷轩笑意更浓了一些："你不要有什么思想包袱，我为什么要把开元派过去给你当财务总监，就有这方面的考虑。这小子在税务部门待过，头脑清醒，鬼点子多，以后有什么事可以多和他商量。"

"那为什么不让开元当这个副总经理？"

"这话有点幼稚，你的事他有可能干好，他的事你能干吗？"

叶丽想想也是，一时无语，但忧虑仍然在脸上徘徊不去。

廷轩只好再亮底牌："我会把炜平再给你派过去，可以使用到酒店开业再给我还回来。"

叶丽的脸色这才好看了一些。有这两个人在，人事、财务方面的事情就可以完全放心，其他的事情似乎就不是那么难了。

公司对叶丽和开元的任命让仁义又气又喜。气的是开元这么快就追上了自己，虽说酒店是公司的二级单位，但财务总监的名号听起来总觉得比财务经理更响亮一些。喜的是这个人很快就会从眼前消失。有这么一个人待在身边，就像下巴底下支了块砖，心里总有那么一点不舒服。威胁嘛，既然不能不让它存在，那就让它离远一点好。他已经在想更远的事情，公司运转起来以后，人员肯定会大量增加，总会计师一职将不可或缺，留在总公司，将会有天然的优势。反复思量之后，他阴冷的眼神里终于泛出些笑意来。

振乾的反应倒很平淡，反正短时间肯定上不去，用谁不用谁关我什么事。虽说职务没动，但让主抓房产开发和销售，是不是也在传递一个信号，重用不重用的不好说，起码没有忘记，没有遗弃，这就说明还有翻身的机会。忍辱负重，卧薪尝胆，成大事者必不会计较一时一事的得失，到底鹿死谁手，还须拭目以待。没有羽毛可抖，他有时会抓住上衣领子抖动几下。

分房方案拟定以后，炜平先拿给开元看。

"没有问题，"开元扫了一眼，"这种事情，最怕的是僧多粥少，有分不到手的，那真有急红了眼，闹起来甚至打起来的。咱们现在的情况恰好相反，肉多僧少，不但人人有份，而且选择、回旋的余地很大，我想不会有人不同意。对于我来说，只有一个要求：别和仁义住一层就行。其实这个担心完全是多余的，他排名肯定在我前面，所以我肯定能躲开他。"

正如开元所料，分房方案一遍通过，没有一个人提出异议。

排名第一，本在意料之中，仁义还是按捺不住自己的兴奋之情。这是不是一种暗示，或者说是另外一种事情的预演？他觉得在这种时候应该谦让一下，高姿态一下，所以只是站了起来，但没有上去选房："还是让有家室的同志先选吧，我一个单身，住哪一层都行。"

东海笑望廷轩："看来我们的同志觉悟还是蛮高的。"

但接下来发生的事情很有点戏剧性。排在第二的振乾站了起来："既然仁义同志这么仁义，我要是客气就有点对不住人。"径直上去选了三楼东户。

振乾的举动让仁义大感意外，这个人做事怎么这么不讲究，真应该让他在派出所多关些日子！他不敢再坐下去，上去选了三楼西户。

开元故意摇头叹息："我没有听错吧，朱经理说让有家室的先选，怎么到我这里就收口了呢？莫非我已经离婚了吗？"

一片轻笑，仁义在笑声中涨红了脸，恼怒地看了开元一眼。

下面轮到炜平。炜平想给开元补回一点面子，坚持让开元先挑，开元却不过，选了二楼东户。

后面只剩叶丽一人，炜平却没有再让，说是喜欢清静，选了四楼东户。这让开元多少有些意外，也有些不快。但他很快就明白了炜平的用意：他是把二楼的房子留给了叶丽。

四楼和二楼，是没有太大差异的，叶丽略加思考，还是很果断地选择了二楼。

不到半个小时，十几套房子都找到了自己的归属。

拿到房门钥匙，几个退伍老兵喜不自胜。这天晚饭以后，老纪插上房门，弄了几个凉菜，三个人喝酒庆贺。

"我真不敢相信这是真的，一想到能把老婆孩子接过来一起住，我就有点坐不住。"小孙大发感慨，泪眼婆娑。

老纪呵斥："小孙，你有点出息好不好？遇到倒霉事不见你哭，一有好事反而流眼泪。"

老纪一说，小孙反倒更加伤心起来："老哥你是不知道，我们那山沟里面穷啊！像咱们平常吃的这些东西，家里一年也吃不上几次。等房子收拾好，我不但要把老婆孩子接过来，还要把父母接过来，让他们也享几天清福。"

老纪不以为然："都接过来你养得起吗？"

小孙幽幽的："要是能给老婆安排个工作就好了。"

"走一步算一步吧，"小宋接过话头，"你们是不知道，王总现在的压力有多大，眼见得一天天瘦了。我们要想好，首先要盼着公司好。"

老纪叹一口气："这个道理不用你说，谁都懂。可是我们这些小兵，除了做好饭、开好车之外，还能干些什么呢？"

小宋忽然想起不甘寂寞的小高："小高现在也不知道怎么样了？老纪，你们离得近，有没有他的消息？"

"你放心吧，那家伙消停不了，听说又在竞选什么村主任。"

分房子和竞选村主任这两个毫不搭界的事情，却让几个人沉默下来，一个劲地往肚子里面灌酒。

第三章

春节收假后的第一天，挂在先建宾馆门前的几块牌子被拉到了建成并装修好的办公楼门口。小孙猴子一样敏捷地爬上一棵碗口粗的白杨树，将一盘十万头的鞭炮绑在了树腰上。在鞭炮震耳欲聋的炸响声中，躺着的牌子又一块块竖了起来，向天地间亮明着这栋楼的身份。

办公楼位于酒店的右前侧，与酒店庞大的楼体相比，很像是一个站岗的哨兵。

算上阁楼，办公楼有四层，每一层的功用是早已安排好的，一层是职工食堂、工程部办公室和司机休息室，二层是会议室、打字室、财务和贸易办公室，三层是总经理、副总经理办公室和公司办公室。

财务办公室是一个套间，里面小，不足十个平米，外面大，超过二十平米。仁义认为，里面是自己的当然之地，反复打量之后，已经基本确定了桌子和柜子的摆放位置。

想是这样想，又觉得不能贸然搬进去，毕竟还有一个副经理，而且是一个享受经理待遇的副经理，不谦让、不客套一下怎么也说不过去。于是他笑容可掬地问开元："你看咱们这桌子怎么摆？"

开元自然知道仁义心里在想什么，露出点不耐烦："这还用说吗？自然是你在里面，我和小茜在外面。"

仁义让表情更真诚了一些："话不能这么说，咱们两个现在的职别是一样的，谁都有资格待在里面。"

开元向里面探了一眼："狗窝似的，坐在里面我担心会把自己憋死。行了，你就不要再说了,反正我在这里也待不了几天,能有个坐的地方就行了。"

仁义这才心安理得地将自己的办公桌挪了进去,并没有对"狗窝"两个字心生反感。

悉尼宾馆的观察与交谈让叶丽对酒店的管理模式有了一个轮廓性的了解;二十天的短期培训,使这些了解更加完整,更加清晰。结业的时候,她感到心里已经不再是那么慌乱,但还是不敢掉以轻心,又买了几本酒店管理方面的书。春节几天,她把自己关在屋子里猛灌猛补。父母还以为自己的宝贝女儿心情不好,谁也不敢多说什么。

的确,酒店管理并没有什么高深可言,说透了,就是一个服务体系。客房的卫生,菜肴的品质,服务意识和服务质量,是这个体系中最重要的几个方面。用什么做保障呢?只有管理的标准化、严格化、精品化、精细化,这些东西不是说说而已,只有通过持续不断的努力才能完成。一个老师说得好,酒店无小事,当个酒店老总,睡觉也要睁着半只眼睛。这句话倒没有吓着她,不就是多上点心、多费点力吗?有什么好怕的?

现在的问题是,这些服务员到哪里去找?前厅,客房,餐饮,加起来少说也要五十多个人,怎么才能招来这么多人。到别的酒店去挖,能不能挖来且不论,那身价肯定会高得离谱。南京中心大酒店的男女服务员,看着确实让人羡慕,要身材有身材,要模样有模样,要气质有气质。气质可以培养,可身材和模样呢,是想捏就能捏出来的吗?她问酒店经理这些服务员的来源地,酒店经理很自豪地回答:这些人的籍贯遍布全国二十多个省份,能拢到这些人,不是一年两年的修行。酒店经理好像很能体会她这个行将上任的副总经理的心情,向她提了一条建议,招人时目光不要局限于本地,也不要盯着大城市,最好到落后、闭塞的地方走一走。

收假归来,她带着印制好的名片,拜访了市里几家上档次的酒店老总。也许是地域方面的原因,这几个老总对她并不设防,有问必答,据实以告。一圈走完,她已经确定了招工方向,东北,就是东北。

"我没有意见,权已经交给你了,想好了就放手去做。"廷轩满意地看着叶丽，"不过你不能一个人去，我再找一个人和你一起去。"

叶丽不由心生感动，这也是她所担心的。一个人要去那么远的地方，心里还是有点不寒而栗。

"就让炜平和你一起去吧。"廷轩思考片刻，很快做出决定。

怎么会是他？再一想，不是他还能是谁。既然借给自己管人事，招聘难道不是他分内的工作？想到要和这个人长时间待在一起，走那么远的路，去那么远的地方，心里多少有点别扭。奇怪的是，好像也有那么一点点欣喜。

"在招工问题上，我也有点想法，供你参考。"廷轩的语气更像是一个长辈。

"一是服务员的招聘，要多管齐下，当地的招聘广告也可以打，应聘和面试时间可以放在你们回来以后。这和打鱼一样，多撒张网就会多一点收获，标准就像网眼，达不到的不录就是了。

"二是主管和部门经理、工程技术人员、厨师和厨师长，要尽量从当地招聘，服务员可以流动，这些人却要尽可能地稳定。他们稳定了，酒店的整体管理水平和服务质量才能稳定。"

叶丽已经不是感动，而是感激了，这样的领导才叫领导，自己想到的他想到了，自己没有想到的他也想到了。

"最后是我要求你的一件事。"

求我？叶丽直觉得好笑。上级求下级，这事真够新鲜的。这也许就是说话的艺术，效果是一样的，改变一下辞令和口吻，听起来便会更亲切一些，更舒服一些。

"司机、洗碗工、清洁工先从内部解决，不够的时候再从外面解决。总公司年前就打过招呼，今年还要安排七八个义务兵，公司这边最多能留一两个，其他的都要你那边解决。司机好办，给辆车开就是了。里面还有几个厨师，手艺估计也就是老纪那个水平，做个家常便饭还可以，上台面、撑门面是绝无可能的，只能让他们当个帮厨，打个下手。这些人其实也真够可怜的，最长的已经在部队上待了十几年，提干无望，又不想回去，为了什么，还不是想改变自己的命运，成为城里人。现在他们倒是有了着落，可是他们的家属还在农村。他们已经两地分居了几年甚至十几年，难道还要让他们继续分居下去？现在机会终于来了，对一个农村妇女而言，难道还有比洗碗、打扫卫生更适合她们的工作？这里，我想先声明：对这些人在工作上可以给予照顾，在管理上决不能网开一面。如果工作懒散，不服管理，该怎么处理就怎么处理，我决不会出面为她们求情。"

叶丽想不出拒绝的理由，这两个工种必不可少，用谁不是用。她对那些农村妇女不是很担心，可能会有懒一些的，爱嚼舌根子、说闲话的，多花费点心思严加管理就是了。她们不和客人接触，出一点纰漏不会有什么太严重的后果。她担心的是她们的丈夫，如果里面有一两个小高那样的，自己的女人受到处罚以后，必定会护短和无理纠缠，那将是一件很头疼的事情。

廷轩像是看出了叶丽的心事，又加上了一道保险："我想这些当过兵的能分清好歹，如果他们自己不听从安排，不服从管理，或者为了他们的女人无理取闹，你直接给我打电话就行了。"

叶丽知道不应该再说什么，报以信赖和尊敬的微笑。

对着地图端详了半天，叶丽最终将招聘地点锁定在尚志市。上面一大堆地名，只有这个地名最熟悉。赵尚志死后被解剖的画面，是那么深刻地留在了脑海里。它用无声的语言告诉人们，什么才是真正的信仰，什么才能算得上意志品质。就是它了，如果此行顺利，既完成了任务，也可以给老区人民做出点贡献。

一千多公里的路程，分作三段：一段轮船，一段火车，一段汽车。

一路上炜平很少说话，基本上是问一句答一句，或者只答半句，言简意明，连一个多余的字都没有。他多数时间是在看书，一会《老子》，一会《唐诗选》，一会又变成《百年孤独》。书合上了，眼睛也会闭上，好像灵魂还没有从书里面走出来。偶尔又会拿出个小本，在上面写写画画。唯一让叶丽满意的地方是提包很快，不管是上船下船，上车下车，他都会抢先一步，将两个人的包提在手里。要是换成开元就好了，一路上不至于这么拘谨、沉闷。算了吧，权当是带了个跟班，叶丽苦笑着这样安慰自己。有这么一个人总比没有要强，起码在那些男人有意或无意、直露或隐晦、热辣或柔和的注视之下，心里面不会发慌。

进入尚志县境，目光便被连绵的山体架高了起来，山上的植被很好，远处近处，全是苍翠的绿色。公路旁边总会有或宽或窄、或深或浅的河床相伴，河床里的水流也或粗或细，或急或缓，但纯净和清澈是一样的，淙淙汩汩，无止无休地奔流着。

  这样的地方，女孩的长相应该是不会差的，叶丽心情大好，全然忘记了旅途的疲倦，甚至有了一展歌喉的冲动。她看了看眼睛望着窗外的炜平，看了看其他昏昏欲睡的乘客，把这种冲动强压了下去。多长时间没有唱歌了，她忽然有点难过。大学里唱歌得奖的情景，已经是那么的遥远！他也很喜欢听她唱歌，尤其是在因为焦虑和忧郁而睡不着觉时，会让她在耳边唱上一首两首歌，这歌声还真有点催眠作用，唱上一小会，他便会闭上双眼，呼吸也随之均匀起来。心若死了，难道兴趣爱好也要跟着一同死去吗？这么做是应该的、值当的吗？可是外面的景致这么好，为什么要想这些烦心的事呢？她有点生自己的气，将头转向了窗外。

  走进县政府办公大楼，叶丽忽然有点怯怯的，这种事情人家会重视吗？要是不理睬、不帮忙，该怎么办？她觑了眼炜平，还是气定神闲、从容不迫的样子，心倒是坦然了下来，脚步却不由慢了一些，跟在了炜平身后。

  接待他们的是一个三十多岁白白净净的男人，应该也是科班出身，普通话还算纯正，只掺杂了很少的地方口音。可能是接触人多的缘故，目光中有一种洞若观火的机敏与练达，笑容里却带着很自然的亲和力。他看过介绍信，眉毛往上一扬："这是大好事啊！现在农村劳动力过剩，让这些孩子出去见见世面，历练历练，也许就会有不一样的人生。要不然怎么办，窝在这山沟沟里面，结婚，生娃，再一代代地穷下去。我们这个地方的经济发展比较缓慢，给他们提供不了多少就业机会，你们这是雪中送炭，给他们带来了福音啊！还是个军工企业，这我就更放心了。不过我想再问一下，他们去了以后工资能拿到多少？养老保险能给交吗？"

  "岗位不同，工资也会有差异，大致在三百到四百，养老保险是肯定会交的。"拜访过市里几家酒店后，叶丽已将工资标准基本确定下来。

  "将来有没有在当地落户的可能？"

  "这个我现在不能给你什么承诺，要视当地的政策变化而定。如果有这种可能，我们肯定会争取的。"

  "酒店服务员都是吃青春饭的，有没有想过他们年龄大了以后怎么办？"

  想的真够远的！叶丽一边想，一边从容地回答："既然招了他们，就会对他们的未来负责。年龄大了以后，一部分人可以从一线转到二线。我们公司除了酒店，还有房地产和工业项目，对他们可以优先安排。"

那人的笑容更真诚更灿烂了一些。给两个人倒上水，话锋也很自然地一转："你们算是来对了地方，这个地方的男孩女孩要身材有身材，要长相有长相。说说你们的条件，这件事包在我身上，绝对会让你们满意。对了，我应该先做个自我介绍，我姓赵，和我们的大英雄一个姓。原来还想套套近乎，查了查家谱，结果八竿子都打不着。开个玩笑，咱们是同龄人，以后叫我小赵就行。"

两个人都礼貌性地笑了一下。条件已经烂熟于叶丽心里：男身高一米七五以上，女身高一米六以上，年龄最好在二十岁以下，初中以上学历，能讲普通话，身体健康，长相自然是越漂亮越好。

"别的都没有问题，只是这能讲普通话一条有点难。"小赵歉意地笑了一下，"山里面的孩子，发音都不是很标准，但也不是完全听不懂。去了以后再培训一下，和客人交流起来应该没有什么问题。这样吧，我过会就给几个乡镇通知下去，让他们广泛宣传，顺利的话，后天我们就可以开始面试。你们还没有安排住的地方吧，我建议就住在市招待所，条件虽然简陋一些，但经济适用，菜的口味不差，卫生方面也很能说得过去。关键是近，商量什么事情很方便。"

小赵一边说，一边不由分说，提了两个人的包便走。

招待所果然很近，距离政府办公大楼只有几百米。小赵和服务员好像很熟，进了门就吆喝："小杨，给开间房。"

叶丽笑着纠正："不是一间，是两间。"

小赵稍微有些发窘，眼睛却亮了一下："这不能怪我眼拙，谁看到你们都会以为是一对。"

这个玩笑让叶丽和炜平都有点不大自在。

"这样吧，旅途劳顿，你们今天就好好休息。明天没什么事，我领你们到附近转转，好好见识一下和我同姓不同根、当年让敌寇闻风丧胆的大英雄。"

第二天上午，小赵果然如约而至，并且带来了一辆捷达轿车，自己兼做司机和导游。先是赵尚志纪念馆，后是烈士陵园，接着驱车入山，拜谒烈士战斗和牺牲的地方。小赵的讲解充满了对这位当地大英雄的敬仰和爱戴，动情处几度哽咽。虽然无法与电视剧里面的情景对应和重合，叶丽的眼睛还是一遍遍地濡湿。

在那么艰苦恶劣的环境中，坚守和坚持是一种多么难得、多么可贵的品质！她看了炜平几眼，那张脸上几乎没有什么变化，一味地肃然着，看不出是崇敬还是悲哀。

晚饭时，叶丽忍不住问炜平："转了一天，看了那么多，你这个作家有什么想法？"

"我一直在想信仰问题。一是信仰的选择，为什么是A而不是B，这需要很高的识别能力，这种识别能力只能来自深厚的文化积淀。所以，一个真正的信仰者必须是一个具有明晰判断力的人，必须是清醒的、冷静的抉择，而不是盲目的、狂热的追随。二是信仰的支撑，一个没有高贵品质、没有坚定意志的人，是不配谈什么信仰的。三是信仰的保证和保护。你也看到了，像赵尚志这样一个大英雄，还要被两次开除出党，蒙受几十年的冤屈，那么其他人呢？历史长河中，有多少抱屈含恨而死却永远得不到平反昭雪的冤魂！"

不张口不说，一张口就是一大套。人家的思想深度远远超越了自己的悲悯之情，好像能听懂一些，又不能全懂。她不想放弃这难得的机会，便有心逗弄了一句："你想过没有，如果你生在那个年代，会是一个什么样的人？"

"不会是英雄，也不会是汉奸，最大的可能是早早成为一名烈士，因为子弹应该很喜欢我这样的笨人。"

炜平的自嘲和幽默拉近了两个人之间的距离，叶丽忽然很想走进炜平的内心，一探究竟："如果你现在的女朋友去劝降，你会不会答应？"话一出口，叶丽自己都吓了一跳，但已经无法收回。

炜平的脸色果然一变，但很快恢复如初："这是一个很残忍的命题，我想不出该怎么回答你。我只能说我很幸运，远离了那样的年代，也远离了那种艰难的选择。"

叶丽很想再问一句：为什么不跟你的女友去美国？但她终于忍住，打探别人的隐私，是对别人的不尊重；守着自己的隐私去打探别人的隐私，更有点不道德。为教养所不容的事情，是无论如何不能去做的。

招聘现场设在招待所的前厅，小赵不知从哪里搬来三张桌子和六把椅子。一张桌子由叶丽和炜平坐，另外两张桌子为应招人员填表用。小赵主动充当起工作人员，负责发表和收表。

叶丽对小赵的安排很满意，可是对进展情况很不满意。等到9点多钟，才等来第一个人，然后又像是考验耐心似的，差不多半个小时才能进来一个。而且长相并不像小赵形容得那么养眼，九个人中，勉强合格的只有三四个。叶丽很有几分焦躁和气馁，这样下去，任务能完成吗？

小赵看出了叶丽的失望，笑着安慰："没事的，下午情况肯定会好一些。先去吃饭吧，我已经有点饿了。"

好一些，好一些会是什么样的状况？十几个？二十几个？如果身体条件还像上午这样，多出几个人又有什么用？叶丽依然恹恹得打不起精神。

用餐归来，叶丽不由大吃一惊，三十多平米的前厅已经被挤得严严实实，门外面还站了二三十个。奇怪的是，这些人的长相显然比上午见到的几个要高出一个档次，女孩皮肤白皙，眼睛水灵；男孩身姿挺拔，棱角分明。小赵得意地看了叶丽一眼，意思很清楚：怎么样，我没说假话吧？

叶丽回以感激的一笑，即刻紧张、忙乱起来。看表、看人、听音、提问或回答一些问题，随即在表下面做出可、否或待定的记号。炜平倒很悠闲，按照叶丽的标记对报名表进行分类，偶尔也回答一些问题，基本上是在重复叶丽说过的话。

曲终人散，叶丽拿过报名表数了数，单是初试合格者便已经超过了想要招收的人数。叶丽心情大好，看了看表，已近5点："走吧，晚饭咱们到外面去吃，好好庆祝一下。"

小赵没有推辞，好像立了大功，理应如此："吃饭可以，但不要去太大的饭店，我领你们去一个地方，吃几道纯正的地方菜。"

走出门来，却见一男三女待在外面，叶丽认出来有两个女的是上午来过的，且都是否了的。

"你们怎么还不走？"小赵问。

"我们知道自己的条件没有别人好，可能会招不上，"一个年龄稍大一点的女孩回答，"可是我们都很希望能给我们一个机会，我们不会惹事，能吃苦，不怕累。"

小赵将头转向叶丽。叶丽心意已动，这几个人虽然长相平平，但诚实和善良是一望可知的。除了清洁和洗碗工，洗衣房也是需要人的，为什么不能满足她们真诚而可怜的愿望？她问了几个人的名字，炜平很配合，在小本上记了下来。

很不起眼的一个小店，只摆了四张方桌，两桌已有人。小赵像是常客，进门就喊："老四样，三碗米饭。一瓶北大仓。"

叶丽有点过意不去："难得请你吃一次饭，这也未免太寒酸点了吧。"

"既然是请我，那就由我说了算。菜不在多，吃饱吃舒服就行。"

菜一盘一盘地上，小赵一盘一盘地介绍，地三鲜、土鸡炖蘑菇、白菜猪肉炖粉条、酸菜炖排骨，香气随着热气直往鼻孔里钻，小赵颇为得意："这是我们东北最常见的四样菜。"

在小赵殷殷的注视之下，叶丽和炜平各样都品尝了一点，不由啧啧赞叹了几句。

炜平要给小赵倒酒，被小赵抢了过去："这是我的地盘，你们掏钱，东我还是要做的。"

叶丽举起酒杯："我先敬赵科长一杯，感谢你这几天的辛苦付出，帮助我们圆满地完成了任务。""科长"二字是她的推断，市长没有可能，如果连科长都不是，那也混得太差了一些。

小赵的面容像刚通上电又断了电的灯泡，明灭交替："刚给弄了个主任科员，享受正科待遇，没有实职。在这个县级市，岗位少，机会也少，想往上爬没有那么容易。"

几杯酒下肚，小赵的话更多了一些。

"要说感谢，我也要感谢你们两个。人家先进国家和先进地区输出技术、人才和资金，我们这落后地区能输出什么？只有劳务。每一个行政人员身上都压着任务，你们这一次来，帮我卸掉了几年的包袱。还有，我为什么要让你们住到市招待所，那也是任务。不怕你们笑话，每间房还有二十元的奖励可拿，这几天下来，我可以白得一百多块，你们说我是不是也应该感谢你们？

"你们要是真想感谢我，就答应我一个请求：善待这些孩子。他们没出过这么远的门，也没见过大世面，想家，情绪波动都很正常，说错话做错事也在所难免，你们批评教育也行，骂几句打几下也可以，但千万不要开除和辞退。你们的一个决定，就有可能改变她们一生的命运。"

"叶总是我这一生见到过的最出色的女性，这些孩子能跟着你干，是他们的福气，假以时日，我相信他们的思想境界和气质修养都会有不同程度的提高。他们这些人和他们寄回来的钱一样，都将成为我们尚志市的财富。"

临别时，叶丽将一个装有二百元钱的信封递给小赵，被小赵坚决地挡了回来："我这人别的没有，良知还有一些。这让我感觉到我是在赚这些孩子的钱，拿了这钱，我还配姓赵吗？"

回到招待所，叶丽觉得应该和炜平交换一下意见，既然是两个人一起来的，就不能自己一个人说了算，这是处事常识，也是人生修为。

没有想到，这个环节一点也不多余。她关注的是身材和长相，炜平关注的是眼睛和心灵，指出有两个女孩目光有点呆滞，灵活度肯定会差一些；一个男孩目光总是躲躲闪闪的，有点心术不正；另一个男孩目光凶狠而执拗，估计很难教化，一边说一边抽出表格让叶丽看。叶丽暗自佩服炜平的洞察力和记忆力，再看上面的照片，确实像是那么回事，便将这几个人的表格放到一边，又补了几个人进去。

看着已没有什么事，炜平正想告辞，却听见了敲门声，以为小赵有什么事情忘了交代，没有多想便将门打开。谁知一下子涌进来四个男人，两个将炜平逼住，另外两个将叶丽挡在一边。

这一切发生得太过突然，叶丽顿时陷入恐惧之中。这些亡命之徒，不会像黄敬儒那样有名声威望方面的顾虑，靠说教是没有用的。挣扎和反抗估计也是徒劳，相对于这四个粗壮的男人，炜平显得那么单薄和无力，他是救不了自己的。难道自己的末日就这样来了？

危难之际，却听得一声断喝："你们要是敢动她，我就和你们拼命。"

她抬起头，看见炜平手里抓着陶瓷水杯，胳膊高举在空中。

"嗬，挺勇敢的！是英雄救美，还是亲夫救妇？我们并没有把她怎么样，你着的哪门子急？从现在开始，我问什么，你们就要如实回答什么。"显然是一个领头的，很有点城府，不急不慢的。

各种猜测、判断在叶丽脑海里风起云涌。这几个到底是什么人？如果真是歹徒，就应该蒙着脸，再看他们脸上，也没有多少凶相。那么，他们的目的到底是什么呢？自己真的能躲过这一劫吗？这时候她是多么希望自己的容貌能够丑陋一些。

"你那样举着杯子累不累呀？坐下来说话。你们两个是什么关系？"

"同事。"炜平坐回到椅子上，但仍然将杯子抓在手里。

"同事？我妹妹说你们是夫妻，我看着也像。"

"同事就是同事，夫妻就是夫妻，有什么好隐瞒的？"炜平已完全平静下来。

"好，我权且相信你。你再说说，你们到这里来干什么？"

"招工，给酒店招服务员。"

"真的是招工吗？"那人厉声喝问，"是不是在干什么见不得人的勾当？"

"我们这次招工是在你们市政府协助下进行的，怎么会是见不得人的勾当？"

"他们？"那人面露讥笑，"除了跟着吃吃喝喝，拿点好处之外，还能干点什么？真出了什么事，没有一个人肯担责任。"

炜平已然明白了对方的来意，将桌子上的报名表推了过来："我们这次招四十个女服务员，十五个男服务员，既光明又正大，没有什么见不得人的。"

那人拿起表，一张张翻看，神情逐渐变得柔和起来。

叶丽的心也已经全然放了下来，跟着补充了一句："你们要是还不放心，可以和我们一起过去看一看，往返路费由我们承担。"

那人忽然一脸的哀戚之色："让你们受惊了。我有两个妹妹，大妹妹前几年被一对夫妻以招工的名义骗到南方，祸害了好几年，精神上出了问题，到现在都没有嫁出去。现在小妹又闹腾着要走，我这个当哥的是真的不放心啊！实在没有办法，才想出这么一招。得罪了呀，你们要是不想原谅我，我就在外面给你们跪一个晚上。"

叶丽被感动了，能有这样一个哥哥多好！一种绵绵的爱怜笼住了她，她忽然很想知道那个小女孩是谁，便问了一句："你这个小妹叫什么名字？"

那人很有点犯难的样子："我说了，你们会不会不要她或者为难她？"

叶丽没想到自己还能笑出来："你就放心吧，我会像对亲妹妹一样对待她的。"

那人千恩万谢地领着几个同伙走出去之后，叶丽才感觉到身体依然虚软得厉害，她突然生出一个很奇怪的想法：希望炜平能够留下来。留下来做什么不知道，就是能留下来。她的声音里含着抑制不住的柔情："谢谢你！真没看出来，你还挺勇敢的。"

炜平已经完全恢复了常态："有什么好谢的？在那种情况下，只能豁出命去。"

"你心里就不害怕？"

"害怕有什么用？要真是歹徒，跪下来求饶只会助长他们的气焰。"

叶丽还想再说点什么，炜平却像嗅到了危险的猎物一样，说了声再见，便急匆匆地走了出去。

叶丽感到自己陷在一种无助的虚弱里，不再害怕，就是空虚得厉害。两年多了，她从没有像现在这样想要一个男人，一个能抓住、能依靠的男人。近在眼前的这个男人，今天展现了与往日完全不同的一面，方才的举动，真像是一个救美的英雄。可这一会儿为什么又变得如此胆小，他在害怕些什么？为什么要逃走呢？

无论如何，这惊心动魄的一幕是再也忘不掉了，炜平高举茶杯的情景也将永远定格在脑海里。莫名地，她竟联想到了蔺相如完璧归赵的故事，这两个相距两千多年的男人，身上是不是真有什么相同相通之处？

可自己是怎么回事呢？是爱吗？当然不是，充其量是动心罢了。但人家是有女朋友的人，你动的哪门子心？是感恩式地以身相许吗？也不会，自己还不至于那么愚昧那么贱。人啊，真是可怜又可笑，有时候连自己的心思都琢磨不透，却会花大量的时间去猜测别人的心思。

胡思乱想的，竟将自己想进了梦乡。

给廷轩汇报时，叶丽抹去了最后一节。她不想让领导为自己担心，也不想让那件事情传扬开去。自己都有点意乱情迷，别人又会怎么猜想？散布流言时，每个人都能成为讲故事、编故事的天才。

派发下来的六个义务兵已经先期到达，两个厨师，两个司机，两个警卫。和这几个人见面时，两个当过警卫的引起了叶丽的注意。这两个人一个叫郑全，一个叫田军，个头比其他几个几乎高出一头，走姿和站姿也卓尔不群。军训时让这两个人当教官，应该是不会差的。她有意和这两个人多聊了几句，郑全寡言，问一句答一句或半句；田军话多，问一句能接上十句八句，应该是为了增强语言效果，表情也很灵动，但处理得不够恰当，看上去像是挤眉弄眼，这让叶丽心生反感，但想想也就释然，造物主能造出来，也许就有它造出来的道理。再说军训自己也是参加过的，训令和动作要点总是要反复强调，话多一点未必就是什么坏事。

五天后，在尚志市招聘的五十五名员工已经全部到达。在喊到王琳娜的名字时，叶丽多看了一眼。这女孩面试时就有印象，身材匀称，胸、腰、臀凹凸得恰到好处。稚气未脱的脸上写满了纯真，又有那么一点令人喜爱的野性。唯一的不足是皮肤稍黑了一些，而这些微的黝黑恰与她散淡的野性相融合，更让人心生爱怜。难怪她的哥哥会演那么一出，这样的女孩到了外面，更难让人放心。一定要保护好这个女孩，也要保护好其他孩子。这种想法让她感受到一种母亲般的神圣和崇高。

酒店前偌大的空地成了天然的军训场，身穿迷彩服的田军和郑全领着一群同样身穿迷彩服的学员，脚步动地，喊声震天，把这片荒芜了很久的土地，平白地搅动出一片生机和气势来。

田军当仁不让地做起主教官，集合、训话、发号施令，威风得让人肃然起敬。寡言的郑全，心甘情愿地当起绿叶，按照田军的要求，领跑或者做一些稍息、立正、齐步走的标准动作。没有分派任务的时候，郑全便在一旁扩扩胸、压压腿，或者在临时支撑起来的单杠上做引体动作，而且一做就是三十多下，常引得学员一片惊呼，这让田军很是不满，但又不好说什么。

这种场面看着就让人振奋，叶丽很想多看几眼，但她实在没有时间。开业前的准备工作多如牛毛，虽然开元和炜平分担了很大一部分，她还是有忙不过来的感觉。招聘的中层管理人员要一个个谈话；从市里酒店请来的两个培训教师必须亲自接待；有自己这个现成的英语教师，不可能再去请别的英语教师，教些什么，总得准备准备吧。还有岗位设置，岗位职责，各级各色人员的工资标准，前厅接待人员的选拔，退役军人老婆的安置。她没有想到，一个人竟然会这样忙，有时候真想找一个没有人的地方清静清静。

当海边的防护林苍翠成一道绿雾的时候，滨海市迎来了声势浩大的澳大利亚考察观摩团。该团由迈克带队，五女十八男，迈克是学者身份，另有一名翻译，其余均是金融界和实业圈的精英人士。

接待的事情自然少不了敬儒，他和一位副市长一起，乘了一辆豪华大巴，到机场迎接。见到迈克，两个又高又胖的大肚子男人拥抱在一起，亲热得不行。

这件事不仅在滨海引起轰动，也惊动了省上，派出分管工业的副省长担任中方接待团团长。敬儒的名字，不但出现在接待团名单中，而且依然是副团长，这让他大喜过望。和他的名字并列在一起的，是市长和一名副市长，而刘主任已经掉在了成员堆里。

此后二十多天，敬儒认为可以载入自己生命的史册。十几辆豪华轿车组成的车队，警车开道，考察完开发区考察其他县区，考察完本市考察其他地区，到处是笑脸相迎，到处是盛情款待，多名记者跟随采访，省市的报纸和电视台不断追踪报道。这样的环境和氛围，想要沉住气，不让自己飘起来，真的很难。

这天，炜平接到敬儒一个电话，语气很兴奋，语言很简洁：给其他人通知一下，晚8点准时收看省电视台节目。

晚8时的省电视台，正在播放中澳投资合作的消息。播音员神态激昂，声情并茂："这次招商活动取得了前所未有的成果，双方议定跑马场、高尔夫球场等投资项目五个，投资金额高达十三亿美元。"

随后，画面便切入签约现场，先在两个签约代表身上停留了一会，接着开始扫描现场。中方人员中，敬儒本来就高人半头，又是与众不同的背带装，所以格外吸引眼球。

回到公司后，敬儒逢人便问："怎么样？形象还说得过去吧？没有给咱们公司丢脸吧？"

得到自己想要的回答后，会呵呵地笑两声，或者把头摆动两下，意思是说这其实算不了什么。

"十三亿美元的投资真的能到位吗？"廷轩不无担心。

"那谁能知道。"敬儒满不在乎，"菩萨引进门，修行在个人，我只能做到这一步，成不成就是他们的事情了。遗憾的是没赶上酒店开业，要不然就能狠赚他一把。白让他们用了这么长时间，我觉得挺对不起公司的。"

为了工作方便，叶丽将自己的办公桌搬到了酒店。房间内还充盈着油漆味和木头、白灰散发出来的味道，但她已经顾不了这么多，定下来五一开业，时间不是在往那个节点走，而是在往那儿跑。

轻微的敲门声之后，王琳娜出现在门口。

不是偏爱，而是发自内心的喜爱，叶丽的笑容是由衷的："快进来。"

王琳娜却是很不开心的样子，噘着个小嘴："叶总，我不想再参加军训。"

叶丽很意外："为什么？"

"田教官他摸我，开始我还不大在意，可是他越来越过分。他不只是动我，还动其他人，你要是不相信，我可以把她们叫过来。"

叶丽的气血在往上涌。这个世界上真不乏不知廉耻之人，光天化日、众目睽睽之下，也敢搞一些不为人齿的小动作。

王琳娜犹自愤愤不已："他还说要和我交朋友。他年龄那么大，又长得贼眉鼠眼的，我才不要和他交什么朋友。"

"郑教官怎么样？"

"他是个好人。他也给我们纠正动作，可是没有一个人说他什么。"

这么单纯的小女孩是绝对不会说谎的，所以叶丽找到田军时，不是质问，而是直接斥责："田军你告诉我，能不能管住你的咸猪手？"

田军脸上毫无愧意，反倒一脸的委屈："叶总，你这么说就不对了。这次军训是不是我在管？我要不要对训练成果负责任？她们的动作不规范需不需要纠正？要纠正就免不了身体接触，怎么就成了咸猪手？我也是有头有脸的人，你以后说话能不能不要这么难听？"

叶丽感到已经很难控制自己的情绪："我不想听你说那么多废话。给你两个选择：要么别再干那些下三烂的事，要么就把这身迷彩服给我脱下来。"

田军脸上现出几分狰狞："这身迷彩服不是你让脱就能脱下来的吧，你也应该知道这个企业姓什么？叫你一声叶总，是在抬举你，其实你就是一个打工的，凭什么这么对我说话？"

这个人是绝对不能留了。叶丽这时候反倒平静下来："你不说我也知道，这是一个军办企业。"

田军的狰恶变作狰笑："你知道就好。"

"但我也知道，这个军不是你田军的军。你这身迷彩服今天非脱下来不可，而且你不再是酒店员工。"

田军气咻咻地走进了廷轩办公室，进了门就大声嚷嚷："王总，我想不明白，叶丽这个副总经理凭什么这么欺负人？到底谁是这个公司的主人？"

问明事情原委，廷轩的脸便拉了下来："我是这么认为的，你看对不对。公司没有什么里外之分，进了这个公司，都是公司的主人。叶丽这个副总经理是公司任命的，在没有证明她确实不能胜任这个职务之前，我是不会撤换她的。叶总给了你两个选择，我同样给你两个选择：第一，相信自己的能力，那就不要留在这里受委屈，中国这么大，你肯定能找到适合自己发展的那一片天地。第二，相信你的能量，那你就到上面去活动，先把我这个总经理撤了。"

田军忽然间气焰全无，可怜巴巴地问："那还有没有第三种选择？"

"有，但是你必须明白，在这个公司里，没有主人与打工者之分，只有员工与领导之分。要是想留下来，以后就放老实点，学会夹着尾巴做人。酒店那边你是回不去了，就留在公司里管物业吧。"

"那我这身迷彩服可不可以留着？"田军还想挽回一点面子。

"马上给人家送回去！"

送回去就送回去，田军很快就为自己找到了心理平衡。酒店不过是一个二级单位而已，有什么可留恋的？迷彩服更是不值一提，穿了这么多年，难道还没有穿够？

但他没有想到，此后几年，郑全从保安班长干起，竟然一路干到了安保部经理，工资比自己高出一倍多，这让他很不服气，也有点追悔莫及。媳妇后来不知怎么听到了这件事，指着他的鼻子骂："你个死玩意，咋这么不争气！早知道这样，就该把你那只手剁了。当初相亲时话说得那么好，现在人家当厨师的当厨师，当司机的当司机，当官的当官，就你还侍弄些花花草草，这和当农民有什么区别？人家叶总是什么样的人，你竟然敢和人家对着干。我真是瞎了眼，嫁给你这么一个嘴长眼斜的混账王八蛋！"

媳妇人长得体面，也很能干，这是曾经的骄傲，也是他多次在战友面前炫耀过的，如今却变成了压迫，让他形秽，让他自卑，让他抓狂得说不出话来。

让他颇感意外和聊以自慰的是，叶丽并没有为难自己的媳妇，先给了个洗碗班长，后来又到洗衣房做了主管，这让他对叶丽的愤恨日渐淡了下来。偶尔碰见的时候，不再怒目而视，有时还会挤出一点连自己都不好意思的笑容。

振乾第一个把老婆调了过来。他本想等公司的情况更明朗一些再做决定，可是忽然就感觉到不能再等。他感到自己的情绪像极了4月的天气，时阴时晴，忽冷忽热。欲望像复苏的魔鬼，在胸腔里奔突跳跃。这个问题如果不尽快解决，谁知道又会发生些什么。

老婆被安排在酒店干老本行，振乾觉得有必要请叶丽和开元吃一顿饭。打字员这种活不可能干一辈子，不说别的，单是眼睛就受不了，近视不近视、半瞎半不瞎的且不论，那双水灵的眼睛里若是少了水，也是绝难容忍的事情。所以，要尽快给老婆换一个工作，眼下酒店正是用人之际，这应该是一个不错的机会。

请了叶丽和开元，又觉得应该把炜平和仁义一起请来，这样，请吃饭的理由就更充分一些、更合理一些。求人也讲个求法，不能先自贬了身份，最好是不显山不露水地把事情给办了。

叶丽本不想参加，她对仁义本来就没有什么好感，出了那件事情以后尤其如此。但情感归情感，情面归情面，都在一个公司，又楼上楼下地住着，这个面子不想给也得给。

仁义也是不想来的。求爱未成之后，他一直尽量躲着叶丽，谁也不愿意往尴尬的灰胡同里面钻。但这样的邀请确实很难拒绝，请吃需要理由，不吃请同样需要理由。再说，人若想百尺竿头更进一步，总不能先把基础给弄没了。

进了家门，仁义的目光先溜向振乾老婆的胸和屁股，这是振乾夸耀过很多次的，他想亲眼证实一下。

事实上，振乾老婆的这两个部位都很经得起验证，饱满得引人注目，更容易让人想入非非。移动的身体，简直就像活动的诱惑，胸上下颤动，屁股左右摆动，仁义就感到心里有点火烧火燎的。

仁义自以为观察得很隐蔽，但还是被振乾发现。振乾走过来习惯性地勾住仁义的脖子："数你最牛，让这么多人等你。怎么样，我没有说错吧。出个价，我可以让你亲一口，摸一下。"

旁人听不懂他在说什么，仁义却涨红了脸。振乾老婆显然是听懂了，啐了一口:"振乾,你能不能说一句人话?"

振乾的神情近乎淫邪:"我不管它是不是人话,但我可以保证它是实话。你们几个也可以评判一下,我老婆这屁股蛋是不是天下无双?"

开元开起玩笑:"振乾你这是病句,眼前就有两个,何来无双一说?"

众皆大笑,叶丽也不禁莞尔。

振乾老婆在振乾的腿上踢了一下:"有你这么夸老婆的吗?在叶总面前,我只配做个粗使丫鬟。"

叶丽不得不开口:"我想男人最喜欢的还是你这样的女人,不说别的,单是这一双眼睛,你们看有多灵动!"

振乾更为得意:"我最初就是让这双眼睛给勾住了,再加上扭动的屁股蛋子,简直让人受不了。后来我才知道,所有的骚货都是这个样子。"

又是掀翻桌子的大笑。振乾老婆不但没恼,也跟着一起笑。

振乾老婆的厨艺也很过得去,六盘凉菜,分红、白、绿三色,看着很是养眼。

几杯白酒下肚,振乾还不想放过仁义,酒杯对了仁义,面向老婆:"我告诉你,以后尽量离这家伙远点,别看名字叫得好听,其实一肚子的坏水。你看他刚才的样子,恨不得一口把你吞进去。"

这玩笑开得又大胆又尖刻,有所节制的笑声,在仁义听来,比放肆的大笑更加刺耳和难以接受。他像一只刚躲藏起来又被抓住的动物,充满了慌乱和恼羞。他当然不能听凭奚落和宰割,立刻进行反击:"你这个老弟,为什么总是拿我开涮?我即使真有那么点贼心,也没有你那样的狗胆。"

最后一句话显然是有所指的,众人都有点担心,振乾却哈哈大笑起来:"不就是鸡巴那么大点事吗?有什么见不得人的?我早就给老婆坦白了。如果连这点小事都不能理解,不能容忍,那她还是我振乾的老婆吗?"

振乾老婆脸上,依然晴朗朗、喜盈盈的,好像那件事情和她一点关系也没有。

振乾又将酒杯对了一直没有说话的炜平:"你这个大作家以后会不会把公司的事情写出来?会不会把那件事情写进去,把我描绘成一个十恶不赦的大淫棍?"

炜平矜持地笑笑:"也许会试一试。不过你大可不必担心,中国有那么一句老话叫'盖棺定论',其实很多时候是盖了棺也难有定论的。如果你真想向你说的方向发展,我在动笔的时候也可以从轻从缓,不为别的,就为了今天这顿饭。"

叶丽迅速地瞥了炜平一眼,没想到这个书呆子偶尔也会幽默一下。

笑声中,振乾反手抓挠着后脑勺:"看来我不用再为遗臭万年的事情担忧了。"又将杯子对了叶丽和开元:"人我交给你们两个了,你们一定要看紧点。酒店以后肯定会有老外入住,别让他们把我老婆拐了去。如果真发生那样的事情,我也许就会长住在派出所里。"

这也许才是这顿饭的本意,叶丽想。应该不是看紧点这么简单,不过这个女人举止大方,头脑灵活,或许还真能用得上。

标准厂房的水、电、暖工程已全部结束,这栋六层高、八千多平米的建筑,像拔地而起的巨人,很有点不可一世的样子。由底及顶的白色面砖,迎接并反照着太阳的光芒,渲染和助长着这栋楼的气势。

这栋楼曾经和酒店一样,让廷轩引以为傲,如今却成了他的一块心病。招引合作项目的公告先是在开发区范围打,后来又在市报、市电视台做,但终是无人问津。问题到底出在哪里?是军工企业的牌子不够亮,还是这个地方真的不行?他无法再保持平静,又一次把东海和敬儒叫到一起商议对策。

东海一肚子的委屈与无奈:"真没想到会是这个样子!人常说没有梧桐树引不来金凤凰,咱们这棵梧桐树难道还不够高、不够大吗?为什么这凤凰还是迟迟不肯露面呢?"

"那也要看你这梧桐树长在什么地方,"敬儒脸上带着冷笑,"没吃没喝的,让人家飞过来等死?咱们的选择本来就是一个错误,现在不过是在吞噬恶果而已。"

"你到澳大利亚招商也会这么说吗?"东海正有火没处发,"一个人不应该有两张皮,外面一套里面一套算怎么回事?"

敬儒也有点发急:"一码归一码,这两件事情怎么能相提并论?我最反感这样,自己的事情做不好,让别人跟着担责任。"

东海站了起来:"不要总是先撇清自己,这件事难道和你没有关系?技术开发部的职责是什么，难道你忘了吗？莫非你这技术开发部是为开发区、为市里设立的？我也最反感这种人，拿了钱，却去为别人办事。"

廷轩用力敲着桌子："你们两个到底有完没完？每次开会不掐两句好像就过不去似的，这么吵如果能解决问题，我再叫几个人来，大家一起吵。"

争吵算是止住了，气却难以平息，两个人仍然怒目相对，喉头蠕动，呼吸粗重。

"最近我一直在思考，我们为什么会这么被动，是因为我们手里没有项目，或者说没有项目资源。这便逼着我思考另外一个问题：军转民的大政方针是不是本身就存在问题？军品上的先进技术有多少能够用到民品上面？这种嫁接的难度究竟有多大？现在看来很不乐观。我给部队上几个搞技术的朋友打过招呼，让他们帮着提供一些有用的信息，可是到现在一点反馈都没有。我们的招商工作没有进展，不能说和大环境没有关系，是不是与我们的发展思路和着眼点也有一定关联？我们对合作对象的要求是不是太高了一些，在合作范围的设定上是不是太狭隘了一些？"

"我完全同意你的看法。"敬儒又抢在了前面，"凤凰不是那么好招的，在招不来凤凰的时候，不妨先招它几只麻雀，不求它飞得多高，叫得多好听，起码能带来一点生气。对于军转民的大政方针，我也一直心存疑虑。那些个当官的，就知道睁着眼睛说瞎话，闭着眼睛拍脑瓜，以为只要发一份文件，就可以将造子弹壳的技术用于造钢笔帽，岂不知这中间隔着十万八千里的距离。所以，我们要认清现实，立足现实，要把自己的身价降下来，找出一条真正适合公司发展的路。"

"我认为在厂房的使用上是不是可以灵活一些？"东海探询地看着廷轩，"与其这么闲置着，是不是可以先租出去一部分，这样起码可以回笼一部分资金。前面有几家公司打探过消息，被我一概回绝，现在想想也不是不可以。"

"那就这么定了，合作企业的标准适当降低，合作范围适当放宽。厂房可以租出去一部分，但面积不能过半，时间不能超过两年，因为我们盖厂房的目的毕竟不是为了赚那几个房租。最后我想强调一点，现在是公司发展的起步阶段，困难多，阻力大，我们可以着急，但不能丧失信心。你们两个是我的左膀右臂，我希望你们能形成一种合力，帮着我，推着我向前走，而不是互相掣肘，让我再分心去调和你们的矛盾。过去的就不说了，谁以后再横生枝节，做一些毫无意义的纠缠，别怪我不客气。"

敬儒离开后，东海颇感委屈："几十年了，还没有人这么对我说话。"

廷轩歉然一笑："你让我怎么办？指着他的鼻子骂？那样倒是很解气、很痛快，可是怎么收场。所以，只能让你多担待一些。你放心，这个人我是不会留的，找个机会把他弄走就是了。"

眼看着5月1日一天天逼近，叶丽心里不由焦急万分。酒店里真正能够倚赖的人只有两个，其中一个还是开业以后必定要走的。也就是说，酒店这一片天，以后要靠她和开元两个人撑起来。是该有一个明确分工了，她拿了张纸，写下两个人的名字，然后对十几个职能部门进行分派，划拉来划拉去，总是开元后面的尾巴更长一些。心中很有些过意不去，一个财务总监，凭什么让人家管这么多？过一会又理直气壮起来，管它那么多呢，谁让他是个男的，脑瓜子又那么好使。

开元看到以后，先故作惊讶："你不会已经提拔我当总经理了吧？"随即又是一笑："我既然已经把这一百多斤交给了你，那么要炸要煮，就由着你来。但这采购一项，我认为你还是再慎重考虑。人们都知道采购是一个肥缺，我又管着财务，就更容易给人口实。"

叶丽很不以为然："你还怕我信不过你？"

开元苦笑着摇摇头："我当然不会怀疑你的信任，但公司里还有那么多人，他们会怎么看，怎么想？我一想到仁义那双眼睛心里就打怵，那家伙可能巴不得我早一天出事。"

"身正不怕影子斜，只要自己心中无鬼，还怕那些闲言碎语？"

"那为什么还有人言可畏之说呢？你有没有这种经历：一个人正在走路，忽然就跑来一条狗，它并不咬你，只用眼睛溜着你，在你身旁转来转去，嗅来嗅去，这时候你会是什么感受？是不是会发虚、发紧，甚至还会有一点恐惧。"

"那怎么办呢？"叶丽很是犯难，"对你我没有必要说假话，这是我最不想管的一块，又是质量又是价格的，数量品种又是那么多，想想都头疼。"

"你之前的贸易不是搞得挺好的吗？"开元脸上有了几分顽劣，"采购和贸易一脉相承，你管起来应该更加顺理成章、得心应手。"

"那能一样吗？"叶丽叫了起来，"以前就那几个品种，质量上有人把关，只需把价格了解清楚就行了，哪有现在这么复杂。你是在挖苦我、讽刺我，是不是？别人有可能不了解，你心里应该比谁都清楚，要不是你这个高人指点，我早就栽了，还有可能当这个副总经理吗？"

开元沉思了好一会，抬起头来的时候，脸上已有了决断："你如果非让我管，必须先答应我几件事情。"

"你说你说。"叶丽急不可耐。

"大宗物品的采购咱们两个必须同时在场。"

"这个没有问题。"

"我还想要一个人。"

"谁？酒店里面的还是公司的？"

"小宋。我想让他来干这个采购。"

叶丽立刻明白了开元的用意，不佩服不行，这家伙脑子真够灵光的！想要撇清和保护自己，还有比小宋更合适的人选吗？她不想点破，只是很随意地问了一句："小宋这个人行吗？"

"一个采购，最重要的是没有贪念。以我的观察，这个人品质方面应该没有什么问题。他又会开车，还能省下一个司机的费用。"

"好吧，这个人我去向王总要。还有什么事情？"

"要不就算了吧，这件事情真有点不好开口。"开元很有点难为情，抓挠着耳朵，这种表情倒是难得一见。

"有什么不好开口的，说出来，我保证答应你。"这时候别说一件，十件八件叶丽也不会犹豫。

"那天看见你和那个澳大利亚人见面的样子，很有点眼馋，能不能让我这个中国同胞也享受一下外国人的待遇？"

叶丽没想到开元会提出这样的要求，心里多少有点别扭，神情也有点发僵。

开元急忙表白："姐，你不要往歪处想，我对你不可能存有什么歹心恶念。你要是不同意，就当我没说。"

叶丽已经释然。一年多的接触，她已深知开元的人品，绝对不是一个浅薄之辈，这分明是一个过滤和净化了的欲念。她伸出双臂："当姐的抱一下弟弟有什么不可以,只是……"

"下不为例是不是?你放心,我要再敢提一次,你就取消我这个当弟弟的资格。"

两个人大大方方地拥抱了一下。叶丽能感觉到,开元的双臂没有用力,手上也没有一点多余的动作。多美好啊!她甚至很享受这短暂的时光,并且产生了一种很奇怪的想法:要是真有这么一个弟弟该有多好!

叶丽的汇报很仔细,并没有刻意隐瞒什么,掩盖什么。厨师还有缺员,中央空调的测试还没有最后完成,酒店前面有一块地还没有完成绿化,酒店到员工宿舍之间的道路还没有来得及硬化,这些因素,都有可能或多或少地对开业带来负面影响。但廷轩实在不想再等下去,一年多的建设期,感觉像漫长的蛰伏,他太需要一个开始,一个改变,一个突破。

看着叶丽明显消瘦了的面容,廷轩对这位亲自选定的爱将充满了感激和喜爱之情,当然,也有点心疼。在如此短的时间内,完成这么多的事情,这对一个刚刚弃教从企的女孩子来说该有多难!还有理由责备吗?当然没有,甚至连不满意的眼神也不应该出现,该有的,只能是宽慰和鼓励:"没事的,按照现在的状况,开业后的客房出租率和餐饮上座率都不会太高,缺一两个厨师应该不会有什么影响。开业本身就是一次全面检验,有些事情我们可以边干边纠正边完善。你思想上不要背太重的包袱,今年及至明年,我都不指望你挣钱,只要别赔太多,能让四方公司这块招牌响起来、亮起来就行了。"

廷轩决定把酒店的开业典礼活动搞得更隆重一些。与公司开业庆典不同,这次活动有更多的功利目的和实际意义,这是一次很好的宣传和招商机会。他希望酒店能有一个比较高的起点和一个良好的开端,这是他能给予这个爱将的最好的、最坚实的支持。

敬儒愉快地接受了邀请市政要员的任务:"你放心,我给他们帮了那么大忙,他们敢不给我这个面子。"然后便喊了小孙,区里市里跑了两天,果然把十几张请柬发得一张不剩。

5月1日,是全世界都在纪念的日子。1995年5月1日,对于四方公司滨海分公司来说，则有着更为特殊的意义。

从大道折往酒店的道路两侧，插满了小旗，除了黑白两色，其他颜色都有。五门与真炮颇为相似的礼花炮威风地蹲成一排。停车场停满了车，两个身着红黄相间的服装、戴着红色帽子的保安又是招手又是摆手，急得像两只六神无主的大蚂蚁。

大门门头和两旁的柱子上裹了红绸，色彩不同、大小不一的花篮呈"八"字形向两边延伸开去，每个花篮上都飘动着长舌一样的红色条幅，向人们亮明了自己的来历。

廷轩、东海、敬儒、叶丽站成一排迎接客人。四个人四种着装，廷轩一身戎装，帽徽肩章一样不落；东海是灰色的中山装；敬儒自然还是最能彰显自己气质的背带装；叶丽身着工服——一套浅蓝色西装，应该是刚刚量身定做的，很是合体，身体各部位都显露得恰到好处。

张市长如约而至，军分区司令员也准时到达，白总也专程从北京赶了过来，不仅带来了上级领导的关怀，还带来了一份厚礼——一张两百万元的银行汇票。

11点58分，五门礼炮齐声轰鸣，天、地、人为之震撼。这是廷轩特意的安排，军办企业，就要有军队的威风。

剪彩之后，廷轩领着一行人到酒店内参观。进到大厅，客人大都面露惊异之色。四根合抱粗的黄色圆柱，撑出了一片硕大的空间。圆拱形的顶上，是一幅嫦娥奔月的油画。嫦娥形体丰满，形象生动，跃然欲出，飘然欲飞欲下。

客房、餐厅、游泳馆、舞厅、桑拿，路线是早就安排好的，一处处地走，一处处地看，遇有价格或其他方面的提问，叶丽便一一给出解答。

敬儒想不出风头都难，几个重要客人都是自己请来的，白总又是故交，哪一个都不能冷落，哪一个也不敢怠慢，所以时而紧走几步，和这个攀谈几句，时而驻足等待，给那个解释比画，神采奕奕，笑声朗朗，甚至已全然忘记了与叶丽之间的龃龉和不快。

白总看上去也很满意，频频点头，并且不吝溢美之词："还是你们这里好啊，钱都花到了实处，不像其他几个地方，又是什么长期投资，又是什么国际贸易，虚虚实实的，让你摸不着头脑。"

白总居高临下的口吻让廷轩有点不大舒服，在这个特殊的日子，他不想让这样的小事影响到心情，便开起玩笑："白总要是觉得好，以后就多来几次，不一定非要带二百万，一次一百万就行了。"

白总连连摆手："那我还是不要再来了吧。家里那些家底你也不是不知道，全都给了你，他们几个还不把我吃了。"

"家里"两个字让廷轩感到亲切、温暖，在爽朗的笑声中，此前的不快已经荡然无存。

摆放着二十多张圆桌的宴会厅到处都是景。富丽堂皇的装饰是景，年轻靓丽的男女服务生是景，摆放在桌子上的一道道色形味俱佳的菜肴也是景。廷轩事前就对叶丽有过专门交代：不要心疼钱，展示出你们最好的一面。叶丽也深知这个典礼对于酒店前途命运的意义，哪敢怠慢，让小宋拣最好、最新鲜的东西买，同时给厨师们开了专题动员会，都把看家的本领拿出来。

廷轩的右边坐着张市长，左边坐着军分区司令员。酒足饭饱之际，张市长啧啧感叹："真没想到，开发区会有这样一家酒店！不管是硬件档次，还是菜品和服务质量，在市里也够得上一流。王总可算是慧眼识英啊，这个小叶，去年还在给我们当翻译，忽然就成了酒店老总。"

廷轩内心得意，却不让溢出太多："这不是我的能耐，是企业的优势，在用人上没有那么多的条条框框，可以不拘一格，大胆使用。"

"不过我也要批评你一句，"酒精让张市长说话少了禁忌，"即便是一名军人，也要懂得怜香惜玉。今天我见到小叶，差点没认出来，怎么会瘦成这样，看着让人心疼。实不相瞒，上次出行之后，我曾打算将她调到市里去工作，你以后要是还不知道爱惜，就别怪我将她挖走。"

廷轩自然不能放过这难得的机会："市长既然对小叶如此关爱，就不要只想着挖人的事，希望以后能多支持她的工作。"

"这个问题还叫问题吗？"张市长用手指了刘主任，"你们管委以后就把这个酒店作为接待点。市里的会议我也会安排一些过来。不就是开个会吗？在哪里开不是开。"

这是廷轩最想要的几句话，要到了，自然感激万分，频频敬酒。又喊了叶丽过来，给张市长敬了三杯。

开元搬走以后，仁义感到办公室的空间一下子大了许多，心情便为之一畅。谁愿意眼前老晃着这么一个桀骜不驯的手下呢？压又压不住，让自信心屡遭打压，让心灵备受煎熬。现在好了，眼不见心不烦。人呐，谁不想理直气壮、心安理得地活着。

当你的财务总监去吧！是福是祸，只能走着瞧。他思来想去，还是觉得自己这个位置往上走更容易一些。他甚至开始想象，当自己以公司总会计师的身份出现在开元面前的时候，对方会是什么样的表情。

既然有了这种想法，并且存有这种可能，那就要付诸行动。没有行动的想法只能是空想或妄想，这一点仁义心里是很清楚的。他走进廷轩办公室，态度极为谦恭："王总，我想给您汇报一下公司财务人员的配备问题。"

廷轩以为仁义急着增加人："最近忙着酒店开业的事情，忘了给你说，公司这边的会计你要抓紧物色一个。"

"我认为这个人没必要急着招，公司现在的业务不是很多，我可以先兼一段时间会计，等实在忙不过来的时候再说。"

有点出乎意料，廷轩的眼神了多了几分赞许："这件事你就看着办吧，你觉得什么时候合适就什么时候招。"

廷轩的眼神让仁义当宝珠一样拿捏了很久，得意了好几天。此后，仁义的工作更加勤奋，每天晚上下班，他都要延迟上十几分钟，然后走到楼下，踢踢腿，伸伸胳膊，扭扭腰，转动转动脖子。在扭腰转脖子的同时，会朝几个领导尤其是廷轩的办公室看上一眼，如果窗户是黑着的，他便会迈着鸭步，不紧不慢地往回走；如果窗户里还亮着灯，他就再回到楼上，像模像样地再干上一会。润物细无声，他相信，自己的辛勤付出总会得到回报的。

开元终于说服了妻子。他将妻子的简历和相关资料投给开发区几家银行，没想到建设银行两天后就有了回音，同意接收。

两个星期以后，开元在滨海火车站接到了妻子和儿子乐乐。他担心妻子会失望，让司机先将车开到了海边。乐乐看见大海，兴奋不已，一边大喊大叫，一边撒丫子往水边跑。妻子吓得不轻，开元也受惊不小，紧追了十几步方才拽住。回头再看追上来的妻子，怒也是愠怒，嗔也是娇嗔，看着大海，神情里有着一种迷醉，心这才完全放了下来。

夫妻团聚，理应庆贺一下。振乾请了，自己不请也有点说不过去。可是妻子的厨艺实在不怎么样，自己更不用说，几个家常菜也经常炒得非咸即淡、非生即烂，振乾家里那一桌子菜是断然摆不出来的。请人吃饭，总得像点样子才行，这不仅关乎自己的面子，也是对别人的尊重。思来想去，心里忽然一亮，守着一个大酒店，干嘛要犯这个难？既省事，脸上也有光，何乐而不为？

在邀请不邀请仁义的问题上，开元踌躇了很长时间。这个人就像哽在喉咙、怎么也吐不出来的一口浓痰，说多恶心有多恶心，那张脸不要说见到，想都不愿意多想。可是一起来的就这么几个人，振乾叫了，自己却没有叫，反倒会显得自己鸡肠狗肚。思之再三，他还是给仁义打了电话，同时通知了小茜，对桌坐了一年多时间，他对这个女孩很有几分好感。

饭桌上有了几个女人，一个孩子，自然更有人气，生动了许多，活泛了许多。开元妻子个头不是很高，比小茜还要略低一些，但长得很精致，该生动的地方生动着，该丰满的地方丰满着，不笑好看，一笑更好看。乐乐不但漂亮，也很乖巧大方，见了人就叔叔阿姨地叫，引出一张张惊喜的笑脸和一声声夸张的赞叹。振乾老婆欢喜地将乐乐搂在怀里，在额头、脸蛋上亲个不停。振乾抓住机会，开起老婆的玩笑："喜欢人家孩子干什么？有本事就给老子生一个。白长两个大屁股，顶看不顶用。"

老婆气狠狠地回了一句："这时候你倒赖我，只有火药，没有子弹这话是谁说的？"

被揭了老底，振乾不恼，反倒呵呵地笑了："你们看我家这个货，什么话都往外说。"

众人都笑，仁义也跟着笑，但笑得有点勉强，有点苦涩。如果说振乾老婆带给他的是一种刺激，开元妻子带给他的则是一种压迫和伤害。他们凭什么有这样的女人、这样的家庭，而自己却没有？来之前他是存了私心的，他希望开元妻子能长得丑一些，或者蠢一些也行，但眼睛看到的却全然不同，这让他很是失望，甚至有点伤心。

说来也怪，乐乐和炜平似乎有一种天然的亲近。振乾招手也好，呼叫也罢，乐乐就是不肯过去，即使过来抱了，也像是被吓到或者很不情愿的样子，神情木木的，身子僵僵的，让振乾甚感无趣。炜平则不同，笑着勾一下指头，乐乐就会乐颠颠地跑过去，不仅往怀里扑，还往脖子上爬。炜平的性格也突然大变，驮着乐乐在饭厅里走动，一会又作飞翔状，欢快的笑声与孩子的尖叫、疯笑混杂在一起，让饭厅里有了舞厅或者是游乐场的氛围。

叶丽第一次见炜平这么开心，高兴的同时，有几分惊异。一个沉默寡言、老成持重的男人，怎么突然变得像个大孩子一样？那么，到底哪一个才是更真实的他呢？她不禁在心里感叹：人啊，像孩子一样单纯着、快乐着多好！为什么急着成熟，或者急着表现成熟呢？殊不知散发出的成熟气味是腐朽的前兆，而程序化、条理化了的人生只是僵死的开始。

开元妻子尽着一个家庭主妇的责任，笑吟吟地招待着客人，眼睛却更多地停留在叶丽身上，偶尔会向炜平和开元那边滑一滑，但很快又会收回来。与叶丽的目光相接相对的时候，她便将所有的艳羡、猜疑都过滤掉，只留下温和的笑容。

回到家里，哄孩子睡下，开元便想动作。妻子却不让，把开元的头扳正，眼睛很近地逼视着："你给我老实交代，有没有对这个叶丽动过心？"

开元不由一惊，但表现得很平静："不动心是不可能的，真动心也是不可能的，谁让我已经有了一个好老婆。"

"你的意思是如果没有我，你就会发疯发狂地去追？"

"可能会想，但不会行动，你了解我，我喜欢脚踏实地，而不是把身子悬在半空。"

"我还是不放心，都在酒店，日久生情怎么办？"

"所以你要对我更好一些呀。"开元嬉皮笑脸地将手放在了想要放的地方。

妻子将他的手拿开："不行，你得给我一个保证。"

"别犯傻了，"开元有点急不可耐，"就算我对她有情，你觉得她能对我有意？我见过她前夫，那真是一表人才。就说现在，也有一个人比我不知强出多少。"

"你是说炜平？看来你还有点自知之明，他们两个倒是挺般配的。"

开元故意神秘兮兮的："我现在正在实施一项计划，努力促成他们两个。"

"你不是说过炜平有女朋友吗？"

"直觉告诉我，他和那个女孩成不了，他和叶丽才是天生的一对。"

妻子不语，好像在思索这几句话的真实性。

"现在放心了吧，还不快给我补偿补偿。"开元将妻子搂住，身子、脸、嘴都贴了上去，妻子也呻吟着扭动起来。

廷轩到北京开会，公司的工作自然由副总经理东海主持。这一天，东海突然走进叶丽办公室，气哼哼的，脸色很不好看。

虽然打交道不多，但叶丽对东海还是很尊敬的，急忙起身相迎："张总怎么今天有时间过来？"

东海依然阴沉着脸："我来是想告诉你，酒店不是一个独立王国，也不是你们的个人资产。"

兴师的架势，问罪的语气，叶丽想不出自己做错了什么，脸上少了笑容："张总今天这是怎么了？为什么要发这么大的火？"

"发火？告诉你，如果你不是个女同志，我还会骂人。我问你，开元媳妇来了，凭什么在酒店胡吃海喝的？是你签的字还是开元签的字，谁给了你们这种权力？"

叶丽的心完全放了下来，气却上来一些，言辞里也多了硬度："按照制度规定，我和开元都有减免权，但那张消费单据上我们两个人都没有签字。"

"是怕担责任还是嫌麻烦？不签字也能走账，这管理也太混乱了吧。"

"因为开元交的是全款，连折都没让打。"

"这是真的？"东海脸上写满了疑问。

叶丽拿起电话，拨了几个号："你把孟总前几天的消费单据拿过来。"

很快就有人敲门，一个男孩拿了几张单据进来，叶丽看也没看一眼，转手交给了东海。

事实再清楚不过，一张消费单据，一张收据，上面的金额都是四百六十九元。东海的神情完全松动下来，笑得很勉强，但能看出来是笑："是我把事情没弄清楚，冤枉了你和开元，我给你们两个道歉。看来还是王总比我更有眼光，好好干，别辜负了王总的信任。今天的事情到此为止，就当没有发生过，也不要给开元说，免得相互猜疑，伤了同事间的和气。"

什么样的同事？什么样的和气？送走东海，叶丽仍然气愤难平。她认为，不把这件事情告诉开元是不公平的，便把开元叫了来，将事情原原本本地讲述了一遍。

开元倒很平静："这很正常，哪个水坑里都会有几只癞蛤蟆，这也恰好证明我的谨慎不是多余的。谁说苍蝇不叮无缝的蛋，要是有那个能力，它们会给你叮一条缝出来。"

"我就想不通人为什么会这么无耻，吃了请还要去诬告。你说这件事是谁干的，我认为仁义的可能性最大。"

开元摇摇头："我倒觉得这更像是振乾的做派。他和张总的接触机会更多一些，可以在不经意间将情报透露出来，而且你看，这时机选择得多好。"

"不应该啊，我刚给他老婆调了岗。"叶丽一脸的困惑。

"没有什么应该不应该，害人的人和偷人的人一样，长时间不干，他就会憋得难受。算了，知道了是谁又有什么用？有一点是肯定的，这两个都是不可交的小人。"

"张总今天也很反常，就这么一件事情，打个电话就行了，还要亲自跑过来。你是没见他进来时的样子，一身的杀气，满脸的怒气，我当时真吓得不轻。为什么会这样？我仔细想了想，以前并没有得罪过他。"

"只有一个原因，那就是你上得太快，快要和他平起平坐，你想想，他心里能痛快吗？"

"这难道也是我的错吗？"叶丽大呼冤枉，继而气馁。

"这就是我们所要面对的现实。"开元也有几分沮丧，忽然伸直脖子来了一句戏文，"前有埋伏，后有追兵，中有小人，这该如何是好？"

他滑稽的样子倒把叶丽惹笑了。

一个叶丽，一个振乾老婆，一个开元妻子，彻底激活了仁义的情欲。尤其是振乾老婆那两个圆润的屁股蛋子和饱满得快要绽裂的乳房，总是在眼前滚动和晃动，让他神往，让他躁动，让他心痒难熬。这种苦行僧般的日子什么时候才是个头呢？振乾这个王八蛋，介绍了几个丑八怪之后，便没有了下文，估计早已把自己的承诺丢到了脑后。由此看来，人是多么的不可信。有了振乾的前车之鉴，那种地方是绝对不能去的。可情欲这东西，不是想控制就能控制，不让来就不来的，在这虎狼相交的年龄，总是自行解决，这是多么的不人道啊！

不能再这么苦着自己，这件事情必须尽快解决。可究竟怎么解决呢？他又有点茫然无措。叶丽这块鲜肉注定是吃不上了；酒店的漂亮女孩倒是不少，可全都是十八九岁的小姑娘，不但有着辈分上的差异，还有着身份上的差异，都是些合同工，说不定哪一天又会回到农村去，这和原来的婚姻有什么差别？在报纸上刊登求婚广告，要花钱不说，弄不好又会成为别人的笑柄。几番苦思冥想之后，小茜的身影忽然出现在脑海里。他差点惊叫起来，这近在身边的猎物，以前为什么就没有想到呢？

与叶丽、振乾老婆和开元妻子相比，小茜是有点普通，可她也有她的优点，性情温和，善解人意，行事又很低调，不张扬，让这样的人做伴侣，心里会更安稳一些。

他开始冷静地、认真地分析这件事的可能性。年龄差异是大了一些，可是职务上的差异应该足以抵消年龄上的差异。自己是二婚，小茜还是一个姑娘，但这好像也不应该是什么障碍，小茜没结婚不假，但是不是姑娘就很难说。即便是姑娘，那也是一个老姑娘，是一个急着嫁出去的老姑娘，这又为自己增加了几分胜算。

有了叶丽的前车之鉴，这次他进行得很从容，很有耐心。他有的是这样的时间和机会，坐在小茜对面，谈一些古今中外的趣闻逸事，以展示自己的博学多才；谈过去的工作成绩以及应对税务等执法部门的经历和经验，以显露自己的勤奋上进和足智多谋。谈小时候生活的艰辛和婚姻的不幸，以博得必要的怜悯和同情。他知道，女人的心都是容易变软的，心只要一软，就更容易接近一些。他一边讲述，一边注意观察讲述的效果。惊异和敬仰，感叹和感动，怜惜和怜悯，这些想要看到的表情他几乎全都在小茜脸上看到了。这个女孩和叶丽有着本质的不同，是完全可以征服，可以拿下来的，他得出了这样的结论。为了证实自己的判断，他的态度更加亲近、亲昵了一些。如果是站着说话，他的手上便会多一些动作，在小茜肩膀上或者腰身上轻拍一下。他看到小茜并没有惊慌地躲闪，脸上也没有出现惊吓和厌恶的神情。这更加坚定了他的信心，接下来要做的，只是等待一个好的时机。

机会总是会眷顾有心、有准备的人。小茜又一次失恋，谈了四个多月的男朋友明确提出分手，这让小茜万念俱灰，痛不欲生，精神萎靡，神情恍惚。

"回去休息吧，想开一些，没有什么比身体更重要。"仁义强压着内心的狂喜，充满怜爱，饱含深情，几乎是把小茜推送出了办公室。然后站立在窗前，看着小茜出现在公司门外，摇晃着向住宅楼方向走去。也许是居高临下的缘故，小茜的背影更见瘦小与羸弱，他心里甚至泛起了一点怜悯之情。怜悯之后，是加强了的自信。

他坐下来，计算着小茜所在的方位和到达的时间。以她今天的身体状况，行走速度应该比往日稍慢一些。不用着急，她跑不了的，他油腻腻的脸上浮现出笑容。

过了半个小时，他站了起来，先给炜平打了个电话，说税务上有点事情要办，然后骑了自行车，到一家水果店买了一把香蕉，六个桃，跨上车，直奔住宅楼。

他很清楚这个时候住宅楼上没有几个人，但敲门的声音还是很轻。没有动静，难道她没有回来？他有点发急，手上的力气不由加重了一些。

里面终于有了响动，小茜憔悴的面容随即出现在门口，估计刚刚又哭过一次，脸上的泪痕依然清晰可见。小茜很是意外："经理，你怎么来了？"

"你这个样子，让我怎么放心得下。"仁义一边将带来的水果放到桌子上，一边将小茜往卧室推，"你还是好好休息吧，你现在最需要的就是休息。"他感到小茜的身子很软，也很轻，这都是他所希望的，心里更多了窃喜。

他将小茜扶上床，脸上浮漾着长辈样的关怀与体贴，命令式地、强制性地让小茜躺下，将被子轻柔地覆在身上，然后顺势坐在床边，语气里饱含着深情的关切："这种没有品位、缺少爱心的男人值得你这么伤心吗？这样的男人能靠得住、能和你白头到老吗？所以，这未必就是一件坏事，你这么年轻，这么漂亮，性情又这么好，还愁没有男人疼爱。"

小茜闭上眼睛，又有泪珠从眼角渗出来。仁义伸出手，在小茜额头上探了一下："还好，没发烧，你知道不知道，你现在这种状况很让我担心。"

小茜没动，泪珠连成了线。

这是否是一种默许，或者说是一种纵容？仁义色心陡起。小茜脖颈细长，脖颈下面的皮肤又细又白，这让仁义的欲念更炽盛了一些，他的手突然伸到了被子底下。

小茜这时候才发现有点不对劲，惊恐地睁开了眼睛，一边推拒着仁义的手，一边将身体往里面挪动。但仁义的手根本没有缩回来的意思，反而变本加厉，往衣服里面伸。她想喊，嘴却被仁义的嘴封住。她透过泪眼，看到仁义的模样很像一头野兽，一把扯掉了被子，人整个压了上来。她用尽所有力气，拼命挣扎，竭力摆脱，但却清楚地意识到，厄运将不可避免，所有的反抗都将是徒劳。那只手已经伸到胸前，在那里停留了一下，迟疑了一下，然后很坚定地向下移动。她感到自己已经完全没有了力气，因而放弃了挣扎，只有眼泪流得更汹涌了一些。

　　事毕，仁义蹲在床前，抓着小茜一只手，尽管小茜双目紧闭，他还是让脸上写满了悔恨，声音听起来也很像忏悔："我本来没想这么做，我是实在控制不住了呀！你想打就打，想骂就骂，想告就告，我都没有什么说的。

　　"你不知道你有多么可爱，见你第一次我就喜欢上了你，但那时候我还没有离婚，没有追求你的权利。离婚以后，权利倒是有了，又感到自卑，没有追求的勇气。看到你一次次地被伤害，我的心真的很痛。我想关心你、保护你，谁知道会做出这样的事情。

　　"我不敢求你原谅，可是多么希望能和你相依相伴，度过这一生。我会让你知道，什么样的男人才是值得爱、值得托付的男人。"

　　小茜的回应只有眼泪。仁义很奇怪她为什么会有那么多眼泪，是不是身上的血液全都变成了眼泪？

　　终于，他听到了小茜从牙缝里挤出来的两个字：你走。

　　他如遇大赦，把小茜的手放回被子里面，站了起来。走到客厅，看到自己带来的水果，提起来放到小茜的床头柜上，掰下一根香蕉，褪下皮，声音极尽温柔："吃根香蕉吧。这两天你就不要去上班了，好好在家里调养调养。"

　　他又听到了清晰而冰冷的两个字：你走。

　　仁义将褪下的香蕉皮重新拉直，将复原了的香蕉和它的母体放到一起，盯着小茜的脸，小心翼翼地退了出来。

　　回到自己屋，仁义坐不住，像困兽一样走来走去。接下来会发生什么，他心里一点底也没有。他思绪纷乱，忧虑，甚而恐惧。

　　她会不会去告自己？要真是那样，将会是灾难性的。强奸，这罪名可不是闹着玩的，开除公职，牢狱之灾，臭名远扬。他心跳加速，呼吸加重，冷汗涔涔，懊悔像蛇一样爬出来，紧紧地缠住了他。

真要出现那种情况，是打死也不能承认的。可以说她因为多次失恋，精神方面出了问题；也可以说她向自己示爱，自己没有同意，所以反咬一口。可是她会不会保留什么证据呢？真是百密一疏啊，为什么不多加一点保护措施呢？实在不行，那就再退一步，咬死她情我愿。无论如何，强奸的罪名是不能让它成立的。

也许之前的分析判断是正确的，那一种情况根本就不会出现。上告是需要极大的勇气的，那是要以自己的名声和后半生的幸福作为代价，小茜这种性格的女孩，是断然不会那么做的。

小茜事后的反应，似乎也能印证这一判断。没有大喊大叫，没有寻死觅活，这说明她已经认可和接受了这一事实。还有，"你走"那两个字，虽然语气有点冷，有点不大友好，但也能从里面听出一点温和来。她为什么不说"你滚"？走和滚，这两个字的含义是完全不同的，走是用以人的，滚是用以畜生和畜生一样的人的，这就足以说明自己在小茜心目中的形象还不是那么不齿和不堪。这样的话，事情就很有可能朝着自己所希望的方向发展。

第二天，小茜没有上班，也没有发生什么事，他悬着的心便放下来一半；第三天，小茜还是没有上班，还是没有发生什么事，他的心已完全放了下来，并且慢慢地有了一些窃喜，这越来越像是一次成功的冒险。

第四天，小茜出现在办公室，脸色苍白，眼睛几近无神，声音却是清晰的："你定个日子吧。"

"姐，我要结婚了。"

叶丽接到电话，先是高兴。几经磨难，终于修成了正果，能不为之高兴？但高兴之余，又觉得有点不对劲，小茜的声音幽幽的，含了太多的悲凉，这不是报喜时该有的声调啊！她不由得又问了一句："是和最近谈的这个？"

"这个人你认识。"听筒里冒出丝丝寒气。

我认识？那就是说这个人在公司里面。公司里的单身男人只有两个，和炜平是没有可能的，那就只剩下一个人，但这是多么不可思议，她急于知道结果："你是说……"

"仁义。"像是扔过来两块冰。

天啊，究竟发生了什么事？叶丽如坠五里云雾。这相当于把一朵鲜花或一棵青草扔在污水坑里，这是造孽呀！她想不出该再说些什么，问了结婚日期，便挂断了电话。

话筒放下了，心还是放不下，她很为小姐妹的前途命运担忧，就有点坐不住，便走到了开元办公室。

"这里面肯定有什么事，"开元不假思索，立刻有了结论，"以我对小茜的了解，她是绝对不会喜欢上仁义这个人的。"

但终归是猜测而已，猜测对了又能怎么样？人家已经快要结婚了，难道要去横加干涉、阻止不成？两个人一时无语，神情都有点幽幽的。

婚礼在四方大酒店举行，场面不是很大，小茜家里五桌，公司两桌。气氛也不是很喜庆，仁义倒是笑容满面，小茜的神情却依然寡淡。娘家人好像对这门婚事也不是很满意，脸色阴的多，晴的少。

振乾瞅了个机会，在仁义肩膀上猛击一掌："你小子挺有本事的啊，老实说，是不是用了我给你教的那一招？"

仁义受惊不小，只能满脸堆笑，含糊其词："运气运气，吃好喝好。"

仁义的房门上贴了喜字，就成了新房。婚后的生活平淡如水，乏善可陈。小茜的笑容像是被人偷走了一样，再也没有出现过，该干的家务活就干，仁义想要的时候就给，却没有主动过，也没有冲动过，像一具布做的洋娃娃一样任凭仁义摆布。仁义开始要得很勤，后来可能是力不从心，也可能有点乏味，慢慢就懒散了下来。对于这桩婚姻，他基本上还是满意的，尽管他得到的不是第一次，但在名义上小茜还是没有结过婚的大姑娘，这在自尊心上给了他极大的满足。对于小茜的身体，他大致上还是认可的，虽然胸部扁平了一点，可是那肌肤多细腻、多柔软啊！与前任老婆粗拉拉、油腻腻的皮肤相比，这种感觉真是太受用了。至于小茜的反应和神态，他并不是很在乎，只要听话就行，其他的有什么要紧？人不是为了笑才到这个世界上来的，说透了，笑只是交往中的一种需要而已，已经成了夫妻的两个人，还需要这种伪装的礼节吗？

他想将小茜闲下来的房子租出去，小茜却不让，态度异乎寻常的坚决，这让他心里多少有点不快。新婚燕尔，他不想影响大局，因而暂时忍了下来。

两个人成了夫妻，就不可能再同时待在公司。仁义是不能动的，能动的只有小茜。开元把小茜要到酒店，没有再让她担任出纳，把自己兼着的成本会计交了过去。随着时间的推移，小茜的身体显得丰满了一些，脸色也红润起来，但仍然难得一笑，终于笑出来的时候，也有点和哭相似。这些都在加深着开元的疑问，有几次话到嘴边，却强自忍住。不想说的话问了大概也是不会说的，即使说了又能怎么样？不过是把遮掩着的伤疤亮出来而已，你能把它抚平吗？你能帮她消除记忆中的伤痛吗？

当东海眉头皱得快要把两只眼睛连接到一起的时候，厂房的招租、招商总算有了成效。先是一家电子加工企业租了二楼，后是一家做防水的公司租了一楼。死气沉沉的楼体顿时有了人气和活力，每年还可坐收二十多万元的租金，东海紧绷着的神经多少松弛了一些，但他最知道廷轩想要的是什么，所以广告不敢叫停，并抹去了"出租"两个字眼。几天过去了，十几天过去了，还是如泥牛入海，总也听不到回音。廷轩不催，也不问，但眼神是再清楚不过的。为了躲避这种经常的压迫，也是为了表明自己的态度，他将办公地点移到了厂房里面。

这天上午，他先到一、二层转了转，两家企业的设备安装都在紧锣密鼓地进行，车间里都是一片繁忙景象。他很享受这种气氛和感觉，但也清楚地知道，这是人家的企业，只能过过眼瘾而已。心中难免又烦躁起来，办公室里是坐不住的，便下了楼，一个人在外面转悠。

夏天的好天都不是什么好天，才9点多钟，阳光已很有几分炙热，风像被吓跑了似的无踪无影，只把沉闷真实地留了下来。他无视这一切，敞开衣领，在大门前来回走动。脸上身上有了汗，汗往下，思绪往上，竟然想到了以前的企业，虽然效益情况不怎么样，可那是多少人、多大的规模、多大的气场！想着想着，烦躁之外，更多了些凄凉。

一辆白色桑塔纳轿车停在了门外。先下来一个二十多岁的年轻人，拉开后门，腰弯手遮地迎出了另一个人。这个人的年龄不易判断，应该在四十岁到六十岁之间，最引人注目的是头，看不到头发，红彤彤，油光光的，要是只看头顶，会以为是太阳掉了下来。

这两个人无视他的存在，先向大门里面张望了几眼，又对着厂房指指画画，都是"太阳"在说,年轻人只是听和点头。

东海实在忍不住,走过去问了一句:"你们是干什么的?在这里看什么?"

"太阳"转过头来,脸和头一种颜色,像红烧过的猪肉。他的个头并不比东海高多少,但这种微弱的优势已经足以表现他的傲慢。他轻蔑地看了东海一眼:"怎么,这楼不允许外人看吗?你们这里管事的人在哪里?"

东海心生反感,脸色也有点冷:"我好像就能管点事。"

"太阳"的嘴角扯动了一下,笑对同伙:"这个企业有点意思,一个看大门的都这么有派。"

东海气更不打一处来:"有事就赶快说事,没事就赶快离开。告诉你们,我现在烦着呢。"

"嗬,脾气还不小!有事我也不可能对你说呀,带我去见你们这里说话能算数的。"

东海由气及恨,有心作弄一番,领了两个人往楼里走。掏钥匙开门的时候,看见"太阳"上已经霞飞云绕的,在办公桌后坐定,他脸上带了嘲弄,打量着两个不速之客,目光更多地停留在"太阳"上,想清楚地看见,那上面还会有什么样的变化:"现在可以说说你们的来意了吧?"

"哈哈,我就说嘛,一个看大门的怎么会有这么大的气场,这不能怪我眼拙,是你没待在你应该在的位置上,走下神坛的神谁还能认出来。"那人反应很快,已完全恢复本来面目,并且不请自坐,"我今天可是带着诚意来的,你总不能连一杯茶都不给喝吧?"

年轻人很恭敬地递上一张名片:"这是我们海洋生物研究所的汪所长。"

东海心里不由一动,这个傲慢的家伙也许还真有点道行。如果因为自己的一时之气,丧失或错过了一次商机,那就太不应该了。他让僵硬的面孔松动了一些,勉强泛出些笑容来:"要说一点气不生那是假的,一下子让你贬为一个看门的,搁在谁谁也受不了。不过我这人有一个特点:身板小,气量大,对这点小事是不会真正在意的。顺便自我介绍一下,张东海,公司副总经理,这一块由我负责。"一边说,一边给两个人倒上茶水。

重新坐定以后,气氛已然不同,东海的语气里多了几分亲近:"汪所长大驾光临,是有什么指教,还是……"

"合作，今天来就是谈合作。我这一辈子只做了一件事：研究海苔的有机成分和食用价值。小史，你把我的研究成果让张总看一下。"

小史拉开公文包拉链，从里面抽出一沓纸，放到东海桌子上。东海翻看了一下，里面果然有一份专利证书，有北京一所大学权威性的评估，还有几位专家教授热情洋溢的推荐。

"这个产品真有这么神奇？既能增强体质，防老抗衰，还能美容美颜。"东海将信将疑。

"它要不是这么神奇，也不会吸引、消耗我一辈子。我告诉你，这项成果就是我的命，谁会拿自己的命开玩笑？"

"这么好的东西为什么会搁置这么长时间？我看这份专利上的批准时间是三年以前。"

"因为我不想让它承受任何风险。老来得子，对，我就是这种感受。我不但要让我这个老年得来的儿子健康地活下去，还要让它长成一个举世瞩目的巨人。实不相瞒，这几年找我谈合作的人海了去了，想要买断专利的人也不计其数，有人已经出到了五百万。我的回答是一千万、一个亿也不卖，谁会把自己的亲生儿子卖掉？我必须亲眼看着它成长壮大，雄冠全球，否则我死不瞑目。你可能还想问我为什么会来找你们，我告诉你，我看中的是你们军工企业这块牌子，我相信这块牌子是不会骗人的，也是不会让我失望的。"

"这个项目需要投资多少钱？"东海认为有必要做进一步的了解。

"可大可小，一千万不多，一百万不少，但不管投入多少，十年之内，我都会把它的产能做到百亿以上。"

百亿！这个数字有点吓人，也有点太过遥远。但这个项目确实很有诱惑，首先原材料不成问题，旁边就是海，想要多少就有多少；生产工艺看上去也不是很复杂，如果产品性能真如其所说，前景还是很乐观的。他掏出手机，拨通了廷轩的电话。他想带这两个人过去，谁知廷轩却说："我过来，我马上过来。"

见到廷轩，汪所长的傲慢像被惊散的麻雀，倏然不见，竟然反客为主，为廷轩倒上茶水。廷轩很有点过意不去，左手接过，右手握住对方的手说："你是客人，怎么能让你为我倒水？"

"能给你倒水是我的荣幸。我以前也当过兵，见了大尉都吓得不行，更别说是大校。这也算是对我的惩罚，今天见了张总，还以为人家是看大门的。"

廷轩爽朗地笑了起来："那你的眼力可真不怎么样。来这里之前，张总是一个上千人大厂的厂长，寻常人见一面都难。"

"惶恐惶恐，失敬失敬，哪一天你们有时间，我做东，一定先自罚几杯。"

东海找回了面子，宽容地笑了一下。

谈到自己研发的项目，汪所长立刻变回了原来的自己，眉飞色舞，滔滔不绝："我这个人爱琢磨事。部队转业后我被安排在水产公司，一干就是十几年，整天和各种水产打交道。我就在想，为什么不能搞一些深加工，而要把这些东西如此便宜地卖出去呢？我多次给公司领导建议，可是没有一个人听。一气之下，我办了个停薪留职，自己搞起研发，头发掉光了，积蓄花光了，才有了今天这个成果。"

"你的研究所在市里什么地方？能不能让我们去看上一眼？"东海问。

汪所长稍微有点发窘："真人面前不说假话，我家就是研究所，现在只有我和小史两个人。"

"门口那辆车估计也是借来的吧？"东海抓住机会，小小地报复了一下。

"没错。"可能是急的缘故，汪所长的面容更红了一些，"但我想告诉你们，我这项研究成果绝对是货真价实的。还有，小史也是一名货真价实的大学生，这两年真是苦了他，铁了心跟着我，一分钱工资也没拿过。小史，把你的毕业证让两位老总看一下。"

廷轩摆了摆手："那倒没有必要，我相信你说的是真的。"

小史憨厚地笑了一下："我家里经济条件还过得去，父母都很支持我。我能坚持留下来，一方面是敬仰汪所长这个人，另一方面是看好这个项目。我学的是水产加工这个专业，因而深知这个项目的价值，也相信这个产品会有非常广阔的市场前景。"

汪所长感激地看着他的员工。

廷轩也注意地看了小史一眼，这样的年轻人还真是少见。

送走客人以后，廷轩问东海："你怎么看？"

"开始觉得像个江湖骗子，看了专利证书，改变了看法。这个项目应该还不错，如他所说，一百万就可以动起来，算得上一个比较好的短平快项目。在咱们的地盘上，主动权掌握在咱们手里，不会有什么太大的风险。"

"你要是觉得可行，那就继续接触，商谈一下合作的具体事宜。那个小史能够铁了心地跟着他，说明这个人可能还真有独到之处，这个项目也许还真是一个好项目。"

"其实也没什么好谈的，估计他肯定拿不出钱来，最大的可能是技术入股，说白了就是一个占比问题，那还不是咱们说了算。"

"也不要太亏了人家，汪所长在这个项目上看来真花费了心血，你看他那模样，四十岁刚过，看上去比咱们两个还老。"

海苔项目的合作生产协议签订得很顺利，汪所长以专利技术入股，占比百分之三十；四方公司以厂房和资金入股，占比百分之七十。东海任厂长，汪所长任副厂长，小史任技术总监。

按照东海的本意，放着一个现成的四方科技发展有限公司，用上就是了。汪所长在这一点上却表现得很执拗，坚持新注册一个，而且里面必须有海洋生物几个字。东海想想有一定道理，也就不再坚持，注册成立了四方海洋生物发展有限公司。

汪所长选定了三层，三层便有了人气和生气。粉刷，隔断，设备安装，人进人出，熙熙攘攘。东海现在不再是一个旁观者，而是一名参与者和决策者，这种感觉是全然不同的。忙乱兴奋之余，偶尔也会仰头向上，还剩两层，这两层该怎么办？

敬儒兴冲冲地走进廷轩办公室，将一个小册子放到办公桌上："成了，成了。"

廷轩看了眼小册子，上面有几组怪模怪样的灯具，与日光灯有点相似，不同的是里面有好多小格子。

"这是最新型的灯具，叫格栅灯，不仅美观大方，节能效果也特别好，现在广东、香港那边的办公室和商场里面用的都是这种灯，市场前景特别广阔。这个项目上海和广东有两家公司在争，我费尽了口舌，于老板才答应让我们做。"

"于老板，哪个于老板？"

"香港的于老板。"

廷轩对这个于老板没有多少好感:"他想合作吗?能投多少钱?"

"他不投钱,也不参股,负责提供技术,供应原料,包销产品。"

"相当于来料加工。他说没说利润点能有多高?"

"这个要视市场情况而定,但基本上可以说稳赚不赔。我已经详细问过了,这个项目的技术不是很复杂,投资少,见效快,两个月就能出产品。"

"听起来倒是不错。他就没有别的要求?"

"要求只有一个,这个项目必须是四方科技发展有限公司名下的实体产业。还有,他希望我能兼任这个厂的厂长。"

"这好像不是一个要求,而是两个。你对这个厂长有没有兴趣?"

"我没有管过生产,对那些婆婆妈妈的具体事也不是很感兴趣,但当时情势所迫,我只能先答应下来。真要让我干,也只能挂个名,我想把振乾调过来,担任副厂长。"

廷轩往后一仰,闭上眼:"这两个项目的科技含量都不是很高,与我原来的期望相去太远,可是我们急切间又找不到真正想干的项目。这样吧,让我考虑一下,回头给你个答复。"

"我感觉是黄鼠狼给鸡拜年,没安什么好心。"东海毫不隐瞒自己的观点,"包供应包销售,看上去是加了两道保险,但完全丧失了主动权,势必受制于人。我对那个于老板一点好印象也没有,也是在行政单位待过的人,身上怎么会有那么重的铜臭味?"

"这个不奇怪,"廷轩微笑着回答,"不是有那么一句话,叫在商言商,能弃政从商,说明他骨子里就是一个商人,而让一个商人不重利那是不可能的事情。说内心话,对这个项目我也不是很看好,制作工艺简单,没有什么科技含量,在竞争中很容易被淘汰。但这个项目也有它的优势,那就是投资小,我看了一下资料,几十万就可以开干。所以,我想没有找到更好的项目之前,可以让它先过渡一下。至于风险,不能说没有,但我认为基本上还是可控的。不求多赚,能保证把房租赚回来就行。这里我想强调一点,既然是独立核算,房租该收的都得收。再退上一步,即使房租也赚不回来,或者亏上一点,也不是什么大不了的事情，起码还能赚点人气。"

"您要是这么想，我就没有什么意见，反正房子闲着也是闲着。"

"老黄想当这个厂长，你觉得怎么样？"

"他当厂长？"东海嗤之以鼻，"但愿这个厂子别随了他的姓去。不过人家既然想干，那就给人家一个施展抱负和拳脚的机会，说不定还真能有一番作为。振乾可以给他，这样心里起码能踏实一些。您放心，情绪归情绪，工作归工作，我待在那个地方，就不会坐视不管，也不会让它出太大的纰漏。"

"你也不要净想好事，那边的生产销售理顺了就赶紧回来，我不是诸葛亮，唱不了也不喜欢唱'空城计'。"

看似批评，听起来却很悦耳，东海舒心地笑了起来。

东海先找振乾谈话，振乾一脸的不情愿："我跟您干得好好的，去给他当什么副厂长？跟了您一年多，我感到您身上有学不完的东西。他能干什么？不是我嘴损，那就是个中看不中用的草包花架子，和您没法相比。在他手下干，不仅学不到什么东西，还要受窝囊气，事情办不好，还要跟着背黑锅，这不是把我往火坑里推吗？"

东海心里受用，尽力控制着，没让蔓延到脸上："是人家黄总点的将，你不能辜负人家的知遇之恩。我和王总也认为应该派你去，那总归是一个企业，没一个内行管理怎么行？"

振乾看上去很痛苦："这么看来我只能接受了。但我要把话说在前面，要是有什么疑难问题和解决不了的事情，我还会向您汇报和请教。"

"这个没有问题，"东海回答得很干脆，"我还要在那边待一段时间，见面很方便。不管怎么说，我还是公司主管生产经营的副总经理。但有一样，以后汇报什么事情，一定要先弄清楚，不要再像开元吃饭那次，让我很被动。"

敬儒接着找振乾谈话。敬儒的眼睛里闪耀着施恩者的光泽："没有想到吧，我会选你来当这个副厂长。告诉你，在这几个年轻人中，我最看好的就是你，有朝气，有思想，有拼劲，这样的人不重用，要重用什么人？我很奇怪，有些人为什么就看不到这一点。你跟了张总一年多，落下什么好？当初要是在我的手下，那个处分就不会让你背。谁没有七情六欲，谁都有情绪失控的时候，批评几句就行了，为什么非要给个处分？我不明白那天晚上你为什么会突然那么激动，那么无理，但我这个人有个特点，肚皮大，肚量也大，不会去计较那些鸡毛蒜皮的小事。我想咱们两个以后的合作一定会非常愉快，我这个厂长就是挂个名而已，生产经营上的事情我一概不懂，也不想去懂，完全由你一个人说了算。我就当一回伯乐，看着你这匹千里马奔跑就是了。怎么样，有没有信心？"

振乾用力挤压着泪腺，让眼睛看上去尽可能的湿润："中国有一句古话，叫士为知己者死。您把话说到这个份上，我还有什么可说的。我早就想为那个晚上的事情向您道歉，但一直没有找到合适的机会。我当时为什么说话会那么难听，是因为有人告诉我，您主张从重从严处理，现在看来我是上了别人的当。既然您不计前嫌，委以重任，那我就没有别的选择，只能肝胆相照，赴汤蹈火，在所不辞。死我是不会死的，但这一身气力我决不会吝惜。"

敬儒把振乾的手抓在手里，用力摇了两下。

餐饮上座率在百分之四十以下，客房出租率在百分之三十以下，桑拿、舞厅的生意倒是不错，但占比实在太小。酒店开业以后一直处于亏损状态，这让叶丽很是焦虑不安。

张市长并没有忘记自己的承诺，市里的几次会议安排在四方大酒店召开，可那都是几天、十几天的光景，热闹之后又归于冷清。管委会的接待也确实安排在了酒店里面，可那也只是隔几天的一桌两桌，倒有点发救济粮的味道，饿不死你，但别想吃得太饱。以前总埋怨前夫的会议太多，在外面吃饭的次数太多，并且不乏冷嘲热讽，你们这么吃下去，就不怕把共产党的江山吃倒了？现在只盼望每天都能有会议，而且参加的人越多越好，标准越高越好。有时候想想，自己都觉得好笑，这算不算是一种堕落呢？为了酒店的利益什么原则都可以不讲了吗？社会公德和良知也可以不要了吗？可是谁让自己坐在这个位置上呢？难道能看着酒店一天天亏损而视而不见，无动于衷吗？

开元安慰叶丽："你已经做得够好了，就开发区目前这种现状，让八仙中的一位来当这个总经理也不会有什么好办法。"

这种话开元可以对自己说，自己能对别人说吗？世界上没有一个人投资的目的是赔钱。尽管王总有过这样那样的承诺，可那不过是一种善意的安慰而已。能把别人的安慰当作自己的心理屏障吗？当然不能，人一生更重要的是要对得起别人的信任。

她觉得不能再等下去，决定主动出击。带了销售部经理，对靠近开发区的十几家企业一家家走访，推介，劝说，又是承诺，又是保证，跑了一个多月，总算让餐饮上座率和客房出租率各上了五个点。月度报表出来，仍然是亏损，只不过数字小了一些而已。难免就有些气馁甚至绝望，她感到已经无计可施。这样下去该怎么办呢？心里沉甸甸的，像压了一块石头。

人的记忆是一种很奇怪的东西，很多看到的听到的事情，过去了就过去了，再也想不起来。有些事情却像揳在了脑海里一样，再也无法忘却。

那张挨了打的脸和脸上的笑容，便深深地揳在了炜平的脑海里，时不时在眼前晃一下，继而让心里疼一下。新中国成立几十年，文明建设也喊了十几年，为什么还会发生这样的事情？是被执法者的愚昧，还是执法者的暴虐，才有了这样一幅不见血却血淋淋的画面。那张面孔有时就像在质问，笑容也变成哭泣和控诉。他当时确实被吓住了，没有为那个可怜的人做点什么，但觉得现在可以为那个可怜的人写下点什么。他拿起笔，熬了二十多个夜晚，写出了一个短篇小说《尊严》。

他在小说中将挨打者想象成一个在街头卖煎饼的小摊主，为了一家人的生计，不得不提心吊胆地日日与城管人员周旋。他摊煎饼的手艺是家传的，在一个平底铁锅里倒上面糊，有了形状之后，再打上一个鸡蛋，用抹子抹匀了，煎饼就变得又黄又酥，里面再卷上点青菜，吃起来又香又可口，因而很受欢迎。他没有别的求生本领，只能把这种担惊受怕的生活延续下去。

一个学法律的大学生来买煎饼吃，两个人闲聊了起来。小摊主谈起生活的艰辛，也讲了被抓被打的经历。法治社会，怎么会发生这样的事情？大学生异常愤怒，决定暂停寻找工作，用自己所学，为小摊主讨回公道。他先去找那个高科长，要求他向小摊主当面道歉，不但遭到拒绝，还受到奚落和嘲笑。一气之下，大学生写了张诉状，将打人的高科长告上法庭，法庭却以证据不足为由拒绝受理。小摊主劝大学生放弃，大学生不听，他相信有此遭遇的绝不止小摊主一人，开始私访其他小商小贩，事实果然如此。其他小商小贩大都有被罚被骂被打的经历，且都对高科长和他的手下恨之入骨。他拿出诉状，让他们签字画押。摁手印的人多，签字的却没有几个，推说不会写字。法院这一次倒是受理了，但在开庭当日，证人却一个没到，原告位置上，只有他孤零零一个人。被告席上，高科长高傲地昂着头，目光像刀子。他的愤怒中更多了悲的成分，再去找卖煎饼的小摊主，已不见人。找其他的小商小贩，要么支支吾吾，要么带理不理。他终于灰心，接着寻找工作，却一次次碰壁，且招聘者态度都非常不友好。他渐渐明白了其中的原因，最后不得不含泪离开了这座城市。

小说的最后一句话是：他这才知道，一个人是可以没有尊严地活着的。

为了避免不必要的麻烦，他在小说里面将杨科长的姓改成了高。

小说先是在一家省级文学刊物上发表，后又被一家全国性的文学刊物转载，引起广泛关注和好评。小说后面有作者简介，被《滨海日报》的编辑发现。这是当地的骄傲啊！当日的报纸上，便出现了一篇热情洋溢的推介文章。

炜平没有想到这篇小说会有如此大的反响，兴奋之余，也有隐隐的担忧。那个杨科长会看到吗？看到了会怎么想，怎么做？

工商部门忽然接二连三地向四方公司发难。先查房地产公司的资质，以未达到三级为由，下令暂停销售；接着征收酒店的市场调节基金，而且一张口就是三十多万；然后派了两个人到科技公司，查假合资的问题。

这一切都来得十分突然，毫无征兆。廷轩难免有点慌乱，急召公司中层以上的干部商议对策。

会议室里个个神情严肃，气氛紧张。东海摸着下巴，眉头紧皱："我干了二十多年企业，这样的事情还是第一次碰到。奇怪，怎么会被工商给盯上了呢？这显然是有针对性、有目的的一次行动，里面肯定有什么原因。只有找到原因，才能对症下药。"

没有人接话，会议室很静，静得能听见每个人的呼吸声。

"这件事可能和我有关。"炜平站了起来。事情最终是瞒不住的，他也没想着要瞒，便把前后经过讲了出来。

"乱弹琴！"东海气呼呼地瞪了炜平一眼，"你什么不能写，非要去惹他干什么？你知道一个企业如果得罪了行政执法部门，后果会有多严重吗？这件事该怎么收场？你说，怎么收场？"

"你这个炜平，写出来的东西为什么不先让我看一下，我要是帮你把把关，就不会发生这样的事情。"敬儒的神情里既有责备，也有同情和爱护。

叶丽看看炜平，又看看其他人，很是着急，但想不出该说些什么。振乾和仁义的眼睛盯着桌面，面无表情。

"我认为事情并没有那么严重，也没有那么可怕。"开元还是满不在乎的神气，声音慢悠悠的，"先说市场调节基金，我上网查了查，那是地方政府出台的一项政策，不知是哪个领导拍脑袋拍出来的，出台以后就没有实行过。我问了市里几家酒店，他们都没有交过一分钱，所以我们也可以顶着不交。再说房地产公司资质的事情，这只不过是国家刚出的一项新政，要求从事房地产的企业资质必须在三级以上，增加点注册资本，升个格就是了，他还能把咱们怎么样？至于科技公司的假合资问题，我是始作俑者，这里我可以做一个保证，他们是查不出来的。最后要声明一点，我不认为炜平写这篇小说有什么错，他给我讲过见到的事情，我当时也很生气。揭露社会丑恶现象，弘扬正义，难道不应该吗？"

会场上的气氛松动了一些。东海看着开元，神情里有赞赏，语气里有质疑："你前面的话我爱听，后面的话我不爱听。我们是公司，不是文联和其他艺术单位，有个人爱好，利用业余时间写点东西我不反对，但有一点，不能给公司添乱。即使公司这一次不会遭受什么损失，但整天让这些穿着工商制服的人在公司里进进出出的，也不是什么好事。这一次就算是过去了，谁能保证他们以后不会再来。"

"如果真是这样，再来我们也不怕，"廷轩开了口，"自己做错了事情，还敢公开报复，这个姓杨的是什么人，怎么会有这么大的胆量和能量？仁义你马上去了解一下，看看到底是怎么回事。其他人不要动，就在这里等着。"

不到一个小时，仁义气喘吁吁地回来，脸上带着惊吓："那个姓杨的现在已经是工商局的副局长。"

"你没和他接触？"廷轩问。

"见到了，他和我打官腔，说是秉公办事，但我看到他的桌子上放着一本杂志，这件事八成和炜平有关。"

又是一阵沉默，东海的脸色难看，廷轩的脸色更难看。

"要不炜平你就委屈一下，去给这位副局长大人认个错，道个歉。"敬儒对炜平说话，眼睛却看着廷轩。

"认什么错？道什么歉？"廷轩声音很大，众皆一惊，"给他认错，就是向小人、恶人低头，我廷轩丢不起这个人。"

"我不是怕他，是不想把事情弄大。"敬儒替自己打圆场，"一个小小的工商局副局长有什么可怕的，不行我就去找刘主任说说，再不行我就直接去找张市长。"

"我认为这件事情还需要三思而后行，一个企业，最好不要和执法部门对着干。即使这一次我们能赢，也会后患无穷。"东海忧虑重重。

炜平再一次站了起来："这件事因我而起，就应该由我来解决。"

"你解决？你怎么解决？"东海有点恨其不幸地看着炜平。

"他的气在我身上，公司如果将我除名，我想这件事就能过去。"

"你这叫什么办法，"廷轩笑了，"这件事情你有错吗？没有错为什么要开除你？即使有错，怎么处理那也是我们公司内部的事情，决不允许外人干涉。我是决不会向这种邪恶行为低头的，要闹，要打官司，我们奉陪到底。"

"这件事交给我来办，"开元声音不大，却让会场一片寂然，"我保证在三天之内，让这件事情彻底平息。"

廷轩信任地看着开元："可以，这也算是先礼后兵。但我要告诉你，少花一点钱可以，不能委曲求全，更不能丧失人格。"

"您放心，我会把握好分寸，不过这件事情还需要炜平的配合。"

第二天上午，在去往工商局的路上，开元如此这般地给炜平交代了一番。炜平有些惊讶："这办法能行吗？间谍似的。"

"你照我说的做就行了，其他的事情你不要管。对光明之人磊落，对阴险奸恶之人为什么就不能上一点小手段？记住，你的任务是激怒他，激怒得越厉害越好。"

开元先走进杨副局长办公室，亮明了自己四方大酒店财务总监的身份之后，神情极为谦卑："我是为市场调节基金的事情来的，看杨局长能不能给通融通融？"

杨副局长像得胜的将军看着他的战俘："这件事和下面职能部门谈就行了，怎么找到我这里来？"

"下面的人说了，这件事情太大，他们做不了主。我问过其他酒店，他们都没有交过，为什么要让我们交？"

"企业和企业的情况不一样，他们是他们，你们是你们。"

"就是交，也不能让我们交那么多。我们酒店开业时间不长，现在还一直处于亏损状态。"

"亏损不亏损和我有什么关系？那是根据你们的营业收入和规定上缴比例算出来的，我告诉你，一分钱都不能少。"

"我们也知道您的气生在什么地方，可是个人的责任就应该由个人来承担，不应该让我们企业跟着倒霉。"

"我生气了吗？没有啊，我有什么气好生的？你不要胡乱猜测，我只是在秉公办事。"

"炜平这个人也真是的，待在企业，写什么小说？我们公司领导已经知道了这件事，在会上狠批了他一顿，并责令他来给您赔礼道歉。怎么到现在还没来吗？这个人真不怎么的，公司都快要垮了，他还在考虑他的臭面子。"

"他不是挺能写吗？那就让他接着写好了。应该赔礼道歉的人不是我吗？为什么要让他来给我赔礼道歉？你说他真要来了，我敢接受吗？"

鱼儿终于上钩，开元心中暗笑，脸上的哀愁却更重了一些："我和那家伙虽然接触不多，但我知道那就是一个典型的书呆子，对社会上的人情世故一点不懂，您就大人不记小人过，原谅他这一回。"

"原谅？"杨副局长脸上浮出狞恶，"等他来了以后再说。说内心话，我真不希望他来，我也不希望再在开发区看到他。"

这时候就听到了敲门声，随后炜平便走了进来。炜平两手空空，什么东西都没带。杨副局长的表情和声音都有几分夸张："我们的大作家来了，快请快请。"

"你们先谈，我随后再来。炜平你好好给杨局长解释解释，杨局长这样的人是不会和你计较的。"开元很识趣也很适时地走了出来，炜平坐在了开元坐过的地方。

"说说吧，是不是又想在我这里找什么素材？你既然来了，我想先和你探讨一下尊严问题。我认为，人的尊严是需要一定条件的，条件不具备，尊严就不存在。比如说，我不会去向那个人道歉，而你却要来给我道歉。"杨副局长看着炜平，像看着待宰的羔羊。但他感到有点不对劲，他并没有在炜平脸上看到想要看到的倒霉狼狈相和低声下气。

"错，人的尊严是与生俱来、与生俱在的，你无视它，并不代表它不存在。我今天来既不是找什么素材，也不是为了向你赔礼道歉。"炜平不卑不亢，平静得像一潭水。

"那你来干什么？"杨副局长大感意外。

"我来是想对你进行一次人性和法律方面的启蒙教育。"

"你来教育我？还启蒙？你以为你是什么东西，能有这样的资格？"杨副局长显然已经被激怒，有点语无伦次，"好，我今天就把你当成老师。你打算怎么教育我？"

"你总该承认我写的是事实吧？"

"是事实又怎么样，你等到、看到了你想要的道歉吗？我告诉你，它是永远不会来的。"

"你的手落在对方脸上的时候，心里是怎么想的？"

"什么也没想，有点生气。就这么简单。"

"生气就可以动手打人吗？你有没有想过，他也是人，也是有尊严的。"

杨副局长沙沙地笑了："我刚才说过，尊严是有条件的。说透一点，尊严是建立在地位和金钱之上的，对于那些下三烂，有什么尊严可言？你当时也听到了，我问他该不该打，他是怎么说的？"

"你不会认为那是他的心声吧？那只是对于你的淫威的一种屈服而已。"

"淫威？这话我不爱听。他又不是一个女的，哪里来的淫威？"

炜平想笑，却笑不出来："也可以换一种说法：是对你们野蛮执法行为的一种屈服。"

"他可以不屈服呀，为什么要屈服呢？他的尊严就随随便便不要了吗？我还有一点想不通，我们领导是不是老眼昏花，怎么会让我这么一个有淫威并且野蛮执法的人坐到现在这个位置上呢？"

"这很正常，想必你也听过这两句话，叫虎狼当道，小人得志。"

杨副局长脸色一变："你敢侮辱我？"

"你认为你不应该受侮辱吗？一个无视别人尊严的人自己也不会有什么尊严可言。生气了吗？是不是也想给我一巴掌？"

"你以为我不敢？"杨副局长向前走了两步。

这时候又听到了敲门声，开元急匆匆地走了进来："忘带包了。"从炜平身旁拽出一个黑色小包，又在炜平肩膀上拍了拍："别着急，好好和杨局长谈。"

炜平站了起来："我既然知道尊严，就会用生命捍卫尊严。不信的话，你就动我一下试试。"

杨副局长的手习惯性地抬了抬，但终于没有举起来。他憎恶、仇恨地看着炜平："你给我滚出去！"

炜平整了整衣襟："告诉你，这么肮脏的地方我一秒钟都不想多待。"说完气昂昂地走了出来。

过了半个小时，开元再一次走进杨副局长办公室。他看到杨副局长坐在椅子上，双手抱着头，知道这个人还没有从愤怒的情绪中走出来。

"我们公司领导让我把这个东西送给你。"他的声音尽可能地平静，从黑色小包里掏出一台小型录放机放到桌子上，打开，里面传出了杨副局长的声音。

"你们，你们怎么能这么下作？"

惊异，愤怒，恐惧，这些表情变化都让开元捕捉到了。他呵呵一笑："对付下作之人就必须采用下作的方式。我想现在咱们最起码应该明白两件事：其一，你就是小说里描写的那个暴力执法者的原型；其二，这次对我们公司的检查是你在利用手中的权力进行打击报复。还有一点我不是很明白，这份录音带如果曝光，不知道你还能不能在你这个位置上坐得住？我们公司领导知道你走到这一步很不容易，所以不想把事情做绝。这台录放机是新买的，就送给你作为留念吧。祝你官运亨通，青史留名，直下九层。拜拜！"

当天下午，在公司里进行调查的工商人员就被悉数召回。一场风波突然而至,又悄然而逝,公司上上下下都松了一口气,心里却存了疑问:这是怎么回事,开元这小子真有这么大能耐?开元给公司领导汇报时,抹去了细节,只说杨副局长脾气虽然粗暴了一些,但并不是一个粗鄙的莽夫。当他和炜平讲明道理、陈述利害,并且暗示了公司老总与管委会领导、市领导的关系之后,姓杨的态度就开始转变。

廷轩露出满意的笑容,东海却一脸狐疑地看着开元。敬儒显得很开心:"我就知道,这些小爬虫最害怕什么。其实他们两个根本没有必要跑这一趟,我一个电话打出去,就够他喝一壶的。"

对于叶丽,开元没有什么好隐瞒的,一五一十地讲述了事情经过。叶丽乐不可支,笑够了之后,提出建议:"你说我们是不是应该把炜平叫来,好好庆贺一下?"

开元的神色却暗了下来:"其实没有什么值得庆贺的,只不过是被下作的人逼着干了一件下作的事而已。如果不是为了炜平,我是不会这么做的。姓杨的这种嘴脸,在我们税务系统也能经常见到,这说明它不是个别现象。权位至上,过度执法,无视法律,无视尊严,以强凌弱,仗势欺人,这样的事例时有发生。炜平写这篇小说,绝不是针对姓杨的一个人,而是在向整个社会丑恶现象宣战,你说他有赢的可能吗?"

开元离开之后,叶丽的心情却很难平静下来。本来是一件高兴事,让开元这么一说,还真就高兴不起来了。开元是一个有思想的人,炜平也是一个有思想的人,这两个人成为朋友,是因为他们的脾气秉性相同,还是思想相通?那么,自己算不算是一个有思想的人?好像是,和他们一比又好像不是。是谁说过,女人是不需要有思想的,这话对吗?算了算了,想这些乱七八糟的干什么。

方才的笑是怎么回事,记忆中很久没有这么开心地笑过了。单单是因为好笑吗?应该不仅仅如此,里面分明有事情圆满解决的庆幸和欢欣。是因为不用再交那三十多万了吗?好像也不仅仅如此。何必欺骗自己呢?你是在为那个人的命运提着心、吊着胆啊!如果不是这样,那个人在会议室里站起来的时候,你惊恐什么,慌乱什么?

这是怎么回事?为什么要为这个人担忧?为什么这个人会日益频繁地出现

在自己的脑海里？《尊严》这篇小说开元拿给她看了，她在里面读出了深邃的思想和厚重的情怀，因而被深深地打动了。这可以作为理由吗？好像是这样，又好像完全不是这样。难道自己已经不知不觉地爱上了这个人？但这怎么可能？经历了那次耻辱的婚变，自己的爱分明是死灭了的。再退一万步，即使自己真的有那么一点动心，那也是完全不可能的呀！人家有女朋友，对自己可能一点感觉也没有。

莫名其妙的，两粒泪珠，一边一粒，忽然就落了下来。

东海没有想到，生产海苔需要的设备是如此之少。几张桌子，一台烘烤机，一台切机，一台封口机，便是全部的设备，花了还不到十万元。与以前所在的企业相比，简直简陋得不值一提。该招的男工女工、会计出纳、保管销售人员都已经到位，加起来只有二十几个人。靠这些设备、这些人要把产品做到几十亿，那不是痴人说梦吗？他四下里走，到处看，经常有失望、失落的苦笑从眼睛里或者脸上飘落下来。

但海苔的生产工艺流程却异乎寻常的复杂，从原辅料验收开始，要经过十几道工序，又是重量分级，又是人工挑选，还有什么金属检测、灯检，单是从烘烤炉里就要进出好几次。对这些他不懂，也不想懂，远远近近地看着，也算是一种享受。

海苔生产的卫生要求也异常严格，进车间要换拖鞋，而且必须穿上每天都要换洗的白大褂。敬儒下来看过一次，神情夸张地调侃了一句："老张啊，你们这到底是企业还是医院？"

他难得地隐忍了一次。十几个穿着白衣服的人在车间里走来走去，是有点怪怪的。衣帽间里有一面镜子，他有时会对着镜子耸耸肩，挤挤眼，在心里发一声感叹：妈的，一个大厂的厂长怎么就变成了医生。

汪所长好像对东海很放心，想怎么转就怎么转，想怎么看就怎么看，而且几乎是有问必答。只有一个禁区，那就是海苔调味液的成分和比例。对此汪所长也很直率："这个我不能让你知道。这是我的命，一个人的命是不能随便给人的。"

小史很得东海的赏识。这个小伙子话不多，笑也不多，除了工作好像什么也不知道。大部分时间都在自己的工作室里待着，有时也会走出来对生产线上的工人指指点点。那个工作室东海进去过几次，里面有一台显微镜，小史的头几乎总是趴在上面，一边看，一边在纸上记着什么。东海最喜欢聪明而又踏实能干的年轻人，有心与小史接近一些，将来如果合作不成，可以把这个人给公司留下来。但他很快就发现自己的努力只能是徒劳，小史很客气，而客气是保持距离的一种最好的方式。可是一见到汪所长，小史的眼睛就会放出光彩，毕恭毕敬，唯唯诺诺。这到底是怎么回事？莫非这汪所长真是一个奇人，这个产品真是一个神奇的产品？

经过几十次的调试、调整，第一片海苔终于生产了出来。汪所长撕下一小片放进嘴里嚼了嚼，开心地笑了起来："没错，就是这个味道，我们成功了！我老汪成功了！"

东海也尝了尝，稍微有一点咸味，说不上好吃，也说不上不好吃。看着汪所长狂喜的神态，他知道这时候是绝不能泼冷水、唱反调的，任何疑问，都只能让它留在心里。

孩子有了，名字也就该有。在这个问题上，东海和汪所长产生了分歧。按照东海的意思，就叫四方牌海苔，听起来又顺口又大方。汪所长却不依，说名字在几年前就已经想好，多乐牌，非它不可。这个名字的意思再清楚不过，所有人见了它、吃了它都会高兴。这将来必然是一个系列产品，现在首先是儿童专用，接着还会有妇女专用、老人专用。四方不行，作为一个公司名称还可以，用作一个食品名称就有点太空泛，缺乏想象力和亲和力。东海说他不过，想想也不是什么大不了的事情，也就不再去争。

商标图案是小史自己设计的，一个漂亮的小男孩和一个美丽的小女孩在争吃一片海苔，下面有一只小猫和一只小狗在看，都是垂涎欲滴的样子，看着很是生动有趣。

第一袋产品生产出来，汪所长拿在手里端详了很久，真有点老来得子似的，眼睛里闪动着泪花。东海也有点激动，虽然是这么一点不起眼的小玩意，但毕竟是能看得见摸得着的成果。

不过"多乐"并没有让汪所长快乐多长时间。先是检验受阻，送一次不合格，再送一次还是不达标。汪所长沉下脸，问小史："问题到底出在哪里？"

小史很是惶恐，指着自己的检验结果，一项一项给汪所长看：铅，汞，霉毒素，菌，全部都低于规定标准。

这是怎么回事？在这里检测合格，到了那里检测就不合格，难道他们那里还另有一套标准？汪所长不好再责备小史，自己一个人走了出去。

"世道怎么成了这个样子？这帮孙子，真的什么事都敢干！"汪所长回来，先走到东海办公室，进门便破口大骂。

东海不知缘由："什么事，动这么大肝火？"

"我到一个食品厂去问了问，他们笑我不懂规矩，说现在哪有不打点就能办成事的。"

"在食品检验这么严肃的问题上他们也敢这么胡来？"

"他们很聪明，不会让有质量问题的产品流入市场，但是有能耐让该流入市场的产品到不了市场。"

"既然躲不过去，那就适应呗。我给财务打个招呼，需要几张卡，你让他们去办就是了。你也别生那么大气，人比钱更重要。"

事实证明汪所长并非虚言，卡送过了，再送去产品，果然一次通过。红色的圆章一盖，多乐牌海苔就获得了合法的存在资格。

但合格、合法了的多乐牌海苔还是没能让汪所长露出笑容，检验部门认可了，市场却不认可。广告也打了，商场、超市该送的样品也送了，还是不见有人上门求购。海苔的分量轻，包装后的体积却不小，眼见得产品就像小山一样堆了起来。情急之下，汪所长又招了几个销售人员，每天背着海苔走街串巷地去推销推介，汪所长自己也哑了嗓子，红了眼睛，但销售情况仍然没有改观多少。东海心里也很着急，却也想不出更好的办法，心中烦闷，坐不住的时候，便会到楼上去走一走，看一看。

格栅灯的生产加工放在了四层，五层用作原料和成品库。生产加工所用的设备也不是很多很先进，一台剪板机，一台折弯机，几台氩弧焊，在车间摆成一排，也就成了自然的工序。

敬儒有时在，有时不在。敬儒不在的时候，东海会和颜悦色地向振乾询问一些问题，或者随意交谈几句。敬儒在的时候，东海就会让嘴角吊出高傲和轻蔑，逮住机会就刺上一句。

"哇，这就是你们的全部家当啊，还没有我原来辅助车间的一半多。"

敬儒当然不会忍让，立刻反唇相讥："好像比三层还能多一些吧。再说，毕竟有两层地方，将来要扩大规模、增加设备也很容易。"

看着摆放在地上的样品，东海的小眼尽量睁大："这东西看上去怪模怪样的，会有人用吗？"

敬儒显得很大度、很耐心："有一句话叫不知者不为过，这是现在最新型的灯具，引领着灯具新潮流。至于会不会有人用，我根本不用操这个心，因为有人包销。你看，我这里连一个销售人员都不用招，一下就省了好几个人的工资。"然后，语气里多了些关切："你也要想开一些，不要为海苔销售的事情太过犯愁，道路是曲折的，前途是光明的。为了表达我的诚意，春节我打算买几包给孙子带回去。"

虽然落了下风，东海并不生气。事情是自己挑起的，本来就为斗斗嘴，解解闷，何必气着了自己。

敬儒兑现了自己的承诺，厂里的事情很少参与和过问，基本上是振乾一个人说了算。他只是隔个三日五日地过来一次，以示关怀，同时表明他这个厂长的存在。

工人是振乾一个一个从人才市场上招来的。招聘过程将振乾气得冒烟，恨得咬牙，脏话不知道吐出来多少句。他没有想到，一个好的技术工人竟会如此难招。有的漫天要价，身价远远超过了白领；有的说得天花乱坠，现场一试便露了马脚。期间有几个电焊工，吹嘘自己有几级证书，干过什么大工程，可是看到氩弧焊机以后一句话没说，掉头走人。设备安装只用了十几天，招聘工人却花费了两个多月。但这也是没有办法的事，在工厂里待过的人都明白这一点，产品要想过硬，工人的技术就要过硬，否则，那就是自己在给自己挖坑，自掘坟墓。

在安装、包装环节，他全部用了女工。相对于男工，女工的工资要低一些。这两个环节更需要的是细心，又是男工所不具有的。还有一个说不出口的原因，他希望有更多的异性出现在自己的视野里，这样生命和生活才不至于太单调、太乏味。能摸到摸不到且不论，能看到起码也是一种安慰。基于此，他在招收女工时，对于模样、身段上的要求比较苛刻，过于青春靓丽不大现实，但养眼是必须的。

敬儒还是隔三岔五地来，但停留的时间却一次比一次长。振乾稍微留意了一下，立刻发现了问题。敬儒对生产加工环节好像不大感兴趣，对安装和包装却格外上心，时间大都消耗在那个地方。很近很细地观察，亲切亲昵地交谈，或者远远地站着，目光像轻盈的燕子一样在女工敏感的部位上掠来掠去。这个发现很让振乾惊喜了一阵，原来这个老家伙和自己一样，也是一个好色之徒！亏他去年还能厚着脸皮对自己讲出那么一番冠冕堂皇的话。既然是这样，能不能让两个人的关系更近一些，或者说能让这个老家伙为己所用呢？

这天下班以后，振乾问老婆："你把我那些宝贝东西放在什么地方？"

老婆瞪了他一眼："我以为你已经改了，怎么又要看那些恶心玩意？"

"改了？改了就不是你老公了。不过这一次不是我要看，是要送给别人看。"对老婆是不需要隐瞒什么的，振乾就把自己的发现和想法讲了出来。

"你现在那么忙，还有闲心玩这些花花肠子？"

"我就是想看看这个老家伙的反应。人要学会自己给自己找乐趣，要不然活着有什么意思。"

"搬家前我差一点扔掉，真担心路上让人家检查出来。"老婆说着弯下腰，从床底下拖出一个棕红色的箱子，从里面取出一个木匣子，十几张光盘安静地躺在里面。

振乾在老婆的胸前抓了一把："还是我老婆最了解我，丢什么都不能把这些东西丢了。"

晚饭后，振乾就开始一张一张地温习，情绪调动起来之后，便将老婆放倒在床上，老婆的叫声很快就和电视里的叫声交融在一起。

第二天上午，振乾挑了两张最刺激的，先用纸包好，再装进一个黑色塑料袋，到了办公室，放到最下面一层抽屉。

等了一天，又等了一天，敬儒的身影终于出现在视线里。振乾很有耐心，先是陪转陪看，直到敬儒要走时，才将光盘拿出来，说："一个朋友送我的，说是很不错，您拿回去看看。"

到了下午，他给敬儒办公室打了个电话，没有人接。想打手机，摁了几个号又放下,却拨通了炜平的电话。炜平说黄总身体有点不适,下午请假了。

狗屁不适,肯定是猫在屋里看那些玩意。看来自己的判断没错,这就是一个比自己还要色的老色鬼。这条鱼既然已经上钩,那就要把绳子抓紧点,不能再让他跑了。

谁想第二天一大早,敬儒就出现在厂房门口,神情严肃地来回走动。看见振乾,立刻走了过来,声音压得很低,但语气极其严厉:"你怎么能把这样的东西送给我?你也是一名党员,怎么能看这些乌七八糟的东西?"

振乾反应很快:"朋友送给我,我还没来得及看。"

"你怎么会交这种朋友?我告诉你,这个事情很严重,要是传出去,你的名望肯定会大受影响。那两张光盘我已经帮你销毁,这件事情到此为止,永远不要再提。"说完厂子也没有进,钻进小车里,一溜烟地走了。

振乾站在原地发了半天呆,这叫什么,生姜还是老的辣,聪明反被聪明误,打鹰的被鹰啄了眼,钓鱼的被鱼拽走了杆。郁闷又上火,到车间对几个工人大发脾气。

晚上说与老婆,老婆咯咯地笑个不停,一气之下,又在老婆身上大发了一通淫威。

第一只格栅灯终于做成,看上去与样品几无二致,振乾颇有些自负,公司成立才三个多月,开机生产才一个多月,这么快就有产品问世,和深圳速度也能有一比吧。他打电话把敬儒叫了过来,敬儒围着产品转了两圈,一身的激动,一脸的高兴,连声称赞:"不错不错,我就知道你小子能行。我这就给王总和于总打电话,报个喜,让他们也高兴高兴。"

振乾更有点得意非凡,甚至完全忘记了光盘上的不快。

样品发过去以后,于老板很快就有了回复:质量已达标,可以批量生产。振乾高兴的同时,却感到有点不对劲。价格呢?价格为什么只字未提?他将自己的担心诉与敬儒,敬儒很不以为然:"这你有什么好担心的,于老板还能坑咱们不成?你只管生产你的,这些事情我来和他谈。"

振乾终是放心不下,又将自己的疑虑告诉了东海。东海很是生气:"岂有此理!这是原则性的、关键性的问题,绝对含糊不得。"

振乾又找到敬儒："黄总啊，我认为还是应该把报价要过来。生产理顺以后，我想对工人实行计件工资，不知道产品价格，这标准就没法定。"

敬儒显得很不耐烦："好好好，那我就给你要过来。"

看到报价，振乾不由大吃一惊。此前他已经让会计做了成本测算，报价单上的价格勉强与直接费用持平，也就是说，只够原材料、辅料和工人的费用，而厂房租金、税金、管理人员工资，这些费用该怎么办呢？这干的叫什么事，赔本赚吆喝的事情傻子才会干！振乾一肚子气，又去找敬儒。

敬儒的眼睛在报价单和成本计算表上扫来扫去，最后怀疑地看着振乾："会不会是我们自己算错了？"

"不可能，"振乾很肯定地回答，"产品做出来，成本情况我已经大致有个数，财务上做的只不过更精确一些。"

"不可能啊，怎么会出现这样的事情。"敬儒一边嘟囔，一边拨电话，不知出于什么动机，摁下了免提，嘟嘟的声响便骤然大了起来。

很快，便听到了于老板的声音："老黄啊，你又有什么事？我现在很忙，你不要老来烦我好不好？"

"不烦你我这个坎过不去呀，你报的这叫什么价？我们不可能赔着钱给你干。"

"这我就奇了怪了，"于老板的声音更大了一些，"其他几个厂子都是这个价，为什么到了你们这里就不行。眼睛不要总是盯着我这个地方，要从提高劳动效率上做文章。"

振乾气不过，接过话筒说了一句："要不于老板请个高人过来指导一下，否则这个价格我是无论如何也无法接受的。"

于老板的声音低了一些："这个人是谁？"

知道了振乾的身份以后，那边沉默了几分钟，再听到的声音，就带了些委屈："你们也要体谅一下我的难处，现在市场竞争激烈，生意不好做啊！你们也可以上网查一下，看看现在市场上的价格是多少。这样吧，我再给你们加五个点，不可能再多了。大不了我不赚你们的钱，为你们义务做个销售，这总可以了吧。"

敬儒放下听筒，显得很满意："你看，于老板还是很好说话的。"

振乾却一点也高兴不起来。五个点，税金算是有了着落，可是管理人员工资呢？厂房租金呢？这些由谁来承担？

他有点想不明白，按照这个价格做下来，企业必亏无疑，难道所有做格栅灯的企业都是亏损的吗？一个亏损企业，除非有政策性补助，否则是很难长期存在的，这应该是常识。那么，问题到底出在什么地方呢？

于老板的一句话倒是提醒了他，互联网，这么现代化的东西为什么不好好利用一下呢？平日里只是在上面看一些花边新闻，或者偷偷浏览一会儿黄色网站，把它的正经用途倒忘得一干二净。

回到办公室，他立刻打开电脑，输入格栅灯的规格型号，上面跳出来的价格竟然与于老板调整后的价格完全相同。难道于老板讲的是实话，真的是市场竞争激烈，价格上不去？但既然是这样的产品，于老板为什么要推荐给公司做呢？从开始运作到现在，也就三个多月时间，市场变化也未免太快了一点。还有，于老板以这样的价格吃进，再以同样的价格卖出，不赚钱不说，还要搭上税金，他这样做的目的是什么？难道真的是弥勒胸怀、菩萨心肠，损失自身利益拉公司一把？可是这很像天方夜谭。于老板上次来他也见过一面，基本上可以认定那是一个啃完骨头接着吮髓的主。

带着这些疑问，他一页页地仔细翻看，终于找出了问题所在。完全相同的规格型号，有一张网页上的报价却高出百分之二十多，在一个小括号里，清晰地写着四个字：进口铝基板。这个该死的于老板，原来在玩瞒天过海、偷梁换柱的把戏！供应的是进口铝基板，却用国产铝基板的价格来糊弄自己。他有一种抓住狐狸尾巴或者现场捉奸的狂喜。这个不要脸的东西，以为他牛大爷是吃素的！老子要让你把吃到嘴里的东西全都吐出来。

那么，在铝基板供应上还有没有什么猫腻呢？他决定再查一下。输入铝基板的规格型号，不由跳了起来，上面出现的价格比于老板供应的价格低出百分之十五。自己没有看走眼，这个于老板心可真够黑的，一边抬，一边压，两边加总起来，就拿走了近百分之四十。

他把所有资料全都抄录下来，又一次走进敬儒办公室。敬儒看着资料，脸也阴了下来："这事情怎么能这么干？简直是利欲熏心！"

"我认为不一定是熏的，也许他的心本来就是黑的。"振乾尽情释放着自己的怨恨。

"他以前不是这个样子的，"敬儒走过去将门关严实了，"这件事先不要告诉任何人，我和他谈，现在就和他谈，不信拿不下他。"

又拨号，又开免提。接通以后，敬儒大发雷霆："于老板，你到底想干什么？你是在耍我们，还是在做生意？你这么做对得起我的信任吗？对得起咱们这么多年的交情吗？一节甘蔗，你咬了上边啃下边，让我们吃什么？吃渣吗？"

这一次那边停留的时间更长，然后就听到了于老板半生不熟的港调："黄总，你不要生气的嘛，有钱当然是大家赚啦。别人的面子我可以不给，你的面子我绝对不能不给的啦。你看这样行不行呀？我给你再加十五个点好不好？真的不能再加了呀，再加我就该吐血的啦。"

敬儒放下电话，脸上有打了胜仗的喜悦："真没想到这个人会变成这个样子，看来以后还需要多提防一点，不能再让他钻了空子。"

算是打了个胜仗，振乾却高兴不起来。加十五个点，有可能保住不亏或略有盈余，而人家只是一进一出，就可以确保百分之十几的净利，相对而言，人家的钱是那么好赚。

春节有时候很像一个调皮的孩子，冷不丁的，会双手叉腰站在面前，不张口，意思却很明确：说说吧，今年都干了些什么？对于幸运者和成功者而言，它是感情宣泄的一个燃点；对于背运者和失败者而言，它却是难以跨越的一道沟、一个坎。

一年一度的年终总结会已经成为总公司的惯例，廷轩希望它今年不要来，但电话通知还是来了，而且比上一年来得早了几天。

看来这一关是躲不过去了。他将仁义唤到办公室，很严肃地吩咐："迅速将公司今年的经营情况汇总出来。你只有两天时间，能早一点更好。"

这么好的表现机会，仁义岂能错过。回到办公室，他就给几个二级单位打电话，决算出来的速送报表，决算没有出来的先行预计，数字要求尽可能准确。房产和公司本部的账务靠不得别人，只能自己来干。晚上没有回家，在办公室里真刀实枪地干到天明。结果总算出来了，他却高兴不起来。几个二级核算单位，只有房产勉强持平，酒店亏六十万，灯具项目亏二十万，海苔项目亏四十万，再加上公司本部的管理费用和支付的银行利息，公司总的亏损竟然高达三百多万！他知道自己这一晚上的辛苦是白费了，领导在心情不好的时候是看不到手下的辛劳和功绩的。

事实很快证明，他的经验是正确的。廷轩眼睛盯在亏损数上，脸像放进了冷藏冷冻室，冒出丝丝寒意："能有这么多？比我想象的还要多，你没有算错吧？"

仁义委屈得快要哭出来："这么大的事情我哪敢掉以轻心？昨天晚上我熬了个通宵，核对了三次。"

廷轩脸上没有出现他想要看到的感动，有的只是忧虑和忧郁。

仁义忽然灵光一现："如果不提折旧，亏损额就能减下来一大块。"

廷轩的眼神似乎亮了一下："能减下多少？"

"酒店和厂房的折旧加总在一起，应该有一百多万。"

"这么做合适吗？"

"据我所知，很多企业为了让报表好看一些，在开始几年都不提或少提折旧。"

廷轩在屋子里转了两圈，然后摆了摆手："还是算了吧，弄虚作假的事情我们最好不要去做，不过是脸面上的事情，没有什么大不了的。你辛苦了一个晚上，回去休息吧。"

最后一句话，总算让仁义疲惫的身体和心灵得到了一点补偿。

廷轩走后几天，公司里的各种流言不知从什么地方冒了出来。

总公司对滨海分公司出现的巨额亏损大为恼火，滨海分公司有可能撤销，与深圳或者上海分公司合并。

滨海分公司亏损的原因在于王总完全不懂管理，而且在用人方面存在一定问题，总公司可能要派一个真正懂管理的人下来。

公司在决策方面最大的失误是扩张过快，明年的首要任务是压缩。

酒店如果明年继续亏损，就有可能转让给地方。

……

这些流言以它特有的方式散布着，传播着，公司里面暗流涌动，人心惶惶。

叶丽问开元："你觉得这些传言会是真的吗？"

开元倒是很淡定："真也好，假也罢，和你我都没有太大关系。"

"你没有去问一问炜平是怎么回事。"

开元笑了："问他干什么？这种消息他肯定是最后一个知道。"

"那你能猜出来这些流言来源于何处吗？"

开元摇摇头："不知道，也不想知道，我想我们只需要知道谣言止于智者就行了。直觉告诉我，王总是绝对不会有事的。否则不用他们开我，我自己也会走人。"

八天后，廷轩怀着杂七杂八的心情，迎着各种各样的目光，回到了公司。

当天下午，公司通知召开全体员工大会，要求除了必须在岗人员外，其他人务必保证参加。

会场设在酒店多功能厅，一百多个人的座位不够坐，又临时加了些凳子。廷轩、东海、敬儒坐在主席台上，并要求公司及二级单位中层以上干部都坐在前排位置。

廷轩的面孔一直紧绷着，与会人员的心也就紧绷着，会场上的气氛便很有几分紧张。叶丽观察着廷轩的神情，暗自猜测，难道那些流言竟有几分是真的，这么大张旗鼓，这么郑重其事，是不是要当众宣布公司将要解散的消息？她回头看了一下身后，有人东张西望，左顾右盼，有人交头接耳，窃窃私语。

"现在开会。"廷轩声音不高，但现场立刻安静了下来。

"今天召开的这个会，是四方公司滨海分公司的年度总结大会。这里，我想先把去年的经营状况告诉大家。经过财务部门的详细核算，去年我们全公司的净亏损是三百一十八万元，这个数额是巨大的，这次到北京开会，我是带着屈辱感、负罪感去的。不过——"廷轩忽然展颜一笑，"其他几个分公司比我们还要惨。"

一些人跟着露出笑容，会场上的气氛一下子松动了许多。廷轩迅速收起笑容，重归严肃："一个真正有责任心的人，绝不会轻易原谅自己的失误，更不会用别人的失误来掩盖自己的失误。我们要牢记自己的使命，国家把这么多钱交到我们手里，是让我们以钱生钱，为社会为民众谋取福利，而不是用于挥霍和糟蹋浪费的，所以这种状况绝对不能再延续下去，明年公司总体必须盈利。

"今天开这个会还有一个目的，就是想给大家安安心。我还在，公司也不会散，希望大家能放下心来，扎扎实实地做好本职工作。在北京，我就听到了各种各样的流言，我不想花费精力去查找这些流言的出处。这里我只想强调一点：人都会有一点野心，但最好不要被野心蒙住了双眼，弄乱了心智。"

东海接过话头："前几天流言四起时，我没有制止，也没有查找，就是想看一看这些人的能量到底有多大。王总大人大量，不想再追究此事，但我希望大家能汲取这次教训，要相信自己的眼光和判断，不要轻信，不要盲从。"

敬儒的讲话似在调侃，又像是在故弄玄虚："现在是法治社会，讲求言论自由。流言也是言论，也就应该有它的自由。但我有一个比喻，流言如云，事实如山，你们见到过云把山推倒、压垮的吗？"

会议快要结束时，出现了一个小插曲，也是一个高潮。

汪所长走到台前，面向廷轩："我可以不可以说几句？"

廷轩面带笑容："当然可以。"

汪所长举起手，是宣誓的动作，但手没有握成拳："我没有别的可说，只想在这里做一个保证：如果明年海苔项目的盈利达不到二百万，我就把这颗头割下来做电灯泡。"

先是一片哄笑，接着是热烈的掌声。

从酒店出来，东海看着四下无人，低声问道："到底是怎么回事？哪来这么多的风言风语？"

廷轩的笑里面有点苦："无风不起浪。可能姓白的真有那种想法，只是其他几个分公司太不争气，让他打消了这个念头。"

"我快要急死了，给您打了几次电话都没有打通。"

"鬼鬼祟祟，神神秘秘的，把会议安排在远郊的一个军营里面，手机信号不是很好。刚开始的会议气氛很紧张，如临大敌似的，我不知道最终结果会怎么样，所以也没有给你打电话。"

"这个姓白的到底想干什么？"

"还能干什么？排除异己，安插亲信，铁板一块，一呼百应。我倒没有什么，就算他把我这个分公司总经理拿掉，总公司副总经理的位置他也是动不了的。可真要发生那样的事情，就有点太对不住你。"

"您都不怕，我有什么可怕的，真要派一个什么鸟人下来，或者把咱们黄研究员扶了正，我立马走人。"

第四章

1996年春天，滨海开发区的投资势头，可以用春潮涌动来形容。

像是约定好了似的，港商来了，台商来了，韩商和日商也来了，签订了投资意向的澳商没有了音信，随团观光的另外两家澳商却相中了这个地方，一掷就是几千万美金。

四方公司成为投资热的受益者，买房的人多了，房价也在逐渐上涨。酒店已是一房难求，餐饮上座率一下子飙升到百分之八十以上。大堂、走廊、餐厅里，到处都可以见到外国人，开元对叶丽笑言："咱们这里快成联合国了。"

叶丽比以前更忙了一些，但忙得充实，忙得开心。这样下去，亏损肯定是远离了的。3月份财务报表出来，她看后吃了一大惊，当月盈利三十万元。天啊，运气来了的时候，钱竟然是这样好赚！

也有不顺心和烦心的事情，有几个西方国家的外商抱怨餐厅的饭菜不可口；有一个二次回来的老外向一个认识的女孩张开手臂，吓得女孩扭头就跑，弄得老外很没有面子；几个日本人跑到歌舞厅和桑拿房里面找小姐，得不到满足便骂骂咧咧地胡乱纠缠；一个喝醉了酒的韩国人半夜里赤身裸体地跑到前台，吓得当班的服务员捂着眼睛哭，来了两个保安才将其制服。这些问题处理起来都很棘手，既不能不管，也不能太过严厉，谁让人家是来送钱的上帝呢。

对于顾客的合理和正当要求，还是要尽量满足。在和餐饮部经理、厨师长反复商讨之后，叶丽决定将一个能放四张桌子的小餐厅改造成西餐厅，开业后果然大受欢迎，不仅稳住了一些"上帝"的心，还增加了餐饮收入。

歌舞厅的生意也异常火爆。吃过了晚饭的老外们难耐寂寞，歌舞厅就成了他们的最佳选择。但住店的老外百分之九十以上都是男性，舞伴就成了大问题，舞厅里的几个女孩累得要死，还是陪不过来。总不能让一个男人搂着一个男人跳舞吧？舞厅经理紧急求救，叶丽无奈，只好找了几个会跳舞、爱跳舞的女服务员前去救场。这些女孩开始都不大愿意去，后来却趋之若鹜，让去的着急着去，没让去的也往里面钻。问了一下原因，原来去陪舞的女孩每个晚上都有一二百元的小费可赚，运气好的时候还会收到一张百元美钞。

这些钱要不要收回来呢？叶丽很是犯难。不收吧，没去的女孩眼红怎么办？收吧，那是人家业余时间挣的，再说数额又该怎么统计？

"我看还是算了吧。"舞厅经理说出自己的想法，"那个地方并不是每一个女孩都想去，也不是每一个去了的女孩都能挣到钱。再说她们挣那么一点小费也不容易，劳累是次要的，有时候还要忍受一些很难忍受的事情。西方国家的老外大都规矩，而有些国家的人手脚却不怎么干净，所以这些钱也可以说是她们用尊严换来的。"

尊严，怎么又是尊严？一个人的尊严为什么这么容易失去？强权下丧失的尊严和利益引诱下丧失的尊严有什么不同？算了，既然无法阻止，无法改变，无法拯救，那就让这些钱给她们一点可怜的安慰吧。

不久又发现了新情况：个别服务员竟然随同客人进了房间！是舞久生情，还是钱色交易，很难做出判断。叶丽让各部门经理找几个当事人谈了话，都一口咬定对方盛情相邀，不好拒绝，进去后只是坐了一会，喝了杯水，其他什么都没有干。语言都不通，在里面坐什么坐？明显是骗人的鬼话。可是没有证据，便不好严肃处理。叶丽一气之下，发出一纸通知：除客房部员工外，其他人一律不准进入客房，一经发现，必予以严惩。

通知是发下去了，但效果如何，叶丽心里一点底都没有。真有顶风作案的，就真的要严惩吗？客人住在酒店，消息是封锁不住的，惩罚自己员工，也是在打客人的脸。上帝的脸，是想打就能打的吗？她希望黑白分明，希望丁是丁卯是卯，不喜欢稀里糊涂得过且过。但现实生活的复杂程度远超想象，并不是自己想怎么样就能怎么样，这让她有点气馁，甚至有点灰心。

她没有想到，还会发生更加棘手的事情。一个韩国人发疯似的喜欢上了琳娜。

　　琳娜已经是餐厅领班，上班时着一袭古色古香的黄色旗袍，由于是量身定做的，凹凸有致特别合体，行走时风姿绰约，婀娜多姿，像是一道移动的风景。叶丽看到后也暗自心惊，不知这女孩的美丽是否超过了年轻时的自己。

　　这道美丽的风景不知什么时候飘入了这个韩国人的眼睛，然后就驻扎在了心里。一开始人们只是有点好奇，这个韩国人为什么会喜欢上中餐，而且总是一个人来，固定的座位，两盘菜，两瓶啤酒，慢条斯理地吃，悠哉悠哉地喝，每天几乎都是最后一个离开。时间不久，人们就看出了端倪，他的眼睛只在琳娜身上。琳娜不出现，他的眼神会暗淡在桌面或者散漫在空中。琳娜只要一出现，他的眼神就变得晶亮晶亮的，完全被琳娜牵了走。

　　被发现或者说被识破以后，这个韩国人也就不再避讳，展开了凌厉的攻势。每天一束花，搭讪，表白，邀请喝酒、唱歌。韩国人能说几句中国话，但说得别别扭扭，结结巴巴。琳娜开始躲避、拒绝，慢慢地竟被韩国人的真情打动了，两个人开始了交往。

　　叶丽知道这件事情以后，专门去看了一下这个韩国人。因为前台事件和平日里的所见所闻，她对韩国人没有什么好印象。但这个韩国人好像还真有点特别，长相和开元倒有几分相像。可是一个人的内心如何是能看出来的吗？他是真动了感情，还是在消愁解闷，寻欢作乐？虽然与国外人通婚已经合法化，可是总觉得这样的事情很遥远、很虚幻，他们的交往真的会有结果吗？

　　为了对琳娜负责，她设法打听到了这个韩国人的情况。二十七岁，未婚，造船厂高级技工，月薪折合人民币两万多元。她的心多少放下来一些，但疑窦又生：这么优秀的一个男人，为什么到现在还没有婚配？还有，这么优秀的一个男人，真的能喜欢一个中国农村来的小丫头？

　　这个琳娜也真是的，怎么就同意交往了呢？这么大的事情，为什么事前不和自己商量商量？她觉得有必要和琳娜谈一次话，这也许是她现在唯一能做的了。

　　"你认为他是真心的？"

　　琳娜点头。

　　"你凭什么认为他是真心的？"

"他人很正派，也是真的对我好，交往这么长时间，他连我的手都没有碰一下。"

这倒是一个意外，看来这还真是一个不一样的韩国人。除了祈祷和祝福，还能再说些什么呢？

开发区火热的投资现状让振乾萌生了一种想法：这些投资商是必然要盖厂房、盖办公大楼的，那就必然会需要大量灯具，这是一个多么好的商机，为什么不紧紧抓住，而要让它轻易溜掉呢？厂房里面的空间有的是，工艺又是现成的，只需增加几台设备、再招几名工人就能开干。就用国产铝基板，生产出的灯具将会有更强的市场竞争力。他想着想着就有点按捺不住，对敬儒谈出了自己的想法。

"好事是好事，是不是也应该给于老板知会一下？"敬儒嗫嗫嚅嚅、吞吞吐吐的。

振乾有点发急："我们不能在于老板这一棵树上吊死，不能让这个厂的主动权和命运完全掌握在他手里。再说，于老板还能从增加的收入里拿走百分之一，他还有什么不满意的？"

"理是这么个理，但既然是合作，就该有点诚意。"

"我们对他有诚意，他对我们有诚意吗？连蒙带骗的，活脱脱一个奸商。"

敬儒脸色有点不大好看："说话不要那么难听。这么大的事情，即使不告诉于老板，也必须请示一下王总。"

廷轩对振乾的想法很赞赏、很支持，东海也连声说了几个好。这让振乾很是得意，订设备，购原料，招工人，风生水起地干了起来。与此同时，也招了两名销售人员，带着印制好的宣传册子，一家企业一家企业地跑。

海苔的销售春节后一点不见好转，产品越积越多，流动资金已经严重不足。东海忧心如焚，却束手无策。他想不出汪所长为什么要在年度总结会上发出那样的豪言壮语，也不知道他的底气来自何处。这样下去，亏两百万倒是很有可能。也许再过一两个月，公司就会被迫停产。汪所长也许是不想看他的脸色，在厂子里面待的时间越来越少，有时一天一天的不见人，东海不由生出一种隐隐的担心：如果这个人突然蒸发，再也看不见，那该如何是好？

敬儒当然不会放过这难得的机会，脸上的同情真诚得近乎悲哀："老张啊，我要向你道个歉，说好了给孙子买几包带回去，年前事情一多，竟然就给忘了。不过你现在货压得这么多，我就是买上十包二十包也不顶用啊。现在看来包销也有包销的好处，虽然利润点低一些，可是省心呀。还是你的城府深、气量大呀，换作我，早该急死了。"

东海很恼火，却不好发作，沉了脸："你急什么？不是有那么一句话叫出水才看两腿泥吗？"

"对了，我怎么把这句话给忘了呢。不过是不是也有被淹死出不来了的呢？对了，你是在海边长大的，水性应该很好，怎么会被淹着呢？看来我是在杞人忧天了。呵呵，不和你闲扯了，我得上去看一看振乾这小子把第二条生产线安装得怎么样了。"

敬儒大获全胜，步履轻盈得与身材很不相称，上楼梯时绊了一下，也没有让脸上的笑容掉下去。

留下东海一个人，坐在椅子上生了半天闷气。

担心的事情总算没有发生，汪所长的身影不但出现在眼前，还带来了一张新面孔。

"老张啊，我给咱们请了一位高人，我们的产品有救了。"汪所长身上像是通了电，到处都是红彤彤的。

又是高人，莫非现在是一个高人辈出的时代。能被汪所长称为高人，这位高人的辈分和级别应该也是不低的了。东海定睛细看，此高人并不算高，最多比自己高出两公分，长相也很平常，除了眼珠有点突出、嘴角向外扯得开了一点之外，别的没有什么特别之处。一身灰色的休闲装，一双比服装颜色更灰的休闲鞋，蓝领不像蓝领，白领不像白领，学者又不像学者，一时间很难判断其身份。

东海在打量高人，高人也在打量东海。高人的脸上带着轻蔑的冷笑，眼神很不礼貌，像是查找病原的医生，而且更像是兽医。这种表情和眼神让东海感到很不舒服，他不喜欢和长着金鱼眼的人打交道，开始总觉得是两条鱼在游，慢慢地又会觉得自己在里面游。

"请问先生尊姓大名。"东海想打压一下对方的气焰，语气尽量冷漠。

"曹炳光，曹总。"汪所长代为回答。

"曹操的曹，彪炳千秋的炳，光芒万丈的光。"那人补充。

"敢问先生以前是做什么的？"

"销售，我一直都在做销售。我的目标是建立一个庞大的销售王国，雄踞国内，走向世界。"

口气真够大的！看来彪炳千秋、光芒万丈也不是虚言，东海暗笑。

"曹总在圈子里名气很大，已经救活了好几家企业，我打算请他做我们公司的销售总监。"曾经高傲过的汪所长此时傲气全无，毕恭毕敬的，像个小学生。

"只能是兼职。我不可能把心思全部花费在你们这里，中国还有多少濒临危亡的企业需要我去拯救。"

还真把自己当成救世主了，东海的不快更增加了一些。这个汪所长也真是的，一点规矩也不懂，请销售总监这么大的事情，是随随便便就能决定的吗？当了曹高人的面，他不好再说什么，决定先忍一忍，看一看，等弄清楚这个曹高人是从哪个林子里飞出来的什么鸟再说。

三个人走进车间，绕着生产线转了一圈，曹高人撕开一包产品，放到嘴里尝了尝，神色突然一变，眼珠在东海和汪所长两个人身上游弋，语气完全是质问式的："我问你们，这么好的产品有什么理由卖不动，凭什么让它积压？你们的广告宣传是怎么做的？我知道，肯定还是传统的那一套，到电视台花点钱做几天广告，印制些小册子夹在报纸里或者塞到人家的门缝，这么做能有效果吗？做广告讲求轰动效应，轰动效应你们懂不懂？那是要把购买者的眼炸花，心炸乱，让他们一下子喜欢上这个产品，迷恋上这个产品。"

听起来倒是不错，可是这样的"炸弹"到哪里去找？原来的厂子也生产过各种型号的炸弹，这样的炸弹却闻所未闻。

"这样吧，你们给我准备一间教室，明天我要向我的销售团队介绍一下你们的产品。两个星期，不出两个星期，你们就会看到效果。"曹高人不是在商量，是在下命令。

"能有多少人？"东海问。

"少则五十，也可能有六十或者七十。"

既然已经走到了这一步，那就不妨再走走看。东海想了想，给叶丽打了个电话，把酒店大会议室预订了下来。

"曹总让我们两个也过去听听，说是可以帮我们转变一下观念。"汪所长极力相邀。

去就去，东海也很想亲眼看看这位所谓的高人到底有多大神通。

叶丽等在会议室门口，看见东海，走过来低声问："这是什么会议，来了这么多人？"

东海不知道该怎么回答，反问道："人都到齐了吗？"

"好像来齐了。坐不下，我又让服务员加了几把椅子。您和汪总的椅子要不要放到前面？"

东海摆了摆手："就放在后面吧，我今天来就是当一名观众，听听而已。你去忙你的吧，有什么事我再让服务员找你。"

叶丽走了，很快又让服务员送来两杯茶水。

会议室里果然坐得满满当当的，每张金丝绒包裹的椅背上面，都露出一颗人头，面容是看不见的，男女老幼却依稀分得清楚，长发的短发的，白发的黑发的，也有不短不长、黑白相间的。奇怪的是，里面竟然没有一点声音，所有的头颅都像浇铸出来似的，一动不动地注视着前方。会议室里似乎有一种神秘、诡异的气息在游走，在流动，东海竟然莫名其妙地生出一种惶悚感。

一个西装革履、戴着黑色蛤蟆镜的男人快步走到台上，用拳头在自己胸前捣了两下："你们睁大眼睛，看看我是谁？"

东海听出了声音，是曹高人。

下面忽然爆发出雷鸣般的喊声："曹总！曹总！曹总！"

"知道我为什么让你们到这里来吗？"

"发财！发财！发财！"

"这几年你们跟着我，腰包鼓了起来，这次回去要准备一个大袋子，因为我这次发现的是一座大金矿，是能让你们彻底告别过去，告别贫穷，走向富裕，走进上流社会的超大、特大的金矿。"

看不见听众的眼神，但粗重的呼吸却清晰可闻。

"我手里拿的这包东西叫海苔，是一位专家倾注了十几年心血研发、生产出来的。千万不能小瞧了这包东西，人体所需要的营养它里面都有，老人吃了可以延年益寿，妇女吃了可以美容美颜，儿童吃了可以强身健体。你们说，这么好的产品我们要不要做？"

"要！要！要！"

东海看了眼汪所长，发现有两条白色的虫子从对方眼角爬了出来。

"今后几年，我打算就做这一件产品，把它的产值做到十亿百亿以上。我想让你们告诉我，有没有信心？"

"有！有！有！"

汪所长脸上的虫子爬得更快了一些。汪所长是真的遇见知音了，东海想。

"再大声一点，有没有？"

"有！有！有！"

尽管这栋楼是自己亲眼看着建起来的，东海还是很担心地看了看屋顶。

"这几年我得了好多封号，有人说我是起死回生的神医；有人说我是救苦救难的菩萨；也有人说我是疯子，做事情不计后果，不顾一切；还有人说我是彪子，心里面只有别人，没有自己。我曹炳光今天站在这里，就是这么一个人，一个有理想并且愿意为理想献身的人，我就是要演绎一个个神话，创造一个个奇迹，你们相信不相信？"

"相信！相信！相信！"

"现在我宣布，又一个神话，将从这里开始。既然你们愿意相信我，拥戴我，支持我，那就激发你们的热情，调动你们的能量，利用你们的资源，立刻行动起来。我用我曹炳光的人格向你们保证，发展十个人，你们可以月入五千；发展二十个人，可以月入一万；发展五十个人，奔驰、宝马就会成为你们的坐骑；发展一百个人，豪宅的钥匙就会送到你手里；发展一千个人，在纽约最繁华的街道里，一套豪华别墅的户主就会是你的名字。"

呐喊声变成了经久不息的掌声。

曹总总算想到了两个人的存在："最后，我还想告诉你们，你们不是一个人在战斗，我们是一个焕发着巨大能量的整体，是一个无坚不摧的团队。在我们这个团队的背后，还有两个事业心极强、资金实力极为雄厚的大老板做我们的坚强后盾。"

东海想缩一下身子，但他发现根本没有必要，因为没有一个人回头。

"我现在再问一遍，你们想好了没有？"

"想好了！想好了！想好了！"

"那就出发！"曹总威武地挥了下手，让东海想到了拿破仑。

回厂子的路上，汪所长问东海："怎么样，是不是挺震撼的？"

"是挺震撼的，心都快震碎了。不过，我怎么感觉有点像传销？"

"这怎么能是传销呢？传销都是偷偷摸摸地一个传一个，哪有这么兴师动众、大张旗鼓的？"

东海正色道："我可告诉你，违法的事情咱们坚决不能干。我们是军办企业，丢不起这个人。"

"你就放一百个心，真要是出了什么事，由我一个人担着，与你们公司无关。"汪所长言之凿凿地保证。

东海没有再说话。传销形式还没有渗透到军品，所以这种形式只是听说过，没有经历过。如果这不是传销，那又算是什么样的营销方式呢？从现场的气氛看，又很像一个教会组织，营销怎么会和教会一个性质呢？还有，这个姓曹的真有这么大能量，一通狂热的、歇斯底里的演讲，就能打开产品销路、扭转企业局势吗？他有一种隐隐的担心，又有一种殷殷的期望。

后来发生的事情恍如梦境，除了用"神奇"来形容，东海找不到更好的字眼。第二天一大早，求购海苔的人就在门外排成了长队。三天，只有三天时间，堆积成小山一样的产品就被拉运一空。而账户里面的钱，就像开了闸的水流，源源不断地涌了进来。东海知道，这个曹总监是非聘不可了，那么薪酬呢，估计也是少不了的。他问汪所长："你打算给这个曹总发多少工资？"

"人家不要工资，只要一样东西：定价权。他以批发价从我们这里拿货，至于卖多少，完全由他说了算，我们无权干涉。"

又是一个意外，这个曹高人是真的在做好事，还是另有所图，他一时也想不清楚，顺口又问了一句："你同意了？"

"这对我们来说是天大的好事，有什么理由不同意？"汪所长理直气壮，振振有词。

从企业角度看，的确是一件好事。那么，是不是真的一点风险也没有呢？还有，这到底是一种什么样的营销方式？

少了压力，多了疑虑。生命也许本来就是痛苦的交替。

此后一段时间，厂子开足马力地生产，但总是供不应求，每天都有人空着手回去。曹总对此很不满意："你们就这么点量，让我怎么做？你们不能让我像一个农村婆娘那样，眼巴巴地等着鸡下出蛋来。市场容量就那么大，我们不去占领，别人就会占领。"

汪所长又兴奋又着急，眼睛里布满了血丝："要我说，干脆把下面那两家企业撵走。"

"他们的合同还有一个多月才能到期，现在撵走人家，就要支付违约金。"

"支付就支付，这点钱对咱们算什么？"

东海却有心拖延，他想再看一看，这样的销售是否正常，是否能延续下去。汪所长不好对东海发火，也不能越过东海去解除合同，急不可耐，两只眼睛都有点充血，每天都会到下面转几圈，瞪着眼睛，有点想把对方吓走的意思。

租赁合同终于到期，东海还是有点迟疑不决。目前的销售状况是一种假象还是一种真实情况？拉出去的产品销到了什么地方，市场份额有多大，他心里一点底也没有。此前的积压境况还历历在目，一下子将产量增加两倍，万一销售受阻，后果将不堪设想。

汪所长已有点气急败坏："你还在犹豫什么，在等什么？你是想让我跪下来求你吗？你这么瞻前顾后、畏手畏脚的，能干成什么事？算了算了，算我看走了眼，我需要考虑一下我们还有没有必要再合作下去。"

与此同时，曹高人也发出最后通牒：如果继续维持这个产量，他将终止与企业的合作，他的团队只能做大，不可能做小。等待，对于他们是羞辱，是折磨，是慢性自杀。

东海没有了退路，回到公司与廷轩商议。汇报时，他略去了传销方面的担忧，他知道对方的性格，听到这两个字，不但扩大没有可能，现在的生产也可能让急停下来。在没有把事情完全弄清楚之前，他想先担下这一点责任。

廷轩对扩大生产规模的事情倒是很支持，出租本来就是无奈之举，现在有了这样的机会，为什么还要让它继续下去呢。

一个月后，新增的两条海苔生产线全部投入运转，产量一下子翻了两番。曹高人没有食言，生产出来的产品在厂子里待不过两天。东海松了口气，暗自算了一下，如此下去，只需要几个月，汪所长的头就可以继续长在脖子上。

海苔产销两旺，敬儒上上下下是看得见的。下面两家企业没有续租，增加了两条海苔生产线，敬儒也是看得见的。他不知道为什么会有这样的变化，心头的妒火却一天比一天炽盛。为了让自己的心灵少受一点折磨，他尽量减少到厂房这边来的次数，偶尔来了，也尽量目不斜视，脚步迈得又轻又快。有一点他想不明白，这么长脸的事情，东海应该很得意，自己不去找他，他也会来找自己，显摆一番、炫耀一番才对，怎么就悄无声息了呢？这不符合东海的性格呀！

躲着不想见，这一天两个人还是在楼道里碰上了，碰上了就不能不说话。敬儒让脸上尽量多出点笑容："行啊，老张，施了什么魔法，竟然能让你的产品脱胎换骨，起死回生？有什么绝招也给教一教，不能只顾着一个人吃独食。"

东海自然不能据实以告，这是个什么人他已经很清楚，添个乱添个堵什么的还可以，帮着排忧解难那是根本指望不上的。他也就蕴了点笑，声音尽可能平和："什么绝招不绝招的，只不过产品能拿出手，运气好一些罢了。振乾那里干得也不错嘛，我真后悔把他给了你，你看你现在多好，想来就来，不想来就不来，背着手转一圈，看两眼，钱就进来了。"

两个人一个往上走，一个往下走，都没有停下来攀谈的意思，也就不再停留，一个继续往上走，一个继续往下走。

东海的神态和语气里并没有此前的傲慢，这让敬儒心里多少受用了一些。不过东海的话又让他不大舒服，什么叫振乾那里干得不错，好像没有我什么事似的。但"不错"这两个字却是事实，灯具的产销情况虽然不像海苔那样风起云涌，用风生水起来形容却不为过。短短几个月，自销的产量已经超过了包销的产量，上个月的财务报表，已经赫然出现了十二万元盈利，这样下去，一年能赚到多少！

让他隐隐不安的，是振乾对自己的态度。这小子魄力和能力方面都没有问题，只是很难驾驭。国产铝基板灯具的产销量飙升以后，振乾的棱角愈见分明了一些，说话带理不带理的，偶尔还会顶撞几句。这种情况怎么能允许呢？这么多年的经验告诉他，一个领导，要想在单位有话语权，就必须抓牢几个人。按说这几个中层都是自己招来的，具有一种天然的优势，但阴差阳错，就是难以如愿。叶丽自不必说，未成仇已算万幸。在炜平面前试探过几次，都如石投深潭，一点波澜也不见起，真看不出是不谙世故还是老于世故。开元那小子猴精猴精的，总觉得还是保持一点距离更好一些。酝酿、运作这件事已有两年多了，现在能够掌控的只有仁义和振乾这么两个，如果让振乾再脱出手心，那将来还能成什么事？所以这个事情不能再拖，必须尽快解决。

振乾正在自己的办公室里看一张图纸，见敬儒进来，没有起身，抬了下头，扬了下眉，算是打过了招呼。敬儒已有几分不快，强自忍住，拉了把椅子坐下，问道："振乾，你给外方的报表是怎么回事？"

振乾冷冷的："什么怎么回事？"

"为什么自销的这一块没有包括在里面？"

"我为什么要把这一块包括在里面？"

敬儒已有点怒不可遏："人不能言而无信。"

"对这些黑心烂肺的家伙还要讲什么信用。我越想越生气，辛辛苦苦挣来的钱，凭什么让他平白地拿走一块？"

"你就这么对领导说话？你以前对张总也是这么说话？我告诉你，于老板过两天要过来，你当面向他解释。"

"过来就过来，我还怕他不成，大不了这个厂长不当就是了。"

这一个撒手锏很管用，敬儒想不出还该说点什么，却直喘粗气，有点像哮喘病人。

振乾对敬儒的态度转变一方面来自自己的工作成就，更多的来自年前的谣言事件。当时说的有鼻子有眼，好像已经钉在了铁板上一样。还有那些委婉的暗示和承诺，让他几度出现幻觉，总经理助理或者副总经理的宝座似乎已经摆好了似的。可是结果怎么样呢？想要发生的没有发生，想要得到的没有得到，只让他在老婆面前大大地丢了一回面子。幸亏公司没有追查，否则不知道还会发生什么事。经历过了才会明白，认清形势，做出正确选择，对一个人的成长有多么重要。通过这件事情，他也更加看透看穿了敬儒这个人，毛厚肉薄，熊心鼠胆，是干不成什么大事的，偶尔利用一下还可以，要想当作依靠，那是万万不能的。

振乾没有想到，几天以后，于老板真就出现在了车间里。人应该是敬儒接回来的，因为敬儒就站在于老板身旁。

搞突然袭击，想用于老板压自己一头，逼自己就范？做你的好梦去吧！振乾恶狠狠地想，挑战似的挺直身子，抬起头，却发现两个人身后还有一个打扮得十分妖艳的年轻女孩，正在好奇地魅惑地盯着他看，这让他凶巴巴的眼神立刻柔和了许多，并且不由自主地站了起来。

"你们这是在干什么？上一条生产线，我居然毫不知情，我还是合作者，还是股东吗？"于老板一边在车间里走，一边大发雷霆，"我在内地有好几个合作项目，没有一个像你们这么胡作非为的。你们到底想干什么？翅膀硬了想单飞是不是？那好，把违约金和补偿金算清楚给我，我马上走人。"

敬儒赔着笑脸："这件事是我们考虑得不够周全，我给你道歉还不行吗？"

振乾看不下去，插了一句："作为一线经营者，总有权根据市场情况做出一些改变吧。"

于老板像是刚发现振乾似的，稍微有些吃惊："这是什么人？是股东吗？我们股东在说话，你插什么嘴？"

"这是咱们厂的牛厂长，上次在电话里和你通过话。"敬儒介绍。

"牛厂长，你以为姓牛就可以牛一把吗？你知道不知道厂长和股东是什么样的关系？你一定要弄清楚自己的身份，你只是在为我们股东打工而已。"

振乾的手握成了拳，眼睛瞪成了牛样。他真想骂一句脏话，然后拂袖而去。可是他的牛眼里飘入了一个笑容，这笑容让他咽下了这口气。

过了一会，于老板又发现了问题："不对呀，你们这一条线什么时间上的，已经有好几个月了吧？收入呢？收入跑哪里去了？为什么给我报送的财务报表里没有反映？"

敬儒笑着打哈哈："牛厂长这么做，主要是出于避税方面的考虑。"

于老板也笑，但笑里带着冷意："避税，我看首先想避我那百分之一吧。我明确地告诉你们，你们这么做是违反合同法的，单凭这一点，我就可以去告你们。"

敬儒在于老板肩上连抚带拍的："你和我是什么关系？有什么事情不能商量

着解决,至于发这么大火?走走走,酒店开业后你还没来过,中午就在那里给你接个风,顺便赔个罪。"

振乾本不想去,但腿已有点不听指挥。那女孩穿了一袭白色的连衣裙,纱一样透明,黑色的胸罩、红色的三角内裤清晰可见,胸窝和腿根都白花花地耀眼,走动时,上下几团尤物便会颤悠悠地晃动,看得振乾口干舌燥,心神不宁,魂不守舍。

饭桌上,于老板好像已经完全忘记了方才的不快,脸色晴朗,笑声爽朗:"我这人就是这种直脾气,牛厂长不要在意的啦。其实我对你还是很看好很欣赏的,你发给我们的产品质量都是顶呱呱的啦。人活在世上谁能不犯错误,犯了错误改正了就还是个好同志嘛。我这人没有别的爱好,就喜欢交个朋友,你这个朋友我今天也是交定的啦。"

于老板不仅能说,也能喝。一瓶茅台不够,又拿来一瓶。于老板喝了,振乾是必须喝的,女孩又单独敬了几杯,便有点不胜酒力,晕晕乎乎的。

于老板向女孩使了个眼色:"我和黄总再说几句话,你先扶牛厂长到房间里休息一会。我们小陈学过点催眠术,很管用的。牛厂长平日里那么辛苦,今天就好好放松放松,享受享受。"

振乾如同妖魔附体,已完全身不由己。小陈让他盘腿坐在床上,然后跪在了他的身后,用修长的手指跳跃着在他的脑门上滑动,同时,有两团柔软的东西紧贴在背脊上。他知道那是什么东西,很想反手抓住,但是他没有动,因为这样的感觉是没有体验过的,很新奇,很享受,他想让它延续得更久一些。

舒服,太舒服了!这个于老板真他妈的会享受,是不是每天都要被这么催眠一次?以后就让老婆照着这个样子做,老婆的胸比这个小陈的胸还要大,贴在背上的感觉应该不会差到哪儿去,手指粗了一些,不会这么柔韧、这么轻盈,这是没有办法的事情,只能不得已而求其次,多做几次,也许就会好一些。

那手指已经移动到了眼睛上,在眼皮上轻轻地抹,在眼角轻轻地压,然后移到了耳朵上,轻轻地撕扯、搓捏。接着就发生了更不可思议的事情,小陈的嘴唇凑近了右边耳朵,呼出的热气让耳朵里面痒痒的。这还没有完,又有柔软的东西往里面探,然后一下子将耳蜗填得满满的。

振乾忍受不了这突如其来的刺激,憋了很久的情欲一下子爆发出来,转过身将小陈压倒在床上。小陈没有反抗，反倒咯咯地笑了起来。

事毕，也许是酒精的作用，也许是催眠的效果，也许是情欲发泄后的疲惫，他睡着了。

醒来时已是黄昏，小陈不在房间，他坐着等了一会，这样的机会实在难得，他希望能再来一次。可是等了又等，终不见小陈人影。不能到于老板房间去找，更不能给敬儒打电话询问，只好留了遗憾，穿上衣服，快快而归。

于老板在滨海待了两天，这两天再没有看到小陈的身影，敬儒也没有到厂子里来，振乾怀疑小陈可能在什么地方给敬儒做催眠。那样的好事看来不会再有了，只能靠着回想权且解一下饥渴。

于老板临走前一个人到厂子来了一次，脸上带着意味深长的笑容，拍着振乾的肩膀说："我们小陈对你很有好感，有机会我会请你和黄总到香港来，好好玩几天。好好干，我是不会亏待你的。"说着话，将一个鼓囊囊的信封啪地一下扔在桌子上。

于老板走后，振乾打开信封，里面是崭新的百元大钞，数了数，整整五十张。这个于老板出手可真够大方的，这可是半年多的工资啊！谁能想到好事会来得这么容易，先是不花钱的美色，接着是不费力的钱财。他又把信封拿在手里捏了捏，心里面涌动着一种由衷的喜悦之情。

可是这算是怎么回事呢？他慢慢地冷静了下来。和"贪污"两个字是沾不上边的，"受贿"好像也站不住脚，最后他终于想明白，这不是别的，是"收买"。

在书本、电影、电视里都看到过，被收买了的人骨头都会变软，个人意志都会变少，基本上是任人摆布，这对自己来说是很难接受的。可是怎么办？色已经受了，钱还能不收吗？于老板能给自己这么多，姓黄的那里想必也是不会少的。真出了什么事，自然会有人顶在前面，那还有什么可怕的？

过了十多天，他接到了一封来自香港的私人信件，打开一看，里面有一张和小陈赤身裸体躺在一起的照片，照片下面写了几个字：亲爱的，我很想你。他没有被小陈的柔情蜜意打动，反而狠狠地骂了一句：这个婊子，什么时候拍的？他把照片一下一下又一点一点地撕得粉碎，扔进了纸篓。可是没有用，他分明感觉到，鼻子上已被穿了孔，并且系上了一根无形的绳子。

这些事情敬儒会不会知道呢？答案似乎是肯定的。敬儒再来时，他注意观察其眼神，发现那里面既像是讳莫如深，又像是明察秋毫。从敬儒和于老板的关系来看，不知道是不大可能的，而且更大的可能是：整个经过就是这两个人商定好的一个阴谋或圈套，一个制服自己、控制自己的圈套。那么，敬儒到底被催眠了没有？于老板会给他多少钱？妈的，被别人踩住了尾巴，却找不见别人的尾巴，这种感觉真不好受。

敬儒后面的举动也很能印证自己的判断，不但过来得更勤了一些，而且大有亲政之意，除了生产上的事务，其他的事情都要过问，有些连个招呼都不打就做主决定。这是要干什么？是要收回承诺、夺回权力吗？以前觉得敬儒是被架空了的，自己这个副厂长是实际上的厂长，是可以挥斥方遒、说一不二的，现在则觉得，自己在一步步被架空，说话没有了力度，没有了分量，成了出气的另一种方式。这种情况怎么能允许呢？他烦躁、气闷、愤恨，可是有什么办法呢？尾巴被别人踩着，无形的绳子被人家拽着，不这样又能怎么样呢？他强压着心中的怒火，表面上和颜悦色，百依百顺，心底里却在发着狠声：想控制老子，等着瞧，这一口恶气老子迟早都要给你吐出来。

忍气吞声、忍辱负重的日子比春风得意、意气风发的日子总是要难熬得多，振乾的怨气和恨意在一天天积累，这一天终于有了一个发泄机会。

会计送来一张公司财务转来的借款利息结转单据，振乾看了一眼，半年时间，竟然达十五万元之多。振乾感到气血在往上涌，抓起电话就骂："仁义，你狗日的想干什么？就不能让老子喘口气？"

振乾的反应是仁义没有想到的，仁义也大为恼火："振乾你怎么像疯狗一样乱咬人？王总安排的事情我能不执行？"

"王总安排的事情？王总能想到这些事？还不是你这个王八蛋在后面瞎鼓捣，见老子日子好过几天心里就难受。"

仁义被骂急了，火气也更大了一些："说你是疯狗真是一点也没有说错。一口一个老子的，你给谁当老子？我出生的时候你还在你爹的大腿上瞎转悠。以前我让着你，不要以为我就怕你。有本事你把火给王总去发，我和你说不上。"说完啪地挂断了电话。

妈的，竟然敢挂我的电话！振乾看着话筒愣了半天神。这个软柿子今天怎么也会硬起来？是不是自己的话太过分太过头了一些？过分过头就过分过头了，得罪就得罪了吧。不管怎么说，这心头总算是松快了一些。

平白地装了一肚子气，仁义放下话筒，很是郁闷了一阵。这个疯子，今天哪来这么大火气？还有，他怎么会知道事情的起因和过程呢？不过知道了又能怎么样，为领导出谋划策、排忧解难，难道不是一个好的中层应该做的吗？

看到几个二级单位每月送来的报表，仁义的心情很是复杂。小河里有水大河满，水涨船高，这些道理他都懂，可心里就是有点不大舒服。尤其是酒店的报表，在他面前停留的时间最长，上面的收入和利润每个月都在增长，他的妒忌和憎恨也不由自主地跟着一起增长。他认为自己的妒忌和憎恨是有道理的，叶丽也就罢了，谁让开元也待在那个地方呢。

毫无疑问，这个样子下去，年终肯定能发点奖金，可是自己拿到的能有他们多吗？王总多次在讲，工资福利要向一线人员倾斜。怎么倾斜，自然是先向成就大、效益好的倾斜。这还不是最主要的，最主要的是业务能力方面的证明和承认，一想到这一点，他心里就发虚发急，坐立不安。

怎么才能让他们的业绩看上去平庸一些、暗淡一些呢？他想了又想，眼前终于一亮。那么多的借款利息，凭什么全部让分公司负担呢？这是一个多么好的理由啊，不显山不露水的，就可以达到自己的目的，他很为自己的想法得意了一阵。情绪稳定下来以后，就开始计算各二级单位应该分摊的数额。

听了仁义的建议，廷轩有点想不明白："分摊不分摊，最终的结果不是一样吗？"

"不一样，"仁义已经想到了这一点，"除了房地产，其他都是独立核算单位，如果是亏损，分摊不分摊没有什么区别；盈利时就不一样，分摊下去，就可以避掉一部分税金。"

"在这一方面你是专家，你要是觉得合适，就那么做吧。"

得到肯定和鼓励，仁义心情大好，立即将分摊结果打印发送了出去。他准备好了词语，以应对开元的诘难，没想到首先等到的却是振乾疾风暴雨般的斥责和詈骂。

对于振乾的态度，是不是太过了一些呢？几个中层里面，就这一个还能说上几句话，得罪了总归不是什么好事。明知道那就是一个泼皮无赖，就是一个疯子，干嘛还要和他一般计较呢？

看到开元拿来的银行借款利息转移单据，叶丽也很生气："这个仁义，是不是就见不得我们好？是不是利息分摊这么多，利润就会减少这么多？"

开元笑着点头："他的出发点可能真的不怎么光彩，但作为公司财务经理，我倒觉得他这次总算是办了一件正经事。对于我们来讲，酒店利润多几十万少几十万只是脸面上的问题，但对于公司总体而言，却存有很实际的利益关系。只是不知这种做法，税务部门会不会认账。"

"那有没有更好的办法？"叶丽倒有点着急起来。

"有，但是比较麻烦。咱们的朱大经理能想到这个问题，已经很不容易了，我们对人家的期望值不能太高。走一步看一步吧，这算是合理不合法的问题，要看运气好坏，碰到的检查人员是什么样的人。如果碰到我这样的，也许就过去了。"

"你听说了没有，开发区又要盖两座大酒店，愁得我两个晚上都没有睡好。碗里刚有了点肉，狼就多了起来。"叶丽转移了话题，心事重重的样子。

"这很正常，"开元倒像是很不在乎，"商人都有逐利的天性，今年我们酒店的生意这么好，别人看了能不动心。酒店多了以后，竞争肯定是存在的，但只要开发区的投资环境持续向好，我们就没有必要太过担心。再说，我对我们叶总还是充满信心的，有叶总的英明领导，我们还有什么可怕的，有不怕死的，尽管来，我相信他们最后都会落荒而逃。"

叶丽忍不住笑了："你这个嘴是越来越会说了，虽然有点油嘴滑舌，但听起来还是蛮舒服的。"

"好听的话我只能给我姐一个人说，别人想听，必须用钱来买，还要看我心情好不好。"

"好了好了，快忙你的去吧，"叶丽装作生气的样子，"要是让你老婆听见，会不会把你的嘴撕烂？"

开元真像受到惊吓的样子，捂着嘴走了出去。

小茜小声告诉开元："我觉得小宋最近的菜价有问题，以前一直低于市场价或者与市场价持平，最近却一直高于市场价。就拿西红柿来说，我在菜市上买的是两毛钱，小宋的进价是两毛五。"

这怎么可能？开元的第一反应是不相信。小宋是什么人，怎么可能干这样的事情。如果小宋都会动歪心思，那还有什么人可以相信。可是小茜更是一个值得信赖的人，行事谨慎，没有真凭实据，是绝对不可能乱说的。

这到底是怎么回事呢？相对而言，他更愿意相信这是一个误会。西红柿分好几个品种，质量也大不相同，进货渠道不同也会导致价格上的差异，新鲜蔬菜比普通商品的价格波动更大，变化更快，买菜的时间段不同，价格也会不同。但意愿归意愿，事情既然提出来了，总得弄个清楚。

第二天，他起了个大早。小宋总是在早市上买菜，这他是知道的。早市上的菜新鲜，品种也更齐全一些，这些是酒店更为看重和必须保证的。

妻子在床上翻了个身，睡眼惺忪，看了看窗外，又抬起身子看了看挂钟，声音里有惊异，也有不满："这么早你去干什么？"

"我去捉奸。"开元做了个鬼脸。

"别让人家捉了就行。"妻子又把自己放平了。没有追问，也没有阻拦，说明她对自己的丈夫很放心。

这件事知道的人越少越好，开元骑着自行车往早市赶。6点刚过，老家这时候天还是黑着的，这里的天却已经大亮。今天应该又是一个好天，太阳还没有露脸，笑意已一抹一抹地浮泛上来，在东方的天地间连缀成一片赤红。

当个酒店采购也真不容易，每天早上都要这么早起床。对于自己这种爱睡懒觉的人来说，这是一件很难忍受的事情，也不知道小宋是怎么做到的。小宋真会干那样的事情吗？他在王总身边待了那么久，受到的感染和教育自然不会少，感情想必也会有一些，真要做了那样的事情，以后面对王总，他的眼睛还能睁开，敢睁开吗？

早市就是早市，好像把当地的勤快人全都聚到了一起，已是扰扰嚷嚷的一片。开元停放好自行车，找了一个不易发现的角落，耐心地等待。

时间不长，就见酒店的白色小面包疾驰而来。这是小宋的采购专用车。车一停下，小宋就从里面钻了出来。开元远远地跟在身后，心中一会是神奇的惊喜，一会是无奈的悲凉。谁能想到呢，在自己的生命历程中，还要担当这样一个角色。像是间谍，又像是侦探，反正都是神神秘秘、鬼鬼祟祟的。与他们不同的，是自己完全没有生命之忧。人啊，真是可怜，有多少事情是自己能够做主的？更多的时候，都像有一种无形的东西在推着你走，不管你愿意不愿意，适应不适应，开心不开心。

小宋径直来到一家最大的蔬菜摊位前，指指画画的，嘴里也在说着什么，应该是在告诉摊主需要的品种和数量。摊主是一个四十多岁的女人，显得很热情，也很殷勤。又是装袋，又是过秤，收到钱也没有再查一遍，直接装进了口袋。然后把买好的菜放到一辆小推车里，送到停放面包车的地方。

看着面包车扬尘而去，开元才踅到那个摊位，指着西红柿、黄瓜、茄子、辣子分别问了价格，各自买了一些。看着时间还早，又回到了家里。

妻子刚起床，看见开元手里提的菜，大为惊讶："我们开元会上早市买菜了！附近不知道有没有庙，我该好好去上一炷香。"

开元打了个哈欠，急忙封口："只此一次，只此一次，这样的蠢事我再也不会干了。瞌睡死了，让我再眯一会。"

上班以后，他放下了其他工作，脑子里只转动着这一件事情。他知道9点多钟，小宋就会将买菜的单子送到财务部，然后在出纳那里补充备用金。他坐等着这个时间点的到来，一会希望时间过得快一些，一会又希望时间过得慢一些。但祈祷的内容始终不变，他多么希望看到买菜单子上的价格比自己买的价格低一些，或者再退一步，一样也行。

看着时间已经过了9点半，他给小茜打了个电话，问小宋买菜的单子送到没有，得到确定的答复后，就让小茜把单子给自己拿过来。其实财务办公室和自己的办公室只是一墙之隔，但他不想出现在那里，以免引起别人的注意。

看到那几种菜品的价格，他的脸沉了下来。无一例外，都比自己买的多出几分钱。这是无论如何也说不过去的啊！他心里一下子被失望和愤慨填得满满的。在那张单子上瞪了几分钟之后，才告诉小茜："在我做出处理决定以前，这件事先不要让任何人知道。你现在就去找小宋，让他到我这里来一下。"

小茜出去后，开元的愤慨已转化为愤怒。有什么理由发生这样的事情呢？为了这些蝇头小利，就可以置信任和自己的人格于不顾吗？那么是自己的眼光出现了问题呢，还是这个小宋隐藏得太深，人心难道就真的这么险恶叵测吗？现在该怎么办？调岗吗？开除吗？自己的脸面先放到一边，王总那里该怎么交代？他突然发现，原来自己的脑子也不是那么好用。

小宋进来，看到开元的脸色和桌面上的买菜的单子，知道事情已经败露，神情也是一暗，额头上渗出汗珠。

开元准备了好几句严厉甚至难听的词语，这时候却一句也说不出来。看小宋的神态，是承认了的。他的愤怒反而减轻了一些，比之死皮赖脸的狡辩，急赤白脸的抵赖，这种态度更容易让人接受。他稳定了一下情绪，尽量让声音显得平和一些："告诉我，你为什么要这么做？"

小宋的目光斜在地板上，没有说话。

"你很缺钱吗？缺钱为什么不告诉我？你这么做，想过我和王总的感受吗？我的面子不值几个钱，丢了也就丢了，可王总不一样，他是整个公司的主心骨，身边最亲近的人出了这样的事情，别人会怎么看他，他又会多么失望和痛心。"

能听到小宋的汗珠掉到地板上的声音。心里应该有什么东西在缠斗，表情也在急遽变化，最后终于开了口："我这么做不是为了我自己。"

"那你是为了谁？"开元很是好奇。为了别人去贪污，这也未免太离谱了吧。

"小孙，"小宋自语一般，声音很低，"他们家里很穷，去年买房后款一直没有交够，公司财务隔上些日子就催要一次，小孙说他想要去自杀。这几个战友里，我和他的关系最好，看着他痛苦的样子，我心里也很难受，就想着能帮他一把。可是我每月的工资就那么多，实在帮不了多少。看到酒店今年的生意这么好，就想着用这种方法借用一下，以后再慢慢还上，没想到还是被你们发现了。"

开元想笑，却没有笑出来。不亲身经历，很难相信会有这样的事情。为给朋友帮忙而置自己的名声与前途于不顾，确实太傻了一些。可是从另一个角度讲，这需要多大的勇气，又是多么感人啊！这个人的品质还是能对得起自己的眼光的，并且也不是不可救药。他感觉到自己的愤怒正在一点点消散，代之以深深的同情和怜悯："你就没有想过，一旦被发现，会是什么样的后果？还有，你想没想过另一点，贪污和吸毒、盗窃一样，也是会上瘾的。"

"这个绝对不会，请你相信我。"小宋有点着急起来。

这是无法验证也绝不能去验证的事情。开元想起另外的问题："你把那些钱都给小孙了吗？"

"还没有，我想攒够后一起给他。你等一下。"

小宋急急地出去，又急急地进来，将一个存折摊开在办公桌上。开元把存折拿到手里看了看，上面全是进账，几天一笔，数额也都不大，一二百、二三百的都有，累计金额却已经不是小数，九千五百多元。

"我想满一万再拿给他，再有几天就凑够了。"小宋看上去很有几分惋惜。

真是个法盲！开元有点苦笑不得："你知道不知道，如果起诉到法庭，这些钱就够给你定一个贪污罪。"

小宋没有说话，额头上又是一片晶亮。

这件事情该怎么处理呢？开元沉思起来。起诉是绝无可能的，那不仅仅是王总的面子问题，也会影响酒店和公司的形象。那么，是调岗呢，还是继续留用？如果是调岗，别人会怎么想，会不会有这一方面的猜疑？如果继续留用，会不会存在更大的隐患？尽管是出自那样的动机，但贪污的事实毕竟是存在的呀！他左思右想，很难做出决断。

还是把该处理、能处理的事情先处理了吧。他把小宋拿来的存折交还给小宋："你把它交给小茜，别的话不要说，就说是我让你交给她的。"又从抽屉里另取出一个存折，说："这上面有一万多块钱，你给小孙拿去，告诉小孙不用着急，什么时候有什么时候再还给我。"

小宋接了，神情比哭还要难看。走到门口，又被开元叫住："你的事情不要告诉任何人，包括小孙。你这个采购能不能接着干，我需要再考虑考虑，但这件事情，我们都必须让它烂在肚子里。"

可敬又可笑，可赞又可叹，如此荒唐、不可思议的事情居然就让自己碰上了！到底应该怎么处理呢？这不是两难，是多难呀！现在最为关键的问题是：这个小宋是否还值得信任？从事情的经过看，答案应该是肯定的。可他犯的毕竟是采购人员最不应该犯的过错啊，谁能保证他以后不会再犯。方才对小宋讲的并不是无稽之谈，吸毒、偷盗、贪污的犯罪心理都是相通的，都会上瘾成癖。小时候就听到过一个笑话：有一个农民，养成了偷盗恶习，每天晚上不偷点东西就睡不着觉。有一天晚上，在村子里转了一圈又一圈，实在找不到可偷的东西，便在别家的粪堆上捡了一块粪，扔到了自家的粪堆上，这才心安理得地回去睡觉。这个笑话，实际上是在讲述一个规律。这个小宋万一要是停不下来，那会发生什么样的事情？现在是不到一万，以后有可能就是几万、十几万，真到了那种地步，现在的宽容就不是在帮他，而是在害他。可他如果真的只是一时糊涂，从此不再犯了呢？轻率地做出决定，就可能毁掉他一生。要想掩盖一件事情，最好的办法是维持原状，一动百动，再想遮掩就会很难。还有一个问题：换掉小宋，换上谁，谁能保证这个人就比小宋更可靠？

这件事情要不要告诉叶丽呢？两个人商量一下，也许心里会更踏实一点。思之再三，觉得还是不告诉为好。她的压力已经够大的了，为什么还要再去给她添乱呢？还有，在这个世界上，纯洁和高贵已经是难得一见，还是让她远离鄙俗、琐碎的事情为好，自己能做能帮的，也许只有这么多了。

这天晚上，小孙来到开元家，进门便跪在地上，眼泪是真的在流："小宋是为了我才会犯错的，希望你不要换掉他，我以我的命、以我一家人的命为他担保，他以后绝对不会再犯。"

小孙的到来帮开元做出了决定。送走小孙，儿子跑过来问："爸爸，那个叔叔为什么要给你下跪？"

开元心里忽然就一阵酸楚。区区一万多块钱，就能让一个男人犯错，让一个男人下跪，钱，难道真有魔鬼一般的秉性吗？

妻子代为开元回答："你爸年龄小，辈分大。"妻子语气里有明显的戏谑和挤兑成分。

事情已经过去，开元觉得没有必要再对妻子隐瞒什么，就把当天发生的事情原原本本地讲了一遍。妻子听了后也嗟叹不已："这些人也真够可怜的。"忽然又拧了开元耳朵质问："你把一万块钱就这样送了人？"

"不是送，是借。这两个人虽然一个犯错，一个下跪，但我仍然认为他们两个都是值得信任的君子。再说，我身边躺着一个银行，还会在乎这点钱？"

心情放松了，身体也想放松。看到儿子已经睡熟，开元就势揽住妻子，在妻子身上腾云驾雾了一回。

廷轩办公室走进了一个不速之客。敲门和推门的动作连得很紧，廷轩刚说出个"请"字，人已经站在了里面。

廷轩抬起头，见来人衣着光鲜，头发也油光光的，一副大框的墨镜，几乎遮住了半边脸。印象不是很好，语气里便少了热情："请问你找谁？"

"我找王廷轩王总经理。"

"我就是，你有什么事？"

"王总真的不认识我了？"来人忽然大笑起来，一边笑一边摘下墨镜。廷轩认出来了，是被公司除名的小高。他来干什么？是想发泄一下不满，还是想闹点什么事，廷轩的脑子快速运转，思索对策。

"王总请放心，我今天不是闹事来的，而是专程感谢您来的。如果公司不开除我，我就不可能因祸得福，当上这个村主任和总经理。进来吧，别在外面站着，把我的名片送给王总一张。"

一个打扮得很花哨的女孩应声走了进来，模样倒是不错，却看不出灵气和内涵。真是物以类聚，什么样的人就会跟什么样的人。廷轩暗想。

女孩递过一张名片，廷轩看了一眼，上面果然有两个头衔：大王村村主任，永昌公司总经理。名片镀了金边，看上去很漂亮。

"这是我给自己找的小蜜，怎么样，还能看过眼吧？以前真是可怜，快三十了还在打光棍，追个女孩，还让人家当流氓给抓起来。现在我总算看明白了，漂亮女孩就是为权和钱而生的，我现在想要几个就能有几个。"说着，手就伸向女孩腰际，女孩没有躲，脸上反而露出笑容，这笑容让她显得更蠢了一些。

廷轩有点厌烦，也有点厌恶，但人家既然来了，客气一下总是必要的："坐吧，看来我应该叫你高总了。说吧，找我到底有什么事？"

"您这么畅快，那我就直说了。我来是想看一下我们能不能搞个强强联合，我那边有的是地，欢迎公司到那里去投资，搞房地产，搞实业，都可以。"

廷轩不好断然拒绝，只能敷衍："公司现在还在起步阶段，资金需求量很大，实在没有闲钱往外投。"

"没事的，"小高也不强求，"好几家银行都已经给我做出承诺，想要多少就给贷多少。南山集团公司原来也不过是一个村办企业，我的目标是赶上南山，超过南山。我要让全市、全省以至全国都知道我的名字。"

廷轩觉得自己的忍耐已经到了极限，站了起来："那我就祝你心想事成，宏图大展。实在对不起，我一会儿还有个会，不能再陪你了。"

"中午一起吃个饭吧,我还想给几个老领导详细汇报一下我的发展规划。"

廷轩急忙摆手:"饭就免了,如果你还能听得进去,我就再给你说几句话:既然当了村主任,就踏踏实实地为村民做上几件好事,让他们过上好日子。"

"那是自然的,也是必须的。我不但要让他们过上好日子,还要让他们过上比城里人还要好的日子。我要让他们亲眼看到,也要让他们亲口说出来,他们为我投的这一票是多么正确。"

也不知道这个村主任是怎么当上的,估计这个村的村民要跟着倒一点霉了,廷轩在心里苦笑。

不知是小高没有请,还是没有请到,东海和敬儒都没有来,只把几个战友拢在了酒店一个包间里。

"有愿意跟我干的,现在就给老子报名,我可以向你们保证,工资比现在高一倍。"喝了酒的小高像鬣狗一样盯着几个战友。

有的默不作声,有的嘿嘿嘿地笑,就是没有一个人接茬。

小高的手指一个个点过:"我早就说过,都是些没有出息的东西!你们难道真的想这么憋憋屈屈地过一辈子?要认清这一种现实,咱们,不对,我是说过去的咱们,属于社会的最底层,要改变这一种命运,只能靠我们自己,你连想都不敢想,动都不敢动,你还改变个球啊!

"你们知道和政府官员一起吃饭、和镇长称兄道弟是什么样的感觉吗?这几年我算是看明白了,有权有钱,旁人就会高看你一眼,别的都是扯淡。就说这女人,以前上赶着追也追不到,现在一抓一大把。对你们我也没有必要藏着掖着,这已经是我的第三个小蜜。留不留全看老子的心情,高兴了,留着,不高兴,滚蛋。"

女孩并不觉得自己受了侮辱,反而露出幸福的笑容。

小孙开起玩笑:"小高,你要是多得用不过来,想着给哥们批发一个。"

老纪在小孙头上拍了一下:"批发给你你敢要吗?谅你也没有那样的狗胆。"

田军的眼睛更多地停留在女孩身上,眼神里有艳羡,也有迷恋。小高发现了,目光将田军逼住:"田军,你是不是对我这个小蜜有点意思?你只要答应过去，我可以给你个部门经理当，这个小蜜也可以让给你。"

田军被点破心事，面红耳赤，有点语无伦次："你的小蜜我哪敢要。事倒是个好事，不过我还要和老婆商量一下。"

小高放肆地大笑："和老婆商量？和老婆商量什么？告诉老婆你喜欢比她更年轻漂亮的，问老婆身边能不能再多一个女人？你太逗啦，我看你还是踏踏实实地搂着老婆睡吧。"

小高把头转向郑全："郑全，你怎么一句话也不说？是不是当这个保安还当上瘾了？要我说，你还不如给你们叶总当保镖，床可能上不了，香味总能闻到一些。"

郑全的脸色猛然一变："小高，你不要以为手里有俩钱就可以满口喷粪，再敢说叶总的坏话，信不信把你的舌头拽出来。"

小高讨了个没趣，自己给自己找台阶下："还真护上了，算我没说，算我没说。"

小宋站起来打圆场："要我说干什么都是人的命，小高可能就是大富大贵的命，而我们就是在地上刨食的命。人要学会认命，才能活得踏实一些，自在一些。"

小高像是发现了新的猎物："我原以为你在王总身边干几年，没准能弄个一官半职的，没想到会到这里干个采购。不过采购这差使倒也不错，这么大的酒店，每天随便划拉一点，就够吃够喝的了。"

小宋还没有说话，小孙先怒容满面地站了起来："小高，你说的到底是不是人话？亏你还是这么多年的战友，我们小宋是那样的人吗？"

小高大感意外。在他的印象中，小孙是一个不会发火的人。"我又没说你，你发这么大火干什么？即便小宋没有那么做过，我给他点化点化不行吗？"

啪的一声响亮，小宋把一个玻璃杯子摔在地上："我怎么做人用不着你小高教。咱们坐在一起喝酒是为了高兴，不是为了炫富摆阔，以后要再说这些没用的，别怪我不给你面子。"

一桌酒宴不欢而散。小高走出来仰头看天，天好像还是原来的颜色，心里就有些纳闷：这人怎么说变就变了呢？

一个电话，让性格沉稳的炜平兴奋不已，坐立不宁。

电话是女友打来的。女友在电话里告诉他：她已经回到国内，后天到滨海来看他。

女友的声音稍微有点奇怪，似乎少了些激动，也少了些亲热。可这不正符合她精灵古怪的性格吗？应该特别开心的时候她反倒平平淡淡，芝麻大一点的高兴事她又会大肆渲染。这次回来应该不会再走了吧，从之前的几次电话里他能听出来，她在那边过得很艰难，也很不开心。这就是说，以后两个人就可以永远在一块，再也不分开了。记忆的碎片纷至沓来，织成了一张色彩绚丽的大网，轻盈地、温情地笼住了他。他心里被突如其来的喜悦填得满满的，一波又一波的狂热搅动得他不能自已。他开始构想两个人见面时的情景，这个喜欢别出心裁的小东西，会给自己一个什么样的惊喜呢？之后，当然还有之后，他要抖擞起全部精神，用肢体语言去描述和诉说两年多的思念，一遍不行，就两遍，两遍不行，就三遍。他仿佛听到了胸腔里发出的啊啊的声响，感到自己现在就是一个彻头彻尾的傻子。他想强迫自己冷静下来，坐下来，可是没有用，头脑和身体好像都不属于自己了，倔强地、执拗地停留在狂热里。这其实不算丢人，也不算奇怪。你能让一个人在剧烈的地震中站立不倒吗？你能让一个人在汹涌的波涛中安然不动吗？他这么安慰着自己。

如果有一个人分享是不是会好一些？他第一个想到的是开元，第二个想到的还是开元。分享是有讲究、有条件的，你送出的是由衷的喜悦，得到的也应该是由衷的喜悦，而不是艳羡、嫉妒或其他。

"好事啊！后天晚上我请客，给你女友接风。"

今天这是怎么了，开元的声音也有点怪怪的。不对呀，这声音应该更真诚、更热烈一些。也许是自己的耳朵出了问题，自己现在的状态难道不像是一个病人吗？

分享过了，才知道分享其实也没什么用，再与更多的人分享估计也不会改变什么。为什么是后天呢？为什么不是今天或明天呢？他什么也不想干，什么也干不了。干脆就听之任之吧，让这两天的生命在狂热的思念和焦渴的期盼中度过。

当天晚上，他就开始打扫家里的卫生。拖地，擦桌子和椅子，清洗厨房和卫生间，整理散乱在写字台上的书和书稿。他知道女友对这些并不是很在意，可他就是想干。不是她需要什么才为她做什么，而是把能做的都做到。这一点以前怎么就没有想到呢？他很为自己的变化而高兴。

书是看不进去的，更没有心情写点什么。打开电视，画面入不了目，声音进不了耳，觉得好无聊好无聊。又拿出看了无数遍的相册，一页一页地翻，一张一张地看，并且忆想着与照片有关的情景和细节，这才慢慢地安静了下来。

可是照片实在太少了一些，能够打发的时间也太短了一些。只这一个夜晚就足够漫长，还有一个白昼等在这个夜晚的后面，更有另一个夜晚等在白昼的后面。

这个晚上，他有了一个人生感悟：等待是人世间最痛苦的事情。

这一天还是来了。早上起床，炜平有点神思恍惚，但并没有忘记应该穿、必须穿的衣服。一件浅蓝色的休闲衫，一条深蓝色的运动裤，一双红白条相间的运动鞋，这是女友在一个大商场里为自己精挑细选的生日礼物，评语是穿上既年轻又帅气。到了滨海以后，他一次也没有穿过，作为最珍贵的记忆和见证，就应该把它封存起来，让它存在得越安全、越久远越好。但今天不一样，他不但想让女友一眼认出自己，还想让女友一下子找回自己。

从西安每天过来的列车只有一趟，到达时间他也是知道的。也许是疲劳过度的原因，随着时间的迫近，他反倒平静了下来。他破例地动用了一次手中的权力，喊上了小孙。他不是一个爱慕虚荣的人，但这一次，他想在心爱的女人面前能有一点面子。

到火车站以后，他让小孙等在外面，自己买了张站台票进了车站。虽然忘记问女友坐在第几节车厢，可是那有什么关系，女友在享受方面是很舍得花钱的，坐的必定是卧铺，而一列火车的卧铺只有那么几节，怎么会看不见呢？再说，穿了这一身衣服，即使自己看不见女友，女友也必定能发现自己。

火车喘着粗气，呼哧呼哧地开进了站台。炜平的泪水忽然溢出了眼眶。来了，来了，两年多撕心揪肺的思念终于告一段落，长时间控制、压抑的感情终于能放松放纵一次，也许以后不会再有思念，因为两个人将会永远在一起。

为了不影响视线，他将泪水揩拭干净，眼睛在几个车门上交替，紧张地搜索、寻觅。

"哥。"还是女友先发现了他，在一个门口向他招手。

多么熟悉、多么亲切的声音！可是这称呼有点奇怪，以前喊过"老师"，喊过"老公"，喊过"亲爱的"，就是没有听到过这样一种称呼。他来不及细想，向那边跑了过去。

但他只跑了几步就猛然停住。他发现下了火车的女友并没有向自己这边扑过来，而是站在原地，眼睛看着上面。车门里探出一个老外，女友向老外伸出了手。

这是怎么回事？她到这里来带个老外干什么？她和他是什么关系？一连串的疑问不由自主地浮现上来，让他有了一种很不好的预感。

这时候是不应该停下来的，他迟疑地、机械地往前走。近了，近了，已经能很清楚地看见那个外国人，身材高大，但腰微微有点弯曲，眉宇间有一股傲慢和暴戾之气，年龄看上去比自己还要大出许多。女友的笑容是那么样的熟悉，但这熟悉里又似乎有了一点不熟悉的东西。女友的眼睛快速而隐蔽地闪动了一下，从以往的经验看，应该是想告诉自己留意点什么。有一次两个人逛街时，她就这么闪动了一下，他一机灵，便看见了小偷伸向自己口袋的手。这一次是想告诉什么呢？

一个西方式的拥抱之后，她听见女友用英语向老外介绍自己："This is my cousin."（这就是我的表哥）。

他的英语水平很是一般，但这么简单的句子还能听得懂。表哥，怎么就突然成了表哥了呢？一个人的身份竟然这么容易改变！

接着，他听到了女友说出的更残忍的中国话："多特，我的男朋友。"

这个角色转换来得太急太快，也太不可思议，他彻底懵了。他忍不住又看了那个叫多特的美国人一眼，他是男朋友，我是什么？他真想大声喊出来。但他终于没有发出声音，他的声音被巨大的伤痛封在了胸腔里。

"您好您好！"蹩脚的中文，多特礼节性地微笑着，并且伸出了手。

他知道自己也应该伸出手，也应该露出一点笑容。他不能确定自己到底笑了没有，但他确定地知道，就算是笑了，那笑容也会很难看。

他真想打个的或者坐公交车回去。他告诉小孙来接自己的女友，这不和打自己的脸一样吗？

可是小孙就等在检票口，看见几个人出来，殷勤地接过箱包。到了车前，炜平还存有一点幻想，希望多特能给自己留一点面子，他打开前面的车门，想把多特让进去，对方却一点也不领情，看也没看一眼，拉开了后排车门，先让进了女友，然后自己从另一边钻了进去。

车开动以后，多特很自然地揽住了女友的肩，而女友则很顺从地依偎了过去。这些动作在后视镜里可以看得很清楚，他不愿意看，又忍不住想看。同时，他看到了小孙竭力在掩饰却又掩饰不住的惊异。

这是一种什么样的羞辱啊！他真想拉开车门一头撞下去。苦苦等了几年，等来的却是这样的结果。自己心爱的女人，用心和肉体疯狂地爱过的女人，现在当了自己的面，依偎在一个外国人的怀里。更为可气的是：她是笑着的，是欢快地、幸福地笑着的！他原以为这样的笑容只有他才能给她，而这样的笑容只能属于他一个人，现在看来是完全错了，错得很彻底、很不堪、很屈辱。

家是肯定不能去了，他让小孙把车开到了酒店。在前台，他考虑着要不要用自己的名字登记一个房间，女友已经先他一步，将两本护照递了过去。吧台内的女孩认识他，满脸是笑："肖主任运气真好，早上刚好有一个客人退了房。"

运气真好？他笑不出来，嘴角抽动了一下。他觉得应该再送到房子门口，就跟着提了箱包的行李员一起送到了房子门口。他觉得还应该和这个夺去了至爱的"老斑鸠"再握一下手，并且说一句什么，就握了一下手，说了句"你们先休息一会"。在这个过程中，他始终没有再看现在已经是前女友的女友一眼，尽管他能感觉到，那双美丽的眼睛一直像蝴蝶一样飘忽在自己身上。

之后，他就想不出还应该干点什么，也想不出该到哪里去，再一个人待着，会憋闷而死的。他下意识地向开元办公室走去。意识中，从来没有像现在这样虚弱，也没有像现在这样茫然无措，他需要倾诉，需要排解，需要安抚。

开元见状，大吃一惊："你老兄这是怎么了？人没接到还是出了其他岔子？不会是一见面就闹别扭吧？我还想着你们现在肯定正在床上乱扑腾。"

这件事情压根是瞒不住的，真想瞒住，也不会到这里来。炜平在脑门上轻拍了两下，让心绪平静一些，让思路清晰一些，把方才的过程讲述了一遍。

开元的脸上先有了点笑的意思，然后便一味地深沉下去。他给炜平倒了杯茶水，挨着炜平坐在沙发上说："我想这件事只有两种可能，一是她有不得已的苦衷，二是移情别恋，另觅新欢。我觉得第二种可能性不大，如果真是那样，她应该躲着你、忘记你才对，为什么还要跑这么远来看你？所以，只存在第一种可能，她这次来，也许就是为了告诉你她的苦衷。从这一点来讲，你这个女友算是没有白交，她心里现在还有你，而且不是一般地有。"

"有有什么用？她现在是别人的女友，一个外国人的女友。"炜平的声音近乎呻吟。

"我知道你们写小说的人感情都比较丰富、细腻，但是丰富也不能丰富到挖个深坑把自己陷进去，细腻也不能细腻得让自己没有了呼吸。天涯何处无芳草，人不能在一棵树上吊死，这些词语对你来说应该很熟悉。知道我刚才为什么会笑那么一下吗？因为我知道，我这个媒人有了再当下去的可能。"

开元已经暗示过许多次，炜平自然明白这句话的含义。一个靓丽、鲜活的身影在眼前闪现了一下，又闪现了一下。这怎么可能呢？这种时候怎么能想这样的事情呢？他觉得有点不道德，但究竟是对谁不道德，一下子又想不清楚。不过心中的伤痛显然已经减弱了许多，随着疼痛而来的那种麻木感，好像也在慢慢地隐退。他苦笑着对开元说："你把晚上订的餐退了吧，这顿饭很难吃出什么滋味，何必让你跟着一起遭罪。"

开元思索片刻，摇了摇头说："你的小说里面道理一大套一大套的，怎么到了自己身上就想不通了呢？我认为这个饭还是要吃的。她不是给老外介绍你是她的表哥吗？表妹到了表哥这里，表哥怎么能连一顿饭也不请呢？这在情理上根本说不过去。她能编出这样一个谎言，想必也是费了一番心思的。你想让她在外国人面前失了面子吗？你想让她的谎言被拆穿吗？所以，不管是出于对前女友的维护和保护，还是为了展示我们中国男人的气度，这顿饭都必须请。不但要请，还要讲究一些，隆重一些，所以我这个预订是不能取消的。另外，我想这个饭局最好能让我参加，我不是要凑什么热闹，也不是看你的笑话，有我在，饭桌上的气氛也许能好一些。"

炜平想想也是，就答应了下来。他不可能不请这两个人吃饭，可是想想过程就头皮发麻，那将是一段多么漫长而难堪的时光。有开元在场，自己的呼吸也许能够均匀一些。

"我想把叶丽也叫上。"话一出口，开元自己都吓了一跳，这是此前完全没有想到的。

"叫她去干什么？你是嫌不够乱，还是一点颜面也不想给我留？"

"你不要管那么多，听我安排就是了。"开元已经补全了自己的理由，"我们给了你前女友面子，也要找回自己的面子。我现在还不知道她的名字，到了饭桌上总不能'前女友''后女友'地叫。"

两个字很艰难地从炜平双唇间滑了出来："笑莲。"

听着开元的讲述，叶丽心里有一种抑制不住的欣喜。她暗暗地责骂自己，人家遇到倒霉事，你高兴什么？可是没有用，欣喜还是在一波一波地往上泛。她极力控制着自己的情绪，不让其流溢出来，并且让脸上的同情意味更真诚、更浓厚一些。

听到吃饭一事，叶丽连连摆手说："不行不行。你是他的朋友，要去你去，拉上我干什么？"

开元促狭鬼一样看着叶丽说："难道你不是他的朋友？你别忘了，人家曾经帮过你一次忙，现在人家有了难处，你就不能帮人家一次？要说，你这个忙比炜平那个忙更好帮，他是以未婚夫的身份出现，你是以朋友和酒店总经理的身份出现。"

看到叶丽还在犹豫，开元再抛一饵："难道你不想亲眼看一看他的前女友长的是什么样子？不瞒你说，我可是充满了好奇。"

是啊，那个能让一个男人苦苦等待几年并且写出那么缠绵悱恻的诗句的女孩，究竟是什么样子呢？这个诱惑实在是太大了。她心意已动，却不肯随意就范："那我告诉你，我去了就是吃和看，一句话都不会说。"

"好好好，不让你说话，我把你像女神一样供起来。"开元心中暗自得意，到了饭桌上我就会把你推到前面，谁让你英语说得那么好呢？

"人家替我结过账，今天的饭钱是不是应该由我买单？"

开元又是一脸坏笑："你要是想减轻他前女友的负罪感，证明炜平感情出轨在先，也可以那么做。"

叶丽脸一红："胡说什么？我只是不想欠别人的情而已。"

开元嘎嘎地笑出了声："你把钱已经还给了人家，还有什么情可欠？情又从何而来？算了吧，今天和上次不一样，不需要美人救英雄。我说过了我请，这单自然是我买。"

"你说过你请，"叶丽重复了一句，心里忽然明白过来，"是不是不来这个老外，你就不会叫我？"

开元像是被人踩着了尾巴似的咧了下嘴："姐，你真聪明，我担心那样的情景，你看了会不舒服。"

"你把我看成什么人了？人家两个情人久别重逢，我有什么不舒服的？"话是这样说，心里却很清楚，即便叫了，也是断然不会去的。

叶丽到包间时，炜平和开元已经等在里面。她不好多说什么，担心地看了炜平一眼，感到气色虽然比较差，但并不像开元说得那么严重，心便放下来一些。看到旁边的柜子上放着两瓶泸州老窖，拿起来看了一眼，高度的，五十二度，觉得有必要提醒一句："美国人大都不喜欢喝白酒。"

开元的笑里带了恶作剧："正因为他不喜欢喝才让他喝。"

笑莲是挽着多特的胳膊进来的，似乎没有料到会有其他人在场，脸上露出些惊异，在和叶丽四目相接的刹那，惊异感分明更重了一些。

炜平站起来，将叶丽和开元做了介绍。

笑莲给多特做着翻译，眼睛却始终缭绕在叶丽身上。但她很快就感觉出不对劲，因为多特的眼睛也在叶丽身上，不同的是，眼神是直勾勾的，肆无忌惮的。

"So beautiful! It can be described as perfect! I've never thought that in China, there are such beautiful places and so many pretty women!"（太美了，简直可以用完美来形容。我没有想到，在你们中国，还有这么美丽的地方，还有这么漂亮的女人。）

笑莲拽了拽外国男友的衣袖说："Did you forget yourself？"（你是不是有点失态？）

"You'd better not talk when I'm talking."（我说话的时候，你最好不要插嘴。）

"That shows you don't know anything about China."（这说明你根本就不了解中国。）叶丽流利的英语让笑莲张开了嘴，让她的外国男友瞪圆了眼。"In our country, there are many more places and beautiful people. I don't understand why you praise me so much, and don't you think my sister Xiaolian is a thousand times more beautiful than me?"（在我们国家，美丽的地方很多，美丽的人也很多。我不明白你为什么要这么夸我，我这个笑莲妹妹，难道不比我漂亮十倍百倍？）

"No, no, that's different, she's a delicate and charming flower, you're the bright and clear moon."（不，不，那是不一样的，她是娇艳的花朵，你是皎洁的月亮。）多特眯了眼睛，吸溜了下鼻子，以证明他的赞美是真诚的，由衷的。

"算了算了，咱们是来吃饭的，说这些无聊的话题干什么？"开元有点不耐烦，让服务员给每一个人把酒倒上。

多特呷了半口，立刻张口吐舌，满脸的痛苦状："No, I can't, I can't drink this any more, do you have whisky or not?"（不行不行，我喝不了这个，你们这里有没有威士忌？）

"We have all kinds of drinks here, but in China, we have a saying 'do in Rome as Rome does', so you have to drink what we drink."（这里什么样的酒都有，可是我们中国有一句话叫"入乡随俗"，所以今天我们喝什么，你就得喝什么。）开元也讲上了英语，说话的语气像个外交官。

"That doesn't make sense?"（哪有这样的道理？）多特求救似的看着笑莲。这时候发生了一件奇怪的事情，笑莲不但没有帮着现男友说话，反而又给自己倒了一杯，一饮而尽。

开元更有了话说："Everyone knows that America is a country that stresses justice and democracy, and is very reasonable. Now I'm going to tell you this, see if it's true. Weiping and I are friends, Xiaolian is Weiping's cousin, so she's my cousin, too. You sre Weiping's brother-in-law, so you should call me elder brother, how can a younger brother not listen to what an elder brother says? Also, if women drinks, men don't, that will be ashamed."（知道你们美国是一个讲法制、讲民主，也很讲道理的国家，我现在就给你讲这个理，你看看是不是这么回事。我和炜平是朋友，

笑莲是炜平的表妹，也就是我的表妹。你是炜平的妹夫，也就应该管我叫哥，哥说的话当弟弟的怎么能不听呢？还有，女人喝了，男人不喝，那是很没有面子的。）

开元的英语远不如叶丽那般流利，但多特似乎还能听懂，豁出来似的，将杯中酒灌了下去，呛得咳嗽了好几声，很有几分恼羞："No wonder some people say that Chinese men are rude as Russian men, you drink similar alcohol as vodka."（难怪有人说你们中国男人和俄罗斯男人一样粗暴粗鲁，原来你们喝的是和伏尔加一样的酒。）

叶丽立刻为中国男人抱不平："Not all Chinese men are rude, just as not all American men are polite."（并不是所有的中国男人都粗暴粗鲁，美国男人也不见得全都温文尔雅。）

开元一点也不生气，反而笑嘻嘻的："In China, there is no rudeness, which is called forthright, and men who isn't like that is not a true man. You have become our Chinese son-in-law, should you be more generous when you come to China? Come on, come on, let's have another toast to my brother."（在我们中国，没有粗鲁粗暴一说，叫豪爽，并且认为不豪爽的男人就不是男人。你做了我们中国女婿，到了我们中国，是不是也应该豪爽一些？来来来，当哥的再敬弟弟一杯。）

有了第一杯，就会有第二杯第三杯。开元本身也有点酒量，连敬带碰的，第二瓶酒刚下去三分之一，多特已有点不胜酒力，话少了，气粗了，看人的眼神更像是瞪。

开元转移了火力点，将酒杯举向笑莲："炜平真是福气，能有你这么漂亮的一个表妹。以前他常夸你这个表妹如何如何优秀，今天总算是见识到了。来，当哥的敬你一杯。"

笑莲的脸上没有了笑，也不碰，自己喝了。

"你这个名字起得真好，听起来又高雅又富贵。不会是你这个有文化的表哥给起的吧？不对，那时候他应该还小。在美国待了这么长时间，对美国和美国人的印象怎么样？我就是有点想不通，现在长得漂亮一点的女孩，为什么都要争着嫁到国外去？我真的很发愁，这样下去，中国男人以后不是都要打光棍了吗？"

笑莲的眼睛里已经有了莹莹泪光。叶丽心里有些不忍，斜了开元一眼。

多特无意中为笑莲解了围，直着舌头发问："Why doesn't your cousin talk?"（你这个表哥为什么一直不说话？）

"Her cousin is a writer, and the most obvious character of a writer is uncommunicative."（她这个表哥是个作家，作家最大的特点是爱写不爱说。）开元代为回答。

"Why didn't you tell me?"（你怎么不早告诉我？）外国男友责怪地看了笑莲一眼，"When I was young, I also dreamed of being a writer, and the most admired person in my life is a writer. I must drink to you, my writer cousin."（我年轻时也做过作家梦，一生最崇拜的人就是作家，我必须和你这个当作家的表哥干一杯。）

一个无奈，一个无心，前男友和现男友的杯子终于碰在了一起。

开元抓住机会，又劝了几杯，多特的眼皮有了合拢的意思，身子也开始摇晃起来。叶丽见状，喊来两个保安，让将其扶回房间。笑莲谁也没有看，跟着走了出去。

看着几个人的背影，开元轻蔑地摇了摇头："我以为这个多特有多奇特，原来也不过尔尔。"

叶丽微带责备："你今天做的是不是太过了一点？"

"我就是想帮炜平出一口恶气。"

炜平目光迷离，神情恍惚，似在梦呓，如吟如诉。

　　远了

　　反而很近

　　近了

　　忽然又远

　　为什么要让我流泪呢

　　这一流

　　就流出了幽怨

　　是不是也可以说

  什么都没有发生

  那山崩地裂的一刻

  你未看

  我也未见

  人心碎了应该就是这个样子吧，叶丽想，忽然感到心里一片潮湿。

  回到屋子里，炜平感到口渴头疼，倒杯水喝了，还是想不出该干什么，能干什么，茫然地在客厅里、房间里走来走去。

  看着干净的地板，整洁的房间，苦笑一次又一次出现在脸上。真有点讽刺意味，难得这么殷勤一次，是要做给谁看呢？期待中的情景，已经是那么虚幻，那么遥不可及。整天思考，写别人的命运，却没有想到自己会有这样的遭遇。

  她的那个外国男友酒醒了没有？他们两个现在在干什么？会不会在酒店的席梦思床垫上颠鸾倒凤？她是不是还如以前那样兴奋、狂热、娇喘、呻吟？他感到胸腔里有什么东西在撕扯，在咬啮，心疼得哆嗦起来。

  既然有了新欢，为什么还要到这里来呢？这几年自己该做的不该做的都做了，她没有理由来羞辱自己呀！这个男友的年龄能比她大十多岁，从说话的语气看，对她也不是很好，那她为什么还要选择他、委身于他呢？难道她真的遇到了什么过不去的坎？可是，她为什么还要来这一趟呢？还有，来之前为什么不把事情说清楚呢？

  在饭桌上，他能感觉到那双眼睛一直在自己身上，但他一直逃离着它，躲避着它。他让自己的目光散漫着，虚软着，让那朝思暮想的身影和那双美丽的眼睛朦胧、虚幻在自己的视线里。现在他有点后悔，为什么不真真切切地多看上几眼呢？这样的机会以后还能有多少？明天吧，明天一定要认认真真地看上一眼，并且要把所有的爱和祝福都放在里面。

  当当当，他听到了敲门声。

  应该是对门或者楼上或者楼下，自己家里这时候不会有人来。

  当当当，又是三声。他确定是自己家的门在响，并且这敲门的节奏是那么熟悉。他的心狂跳起来，奔跑过去，打开了门，果然是自己的前女友——笑莲站在外面。

这是真的吗？此情此景，在梦中出现过无数次，也期待过无数次，可是现在的情景和梦中的、期待中的又是多么不同！他不知道该喜还是该忧，该笑还是该哭。

笑莲穿了一件白色多褶的连衣裙，这件衣服是炜平给买的，说她穿上像盛开的莲花。没想到这件服装她还留着，并且带来了这里，看来在这件事情上两个人又想到了一块，可谓心心相通。可是，现在穿这样的衣服还有什么意义呢？丢失了的情，是两件喜爱的衣服能唤回来、能找回来的吗？

屋子里的气氛很有些尴尬，炜平倒了杯水，想不出该说什么。

笑莲的泪水忽然汹涌而出："我知道我对不起你，可是我是真的没有办法了呀！我的签证再有几个月就要到期，如果不找个人嫁了，就会被人家赶回来。"

回来又怎么样？美国真的有那么好？自己的国家真就如此不堪？炜平只能在心里反驳，是讲不出口的，因为讲出口也完全没有用。他知道她是一个什么样的人，那是把成功看得比命还重的。

"我到这里来，就是想当面给你道个歉，想让你骂我几句，这样我的心里才能好受一些。

"我知道你是这个世界上最爱我的人，我也知道这一辈子再也遇不到像你这么爱我的人。有时候我也在想，我到底是在干什么，为了什么，可是没有办法，因为我绝不允许失败。"

炜平心中的块垒像冰块一样慢慢融化。一个女孩，孤身一人在万里之外的异国打拼，该有多么艰难！人生的价值取向和道路选择融汇了学识、爱好、性格等多种因素，又有什么想不通、好责备的呢？

"这几年花了你不少钱，以后我一定会加倍还你。"

这是钱的事情吗？你知道那些钱我是以什么样的心情汇出去的吗？还我，怎么还我？就算钱能还，失落了的情呢，破碎了的心呢，都是能还的吗？

"你为什么不说话？你还在恨我是不是？你不会再爱我了是不是？我想让你再要我一次，就算是我在向你赎罪行不行？"

笑莲站起来，款款地向他走近。炜平身上忽然一阵燥热，这难道不是自己最想要的吗？相依相偎，相拥相抱，浑然一体，酣畅淋漓，那样的情景多么让人心旌摇荡和魂不守舍！可是不对呀，能接受这种以赎罪为目的的性爱吗？没有了灵魂的交融，肉体的媾和还有什么乐趣可言。他让自己的欲念迅速冷却下来，并轻轻地将笑莲推开。

笑莲的泪水又一次汹涌而出："你嫌弃我了、厌恶我了是不是？你不知道，有时候我自己都厌恶我自己。可是有什么办法，谁叫我是这样一个人呢？"忽然又破涕为笑："你不愿意要我，抱我一下总可以吧，这一次分别后，不知道什么时候才能再见面。"

这个要求炜平是没有办法拒绝的。笑莲便拥了上来，不是火车站上那种礼节性的拥抱，笑莲的身体贴得很紧，炜平能感觉出胸前那柔软的挤压，甚至能听出笑莲激烈的心跳，他竭力控制着自己一次又一次的冲动，却希望拥抱的时间能长一些，再长一些。

一分钟，两分钟，三分钟，炜平感到胸中的激流已经快要把自己冲垮，他抬起手，在笑莲肩膀上轻轻拍了两下。

笑莲抬起头，刚睡醒似的，很仔细地端详了炜平一眼，声音幽幽的："那个叶总是不是对你有点意思？她那么漂亮，又那么能干，要是喜欢你，你就和她好吧。虽然我心里不大舒服，但我知道我不能太自私，我希望你能很好地生活下去，比和我在一起更好地生活下去。"说完在炜平左右面颊上各吻了一下，然后快步走向门外。

炜平忽然有一种很失落、很空的感觉，屋子里空，心里也空。他想抓住点什么，抓来抓去，只抓住了几个疑问：她怎么会知道自己住的地方？她怎么来的，又怎么回去？这么晚了，会不会不安全？他有点担心，甚至有点害怕，急急地追到楼下，却见一辆出租车从院子里开了出去。

看来自己的担心是多余的，其实就应该知道自己的担心是多余的。她那么聪明，这些事不可能想不到。可是在出国这一件事情上，她的选择真的是正确的吗？人的追求，是多么奇怪的东西！人的聪明，又该如何评判？有多少绝顶聪明的人，却在做着最最愚蠢的事情。为了次要的，舍弃主要的；为了不一定能得到的，丢弃得到了的；为虚而弃真，为欲而舍情，人世间有多少苦难，多少伤悲，都是因此而起，因此而生。

发生这样的事情，该责怪谁呢？责怪那些任意妄为、无情无义、没心没肺的伤害者吗？可是他们哪一个不是坚定地认为自己是在干一件既正确又伟大的事情？而且他们的命运未必会好，也许会更艰难，更悲惨。如果是这样，责怪他们还有什么意义呢？冥冥之中，只有一个字可以解答，那就是命。信命者命必有之，不信命者命亦有之。既如此，还有什么可怨可恨的呢？人是很可怜的，留在记忆里的美好的东西本来就不多，为什么还要用憎恶和仇恨去冲淡它、抹杀它。

想开了，就放下了，放下了，就坦然了。这个晚上，他睡了一个好觉。

第二天，他起了个大早。他感到自己精神很饱满，头脑很清楚。他想和他们一起吃个早餐，然后请一天假，陪他们到几个旅游景点走一走，看一看。他想让她看到自己现在的心情，也想让她看到自己的笑脸。

门牌号是记得的。敲了两下，里面没有动静，再敲了两下，还是没有动静，到前台一问，告知凌晨4点已经结账走人，去赶开往大连的轮船。他在原地站立了足足有五分钟，脑子里一片茫然，茫然之后是失望，失望之后是懊悔，懊悔之后是自责。

走了，就这样走了！昨天为什么不问一下她离开的时间，那样的话，早上起码还能送一程。走了，就这样走了！不知道这一生还有没有再见面的机会？昨天为什么不能对她更好一些呢？你的伤害真有那么深，面子真有那么重要吗？为什么不能多一些理解，多一些包容，让她带着笑离开呢？

刚放松下来的心情又让自责搅动得闷闷不乐，郁郁寡欢。

振乾这一段日子过得很不开心。有那一张照片在眼前晃着，有那五千块钱在心头压着，他不能很强势地去争，也不能赌气撂挑子不干。这种进退两难的境况与他的心性大相径庭，让他很憋屈，很恼火，却无计可施。谁让把柄在人家手里呢？

在这种情况下，消极应对应该是最正确、最自然不过的做法。以前的感觉是为自己在干，起码是在为自己的野心在干，现在呢？企业的运营状况，发展状况和自己似乎已无多大关系，你姓黄的不是想多管嘛，那就让你多管好了，何必再去多费那些心力呢？

和敬儒的关系也是不尴不尬、不即不离地维系着。从内心讲，他很瞧不上这个人，也根本不想把他当回事。但人家的职务就摆在那里，又有这样那样的关系，于老板牵着的线头，很有可能同样牵在姓黄的手里。对着干，显然是不明智的选择。他已经确定了自己的应对方案：想要笑，想要顺从，想要低眉顺目吗？这些我都可以给你。还想要主动，想要热情，想要玩命式的工作吗？门都没有。

本来还打算把一班生产变为两班三班，逐步增加内销的产量；本来还想认真地了解一下灯具的发展态势，适时地增加一些新的品种，现在他完全掐灭了这个念头。消极，他恶狠狠地想，老子就是要消极，你们能管得着吗？

两条生产线都已经正常运转，不用再花费什么心思。每天上班以后，他会象征性地转上一两圈，然后便回到办公室，泡上一杯茶，打开电脑，浏览一下新闻，或者搜寻、观看一会黄色网站，上午下午，一天时间很容易就打发掉了，他觉得这样的生活其实也挺好的。

晚上，更是他的快乐时光。工作的闲适，让他有了更多的精力，黄色网站上的图片，增强着、刺激着他的想象力，有时候还嫌不够，还要拿出一两张碟片再温习一遍，然后便开始变着花样的折腾。

被催眠过之后，他让老婆照葫芦画瓢地仿效过几次，却始终找不到那样的感觉，后来想明白那不过是另一个女性的新奇的体验而已，并没有什么更实际、更特别的意义，因而以后便不让再做。有更动心、更销魂的，为什么还要想那些花里胡哨的呢？

他对老婆和老婆的身体都很满意。只要不是非常时期，老婆都能让自己称心如意，即使在非常时期，老婆也有办法让自己狂热的情绪平复下来。他发现老婆的情欲比自己还要大，他一动，老婆丰腴绵软的身子就会跟着动，自己不动的时候，老婆还非得再动那么几下。有几次他气急败坏地大骂："你这个骚货，老子有一天肯定会死在你身上。"老婆不恼，反而嘻嘻地笑，用手指逗弄一下投降了的将军，或者用自己饱满的乳房将他的嘴堵上。

这天晚上却发生了点意外，他刚骑到老婆身上，就被一把掀了下来。他有点恼怒地看着老婆，像看着一匹骑惯了骑顺了却突然尥蹶子的母马。

骚货老婆脸上，有了圣母样的光辉，指了指肚子："难道你想把你的孩子压死？"

孩子，他在受挫的情绪中回过味来。这就是说，那个软囊囊的肚皮里，已经留下了自己一颗种子，也就是说，他快要当父亲了。他冷静下来，让脸上有了一种与老婆脸上的光辉相匹配的成熟与稳重,在老婆的肚皮上摸了一下:"多长时间了?"

"一个多月。"

"为什么现在才告诉我?"

"我也是今天才知道。最近老吐酸水,就到医院去做了个检查。"老婆把检查单子拿给他看。

上面的数据他看不明白,但"怀孕"两个字的结论却是很清楚的。这个单子在明白无误地告诉他:七八个月以后,将会有一个带有他生命特征的男孩或女孩来到这个人世,人生中的一件大事,让他在无意中给完成了。

对于要孩子的事情,他并不是很上心。不是不想要,也不是很想要,他更看中的,是每天的生活质量。他不喜欢文学,却把曹操的几句诗背得滚瓜烂熟:对酒当歌,人生几何,譬如朝露,去日苦多。既然看透了这一切,那又何必活在别人的目光中,为了一些俗事和琐碎小事去着急、去烦恼呢?

现在的情况已经有了本质上的不同,聪明人总是会从存在着的现实出发去思考问题。现在的现实就是老婆有了,怀上了,这难道不是一件值得高兴的事情?社会在发展,观念在改变,但丁克一族毕竟还是少数,无后的忧虑仍然普遍存在,看清楚这一点,老婆的怀孕就不仅是可喜,而且是可贺的了。他觉得有必要对老婆表达一下自己的喜悦和感激之情,手上便有了一些动作。动着动着,身体又跟着膨胀起来。他敛了笑,装出很痛苦的样子,愁眉苦脸地问老婆:"那我的问题以后该怎么解决?"

"怎么解决?自己解决呗。"老婆嗔怪地看了他一眼,手却伸了过来。

有些事情就是这样,你一旦认可它,认为它有意义,它就越有意义。振乾越想越觉得老婆怀孕的意义重大,第二天上班,思想还胶着在这件事情上,以至于忘记了打开电脑。

这个事实首先是一种证明,证明自己和老婆都是身体健康的正常人,也证明自己的情欲旺盛一些并不见得是什么坏事,当然更能证明老天或者上帝没有把自己当一个恶人坏人看。他是党员,是不信命的,但是当有足够的事实证明老天或上帝和你站在一起的时候,相信一次也没有什么不好。

不管生出的是男孩还是女孩，不管他（她）长得像谁，身上都会有自己的基因，也都会让他（她）姓牛，这一点是谁也改变不了的。孩子出生以后，自己将获得一个新的身份——父亲。我已经是父亲了的另一种说法是我已经有了后人，而有了后人的实际意义是个体的生命已经得到了延续。

其实延续生命的说法是不准确的，人该在什么时候死就会在什么时候死，他一直这么认为。能够延续的，只不过是一个人的记忆和思念而已。他的思维已经从传宗接代的伦理意义上升到延续生命的哲学意义。看透了这一点，并不会影响和破坏他的心情。记忆和思念的延续，是谁都可以做到的吗？不，只有子孙才能做到。所谓的同事、朋友，有的会先你而去，是根本指望不上的；有的虽然走在了后面，参加完追悼会之后，会更多地思考自己的事情，很难让你的记忆再挤进去。还有那么一些人，在你活着的时候已经将你忘得一干二净，更别说死后如何。能够承担这一神圣使命的，只有子孙。

现在他有足够的理由认为这是一件可喜可贺的事情，既然可喜可贺，就应该有更多的人分享。他先打电话给父母、岳父岳母，然后是几个主要亲戚。还需要告诉谁呢？他觉得有必要考虑一下。

人在需要帮忙的时候，朋友会少；没想到需要分享快乐的时候，朋友也会少。振乾想来想去，竟然想不出应该先打给谁。他看到敬儒来了厂里，就想先从这里开始。

"好，好事啊！"敬儒看了振乾一眼，语气说不上冷，也谈不上热，神情怪怪的，眼神里分明有点别的东西。

王八蛋！没有人性的东西！他是不是在想我给那个香港妖精种上没有？他气哼哼地回到办公室，郁闷了一小会，又开始欢快起来。在巨大的喜悦中，一点小小的不快，是影响不了心情的。他觉得有必要给公司几个中层通报一下，平日里接触机会少，偶尔碰到了，只是点一下头而已，利用这个机会，联络、加深一下感情，还是很有必要的。

效果还不错，炜平的回应是修成正果，可喜可贺。叶丽的意思与炜平相近，有接班人了，恭喜恭喜。开元的话有点糙，但声音是暖色调。行啊，没白忙活，总算是种上了。

拨仁义的电话时，他稍微有一些迟疑。两个人上一次发生龃龉之后，就生分了许多，点头不带笑，多余的话没有。这个人注定成不了朋友，但如果让其成为对头，好像也不是什么值得高兴的事情。他早就有意修复，只是没有找到合适的机会。让他放下面子去低头认错，尤其是给一个不怎么瞧得起的人认错，那是绝没有可能的。能在嬉笑怒骂中让恩怨灰飞烟灭，这才是聪明人的做法。现在有这么好的借口和机会，为什么不好好利用一下呢？

他抓起话筒，尽量让声音变异得不像自己："请问你是朱仁义朱经理吗？"

听筒里传递来仁义的回音："我是，你是谁，有什么事？"

振乾憋住笑："你别管我是谁，你有一个弟弟想见你，你见不见？"

仁义的声音有点迟疑："我没有什么弟弟呀，人在什么地方？"

"在我老婆的肚子里。"振乾恢复了原声，并且忍不住大笑起来。

仁义听出了振乾的声音，也明白自己受到了戏弄，立刻开始反击："振乾，你长这么大，怎么连一句话都说不明白，直接告诉我有了一个可以颐养天年的孙子不就行了。"

目的已经达到，振乾无意纠缠，边打边退："这个问题我们现在不要再争，看孩子长大以后怎么叫。"

"那孩子要是不会说话怎么办？"

振乾感到听筒里钻出了一条冰冷的蛇，大为恼火："仁义，你狗日的会不会说一句人话？我好心好意地把这个好消息告诉你，是让你诅咒我吗？你信不信我现在过来掐死你？"

仁义自知失言，干笑了两声："对不起，我不是有意的。不过这事情也不能全怨我，你要是正正经经告诉我，我会这么胡说八道吗？"

本意是想修复关系，自然不想把事情再弄大弄僵，振乾忍下一时之气，见好就收："我今天先放你一马，孩子过满月时如果你的红包送小了，看我会不会饶你。"

幸福而自得的笑容重新回到了振乾脸上。他对自己当天的谈吐和应对还是比较满意的。商品社会，职场竞争，不会有什么真正的朋友，有的只是利用与被利用的关系，所以人与人之间的交往就应该若即若离，松弛有度，这样才能够游刃有余，进退自如。愿意把我当一个粗鄙之人看的，就继续那么看吧，总有一天，我会让你们重新认识我。

振乾的玩笑开在了仁义的痛处。

仁义这一段时间的情绪也不是很稳定，表面上的泰然自若和四平八稳，并不能掩盖和消除内心的狂躁。

他内心的狂躁来自两种紧迫感，一种是事业上的紧迫感，具体来说就是职务的紧迫感；另一种是生命的紧迫感，说透说白了，就是生儿育女的紧迫感。第一种紧迫感消除的难度要大一些，需要主客观等多种因素。他想先把第二件事情解决好，一只脚已经踩在了四十的生命线上，一个正常的男人，都会着急的。

在这一段时间，他很注意休息，也很注意营养，房事要得很勤，床上也很卖力，但小茜的肚子始终没有变化。他逼着小茜到医院检查了一次，结论是没有任何问题。农村的儿子可以为证，自己的身体也是绝对没有问题的。那么问题到底出在什么地方呢？他百思不得其解，因不解而更加着急。一天早晨漱洗时，他发现右鬓间有一点亮亮的东西，凑近镜子，竟然是一根白发。这根白发更加重了他的紧迫感。

小茜的神情和表现依然一如既往，不温不火，平淡如水，除了例假时间，想要就给，但笑容和激情永远也不会有。仁义自认为是一个大度的人，他可以不在乎这些，不计较这些，可是你总得给我怀上啊！

随着时间的推移，仁义慢慢起了疑心。这一天，小茜回了娘家，他把家里翻腾了个遍，终于找到了罪证：在小茜梳妆盒的底层，藏着一瓶避孕药。他仇恨地注视着这一小瓶药片，是这个东西让自己一次次白费力气，无功而返。他更仇恨买这个药片、吃这个药片的人，这相当于一次又一次的谋杀啊！你真的这么狠心，想让我仁义老无所养吗？他觉得以前对这个女人太好了，现在有必要给这个女人一点小小的教训。

小茜回来，他把药瓶拿给小茜看，冷着脸问："这是怎么回事？"

他想着小茜会羞愧，会惊慌失措，会惊恐万分，可这些他都没有看到，小茜还是那么平静，平静得像一潭深不可测的死水，声音也是冷冰冰的："我还没有想好该不该要孩子。"

仁义真想大喊，你能等，我能等吗？也想大骂，你这是无耻的欺骗和狠心的报复。但他最终没喊也没骂，他自认为是一个有教养的人，一个有教养的人是不会随便发火的。他让自己的声音听起来更像伤感和哀怨："你这么做对得起我吗？结婚这么长时间我对你还不够好吗？我已经四十岁了，难道你想看着我连一个养老送终的人也没有吗？"

"你不是有一个儿子吗？怎么会没有人养老送终？"

"那能指望得上吗？你明明知道我们现在已经没有任何来往，为什么还要这么说？我想要一个孩子，不仅仅是为了我，也是为了你，你难道真的就不想要一个孩子吗？有了孩子，我们才是一个完整的家庭。"

但不管仁义怎么说，小茜就是不为所动。仁义抑制了很久的怒火终于喷发了出来："不要以为嫁给我受了多大委屈，有能耐你为什么不早点结婚？说穿了还是没人要。看看你的胸，还像不像个女人。"

仁义以为小茜会哭，这样他就可以发点慈悲，好言安慰几句，事情就可以过去，以后就有可能更顺从一些。目的是要孩子，这一点仁义没有忘。

可是小茜并没有哭，脸上甚至没有一点生气的迹象，声音更是出奇的平静："你要是不满意，我们可以离婚。"

离婚，这是仁义压根不会去想的事情。用了非常手段才得来的婚姻，怎么可能轻易放弃呢？他审时度势，知难而退，语气又变得柔和起来："我是气极了，才会说出这么难听的话，你不要往心里去。你知道我是爱你的，以前对你怎么样，以后还会对你怎么样，我这一生只有一个愿望，就是要让你过上最幸福的生活。"

小茜并没有受到感动，反而将头扭向了一边。

以后再行房时，仁义会不动声色地事先检查一下。有时候也会搞一下突然袭击，选择在早上或者中午。可是任他百般折腾，机关算尽，小茜的腹部还是平展如初，让他一次又一次的失望和沮丧。

另外一个早晨，他发现左鬓间也有了亮亮的东西，仔细看去，不是一根白发，是好几根。他不再是紧迫，已经有了几分恐慌。

"姐，我们帮帮炜平吧。"开元用的是哀求的语气。

叶丽一惊："他哪里不好？"

"前女友走了以后，他像丢了魂似的，整天没有个笑脸。"

叶丽负气地看了开元一眼："你有那个本事，能把人家丢了的魂找回来？"

"我是没有，可是姐你有啊，"开元又露出点玩世不恭，"我知道你是一个好心肠的人，总不能见死不救吧。"

"我是医生还是神仙，能有那么大能耐？"

"医生和神仙都不管用，感情上受的伤，只能用情才能治愈。"

"又没正形了是不是？我是炜平什么人，能够帮他医治感情的创伤？"

开元真有点着急起来："姐你不要再给我绕什么圈子，明明白白告诉我一句，你对炜平到底有没有好感？"

"有好感怎么样，没有好感又怎么样？"叶丽一副轻描淡写的样子，"人家是大作家，而我，说好听点是一个白领，说难听的就是一个打工妹。"

开元已快要笑出声来，还谈什么好感不好感的，已经在思考具体问题了。现在自己要做的，就是当好工兵，排好雷："我可不那么认为，他要真能从我的朋友变为我的姐夫，那是他的福气和造化。"

开元以为"姐夫"两个字会让叶丽脸红一下或者故意生气一下，可是没有，叶丽的思维好像完全没有停下来："你别忘了，你姐我是离过婚的人，按以前的说法，叫弃妇。"

"我想不出同居过的和结过婚的有什么差别，从法律角度看，你是受保护的，他是不受保护的；从道德层面讲，你的行为是公众认可的，他的行为是公众不认可的。'弃妇'这两个字太难听了，别人如果这么说，我是会和他玩命的。我不知道你以前发生过什么，但我能从你前夫的言谈举止中看出来，不是他弃了你，而是你弃了他。"

叶丽光洁明净的脸上掠过一道阴影："我的事情以后也许会告诉你。你没有那样的经历，就不会明白那样的伤痛，当然我也不希望你有那样的经历。不管离婚是谁提出来的，当你发现你的感情被欺骗、被玷污的时候，愤怒之余，真有一种被遗弃的感觉。"

开元急于把谈话的内容拉回主题上来："我可以用我的人头作保，炜平绝不会是那样的人。"

叶丽嫣然一笑："你有几个人头可以作保，我担心你妻子哪一天会来找我，让我把你的人头还回去。那天吃饭你应该能看出来，他喜欢的是什么类型的女人。"

"有人喜欢辣，有人喜欢甜，有人喜欢酸，但这并不代表喜欢辣的人就不能喜欢甜，喜欢甜的人就不能喜欢酸，有的人辣甜酸都喜欢，你也不能说他的味觉有什么毛病。"

叶丽羞恼地瞪了开元一眼："你把你姐当成了一盘菜？"

开元急退："我哪敢有那种意思，只是打个比喻而已。"

叶丽脸上有了一种表情，这种表情是开元以前没有见过的。上面有劫难之后的成熟，有看穿世间万物的从容，有深思熟虑后的决绝："对你我没有必要隐瞒什么，我对婚姻失望过，伤痛过，但并没有打算孤身一人过一辈子。我对他有好感，也许还不只是好感。但想要进一步发展，我必须先弄清楚几个问题：他是怎么想的？他心里有没有我？我在他心目中的形象和分量与他在我心目中的形象和分量是不是一样的？我认为这是交往的前提，也是恋爱的前提。"

多么美丽！多么聪明！又是多么骄傲！开元的心在一亮一亮地笑，又在一扎一扎地痛，并且真的就露出点痛苦状："姐，你是要谈恋爱还是要谈判？你这不是给当弟弟的出难题吗？他喜欢不喜欢你我可以问出来，可这分量，我该怎么去称？那你能不能先告诉我，他在你心目中的分量有多重？"

"这个现在还需要保密，"叶丽明丽的面颊上腾起一片红晕，"事情还没有开始，我不能把所有的底都交给你。"

开元重重地叹了口气："真没想到，保个大媒会有这么难！算了算了，谁让我心底这么善良呢。我就当一回间谍，给你刺探点情报回来。"

和炜平的交谈是在炜平家里。与叶丽在一起时不同，和炜平交谈没有那么多的顾忌，可以更放松一些，有时还可以信口雌那么一点黄。

"合着你写书都是给别人看的，到了自己身上就糊涂起来。傻不拉几地等了那么久，我没有说过你，可人家现在已经把男朋友领到了你面前，你还有什么想不开放不下的？"

痛苦和忧郁在炜平消瘦的面孔上交替："你没有经历过，就不会明白，有些记忆是和生命联结在一起的，不是说想放下就能放下，想忘记就能忘记的。"

"我是没经历过，但我不知道我还要明白什么？你还想让我把话说得更难听一些吗？现在的事实就是，人家有了新欢，或者说找到了依靠，不要你了，你认为你的等待还会有什么意义？"

"我有一种感觉，这个外国人看中的只是她的美色，以后不会对她好。"

开元想笑，却笑不出来，站起身围着炜平转了一圈："我要是头狼，肯定会把你一口咬死。我现在真怀疑你的脑子出现了问题。你是想等那个外国人玩厌了，不要了，再把她接回身边？"

炜平的神情根本不像是在开玩笑："也不是没有这一种可能。"

开元气得将头扭向一边。对这个榆木疙瘩，看来启发和开导都没有什么用。他想了想，干脆单刀直入："实话告诉你，我今天来是给你保媒的。"

"我现在还没有心思想这件事。"

"知道让我保媒的人是谁吗？"

炜平抬起头，神情里有一种影影绰绰的期待。

"其实你们已做过一次恋人，现在只不过把假的做成真的。"

炜平阴郁的眼神里分明透出一道亮光，尽管很微弱，消逝得也很快，还是被开元捕捉到了。看来这个险没有白冒，这样的话要是让叶丽听到，怕是要掌嘴的。

"她怎么会同意呢？"炜平很费解似的皱起了眉头，"我对那个外国人没有多少好感，却很认同他对她们两个的评价。皎洁的月亮，那是可望而不可即的。我不知道她之前发生过什么，经历过什么，但她的感情一定受到过伤害。我能感觉得出，她一直在竭力封闭着自己，她的情感是冷色调的。"

"这一会儿又像个作家，目光又敏锐了是不是？依你来看，一个受过伤害的人，感情就应该死灭，人也应该死灭，是不是？我也不知道她以前遭遇过什么，但我知道她的心仍然是热的，她比你更像是一个正常人。哎呀，我说你还是不是个男人，行还是不行，你给我一句痛快话。"

炜平头疼似的抱住了脑袋："你给我一点时间，让我再好好想一想。"

"还有什么好想的？"开元已有点气急败坏，"我告诉你，如果我没有结过婚，如果我的个头再高一些，这样的好事根本就轮不到你。"

炜平不知是没听见，还是不在乎，保持着原来的姿势，一动未动。这家伙的思绪不知道又飘到哪里去了。开元叹了口气，这时候手里如果有一把枪，他一定会用它顶在炜平的后腰，可是他没有。算了吧，就再给这个死心眼的家伙一点时间。他连一声招呼也没打，便走了出来。

听过开元讲述,妻子先乐了半天,随后不忘挖苦几句:"没想到我老公这么有本事,不仅精通税务、财务,还能兼做红娘,下一步是不是还打算再开个婚介所?"

"你不知道,当地有一个风俗,结婚以后,男方会送给媒人一个大猪头,这要是卤起来,咱们一家人能吃多少天,能省下多少伙食费。"

"大猪头,想起来就恶心,那么多毛,哪能处理得干净,卡在嗓子里几天都出不来。不要净想着收礼的事,首先要保证不被人骂。我就见过这样的媒人,媒没说成,今天男方找,明天女方堵,把自己弄得像个老鼠似的。你现在不是也抓瞎了吗?要我说,眼睛还是再放亮一些,不行就别硬往一块凑,不要弄得好心没好报,再惹上一身骚。"

"你老人家大可放心,这点数我还是有的。现在就差那么一点点火候,我想过几天再和他们吃一顿饭。"

"吃饭吃饭,除了吃饭脑子里就没有别的?过几天就是十一,为什么不能约上一块出去玩玩?吃饭是用嘴和眼睛交流,游玩是身心交流,你懂不懂?"

开元不由得眼前一亮,感激地拉住妻子的手说:"有个聪明老婆就是好!我现在常有一种感觉,这一身聪明才智好像都是你给的。"

妻子飞了他一眼:"又耍贫嘴了是不是?如果这个聪明老婆能有你们叶总那样的美貌,是不是会更好一些?"

在往常情况下,妻子这一飞会让他受不了,会有所动作。这一天他却忍住了,叶丽的倩影不合时宜地浮现在脑际。他深知自己在干一件很道德、很高尚的事情,但心中的纷乱有时候总是不由自主。

炜平没有拒绝,叶丽也没有推辞,都很痛快,很干脆,甚至连和谁一块去都没有问。这应该就是人们常说的心照不宣吧,看来事情离成功又大大地靠近了一步。

人是约到了,可是到哪里去呢?该怎么去呢?他又犯起难来。能去的地方似乎很多,适合去的地方似乎又很少。还有,用不用公车?一个副总经理,一个财务总监,一个公司办公室主任,用一次公车谅他谁也不敢说什么,可是加上孩子五个人,一辆轿车坐不下,用两辆车又太张扬了一些。一时间竟然理不出个头绪，只好又问计于妻子。妻子在他的脑门上点了一下："过去总觉得你很聪明，现在看脑子起码让狗吃掉了一半。要我说，第一，不能去太远的地方，坐在车上还不如坐在饭桌上。第二，不能去太热闹的地方，要让他们互相多看上几眼，而不是让他们去看别人。儿子不是经常嚷嚷着要去看大轮船吗？这次不如就找一个僻静的地方，把他这个心愿了了。说到车，我还不知道你心里的小九九，好像真长了一条尾巴似的，总怕被别人抓住。不过两辆车也确实不好，不只是影响问题，关键是怎么坐，你不能把人家两个人硬塞在一个车里面。小宋开的那辆面包不是七座的吗，用它不就行了？"

开元摇摇头："我不是没想到，可那辆车平日买鱼买菜的，里面有味。"

"让小宋提前冲洗一下就行了。我都不嫌，你还嫌什么？大家坐在一起，显得更自然一些。再说，开这辆车还有一个好处，好遮掩，真有人问起来，你可以说到市里去了解水产品价格。"

心思真够缜密的，开元想不佩服都不行。在有些事情上，女人就是比男人更聪明。

这一天说来就来。国家的节日，天气也顺遂人意，风和日丽，天空纯净得看不到一丝云彩。

乐乐上了车就兴奋地大叫："我要去看大轮船了！我要去看大轮船了！"

车显然是认真清洗过的，很干净，也很整洁，但里面仍然有残留的味道。开元抢坐在副驾位置，开元妻子和乐乐坐在了后面一排，用意很明确，让炜平和叶丽坐在一起。谁知炜平刚一上车，乐乐便离开母亲怀抱，坐到了炜平旁边。叶丽上车后笑了笑，和开元妻子坐在一排。

小宋说："要看轮船，我知道一个好地方，可以看得更清楚一些。"

车到市里不过半个小时的路程，然后七拐八拐的，拐到一个小山包前。小宋说："到了，这个山叫石山，别看它不大，里面还挺好玩。你们顺着这条道直往里走就是了，我到附近一个菜市场去转一转，过一会来接你们。"

炜平抬头看山，不由生出几分惊异。这山全部由乱石堆成，大的超过一间屋子，小的不会小于一头象，且纷乱杂陈，全无章法，叫山，只不过是有一点山的形状罢了。感觉上是哪一位神仙，端了一大簸箕垃圾，很随意地倾倒在了这里。

路在犬牙交错间，有时可容两人，有时仅容一人，有时看已无路，低头探上几脚或者探头爬上几步，又出现一片天地。树很少，这儿那儿的一棵两棵，都是些松柏之类，一味地低垂着，佝偻着，看样子都活得很艰难。

　　转过又一个弯，所有人都惊奇地张开了嘴，海就在面前，就在脚下。应该是背阴处的缘故，这里的海水比开发区的海水似乎更幽蓝了一些。风很轻，海水一小波一小波地涌荡着，轻柔得像是少女的叹息。从左手的夹角看过去，港口可一览无余。目光再往前延伸，又是一望无际的海了。

　　这边的石块，也是散乱地堆砌在一起，可能是倾倒时没有控制好力度，有几块巨石掉到了海里。这边的植被，却与阳面大不相同，虽然仍以松柏为多，但一株株枝干挺拔，繁茂苍翠，长出一团团精神。

　　各人找地方坐了，目光都望在海上。带了点腥咸味的空气湿润润的，沁人心脾。叶丽不由赞叹了一声："这地方真好！怎么会没有人来？"

　　"十一期间，本地人大都会到远处旅游。外地人到这里，一是不知道，二是不会选择这么小的地方。"开元给出自己的解释。

　　"听说话的口气，好像自己已经是当地人似的。"开元妻子很适时地刺了一句。

　　众人都笑，笑过后无话，又把目光放逐到海上。

　　这样下去怎么行呢？开元心中发急，没话找话："炜平，这么好的景致，难道你就没有一点感觉？"

　　炜平略加思索，吟出几句：

清风拂近尘，
碧波逐远心。
此处可安寄，
何须寻空门。

　　开元顽劣之心陡起："我想在后面续上两句：六根尚未尽，姻缘还须问。"
笑声比上次高了许多，叶丽拣了个小石块扔过来。

　　"你们看，那是什么东西？"乐乐指着海里一块礁石。几个人的目光随着乐乐的手指望去，看到了礁石上青黑色的苔藓，还有贝壳样的东西。礁石距岸边也就两丈多远，炜平看了看水，只有一两尺深，便脱下鞋子，挽起裤腿，抱了孩子："走，叔叔抱你过去看看。"

其他人的目光都欣喜地、怜爱地追逐着这一大一小的背影，看他们走了过去，爬上了礁石，用手抠上面的东西。像是很硬，用手抠不动，炜平又下了礁石，摸了块小石头，一下一下砸，然后就见乐乐拿了战利品向这边炫耀。开元妻子的脸上，泛着母亲特有的光辉，那是怜爱和骄傲交融在一起的喜悦和欢欣。

呜——一声长笛牵引了所有人的目光，一艘巨轮正缓缓驶近港口。乐乐在礁石上跳跃起来："大轮船来了！大轮船来了！"

巨轮的躯体与它浑厚的叫声很匹配，望去比这座石山还要高大出许多。这个钢铁巨人在缓慢地移动着，移动着，有点骄横，有点傲慢，好像只有它才是海的真正的主人。

近了，近了，船顶上飘扬的旗帜，一层层的栏杆，一排排的窗口，白衣白帽的船员，都在一点一点地清晰起来。码头上很像是被搅动了的蜂窝，有人在跑动，有人在叫喊。

这时候谁也没有注意到，一次巨大的风险，正在向他们迫近。巨轮移动掀起的浪涌，正在积聚着，传递着，扩散着。这里的海水太深了，把风险阴险地隐藏了起来，海表面上还是原来的样子。

及至第一排浊浪涌到岸边，浪花飞溅到身上时，岸上的几个人才一边尖叫，一边惊惧地后退。再抬头睁眼，发现礁石上的一大一小已经看不见踪影。

"乐乐……"开元妻子发出一声撕心裂肺般的叫声。开元没有喊，他感到一颗心卡在了嗓子眼上，发不出声音来。他腰身前倾，睁大了眼睛，在海面上搜寻。他似乎看到叶丽和自己是同样的姿势，不同的是，叶丽已经脱掉了外衣，露出里面的紧身内衣。她想干什么？这个疑问只在脑子里闪了一下。他没有时间去细想，眼睛紧盯着海面，恨不得再生出一双眼睛。

平静的海水突然间狂躁起来，一波一波地没完没了。开元心中的绝望和悲哀也在一波一波地涌荡着，把他空落落的心快要填满了。

"快看。"

顺着叶丽手指的方向，开元看到一大一小两个人头，正在艰难地、缓慢地向岸边移动，他有一种劫后余生之感，快步向那个方位跑去，叶丽也快速跑了过来。

近了，近了，终于能看清海里的情景。炜平一手抱着乐乐，另一只手在奋力划拨。开元已经站到了水里，身子摇晃得像一只漂流的空瓶子。

"快，拉住我的手。"叶丽抓住一棵树，一只手伸过来。开元抓住叶丽的手，身体稳定了一些，另一只手尽量前伸。

炜平终于将乐乐推送到近前，开元伸手抓住，将孩子送到岸上，再回头时，又一个浪头涌来，炜平已不见了身影。

这时候发生了意想不到的一幕，叶丽忽然纵身一跳，跃入了波涛，片刻间，也不见了踪影。

开元的脑子突然一片空白，他不会游泳，但他也很想跳下去。他看了看身旁的母子，终于没有这么做。现在占据了心头的，不再是绝望和悲哀，而是恐惧和悔恨。

妻子将儿子搂在怀里，又是抚胸又是捶背的，心肝宝贝的一通乱叫。乐乐终于清醒过来，睁开眼四下里看了看，问道："叔叔和阿姨呢？"

泪水模糊了开元的双眼，看着逐渐平息下去的海水，他的心似乎一下子沉到了海底。这叫办的什么事啊？有心成就一段良缘，却葬送了两个鲜活的生命，而且这是两个多么特别、多么优秀的生命啊！老天呐，你这他妈的到底是怎么回事，你这不是想要我开元的命吗？此刻，他对大海充满了憎恶和仇恨。

"爸爸妈妈，你们看。"乐乐忽然惊叫起来。

开元抹去了泪水，定睛看去，只见一块礁石旁边，浮出两个人头。再近一些，便看见了水中的人形。一男一女，男的是炜平，女的是叶丽。叶丽的一只手看不清是搂着还是托着炜平，另一只手桨一样划动。炜平的一只手好像也在动，但显得很无力。是他们，是他们，他不禁喜极而泣，泪水又一次涌出眼眶。他扑下去，不顾妻子的叫喊，迎了过去。

三个人终于在浅水中站直了身子。炜平显得极度疲惫，腿上胳膊上有几处划痕，腿上有一处还往外渗着血。叶丽的身上倒没有什么伤，只是湿了的衣服紧贴在身上，让身体的轮廓显露无遗。叶丽像是突然意识到这一点，背转了身子，又迅速跑到岸上，将外衣裹在了身上。

开元妻子也跑了过去，掏出手绢，揩拭着炜平腿上的血迹。炜平回头望着海面，神情里颇有点不服气："真够丢人的，今天要不是叶丽，我这条命还真有可能交待在这里。其实我的水性还是很不错的，只不过一点防备也没有，一下子就被打蒙了。"

开元妻子抽噎着说："那你还知道把我儿子救上来。"

"这完全是一种本能。浪打上来时，我一把抓住了他，然后脑子里只剩下一个愿望：把孩子送上去。再后来，我是真没了力气。叶丽比我聪明，抓住我以后，试了几下，游不过来，就把我拖到那块礁石后面，那里的水流比这里要缓一些，人扶着礁石可以站住。"

开元看着走过来的叶丽："想不到叶总水性会这么好。"

叶丽脸上不无骄傲："那当然，我曾经是我们学校的游泳冠军。"

开元很有些不解："来这几年，也没见你游过泳。"

叶丽的神色暗了下来："因为我不想唤起一些不愉快的记忆。"

多此一问，开元真想打自己一个嘴巴。他立刻因势利导，让语调尽可能地夸张："你们两个行啊，前面是英雄救美女，今天是美女救英雄，这不是我在撮合，而是天在撮合，你们要不在一起，真有点天理不容。"

叶丽瞪着开元，余光却瞄着炜平："又开始胡说了是不是？好像我找不到好男人，非要到海里给自己捞一个。"

炜平没有出声，但那神情显然是笑着的。

这时候，一艘快艇飞驰了过来，艇上有两个人，一个年老，一个年轻，年老的先问："怎么样，人没事吧？"

没等这边回答，年轻的又补了一句："胆子不小，谁让你们下水的？"

开元的气就有点不打一处来："你们是来救人的还是来看热闹问罪的？"

年轻的好像也来了气："你还有理了是不是？你们没看见那上面是怎么写的？"

几个人这才看到，在一面石壁上，用红漆刷着"此处危险，请勿下水"几个大字。也许是年代太久的缘故，有的地方已经被苔藓覆盖，看上去很不醒目。

开元气愤地指着石壁："你们就用这样几个字来保障游客的生命安全。"

年老的很和气："回去我给领导汇报一下，把这几个字重刷一遍。其实你们在这里的一举一动我们都看得很清楚,方才的情形你们也看到了,快艇根本就过不来,过来了也停不住。"

开元刚想说两句感谢的话,又被年轻人抢在了前面:"放心吧,我们是不会让游客死在这里的,最多呛几口水,睡上一小会,看在你们受惊的份上,今天的施救费就不收了,拜拜。"话刚落音,艇已行远。

开元生气地望着快艇,最后却笑了起来,这个年轻人的心性和自己倒有几分相像。

走到山外,小宋已经等在车上,看到炜平一瘸一拐的样子,惊问缘由,听了后吓得变颜失色,主动把责任揽了过去:"都怪我,我就不应该带你们到这里来。"

炜平笑着安慰:"是我自己不小心,和你有什么关系?"

开元在一旁叮嘱:"这件事不要告诉任何人,三传两传的,不知道又会传成什么样子。"

小宋宣誓似的:"这个你们放心,我绝对不会说出去。"又担心地看了看炜平的腿问:"肖主任的伤要不要到医院去处理一下?"

炜平放下裤腿,跺了下脚说:"擦破点皮,没事的,海水已经帮我处理过了。"

小宋却像拉着重伤病人似的,一路上开得格外小心。

也许是受了些惊吓,也许是白天没睡觉的缘故,吃过晚饭,乐乐就早早睡了。妻子没有像往常那样,将放在孩子脖颈下的胳膊轻轻抽出来,仍然侧着身子,将孩子拥在怀里。

妻子回来后脸一直阴沉着,没有说一句话。开元心中有鬼也有愧,不敢大意,躺在妻子身旁,一只手搭在妻子身上。

妻子忽然轻声啜泣起来:"乐乐今天要是真出了事,你让我以后怎么活下去。"

开元悬着的心放下来一些,手在妻子身上滑动:"怎么会呢?谁看见咱们儿子,都说是大富大贵的命。再说今天你也看到了,他们两个就是舍了自己的命,也会把乐乐救上来。"

"你不知道,我当时就像瘫了一样,看到炜平把孩子救出来,我也想过去帮忙，但就是动不了。"

开元的手变抚为抱，将身体贴紧在妻子的背上。

妻子躺平身子，细软的胳膊从开元脖颈下穿出，一边搂了一个："算你有眼光，交了这么好两个人。等他们结婚以后，我想让乐乐把他们认作干妈干爸。"

"那他们还不乐得屁颠屁颠的。有咱们乐乐做榜样，他们的子女一定会如花似玉。"

"那是人家的胚子好，不是你儿子的功劳。"妻子捏了一下开元的耳朵，"你得向我保证，以后不要再想着去挣什么猪头。"

"我对天发誓，这绝对是最后一次。你不知道，看不见儿子，我的心是空的；看不见他们两个，我的心是死的。"

妻子已经抽出另一条胳膊，转过身来，目光楚楚地看着他。

妻子平静了下来，开元却有点后怕起来："哪有保大媒把人保到海底下去的，这要是传出去肯定是天大的笑话。我当时就在想，要是他们两个真上不来，我就……"

后面的话没有说出来，嘴被妻子的嘴封上了。

炜平没有心思做饭，泡了包方便面吃了，坐在书桌前，脑子里纷纷乱乱的，尽是海里面的情景。他努力回忆着，思辨着，想让整个过程更清晰一些，完整一些。

事情来得太过突然，一点心理准备都没有。身体下滑的同时，手抓住了孩子。身体好像在岩石上拍了一下，有点疼。头探出海面的瞬间，认准了方向，接着便是持续地艰难地冲浪。孩子交出去以后，好像松了口气，心里甚至还有一点小小的欣喜。然后，意识便开始模糊起来，身体的下沉还是能感觉到的，因而手脚还在忙乱地挣扎。然后，便感到有一团柔软贴近过来，身体也由此变得轻盈起来。

清醒过来已经是在礁石的后面，叶丽一只手反扣着礁石，另一只手托着他，已有点坚持不住的样子。他站直了身子，一条胳膊与叶丽相搀，另一只手也反手扣住岩石。叶丽似乎笑了一下，不是似乎，确实笑了一下。

两个人就那么站着，看着海面，看着远方，谁都没有开口说话，好像彼此都很清楚，此时此刻，此情此景，语言实在是太苍白了一些。

叶丽高傲地站立着，脖颈细长。臂膀光滑细腻，胸部高挺，神情和姿态都很像一尊女神。当时真有一种很奇怪的想法，希望波浪不要停止，希望两个人就那样一直站下去。

这是怎么了，为什么会如此神不守舍？这种迷醉似曾相识，但远不如这般隽永和深沉。是对救命之恩的由衷感激吗？是肌肤相接后的怦然心动吗？不，不，它更像是灵魂的吸附。

有人敲门，三声，又是三声，节奏明快，声音响亮。是她，肯定是她。他心中忽然漫上一片狂喜，几乎奔跑着过去，拉开门，果然是叶丽站在门外。

叶丽脸上蕴着意味深长的笑意，手里端了个饭盒："我来看看我们的大英雄。"

炜平感到呼吸有点困难，勉强还能说出话来："你是在挖苦我，有让人救的英雄吗？我们两个到底谁才是英雄？"

"是你的行为感动了我，我才跳下去的。算了，别争什么英雄了，腿好点没有？还没吃饭吧，我做了点炸酱面，你尝一尝。"说着打开饭盒，一股香气便溢了出来。

炜平想说已经吃过了，却真的感到有点饿，也就不再客气，取了筷子，大嚼大咽起来。

叶丽静静地看着，有几分怜爱，也有几分辛酸。原来这个斯文的男人也有不斯文的时候，一碗炸酱面就让他露出这种吃相，真不知道他平常的日子是怎么过的。

炜平放下筷子，由衷地赞叹道："味道真不错！"

"那当然，没有这点本事，怎么能当酒店老总。"叶丽本想说你的前女友难道没给你做过，话到嘴边却变了样。

炜平要去洗饭盒，被叶丽夺了过来："一个饭盒，我拿回去一并洗就是了，让你一个病号来回跑什么？腿怎么样，要不要到医院拍个片检查一下？"

"一点事都没有。"为了证明自己的话是真的，炜平站起来走了几步，果然很像正常人走路的样子。

叶丽很想再坐一会，但强烈的自傲和自尊却让她站了起来。谁知道人家心里究竟是怎么想的呢？我叶丽可不能这么贱。就在这个时候，她听到了一句话：

"我真想让你再救我一次。"

卷曲的疑问片刻间舒展成盛开的花朵，他是在巧妙地向自己表达吗？他的话里真的有示爱成分吗？文人就是不一样，好像什么都没说，又把什么都说了出来。她看到炜平在向自己走近，便将饭盒放到桌子上，缓缓地转过身子。

相拥之后，有过短暂的对视，这时候她还在想：这是真的吗？嘴唇贴到一起之后，她便停止了思想，感到进入了一种梦幻状态。她感到自己的身体在不断变轻，变轻，轻成了一片树叶，一缕云彩，旋上旋下，翻卷腾挪。

多好啊！叶丽在心底里发出一声悠长的叹息。与前夫相比，他在床上没有那么多的花样，没有那么疯狂，也没有那么多的甜言蜜语，可是这么么好啊！从容地舒展，轻柔地交融，悠然地释放，她感到自己就像一条鱼，恣意地漫游在清浅的河流里。

真好！炜平的脸上露出满足的笑容。这是一个多么与众不同的女人，她身体的线条是多么优美！她的肌肤是多么柔韧！还有，她的迎合是那么恰到好处！这样的做爱，更像是异性之间的一次亲密交谈，一种灵魂交融。他忽然莫名其妙地冒出一句："为什么要到现在？"

叶丽的回答中有甜甜的怨艾："我给过你机会，是你不想要。"

炜平自然知道叶丽说的机会是什么："你以为我当时就不想留下来吗？只是觉得那么做有点不道德。"

"对谁不道德？笑莲，还是我？"

"都有，但不是最主要的，那样做了，感到是在乘人之危。"

"听着还真像一个正人君子。其实那天我是有点后怕，只是想让你留下来陪着我，并没有别的想法。男女在一起，就只能干这种事情吗？"看到炜平一脸窘态，又哧哧地笑了，"那你今天做的事情算是道德吗？不说去感谢救命恩人，还要占救命恩人的便宜。"

炜平真有点理屈词穷，只好用另一种语言回答。两个肉体，两个灵魂又纠缠在了一起。

婚礼在先建宾馆举行，这是叶丽的想法和决定。从那一天开始，炜平就决定以顺从作为生活的基调。他对叶丽说：以后你的想法就是决定。傻子才会为了一些家庭琐事去争执争吵，去伤害感情，伤害所爱。

说婚礼，不如说是婚宴，而且只有两桌，只叫了公司最早的十几个人和酒店几个中层。没有举行什么仪式，也没有请什么婚庆、乐队之类。这也是叶丽的想法和决定，最重要的是找对了想要找对的那个人，其他形式方面的事情有什么要紧？上一次的婚礼倒是搞得轰轰烈烈的，可是现在人在哪里，人在哪里？

公司三个领导、开元一家三口、振乾、仁义、炜平、叶丽坐了一桌，小茜、振乾老婆、小宋、小孙和酒店几个中层坐了另一桌。

饭桌上心思不同，神态也就各异。廷轩显得很开心、很激动："咱们公司今年可谓喜事多多，今天你们两个又给添了一喜。好，好啊！祝你们永结同心，百年好合。"

东海故作生气的样子："乱弹琴，这么大的事情我事前竟然一点也不知道。不过，王总既然已经表了态，我也不好再横加阻拦，就委屈一下，祝你们互敬互勉，相知相爱，白头到老。"

敬儒说："王总还漏掉了一喜，我们振乾今年也干成了一件大事，给我们创造了一个革命接班人。"

振乾想不出应该高兴还是应该生气，他很想让更多的人知道这件事，可是这句话似乎还有另外一层含义，自己除了这件事情之外，其他事情都没有干。

开元忍不住调侃了一句："没想到振乾还有这种本事，能创造革命接班人。能不能告诉我们，你是怎么创造出来的？"

一片笑声。

振乾坐在乐乐旁边，手在乐乐头上轻拍了一下："你能不能先告诉我，这小家伙是怎么创造出来的？"

又是一片笑声。开元妻子羞红了脸，低下了头。

仁义也跟着笑，但自己很清楚笑得有多勉强。他感到吞咽下去的不是食物，而是嫉妒，在胸腔里一下一下地咬啮，喝下去的不是酒，而是硫酸，食道里和肠胃里都有一种烧灼和烫热的感觉。为什么别人得到的自己得不到？为什么别人能有的自己不能有？为什么？为什么？

敬儒的关怀总是无处不到："仁义也该努力了。"

仁义连连点头："是，是，一定努力。"心里却在骂：努力你妈个×！

几杯酒下肚，振乾开始起哄："让新郎新娘给我们表演个节目好不好？"

下面自然是一片附和声。廷轩饶有兴趣地看着这一切，他很喜欢这种场合，和年轻人在一起，自己的心态也会变得年轻一些。

炜平站起身来，饱含深情地吟诵了一首诗。

找到了你
也找回了迷失的自己
我不想再去思考
生命的意义
我的心在狂歌乱舞
庆贺灵魂的皈依

不去想运气还是福气
有了你
就有了新的站立
不管是白天还是夜晚
不管是风里还是雨里
我的眼前
都会是阳光满地

不管能不能听懂，叫好声和掌声是必须有的。叶丽抓住炜平一只手，脸上露出幸福的笑容。

"欢迎新娘再给我们来一个。"振乾接着起哄。

叶丽招手叫过一名服务员，耳语了几句。很快，《塞北的雪》的优美的旋律就在饭厅里飘荡起来。叶丽在音乐中直起身子，笑容已隐而不见，神情似雪花般明净。

"我爱你，塞北的雪。"

第一句歌词刚从双唇间轻吐出来，便博得一片热烈的掌声。

叶丽很喜欢这首歌，以前也经常唱这首歌。那里面有一种淡淡的忧伤，可那是一种多么纯净和高贵的忧伤啊！她深情地、舒缓地唱着，好像那纷纷扬扬的雪花真的飘在了身上，落在了心上。她自己也能感觉到，这一次唱得比以前任何一次都要好。也许一个真正忧伤过的人才能更加懂得快乐的意义，她想要用感恩的心，在忧伤中唱出欢乐。她感到自己不是在唱，而是用心灵在诉说。她想让纯净、轻柔的雪花把自己包裹、覆盖，然后在和煦、温热的爱中慢慢融化。

纯净的雪花好像也覆盖在了听歌者的心上，歌声停歇了足有一分钟，才爆发出掌声和叫好声。

晚上，叶丽以手托颐，神情专注地看着炜平："这样的婚礼对你是不是不大公平？"

"为什么？"

"因为你毕竟是第一次结婚。"

"你觉得我会在乎这些吗？"

炜平一边说，一边将叶丽揽住，嘴想贴过去，叶丽却将头扭开："你告诉我，以前是不是给笑莲也写过这样的诗？"

炜平有点发窘："写过，但那是不一样的。"

"有什么不一样？"

"一个用情在写，一个用心在写。"

"这就是说，你对我只有心，没有情，是不是？"

"不是这样的。"炜平真有点着急起来。

叶丽忽然大笑："你觉得我会在乎这些吗？但你要向我保证，以后的情诗只能写给我一个人。"

炜平醒过神来："你以为情诗是想写就能写出来的吗？必须要有灵感才行。"

"那我就再给你增加一点灵感。"

两个人又相拥到了一起。

激情过后，叶丽找出收礼的单子看，这些人情债以后都是要还的，她想把它记在一个本子上。红包是小茜帮着收的，单子上的字迹娟秀而清晰。叶丽扫视了一遍，上面的数字倒是很好记。三个一千的，是廷轩、东海和开元，十个五百的，是振乾、小茜、小宋、小孙和酒店六个部门经理，两个二百的，是敬儒和仁义。她的目光停留在这两个人的名字上，心头涌上被轻慢和被侮辱的愤慨。他们这是什么意思，是本来就这么小气，还是在借机进行报复？这两个人她是压根不想通知的，尤其是敬儒，一想到那张面孔就觉得恶心。可如果不通知，炜平会怎么想，肯定要问一下原因，难道要把那件龌龊的事情告诉他？别人又会怎么看，猜疑有时候也是很伤人的。人活着真是挺难的，不忍不行，可是忍的结果，只会是给自己添堵。

仁义和小茜是怎么回事？一家人，礼为什么要分作两份？对于小茜，她多少还有点愧疚之心，当初是帮着人家去打听的，现在却成了自己的丈夫，这确实有点滑稽可笑。可是假如没有自己，炜平就能和小茜在一起吗？答案显然是否定的。小茜是一个好女孩，但是她配不上他，确实配不上他，她这么安慰着自己。

可这敬儒到底是怎么样一个人，那副道貌岸然的躯壳里到底包裹了些什么东西？她思索而不得其解，就想从炜平嘴里找到一些答案："你对这三个老总怎么看？"

"一个办公室主任，是不能对老总妄加评议的，对你，这个规矩可以破一破。王总身上兼具军人和企业家的气质，正直无私，有雄心，有魄力，是一个想干事、能干成事的人。"

"王总要是听到你这一番话，肯定能把你提拔成总经理助理。好吧，说下一个。"

"张总基本上算是一个真诚的人，也是一个能干实事的人，在企业待了那么多年，管理经验肯定也非常丰富。要说缺点，脾气有点急，心胸好像也不如王总那么开阔。至于黄总，我是不大喜欢这个人，虚伪，爱摆谱，有时还会玩弄一些小权术，让人感到很不舒服。"

"那你说他是不是真有学问，他的研究员名分是不是骗取来的？"叶丽急于弄清楚这个问题。

炜平摇摇头："这种可能性倒不是很大。大学里这种人也不少，一开始是真的在做学问，有了点成就和名气之后，就想着用这些去博取功名和利益。这些人仍然以文化人或科研者自居，实际上早已经脱离了这个行列。"

"依我看，和江湖骗子没有什么不同。"叶丽忽然愤愤不已。

炜平惊异地看了叶丽一眼："你和他应该没有什么过节吧？"

叶丽故作轻松地笑了笑:"我和他能有什么过节?我也是看不惯他那种虚伪、做作的样子。"

炜平叹了口气:"现实中很多事情都是我们无法改变的,你生气也好,愤怒也罢,它都会客观存在着。我们不要让这些丧气的东西影响了情绪,要尽可能地守住自己的幸福。"

是啊,这样的幸福必须守住。叶丽将头靠在炜平的肩膀上。与现在所拥有的幸福相比,那些庸俗的、丑陋的、令人厌恶的事情是多么不值一提!

看着财务送来的年度报表,振乾先是一喜,内销的营收超过了外销,内销的利润是外销的一倍多,铁的事实证明,自己还是很有头脑、很有眼光的。高兴的同时,却有点不大舒服。内销收入五百多万,单是这一项,于老板就要拿走五万多,再加上内销利润的提成,已经超过了九万。这个于老板真他妈会来事,用区区五千换走了九万多。也不知道公司能给自己奖励多少,估计万儿八千的也就到头了。那么自己究竟是在给谁干,为谁卖命?越想心里越不是滋味。又不由自主地回想起催眠一幕,更有点牙痒痒。有人把那东西叫作祸根,看来真他妈的是个祸根!

年度总结会上,廷轩想不高兴都难。酒店盈利三百一十万,房地产盈利二百三十万,灯具厂盈利一百八十万,海苔项目更是放了个卫星,盈利高达五百七十万元,减去合作方、合资方的分利和提成,属于公司的净利也有九百多万元,远远超过了预期。他情绪激动,洪亮的声音里充满了感召力:"我今天要讲的首先是感谢,其次还是感谢。感谢在座的各位一年来的辛勤付出和努力,才让我们有了如此亮眼的业绩。企业挣到了钱,职工的福利待遇就应该跟着一同提高。下面我宣布几件事情:一是所有员工的工资全部上浮一级。"

下面掌声雷动。

"奖金也要多发一些,各二级单位领导的奖金数额由我决定,二级单位内部的奖金发放由二级单位领导自行决定,但必须坚持一个原则,不能搞平均主义,不能一刀切,要向一线倾斜,重奖有功人员。"

掌声又一次响起,但稀疏、寥落了许多。

"最后我想强调两件事。一是不要在税金问题上做什么手脚，该交的个人所得税一定要足额上交；二是不要互相攀比，现实生活中只有相对的合理，没有绝对的公平。我比较信奉人贵有自知之明那句话，人有了自知之明，很多想不通的问题就能想通，很多看不开的事情就能看开。如果真觉得不合理，想不通，可以来找我谈，但不要在背后乱发牢骚，搞一些小动作。我很反感这种事，也很瞧不起这种人。"

廷轩亲自将拟定好的奖金发放表送到仁义办公室，仁义看了看上面的人名和金额，脸上就有点挂不住，怔怔地看了好一会。

上面的人名和人名后面的数字是：

张东海	30000
黄敬儒	20000
肖炜平	15000
叶　丽	25000
孟开元	20000
牛振乾	20000
朱仁义	15000

仁义的思维被两个问题给缠绕住了：一，奖金为什么是最少的？二，名字为什么是最后一个？

廷轩觉察出不正常，问了一句："怎么，有什么不对吗？"

仁义猛然醒悟过来："没有没有，我是奇怪上面为什么没有您的名字。"

"这个你不用管。总公司有规定，分公司经理除了多领一份工资外，其他一分钱不能多拿，奖金由总公司统一发放。"

"这有点不公平，您不拿，我们怎么好意思拿？"

"你的好意我心领了，但事情必须这么办。我不拿，你们可以放心拿；我拿了，说不定哪一天就会出什么事。这个单子要注意保密，不是上面有什么见不得人的东西，但人的欲望是没有限度的，互相一攀比，没事也能给你闹出点事来。"

廷轩刚离开，敬儒就踅了进来："方案出来了吧？这么大的事情也不说商量一下，一个人就能定。我看看，到底能玩出什么花样？"

仁义很有点为难："王总说了，这件事要保密。"

"对我还需要保密吗？你是不是信不过我？"敬儒很有些愤愤然。

这个人也是得罪不起的，仁义无奈，只好将那张纸拿了出来。

敬儒的目光一落到纸上，脸立刻扭曲得很难看："这不是胡闹吗？都是老总，姓张的凭什么比我多拿一万？比叶丽还少五千，和开元、振乾平起平坐，这不是在羞辱我吗？"

仁义吓得不轻，走过去将门关严了："您声音能不能小一点，王总还在办公室。"

"在就在，有什么好怕的？真要是合情合理，还怕人说吗？"

仁义赔了笑脸："您是不怕，我怕呀。"

"有我在，你怕什么？人啊，不能活得太窝囊，就说你这个公司财务经理，凭什么比二级单位的财务主管还要少拿五千，你就能咽下这口气？"

这句话戳在了仁义的痛处，仁义的脸色也变得很难看："王总这么定了，我能有什么办法？"

"维护自己的正当权益，去讲道理，去争呀！实在不行，也可以给总公司领导反映。"

仁义牙疼似的笑了笑："我看还是算了吧，为了几千块钱，不值得。"

敬儒粗大的指头对着仁义点了两下："你呀，让我说你什么好？这就叫死要面子活受罪。行了，这件事我来想办法，不能就这么过去。"

要走，又转过身来，问："这上面为什么没有他的名字？"

仁义清楚"他"是谁："王总说了，他的奖金由总公司发放。"

敬儒盯紧了仁义，目光是审视的："真的没有单独处理？"

"这个我可以保证。"看到敬儒仍然将信将疑，仁义又补充了一句："至于会不会从下面财务拿，我就不清楚了。"

敬儒像参透玄机似的笑了一下，走了出去。

第五章

廷轩没有想到,春节后要干的第一件事情,竟然是接受总公司财务检查。

这件事来得突然,也来得蹊跷。年前的碰头会对这件事情只字未提,看来是一次临时起意的突击性检查。这一次的行事风格也与以往大不相同,绕过了自己,由总公司办公室通知到公司办公室,完全是公事公办的样子。检查组的阵容也够强大,一行六人,由总公司总会计师郑维忠带队,成员中有两名总公司财务人员,另外三个不知道是何方神圣。

这是想要干什么?听过炜平汇报,廷轩沉吟了足有五分钟,他很是不解,也很是恼火,但他还是稳定住情绪,做出几点指示:人不能住在四方大酒店,就安排在先建宾馆;由张东海副总经理出面接待;积极配合,想到哪里看就让到哪里看,想见什么人就让见什么人,想要什么资料就给提供什么资料。

接到炜平电话,东海便有点坐不住,从厂子里赶到廷轩办公室。

"什么情况?什么来头?他们这是想干什么?"

廷轩有点勉强地笑了一下:"没必要那么紧张,天是塌不下来的。去年我们公司在总公司也算是放了颗卫星,其他几个分公司盈利都很少,一个还在亏损,这可能让有些人心里很不舒服。想查就让他们查呗,咱们心中无鬼,怕他干什么?现在最主要的是给下面人做好解释工作,不要让正常的生产经营受到影响。"

"会不会有其他目的?我总觉得有点来者不善。"

"除了担心咱们弄虚作假,还能有什么目的?善是善不了,但我想它也恶不到哪里去。你管好接待就行了，其他事情不要多想。"

"你不和他们见一面？"

"不见。这个老郑和我共事了好多年，私交也还不错，这次能如此行事，一定有他的苦衷，我又何必让他为难。"

"接待规格要不要稍微高一些？"

"没有必要，正常就行，过于热情反而显得咱们心中有鬼。"

又是一个没有想到，检查组到达滨海的当天晚上，郑维忠就敲开了廷轩的房门。

廷轩很有些不好意思："你第一次来滨海，本应盛情款待，没想到却要用这样的方式见面。"

郑维忠也有点不好意思："理解理解，希望你也能理解我。我来见你，一是不想因为这件事情影响了我们两个人的关系，二是想先找你了解一些情况。"

廷轩把自己最好的茶叶拿了出来："从现在开始到检查结束，咱们两个就是查与被查的关系，有什么事情你尽管问，我保证知无不言，言无不尽，而且不会有半句假话。"

郑维忠笑了："没你说得那么严重，你就把这次谈话当作一次闲聊。我想先问一句，这里去年的盈利真有那么多？"

"以你对我的了解，你觉得应该有这样的怀疑和担心吗？"

"不是我怀疑，是有些人不相信。好，下一个话题，去年你们的年终奖是不是发了很多？"

廷轩不由微微一惊，看来检查组此行还有另外的目的，说："什么叫多，什么叫少，我认为和业绩相比，发的还远远不够。"

"是不是没有给老大打招呼？"

"这是我职权范围内的事情，为什么还要请示打招呼？还有，白总就是白总，不要说什么老大，弄得和黑社会似的，听着很不舒服。"

"他们都这么叫，他好像也喜欢别人这么叫，叫着叫着就叫习惯了。制度和规定是死的，人是活的。同样一件事情，人家汇报了，你没汇报，他就会不高兴。"

"他不高兴是他的事情,我没有理由也没有义务委屈自己去让他高兴。"

"你呀!"郑维忠摇摇头,"这么多年了,还是一点也没有学会变通。"

"因为我还没有想明白,秉着自己的本性和原则去做就行了,为什么要学会变通呢?要知道有很多变通,变的是原则,是真相,是气节。"

"你这么一说,还真让我无话可说。再问你最后一个问题:这边的奖金你拿了没有?"

廷轩又是一惊,看来还真有点来者不善。他的神情严肃起来:"已经走到了这一步,就不应该再来问我。我希望你能认真查,一查到底。"

"你没明白我的意思,有些事情可以提前做一点处理。"

"我明白你的意思,也感谢你的好意,但我可以负责任地告诉你:这里没有任何需要提前做处理的问题,你需要做的,就是还我一个清白。"

"这我就放心了。"郑维忠如释重负,"你不知道,我这个角色不好当,夹在中间,两头为难。"

廷轩给郑维忠茶杯里续了点水:"我怎么会不知道。你就放心大胆地去查,在我这里只有支持,没有阻挠。"

"要是领导都像你这样就好了。"郑维忠感慨地说,呷了口茶,转移了话题,"这茶真是不错,如果有的话,就给我带上点。那个小旅馆里面的茶实在是太难喝了!"

廷轩听出了话里面的意思,把茶叶桶拿了出来:"我不是有心要慢待你们,咱们酒店的条件是比那里要好出许多,可你们在里面出出进进的,会让员工怎么看,怎么想?不知道内情的,会以为公司发生了多么严重的问题,人心惶惶的,势必给正常工作带来影响。这更不是对你有什么成见,你放心,什么时候带着夫人孩子来,我保证以最高规格接待。"

"理解理解,感谢感谢。"郑维忠拿了茶叶,起身告辞,"有什么事情我再及时向你通报。"

"那个倒没有必要,但我很希望你能把这件事情的起因告诉我,好让我以后多一点防范,不要稀里糊涂地做了冤死鬼。"

"这个我也不是很清楚。"郑维忠突然有点口吃似的,"好像你们这里有人给公司反映了点什么情况。"

"匿名还是实名？"

"这个我真不知道，也许是电话。你也不要再费心去猜，我们既然走得端行得正，那还有什么可怕的？"

"我不是怕，是气，是急，平白地让人查一下，谁心里能好受？即使千注意万注意，也不可能对工作完全没有影响。来的是你，如果是别人呢，说不定就会搅和得乌烟瘴气的。有时候我真是挺郁闷的，你想踏踏实实干点事，有人偏给你脚下使绊子，真不知道他们心里是怎么想的。"

"你大人有大量，犯不上和他们一般计较。"担心廷轩再问点什么，郑维忠急慌慌地走了出来。

敬儒走进仁义办公室，自己把门掩上，坐在一把椅子上，脚搭在另一把椅子上，脸上春意盎然，春风浩荡："等着瞧吧，有好戏看了，我不相信他这一次还能躲过去。"

仁义已经听闻了检查组到来的消息，知道好戏的内容，也清楚敬儒说的"他"是谁，但他的情绪一点也没有受到感染，反而变得沉甸甸的。争斗刚刚开始，鹿死谁手根本看不清楚，这时候便表态、站队是很愚蠢的。他是一个有上进心的人，但不是一个喜欢冒险的人。可是现在，他似乎已经做出了选择，而这种选择，完全是胁迫式的、绑架式的，这让他心里很不舒服，却又无可奈何。此刻，他更真切地感受到了做人的艰难，心里更多的是慌乱和不安。

"你说他的钱最有可能从哪里拿，酒店还是老张那儿？"敬儒急于把这件事情搞清楚。

"这个我真不知道，也许他确实没有拿。"

"怎么可能，换作是你，你会吗？我现在最关心的不是拿没拿的问题，而是拿了多少。老张三万，他拿的肯定比三万更多。"

换作是自己，确实不会不拿。仁义也就有点相信了敬儒的推断。

"你是公司财务经理，总公司下来检查，不可能绕开你。你和老郑也认识，应该热情一些，主动一些。"

仁义现在巴不得离这件事情越远越好："公司安排张总和炜平两个人负责接待，并没有提到我。"

"人家好歹也是总公司派下来的，放在过去就叫钦差大臣，怎么能安排在那种破地方，这明显就是有抵触情绪嘛。"敬儒显得对这次安排很不满意，"平常看着你挺灵光的，怎么一到关键时候就犯糊涂。他们两个只是负责生活方面的接待，业务上的对接舍你其谁？上午他们检查组好像有个商量分工什么的会议，下午估计老郑就会过来找你。你要做的，不能仅仅是牵针引线，在一些关键点上，还要给出一点提示和点化。"

怎么提示？怎么点化？这些言行估计很快就能传到王总耳朵里，后果可想而知。难道要真的铁了心和这个人绑在一起吗？答案显然是否定的。既然是否定的，那就只能虚与委蛇，走一步看一步。

敬儒将声音压低了一些："让你全程跟踪和参与，还有另外一个意思。这个老郑虽然人很正直，但以前毕竟和王总共事过很长时间，听说两个人的私交还很不错，在检查过程中循点私情，打个马虎眼，都不是没有可能，所以你还负有监督的重要职责。我可以明白地告诉你，这也是白总的意思。"

"白总也知道我？"仁义很有点意外，也有点意外的惊喜。

"当然知道。我在他面前提到你，少说也有十几次，他怎么能不知道？我告诉你，白总在总公司可是一言九鼎，想用谁，想换谁，都是一句话的事情。去年他想给上海分公司安排一个人事经理，那个总经理还推三阻四的，结果怎么样，总经理被调回总公司，给个巡视挂了起来，该安排的人照安排不误。"

加上这个砝码，心里的天平似乎摇晃了一下，又恢复如初。前年传得那么邪乎，最后还不是什么事都没有。他决定还是再耐心地等一等，看一看，在这个过程中，最好不要让别人看出什么倾向和颜色。

这一次还真让敬儒说着了，下午刚一上班，郑维忠就出现在仁义办公室。仁义喜不自胜，见到久别的亲人似的，将对方的手紧紧握住，忙不迭地告罪致歉："知道您来了，领导没安排，不好自己过去。您是我的顶头上司，财务人员的处境您最清楚，谁都得罪不起，谁的眼色都不能不看。"

郑维忠一脸慈母般的笑容："我能理解，不过这件事你是躲不开的，谁让咱们是一条线上的呢？你不去找我，我必须来找你。我来就是想和你商量一下，看看从哪儿查起，怎么查。"

仁义早已确定好自己的大政方针，参与可以，陪伴可以，决不乱说话，更不会去主动提供什么线索。因而调整好情绪，让神态尽可能谦恭："这我哪能担当得起！对于我来说，这是一个很好的学习机会，你们需要我做什么，提供什么，尽管开口，我保证全力配合。"

郑维忠很认真地打量了仁义一眼，像是看一件商品的成色，随即笑了起来："朱经理既然这么谦虚，我也就不客气了。我们只有十天时间，计划你这里用两天，其他四个二级单位各用两天，你看这样安排行不行？"

"别的都没有问题，只是酒店的账不知道两天时间能不能查完。"话一说出口就有点后悔，但已经收不回来。

"这个好办，可以把酒店放在最后，前面几个赶一赶，兴许能赶出一两天，实在查不完，就延续上几天。这样吧，你这几天手头要是没有什么要紧的工作，就劳烦你待在我们身边，有什么事情，协调沟通起来会方便一些。"

这倒是仁义求之不得的。虽然不能自比为狐狸，但能假一次虎威，难道不是一件幸事？何况事情还不是这么简单，这个人自己将来肯定是用得上的，利用这个机会，增进一下了解，展示一下学识和能力，加深一下感情，何乐而不为？

进入角色之后，仁义才发现这个角色其实很难扮演，自己充当的，就是一个随行接待人员。

检查人员中，只有郑维忠态度比较和气，时不时地还能给一点笑脸。其他几个人都是一味地高傲和严肃，尤其是那几个外聘人员，一个个高傲得像脱了毛的老公鸡，正襟危坐，神情凛然，一副天已降大任于斯人的姿态，别说是交谈闲聊，正眼看一下的机会都很少。仁义气得在心里骂：牛什么牛？换一下位置，老子比你们还牛！

引进到二级单位以后，做过相互介绍，仁义只剩下一件事情：添茶倒水。这真是一段既漫长又很无聊很压抑的时光。检查人员分工明确，都有事情可做，而且都很专注、很投入，好像已经忘记了他的存在。别人忘了，自己是不能忘的，总得做点事情提醒和证明自己的存在。可是能做点什么呢，思来想去，也只有这么一件事能做，看哪个茶杯空了，走过去添上水。

来了客人，尽一下地主之谊，降低一下身份，客串一次临时接待，倒也无可厚非，关键是这些人对接受服务的态度，让他很不舒服。郑维忠还能抬起头笑一笑，公司两个财务人员，一个点点头，一个用手指在桌面上轻叩两下，其他三个人则一点反应也没有。最可气的是戴着眼镜、年龄看上去也是最老的一个家伙，像从沙漠里拯救回来的一条快要干渴而死的鱼，不停地喝，拼命地喝，刚给倒上，几下就空。仁义只好一次次地站起，一趟趟地过去。后来就有点动气，倒过水后故意将茶壶放在那个人近旁，看看他会不会自己倒，看看他不喝水会不会死。

他看到那个人拿起空了的杯子，仰起脖子却没有喝到水。他想笑，却没能笑出来。那个人的手并没有伸向茶壶，而是很生气地将头转过来，目光里含着责问和责备。这目光让他心里惶惶的，不由自主地站起来，继续去行使自己的职责。让他感到欣慰的是，那个人喝水的频率和速度总算慢了下来。接着喝呀，胀死你！他在心里恶狠狠地诅咒。

为什么是清一色的同性，连一个异性也没有？如果里面有一个女人，哪怕是一个老女人，气氛也会有所不同，就会温润一些，舒缓一些，不会这么干巴巴得让人着急。

为了表明自己并不是纯粹的接待，他有时也会拿过别人看过的账本或凭证翻看几眼。可那只是让眼睛在上面遛遛弯而已，他不想发现什么问题，也就无心细看。既然不能表现，无法表现，那么学识和能力又该如何展示？郑维忠不知是考虑到他的处境，还是把"商量"两个字忘在了脑后，没问过什么问题，也没有交换过意见。有时和其他检查人员交谈几句，声音也压得很低，是不想让自己听到的意思。这更让他觉得自己是一个局外人，是一个只能添茶倒水的局外人。

最郁闷、最窝火的事情发生在酒店。他看到郑维忠见到开元后是同样的热情，甚至比见到自己有过之而无不及，这让他很是不快。这个老家伙，原来是个弥勒佛、笑面虎，见谁都笑。这起码说明了一个问题，这个老家伙并没有对自己另眼相待。

检查完之后，郑维忠对酒店财务大加赞赏："真没想到，酒店的账务会做得这么出色，该简明的简明，该精细的精细，账目清楚、规范。还有这份财务情况说明书，有条理有层次，分析得又透彻又清晰。小孟，你把这份说明书给我复印上一份，我让其他几个分公司都看一看，学一学。"

几个"老公鸡"也都面露满意和敬意,颔首称是。戴眼镜的"老公鸡"还由衷地赞叹了一句:"看这样的账,算得上是一种享受。"

仁义已经够难堪、够虐心的了,郑维忠还要再扎上一刀子:"有正规学历的和没正规学历的就是不一样。"

这一刻,仁义真想让目光变成两把匕首,把眼前这几个人,包括开元,全部刺杀。

送走检查组,东海立刻兴冲冲地返回廷轩办公室说:"我问过了,他们什么也没有查到。"

廷轩的神情,是八百年前就料到了的:"我压根就没担心过。现在看来这次检查主要是冲着我个人来的,只怕又要让某些人失望了。你坐下,我让你听一出好戏。"廷轩抓起座机话筒,拨通号码,开了免提,一副痛心疾首的样子:"白总啊,检查已经结束,你是派人把我抓回去还是我自己绑了给你送回去?"

白总显然有点发急,声音很大:"老王,你怎么能这么说话?这里面一定有什么误会,这次检查是公司今年的工作重点之一,目的是严肃纲纪,反腐倡廉,防患于未然。这几年我算是看出来了,没有约束的权力必然会腐败,这样的教训很多,也很深刻。你千万不要多心,这是一次普遍检查,绝不是只针对你们滨海分公司。本来我想提前给你打个招呼,后来想想没有必要,既然是普查,那就要做到一视同仁。其实你那里我是最放心的,为什么要把你那里作为前站,就是想让检查人员先有个标准,有个样板。检查结果我已经知道了,你放心,整个检查结束之后,我一定会给你一个交代,该批评的必须严厉批评,该表扬的自然会大力表扬。"

廷轩的神情和声音里都饱含着痛苦:"白总,你是不知道,我这十多天是怎么过来的,吃不下,睡不着,有一种末日来临的感觉,血压一下子蹿得老高。"

白总的声音低了一些:"老兄,你是在说笑吧。我今天在这里给你表个态,你就放心大胆地干,谁想动你,我这一关就过不去。"

廷轩在连声感谢中放下话筒。想笑,却有点笑不出来:"你看到了吧,完全是政客的嘴脸,要是真查出点什么问题,这张脸就完全是另外一个样子。"

"我看他对你还是有几分忌惮的。"

"正因为忌惮，才更想扳倒，好建立他的白姓王国。我现在最想不通、最愤恨的不是他，而是我们公司里面的人，我觉得待他们也算不薄，为什么还是不甘寂寞，总想闹出点事来？"

东海向敬儒办公室那边努了努嘴："你是说他又给上面打了小报告？"

"不只是他，还有其他人，有些事情他不可能知道得那么清楚。"

东海立刻找对了嫌疑人。"仁义这小子也会犯浑，找机会我敲打敲打他。"

"不一定要去敲打，提个醒还是很有必要的，要让他知道应该怎么做人。"

几乎是同一时间，敬儒又出现在仁义办公室。这些天他每天都要给仁义打一个问询电话，结果其实是知道了的，可是不甘心，还想当面问个究竟。

"真没查出来？"

"真没查出来。"

"这不可能，不合常理呀！"敬儒面露失望和由失望而生的痛苦，在房间里不停地走动，忽然想起来什么似的，停住脚步，"会不会是那个姓郑的在有意包庇？"

"这种可能性几乎没有，检查人员中，有三个是外聘人员，我想白总已经想到了这个问题。"

"其他问题呢？其他问题总该有一点吧。"

"其他都是些鸡毛蒜皮的小问题，不值一提。要说严重一些的，是你们灯具厂的财务报表，给公司报的是一套，给税务报的是另一套，这么做是有很大风险的。"

"我靠，查到最后倒查到我这儿来了。你说这样的问题税务能查出来？"

"不去查也许发现不了，要想查肯定能查出来。"

"这个振乾，就喜欢搞这些歪门邪道的东西，真要是查出来，我看他怎么收场。"

仁义自己也说不清是动了恻隐之心还是想看敬儒的笑话："这是典型的偷税漏税，一旦查出来，首先要追究法人的责任。"

"我说这小子怎么对这件事这么上心，原来他不用担什么责任，这不是在给我使坏吗？"

"他也不是一点责任都没有，只是有个主次问题。"

"那现在还能不能补救？"

仁义摇摇头："怎么补救？到税务换一份报表，告诉人家原来想偷漏点税，现在不想干了？事情到了这个地步，只能碰运气，希望税务今年不要来查。"

就在这个时候，敬儒的手机响了起来。仁义看到敬儒神色忽然大变，平日里的傲慢之气已经荡然无存，一脸的谦恭和温顺，汗水也从额头上沁了出来。他猜想这个电话应该是白总打来的，却很难证实，敬儒一直"嗯嗯嗯、是是是"的，直到最后才说了两句话：我以后一定注意，一定注意。他已经完全确定这个电话是白总打来的，而且敬儒听到的应该不是什么好话。

敬儒合上手机，有点失魂落魄似的，愣怔了好一阵，才慢慢恢复了元气："白总对我们的责任心和事业心还是很肯定的，只不过强调要有真凭实据，所以你以后还要多留点神。"

我们，仁义觉得这两个字很刺耳，很不舒服。难道真的已经捆绑在一起了吗？不，他不肯承认，也不会接受。在形势未明的情况下，做出这样的决定，是很愚蠢的。抛个媚眼可以，投怀送抱、以身相许不行，这是行为准则，是含糊不得的。他觉得自己现在的处境很像是一条鱼，瞪圆了眼睛，看着两条河和河里面的水，思虑着，犹豫着该跳到哪一条河里面。选择是艰难的，也是很痛苦的，他叹了口气，深沉而悠长。

正要走进去的东海与刚要走出来的敬儒差一点撞个满怀，也许是不想说什么话，也许是没想出要说的话，也就什么话都没有说。

这两个人交替得太快，以至于让仁义怀疑是一种幻觉，但这两个人无论是体型，还是相貌，都很难重叠在一起，所以他很快清醒过来，这不是幻觉。他站了起来，同时让真诚的、热烈的笑容出现在脸上。

东海却似笑非笑，拉了把椅子坐下，扭头看了看敬儒的背影，语气里不无讽刺："最近和黄总走得挺近。"

仁义现在知道怀了鬼胎是什么样的感受，也知道该来的总归会来，但没有想到会来得这么快。他不知道东海了解多少以及为何而来，但这两个人不和是众所周知的事情，所以撇清自己是必须的，也是必要的："没有没有，我很少到他办公室去。他到我这里来，也就是随便聊几句。"

"只怕不是闲聊几句这么简单吧。"东海的神情和目光都冷冷的。

在三个老总中，仁义最怕东海的眼神，眼睛虽小，但目光犀利，匕首样直往心里面钻。心本来就是虚的，匕首扎进去自然更容易一些。他一着急，只好起誓以证清白："我敢对天发誓，绝没有做过对不起您和王总的事情，而且永远不会做。"

"没有就好。我来就是想告诉你，脑子不能发热，也不能犯糊涂，你应该很清楚你是怎么坐到这个位子上的，不要落得鸡飞蛋打一场空，再贴上我这张老脸。"

"您尽管放心，我好歹也活了快四十年，好赖总还能分得清楚。我要是真有什么二心，就让我不得好死！"

"别把话说得那么难听，你我都是党员，谁还会信那个。我知道你也有自己的苦衷，人家要来，你也不能把人家挡在外面，但什么话该说，什么话不该说，心里一定要有个数。王总那里我也替你打了圆场，这件事情就到此为止，以后该怎么做，你就看着办吧。"

仁义像是被放生了的鱼，点头哈腰，千恩万谢。

东海也说不清这到底算是敲打还是提醒，其实敲打本身就是一种提醒，不管怎么样，反正目的已经达到，便起身离去。

像是刚躲过一场灾难似的，仁义心跳不已。幸亏自己与姓黄的保持了适当的距离，幸亏自己在查账过程中保持了适当的克制，否则真不知道会发生什么事。

难啊，真是太难了！一边是总经理和副总经理，一边是总经济师和总公司总经理，鬼知道天平最后会向哪一边倾斜。

既然看不清楚，那就耐心等待吧。他对自己的应对基本上还是很满意的。八面玲珑，若即若离，首鼠两端，狡兔三窟，这些词一下子都变得熟悉和亲切起来。

在碰见东海的一刹那，敬儒已经感觉出有点不对劲，他们肯定已起了疑心，只不知这仁义能不能经受得住考验，会不会把实底兜出来。

知道了又能怎么样？谁让他姓王的偏心眼，不能一视同仁。这一年我付出的还少吗？利润多少能作为唯一的考核标准吗？谁都知道，经营成果的好坏有很大的运气成分，而运气能作为考评的依据吗？这是不公平的，确实很不公平。

这个姓王的奖金究竟是怎么回事？难道他真的没有拿，真的是一个圣人？这也未免太离谱、太不可思议了。

这个白总也真是的，凭什么发这么大火？以前说话还客客气气的，今天这是怎么了，劈头盖脸地好一通数落。拿我黄敬儒当什么了？一个研究员，是可以这样随便训斥的吗？

还有管委会姓刘的那个王八蛋，最近一段时间，像是把自己这个顾问给忘了似的，一次也没有联系过。看来都是些忘恩负义、过河拆桥的东西。等着吧，再有用得着的时候，我非让你们跪下来求我。

像是漫出的一层层烟雾，思想得越多，情绪就越灰暗、低落。他强迫自己认清和接受目前的现实，韬光养晦，做好打持久战的准备。

叶丽认为自己现在很幸福。她不是想这么认为，而是真的这么认为。

幸福是什么？只不过是对生活和生存现状的一种解读而已，你认可了，满意了，就会觉得幸福。叶丽现在就是这样，陶醉在这种欣慰的、知足的快乐里。有时候一个人待着，也会莫名其妙地笑出声来。

春节期间，两个人先去了她家，又回了他家。在两个不同的家庭，看到的是相同的欢欣和激动。她深知父母们的欢欣和激动源自何处，一个圆满的婚姻，应该是做父母的最殷切的期待。像自己这样婚姻破裂过一次、离异过一次的，又让父母多操了多少心啊！他们的欢喜，应该比别的父母更多了一重。这个从母亲额头的皱纹上，从母亲总是忍不住探向炜平的目光中就能看出来。

返回途中，她问炜平，公公婆婆对自己是什么印象。炜平笑而不答。再三追问之下，炜平才附耳相告：他们问我，是不是娶了一个电影明星。她的虚荣心获得了极大满足，却仍然不依不饶，问笑莲去没去过他家。得到肯定的答复后，又问他父母对笑莲的印象，是不是也认作电影明星？炜平说母亲说过几句话，他到现在都感到很惊讶。母亲的原话是：这个女孩长得很好看，只是眼神有点野，心也应该有点野，怕是留不住的。

叶丽没有再问下去，谈这些，只为在途中解解闷而已，她会在乎这些过去的、与自己无关的东西吗？当然不会，她确信自己找到的不仅是一个婚姻的窠，而且是一个能够让灵魂皈依、存放的地方。

在家里,炜平很少谈论公司的事情,不像前夫那样,回到家就是这个领导如何如何,那个领导如何如何,这个同事怎样怎样,那个同事怎样怎样,几乎每天都要进行一次职场研讨会,让她不胜其烦。炜平喜欢安静,这也很合乎她的心性,有时只需相视一笑,便会明白对方在想什么,要说什么。她喜欢看他走路的姿势,喜欢看他读书和写作时的姿态。发现精彩的章节,炜平会轻声念给她听;写出一段自己满意的文字,也会念给她听,这时候声音往往会洪亮一些,里面带有骄傲和自豪的颤动。

我是多么幸运,多么幸福啊!她有时会将头和身子贴在炜平背上,什么话都不说,只是这样想。

廷轩办公室,总经理办公会,炜平做记录。

"这个会本应该早开,由于要接受总公司的检查,耽误到了现在。说内心话,这一段时间我挺烦躁、挺灰心的,我不明白总公司为什么总是盯着我们不放,效益不好时传言要将我换掉,效益好时又大张旗鼓地来查,我是一个人,不是一个圣人,也不是什么气都能受,什么委屈都能忍的。你们谁能告诉我,这到底是怎么回事?他们到底想干什么?这次检查,有人怀疑是咱们公司内部有人捣鬼,这我不大相信,我们公司怎么会有这种吃里扒外的人呢?"

说这些话时,廷轩谁也没看,目光一片茫然,像是要在浩瀚的太空中寻求答案。

"我也不相信,"东海接过话头,"不涨工资不拿奖金不去告,涨了工资拿了奖金反而去告,除非脑子有病,正常人谁会这么干。老黄你说是不是?"

等于让人家变着法地骂了几句,敬儒心里不恼火是不可能的,但在这种情况下,除了忍,还能有什么更好的办法?总不能拍案而起,事情就是老子做的,你们能把老子怎么样?阴谋的可怜之处在于总也摆不到桌面上来。东海问到了,也不能不说几句,好在这种词肚子里多的是,可以信手拈来:"清者自清,浊者自浊,只要我们自身过硬,还怕他们来查?"

"老黄这句话算是说到了点子上。"自信和从容又回到了廷轩脸上,"仔细想想,这次检查也未必就是什么坏事,虽然对公司的生产经营会有一些影响,但它至少还了我一个清白。从这一点来讲，我很感谢这次检查，如果公司里真有人在使坏，我也很感谢这个人，如果他能站出来，我也许会给他发一点奖金。"

东海又跟着敲边鼓："您这奖金怕是发不出去了。您让喜欢搞小动作的人站在阳光下，那是会死人的，命都没了，要钱有什么用？"

敬儒这一次真没想出什么词，不知是急是气，脸色有点难看。

"这是总公司发来的检查通报，是以文件形式下发的，"廷轩将几张纸在空中扬了扬，"对我们公司的财务管理状况基本上还是认可的，大的问题只有一个，老黄你们那里的财务报表是怎么回事？"

真是怕什么来什么，这个姓郑的还真把这件事捅出来了。这个白总也真是的，就不能帮着拦一下？这还真应了那句话：搬起石头砸了自己的脚。这时候自然不能束手就擒，敬儒让脸上堆出意外："这事情我一点也不知道，财务是振乾管的，我回去了解一下。"

东海很有点义愤填膺："我最瞧不起的就是你这种人，一遇到什么事就往手下推，振乾跟了我那么久，为什么没犯过这种错误。"

敬儒已经忍了半天，岂能再忍："跟着我是不怎么样，但起码没让公安把他抓去。"

"你……"这精准的打击倒真把东海给呛住了。

"不要把个人私生活方面的问题和工作上的事情混为一谈。"廷轩替东海解了围，"我以前反复强调过，税收上面的事情绝对不能含糊，要意识到这件事情的严重性，不要抱任何侥幸心理。"

反击成功，敬儒心里好受了许多，答应得便很痛快："好，开完会我就去安排。"

"下面谈一下今天的正事。去年咱们公司可以说是全面开花，今年希望能再上一层楼，把利润做到两千万。现在手里有点活钱，我想主要用在这几个方面。一是把二号厂房建起来；二是加大房地产开发力度，同时开工三栋普通住宅，两栋别墅式住宅；三是尽快做出酒店二期工程的可行性分析报告，争取在今年立项。酒店现在存在的最大问题是客房数与配套能力不相配比，从而形成资源浪费。二期工程是再增加一百到二百间客房，建成后争取让酒店达到四星级标准。你们考虑一下，这个计划是不是可行？"

"我认为厂房和房地产这两块没有什么问题，酒店二期是不是再考虑一下。我听说开发区又上了两个酒店项目，其中一个主体工程已经完成，咱们再增加那么多间房，客源方面会不会有些问题？"东海道出了担心，忧虑同时写在脸上。

"这个倒不用太过担心。我还是那句话：要用发展的眼光看问题，开发区真要发展起来，有七八家大酒店也很正常。何况我们只是先做论证，制定方案和报批还需要很长的过程。"

"那我就没有什么意见了。"

"黄总呢，黄总有没有什么要说的？"

"我没有什么要说的。"敬儒只希望这个会早点结束。

"那好，这几件事就这么定了。那边两个项目的生产经营都已经基本稳定，张总要多分出些精力，用在房地产这边，又是户型设计，又是预算决算的，我一个人还真有点忙不过来。黄总也要把工作重点逐渐转回到项目引进上来，生产那边就放手让振乾去做，年轻人，多给他们压一点担子不是什么坏事。项目引进一直是我一块心病，咱们叫科技发展公司，可是现在干的几件事情可以说一点科技含量都没有，这实在有点说不过去。我们工业园这只凤凰能不能飞起来，就看你黄总的了。"

东海点点头。敬儒不置可否地嗯嗯啊啊了几声。

"最后我想再谈一点题外事。你们上下班想必也能看到，后面那栋别墅式住宅早已完工，里面给你们留了两套，我已经找人装修了出来，你们有时间可以过去看一看，如果满意就尽快搬过来。房款就按公司房改的政策交，至于装修款，原本不打算收你们的，可经过这一次折腾，我还真有点担心，只好让你们象征性地交上两万。"

敬儒这时候真有点懊悔，两万，说没就没了！为什么恰好是两万，而不是更少或是更多，是不是在变着法将自己的两万奖金收回去，同时在巧妙地暗示自己，他们已经知道了事情的真相。

东海好像对两万块钱并不是很在意，笑着说了句："应该的，应该的。可是为什么是两套不是三套？"

廷轩朝自己的套间看了看："我要那么大的房子干什么？住在这里面，上下班比你们还近。发个奖金都闹出这么大的动静来,我要是再占一套房,那还不闹翻了天?"

又是一刺。敬儒感觉到廷轩和东海两个人手里各执了一把无形的长矛,东扎一下,西戳一下,不能还手,也无法遮挡,只能在心里暗暗叫苦。

终于听到廷轩口里吐出"散会"两个字,东海口里却幽幽地吐出八个字:"我这里还有点小事。"

敬儒抬起的屁股又蹾了下去。廷轩看着东海:"有什么事就说。"

"老汪拿来一些费用单子,我吃不准该报还是不该报。"

"有多少钱?"

"三万多。"

"是不少,干什么能花这么多?"

"有几张餐费单子,其余都是春节前送礼的费用。"

敬儒终于等到了说话的机会:"我们那里这样的钱可是一分都没花。"

"今天没花,并不等于以后不会花,"东海似乎并不觉得理亏,"我之所以在今天的会议上把这个问题提出来,就是因为它具有共性,是我们以前所没有意识到以后却必须要面对的问题。当地企业把八月十五和春节称作孝敬日,不是孝敬父母,是孝敬那些有权有势的管理部门。现在送礼都不送实物,送卡。数额也是有规定的,局级三到五千,科级一到两千,普通职员五百,如有特殊诉求则另当别论。老汪说市里有一家大企业,年前到百货大楼一次办了四十多万元的卡。"

廷轩不由倒吸一口冷气:"现在的社会风气这么恶劣!以前只听说深圳那边送礼成风,没想到这里也会这么严重。这种歪风邪气怎么就没有人抵制?你不送他又能怎么样?这两年我们一分钱没送,不也是好好的吗?"

东海脸上露出些苦笑:"咱们公司能安宁这几年,一是有军工企业这块牌子,二是在建设期,账面一直处于亏损状态,现在有了盈利,以后就很难说了。很多企业送礼并不是自身有多大的事,而是为了辟邪。就说税务,查谁不查谁是他们说了算,是问题不是问题也是他们说了算,最后怎么处理还是他们说了算,只要查出点问题,连交带罚,数额就会远超过打点费用。"

"税法呢,难道只是摆设?"敬儒也有点激动起来。

"我想提醒一下黄研究员,我们国家现在还处于法治社会的初级阶段,很多事情都是人说了算,而不是法说了算。"

炜平想到开元讲过的笑话,不由笑了一下,被廷轩看到,便问了一句:"炜平,你笑什么?"

炜平便把那个财政局长的笑话又讲了一遍。

"你们看,我说的没错吧?"东海理由更充足了一些,"官员自己讲出的话,应该是很有说服力的。"

"如果我们坚持按原则办事,遵纪守法,他们又能把我们怎么样?"廷轩提出另外的问题。

"即使最终查不出什么问题,也会给你惹一身骚。就说总公司这次检查,查出什么来了吗?没有,可是不也让上上下下慌乱了这么多天。"

说着说着怎么又说回来了,敬儒不由生气地瞪了东海一眼。

"我以前和税务人员打过几次交道,知道他们的厉害。开始我也在想,我一个军工企业,怕他们做什么,后来才发现他们还真能让你害怕。财务上有很多问题都是似是而非的,比如说业务招待费、职工福利、报销凭据,很多都属于合理不合法,他们手一松,漏掉了,就不是问题,手一紧,抓住了,就是问题。我也不怕你们笑话,吃过几次亏以后,我也就服了软,尽管心里一千个不情愿,该打点的还得打点,该孝敬的还得孝敬。来到这里我还存有侥幸心理,开发区嘛,社会风气应该能正一些,没想到这些不正之风也在开发,比我们那里有过之而无不及。"

"唉!"廷轩长叹一声,"看来要干一点实事真的很难。现实既然是这个样子,顶不住,也躲不过去,那就只能适应,该花的钱可以适当地花一些,但必须从严控制。同时要告诉这些财务人员,以后在费用审核上要更严格一些,不要留下什么破绽和把柄。黄总,你那里的报表问题要尽快解决,越早越好。"

振乾电话里的声音很像是在哭:"开元,快救救我。"

开元心里不由一紧:"怎么,又让人家抓起来了?"

振乾呵呵地笑了:"你小子是不是净盼着我出事,好去霸占你嫂子?把你嫂子放在你手下我是真不放心,你小子鬼点子那么多,说不定哪天就让你得了手。"

开元没有多少好气："你快饶了我吧，不说别的，单看那两个屁股蛋子，像迫击炮的两个轮子，吓都能把人吓个半死。"

振乾笑得更凶："算你小子聪明，真敢起什么歹心，非把你轰得片甲不留。"

开元有点不耐烦："有屁就放，没屁放就滚蛋，我这边还忙着呐。"

振乾就讲了税务报表的事情。

开元听后乐了："真没想到，公司还有你这样一个财务高手！我一会给叶总建议一下，聘你做酒店的财务顾问。"

振乾这次是真着急："你就别取笑我了，赶紧帮我想个辙，我这屁股上的毛都快烧光了。去年我提这个建议时，黄大人也没怎么反对，现在事一出来，全推到我一个人身上，一天三四遍地催我。"

"活该！你这胆真够肥的，什么主意都敢打。"

"你想急死我是不是？我把你叫一声哥好不好？再不行，我就喊你一声孟爷爷。"

振乾越急，开元越卖起关子："不对呀，公司有财务经理，你不去找他，问我这个二级单位的主管会计干什么？你们是那么长时间的室友，他肯定能帮你想出好办法。"

"他那个猪脑子能想出什么好办法，他让我到税务局去，把事情说清楚。这是能说清楚的事情吗？我能告诉税务人员，本来想逃点税，现在害怕了，不敢了。这事要是传出去，我以后怎么在社会上混？"

"这件事确实挺棘手，既想不出事，还要保全面子。你看这样行不行，先把账做全了，把隐匿的数字全补上。但在做报表时，不要在一个月集中反映，那样容易被发现。一旦被发现，不仅仅是你的面子问题，就算是有了劣迹，有了前科，以后就会被他们盯上。把那些数字分散在几个月，就不容易引起注意，也许能蒙混过去。"

振乾大喜："好好好，我给他们说一声，就按照你说的做。看来你小子没白在税务待那么多年，鬼点子就是多。等这件事过去了，我请你喝酒。"

"那要等到什么时候？我告诉你，孩子满月的时候不上茅台，我就把你们的事情捅到税务局去。"

"你放心，这个绝对没有问题。"这时候说什么，振乾都能答应。

谁想开元又把一瓢冷水泼了过来："不过你也不要高兴得太早，这件事能遮掩过去的前提是税务不到你们那里去检查，真要被列作检查对象，就很容易被发现。所以，你现在要做的就是烧香念佛，自求多福。但你也不要太过担心，即使查出来也无所谓，因为你们已经认识到错误，纠正了错误，到时候再找些理由，基本上就可以搪塞过去。"

振乾倒有点生起气来："你能不能一次把话说完，让我这一会热一会冷的，神经非出问题不可。"

这次轮到开元大笑起来。

开元没有想到，麻烦事也会很快轮到自己头上。

工程部田经理愁眉苦脸地进来，把一张纸放在开元桌子上。这是一张处罚通知，酒店污水排放超标，限期整改，并罚款两万元。纸页下面，盖着环卫部门猩红的大印。

开元有点气闷，也有点不解："酒店开业已经一年多时间，以前怎么没事，现在忽然就超了标？"

田经理期期艾艾的："我想，可能是对我们有点意见。"

"对我们有什么意见？我们又没有招他惹他。"

"我听说别的酒店隔一段时间都要请他们吃顿饭，送点东西，联络联络感情。"

开元就有点上火："那咱们的污水排放到底有没有问题？没有问题为什么要请他们吃饭，送他们东西？你就不能和他们据理力争？"

田经理颇感委屈："水样是他们抽的，检验是他们做的，结论自然由他们定，我们怎么去争？"

田经理是一个四十多岁的中年人，平日工作兢兢业业、勤勤勉勉的，开元不好再说什么难听话。这是大事，他不好一人做主，带了田经理，来到叶丽办公室。

叶丽对处理内部事务不是很打怵，最烦的就是这样的事情，云里雾里的，让你摸不着头脑。她心疼钱，但更不想和这些人打交道，便问了一句："如果交了这两万块钱，是不是以后就会没事？"

"这次要是交了，以后的事情也许更多。"开元眉头紧锁："抽样检查每个月一次，结果既然是他们说了算，那他们想什么时候有事，就会什么时候有事。"

"那该怎么办呢？"叶丽看着田经理，"不行你就约约他们，晚上吃顿饭，看看他们到底是什么意思。"

"这事用不着你出面，我和田经理去就行了。我还真想亲眼看一看，这都是些什么样的龟孙子。田经理，到这里采样的有几个人？"

"两个。"

"你去把这两个瘟神请过来，我让人去办两张五百元的卡，今天晚上一定要把他们拿下。"

以为是两个人，谁知呼啦啦来了六个，应该是倾巢出动了，开元暗想。

做过介绍后，果然如此，采样的、检验的、做处理决定的，全来了。领头的庄科长是一个大胖子，最惹眼的是肚子，得了鼓胀似的挺得老高。

客主坐定以后，开元问喝什么酒。他已经准备好两瓶白酒，但礼貌地问一声总是应该的。

"啤酒，青岛纯生。"庄科长像大首长做指示似的用手指在桌面上点了两下。

开元心里暗暗叫苦，他最不喜欢喝的就是啤酒。另外，纯生啤酒的价格比普通啤酒高出一倍多，这人也真能开出口。他求救似的看着其他人，想听到其他的声音。可这庄科长看样子在部门威信挺高，其他四男一女，竟然全都没有异议。心里难受，还得故作大方，让服务员搬了一箱青岛纯生进来。再看庄科长的肚子，已然明白，那不是什么鼓胀之类的病，就是专门装啤酒用的。那么大，少说也能倒进五瓶六瓶的，这么多人，一箱也不知道够不够。

真是有什么样的官，就有什么样的兵，开元没有想到，这六个人全都是喝啤酒的高手，没有科长的肚子，却有科长的酒量。

接下来的时间，几乎成了喝啤酒表演，漏斗状的高脚杯，刚倒满，脖子仰一下，里面就空了。一瓶啤酒打开，倒不满三杯。一个服务员倒酒，已有点忙不过来，田经理只好不时地扮演一下服务员的角色，酒瓶像是一瓶一瓶地跳了出来，箱子里面眼见得空了，开元看着一个个兴致正盛的样子，知道是停不下来的，只好忍痛割爱，让再搬进来一箱。

这些人不知是没看见，还是看见了装作没看见，没有人客气一句，更没有人挡一下，好像这是再自然不过、再正常不过的事情。开元气得在心里直骂：让你们喝，我就不信你们把这一箱还能喝完，喝死你们！

开席时，庄科长和开元客套了几句，敷衍了几句，酒杯也碰了几下，后来就慢慢忘记了或者说忽略了开元和田经理的存在，完全成了六人世界，大呼小叫，谈笑风生，你敬我碰，热闹非凡。偶尔想起来，惺忪的眼望了，举起杯子意思那么一下。开元又窝火又酸楚，妈的，真把这里当成自己家了！

这样也有好处，可以少喝点酒。但即使这样，开元还是上了几次厕所。这些人也上，但频率很低，也就一次两次的，这很让开元纳闷，是他们的肝脾结构不同，还是真的练出来了。庄科长尚能理解，可是其他人呢，肚皮未见异常，何以也如此能喝能装？

箱中的啤酒在开元吃惊的目光中一瓶瓶减少。服务员把最后一瓶啤酒从箱子里拿了出来，开元正在犹豫，庄科长已发出指令："再来一箱。"

这些个杂碎，真把自己不当外人。心里厌恶得想吐，脸上还得装出很情愿、很开心的样子，这种罪真不好受。气闷中，开元想出了报复手段。正愁着两张卡没法送，那就干脆不送，留着充了酒钱。

喝酒的节奏终于慢了下来，气氛也不再是那么喧闹，变成庄科长一个人在说，其他人在听。庄科长知道的事情真多，财务科新来的会计是管委会刘主任的小姨，以后在她面前说话要注意点；那个科长市里有人，有可能到局里来当副局长。这些索然无味的话，那几个下属全都听得津津有味，说完一个，杯子碰一下，接着说下一个。

料爆完了，又开始讲黄段子，房间里的气氛又骤然一热。讲完一段，引发一阵大笑，碰一下杯子，接着讲下一段。

开元注视着这几张面孔，心头不再是悲凉，而是悲哀。这都是些什么人啊！既粗俗又庸俗，没有素质，没有档次，放在以前，是正眼也不会看一下的，现在却要违心地坐在这里，心不甘情不愿地陪吃陪喝，还必须让笑容像晒干了的柿子皮一样沾在脸上，这是多么委屈、多么无奈、多么痛苦的事情啊！

这几个人中，他最讨厌的是那个女的。尖嘴薄唇，身子和声音都干巴巴的，很少女人特征，笑的时候，身子像风中的树枝一样抖动，伴随着母鸭子一样的嘎嘎嘎的声音。

箱中又空，还好，庄科长没让再搬一箱，看了看空着的酒杯，让服务员再拿来四瓶，竟然自己动手，给每个人倒满，剩了小半瓶，对了嘴，咕嘟嘟咽了，然后举起酒杯，像是为了证明自己的素质和修养，说出了"感谢"两个字。

开元看了看表，这一顿饭吃了三个多小时。

第二天上午，叶丽正在办公室和开元谈事，田经理敲门进来，脸上带着笑容："妥了，他们刚才打电话过来，说是象征性地交上两千块钱就行。"

开元并没有为之高兴，反而气哼哼地问了一句："昨天晚上没喝死两个？"

"喝死？人家说了，饭菜还不错，酒没喝尽兴，给人要酒喝，没意思。如果昨天晚上我们能再热情一点，两万块钱就可以全免。"

开元苦笑着看了叶丽一眼："你听听，这都是些什么东西！权力在他们手里，可以明目张胆地用来做交易，还这么理直气壮，这么恬不知耻。"

叶丽笑着安慰："在商言商，不管怎么说，用一千多换回来一万多，毕竟还是很合算的。"

开元叹一口气："理是这么个理，只是我这心里堵得慌。你不知道，昨天晚上那三个小时是怎么熬过来的，我当时手里要是有一杆枪，非把他们一个个崩掉。"

叶丽有几分心疼地看着开元："别人不了解，我还不知道你的心性。以后这样的事情提前做一点准备，让田经理出面就行了。眼不见，心不烦，万一把你气出个什么好歹，让谁来帮我？"

开元摸出两张卡交给田经理，说："你把它送到财务，以后需要的时候再领。"

田经理走出去后，叶丽给开元倒了杯水，说："消消气，为这些人气坏了身子，不值当。"

"让我真正生气和郁闷的并不是这件事情本身。我想不明白的是，这几年的社会风气为什么会越来越恶劣，难道这是经济发展的必要过程和必然现象吗？这些掌握着大大小小权力的人心里都在想什么？有几个在想着为国为民办一点好事实事，大多数都在想手中的权力能给自己带来的好处，并且绞尽脑汁地把权力运用、发挥到极致。这样下去，经济怎么可能正常、健康地发展，民族的希望又在哪里？"

"你也不要那么悲观，我不懂经济，但知道物极必反的道理，真到了泛滥成灾、不可收拾的时候，说不定又会来一场什么运动。"

"千万不要再来什么运动，我们国家在运动方面的苦头已经吃得太多。我只盼望着法治建设的速度能够更快一些，更扎实一些。"

东海所担心的事情并没有发生，海苔销售依旧保持着强势，产品的触角已经伸到了好几个省。小史研发的几个系列产品已陆续投入批量生产，好像全都得到了市场认可，生产出多少就能卖多少。流水线的生产时间在延长，生产工人在增加，但产品仍然是供不应求。

"这栋楼什么时候才能盖起来啊？"汪所长看二号厂房地基的眼神，像一个父亲看第二个快要出生的孩子。他头上的红光愈加炽盛，走路的动作很像是弹跳。他说："曹老师说了，五年内覆盖全国，八年内走向世界，可我们生产进度总是跟不上怎么行？"

曹炳光很少在厂子里现身，思想和精神更多以这种语录形式出现。桀骜不驯的汪所长也坦承，曹老师是他一生中唯一佩服过的一个人，而且不是一般的佩服，是五体投地的佩服。

社会在发生着巨大的变化，人的观念也在发生着巨大的变化，新生事物在不断涌现，一些无法理解、无法接受的事情就要尝试着去理解、去接受。也许这就是一种新的销售模式，也许什么不好的事情都不会发生。东海这样安慰着自己，但心中的忐忑却总是挥之不去，如影随形般紧贴着自己。他想让心灵宁静一些，尽量躲开这个困扰和忧虑，便把更多的精力投入二号厂房的建设上。

敬儒这一段时间很不开心。他不开心，是因为找不到开心的理由，最近发生的一连串事情，没有一件顺遂人意。

奖金的问题没有查实，倒挨了白总一顿训，这心里面能好受吗？听廷轩和东海这两个人话里话外的意思，应该是知道了的，只是没有挑明而已。白总的训斥如果被他们听到，不知道会乐成什么样子。丢人呐，这么大年龄，这样的身份，还要被人当小孩一样训，这简直是奇耻大辱！而这奇耻大辱，却是自己找来的。是不是真有点鬼迷心窍，什么不好找，找来这东西干什么？

　　分到一套别墅式住宅，这应该是一件喜事。进去看过了，确实很不错，设计很合理，一百四十平米，三室两厅两卫，客厅宽敞，三个卧室都在阳面，非一般的普通住宅所能比。装修虽然谈不上豪华，但看上去还是很舒服的，棕红色的木地板，白色的壁橱壁柜，厨房灶具，卫生间洁具，该有的好像都有了，他心里甚至涌上一种感动和感激。但这感动和感激只是短暂地进来了一下，就被要交的两万装修费给赶了出去。不交不是挺好的吗，为什么非要让交这两万呢？这到底是出于谨慎，还是一种暗示和愚弄？想不清楚，也不能去问，只能窝在心里，窝出一团火来。本来也算喜忧参半，尚能落得个心境平和，偏要再搭上车接车送的特权，两忧一喜，忧便很自然地占了上风。他很在乎那一点特权，因为那里面有面子和威风。威风，更应该是身份的象征，没有了威风的身份，看上去什么都不是。

　　还有，放手让振乾干是什么意思？这明摆着就是在架空自己。振乾是不是已经从什么地方得到了消息，似乎又有点嚣张起来。他有一种被围剿、被孤立的愤怒，更可气的是，这种愤怒无处诉说。

　　为什么会落入这样一种境地？他很难找出答案。平心而论，他并没有真正想过要取廷轩而代之，做这个公司的总经理，他没有那样的野心，也没有那样的底气。他所做的，只不过是在维护自己应有的地位和权力，或者说讨回一个公道而已，这难道有什么不对吗？谁让他们两个走得那么近，谁让一有分歧结果总是二比一，否决的总是自己呢？人总得学会保护自己吧，虽然做法不是那么光明磊落，可那不是没有办法了吗？

　　这个白总是不是真能靠得住，凭什么对自己发那么大火，气头上说几句也就罢了，过后为什么连个道歉也没有？他会不会只是在利用自己？到了五十岁这个年龄，还被别人利用，那就有点太傻了。还有，这个廷轩在北京待了那么多年，是不是也会有点背景，两虎相争，谁能咬死谁还很难说，自己去凑什么热闹，别热闹没看成，便宜没捞到，先把自己搭进去。

　　是该静下心来，好好想一想了。恰好上海有一个发明专利推介会，他便报名赶了过去。

敬儒没有走，振乾的情绪已经像出窝的小鸟扇动着翅膀。东海把会议精神悄悄告诉了他，这让他既高兴又欣慰。领导的眼睛是雪亮的，领导并没有忘记自己，依然信任着自己。当然，这个领导里面肯定不包括敬儒，他已经擅作主张，把敬儒从领导里面扒拉了出去。

敬儒一走，振乾更有了一厂之主的感觉。敌进我退，敌退我进，这么现成的、珍贵的、行之有效的游击战术有什么理由不用呢？他感到扼杀了的雄心又在一夜之间长了出来，精神抖擞，目光炯炯。

但现实总是不解人意，又难遂人意，于老板的订单依然不疾不徐，内销情况也是不温不火。有心开发点新品，在网上查了查，技术方面且不论，资金和场地都是很现实的问题。这让他的万丈雄心从高处跌落下来，有一种悲切之感。不过现在的振乾已经是一个准父亲，这自然与以前会有不同，成熟了，想开了，处惊不处惊的都不会乱了。

一年挣一百多万，也很能说得过去了吧，其中我又得到了多少呢？既如此，为什么还要去花费那么多的心思和精力去探索、去冒险呢？看好这个摊子，维持目前的现状，不也是一种很好的选择吗？

他把心收回来，放到了将要出生的孩子身上。这个小杂种，耽误了老子多少次好事！他的脸上浮现出幸福而又焦灼的笑容。

昆仑大酒店开业，不知道使用了什么样的促销手段，一下子挖走了四方大酒店二十多间房的客人。

虽然只有二十多间房，叶丽的心却像被掏空了一样。二十多间房，一天的收入是多少？一个月的收入是多少，一年的收入是多少？而且，这些收入基本上就是净利呀！她能不心疼吗？

对这个由潜在而变为现实的竞争对手，叶丽还是很重视的，她用忧惧的目光，远远地注视着它，看着它一天天长高长全，现在终于张开了嘴，露出了牙齿。

该来的总是会来，只是没有想到会这么快、这么猛，张开嘴就是恶狠狠的一口。叶丽心里难受，但知道现在不是叫疼的时候，当务之急是不让这样的事情再次发生。酒店也就一百多间客房，再这么跑上几次，那可真是哭都哭不出来了。她让销售部的李经理去了解昆仑大酒店的详细情况，同时让客房部每天给房间摆放免费的花束和果盘。降价是不可取的，那样会导致恶性竞争。优质的服务和体贴入微的关心，是留住客人的唯一手段。

李经理回来汇报，昆仑大酒店对外号称五星级标准，房间多一些，装修档次也高一些，但配套设施还不如这边齐全，服务质量也很是一般。

"价格呢？"这是叶丽最关心的问题。

"标价比这边要高一些，打过折后应该差不多。"

这就是说，那边并没有明显的优势可言，叶丽的心放下来一些。可是，他们是靠什么把人挖走的呢？这个疑团越滚越大，她让前厅把那些离店客人的登记资料送来，看过后才发现，原来这些客人同属于一家公司。她很少训斥下属，这一次却忍不住把客房部经理责备了几句，这么重要的情况为什么没有及时发现，及时汇报？

她已经完全明白了怎么回事。那是一个生产挖掘机的合资企业，管理层基本上全是韩国人。负责联系业务的是一个四十多岁的朝鲜族人，姓唐，可能因为会说几句韩语，担任那个公司的人事主管。叶丽和这个人打过几次交道，印象很是不好，三分男性，七分女性，说话办事都黏黏糊糊的，更主要的特点是贪，逢年过节，肯定会打一个电话过来，不咸不淡地说上几句话，其实是在提醒有什么好事不要忘了他。有两次带了家人过来用餐，却打电话让叶丽去见个面，聊会天，真正的意思是让签字免单。这是一个大客户，叶丽虽然心中厌恶，该满足的基本上全都满足了，怎么还会出现这样的事情？一定是昆仑大酒店给了他或者承诺了他更多的好处，看来人的贪欲真的是没有止境的。

清楚了怎么回事，总想再证实一下，便拨通了那个人的电话。铃声响了几下，被掐断了。理亏了是不是，没脸了是不是？我非要你给我个解释。叶丽也来了劲，一遍一遍地拨，终于拨出了声音，那边的人有点装腔作势，也有点不耐烦："谁呀，不知道我正在忙吗？"

叶丽让声音尽可能地平和、甜美："唐主任真是贵人多忘事啊，这么快就不记得我了。我打这个电话，不是要找你兴师问罪，讨回什么公道，我是觉得你这个人有点不够意思，客人要走，为什么不提前告诉我一声，好让我送送人家。"

唐主管立刻大诉其苦："叶总，你是不知道，这些韩国人把享受看得比什么都重，一听那边是五星的，都吵吵着要过去。我就是一个跑腿的，能有什么办法？"

叶丽压低了声音："我怎么听一个客人说是你让他们搬过去的？我想给你说一声，那边能给你什么好处，我这边也能给你。"

电话静默了足有一分钟，唐主管像是在认真辨别这句话的真伪，最后可能想到了事情的操作难度，声音又堂堂正正起来："叶总，你怎么能这么说话？咱们打交道这么长时间，我是那样的人吗？"

"我也不相信唐主任是那种见利忘义、忘恩负义的小人。有空再带着老婆孩子过来，你的客人不住在这里，我照样给你免单。"

"谢谢叶总！谢谢叶总！"不知是没听出来骂的意思，还是不理会，声音听起来倒是很真诚。

叶丽放下话筒，气仍然在头上，看来自己的猜测绝对没有错，就是这个姓唐的被收买。还敢来吃饭，就不怕我变成孙二娘？

叶丽没有想到，几天以后，搬出去的客人又相继搬了回来。让人问明原因，有说是那边的房间里有味，有说那边的服务不好，有的说不出具体原因，只是觉得那边住着没有这边舒服。这些韩国人只以自己的身体和舒适度为重，是不会委屈自己，去迁就别人意愿的。叶丽能想象出唐主管现在的心态和嘴脸，拦不住，估计也不敢拦，拿了的又得给人家退回去，这会是一种什么样的滋味？

叶丽想这唐主管没脸再见自己，谁知过了几天，这张令人厌恶的面孔就出现在办公室里。估计是鼓足了勇气才进来的，天气并不是很热，唐主管却在不停地擦汗。

"叶总，你这次真得感谢我。我这几天什么都没干，挨个去做工作，嘴皮子都快磨破了，才把人给你弄了回来。"

真够无耻的，颠倒黑白，混淆是非，干了亏心事，还要来表功。但叶丽不想点破，谁让自己是一店之总呢？酒店这个行业就是这样，披张人皮走进来，就是上帝之一，就得笑脸相迎，何况这个人比一个两个上帝还要重要，又何必得罪他呢。她酝酿好情绪，露出职业的笑容："我能不感谢吗？你不知道我前两天急成了什么样子。走一个两个很正常，怎么能一下子全走呢，感觉很像是一次有组织的行动，所以我才会给你打那个电话。其实打电话的时候我心里就很清楚，那件事绝对不可能是你在主使。"

"那你给我说过的话还算数吗？"

又是一个没有想到，叶丽想不出这个姓唐的心已经被钱熏成了什么样子。开这个口，等于承认了那个劣迹，这个道理他难道不懂？她让神态里多出些惊讶，明知故问："什么话？"

"你说我要是把人给你拉回来，就能付给我一点辛苦费。"

真能变，也挺能编，也不知为这两句话花费了多少心思。出了丑，不想着去遮掩，还想着把失去的黑心钱再捞回去，无耻到这种程度，也算是一种极限了吧！时间再长一些，她担心会控制不住自己的情绪，所以想尽快结束："我知道你不是那种人，所以才会和你开那样的玩笑。我可以明确告诉你，我们酒店没有安排那样的开支，我也不会去干那种下三滥的事情。"

唐主管的神情像是头上被击了一棒的鱼，显得很失望，很沮丧。叶丽心中倒有些不忍，也不想让他这么离开，便让神情和声音多了几分亲和："晚上我想举办个小型酒会，欢迎这些回来的老客户。你既然来了，就不要走，一起参加，还可以给他们讲几句。"

"不了不了，我晚上还有其他事情，没时间参加。"唐主管很有点慌乱，急匆匆地走了出去。

叶丽自己想想也觉得好笑，让人家去干什么，说什么？万一穿帮了怎么办？这一走一回的，那些客人肯定都很恼火，能有什么好脸给他看？

想笑，却笑不出来。怎么会有这样的人，做出那样的事情，还敢到办公室来，还能说出那样的话，这脸皮该有多厚！和这样的人打交道，对于身心都是一种折磨，一种考验。叶丽一个人闷闷地待了很长时间。

叶丽更没有想到，又过了几天，昆仑大酒店的老板也会出现在自己的办公室。

没有预约，好像也没有敲门，进来后也是不请自坐，身体往沙发上一仰，一条腿便翘了起来，声音里透着傲慢无礼："叶总，还认识我吗？"

叶丽仔细看了一眼，刺猬一样的短发，窑洞般的鼻孔，很粗的黄金项链，她认出来了，是敬儒说的那个最纯正的"土鳖"。"认识啊，怎么不认识？是土……"

话到口边,意识到错误,立刻改口,庆幸的是,想起了"土鳖"的姓氏,"是徐老板。"

被回忆出来,又能叫出姓,徐老板显得很高兴:"知道我为什么来找你吗?"

叶丽只能摇头。

"昆仑大酒店是我出钱盖的。我今天来是想当面问你一句:你用什么办法拉走了我的客人?"

这真是恶人先告状,可是你告状也不能告到竞争对手这里来呀!对这个人,总没有必要像上帝一样对待吧。她敛了笑容,语气也冷冷的:"徐老板这是在说反话吧,那些客人本来就住在我们酒店,我还想去请教徐老板,是怎么把他们拉过去的?"

徐老板忽然大笑起来:"竞争吗,不耍点手腕,不用点手段怎么行?这一个回合算你赢了,但我要告诉你,最后的胜利者肯定是我。我有的是钱,打价格战、打持久战都可以。"

叶丽鄙夷地笑了一下:"你想怎么做是你自己的事情,好像没有必要告诉我吧。"

"你就一点也不担心?"

"我有什么好担心的?"

"这个酒店要是被我挤垮了,你是不是会被老板炒鱿鱼,失业,与其那样,还不如现在过去跟我干。"

这可能才是这个人今天来的真正目的,这应该也算是手段之一吧。她不想给这个人留有任何幻想,因而神情和声音尽可能的冷淡:"感谢徐老板的关心和抬举,不过我并没有想过要离开这个酒店。"

徐老板显然也是有备而来:"据我所知,你在这里只是个副总经理,工资奖金也不是很高,过去就是总经理,工资奖金可以翻倍。"

"我可以告诉你,我对于职务和钱都没有太大兴趣。"

徐老板脸上现出困惑:"你们出来打工不就是为了多挣点钱吗?你对职务和钱没兴趣,对什么有兴趣,告诉我,我会尽量满足。"

叶丽苦笑了一下:"我想要的东西你那里不会有。我这里还有点急事,就不留徐老板了。"

徐老板不得不站了起来，有点失望，也有点恼怒。声音听起来像是忠告，也像是威胁："我告诉你，你将来会后悔的。"

叶丽将门拉开："人一辈子总会有后悔的事，多上一次两次也无所谓。"

送走徐老板，叶丽不想再待在房间，各处走动了一下。还好，这个"土鳖"的手指今天没有伸向鼻孔，要不然又得恶心好几天。

敬儒出去了十天，回来时带了一堆报销单据和三份资料。

廷轩先看报销单据，是仁义整理过的，分别粘贴在四张报销凭证下面，凭证上的汇总金额分别是六千元，两千五百元，一千二百元，八百五十三元六角。金额后面注明了用途，分别是住宿费，往返机票，食宿费和市内交通费及杂费。

廷轩心里不大舒服，十天时间，日均一千多。公司财务制度有规定，副总经理以上人员出差，可以住四星级以下宾馆，这每天六百元的住宿费，分明是五星级酒店的标准。他觉得有必要表达出自己的不满，便皱着眉头问了一句："这么多？"

敬儒早就料到会有此一问，立刻苦着脸辩解："你不知道上海的客房有多紧张，四星级以下的酒店根本就住不上，我总不能像那些农民工一样去钻地下室。每天像没头苍蝇似的东跑西窜，还要像鸟一样到处找食。上海人怎么会有这种毛病，什么东西里面都要放糖，甜腻腻的，简直吃不下去。就这么几天，我掉了二斤肉，以后谁爱去谁去，这个罪我是不想再受了。"

这种事只能点到为止，廷轩不好再说什么，拿过笔签了。再看用一万多块钱换回来的三份资料，一个是万能止血布；一个是脚踏吸尘器，上面的图片让他想起了脚蹬风火轮的哪吒；一个是电动按摩椅，坐在上面的老人，露出世界上最幸福的笑容。没有太感兴趣的东西，他将资料放在一边："你既然都亲眼看到了，那就说说吧。"

敬儒打起精神："我先从万能止血布开始。这东西真的很神奇，看着像一片白布一样，可是缠到流血的胳膊上，那血立刻就会止住。"

"那不和创可贴一样吗？"

"不一样，创可贴只能用于小一点的伤口，对大一点的伤口便无能为力，止血布不同，多大的伤口都能用得上。其实这种布最大的特点在于一个'止'字，创可贴包上之后是不能立刻去掉的，这布却不同，缠上几分钟就可以揭掉，不会再流血。"

"你亲眼看到了？"

"看到了。做宣传的人，用刀在自己胳膊上划了个口子，看得我心惊肉跳的。"

"我也有点晕。说下一个吧。"

"脚踏除尘器说穿了就是一双特制的鞋，里面有电动除尘装置。我试穿了一下，比普通的皮鞋要大一些，也略微重一些。它最大的好处是在锻炼健身的同时完成了家庭保洁，给乏味的家务增加了一些趣味。"

"桌子和茶几下面该怎么办？"

"这个我倒没想到，回头再问一下，大不了用传统的办法再处理一下就是了。"

谈到电动按摩椅，敬儒更来了精神："这东西可真是好，腰椎、颈椎都能按摩到，还有催眠作用，我在那上面躺了一小会，就睡着了。"

廷轩已无心再听这些，又问了一句："他们希望什么样的合作方式？"

"买断专利，没有别的。"

"这是不是说明他们对自己的产品也没有足够的信心？二号厂房建成还有一段时间，这期间你可以和他们再沟通，再交流，最好能采用以专利入股的合作方式，要尽可能地降低风险，宁可让他们多赚一些。当然了，目光也不要只盯在这三个项目上，还要加大力度，四处去寻找。费用控制在任何时候都是必要的，我也就那么一问，你别往心里去，以后该怎么干还得怎么干。"

小护士从产房出来，告诉振乾是个男孩。振乾忽然就有点控制不住，抱了小护士一下，把小护士吓得不轻。后来，振乾告诉老婆，这是他一生中最纯洁的一抱。

出院以后，他忠实地尽起做丈夫的责任，雇保姆，买营养品，做饭，打扫卫生，以前没有干过的事情现在也干起来。老婆满心欢喜地问他："振乾，你现在怎么看起来像个人了？"

等到满月这一天，他让开元在酒店订了一桌，然后给炜平、仁义夫妇发出邀请。他没有忘记对开元的承诺，早早就买回了茅台，而且不是一瓶，是两瓶，这么大的喜事，花多少钱都是值得的。

他没有邀请几个公司领导，只给他们送去了红鸡蛋。他拿不准他们会不会来，也担心他们来了会影响到饭桌上的气氛。他想在这一天彻底放松，尽情地高兴一下。

客人到齐以后，振乾从保姆手中接过孩子，挨个地让客人看："你们帮我把把关，看看是不是我的种，别让我高兴半天，是帮别人管孩子。"

"让我瞧瞧，"只有开元能开上几句玩笑，"乐乐，你过来，看这个小弟弟和你长得像不像。"

乐乐真就颠颠地跑过来看了一眼："不像不像，一点都不像。"

开元如释重负的样子："这下赖不上我了吧。"

"对你我倒不是很担心，我最担心的是这小家伙长个黑皮肤或者黄头发，你们不知道我老婆的口味有多重。"

振乾老婆一点不恼，幸福地笑着，在振乾腿肚子上踢了一下。

众人在笑声中入座，举杯之前，振乾先看着炜平："现在脑子还清醒，我想请大作家给我儿子起个名。"

炜平略加思索："叫炳坤怎么样？"

还是开元反应快："好名字，振乾炳坤，真像是亲兄弟。"

众笑，振乾故作生气地看着炜平："你这个谦谦君子，怎么也学会使阴招？看来结婚是能让人变坏的。叶丽你以后可得好好管一管。"

叶丽当然站在了炜平一边："这就是你的不对了，起了名不给起名费，还要反过来挖苦人家，世上哪有这样的道理。"

仁义也想显露一下自己的学识："在现实生活中，父亲和儿子的名字字义相同的很常见。"

仁义不说话还好，一说话振乾就来了灵感："其实我已经给儿子想了个名字，你们看行不行？"

"什么名字，我怎么没听你说过？"振乾老婆问。

振乾强忍住不笑，挤出两个字："道德。"

"为什么叫这个名字？难听，我不同意。"老婆先提出异议。

振乾这才抖出包袱："他哥叫仁义，他不叫道德叫什么？"

饭桌在前仰后合的大笑中摇晃起来，一直不苟言笑的小茜也不禁莞尔。仁义的脸扭曲得很难看，也顾不得什么体面，语言粗恶起来："我只是在讲述一个事实，振乾你怎么能像疯狗一样乱咬人？"

振乾见好就收："开个玩笑，生那么大气干什么？我脑子笨，这样的灵感几百年才会有一次。来来来，喝酒喝酒。"

一瓶茅台空了以后，振乾的话头更如脱缰的野马，收拢不住。先瞄着开元，又瞄着老婆："你知道人家开元怎么夸你？"

开元明白振乾要说什么，急了："振乾，你注意一下场合，别胡说八道。"

这时候的振乾才不会管这么多："他说你的两个屁股蛋子像迫击炮的两个轮子，我觉得还挺形象的，看来这家伙没少在背后研究你。"

开元妻子生气地看了开元一眼。

"嫂子，你别听这家伙胡说，我怎么可能说出那样的话？"

没有收到预期的效果，只有老婆嘎嘎地笑了几声，振乾有点失望，开始穷追猛打："敢说不敢认，算什么男子汉？你要是真有能耐，就给大家说说，你嫂子前面这两坨像什么？要是说不出来，或者不够形象，就乖乖地过去，让你嫂子给你喂几口奶。"

开元脑子再灵活，也经不住如此下流的相逼，想不出该说什么，现出一脸窘相。

关键时候，乐乐为开元解了围："我在电视上看到过迫击炮，可厉害了，轰的一声，就会倒下一大片。我长大以后也要做一名炮手。"

振乾连夸带揶的："听听，我们乐乐多有志气，长大以后肯定是一名好炮手。"

开元想把意思往健康的方向引，同时不忘小小的报复一下："行啊，到时候让你这个炳坤弟弟给你当个二炮手。"

乐乐却骄傲地将头一偏："我一个人就行了，不需要什么二炮手。"

这下又让振乾给抓住了："这小子和他爹一样，不但是个情种，还喜欢吃独食。"

爱笑的，不爱笑的，想笑的，不想笑的，全都笑了起来。只有乐乐没笑，瞪大了眼睛，想知道大人在笑什么。

廷轩登门造访，是炜平全然没有想到的，有点惊喜，也有点紧张。叶丽也是，倒过茶水后，想不出还该干点什么。

廷轩摆摆手："坐吧，别那么紧张。我是不是有点不受欢迎？"

"怎么可能呢？"叶丽实话实说，"我们是有点被吓住了。"

廷轩笑了："我有那么可怕吗？看来以后还得多注意一点。你们要是愿意，我以后就多来几次。我不想绕什么弯子，今天来是有件事情想和你们商量一下。"

叶丽心生好奇，有什么事情要到家里来商量？

"公司人事方面最近会有一些动作，对你们两个我不想隐瞒什么，原本打算把你们两个都提起来，可是现在你们两个结了婚，这事情就有点难办。我现在心里也很矛盾，从能力和表现看，都该提，但如果同时提了，难免会有人说三道四，所以我想先和你们商量一下。一是如果只能提一个的话，提谁更好；二是不要有什么情绪，现实生活中的事情就是这样，有时候很让人郁闷。"

炜平笑了："您知道，我对职务、权力之类的东西根本就没有什么兴趣。"

叶丽也笑了。相对于现在所拥有的幸福，提拔不提拔的是多么微不足道。"要提您就把开元提起来吧，他的能力比我要强出许多，如果没有他，我真不知道能不能坚持到现在。"

廷轩松了口气："这我就放心了，要是都有你们这样的思想境界，事情就好办多了。这样吧，这一次叶丽先受点委屈，工资上的差异发年终奖的时候我给你补上。"

"王总这么说就有点太小瞧我了，我要是在乎这些东西，现在很可能已经是昆仑大酒店的总经理。您还记得那个'土鳖'徐老板吗？他来找过我，开出的条件可比现在优厚多了。"

徐老板不记得，"土鳖"记得，廷轩心头不由一惊，看来跑这一趟是很有必要的，万一想不通，闹点情绪，一走了之，那损失就大了。他抱起双拳："我感谢你们对我的信任。我想我应该做的，就是要对得起你们的信任。不过，这里我想提醒你们一句，不该让的东西是不能随便让的，不管是为公司的发展着想，还是为个人前途命运着想，都不能让。否则，你可能会活得很憋屈，很艰难。"

炜平和叶丽不知道廷轩这句话是不是有所指，廷轩走后，两个人分析了半天，也没分析出个所以然。

公司的几项人事任命，对于仁义来说，犹如五雷轰顶，震撼不已。

炜平的总经理助理，振乾的灯具厂厂长，都在情理和预料之中，可为什么偏偏把自己这个总会计师遗漏了呢？最可气和最不可理解的是对开元的任命，财务总监本来就享受着副总经理的待遇，为什么还要再给任命个副总经理兼财务总监呢？这是什么意思？要干什么？是不是担心自己看不明白，还要再加上一条注解？

显而易见，自己已经被边缘化了，被冷处理了，被搁置了。这件事情和那件事情有没有关联？答案是再明白不过的。真狠呢，表面上不动声色，好像事情已经过去了，没事了，一棒子却猝不及防地抡过来，将你打蒙。他因绝望而痛苦，因痛苦而绝望。对一个有上进心的人来说，还有比被边缘化更严重、更可怕的事情吗？他恨透了敬儒，你想闹你就去闹，拉上我干什么呢？这么重要的人事任命，肯定是几个人商量过的，你为什么就不能帮我说一句话？

怎么办呢？是像搁浅在沙滩上的鱼一样张着嘴等死，还是像挨宰的羔羊一样引颈就戮？不能啊，有足够的智慧，有充沛的人生阅历，有丰富的社会经验，怎么可能做出那么愚蠢的选择？可是怎么补救、怎么才能挽回劣势呢？他苦思冥想，却终无所得，感到神经已经有些紊乱。

按说财务经理应该是总经理的亲信之一，可是自己的信任究竟在哪里呢？没有亲近感，没有看到和感受到信赖，这算是什么亲信呢？好像从来到公司开始，两个人之间就始终保持着这种不远不近、不冷不热，不亲不疏的关系，偶尔得一次褒奖，也完全是公事公办的样子，脸上没有多少感情色彩，像扔过来一块又干又硬的馒头。

这个王总到底是一个什么样的人呢？这是他一直没有弄清楚的问题，也是一直困扰着他、折磨着他的问题。光明磊落，堂堂正正，凛然不可犯，这是王总给他的总体印象。这种凛然之气带给他的不是敬，而是惧，让他不敢贸然走近。

难道王总真的就没有一点性格和品质方面的缺陷吗？他想这是不可能的，只是自己没有发现、没有抓住而已。这真是一件恼人的事情，发现不了，抓不住，就制定不出行之有效的方案。对症下药，投其所好，是接近的捷径，这是他认识到并且屡屡实践过的。可是在不知其症、不知所好的情况下，该怎么办呢？这一全新的命题搅扰得他神思不定，寝食难安。

一个人，一个和自己一样，都是肉体凡胎的人，怎么会没有缺陷呢？他和别人在一起时，会不会也是这样的态度，这样的神情？还有，他为什么对那个叶丽如此器重，能力之外，是不是含了美色的因素？

像是在幽暗的洞子里点燃了一根蜡烛，他的眼前出现了亮光。对呀，一个五十岁不到的男人，七情六欲一样都不会少，一个人长时间待在这里，他的性生活是怎么解决的呢？情欲那种东西，自己是亲身感受过的，很烦人，不是想躲就能躲、想绕就能绕得过去的。不管他是怎么解决的，总归是需要解决的，这是毋庸置疑的事实。

他像找到了藏宝的洞口一样兴奋起来，开始思考具体方案和行动步骤，很快，一个成熟、完整的计划就在脑海中形成了。

星期天上午，仁义买了二斤韭菜、一斤肉回来，和颜悦色地对小茜说："中午吃包子吧，你上次做的挺好吃的。"

对这种事情，小茜很少表示异议或者拒绝，既然已经做了夫妻，日子总是要过下去的。仁义的神情与平日有些不同，但这个人就是这样，阴阳怪气惯了的，因而小茜没有细想，默默地和好面。

包子出锅以后，仁义先抓起一个咬了一口，连声称赞："不错不错，比上次的味道还要好。"他看了看表，时间是11点20，这时候公司的小食堂还没有开饭。他用的是商量的口气，但由于堆了太多的笑，里面就有了几分勉强："你能不能把包子给王总送上几个？"

小茜很感意外："为什么？"

仁义的理由是早就准备好了的："不为什么，王总一个人出门在外，我们在生活上关心一下、关照一下难道不应该？"

小茜冷笑："怕是没有这么简单吧。我还不了解你，绝不会干没有目的的事情。"

"你要这么说也可以，和领导走近一些总归不是什么坏事。以前咱们在这件事情上做得不够，吃了大亏，这次提拔，为什么单单落下我一个？"

"你以为别人的提拔都是送包子送出来的？"

"不是包子，也会是其他的东西，能让领导满意、高兴就行。"

"职务对你就那么重要？"

"这很正常。职场如战场，本来就是你死我活的争斗，谁愿意总是被别人压着一头？咱们总是要有孩子的，你愿意让他的父亲在人面前什么都不是？"

"那你为什么不去，要让我去？"

"我一个大男人，提着几个包子过去，好看吗？"看到小茜已有些心动，仁义将几个形状好一些的包子装进食品袋，递到小茜手里，"你先过去，在那里等着我，我也有点事情想向王总汇报。"

仁义站立在窗前，看着小茜骑了她的红色小车出了院子，奔办公楼方向而去。她骑车的姿态很轻灵，也很优美，从背后看很像一只低飞的燕子。除了胸部，其他地方还是很有些女人味的，他心里涌出几分爱怜，同时增加了几分自信。

看到小茜，廷轩很有些意外，这个女孩怎么会来呢？肯定和仁义有关，他想。

小茜很有点难为情："王总还没吃午饭吧，我今天蒸了包子，仁义让我送几个过来。"

果然是仁义，廷轩心里泛上一层厌恶，他这是想干什么，自己不好问，不敢问，让自己的女人来探探口风？但他对小茜这个女孩的印象还是很不错的，看上去温婉可人，又老实本分。他脸上蓄了笑意，把小茜让到屋内。

小茜将食品袋打开，包子的香气随着热气在屋子里弥漫开来。

出于礼貌，廷轩抓起包子咬了一口，由衷地赞叹："不错不错，比灶上的包子好吃多了。坐吧，别站着。"

小茜坐下去，又站起来："您这里有没有什么我能帮着干的事情？"

"我这里能有什么要干的事情，衣服脏了往洗衣机里一扔，捞出来晾一晾就能穿；吃饭在公司食堂，碗都不用洗，还有什么要干的事情？"

小茜只好再坐下，不知道还该说些什么，很有些局促不安，只盼着仁义能早点出现。

屋子里的气氛有点尴尬，也有点沉闷。小茜不开口，廷轩只好没话找话，聊一些家常，问小茜家里都有些什么人，父母的工作和身体情况，然后又折回来，问酒店最近的经营情况，收入情况，成本费用情况。

问一句，小茜答一句。他为什么还不来呢？小茜很是心焦，一遍遍地看表，最后实在坐不住，便告辞走了出来。

小茜走后，廷轩很是纳闷了一阵。她来的目的难道真的只是送几个包子？是不是自己想多了，看错了人家，误解了人家？也许仁义对这次任命并没有什么想法，也许送这几个包子就是一种很单纯的好意，这么一想，倒有了些愧疚和不安。

小茜回家，见仁义歪在沙发上想着什么心事，生气地问了一句："你为什么没有去，让我在那里等这么长时间？"

"你怎么这么快就回来了，"仁义慢悠悠地站了起来，似有不满，走到小茜近前，猎犬一样嗅了嗅，"他没对你动手动脚吧？"

小茜一下子明白了送包子的真正含义，身体因极度的厌恶和愤慨而战栗起来："你根本就没打算去是不是？这么不要脸的办法你也能想出来！我以为你身上多少还有一点人性，没想到就是一个畜生，不，连畜生都不如！"

仁义不知是因为失望，还是因为恼羞，抬手给了小茜一巴掌："你以为你是什么值钱的东西，一个没有男人要的残次品。"

小茜直直地站着，目光冷冷地、狠狠地看着仁义，神情中似乎还带了一点笑意。

一个女人挨了打，不哭不叫，脸上还带着笑，这应该不是什么好事。仁义忽然有点心慌起来。

果然，小茜唇齿间吐出清晰而冰冷的两个字："离婚。"

这冷冰冰的字眼让仁义迅速清醒过来。离婚，这当然不是他想要的结果，还有谁比他更清楚这桩婚姻是怎么来的，因而没有人比他更懂得离婚的后果。急切间，他把身上所有能找到的笑全都堆在了脸上，语气中也注入了更多亲昵或者说狎昵的成分，这让他的形象现出几分猥琐，与平日很注重的君子形象很不相吻合。"你原谅我这一次行不行？我是急昏了、急疯了才这么做的。我真是一个混蛋，那么爱你，在乎你，却让你去干这样的事情。不过我心里也很清楚，他不会把你怎么样，也不敢把你怎么样。让我看看，打疼了没有？我现在真想把这只手剁了。"

小茜厌恶地将伸到面前的手打开，进到房间，开始收拾自己的随身物品。

事态看来真的很严重，情急之下，仁义也顾不得什么颜面，双腿一软，跪在了地上："人常说一日夫妻百日恩，我们好歹也在一起生活了一年多，难道就没有一点感情？人非圣贤，谁能不犯错误，为什么不能给我一次改正的机会？"

小茜一点没有要停下来的意思。

仁义开始打自己的脸，一下一下，听声音并不是很重："我打了你一下，你打我十下行不行？十下不够，一百下行不行？我这么惩罚自己你还不解恨、不满意吗？"

小茜抽出旅行箱的拉杆，拖了往外走。

仁义瞪圆了眼睛，看着，看着，忽然像猛兽一样跳了起来，扑上去拳打脚踢，边打边骂："你这个不识抬举的贱货，我打死你，打死你！"

小茜依然不哭不叫，倒了，再站起来，继续拖着箱子往外走。

仁义不知是又一次意识到自己的错误，还是没有了力气，用绝望而仇恨的眼神，目送小茜走了出去。

仁义在原地呆立了足有五分钟，脑子里又混沌又空白，他感到世界已经消亡，自己也已经死了。

然而他终归是不想死的，一个残存的希望唤醒了他，激活了他，于是再一次站在了窗前。他希望小茜没有出现在自己的视线里，这是唯一的希望了。如果没有出现，那她就是回到了自己的房子，这样的话，事情还有转机。自己有那个房间的钥匙，过上一个小时，不，半个小时，再到那里去，多想一些办法，一定会把她再弄回来。

可是很不幸，他看到了小茜，拖着那件粉红色的箱子往外走，脚步不是很快，身子也有点摇晃。他有点后悔，刚才下手不应该那么重。

他看到小茜走到了小区外面，在向一辆红色的出租车招手。车停下以后，司机下来把行李箱放进了后备箱，小茜上了车，然后人和车都不见了。

她一定是回了她们家。那一家人对这桩婚事的态度傻子也能看得出来，都是持反对意见的，结婚后对自己的态度也一直都很冷淡，尤其是那个弟弟，见了面就像见到仇人似的，总是斜着眼看。出了这样的事情，能指望他们好言劝说，让小茜回心转意吗？只怕是痴心妄想了。他们也许会很高兴，然后坚定地做小茜的后盾，支持小茜和自己离婚。

完了，彻底完了，他从内心深处发出一声绝望的哀号。这桩谈不上幸福，更算不得完美的婚姻也许要就此画上一个句号，平心而论，没有那么多的迷恋，也不是那么难以割舍，可是它来得多么不容易啊！还有，以后的婚姻该怎么办？这样的机会还会有吗？还有，这件事如果传扬开去，别人会怎么想，怎么看？小茜会不会把离婚的原因讲出去？这么一层一层地想，他简直有点惶悚了。

晚上9点多钟，正在看书的炜平听到了一声凄厉的叫声。他走到客厅，问叶丽："你听没听到什么声音？"

叶丽关了电视，侧耳静听。又一声凄厉的哀号传来，叶丽下意识地抓住炜平的手："这是什么声音，挺瘆人的。"

"好像是仁义的声音。我去看看发生了什么事。"

"他怎么会叫？他的事情我们还是别管了吧。"

炜平也有点迟疑不决。但接着又是一声，这一声比前面几声更尖利，更凄惨。他说："不行，我得去看看，别出什么事。"

叶丽的脸上写满了担忧："要去你也不要一个人去，把开元和振乾都叫上。"

炜平本来也没打算一个人去，听到这样的声音，多人胆量的人也会心惊肉跳的。他抓了个拖把，轻手轻脚地下到三楼，确认那声音是从仁义屋子里发出来的。他想敲振乾的门，脚步却没停住，直接到了二楼。

开元好像就等在门口，炜平刚敲了一下，门就开了。

"你听到叫声了吗？"炜平压低声音问。

开元点点头："听到了，我正想上去找你。"

"那就去看看吧。"

"我认为还是再等一等为好，"开元却关上门，将炜平让到客厅，"也许没什么事，是他自己在闹着玩。真要有什么事，让这种人接受一下教训也是应该的。"

上面忽然没有了声音，夜，突然又静得瘆人。

"你看，这不没事了吗？"开元放松了许多，"这件事很奇怪，夫妻打架，吃亏的应该是小茜才对。"

话音刚落，惨叫声又起，而且一声比一声更刺耳、更吓人。

"不对，哪有这么闹着玩的？这样下去是会死人的。"炜平站起身来往外走，开元只好跟在后面。

振乾家的门也几乎是一敲就开，振乾揉着眼睛，嘴里还在嘟囔："开始我以为这家伙在看什么恐怖片，后来才听出来是这家伙自己的声音。"看到炜平手里拿着拖把，又折回身，攥了个擀面杖出来。

炜平敲门，开元和振乾站在两边，振乾将擀面杖举在空中。

从门缝里可以看出，里面本来是亮着灯的。敲门声一起，灯立刻灭了，同时没有了声音。炜平也警惕起来，侧转身，握紧了拖把。

等了有几分钟，门猛然打开，从里面冲出三个人来，振乾的擀面杖不知没敢落下来还是没有来得及落下来，随着一阵杂沓的脚步，那几个人早已跑下楼去。

炜平摸索着进去，拉亮了灯。屋子里不见仁义，也不见小茜。从里屋出来，几个人正在纳闷。却见仁义的头从沙发旁边探了出来，满脸是血："救救我，快救救我！"

炜平打电话叫来了小宋，几个人半扶半抬地将仁义弄到楼下，放进车里面。

路上，振乾一边用卫生纸擦着仁义脸上的血迹，一边关心地问："你小子最近干了什么缺德事，让人家这么报复。"

开元装作看不下去："振乾你有一点同情心好不好，人都被打成了这样，你还好意思说那些风凉话？"

不知是车的颠簸，还是风的作用，仁义忽然清醒过来："我要报警。你们谁带着手机，我要报警。"

"你知道是谁干的吗？"炜平问。

"她弟弟，她弟弟带的人。"

开元已经猜出是怎么回事，便有心拖延："我认为现在还是保命要紧，报警的事情随后再说。"

医生检查过后，认为只是些皮外伤，没有生命之忧，至于脑子有没有什么毛病，只有到明天做过核磁共振以后才会有结论。

"报警，我要报警。"仁义已经肿起来的眼睛里闪射着仇恨的光芒。

开元抬手看了看表，已经是11点多钟，便好心相劝："我看还是明天再说吧，这么晚给人家打电话，有理也会给你说成无理。"

医生对仁义的头部做了简易包扎，包扎过的头看上去很有几分滑稽。回来的路上，振乾忍不住笑了好几次。

炜平回到家里，叶丽还没有睡，见面就急切地问："到底是怎么回事？我听楼道里的动静，好像有好多人。小茜怎么样？她没事吧？我想出去看看，又不敢，那声音实在太吓人了！"

炜平把事情经过讲了一遍，叶丽这才放下心来："这么看来应该是一次报复行为，她一定对小茜做了什么不好的事情，或者打了小茜。小茜跟了这个又虚伪又无耻的家伙，不知道遭了多少罪！"

炜平将信将疑："他还没有那么坏吧？"

叶丽自知有些失言，轻推了炜平一下："快去洗洗睡吧，看看都几点了。"

这一夜仁义肯定没有睡好，第二天一大早就报了案。地板上的斑斑血迹犹在，罪证确凿，很容易就立了案。仁义认识首犯，案子也不用破，直接抓人就是了。

完成了这件大事，接下来应该到医院去检查。他伸展了一下腿脚，好像并没有什么事，骑自行车去也是可以的，但觉得在这种时候还是让病情表现得更严重一些为好。于是又给炜平打了个电话，让炜平派车把自己送到医院去。

检查结果是轻微脑震荡。他有点不大相信医生的话，那么重的拳头落在脑袋上，怎么才是轻微震荡呢？可是从早上这几件事情的条理性来看，自己的思维确实是清晰的，这说明自己的脑子可能真的没有什么大毛病，同时说明自己头部的抗击打能力还是很强的。这么一想，他又有点欣慰，甚至自得起来。

医生给他头上换了点药，又重新包扎起来。他怀疑早上的医生和昨天晚上的医生毕业于同一个学校，因为两个人的包扎手法几乎完全一致，包扎后的结果也几乎完全相同，只露出眼睛、鼻子和嘴，耳朵只是为了证明存在似的露出那么一点，这让他的听力受到一定影响。

他认为自己有理由也有必要休息几天，最后却让小宋将车开向办公楼。人言可畏，这件事肯定会传开的，与其让人们瞎猜乱议，还不如自己现身说法。缠着绷带的脑袋，就是一块移动的招牌，一页醒目的说明书，它足以证明自己受害者的身份。这样或许还有另一种收获：在得不到青睐的情况下，能唤起一点怜悯也是不错的选择，最起码，有人能注意到你。

进到办公室，出纳站了起来，用目光向他诉说了惊异和同情，这让他心里好受了许多。

坐到办公桌后面，却无心于公事，开始思索以后的事情。走到这一步，这桩婚姻肯定是保不住了，那就只剩下一种可能：离婚。可是离婚对自己而言，是多么不情愿、多么痛苦的事情啊！他想到了前妻粗糙而呆滞的面孔，想到了叶丽的嘲弄和嘲笑，意识到自己确实在犯一个错误，正在失去一件本不该失去的东西。

事到如今，还有挽回的可能吗？他轻轻摇晃着脑袋，却真的摇晃出一个念头。那几个凶手现在肯定都抓起来了吧，如果用撤案来换取她的回心转意，她会不会同意？他有点兴奋和激动起来。会的，她肯定会的，从她以前的谈吐和眼神中都可以看出来，她很爱他的弟弟，怎么会忍心让他的弟弟在监狱里面待几年呢？

这也许是挽回危局的唯一一招了。但这个话由谁去说呢？自己现在给小茜打电话，小茜肯定是不会接的，需要一个人出面去陈述利害，权衡轻重，促使小茜回心转意。

谁是担当这个重大使命的合适人选呢？他把公司这几个人扒拉来扒拉去，最后停留在开元身上。虽然有一百个不情愿，但他知道，这是明智的、也许是唯一的选择，谁让小茜是开元的手下呢？两害相权取其轻，在如此重大的事情面前，两个人的不和与矛盾又算得了什么呢？

除非有工作上的事情，开元和仁义在电话里是听不到对方的声音的。第一次破例，竟然就是如此重托，开元真有点哭笑不得。求谁也不该来求自己呀，能开这个口，看来这家伙还真有过人的一面，同时说明这家伙是真的走投无路了。

这真是一个两难选择。答应吧，心里面疙疙瘩瘩的；不答应吧，又显得自己鸡肠狗肚，没有人情味，没有同情心。思之再三，最后给仁义回了句："我试试吧。"

既然答应了，就要去做，当然，在劝解之前，要把事情的起因和经过先弄清楚。

这样的事情在大办公室是没法谈的，他打电话把小茜叫了过来。小茜的神色看上去很平静，和往日没有什么不同，只是走路的姿势稍微有点怪异。

开元看着小茜，心里面泛涌上一波波柔情的怜爱。多好的一个女孩，命运却为什么如此多舛呢？事情的经过不用问也能猜出八九分，肯定是小茜先受了欺负，然后她弟弟找人来报复。但事情的起因究竟是什么呢？只有弄清楚这个问题，才能决定该说什么，不该说什么，该做什么，不该做什么。他也能理解小茜现在的心情，对于和自己有关的丑事，谁愿意想起和提起呢？可是已经受人之托了呀，知道不该问，还是要硬着头皮问："昨天你们家发生了什么事？"

小茜凄然一笑："你还是别问了吧。这是我的命，让我一个人担着就行了。"

为了证明自己并不是一个好事者，开元只好亮明自己说和者的身份，把仁义的所托讲了出来。

应该是痛苦和愤怒的撕扯，小茜的脸有点变形："我弟弟早上被抓的时候告诉我，他宁可坐二十年牢，也不让我和那个畜生再过下去。"

畜生，夫妻间有多大的仇恨，才能吐出这两个字。反过来讲，有了这样的认知，还有可能在一起吗？知道已经没有了可能和希望，但他还想再做最后一点努力："你言重了吧，虽然我也很不喜欢他，但还没有把他和畜生联系在一起。"

小茜终于控制不住自己的情绪，眼泪无声地流了下来，挽起袖子，拉起裤腿，让开元看上面的伤痕，最后干脆一吐为快，把憋在心里的耻辱和委屈一股脑倒了出来。

开元惊呆了，能做出如此下作的事情，不是畜生，还能是什么？如果小茜是自己的妹妹，自己肯定会拿一把刀子，在那家伙要不了命的地方捅上几下。他想他现在应该转换一下角色，不再为畜生充当说客，而是要从畜生那里为小茜讨回一点公道。为了增加成功的概率，他决定去面见这个根本不想见的人。

仁义不知道开元带来的是什么样的消息，但现在是求着人家，一点感激之情总是要做出来的。他知道缠了绷带的脸不方便表达情感，便把感动和期待汇集在眼睛里。

开元当然知道仁义在等什么，想要什么样的结果，心里泛起冷笑，做了恶事的人却在想着好事，帮这样的忙，不成了帮凶了吗？面对这个所谓的受害者，他一点同情和内疚都没有，有的只是厌恶和憎恨。他面无表情地讲出了劝解的结果，为了让仁义彻底死心，他把小茜弟弟说的话也讲了出来。

仁义右脸的绷带猛地扯动了一下，眼睛里突然露出点凶光："那就让他坐二十年。"

"据我所知，不会有那么长，最多半年，也许半年还不到。与其这样，我倒认为你不妨大度一点，撤诉算了。"

"大度？我为什么要大度，难道我这打就白挨了吗？"

开元尽量控制着自己的情绪："我想问你一句，小茜身上的伤是怎么来的？"

仁义有点惊慌地看了开元一眼，他很想知道开元对自己的事情了解到什么程度："那不一样，我手上是有分寸的，他们却在往死里打。"

"你现在不是好好的吗？脑子也没检查出来什么问题。我告诉你，我这一辈子最瞧不起、最恨的就是打女人的人，要说无耻和狠毒，你比他们有过之而无不及。"

仁义愣了下神，像是在分辨开元现在的真实身份。

"给别人留一条活路，自己就能多一条活路，你活的年份比我长，这一点道理我想用不着我教你。"开元半逼半劝。

"你这是在给我帮忙吗？我怎么觉得像是他们请来的律师？"仁义的声音里多了点阴冷。

"我说这些也是为了你好。我知道你是一个爱面子的人，再闹下去，对谁都没有好处。"

"我已经这样了，还有什么好怕的？我必须让他们受到应有的惩罚。"

开元身子前探，眼睛盯着仁义："你就不怕小茜被逼急了，把所有事情都讲出来？"

仁义先是一惊，后是一震，他知道自己虽然没有七寸，却是有软肋的，就这么低软的一句，已让他有点呼吸不畅，气恼地盯着开元，却说不出话来。

开元看已经奏效，认为没必要再待下去："你好好想想吧，我再说一遍，这么做是为了你好。"

所有事情是什么事情？这个蠢女人，难道把结婚前发生的事情和这次事件的起因全都告诉了开元？那样的事情，她怎么能说出口？

他看着开元的背影，深深地后悔起来。不应该挽回这桩婚姻，更不应该选择开元去做这个说客。别人不去问，或者问话的是别人，她大概都是不会说的。一个女人，怎么会完全不顾自己的脸面，把应该深埋在内心的羞恶讲出来呢？

可是现在该怎么办？在一两个人眼里卑劣算不了什么，在一群人眼里卑劣也没有那么可怕，但如果在所有人眼里卑劣，就很难活下去。

反复思考、权衡之后，他决定撤案。三天之后，和小茜去办理了离婚手续。小茜并没有因为他的撤诉而心存感激，脸像是从冰柜里刚拿出来的，僵硬而冰冷，整个过程没有说一句话，甚至连看他一眼也没有，这让他心里很不痛快。

发生了这样的事情，别人难免会说三道四，那就让他们去说吧，他不想再去做什么解释，头上的伤就是最好的证明。你们看吧，我是受害者，我当然是受害者，而且我这个受害者是多么高尚啊，不但痛痛快快离了婚，还大大方方撤了诉。有时候想起来，自己都被自己感动得一塌糊涂。

经此一劫，仁义已经雄心大减，壮志长眠，不再去想什么总会计师的事情，他知道当务之急，是先保住这个财务部经理。

要不要把小茜结婚和离婚的内情告诉叶丽，开元犹豫了很长时间，最后还是打消了这个念头。他能想象出叶丽听到真相后的神情，一定会被强烈的憎恶和愤慨扭曲得有点难看，他不想让那张美丽的面容变成那个样子。快乐可以与朋友分享，而伤痛和悲愤，最好由自己一个人承受。

他觉得自己是负有保密责任的，这是另外一种考虑。对于小茜来说，多一个人知道，也许能多一份安慰，但也多了一份羞辱。

仅仅是为了那个畜生，似乎也应该把这个秘密守住。人家案也撤了，婚也离了，就不应该把人家往死路上逼。兔子急了都会咬人的，何况那畜生根本就不像是兔子。

这又算是开了回眼界，长了次见识。现实生活中，真有这么无耻的人，这么下作的事！他感到压抑、气闷，胸口像是堵上了什么东西。他担心自己会被憋死，就把这件事原原本本地告诉了妻子。

在告诉妻子之前，他也有过对叶丽那样的担心，但如果自己被憋死，后果会更严重，所以还是忍不住说了出来。

妻子的反应与他所想象的全然不同，怜悯和同情远多于厌恶和憎恨，清秀的脸庞上流下两行泪来，哀哀地说了一句："小茜这孩子真是可怜！"

开元将妻子揽在怀里，他忽然真切地感受到，人生有爱，比什么都要好。

公司就这么几个人，仁义又离得这么近，整天顶着一头白纱在眼前晃来晃去，廷轩不可能看不见。看见了，就必须关心一下，过问一下，仁义却支支吾吾的，含含糊糊的，不肯说得明白。

廷轩知道，人家不想讲的事情最好不要多问，如果不是特别亲近的人，逼问出来的实情多半不会是实情。但他确实有点想不通，中午小茜送包子，晚上仁义被打，这中间到底发生了什么事情？从小茜当时的神态看，是没有任何征兆的。他自然也不会想到，这件事情会和自己扯上关系。

从打架到离婚，也就几天时间，这婚姻破碎得也有点太快了吧！闪电式的结，闪电式的离，对婚姻也有点太不负责任了吧。这些念头和疑问，只是出现一下而已，廷轩并没想将它们留住，然后去刨根问底。脑子里装的事情，哪一件也比这件事情要大。

炜平收到一张汇款单，一看上面的字迹，就知道是笑莲汇来的。六万元，应该是这几年汇出总和的一倍多。

炜平看着汇款单上的字迹和钱数，心里很不是滋味。当初汇出这些钱，只是想着一个女孩远在异国他乡太不容易，生活上不要太艰难、太拮据，从来没想过这些钱会再回来。她现在汇来这笔钱是什么意思，是想求得心安，还是想以此作为精神补偿？他有一种被轻慢、被侮辱的感觉，几年的朝思暮想和魂牵梦绕，是这区区几万块钱能补偿的吗？

可能是担心炜平误解和胡思乱想，下午笑莲的越洋电话就打了过来。炜平以为自己已经将那一段情感翻了页，并且做了封存和冰冻处理，但听到笑莲的声音，心里还是抑制不住地狂跳不已。他这才知道，如果真的爱过，那是恨不起来的，要想遗忘，那是更为困难的事情。

笑莲的声音还是那样软绵绵、甜丝丝的。她让炜平不要多想，她知道这几年为了她，炜平对家里的照顾应该很少，这点钱就算作对他家人的一点小小的补偿吧，这样她的心里能稍微好受一些。

接着，笑莲用漫不经心的语气告诉他，她已经离了婚，但拿到了绿卡，并且分得了一笔不菲的家产，现在生活已经全然无忧，让炜平不要再为她担心。

笑莲的语气让炜平很不舒服，就像是做了一笔交易，得到了一件东西，然后把它卖了，并且卖了个好价钱。为了一张美国绿卡，难道什么事情都可以做，难道情感和灵魂也可以出卖吗？

可能是为了证明自己是迫不得已或者灵魂的纯洁，笑莲忽然嘤嘤地哭了起来。她说她现在才知道感情的珍贵，那个美国人根本就没有爱心，只是把她当作发泄情欲的工具。那桩婚姻本身就是一笔交易，各有所求罢了。现在想得到的好像都得到了，但心里却空落落的，有时候连一只飞着的苍蝇和蚊子都找不到。她希望炜平能原谅她，如果可能的话，能够到美国去陪伴她，哪怕只有一段时间也行。

炜平有点心动，也有点心疼，但他清楚地知道，这颗有了归属的心，是再也回不去了。他让自己平静下来，并且用平静的语气告诉笑莲："我已经结婚了。"

"是和那个叶丽吧？"笑莲停止了哭泣，但声音听起来比哭着更让炜平难受，"我上次看到她，就知道你一定会和她在一起。她确实比我更好，更适合你。是我自己不知道珍惜，把你送给了她，我自己做的孽，就让我自己来承受吧。"

挂断电话，炜平心中嗟叹不已，感慨万千。有多少人在信心满怀、踌躇满志地奋斗、拼争，可是有几个人真正知道自己所需要的是什么。

有了叶丽，他不再有失去的伤痛。可是牵挂呢，真的会一点也没有了吗？那个飘荡在远方的灵魂，那颗敏感而孤独的心，将会怎样度过以后的生涯？

这件事要不要让叶丽知道呢？思之再三，他决定还是如实相告。这样的事情在小说、电视里看得多了，夫妻之间，不管是出于恶意还是善意，隐瞒和欺骗一旦败露，就必然导致伤害，他不想让自己担这样的风险。

"她一个人在美国确实挺难、挺可怜的，"叶丽盯着炜平的眼睛，"你要是真的放心不下，就过去陪陪她。你放心，我是不会阻拦你的。你去了住一段时间也行，要是觉得好，不回来也可以……"

"你这说的叫什么话？"炜平有几分粗暴地打断了叶丽的话，"我把这件事告诉你，是因为作为妻子，你享有这样的知情权，而不是为了让你嘲笑我、挖苦我。我可以明确地告诉你，这一辈子你别想把我从你身边赶走。"

叶丽笑了起来："和你开个玩笑，动那么大火干什么？我没有她那么傻，也没有她那么大方，别说赶，就是有人来抢，我也绝不会松手的。因为我知道，离开你我肯定会死。"

炜平也歉意地笑了笑:"以后再不要用这种话吓唬我,离开你我不一定会死,但可能会疯会傻,我想那是比死更痛苦的。"

叶丽将头埋在炜平胸前:"不过我开始说的那些都是真话,她现在确实挺可怜的,你以后要多给她一些关心和安慰,放心吧,我是不会吃醋的。"

炜平动情地吻了叶丽一下,又回到现实中来:"可是这钱该怎么办呢?"

"让我来告诉你怎么做。"叶丽凑到炜平耳边,"现在还回去她会更伤心的。她以后肯定还要结婚,她结婚的时候肯定还会告诉你,到时候如果我心情好,也许会陪你去参加她的婚礼,把这些钱当面再送给她难道不是更好?"

叶丽呼出的气热热的,炜平耳朵有点痒痒的,接着心也有点痒痒的。这天晚上,他们比之前做得更缠绵、更热烈,也更持久。

小孙到家里还钱,另外带了几样水果。

钱是用报纸包着的,放在了桌子上。小孙还是那样精瘦精瘦的,看着就让人心生怜意。

"我现在没有什么用钱的地方,你这么着急还干什么?"开元略带责备地看着小孙,示意妻子去倒水。

"你们已经给我帮了天大的忙了。朱经理催我一次,就像打我一次脸一样。你这一万块钱让我少打了多少次脸。"小孙的神态,真诚得不容起疑。

接过水,小孙却没有喝,眼睛看着钱:"你还是当面数一下吧。"

开元漫不经心地笑了笑:"数什么数,对你我还有什么不放心的?"

"那我就不打搅你们了。"小孙又看了眼钱,将水杯放到桌子上,似乎有点不舍地走了出去。

妻子看了看纸包:"你还是数一数吧,那里面应该不止一万。"

开元打开纸包,数了数,里面果然是一万一千元,就有点发急:"你为什么不早说?"

妻子却笑模笑样的:"你忘了我是干什么的吗?借钱付息,这是天经地义的事情。"

"这能一样吗?"开元的声音大了许多,"把钱借给同事应应急,还要收人家利息，这事要传出去，我以后还怎么见人？"

"小样，和你开个玩笑，还真急上了。你也不想一想，当了我的面把这一千块钱给他，他能收吗？"

开元这才明白了妻子的真实用意，数了一千块钱，急急地追了出去。

小孙已经回到家里。看到开元，神情中有意外的激动，也有意料之中的欣喜。

开元打量着小孙的家，心里忽然一阵酸楚。这是个什么样的家啊！墙壁和地面还是交房时的样子，房间里的桌凳，肯定是从农村搬来的，又笨拙又老旧，一台十二寸大小的黑白电视，猫一样蹲伏在方桌一角。小孙媳妇和两个孩子，也都瘦瘦小小的，营养不良的样子。一千元对这个家来说，绝对不是一个小数，可是他们为什么还要多还这一千元呢？这样的人，难道不更值得尊重吗？

开元将钱拿出来，小孙却不肯接，开元急了，故作很生气的样子："我借钱给你，不是为了让你打我的脸。"

小孙这才将钱接住，神情像哭一样，小孙媳妇的泪水却已经流了出来。开元不忍心再看下去，急急地走了出来。

"真可怜啊！"开元对妻子讲述，"真想象不出这一万块钱他们是怎么攒够的，这样的水果，也不知道他们的孩子吃过没有，我刚才真应该一块给送回去。"

"你做得已经够好了，要是连水果也送回去，会让人家很没面子。"妻子笑着安慰，却笑出几分勉强。

得知酒店上了税务检查的"黑名单"，叶丽很是担忧，她虽然没有经历过这种事，但也知道这不会是什么好事情，好端端的，让别人来查一下，谁愿意呢？

"我这个财务总监都不怕，你怕什么呢？"开元很有底气，"咱们又没干违法乱纪、偷税漏税的勾当，有什么可怕的？我倒想看看，他们能查出什么来。"

开元这么一说，叶丽的心放下来一些，但仍然不能释然坦然，就像头上悬了一把木剑，知道伤不着，但惊惧之心总是会有的。

其实开元的镇定多少也有点故作的成分。接受检查，这毕竟是有生以来的第一次，要说一点也不慌乱，那是不可能的。从检查者到被检查者，这是一种很彻底的角色转换，没来查的时候，这种感受还不是那么分明，现在则有点真真切切了。尽管走出来的时候就有了这样的心理准备，但当它真的来临时，他还是有点不大适应，不大舒服，甚至有一点伤感。

对于酒店的账务，开元是很放心的，曾经的身份和经验都在时刻提醒着他，应该怎么做，不应该怎么做，哪些能做，哪些不能做。他深信酒店的账务是干净的，经得起检查的。唯一有点放心不下的是公司分摊的利息，但那属于合理不合法的事情，是可以摆到桌面上去谈、去争的，从以往的经验看，最多批评几句就可以了事。

因自知而自信，因自信而从容，开元甚至有一种隐隐约约的期盼，很想早日见识到异地同僚的品质和能力，并且通过他们来证明自己。总公司郑总会计师的赞誉固然令人欣喜，如果能从同僚的眼里和嘴里得到印证，意义将非同寻常。

这一天终于来了，穿着税服的三男一女走进了开元办公室。熟悉的税服让开元生出一种亲切感，笑容也就来得自然一些，热烈一些，忙不迭地让座倒水。

"这是我们检查组的任组长。"女的指着一个黑脸、高个的男人。

开元细看任组长，黑之外，五官倒也挑不出什么毛病，但眼皮隔几秒就会往上翻一下，看着很不舒服。

这时候是不能考虑个人好恶的，开元主动伸出手去，没想到任组长竟然视而不见，头转动着介绍他的小组成员。

"小袁。"

开元随头望去，圆圆的，头和身子都是。

"小曲。"

看着也像，瘦，体型和眼神都曲里拐弯的。

"小贾。"

开元看这女的，胸肯定是假的，睫毛也是假的，笑容也像是贴在脸上的纸花，吹口气就能刮下来。

能走进来，这几个人显然已经知道了自己的身份，但出于礼貌，开元还是做了自我介绍，最后又鬼使神差地追加了一句，这句话让开元懊悔了很长时间。"咱们算是同行，来这里之前，我在天水市地税局工作。"

"是吗？"任组长审视了开元一眼，神情中有不信任，也有不理解。

"不会是犯了什么错误，让人家给赶出来了吧？"小袁夹枪带棒地来了一句。

这句又粗鄙又无理的话竟惹得几个同伙哈哈大笑起来。尤其是那个假女人，嘎嘎的，像母鸭子在叫。别的女人笑时胸部颤动，她的胸部却像两把带柄的锥子，向着空中乱刺一通。

开元的气就有些不打一处来，以前好歹也是一个地市税务局的税政科长，却要在这里忍受几个下三烂的奚落。他正色道："是我自己把自己赶出来的，因为我忍受不了那里面的肮脏和污浊。"

任组长收起笑，堆出一脸嘲弄："没看出来，孟总还是一个勇士，失敬失敬，利用这次机会，我们要好好向孟总学习学习，争取将来也成为他这样的英雄。"

任组长的讽刺和幽默引发出一阵更响亮的笑声，小曲弯下了腰，小袁皮球一样颤动，小贾单薄的身子像树叶一样摇摆。

开元沉下脸，亲切感已荡然无存，代之而起的是厌恶和愤怒。这几个杂碎和以前所唾弃的一样，都没有什么素质和层次可言，也许比那些人还要不堪。那么，又何必对他们太过客气呢？想怎么查就怎么查吧，你孟大爷还会怕你不成？

他把这几个人领到小会议室，然后安排小茜去接待。他实在不想再看到这几副嘴脸，担心自己控制不住情绪，说出几句过头的话来，那样就会很难收场。本来还想让小茜送去些水果，想想也就免了，鬼神是不能乱敬的，如果让鬼神认定你的敬是来之于心虚，那就得不偿失了。三天，顶多三天，就会把这几个瘟神送走。走之前会有一个交换意见、落实问题的碰头会，到那时候再说，他要亲眼看一看这几个人失望、沮丧、灰头土脸的样子。

谁知道这一查就是六天，而且没有收手的迹象。问小茜，小茜说她也看不明白，几个人人手一本凭证，又是翻又是记的，偶尔会低声交谈一下，气氛又严肃又神秘，弄得她心里怕怕的，不敢多说话。

开元暗自好笑，看来这是几个生手。查账哪有这样查的？查一个中小型企业，半天报表，一天账本，一天半凭证，时间就足够了，要保证关键问题、重要问题没有疏漏，至于一些鸡毛蒜皮的小问题，是完全可以忽略不计的。他想象不出这几个笨蛋这几天都在干些什么。

等到开碰头会，已经是第八天下午。按照惯例，这一天桌子上应该摆上水果和瓜子糖之类，开元偏不，他想一硬到底，看这几个笨蛋能把自己怎么样。

小会议室的气氛有点凝重，检查组的四个人坐在长条桌的一边，开元坐在长条桌的另一边，这便有了点审判的味道。开元在心里冷笑：谁审判谁，等着瞧。

任组长颇有点大法官的气度，慢悠悠地从黑色的公文包里抽出几张纸，看开元一眼，念一句："经过我们几天的详细检查，认为你们酒店的财务组织和核算程序还马马虎虎说得过去，但政策尺度把控不严，存在重大的偷税漏税行为。"

罪名可真够大的！可你们也不打听一下，你孟大爷是吃吓的人吗？开元不动声色，静听下文。

任组长又看了开元一眼："存在两个最为严重的问题，一是虚列财务费用，二是白条入账，数额巨大，性质极为恶劣。"

不过尔尔，两个问题都在预料之中，明眼人一眼就可以看出来。花了这么多天，应该是在统计和加总白条上的数额，开元心里不由生出一点怜悯。

"经查实，上年度共虚列财务费用六十八万元，偷漏所得税二十二万四千四百元；白条入账八十三万元，少交所得税二十七万三千九百元。两项合计，除应补交所得税四十九万八千三百元外，还应上交罚款和滞纳金六万元。孟总对这样的处罚有没有什么意见？"

其他几个人的目光全落在开元身上，神情中都有点幸灾乐祸。

对这两个问题的解释是开元早就准备好了的，自然是张口就来："先说第一个问题，这是公司内部的一种费用分割，谈不上什么虚列，为什么要这么做，想必你们也心知肚明，交税容易退税难，这是谁都清楚的事实。这件事情从局部来讲是合理不合法，从公司全局来讲，根本不存在偷税漏税的问题。"

"我们只管合法不合法的问题，不会去考虑什么合理不合理的问题。我们查的是酒店这个局部，因而结论也只针对这个局部，没有精力也没有义务去考虑什么全局。"任组长的声音里带着丝丝冷气。

"还说自己在税务待过，连这个也不懂。"小袁不失时机地挖苦了一句。

开元没有理会小袁，把自己想要说的话说完："至于白条入账，这是一个谁都知道谁都解决不了的问题，农民和渔民，谁能有正规发票？据我所知，全国所有酒店都是这么做的。"

任组长脸上露出些不耐烦："我想提醒孟总监注意，我们现在查的是你们酒店，而不是其他酒店。其他酒店怎么做是其他酒店的事情，你的酒店这么做在我这里就过不去。"

这是公开的找茬和挑衅，开元气愤已极："你们总不能一点道理也不讲吧？"

任组长倒笑了起来："我们是来查账的，不是来讲道理的，而且我要告诉你一点，我这个人最烦讲什么道理。"

其他几个人全都乐了起来，小贾的笑声高而尖利，上身夸张地扭动着。

开元什么时候受过这种窝囊气，干脆把心一横，厉声责问："你们这么做，难道就不怕我告你们执法过度、滥用职权？"

"告啊，我们巴不得你去告，好让我们有一点名气，说不定还能弄个一官半职。"小曲微露轻蔑，摇头晃脑的，像一条蠕动的虫子。

"小曲说得没错，告是你的权利。处罚决定过两天我会派人送过来，你要么准备诉状，要么准备好钱。能让人告，是我们的一种荣幸，你们说是不是？"任组长冲几个喽啰挤了挤眼，眉毛向上跳动了好几下，那几个人又一次会心地笑了起来。

任组长站起身，是要走的意思。开元忽然方寸大乱，不怕没理讲，就怕不讲理，碰上这么几个不讲理的，你能把他们怎么样？他脑子里闪现出一个可怕的念头：如果他们就这么定了该怎么办？这不是个小数，是五十多万呀！告，作为一句气话说说还行，真要付诸行动，那是需要非常的勇气的，状告执法者，胜面几乎为零，因为输了是输，赢了也是输，在税务部门混迹了那么多年，他怎么会看不透这一点。情急之中，他无法再顾及个人颜面，想出一个缓兵之计："你们能不能再等一等，我把公司财务经理请过来，让他给你们解释一下。"

任组长好像并不是真的要走，顺势坐了下来："怎么，又改变了主意，不想告了吗？要想叫就快一点，别让人觉得我们是在拖延时间，想蹭你们一顿饭吃。"

小袁故作失望的样子："刚有个出名的机会，这下子又没了。"

小曲也一脸的痛苦："我还想着老任能上个台阶，以后还能把咱们提携一下，这下不知又要等到什么时候。"

小贾不说话，只是嘻嘻地笑，涂抹得很红的嘴唇，像下蛋挣出血的鸡屁股，说多难看有多难看。

开元已无心再顾及这些，他脑子里只剩下一个念头：希望仁义那张最不想见的面孔尽快出现。

接到开元的电话，仁义兴奋得晕晕乎乎的，他甚至怀疑自己的脑子真的出了问题。这个狂傲的家伙，竟然会主动给自己打电话，看来让人家整治得不轻，这么说他也有服软、认输的时候。

这么好的机会，当然要充分利用一下。他不着急，一点也不着急。不到万不得已，开元是绝不会打这个电话的，那么，让他多等一会有什么不好？他自我陶醉了几分钟之后，先走进了廷轩办公室。

"王总，开元刚给我打来电话，汇报了税务检查的事情，看来问题不少，开元有点吃不消，让我过去帮忙应付应付。"

"酒店会有那么多问题？"廷轩将信将疑，"那你就快点过去吧，对付这些事情，你肯定比开元更有经验。把握一个原则，不要和这些人硬来，尽量大事化小，小事化了。"

仁义要的就是这个效果，既凸显出自己的重要性，又领到了尚方宝剑，这才迈着鸭步，不急不慌地向酒店走去。

进到小会议室，仁义立刻露出弥勒佛般的笑容，像见到久别的亲人，抓住每个人的手摇了几下，然后马上把任组长升作科长："任科长的政策性和业务能力肯定非常强，能带队到我们公司来检查指导工作，是我们的荣幸啊！我早就想过来认识认识，又担心会干扰你们的工作，在这里我先向你们道个歉。"

受到称赞又被提作科长的任组长心情大好，扫了开元一眼："要是有你这样的态度，事情就好办多了。"

这时候，开元只能视而不见，听而不闻，他决定装聋作哑，就把自己当一个傻子对待。

"关于贷款利息问题，我想给各位领导解释一下。"仁义给每个人杯子里添满水，自己也坐了下来。这时候小茜出现在门口，看到仁义，像看到鬼似的仓皇转身，此后便没了人影。

"由于二级单位成立晚，业务也滞后，公司的所有贷款都是以公司的名义贷下来的。这些钱基本上都是二级单位在用，利息由公司负担显然没有道理，所以我就想了这么个笨办法，按各二级单位的资金使用量进行了分摊分配。我可以保证，公司支付的利息数额和分摊分配的数额是完全相符的，绝对不存在虚增虚加问题。"

"像这种情况，你们就应该先给我们打个报告，经过批准以后才能实行。"任组长完全是教训的口气。

"是是是，是我们考虑不周。今天认识了，以后就是朋友，少不了麻烦你们，还望不吝赐教。"仁义笑容可掬，频频点头。

"再说说你们这里的白条吧，翻开凭证，到处都是，简直很不像话。"任组长又翻看了开元一眼，但他有点失望，开元像入定了一样，脸上没有任何反应。

"这件事情小孟也给我汇报过几次，但始终找不到更好的办法，这应该是餐饮行业的一大难题，希望几位领导能通融通融，网开一面。"

"既然知道这是一个问题，那就应该早和我们沟通，商量出一个切实可行的办法。"任组长的面容松软了许多，语气却依然严厉。

"那是那是，我们以后一定多加注意，有问题及时请示汇报。"

任组长翻腕看了看表："那就这样吧，我们回去给领导汇报一下，尽量酌情处理。"

"几位领导辛苦了这么多天，无论如何也要让我们表示一下。"仁义岂能让走，转头向开元，"赶快去安排一下，标准要高一些。"他的语气是命令式的。他很享受这样的语气，更享受开元的态度。他看到开元像被施了魔法，低眉顺目地走了出去。要是一直都像这样该有多好，他沾沾自喜地想。

"你们这位孟总监看上去挺牛的嘛。"任组长以得胜者的姿态看着开元的背影。

"是有点年轻气盛。"仁义借此机会发泄出自己的不满，"以前也在你们税务系统干过，好像还当了个什么小官，所以有点目中无人。也怪我以前批评教育不够，你们不要往心里去。"

"我们任组长专治牛人，"小袁半是奉承半是炫耀，"去年我们就碰到过一个高级会计师，比他牛多了，最后还不是被我们收拾得服服帖帖的。"

"话不能这么说，我们出来检查不是为了收拾人的，"任组长纠正着小袁，脸上却有掩饰不住的得意，"不过税务检查是执法行为，你们得主动配合是不是？在税务部门待过有什么了不起，到了企业你就得按企业的规矩来。我告诉你，今天完全是看在你的面子上，要不然非得让他长一点记性。"

这句话很让仁义受用，让他生出一种救世主般的感觉。

吃饭时，仁义直接坐到了主陪位置，让开元做副陪。开元还是老样子，生气全无，听凭仁义摆布。

仁义感到生命中所有的活力又全都回到了身上。他热情洋溢地把任组长推到了大客位置，问了其他几个人的年龄，让贾女士做了二客，小袁和小曲两个人便不分尊卑地坐了。

"很多人都把税务和企业当作对立面，但我不这么看，税企应该是一家才对，一个交税，一个收税，干的是同一件事情，怎么会成为对立面呢？所以，在原来的单位，我和税务部门的关系一直处得很好。到了这边以后，一直忙忙乱乱的，还没有来得及登门拜访，今天有幸认识了几位，这就是缘分，以后希望能多加关照。我知道你们税务部门是清水衙门，纪律很严明，以后个人有什么不好处理的事情，就到公司来找我。我比你们年龄大，把我当老大哥看就是了。"仁义一边慷慨陈词，一边殷勤地夹菜劝酒，又是敬又是碰的，面色愈加红润起来。

堵，厌恶，恶心，想走不能走，不想留还得留，开元饱尝了无奈的滋味。他觉得自己是真的病了，于是便露出一种很真实的痛苦相。对于仁义的种种暗示，他一直视而不见，舍了脸让你过来，就是让你来排忧解难的，我干嘛还要跟自己过意不去？

仁义无计可施，只能一个人充当中流砥柱，穷平生之所学，吐肺腑之真情，尽逢迎之能事，硬是让饭桌上的气氛没有因开元的冷脸而冷却下来。

饭局结束时，仁义要了任组长的手机号码，然后点头哈腰地把一行人送上车。转过头来，开元已不见了踪影，心里未免有点来气，帮了这么大忙，连一句感谢的话都没有。但这点怨气并没有影响到他的心情，他对自己的表现还是很满意的。开元服软了，眼里有自己这个上级了，这是多么难得的一件事！有了第一次，就会有第二次第三次。当然，更重要的是让领导见证了自己的重要性，平常咋咋呼呼的有什么用，关键时候能顶上去才是真本事。还有，花公司一点钱，认识结交几个税务人员，借以巩固和提升自己的地位，谁能说这不是一件好事。

头上的绷带除掉以后，他始终有一种感觉，好像头上还有什么东西。现在好了，他不仅扬眉吐气、神清气爽，而且感到头顶上瑞气缭绕、紫光万丈。

开元回到家，往床上仰八叉一倒，哀哀地喊了一声："老婆，我想自杀！"

问明缘由，妻子心疼地将开元的头抱在怀里，几滴清泪滴在开元脸上。还有谁比她更能理解，心高气傲的丈夫经受了什么样的痛苦。她既像是责备，又像是安慰："不让你出来你非要出来，现在尝到苦头了吧。这些人也太不自量力了，竟然敢在我们开元面前指手画脚、胡作非为。"

开元痛苦地闭上了眼睛："我真没想到，这里的社会风气比咱们那里还要恶劣。你是没看到他们说话的神气和腔调，好像税务局是他们家开的，他们想怎么样就可以怎么样。还有仁义那种奴颜婢膝、低声下气的样子，想着就让人恶心。这些人的蛮横也许就是让仁义这种没骨气的人给惯出来的。"

"你也不要这么说人家，今天要是没有仁义，可能还真的不好收场。"

妻子倒是说了一句公道话。可是这件事情到底会怎么收场呢？开元又不由自主地烦躁起来。

任组长把处理决定提前透露给仁义，贷款利息的事情不予追究，白条上只要有菜农或渔民签字，也不计算在内。做过上述减除之后，只补交税款十三万五千元，罚款一万，共计十四万五千元。任组长还特意补充了一句：这完全是看在你老兄的面子上，要不然一分钱也不会让。

仁义的心情很有点激动，出个面，请吃个饭，便给酒店省下三十多万，这算不算是赫赫战功？他强力抑制着自己的兴奋，把这个好消息先汇报给廷轩，接着通报给开元。

但他没有得到自己所想要的，廷轩的神态看不出是满意还是不满意："还要交这么多！亡羊补牢，你和开元认真探讨一下，到底是我们自身的问题，还是税务在有意刁难？无论如何，这样的事情以后不能再发生。"

仁义不只是失望，简直有点伤心，办成了这么大一件事，一句肯定和表扬的话都没有，还要担上些连带责任。这是典型的是非不明，赏罚不公啊！可他不敢多说什么，只能怏怏退出。

所以在给开元打电话时，他的声气便很不友好，告知处罚决定的同时，下发了一道命令："你把检查经过和整改措施写一份材料报上来，王总要看。"

开元的回答更让他生气："我认为没有什么需要整改的，你给王总说一声，把我这个财务总监撤掉得了。"说完啪的一声先挂断了电话。

仁义握着话筒，愣怔了半天。这算是怎么回事？帮了这么大忙，一点感恩之情都没有，反倒更像了仇人。早知道这样，就不应该出这个面，让他倒个大霉，栽个大跟头，岂不是更好？没良心的东西，你以为我不想把你撤掉，我只是没有那么大的权力罢了。

开元很郁闷，他的郁闷是多重的。从五十多万减到十几万，听起来很是不错，可如果是这样，税收的刚性原则又从何体现？还有，这十几万难道是应该交的吗？整个检查过程多么像是一出闹剧，而在这出闹剧里，自己扮演了一个什么样的角色？多么可笑，多么可悲啊！回想起来，他恨不得用头在桌子上碰几下。

"不行就按他们说的交了算了，权当被强盗抢了一次，不就是十几万吗？半个月就能挣回来。"看着开元犯难和痛苦的样子，叶丽很是不忍，只能装作轻松的样子好言相劝。

"这不单单是钱的问题，餐饮业的白条是谁都解决不了的难题，这次我们如果交了，等于承认有错，下次再来查怎么办？是不是每年都要白白地交上十几万？"

"可是人家已经做出了决定，我们又能怎么办呢？"叶丽也跟着犯起愁来。平白地损失十几万，说不心疼那是假的。

"我想再试一试，"开元的目光里现出坚定和决绝，"对付卑劣，也许只能用卑劣的手段，可能还要花点钱。你放心，如果不成功，这钱就由我自己承担。"

"怎么能让你承担？真要由个人承担，那也是我承担，谁让我的工资比你高呢？想好了你就去做，我百分之百地支持。"开元的眼神让叶丽看到了希望。

开元让出纳去办了两张购物卡，一张两千元，一张五千元。他把两千元的装在左边口袋，五千元的装在右边口袋，然后喊了司机，奔税务局而来。他的心里充满了悲凉，同时有一种英雄赴难时的悲壮。

在竖着的白底黑字的地税局招牌前，开元站立了几分钟。除了地域名，牌子的大小、字体和颜色，都和记忆中的完全相同，可现在的身份却已经完全不同，以前是昂着头进出的，现在却要揣着心思、壮着胆子走进去。

找到税政科科长办公室，他在门前又停留了几分钟。他很担心这个税政科长和那个任组长同属一类人，如果是那样，对话就很难展开，就有可能再一次把事情弄僵，那当然不是自己所希望的。

还好，门里闪出的面孔，与任组长颇为不同，胖乎乎，圆嘟嘟的，鼻梁上架了副眼镜，很有点熊猫像。从目光和神情可以看出，这应该是一个受过教育、有点层次的人，开元心里有了点底。他握住对方伸出的手，先自报家门，也便知道了站在面前的这位同仁姓孙。

"孙子的孙，"孙科长补充，"人都说干税务的人牛，但牛也许是人家的，给我的感觉就是个孙子，除了给人解释、赔笑脸、说好话，不知道还能干些什么。"

"我来是想和孙科长探讨一下餐饮行业的白条入账问题。"孙科长自贬式的亲近方式很有效，一下子拉近了两个人的距离。开元为了获得一种对等交流的资格，也讲出了自己以前的身份，这身份不仅让开元面前有了一杯水，也让孙科长脸上多出些笑容。

"能从市局税政科科长的位置上辞职下海，你可真有勇气！你说的这个事情是一个早已存在的、全国性的难题，你这个当过税政科科长的人应该很清楚，为什么还要提出来？说吧，是不是遇到了什么难处？"

开元这才把检查的事情讲了出来。

孙科长的表情变得复杂起来，好像有点生气，有点同情，也有点无奈："这种事我在会上提过好多次，要尽量考虑企业的难处，合理不合法的事情要尽量从宽，可他们就是不听。想想也不难理解，谁不想多弄点成绩出来？"

开元看到了希望："孙科长能不能帮忙通融一下？"

孙科长的脸上只留下纯粹的难色："你也知道，税政科和检查科是一种什么样的关系，你要去抹杀人家的成绩，谁会愿意。"

开元摸出左边口袋里的卡，放到桌子上。他希望孙科长能接受，也希望孙科长坚拒，如果是后者，两个人以后也许会成为朋友。

孙科长对这样的事情似乎已经见惯不惊，只是客气了一下，并没有拒绝接受的意思："你我之间还来这个？这样吧，我带你去见我们夏局长，你把情况当面给他讲一下，事情或许会有转机。"

从二楼上到三楼，开元不由生出一种恍惚感。难怪有人说全国税务是一家，连办公室的分布也是如此惊人的相似，一楼办公大厅，二楼科室，三楼会议室和局长办公室，如果还有四楼，就应该是职工活动室了。

"夏局长是个复转军人，人很正派。"上楼梯的时候，孙科长这样对开元说。

正派？已经离开口袋的卡让开元对"正派"两个字有了新的理解。

上到三楼，孙科长的腿像突然变细了似的，一下一下迈得很轻。敲门的动作也像是训练过的，不仅很有节奏感，音量也把握得恰到好处。

房间里的光线比楼道里要明亮许多，门打开以后，开元很清楚地看到了夏局长的脸。这张脸用正派形容一点也不为过，方口阔鼻，很有男人特质，坐姿是军人式的，腰板挺得很直。

夏局长好像正在寻找什么东西，孙科长讲述时，他的头始终没有转过来，像是在思索那件东西应该在的位置。但这并不代表他没有听，因为孙科长刚把事情讲完，他便像刷牙似的努了几下嘴，同时努出了指令："你去看一下，处理决定发了没有，如果还没有发，就让先停一下。"

这时候，夏局长的头才转过来，很认真地看了开元一眼，指了指椅子："你坐。"

随后，夏局长便为他的员工开脱，鸣不平："这种事情也怨不得他们，上面给我压任务，我只能给他们压，开发区只有这么几家企业，你让他们怎么办？"

开元赔着小心："可是这样做，势必影响到开发区的投资环境。"

"这我不会想不到，可有些坎总得迈过去。你看这样行不行，我把现在的数额再给你减掉一半，总该满意了吧。"

挽回七万，跑这一趟也算值了。但开元仍然心有不甘，因为剩余的七万也是不该交的。他站起来，把另一张卡放到桌面上推送过去。

夏局长严肃的脸上泛出些笑意，将卡拿在手里看了看："你们这些人就会来这一套，本来是很正常的事情，这么一来，就有点说不清了。"

这时候，又响起敲门声，夏局长一边喊进，一边极为敏捷地将卡放进抽屉。一个女孩抱了个文件夹进来，恭立在一旁。夏局长又恢复了正常神态，看着开元："情况我都知道了，等一会我和他们再交换一下意见，尽量让双方都能满意。"

处罚决定是任组长亲自送到酒店的。此时的任组长与之前的任组长判若两人，见了开元，先一个劲地赔礼道歉："我以为你是在开玩笑，没想到还真是一位前辈，怪我眼浊，得罪之处，还望多多包涵。"

开元想不出任组长的态度何以如此转变，他看了眼处罚决定，上面的金额只剩下一万，知道那五千元的卡已经发挥了作用，高兴的同时，有一种深深的悲哀，不由恨恨地来了一句："这一万块钱也不是我们应该交的。"

"是，是，可是你也得给我们留点脸面，夏局长那里还希望你能美言几句。"像是担心再生出什么变故，任组长未敢多留，匆匆告辞。

人怎么可以这样？他一定是把卡的作用误解为两个人的私交。就让他那么认为着好了，这种人是不值得同情的，和很多可怜人一样，他们的可怜其实都是自找的。

开元只把最终处理结果告知了仁义，其他什么都没说。这让仁义呆坐了十几分钟。怎么会有这样的变化，这期间究竟发生了什么事，这两个疑问像两条虫子在脑子里爬个不停，他太想知道事情的真相了，于是拨通了任组长的电话。他还没来得及问什么，任组长便是一通劈头盖脸的数落："你这个老大哥太不够意思了！孟总监和我们夏局长有私交你为什么不告诉我，弄得我差点收不了场。"

开元和税务局局长有私交，这怎么可能？是不是两个人以前在什么地方开过会？可是不对呀，如果真有这么一层关系，他为什么不早说出来，要让人家逼到那种程度，还要舍下脸给自己打电话，不到万不得已，开元是绝不会那么做的。他想了又想，也想不出个头绪来，感觉到头上又缠满了绷带。

"晚上让你们家炜平陪我喝点酒吧，我快要闷死了。"

"不让我参加吗？"叶丽有点担心地看着开元。

"你还是算了吧，我担心自己会控制不住，说出几句脏话来。"

"兄弟我这一次丢人丢大了，硬是让这几个下三烂给吓住了，"开元一脸的哀戚，"我这才看明白，在有些特定场合，权力就是真理，而这样的真理是能要人命的。"

"这也许只是一种个别现象。"

"不，从那个杨科长开始，到酒店的污水检查，再到这一次的税务检查，我算是看清楚了一点：对权力的滥用无所不在。我最想不到的是税收的刚性在他们手里也会化作绕指柔。"

炜平给开元的杯子里斟满酒："这件事情已经过去了，你没有必要再用这些想法来折磨自己。再说，从五十多万减到一万，我想没有几个人能做到。"

"可是我付出了什么样的代价？"开元的声音忽然高了许多："你不知道我给仁义打电话时的心情，也体会不出那天晚上坐在饭桌上的感觉，真是比死还要难受。那几个人眉飞色舞，趾高气扬，仁义毕恭毕敬，唯唯诺诺，对了我时，却是一脸的得意。我当时手里要是有一颗炸弹，肯定会和他们同归于尽。"

"你这是什么想法？不能同流合污，却要同归于尽，你就不怕弄脏了自己？"

开元又把一杯酒倒进了嘴巴："我现在还能说自己是干净的吗？我做梦也想不到自己会去行贿！七千元，说多不算多，说少也不算少。这才过了一天，我已经想不起来我是怎么说服自己的，只有一种解释：情势所迫，别无选择。"

"在强大而又复杂多变的社会现实面前，人是渺小而脆弱的，也许每个人都会做出几件违心的事情。"

"我明白，可这心里它不是滋味呀！在税务局的时候，我坚持不受贿，就是想洁身自好，守住做人的底线和清白。我想靠自己的能力吃饭，不去依附别人，求别人，没想到这两点都没有做到。行贿，这么下作的事情自己也会去干！人活到自己都瞧不起自己的时候，再活下去还有什么意思？"

酒喝得急，开元已有点不胜酒力，头像蛹一样，一会左扭几下，一会右扭几下。

第二天叶丽见到开元，戏问："昨天晚上你说话不是挺文明的吗？"

开元不好意思地笑笑："人进化不容易，能不退化的时候还是尽量别退化。"

"这个金融危机是不是并没有听起来那么可怕，公司的业务好像没有受到什么影响。"廷轩的眼睛停留在报纸上，椅子向东海这边转了几十度。

"也许我们这里处于风暴边缘，不会受到太大影响，但现在高兴还有点为时过早，这种事情往往有一定的滞后性。"东海神情略显忧郁，语调低沉。

"那就让它早点来，我倒想看看它有多厉害。"廷轩将报纸往桌子上一扔，颇有些不以为然。

话是这样说，东海的神情和语调还是在廷轩心里留下了隐隐的不安。

"你是不是有什么心事？"春节期间，老婆和儿子都这样问过他。

第六章

1998年初,金融危机的影响像料峭的寒风一样来到了这片土地上。路上的车辆显著减少,高矗的塔吊几乎有一半得了重病似的一动不动,售楼处几天也见不到一个客人,酒店的客房出租率降到了百分之七十,餐饮在保本线上挣扎。

灯具厂遭受的打击最为严重。上班没几天,于老板就给敬儒打来电话,声音有点可怜巴巴的:"黄总啊,金融风暴吹到你们那里没有?我可是被它害惨了呀!现在已经接不到什么订单,所以你们那里的合同必须要停一停。"

刚过完年就摊上这样的事情,敬儒能有什么好气:"合同是双方签订的,不能你说停就停吧。"

"那你还想怎么样呢?"于老板又撇上了港腔,"这种事情很正常的啦,有钱大家赚,没钱赚傻子也不会去干的啦。咱们这么多年的关系,你不会因为这件事情和我翻脸吧?过一会我会让人把停止执行合同的文本发过去,希望咱们能好说好散的啦。"

放下话筒,敬儒陷入两难。平心而论,人家于老板这两年对自己还是很不错的。说一两句难听的、解气的话可以,出格的事情是绝对不能干的。

他心神不宁地、半醒半睡地在椅背上仰靠了一会,就见打字员将一份传真送了进来。打字员是一个很机灵的小女孩,个头不高,但眉清目秀,眼神灵动,身材也很苗条,用小巧玲珑形容一点也不为过。敬儒平常很喜欢和这个女孩聊上几句,或者开上个不疼不痒的玩笑。这一天他却全然没有了兴致,他的眼睛盯在传真的最上面一行:呈黄总,这几个字看着倒是很舒服,此刻却无福消受,甚至有点愤愤然。你这个于老板，也有点太不地道了，轻飘飘的一张纸，你便就此解脱，却把蜡留给我坐，你让我怎么给他们开这个口呢？但这件事又不能一直藏着掖着，难呐，真的很犯难。

果然，振乾看过传真，立刻火冒三丈："这叫什么东西，见利力扑，遇害撒腿便跑，再让我见到他，非剁掉他一只脚。"

敬儒脸上有点下不来，不由自主地替于老板打起圆场："话不要说得那么难听，还不是让这场金融风暴给闹的，于老板也许真的遇到了难处。"

"他有难处，我们就没有难处？他说断就断，可我们这些设备能停下吗？这些工人怎么办？"

敬儒把肥厚的手掌放在振乾的肩膀上："我觉得这才是最能考验一个人的时候，顺水顺风的事情谁都能干好，在逆境中成长才最能显现出一个人的潜质。我相信我的目光，更相信你的能力。"

对这带有几分亲昵的器重和奖掖，振乾想不出该怎么回应。敬儒走出去以后，他在窗户里望着敬儒的背影，才清晰地吐出三个字：王八蛋。

敬儒没有想到，廷轩这一关倒是异乎寻常地好过。

看过传真后，廷轩没有发火，甚至连气也没有生："趋利避害，这是商人本色，我们没有必要去责怪他。不做就不做了吧，说实在话，我对你这个老同学没有什么好印象。如果分类的话，我觉得他应该算作奸商，不知道你怎么想，我是不愿意同这种人打交道的。你给振乾打打气，让他多想想办法，挺过这一阵，我想这次金融危机总是会过去的。"

敬儒这时候已无心再想其他，只要过了这个坎就行。

此后很长一段时间，振乾都是在咒骂和呵斥声中度过的。

最简单、最省事的办法当然是将外加工的生产线关掉，但这样做，无疑是在打自己的脸。不管是什么原因，停工、裁员、缩小生产规模，对一个厂长来说，都是一种耻辱，这是振乾无法忍受的。

不关不停，脸面是保住了，困难却接踵而至。这些产能该如何消化？用进口铝基板生产出来的灯具，其价格国内市场能不能认同和接受？看着堆积在库房里的进口铝基板，他恨得牙痒痒的，又把于老板诅咒了好几次。

两个销售人员跟着倒了大霉，每天陀螺一样跑，回来后还要被振乾指着鼻子骂。一个销售员忍受不了这种重压和窝囊气，提出辞职。振乾只好改变态度，好言相劝，人才勉强留了下来。

生产出来的东西总是要卖出去的，办法只有一个，那就是拓宽销售渠道。振乾又从生产工人中选调了两个销售人员，将销售触角伸延到周边县市。与此同时，他尝试着在生产环节做出一些改变，一是根据用户的要求加工一些非标产品，二是根据网上搜到的图片开发、生产一些新型灯具。通过这些努力，两条生产线总算没有停下来，这让他多少感到一点欣慰，就像挣扎着把两个孩子养活了一样。

但现实很多时候都是无情的、不讲理的。会计送来的月度财务报表上，显示的数字是亏损两万。振乾盯着这个数字看了半天，最后落下两点泪来。他妈的，我已经两个礼拜没和老婆亲热了，还要我怎么样？我还能怎么样？

敬儒已经很少再到厂里来，明知道是事倍功半，或者劳而无功，还跟着凑什么热闹？不是让放权嘛，那就一放到底。每天坐在办公室里，泡杯热茶，看看报纸，上上网，浏览一下新闻，搜看一些奇闻逸事，这样的生活其实也挺惬意的。当然，自己的职责是不能忘记的，因此偶尔也会关注一下新产品、新技术方面的信息，管他八竿子打得着还是打不着，都会隔三岔五地找上几条去给廷针汇报一下。采纳不采纳是你的事情，起码可以证明自己不是闲人一个。

对于敬儒的举动，振乾已经见惯不惊。再说来了有什么用？什么用也不会有。这样起码还有一个好处，发泄不满的时候，可以毫无顾忌，随心所欲，想吐什么脏字就吐什么脏字。

海苔的销售情况似乎没有受到多少影响，但东海并没有因此而高兴。他自己很清楚，这不是居安思危，而是居危思危。潜藏在内心的那一个巨大的问号，时不时地会触碰一下敏感的神经，让人整个紧张起来。他有一种心怀鬼胎或者说蹲在火山顶上的感觉。鬼胎也是胎，也是会长大的，总会有显形、出丑的那一天。火山的爆发则更为可怕，更让人猝不及防，轰然一下，也许连尸骨都找不到。

这种揣着明白、装着糊涂的日子是很难熬的。他想让心里踏实一些，便多方搜集传销的案例，比照的结果更让他心惊肉跳，海苔的营销模式越看越像是传销行为。可是怎么办？停是停不下来的，那就只有等，带着恐惧，带着侥幸，等。唯一能让他心安一些的，是汪所长自信满满的脸和铿锵有力的保证：销售这一块你不要管，出了事情我负全部责任。

曹炳光总监已经几个月没有露面了，汪所长也很少在厂子里出现，他已经完全沉浸在、陶醉在海苔的王国梦里，兴奋地、狂热地、马不停蹄地跑，组建新的网络，面见新的销售代表。偶尔回来一次，先咕咚咚灌下一杯水，同时会给东海打一针安定或强心剂：你放心，不出两年，我就要打出国门。

汪所长的话可信度有多大，东海心里一点底也没有。打出国门的目标实在太遥远了一些，最现实的问题是：真要是出了什么事，他如何来负这个全责？凭什么来负这个全责？

该来的还是来了。

事情发生以前一切都很正常，东海前一天晚上没有做噩梦，早上起来右眼皮也没有跳，上班之后看到的和往日没有什么不同，机器在转动，工人在忙碌，于是就泡了杯茶，拿起当天的报纸看，这已经是多少年养成的习惯。在这本应是很闲适、很惬意的时光里，他却听到了很不和谐、很刺耳的声音。他站起身来，在窗户里看到两辆警车和两辆工商执勤车正呼啸而至。东海是见过大世面的人，但还是有点心惊肉跳。他已经清楚地意识到发生了什么，急步走到小史办公室："快，给汪总打电话，让他马上回来！"话落音，人已走出丈余。

大门外的车排列得很整齐，一边两辆，人也站立得整齐，两排，一排八个。一个穿警服的在问："是这家企业吗？"

一个穿工商服的回答："错不了，开发区生产海苔的只有这一家企业。"

门卫显然被这阵势给吓住了，像看着一群怪兽，不敢问，也不敢挡。

东海硬着头皮迎了上去，他不知道自己的声音是不是还像往日那么硬气，是不是有点发虚："请问你们有什么事？"

应该是工商的一个领导，逼视着东海："敢问你是什么人？"

"我是四方公司的副总经理，海苔生产厂的法人代表。"为了给自己壮胆，东海把所有头衔都亮了出来。

"我们要找的就是你。"工商领导笑了一下，从另一个人提的袋子里摸出几包海苔来，"这个东西是你们这里生产的吗？"

东海看了一眼，只能如实相告："是我们这里生产的。"

工商领导又笑了一下："有几个省在打击非法传销的过程中，追根溯源，都指向了你们这里。我们奉命来查证落实，如果情况属实，将对你们厂予以查封。"

"你们这个企业算是给咱们开发区长了脸、扬了名，现在好几个省的人都知道，滨海开发区是一项传销活动的总窝点。"前面那个穿了警服的说。他应该也是一个领导，左边的嘴角向上扯动，神情和语气里都带着嘲讽。

东海尽量稳定住自己的情绪："你们看这样行不行？咱们先不要急着下结论，因为这关系到一个企业的生死。销售这一块是我们汪总负责的，我已经给他打过电话，你们到楼上等一等，让他当面给你们做出解释。"

工商领导有点不耐烦："事实已经很清楚，他还能解释出个花来？"

警方领导这时候倒显出点涵养："我们也不赶这点时间，兼听则明嘛，听一听应该不会有什么坏处。"

东海将一行人领到会客室，喊人送水泡茶。他不是在有意拖延时间，或者是在推卸责任，而是真切地希望汪所长能像他说的那样，有什么神通或锦囊妙计，来化解和平抑这场风波，否则，这个企业所面临的，将会是灭顶之灾。

这是一段很难熬的时光，他想不出该和这些人说些什么，又不能干坐着，只好亲自动手，赔着不是笑脸的笑脸，不停地给每个人杯子里加水。那些人倒是一身的轻松，一个个谈笑风生的，好像到这里来就是随便转一下，玩一下，乐一下。

"谁吃了熊心豹子胆，敢来封我的厂？"汪所长人未到，声音先到。

东海想要阻止已来不及，他看到那些执法者都站了起来，脸上的冷意也倏然而至。

汪所长像一头凶猛的豹子一样冲了进来，红彤彤的头顶上暴起青筋，大瞪着眼睛："你们想干什么？我问你们到底想干什么？"

工商领导像看一头怪兽一样打量着汪所长："你千万不要以为我们会被你吓住。请你先确认一下，这些东西是不是从你们这里出去的？"

汪所长拿起一包海苔看了一眼："没错啊，是我们生产的，这难道还有假不成？"

笑容又回到了工商领导的脸上："那就没有什么问题了，你这个厂子必须封。"

汪所长已有点怒不可遏："你们还讲不讲理？这东西有毒吗？不能吃吗？我现在就吃给你们看。"一把撕开一包海苔塞进嘴里，一边大嚼大咽，一边含混不清地叫喊："你们睁大眼睛看看我会不会死。我告诉你们，研发这个产品花费了我一辈子的心血，你们这么做，还有没有一点人性？"

警察领导看出了问题所在，耐心做出解释："我们要查封的原因不是你的产品质量有问题，而是你的销售方式有问题。"

"我们的销售方式有什么问题？"汪所长仍然是一脸的不解，"生产出来的东西难道不应该往外卖吗？是不是有人看我们做得好，眼红我们，在造我们什么谣？"

东海的心已经彻底凉了下来，什么叫无知者无畏，今天算是见识到了。他清晰地意识到，这场灾难已经无可避免。

工商领导果然将手一挥："这就是个法盲，和这种人没有什么道理可讲。行动吧，你的人进去清场，我的人贴封条。"

"我看谁敢？"汪所长先行一步，挡在了门口。

"就凭你，还想暴力抗法？"警察领导面露轻蔑，伸手去推。手还未到，汪所长已往后一仰，直挺挺地摔倒在地上。警察领导像是见惯了这种事，神色泰然，将头转向东海："看见了啊，和我一毛钱的关系也没有，不管是真病还是假病，赶快送去抢救。"

东海知道，事情到了这种地步，再说什么都没有用。眼下还有什么比救人更要紧的事情，从汪所长倒地的姿势看，绝不像是装出来的，他喊来小史和其他几个人，七手八脚地将汪所长抬下楼，放到车里面，叮嘱小史跟着去，并且要不惜一切代价抢救。看着车辆远去，这才回到厂房，看到工人一堆堆地站着，工商人员正在库房门上、机器上贴封条。他感觉是自己躺在了棺材里，有人在上面一下一下揳钢钉。

他心里充满了绝望和绝望的伤痛，但却知道，自己现在还没有权利去品味和感受伤痛。执法人员走了，厂里的几个管理人员和工人都在，他们都在迷惑不解或者惊恐不安地看着自己。他强自镇定下来，让会计和出纳明天继续上班，其他人回家等候消息。

人走了，楼里面空，心里面更空。灯具厂的机器还在吱吱吱、嘎嘎嘎地响，这些响声未能填充空落，反而让心中更空落。幸亏敬儒今天没有过来，他要是看到这一幕，不知道会开心成什么样子。

现在最为关键的问题是怎么面对廷轩，怎么把这件事情讲出来。他想象不出廷轩知晓后会是什么样的神情，惊异、失望、愤怒应该都会有吧，而这失望和愤怒必然是对了自己。这难道不是一种欺骗吗？自己是一而再、再而三地做了保证的，保证到最后，却是这样一种结果。这件事情对他的打击该有多大？违于重托，负于信任，这是多么丢脸啊！懊悔和沮丧把心抽扯得一紧一紧的。

这件事情无论如何是瞒不住的，这道坎也是绝对绕不过去的。那就只有舍下这张老脸，当面去讲清楚。他很希望廷轩听过以后，能说几句难听话，或者骂几句也行，那样他的心里或许能好受一些。

廷轩又一次表现出自己的与众不同，听完事情经过后，咬着下唇，皱起眉头。东海等待着发作，没想到却等来了这样一段话："事情既然已经发生了，你也不要太自责，当务之急是要处理好以后的事情。"

东海觉得已经快要控制不住自己的眼泪。

敬儒不知从哪里得知了消息，也走了进来："干得好好的，怎么能说查封就查封？"

东海没有搭理，廷轩也没有搭理，顺着自己的思路往下讲："汪所长那边一定要尽全力抢救。现在看来，这个产品是没有问题的，只是汪所长的性子太急了一些。从这一点来讲，恢复生产的可能性还是很大的。我想，这应该是我们后面要做的工作，争取早日让几条生产线再转动起来。那个曹总监呢，现在在什么地方？"

东海摇摇头："几个月不见人了，现在估计更难找到。"

敬儒又发了一声感慨："那就是个唯利是图的小人，是绝对指望不上的。"

廷轩说出了东海想说的话："你那个于老板好像也是这样的人。"

被呛了一句，敬儒待着没趣，走了出去。

"这件事要说也不完全是坏事，它起码让我们看清楚姓曹的走的不是什么正路。以后一定要完全摆脱这个人，扎扎实实地建立起我们自己的销售渠道。以前

329

我对这个项目不是很感兴趣，现在倒有了信心，一项用心血研制出来又能用生命捍卫的成果，可信度必然是很高的。你现在要做的是尽快平息这件事，尽快恢复生产，我让炜平和仁义全力配合你。"

该来的责难和训斥没有来，却听到了安慰和鼓励，走出来的时候，东海感到自己的脚步已然坚实了许多。他忽然想到，应该去看看汪所长了。

汪所长是突发性脑溢血，由于抢救及时，算是保住了一条命。保住了命的汪所长脑门依旧发亮，面容却大为变样，嘴巴向左边歪去，整张脸像快要塌陷了一样。他大瞪着眼睛，好像还有点不服气，想不通，打算再争论争论，可是他一个字也说不出来，嘴里呜呜噜噜的，谁也听不明白他在说些什么。

"这已经是最好的结果了，以后的日子可能要在轮椅上度过。"医生半是表功，半是陈述。

小史流着眼泪自责："我知道他血压高，不能激动，却没有及时阻止。"

汪所长的老伴、儿子和女儿也来了，一个个双手掩面，啜泣不已。这场面看着让人心酸，一个活生生的人，突然就会变成这个样子，这样活着，和死了有什么区别？谁能想到呢，他会成为第一个吞噬恶果的人。出了这样的事情，该怨谁呢？那个警察领导说得对，他们是没有责任的，可是自己喊他回来也是没有错的呀！那就只剩下一种解释：这就是命，命该如此。东海在悲悯的同时，多少生出点怨气。这个人已经完全指望不上了，挽救这个危局的重任已经完全落到了自己身上。他心里很闷、很乱，无法再待下去，好言安抚了家属几句，便走了出来。

这天晚上，东海是在困惑、痛苦和自责中度过的。这种变故，到底是一种偶然，还是一种必然？海苔厂的查封，会给四方公司带来什么样的影响？可悲啊，一个军工厂的厂长，竟然会沦落到这等境地！幸亏廷轩没有说出什么难听的话，否则真的是无地自容了。

老了，回到家乡干点事情的想法难道有错吗？最起码这个人是跟对了呀！这是什么样的心胸和修养，面对如此大的失误，如此严重的后果，还能够忍而不发，反问自己能做得到吗？所以绝不能倒下，也不能退缩，否则不仅对不起自己，更对不起王总。在这利欲熏心、尔虞我诈的商品社会里，真正的信任是多么难得！

天快亮的时候，他才打了个盹，迷糊了一小会。

决心好下，事情难做。第二天到厂里，只有小史和出纳两个人在。小史把一张纸交给东海，是会计的辞职信，东海的脸更阴沉了一些，忍不住骂了一句："胆小鬼，这么点事就把他吓跑了。"

企业若还存在，会计是不可或缺的。以企业现在的状况，会计是很难招到的。东海便给仁义打了个电话，在没有恢复生产、会计没有找到之前，希望他能兼上一段时间。

仁义晋升无望，已有点心灰意冷，再说海苔厂现在的状况，为什么还要染指？那等于是给晦气上再增加些晦气。他自然不能接受，但语气尽量地和婉："按说您交代的事情我必须办，可是现在公司财务只有两个人，我实在忙不过来。您看这样行不行，我给开元打个电话，他们那里人多，让他给调剂一个。"

东海的气恼更增加了一层："那就不劳驾你了，我给开元打。"

开元接到电话很有些意外，这种事应该找公司财务，为什么却直接找到了自己？他立刻猜想出之前发生了什么，在心里面骂了一句。他已经听说了海苔厂发生的事情，知道这是企业最困难的时候，这个忙是必须要帮的，便痛快地答应了下来。

兼任一个企业的会计，应该不是什么难事，只不过多花费点时间而已。但他想了想，又改变了主意，打电话把小茜叫了来。

"海苔厂那边需要一个会计，你愿意不愿意去？"

小茜很感意外："是不是我哪里做得不好，孟总你不想要我了？"

开元不由一笑："你傻啊，你已经拿到了助理会计师证书，难道想把这酒店成本会计干一辈子？要想全面提升你的业务能力，必须要独当一面。"

小茜满腹狐疑："我能行吗？"

"你怕什么，不是还有我吗？"

小茜又想到了另外的问题："海苔厂刚被查封，还能再开起来吗？"

"根据我的经验和感觉，这个厂子是不会死的。你如果还不放心，我可以给你一个承诺：那边如果不行，你随时可以回来。"

小茜还是不放心，又跑去找叶丽，叶丽笑着反问："你是不相信你，还是不相信孟总？如果你觉得孟总承诺的保险系数还不够大，我这里可以给你再加上一道。"

东海没有想到，更大的灾难还在后面，自己根本没有时间和精力去思考怎样才能撤销查封、恢复生产的事情。

当天下午，厂子里就来了二十多个男女，肩扛手提的，全都是海苔产品，一个个怒容满面，骂骂咧咧的，要求退货。这些人中间，可能就有在酒店里跟着曹炳光高喊口号的人，现在却全都成了受害者，看着东海，像看着仇人似的。

在这种非常时期，东海不想也不敢把事情闹大，看看也没有多少，决定退款以息事宁人。但在退款数额上又发生了分歧，这些人提出的退款数额，有的比出厂价高百分之二十，有的高百分之三十。东海看了看他们持有的单据，只有两个人手里拿的是厂子开出的发票，其他全都是些收据，且五花八门，不知道是谁开出的，便拿定了主意，态度变得强硬起来："按说你们这些货是不能退的，你们在哪里买的，就应该到哪里退，但我念你们是个人，我们是企业，不想让你们蒙受损失，可是你们也不能得寸进尺，胡搅蛮缠。这个道理很简单，我一百块钱卖出去的东西，凭什么要用一百二、一百三把它买回来？你们想清楚，要是同意，就到财务去拿钱；要是不同意，就把你们的东西带回去，该找谁找谁。"

拿着发票的人最先走了出来，这两个人一动，其他人也失去耐心，跟在了后面。

东海松了口气，他对自己的应对和处置还是很满意的。这些人也真是可怜，带着发财梦进场，却要折点钱财出场，这钱也许是他们的保命钱，也许就是他们的全部家当，总不能让他们血本无归吧。

可是这些人并不领情，拿走了钱，却留下了"不要脸""不得好死"这样的辱骂和诅咒。

东海已无心理会这些，给廷轩打了个电话，把发生的事情做了汇报。廷轩肯定了他的做法，同时提出了一点疑问：退货的真的只有这么几个人吗？

没想到真被廷轩言中。第二天，退货者如潮水般涌来，厂房里、院子里全都是人，有的操着本地方言，有的带着外地外省口音，拥拥挤挤、嘈嘈杂杂的，把厂区变成了农贸市场。但他们的脸上没有笑容，有的只是哀怨和激愤。

大门外有一大批人在围观，警察来了，记者也来了，镁光灯一闪一闪的。这不是什么长脸、光宗耀祖的事情，东海躲避着镜头，镜头却在不停地找他。他想发火，想骂人，但脑子是清醒的，这时候只有克制，认怂，装孙子，别的什么都不能做。

振乾带了灯具厂的几十号人下来，问要不要帮忙，东海苦笑了一下，用手将振乾和他的人挥了上去。

退货者收据上面的单价，让东海心惊不已，最高的已比出厂价高出一倍，真不知道他们的价格体系是怎么形成的，姓曹的究竟从里面赚取了多少。但他现在已经无法去细想这些，控制好局面、妥善地加以处理才是当下最应该做的。这时候必须站出来，因为没有人能够替代自己。他让小史搬了把椅子来，站在了椅子上，这样就比众人高出一头。他又将手举了起来，便显得更高了一些。

退货者的目光终于聚焦到了这里，躁动、喧嚣的现场也逐渐安静下来。

东海沉重的心情绝不是装出来的："我是这个厂的法定代表人，由于我们的政策和法治观念不强，用人不当，选择了不合法的营销方式，给你们造成了不必要的损失，在这里，我代表厂方向大家表示深深的歉意。"

东海双臂下垂，身体弯成九十度。

下面有人在喊："快把钱退给我们，说这些不疼不痒的屁话有什么用？鞠躬又有什么用？把钱退给我，我给你鞠五十个躬。"

另一人振臂高呼："快退钱！快退钱！"

所有人都振臂高呼："快退钱！快退钱！"

东海生出一种恍惚感，这一幕与在酒店看到的何其相似，只不过口号的内容不一致罢了。他已经预感到自己要说的话将会引发什么样的后果，但还是把心一横，坚持讲了出来："对你们所蒙受的损失，我们不可能坐视不管，但我们也有我们的底线，只能承担我们应该承担的，也就是说，我们只能以出厂的价格退给大家。"

话音刚落，骚动即起。有人挥拳头，有人吐口水，有人在大声叫喊："打死他！打死他！"

仿佛一排浊浪涌来，椅子被推倒，东海也重重地摔倒在地，幸亏有几名警察在场，他才免除了拳脚相加之苦。他挣扎着站起来，感到脸上有点疼，伸手摸了一下，看到了血。他想再站回到椅子上，不知是腿软还是气短，试了几下都没有成功，最后，在小史的帮扶下才站了上去。

也许是东海坚强的震慑，也许是他脸上的血迹发挥了作用，人群终于又安静了下来。东海觉得自己胸腔里有了一股英雄赴难般的凛然气概，语气也变得铿锵有力："要是打死我能解决问题，你们现在就打死我。厂子现在的情况你们也看到了，已经被勒令停产，所以，你们提出的要求一方面是不合理的，另一方面是无法满足的。我还想告诉你们一句，厂子目前能动用的资金很有限，即使按出厂价退，也只有部分人可以拿到，其他人只好先领一张欠条，等有钱的时候再给你们。"

最后这几句话很管用，能退一部分总比不退强，能拿到现金总比白条要强。汇聚的人群忽然一哄而散，在财务办公室门前排起蛇形长队，远看还是一堆。

钱已经准备了一些，但远远不够，只能再一趟趟地去取。东海不敢掉以轻心，一直守在现场，中午让小史买了一大堆包子，十几箱矿泉水，给这些人分着吃了喝了，自己人也都将就着吃了点，尽量不让退款过程中断。

下午3点多，出纳哭丧着脸告诉东海：提回来的钱已经发完，账户里的钱也已经只剩零头。东海不由一惊，这就是说，当天退出去的款已经高达七十多万元，再看减少的人数，似乎还不到三分之一。虽然讲过打白条的话，但那只是突发的灵感，权宜之计，是绝对当不得真的，这些人在盛怒之下，是什么事情都能干出来的。

果然，退款刚一停止，人群又立刻骚动起来，脸上又都呈现出愤怒和玩命的神情。东海只好再一次站到椅子上："大家不要急，不要慌，厂子里已经没有钱再退给大家，但我不能让你们空着手回去，你们在这里等一等，我再去想想办法。"

"不会是想溜号吧？"有一个人在喊。

"我要是想溜号，还能一直待在这里吗？你们要是信任我，就让我去想办法；要是不相信我，咱们就一起在这里干等。"

人群里有了另外的声音："你是个好人，我们相信你。"

"有的人不要乱说话，小心我大耳光子抽你。"

这些话多少让东海生出一点感动。找谁呢，除了公司，还能找谁？他硬着头皮给廷轩打了个电话，廷轩的回答很干脆："你马上过来，咱们开一个紧急会议。"

东海赶到的时候,敬儒、炜平、开元和仁义已经等在廷轩办公室。

"你的脸怎么了?"廷轩关切地问。

"没事,碰了一下。"东海忽然一阵心酸,差一点流下泪来,他将当天发生的事情简要讲述了一遍,"都怪我,昨天要是不开这个口子,也许就没有什么事。"

"我不这么看。你要是不退,他们会闹得更凶。人到了这种地步,什么事都能做出来。你要是躲着不见,他们就会到公司来闹,我想谁也不愿意看到那样的结果。并且,厂子是要办下去的,你不把这些雷排掉,怎么往前走?你估计还需要多少钱?"

"一百多万。"

敬儒看着仁义,不阴不阳地来了一句:"不知道这两年挣的够不够这一次赔的?"

仁义已经得罪了东海一次,哪敢再得罪,装作没有看见。廷轩严厉地看了敬儒一眼:"现在不是说风凉话的时候,重要的是解决问题,平息事端。公司和酒店账户上的活钱能取的取,能转的转,都交给张总使用。总之一句话,不能让这场风波升级,更不能酿成流血和暴力事件。"

东海别过脸去,让两粒泪珠悄然洒落在地上。

散会后,廷轩把炜平单独留了下来。

"还得辛苦你跑一趟。这件事遮是遮不住了,报纸和电视台估计都会曝光。你要做的,一是要让他们客观报道,错误是客观存在的,但厂方在处理问题的态度上是认真负责的,应对也是正确有效的。二是要把影响降低到最低程度,海苔厂的事情就是海苔厂的事情,尽量不要出现四方公司的字眼。我知道这件事做起来比上一次的难度还要大,不行的话就再花点钱。"

炜平知道,新闻报道的时效性很强,今天的事情,明天肯定会见诸报端和荧屏。他看了看时间,离下班只剩下一个多小时,心头一紧,喊了小孙,直奔滨海日报社。

这件事能办成吗?人家凭什么听自己的?钱的事情该怎么开口?虐心最是无奈时,但人这一生,又有多少无奈横在前面呢?他想起了开元的遭遇,不由生出些同病相怜之感。

他知道这种事情找那些小喽啰是没有用的，便直接找到了主编办公室。

主编是一个五十岁左右的男人，白净，微胖，柜子里满满当当的书和架在鼻梁上的金丝眼镜让他看上去像一个文人，但眼神和举止却很有点当官的做派。

主编好像正在做下班前的准备，炜平不敢怠慢，一边递上名片，一边讲明来意。

"新闻报道最讲求的是它的真实性，如果能随意改来改去，那还有什么真实性可言？又怎么对得起民众对我们的信任？"主编说教式的言辞里带着冷冰冰的理性。

他漫不经心地拿起名片看了一眼，身体忽然前倾，声音里有了热度："你就是肖炜平！早就想拜访一下，一直没有找到合适的机会。你那篇小说我看了两遍，写得真好！这样的年龄就能写出这么好的作品，前途无量，前途无量啊！"

炜平不敢忘记初衷："您看我们的事情……"

"没事没事，若是停发，还真有点难度，如果只是减掉几个字，我还有这个权力，过一会我给他们打个招呼就行了。怎么样，最近又有什么新作？发表了以后，一定要给我打个电话，先睹为快嘛。你不知道，我这一辈子最大的梦想就是当一名作家，可是很惭愧，到现在也没写出一篇有分量的东西。"

炜平还惦记着电视台的事情，只能胡乱支吾几句。

主编看出炜平心不在焉，问了一句："怎么，你还有其他事情？"

炜平只好据实以告。主编听过笑了起来："你就不用跑了，那边有我一个小学弟，我现在就给他打电话。你只管陪我在这聊会天，明天保证让你看到满意的结果。"

炜平静下心来，与求人相比，聊天是多么合算的选择。看这满屋子的书，想必也有些真学问，能在聊的过程中获点益也不是没有可能。

谁知聊天却成了主编一个人的表述，谈他对文学的痴迷，谈写作的艰辛和不易："难呐，写东西首先要保证不犯错误，主题，方向，尺度，这些都要考虑到。有些素材开始觉得很好很有趣，写着写着，就一点意思也没有了。"

炜平对这一点很理解，一个有血有肉的故事，如果按照一些条条框框加以抽绎和剥离，便会干巴巴的，索然无味。

主编的谈吐逐渐脱离了主题，谈年少时生活的艰辛，谈仕途的得意，脸上也浮现出得意之色："小时候看到乡长，觉得那官就很大，没想到自己也混成了个县团级，这也算是对我的一点小小的安慰吧。"

临别时，主编在柜子上抽出一本诗集，在扉页签上了自己的名字。主编的字秀逸而又大气，签字的动作也很有气势。

坐回到车里，炜平感觉到身体一下子轻快了许多，原以为很难办的事情，没想到就这样轻而易举地办成了。打开受赠的诗集，随意翻看了几页，叫诗，其实就是带韵脚的顺口溜而已，讴歌政府功绩，颂扬盛世，词句平淡，意蕴浅薄，实在不堪入目。这便明白了主编的热情何来，禁不住生出一些感动和感慨。都说文人相轻，其实这不见得就是事实，在没有利害关系的情况下，大部分人还是有点自知之明的。

晚上，小茜给开元打了个电话，半是诉苦，半是抱怨："瞧你给我找的好事！今天数了一天钱，感到手指头都不是自己的了。"

开元打趣道："数钱多好啊，这样的事情多少人想碰都碰不到。早知道这样，我自己就过去了。"

小茜的气不打一处来："你还笑，我当时都快吓死了，那些人就像疯了一样，我真担心他们冲到办公室去抢钱。"

"真出现那种情况，对公司倒是一件好事，他们就会从受害者变为罪犯，那里不是有警察嘛，他们是不会不管的，这一笔钱也许就可以省下来。"

小茜仍然忧虑重重："厂子里的钱已经花光了，又从公司和酒店借了那么多，我看再开工是没有什么希望的。你和叶总要记住你们说过的话，不能让我没有饭吃。"

开元这才明白了小茜打电话的用意，再一次做出保证："你就放一百个心，即使没有我的饭碗，也会有你的饭碗。"

站在开元背后的妻子用手指在开元头上敲了一下。

办理完最后一笔退款手续，已经是第二天下午2点多钟。这时候，东海才感到了疲惫，松软在椅子上。险情排除了，耳根清净了，心里却堵得严严实实的。车间看去很像一个垃圾场，那些领到了退款却没有领到全部退款的经销商们自然心存不满，便将气撒在手中的商品上，随心所欲地乱扔乱放，在他们心目中，这些东西也许早就成了垃圾。

该怎么处理这些退回的商品呢？东海怎一个烦字了得！他真想点一把火把这些东西烧了，这样眼睛就会舒服一些。可这是一百多万呀！一把火烧掉一百多万，不是疯子，就是罪犯。

堆放在地上的商品和机器上的封条都在明确地告诉他：要想再开工谈何容易！可是就这么认输了吗？倔强的个性和二十多年的历练，让他的目光和心渐渐地冷硬起来，只要还有这一口气在，就不能认输，绝不。

他把小史、小茜和出纳叫到了一起，眼睛先看着小史："你对这个产品和这个厂子还有没有信心？"

小史的眼睛红了一下："这个产品里面有汪所长的心血，也有我的心血。汪所长现在不能动了，我还能动。您放心，我是绝对不会放弃的，厂子里只要还有一个人，那一定会是我。"

"这我就放心了。从明天开始，继续你的研究，别的什么事都不要管。"东海又转向小茜和出纳，"你们都听到了吧，这个产品是没有任何问题的，这就是说，我们这个厂还是大有希望的。你们要是相信我，就跟着我挺过这一阵，我想两个月之内，我们就能恢复正常生产。"

这话说出口，东海自己都不敢相信。但在这种时候，不这样说，还能怎么说？

很现实也很棘手的问题是：这些退回来的产品该怎么办？随手翻看了几包，生产日期是不一样的，有的离过期还有半年多，有的只剩下一两个月。怎么才能把这些用钱赎回来的东西再变成钱呢？再变成一百多万是绝对不可能了，哪怕只变回一小部分也行啊。这个任务靠眼下这几个人是无法完成的，他迅速做出一个决定：让工人全部回来上班。

工人上班后的第一件事，是对产品按照保质期的长短进行分类。忙活了一个上午，总算有了结果，小茜拿过统计表，东海先看时间短的，一个月内到期的有十几万，两个月到期的有二十多万。东海在心里悲叹：这些恐怕是与钱没缘了！

东海将生产工人全部变成了销售人员，两个人一组，分成二十个小组。出行前，他做了一次总动员："我知道，让你们去跑销售，有点勉为其难，但这是没有办法的事情，我们只有把这些产品再卖出去，才有可能让机器再转动起来。在这种艰难时刻，你们没有选择离开，说明你们是这个厂子的真正的员工。我相信，只要我们共同努力，一定能够渡过这个难关。任务你们都清楚了，商场、超市、集市都要跑，可以降价，也可以代售，只有一个目的，把这些产品再卖出去，我希望我们能在一个月之内完成这个任务。你们可以放心，尽管现在厂里资金很紧张，但我答应你们的提成和奖励一定会兑现。"

东海声情并茂的动员，并没有让这些人振奋起来，一个个仍然萎靡不振、无精打采的。东海何尝不知道他们的难处，本来就不懂销售，又赶在媒体曝光之后，难度可想而知。可是有什么办法，所谓的死马当活马医、赶着鸭子上架，应该就是这样一种情景了吧。他恨不得把这些员工都变成骆驼，好把这些堆积物赶紧驮运出去。

目送这些人离开之后，东海的呼吸顺畅了许多，结果虽然难以预料，但毕竟有了希望和期盼呀，很多生机就是在希望和期盼中来临的。

他的眼睛停留在快要过期的产品上，神情中带着憎恶和仇恨。这些东西不能再往外卖，也无法再变成钱了，可这不是个小数，是三十多万呀！他心疼得直哆嗦。罢了罢了，与其把它们放在这里腐败变质，还不如送给人吃了，就算是给产品做了一次广告。可是该送给谁呢？他想到了酒店，便给叶丽打了个电话。

叶丽的回答让他大感意外："只要还在保质期以内，您就分批给我们送过来，或者我派人去拉也行，我按你们的出厂价和您结账。我可以当作福利给员工发上一些，也可以给客人房间里送上一些，商品部也能代卖一些。"

这意外的惊喜几乎让东海喜极而泣，他感到自己已经有点失态，不像是对一个下属在说话："谢谢！谢谢！海苔厂若能重生，我给你记首功。"

产品在陆陆续续地搬离，钱在断断续续地流入，二十多天以后，车间终于又有了车间的样子。东海在长出一口气的同时，心开始强健地跳跃，是该考虑复工的时候了。

这个重任放不到别人肩膀上，只能自己出面。该去找谁呢？自然是谁来查封的就去找谁。在工商和公安之间，又颇费了一番踌躇，最后决定还是先找公安为好。退款现场，让他对穿着警服的人心生好感，再说那几个人也见证了整个退款过程，回去必然要做汇报的，事情既然已经过去，那还有什么理由不让复工？

费尽周折，终于找到了那个警察领导。与执法时的面孔不同，很和善，也很友好，又是让座又是倒水的，这让东海信心大增。

听明白来意，那人又笑了一下："看来您是找错地方了，我们只是在协助执法，并没有执法决定权。您那天也看到了，封条是工商部门的人贴上去的，我没有权力派人把它揭下来。"

东海想想也是，事前怎么没有考虑到这一点呢？这才叫急昏了头，病急乱投医。

在工商局门口，他意外地碰见了那个小领导。东海不知其姓，没法呼叫，便抢行几步，挡在了那人前面。那人一惊，认出了东海，稍微有些紧张："你想干什么？想报复我？你也不看看这是什么地方。"

东海赔着笑脸："你想到哪里去了，你们是秉公执法，我怎么敢来报复。我来是想和你商讨一下，我们厂已经关停了近一个月，难道还要这么一直停下去？"

那人脸上浮现出鄙夷之色："你知道这件事情的影响有多大，后果有多严重？我们局领导不但挨了市里批，也挨了省里批，还想再开工，门都没有！"

东海有点急："我知道这件事给你们带来了麻烦，但你们也不能一点道理也不讲。一个人犯了错误，都要给改正的机会，一个企业犯了错误，难道就要一棍子打死？我们是销售环节出的错，产品本身并没有问题，为什么就不能再开工、再生产？"

那人很不耐烦："我还有事情要干，没时间听你这些歪理。你要是觉得自己有理，就去找我们科长和局长。看你年龄这么大了，免得再跑冤枉路，就再给你说得明白一些，找市场科的邢科长和杨局长。"说完钻进一辆执勤车，一溜烟而去。

"杨局长"几个字让东海心头一凛。这个杨局长应该就是炜平得罪过的那个杨局长，工商的态度如此强硬，是不是和这个杨局长有关？管他那么多呢，进了这座庙，还有什么神不敢见的。

邢科长的态度和那个小领导如出一辙："这件事情没有什么好商量的，我这里只有两个字：不行。"

东海强压着自己的火气:"我们该退的都退了,该认的也认了,你们还要我们怎么样?"

邢科长似笑非笑:"别说那些好听的,你们不退能过得去吗?我明确告诉你,这个封条不是那么容易揭下来的。你要是不相信或者不服气,可以去找我们杨局长,但不要怪我没提醒你,找不找都是同样的结果。"

杨局长比他两个下属态度更冷淡,也更恶劣,没等东海讲完,就用手指头点着桌子:"要是这件事,就不要再说了,他们的意见就是我的意见。"

"那也总该有个时间表吧,"东海有点可怜兮兮的,"法院判一个人有罪,也会给出一个服刑的年份。传销的行为是不对,但也不至于对企业判处死刑吧。"

"这里不是法院,没有时间表。"杨局长的神情和声音都冷得不能再冷。

东海终于忍无可忍,沉下脸来质问:"你们这是对工作负责任的态度吗?你们就是这样在支持和扶持当地企业吗?你们这么做,开发区还能发展起来吗?"

"去去去,别给我讲这些大道理,该怎么做还用得着你教我?"杨局长用手在空中扇动。

东海抓住了桌子上的瓷笔筒,手在轻微抖动,但最终还是说服了自己,什么都没做。走出工商局大门,悲愤得想用头在墙上撞几下。想自己以前好歹也是一个正具级,现在却要受这些混蛋的窝囊气!开发区难道真就没有讲理的地方了吗?他想到了刘主任,虽然没有什么深交,但毕竟见过几次面,即使为开发区的发展着想,他也不能不管不顾、不闻不问吧。他对这个人的印象并不是很好,但现在已经顾不了那么多了。现在已经不是病急乱投医,而是见庙就磕头了。他笑了,笑出一捧苦涩。

刘主任的态度倒是很好,像见到久别的老友一样,热情里含着尊重,握手让座,问烟问茶。但一谈到具体问题,神色立刻严肃起来,打起官腔:"出现这样的事情,我很痛心,也很着急。但这件事情的影响的确很严重,很恶劣。上面责令严查彻处,我们也没有办法。你看这样行不行,你们再耐心等一等,等这段风声过去以后,我看能不能想想办法。"

等,这是能等的事情吗?东海只能在心里叫喊。停一天,就是一天的损失,这些工人留还是不留,他们的工资从哪里来?他很清楚,把这些讲出来,无异于对牛弹琴，他们是听不进去的。他已经不再存什么希望，但还是干巴巴地问了一句："那要等到什么时候？"

"这我可真说不准，"刘主任倒有点紧张起来，像是急于撇清自己的责任似的，"你也知道，官场中的事情很不好办，最重要的是不能犯政治方面的错误，所以这件事情一定要从长计议、从长计议。"说着话，人已经站了起来，是送客的意思，并用手在东海肩膀上拍了一下，一方面以示关怀，另一方面是为自己辩解："听说那一天的场面很混乱，你没受什么伤吧？我们这些人最怕的就是这样的恶性事件，稍不留神，头上的乌纱帽就丢了。"

刘主任这一句话却让东海心中一动。现在看来，像这样例行公事是没有希望的，那些人可以到厂子里来闹，我为什么不能让工人到管委会来闹？你不是怕影响、怕丢官吗？那我何不闹出点动静来让你们看看。

坐到廷轩办公室，东海感到身体像要散架了一样。他将当天的经历一一讲述了一遍，并谈出了自己的打算。

"那样不大好吧，毕竟是我们有错在先，事情闹大了，有可能更不利于问题的解决。"廷轩忧心忡忡的。

"我们是有过错，但现在是他们不占理。难道为了他们的面子和政治前途，就可以把一个企业置于死地？您是没看见那些人麻木不仁、蛮不讲理的样子，我今天把腿都跑肿了，就跑出这么个结果。现在看来，走正常途径肯定是没有希望的。不让他们疼一下，难受一下，他们是不会把你当回事的。"东海拉起裤腿，用手指在腿肚子上压了一下，果然出现了一个迟迟不能复原的小坑。

廷轩同情地看了一眼，但头仍然在摇："不到万不得已，还是不要采用这种极端手段。这样吧，老黄不是认识张市长嘛，让他去跑一趟，有上面一句话，事情办起来就容易一些。"

东海也摇头："这些个当官的，上上下下都一个样，抢功都是好手，敢于担责任的却没有几个人。那个张市长我看也不是什么好鸟，如果方主任还在，也许这个事情就很好解决。"

"还是再试一下吧，绝路都是留在最后才走。"

敬儒很不情愿地领受了这项任务。海苔厂的事情，和我有什么关系？转念一想，利用这个机会，和张市长见个面，应该也不是什么坏事。至于事情成不成，管他那么多呢，能有这个态度，来跑这一趟就很不错了。

让他没有想到的是，张市长的面并不那么好见。大门口要登记，办公室入口有秘书守着。报上姓名，递上名片，想着市长会出来迎接，却迎来了秘书冷冰冰的一句话：在那里等着吧。这一等就是一个多小时，市长还是没有出来，秘书说进去吧。

他没有在张市长脸上看到想象中的热情，更让他惊讶的是张市长竟然没有站起来，只用手指了下椅子，给了个坐的表示。

"那个海苔厂是你们的下属企业吧？如果我没记错，你们应该是一个军工企业，下面怎么会有这样的破厂，发生这样的破事？这一次算是给我挣够了面子。你知道省长给我打电话怎么说：行啊张青山，会搞传销了！通过传销来发展经济，这真是一条好路子，你写一份经验材料报给我，我要在全省范围内推广。你听听，这简直比打脸还难受。"

敬儒知已无望，但还是不辱使命地问了一句："这个厂子还有恢复生产的可能吗？"

张市长脸上是嘲笑的大写意："给你的屁股底下放一颗定时炸弹，你会愿意吗？回去告诉你们王总，就不要再动这种心思了，赶紧改弦易张、另觅出路吧。如果有了转产的具体计划，我可以给他们打个电话，让他们把封条撤下来。"

张市长的态度和说话的语气都让敬儒很不舒服，他觉得没必要再待下去，站起来要走。张市长总算站了起来，说出来的话却让敬儒更不舒服："小叶还是那个酒店的总经理吧？以前还打过几个电话，现在是不是生意好了，一个电话也没接到过。"

走出来的敬儒，回头看了一眼市政府办公大楼，恶狠狠地把一口唾沫吐在地上。什么东西，全他妈是些卸磨杀驴的主！按说老子和你享受的是同样的待遇，只不过你手里多了点实权而已，有什么可张狂、可牛气的？换一个环境试试，看看会不会饿死你！打听叶丽的事情干什么？莫非还有什么想法？怎么看都像是一个贪官污吏。

静坐示威，自己是不好直接出面的，过去和现在的身份，党员资格和党性原则，都不允许自己这样做。但这件事总得有一个人组织和牵头才行，否则就是一盘散沙，会一击就垮的。他思来想去，只有小史能够担此重任，却不知道小史会怎么想，这毕竟不是什么光彩事，还要吃苦受罪。所以，在将自己的想法诉与小史时，东海很有些紧张，小史不接受、不答应都是很正常的。

没想到小史却一口应承下来："我已经想到了这么做，我不单是为了企业，也是为我自己讨回公道，为汪所长出一口恶气。"

小史能这么想，东海自然很高兴。领头的人有了，其他人便好办。他再一次召开全厂动员大会，先是详细讲述了自己到各个部门去跑的过程和结果，从而证明，静坐请愿完全是无奈之举，是被逼出来的。

会场的气氛立刻像被点燃了一样，一个个怒目圆睁、群情激愤。东海要的就是这种效果。然后做出具体安排。活动由小史总负责，厂子只留小茜一个人值班，定时给静坐者送去吃喝和其他所需要的用品，其他所有人，包括出纳和看门老头全部参加。静坐期间，每个人的工资正常发放，还可以领到与工资等同的补贴。同时特别强调，静坐的目的是讨回公道，要回工厂开工的权利，所以，最主要的是示弱，诉委屈，倒苦水，绝不能高声辱骂，更不能出现砸窗户、殴打行政人员的暴力行为。最后他满含热泪，声音里有了送勇士出征般的悲壮："由于各种原因，我不能和你们同行，但我可以给你们做出承诺：我一定会对这件事情负责到底。你们要做好打持久战的准备，要记住两个字：坚持。坚持就是胜利。"

诸事安排妥当以后，他来到廷轩办公室："关掉手机，跟我到酒店躲几天。"

廷轩仍然心存疑虑："这样会有结果吗？万一把事情闹大了该怎么办？"

"事情已经这样了，还能坏到什么程度？您就信我一次，真出了什么问题，我承担全部责任。"

"老黄呢，要不要一起叫上？"

"他就不用管了，让炜平告诉他一声，我们两个有事，要出趟远门就行了。那个人喜欢权，就让他当几天总经理有什么不好？"

当天下午，小史就带着一行人涌进管委会院子，打出"还我工作，给我饭吃"的横幅。四十几个人不算多，坐在地上却是一大片。

刘主任得到禀报，一下子慌了神。对于政府官员来说，难道还有比这更可怕的事情？第一时间向张市长汇报请示，得到的却是一顿训斥：你是干什么吃的？为什么会发生这样的事情？这么点小事都处理不了，你还能干什么？最后，不忘交代一句：绝对不能让他们到市政府来闹。

得不到上面的指示，刘主任只好急招几位幕僚商议对策。几个幕僚也是你看我、我看你，想不出什么好点子来。最省事、最容易的办法自然是答应他们的条件，但上面没有发话，谁敢承担这个责任、开这个口？来硬的也肯定不行，静坐示威已经是公民权利了呀，谁还敢这么愚蠢，让公安派人把他们抓去？正确可行的做法只有一个，那就是耐心劝离。但谁都知道，这种做法是不会有任何效果的。

明知道没有效果也要去做，否则便会有不作为之嫌。刘主任便命令办公室主任带了几个人前去劝离。他站立在窗户前，看见整个过程和预料的完全一样，示威者像得了软骨病一样，刚拉起来，又坐了下去，拉起这一个，坐下那一个。累得那几个人呼呼直喘粗气，不一会就筋疲力尽，铩羽而归。

刘主任惊恐地看到，铁栏杆围墙外面，已经聚集了不少围观者，一名记者不知道什么时候走了进来，正撅着屁股在照相。这些人是不是长了狗鼻子！嘴里在骂，心里却愈加慌乱，不管是上报纸，还是上电视，都不会是什么好事。情急之下，他想到了自己的经济顾问，便拨通了敬儒的电话。

敬儒正好借此发泄自己的不满，早不想晚不想，这个时候想起来了，所以语气尽可能地冷淡："海苔厂不归我管，这件事我管不了。"说完立刻挂断了电话。

刘主任此时已无心计较这些，又将电话打了过来，询问东海和廷轩的电话，敬儒没有理由不给，便极不耐烦地报出了两个人的手机号。

刘主任先拨东海的电话，关机，再拨廷轩的电话，还是关机，心里一下子明白过来，这不是一个突发事件，而是一个有预谋、有组织的行动。他完全坐不住了，这天下午，他几乎都在站着办公。

东海让叶丽开了一间客房，告诉叶丽将房间号和房间里的电话号告诉炜平和小茜，其他人一概不让知道。为了两个人不至于太无聊，又要了一副象棋。两个人的水平都不怎么样,又心不在焉,不是在比谁的棋艺精,而是在比谁的漏洞多,好在谁都不在乎输赢,只是在打发时间而已。

第二天的《滨海日报》上,发布了一则带有图片的新闻,很短,算上标点符号,只有二十一个字:开发区海苔厂的工人为恢复生产,到管委会院内静坐。其后未加任何评论。东海却像饿急了的公鸡一样,把这二十一个字啄了无数遍。晚上的电视新闻也做了报道,画面与报纸略有不同,语言却几乎完全相同。

第三天的报道,篇幅开始加长,介绍了引发这次静坐的前因后果,但对静坐的对与错却未置一词,只是说结果如何,我们拭目以待。东海骂了句滑头,便将报纸放下。晚上再看新闻,从头看到尾,竟然没有相关报道,气得直骂:"什么喉舌,该说话的时候连屁都不放一个!"

廷轩笑着打趣:"人家是政府的喉舌,凭什么为你说话?政府不让他们发声,他们敢随便表态?"

东海负气地将头一扭:"我不相信,都什么年代了,他们还敢一手遮天,民意呢,真敢不管不顾了吗?"

第四天的报纸上,竟然没有出现后续报道,东海把一版一版翻看了个遍,甚至连报缝都没放过,却还是没有发现。这让东海气愤的同时,多少有点慌神。静坐要想达到目的,就得让事件不断发酵,引起更多人的关注,如果他们真的扼住了舆论这一通道,那么自己策划的这一次行动就真有流产的可能。

好在晚上的电视新闻里,又出现了相关画面,一名手持话筒的记者,在就此事在做现场采访。东海兴奋地指着电视屏幕:"你看,他们已经开始关注舆论了。"

采访对象有政府官员,有普通民众。政府官员几乎众口一词,认为这样的企业就应该关停,静坐只是在无理取闹。东海对此颇为不满:"采访这些人干什么?他们还不是看领导眼色行事,怎么可能帮着企业说话。"

采访的普通民众中,也有认为应该关停的,还表现出很生气的样子,不关干什么,让他们再去害人,扰乱社会秩序。对这样的人,东海便会送上"混蛋""糊涂蛋"几个字。

更多的被采访者还是站在了厂方一边,大部分人是出于怜悯和同情。那些人多可怜,关了人家厂子,让人家吃什么喝什么?这种朴素的感情虽然无助于事情的解决，但还是让东海很感动，在这样的时刻，同情者自然是越多越好。

只有两个人谈得比较透彻和公正，让东海竖起大拇指。销售环节出了问题就把人家厂子关掉，这是不是有点因噎废食、有失公正？其中一个还回家取出一包海苔让记者看："人家的产品绝对没有问题，我儿子特别爱吃，我每个星期都要给他买一包。"

这个画面简直让东海热泪盈眶，转头看着廷轩："你听听，明白人还是有的，有良心的人还是有的。我现在敢说，我们一定会赢。"

第五天，东海在省报上发现了一则消息：发生在滨海开发区的静坐示威事件，已引起省委、省政府的关注和重视，责令相关部门迅速调查处理。

这短短的一行字，对于东海来说，像是吃下了一大把兴奋剂，激动不已："您看看，我说的怎么样？快了，快了。"

第六天的省报上，刊登了一篇署名"蜂刺"的文章，占了整整一个版面。文章的标题是：谁来关心弱势群体？

文章先是客观地讲述了整个事件的全过程，接着展开层层分析和推论。在东海看来，这是最赏心悦目的一段文字，他把这一段话看了三遍。

"不知道官方是否做过认真调查，这个企业究竟是生产主体还是传销主体？是以生产作为营利手段还是以传销作为营利手段？企业和传销组织是什么样的关系？企业的主要领导对传销的内幕是否知情，是不是传销活动的发起者和组织者？在这些都没有调查清楚的情况下，有什么权力给企业下达死亡通知？这种盲目、武断的作为，实则是不负责任的不作为。在这些掌权者眼里，只有政治影响和个人前途，根本不会去关心企业的命运和普通劳动者的死活。"

东海击掌叫好："写得好，骂得痛快！"

文章最后尖锐地指出：改变政府职能，不能一直停留在嘴上。如果企业弱势群体的地位得不到实质性的改变，企业的活力就难以展现，发展经济就只能是空谈。因而彻底转变观念，实质性地改变政府职能，大刀阔斧地改变官僚作风，已经刻不容缓，迫在眉睫。

东海兴奋地背着手，在房间里踱起圈子："我相信，不出两天，他们就会乖乖地给我把封条揭下来。"

没想到好消息来得更早，下午4点多，小茜就打来电话："工商局已经派人把封条撕掉了。"

这天晚上，东海心情大好，自掏腰包在酒店摆了一桌，宴请功臣。厂子这边，小史和小茜是必须叫到的，公司中层以上，只少了仁义一人，一是对推脱会计一事心存芥蒂，二是考虑到小茜和仁义的关系，饭桌上，最好能少一些尴尬。

人刚坐上桌，东海还没开口，敬儒却先行发难："你们两个倒好，躲了个清净，把我当肉包子一样扔了出去。"

开元觉得"肉包子"几个字挺形象的，忍不住笑了起来。

话说出口，敬儒也觉得"肉包子"几个字不大合适，知道开元在笑什么，看似责问，实则遮掩："开元你小子在笑什么，是不是有点幸灾乐祸？"

开元连连摆手："哪敢哪敢，我在笑您骂人的艺术，不吐脏字，就把那些人骂了。"

开元的反应真够快的，炜平和叶丽不由相视一笑。

"你不要怨王总，这事情全赖我，"东海把责任全揽了过来，"当时太紧急，是我把王总拉到酒店来的。也想把你叫过来，可是公司里没有一个人主事怎么行？来来来，今天这第一杯酒，算是我给你赔礼道歉。"

东海倒满第二杯，对了小史："要论功行赏，你是第一个。没你挑这个头，其他人不会去，去了也坚持不下来。"

小史憨厚地笑笑，抓着后脑勺："没去之前心里还有点害怕，去了以后胆气反倒更壮了一些。别的都好忍受，就是晒得厉害，尤其是中午那一阵，头上背上都火烧火燎的，多亏了成会计，不停地送吃送喝。"

东海又是一饮而尽，然后转向小茜："这杯酒我要敬你，倒不是说你的功劳有多大，主要是你的行为让我感动，当时那种情况，别人躲都来不及，你竟然还能过来。"

小茜受惊不小，急忙分辩："是孟总和叶总让我过去的，要感谢你就感谢他们两个。"

东海摇摇头："这个我不能领他们的情，你要是真不愿意过来，他们也不能把你绑过来。"

也许是连续几天殚精竭虑、劳累过度，也许是酒喝得太急，面对叶丽的时候，东海已经有了点醉意："以前真有点错看你，这一次算是见识到了，真所谓巾帼不让须眉，有气度，有魄力！炜平你还愣着干什么？把酒端起来，能娶到这样的女人，是你的造化。"

廷轩看出有点不大对劲，及时劝阻："老张你是不是喝多了？不行就别喝了。"

"我没多，今天我高兴，就让我把想说的话都说出来。轮到开元了是不是？以前看你小子挤眉弄眼的，觉得成不了大器，还专门到酒店查过你一次，没想到你一点前嫌也不计，正经事一点也不含糊。算我看走了眼，今天在这里也给你道个歉。"

开元装作受到惊吓的样子："张总您千万别这么说，我儿子还那么小，您让我多活几年行不行？"

几句话让一席人都笑了起来。

举杯向振乾时，东海的手已经有些抖动："你那天能带着人下来，虽然没帮上什么忙，也很让我感动。"

振乾终于有了说话的机会："那些狗娘养的就是欠收拾，吃软不吃硬。贴封条那一天我不知道，你硬挡着不让他贴，他还能怎么样？"

敬儒厌恶地瞥了振乾一眼。他坐在那里，其实很不舒服，知道叶丽不会正眼看他，但还是尽量躲避着那个方向，或者让眼神虚在空中。

开元不失时机地刺了振乾一句："现在说那些大话有什么用？你当时如果在场，回家的第一件事，肯定是让老婆洗裤了。"

这一次的笑声更高了一些。

东海把廷轩杯中的残液倒掉，恭恭敬敬地斟满了一杯："我把这最后一杯酒留给您。我来给您汇报那天，您只要用一句难听话，或者只用一个眼神，就可以让我彻底垮掉。可是我没听到，没看见，才能咬着牙坚持到现在，你们说，这样的领导该不该敬？"

一桌人全都站了起来。

东海很有点酒量，喝酒的自制力也很强，但在这一天晚上，他把自己给喝醉了。

"昨天晚上你为什么没有去？"敬儒问仁义。

"去哪里？"仁义有点莫名其妙。

"喝咱们张总的庆功酒呀！我还以为他喊了你你没去，原来压根就没有叫你。其实不去也好，去了也是生一肚子气。差一点叫人家整死，还有什么可显摆的？销路一断，以后还怎么发展？王总也是，总是偏听、偏信、偏爱，这样下去，公司还有什么希望？"

后面几句话，仁义压根没听见。敬儒的话可以有另外一种理解：其他该去的人都去了。这是为什么呢？用简单的遗漏显然是解释不通的，肯定是有意而为之，那么这就是一次小小的报复了。这已经不是什么边缘化，简直就是一种抛弃了。仁义心里忽然就虚软出一种恐慌，并由此生出深深的懊悔。

经此一劫，企业元气大伤。东海知道，生产要想一下子恢复到以前那样，是绝无可能了。在新的销售渠道没有打开、拓宽之前，生产只能像缺奶吃的孩子，半饥半饱、时断时续地生存和运转。这种情况会持续多长时间呢？东海心里一点底也没有。但不管怎么说，总算活下来了，他记得有那么一句话：活着，才有希望。

他有点想念汪所长，虽然爱说点大话，虽然这次祸端主要因他而生，但这心里却一点也恨不起来，那是多么有活力、有激情的一个人啊！有他在，信心就在，希望就在。可是这个人眼见得是指望不上了，现在技术上和生产管理上唯一可以倚重的只有小史。对这个小伙子，原本在心理上还有点隔膜，那毕竟是汪所长带来的人。这场风波，让他看清了这个小伙子的本质，是可以信赖和依靠的。和廷轩商议之后，他给小史拿回来技术副厂长的一纸任命，而营销的重任，责无旁贷地落到了自己身上。他决定先开一条生产线，让大部分工人继续跑销售。原以为执行起来会有一定难度，没想到竟然顺利通过，十几个女工，自己先提出来做销售，另有十几个年轻一点的男工，好像也对销售产生了一定兴趣，摆出一种无所谓的姿态。东海心下窃喜，灾难之后，顺，就是一种吉祥的象征。

终于又听到了机器转动的声音，虽然有点单调，听起来却是那么悦耳、那么舒心，因为他清楚地知道，这单调的声音是多么来之不易。

厂子里的事情安排妥当之后，东海喊了小史，买了几样礼品，一同去看望汪所长。这么做，是情理所在，同时是一种需要。人，应该有情有义，更多的时候，是要让别人知道你有情有义。

汪所长已经出院。出院后的汪所长还是站不起来，白天大部分时间在轮椅上，晚上大部分时间在床上。

从汪所长的眼神看，东海觉得他已经认出了自己和小史，后来才发现不是那么回事，因为他看别处也是那样的眼神。他好像有很多话要说，嘴里呜呜个不停。

汪所长的老伴在一旁啜泣起来："好端端的人，怎么一下子就成了这个样子，这以后的日子该怎么过呀。"

小史拉着汪所长的手，也流着眼泪："老师，您放心，我一定会和张总一起，把咱们的产品做大做强。"

东海把一汪泪憋了回去，咬着牙做出保证："嫂子，你放心，只要厂子还在，就会有你们的吃穿。"转头向小史说："汪所长的医疗费由厂里全部报销，以后有时间就到家里多跑几趟，生活上有什么困难，尽管向厂子提出来，厂子必须无条件解决。"

小史已被感动得一塌糊涂，频频点头，代行感激。

东海要的就是这样的结果，这个企业要想长远发展，他必须把小史这颗心收归己有。

谁也没有想到，性格内敛、不善言谈的小史会对小茜展开执着追求。

"姐，你说我该怎么办呢？"小茜在电话里向叶丽诉苦，"没想到他是这样一个人，死缠烂磨的，没事就到办公室来坐，晚上还要到家里来磨，我真是没有一点办法了。"

叶丽有点不得要领，说是抱怨吧，口里却像含了糖，声音甜腻腻的，便很想弄清究竟："你对他印象怎么样？"

"他人倒是挺好的，老实本分，虽然是本科毕业，现在又是副厂长，却一点架子也没有，待人也和和气气的，工作很认真，生活上也没看出有什么不良嗜好。"

叶丽算是听出来了，小茜心里已是一百个满意，一句话便脱口而出："那你还有什么好为难、好犹豫的？"

"我比他大两岁呀，再说他没结过婚，凭什么会看上我？你快帮我拿个主意呀姐，我担心他只是一时高兴，还有，他家里人怎么会同意？"

叶丽心里已全然明白，小茜的迟疑和忧虑完全来自不自信，心生怜爱的同时，多了些作弄之意："他是不错，可是我们小茜也是很优秀的嘛。年龄大两岁有什么关系？现在不是都时兴姐弟恋嘛，你也赶一下时髦有什么不可以？你和仁义结婚、离婚，小史都是知道的，人家不嫌弃，你瞎担心些什么？这都什么年代了，婚姻还能让父母做主？你就痛痛快快答应了吧，我等着吃你的喜糖。"

"我让你帮我拿个主意，你却开起人家的玩笑。我是想答应，可是万一他中途变卦变心了怎么办？那我就真的活不成了呀！"小茜的声调里，有了更真实的忧愁。

叶丽挂断电话，心也跟着沉重起来。是呀，小茜这颗脆弱的心，是再也伤不起了。可是这个主意该怎么拿呢？她真有点犯起难来。这种事问炜平等于白问，只能和开元商量。

开元听了后乐得不行："算你找对人了，这件事我必须要管。走吧，咱们现在就去会会这个小史。"

到了厂房，开元对叶丽说："你先到小茜那里，我去把小史叫过来。"

小茜看到叶丽，很是意外，刚想问明缘由，又见开元领了小史进来，心里已经明白了几分，忽然就羞怯得不行。

开元看到出纳也在屋里，便在其肩膀上拍了拍："你能不能出去一小会，我们有点事要商量一下。"

出纳不明就里，但叶丽和开元这两个人他是知道的，何况小史也在场，更没有不顺从的道理。

开元掩上门，然后正襟危坐，神色凝重："小史，我们现在是代表小茜的娘家在和你谈话，希望你能如实回答我们的问题。"

看到开元装神弄鬼的样子，叶丽忍不住想笑。

"第一个问题，你到底看上了我们小茜什么？"

小史倒很配合，一点也没有质疑娘家人的身份："她聪明、善良、温柔，打过几次交道之后，我就认定她就是我要找的人。"

小茜用手捂住了脸。

"第二个问题，她结过婚，你是知道的，你真的一点也不在乎？"

小茜露出了自己的眼睛。

小史的回答非常坦诚："我想那不是我应该关心和在意的问题。我最关心的是她会不会在乎我，一辈子对我好。"

"最后一个问题，你能保证说服家里人，要是你父母坚决反对该怎么办？"

小茜的手从脸上拉了下来，双手合十，支在下巴上。

"我父母都还有点文化，他们明确表过态，我的婚姻完全由我做主，只要给他们把人领回去就行了。"

开元摘下眼镜擦了擦："妈呀，我的眼泪都快要流出来了。现在我宣布，这颗猪头我是吃定了。"

叶丽终于忍不住大笑起来，小茜也露出幸福的笑容，小史则像是涉险过关的勇士，脸上残留着激动和豪壮。

小茜忽然想起来什么似的："不对呀，你什么时候成了媒人？"

开元一脸的认真："你不能刚过河就拆桥，我要是不让你到这边来，你们能有这样的好事。啊呀，想着都香，一颗大猪头，炖上一个晚上，够我们一家三口吃上好几天。"

小史不知是真的实在，还是冷幽默："这个我认，结婚以后，我赶一头猪到你们家里去。"

叶丽笑得几乎岔了气，小茜也笑颜如花。

仅仅过了一个月，小史和小茜便步入婚姻殿堂。婚礼在四方大酒店举行，婚礼上的气氛与小茜初婚时迥然不同，双方家长都很开心、很喜悦，小茜的笑容更是灿烂无比。

这一天，数开元起哄得最厉害，逼着小史当众表态：什么时候去给他送猪？用什么办法把猪赶上楼？

仁义从出纳嘴里知道了小茜结婚的消息，又一次陷入懊悔和痛苦。他不明白，这一段时间懊悔为什么会和自己走得这么近，但却知道，一个人总是懊悔着绝对不是什么好事。

琳娜的面容和神情都让叶丽为之一惊，印象中只有几天没见，竟像变了个人似的，异常憔悴和焦虑，她有了一种不祥的预感。

果然，那张脸上有了眼泪，声音更是悲戚戚的："他——他不要我了。"

叶丽站了起来，让失魂落魄的琳娜坐到沙发上："你讲清楚一点，到底发生了什么事？"

"他说回去同他的父母商量结婚的事情，可是十几天过去了，一点音讯也没有，电话也没给我打一个。"

"你没给他打？"

"打了，打了无数次，可是他的电话一直都在关机。"

"你没到他们单位去问问？"

"跑了十多趟，门卫都挡着不让进。"

叶丽的心在一点点往下沉，同情和怜悯在一层层往上涌。与她的姐姐相比，这是另一种欺骗与伤害，是真真切切的伤害呀！就其伤害程度而言，很难说哪个轻哪个重。没见到过她的姐姐，那长相应该也是不会差的，可是这姐妹俩的命运为什么都是如此不幸呢？难道说红颜薄命一说真有什么内在的逻辑吗？联想到自己的遭遇，心中已经是细雨霏霏了。但她清楚地知道，自己现在要做的，绝不是陪着琳娜一起哭，对这件事情，她不能坐视不管，无论是出于曾经的承诺，还是一个管理者的身份，她都负有保护这个女孩的责任。她轻抚着琳娜的头发，让语气尽量柔和："你不要着急，也不要太难过，也许他并没有变心，只是暂时遇到了什么难处，我去帮你了解一下，把事情搞清楚再说。他叫什么名字？"

"金永哲。"琳娜停止了哭泣，像看着救星似的看着叶丽，眼睛里闪耀着动人的光点。

叶丽看了看表，10点刚过，现在去应该还来得及。这是大事，人命关天的大事，她不敢耽误，喊了司机和一个略通韩语的女孩，直奔造船厂。

造船厂和酒店是协议单位，协议单位的副总经理登门造访，他们没有理由不让进去。进去后找谁呢？总经理，对，就是总经理，不仅要让他知道这件事，弄清楚这个韩国情种现在在什么地方，还要让他们为这件事情负责，要让他们知道，在今天的中国，一个中国女孩不是想怎么欺侮就可以怎么欺侮的。

大门一关通过得倒是很顺利，亮明身份，道出要见的人，电动门就咿呀咿呀地向后退去，像被主人斥责着向后退缩的狗。在见总经理之前，却遇到一些小麻烦，女秘书先是仔细查问了一番，然后将她和翻译领到了会客室，这一等，就是二十多分钟。二十多分钟算不得长，叶丽却感到焦心不已，火气也在一点点增加。

但当总经理出现在面前时,叶丽的火气却一下子消去大半。这个人看上去很像中国人,身高和胖瘦都适中,白白净净、温文尔雅的,学识和修养一望可知。更为难得的是,这个人竟然能说一口流利的中国话,见面后先伸出手来,一脸的歉意:"对不起,让你们等了这么长时间。早就知道你叶总这个人,管理有方,对我们的员工照顾得无微不至,我给总部提过几次,想把别墅退掉,住到你们酒店去,可总部就是不让。敝人姓韩,有什么事情尽管对我讲,能办的我会尽力去办。"

听明白来意,韩总收起笑容:"这件事我们现在也很着急。我们知道他在和一个中国女孩谈恋爱,这次请假的事由就是和父母商量结婚的事情,可是假期已经过了五天,现在还没有回来。我已经给总部打过电话,让他们尽快查明原因。如果方便,请你留下电话,一有消息我马上通知你。"

知道不应该再说什么过头的话,叶丽还是忍不住说了出来:"请您转告他,如果真是他变了心,或者本来就是在玩弄一个单纯的中国女孩的感情,是会遭报应的。"

韩总没生气,反而笑了起来:"我想这种情况不大可能出现,我们这个金工不仅业务一流,品质也属上乘,如果有什么变故,很可能是家庭方面的原因。据我所知,他的家庭不是一个普通家庭,在当地很有声望。"

韩总的话让叶丽的心一浮又一沉。如此看来,玩弄一说也许可以排除在外,可是门第呢,那也是不可逾越的一道鸿沟啊!家门之外,再加上国门,这希望还能剩下多少呢?深重的忧虑,让叶丽的心头有了暗无天日之感。

回去后该给琳娜怎么说呢?她实在不忍心再看到那张憔悴的面孔和绝望的眼神。算了吧,能拖一天是一天,等韩总打来电话再说。

谁能想到,第二天下午2点多钟,琳娜便急火火地闯了进来,叶丽甚至连敲门声都没听到。

琳娜憔悴的脸庞上,闪耀着金子般的光辉:"他回来了!他没有骗我!他终于回来了!"

"到底发生了什么事?"

"他家里很有钱,他的父母不同意我们的事情,不让他回中国,也不让他再和我联系,甚至限制了他的自由,他就开始绝食,到了第五天,他的父母才松了口。你没见到他的样子，看上去比我还要瘦。他说了，他不能让他的父母看到现在的我，先恢复一段时间，然后就回去结婚。"

看着琳娜小鸟一样的背影，叶丽心里又是欣慰又是酸楚，多么单纯、多么美丽的女孩，但愿以后好运能一直眷顾着她，伴随着她。

韩总的电话偏在这个时候打了进来："现在你该放心了吧，不过你交给我的任务怕是无法完成了。"

叶丽很有些不好意思："那天太过着急，言重了一些，请您不要往心里去。"

韩总的语气变得庄重起来："为了一个员工的事情亲自出面，我想我应该向你表达敬重之情。我已经给金工交代了，结婚以后，一定要送一大包韩国糖果给你。让我们共同祝福这一对新人，同时祝福这一件充满了爱情色彩的跨国姻缘。"

放下电话，叶丽的心已经被喜悦填得满满的。爱是多么神奇的东西，它竟然能跨越国界，结出圣洁的果子来。虽然爱也会受到欺骗，受到伤害，可是如果没有了爱，这个世界不知会荒凉成什么样子。

7月份，进入了滨海市的旅游季节。沿着海岸线绵延数十里的天然浴场，吸引了来自全国各地的男女游客，大小不同、颜色杂乱的遮阳伞，色彩艳丽的泳衣，黝黑健美或洁白细腻的皮肤，构成一道长长的风景。骄阳把海水晒得温热，游客在海水里恣意游玩，嬉笑声随着浪涌，一波波地荡漾着。

这样的季节，人的心情自然应该好一些。但廷轩的心情却突然恶劣到了极点，军委下发的一纸通知，如霹雳一般，将他的梦想击得粉碎。

通知明确规定：全国所有军办企业立刻停止生产经营。他把这句话看了又看，感到很难理解。怎么会发生这样的事情呢？1992年下发的"军转民"文件，到现在还不到六年时间，这个弯也转得太快太急了吧。

可是有什么办法，想不通也得通，转不过也得转，军令如山，在部队，哪个方面、哪个环节都是一样，是绝对抗拒不得的。这几年的心血和努力，怕是要灰飞烟灭了。

"这他妈的也太不负责任了吧！"敬儒看过通知后大怒，"你能回去，我们怎么办？"

东海看不下去："通知又不是王总发的，你冲王总发什么火？按说最该着急的是我，你有那么亮一块牌子，到哪里还找不到一口饭吃。"

"这不是有饭吃没饭吃的问题，关键是气不顺。一会让干，一会不让干的，哪有这么办事的？"敬儒仍然喋喋不休。

廷轩尽量让自己冷静下来："现在具体执行方案还没有下来，我们在这里着急发火都没有什么用。通知里既然有明确规定，我们就应该坚决执行。但我想这里面是不是应该有一个缓冲期，生产加工和工程建设可以停，销售不要停。至于酒店，我认为还是暂时维持现状为好，这个我可以给上面解释，我们总不能把住店客人一下子全赶出去。"

猛一听到消息，炜平也是一惊，但他很快就平静下来。有什么可怕的呢？最坏的结果，只不过再换一处立足之地罢了。这种时候，炜平知道自己是不应该说什么的。他觉得仔细观察每一个人对变故的反应，倒是很有意思的一件事情。

"坦率地讲，我心里也不好受，也许比你们还要不好受。"廷轩神情严肃，语气低沉，"但我仔细想了想，上级领导做出这个决定，也不能说草率和随意，也许是不得已而为之。把过剩的科研和生产能力转化于民品生产，这个出发点和初衷是没有错的，但是忽略了这个转化过程的难度。再加上我们有些企业领导太不争气，管理不严，私欲泛滥，短短几年时间，让国有资产快速流失和缩水。我听说深圳有一个大型军工企业的领导，带了一十万到澳门赌博，一晚上输了个精光，回来后满不在乎地对副职说：就那么点小钱，让财务上处理一下。财务怎么处理，做了个假账，列入了投资损失。这样的事例在军队企业也不少，就说咱们那两个兄弟企业，这几年的累计亏损都到了千万以上，你说上级领导能不生气、不着急？我明天回总公司开会，其间，你们一定要记住一点，千万不能乱。文件的语气虽然很强硬，但我想不一定就会一刀切，即使将企业强行关闭，也会对职工进行妥善的安置。"

廷轩走后第二天，报纸和电视新闻都先后报道了这一消息。这个消息，像瘟疫一样迅速在员工中流传开来，赖以生存的主体和根基突然说没就没了，怎么可能不惊慌，不生气，不愤怒？于是忧心忡忡的有，咬牙切齿的有，骂骂咧咧的也有，闹哄哄如受惊的蜂巢一般。

对此，东海也束手无策。消息是千真万确的，你能不让人家生气？具体方案一点也不知晓，你能不让人家着急？他紧张地关注着事态的发展，发牢骚可以，骂两句也行，但绝对不能闹。

让东海没有想到的是，几个处理方案竟然自下而上的传到了耳边。一说要强行拍卖，职工发点安置费就地遣散；一说要将资产和职工全部移交给地方，由地方政府全面接管。东海无心去查找流言的出处，对编造者倒有些佩服，该想到的好像都想到了。

冷静是做给别人看的，内心的痛苦和酸楚只有自己最清楚。不管是哪一种方案，这个副总经理眼见得是做不成了，回到家乡干点实事的梦想也就彻底成了空想，以后的时光，也许就只剩下含饴弄孙、安度晚年了。

他期盼着廷轩能早日回来，又很希望能晚上几天。

在机场看到廷轩，东海吃惊不小，几天不见，廷轩看上去一下子苍老了许多，面部肌肉松弛，目光散淡，神态萎靡，不由关切地问："您怎么成了这样？"

廷轩颓然一笑："从棺材里爬出来，还能怎么样？"

"棺材"两个字让东海心头一凛，但"爬出来"三个字却让他激灵了一下，莫非事情真还有什么转机？他很想知道个究竟，廷轩却不再说什么，坐上车以后，疲惫地闭上了眼睛："让我再休息一会，你给炜平打个电话，让他召集中层以上人员开会，马上。"

会议桌是圆形的，但所有人的目光都聚焦在廷轩脸上、身上。这些目光中都含着不同程度的焦虑和期待，廷轩想必是能感知到的，但他却一点也不着急，低着头，用杯盖拨弄着漂浮在水面上的茶叶，然后一口一口地啜饮，像是在以此补充身体的元气。

"我知道你们都很着急，"廷轩终于开了口，"我不是有意吊你们的胃口，实在是这几天累得够呛，感觉是打了一场仗。该找的人找了，该争的也争了，总算是有了一点结果，这个结果是好是坏我目前无法评判，但它毕竟让我们多出了一种选择。现在公司有两条路可走，一是按文件所讲，立刻停业，公开拍卖，职工根据职务和工龄的不同，可以拿到一定数额的安置费。我大致算了一下，张总和黄总可以拿到十几万元，中层干部可以拿到七八万元。第二种方案，也就是争取来的方案，是保留公司，但完全与部队脱钩，其资产按照评估价有偿转让给经营者，由经营者在三年之内负责清偿。"

东海大喜："这就是说，我们的公司可以保住了。"

"你先别急着高兴，听我说完。这等于给我们保留了一个继续发展的平台，但也未必就是什么好事，等于将我们完全抛向了社会，经营得好，过几年会是老板、股东，经营得不好，也许会变为一文不名的穷光蛋。所以说，这里面是存有巨大风险的，你们在做出决定前，一定要想清楚，想好。"

"至于我个人，同样有两种选择，一是回到部队，继续干我的文职，安安稳稳地终其一生，还可以领到一笔数额不菲的经济补偿，具体数字不方便在这里透露。另一种选择是脱下军装，弃戎从商。我想我的决定就不用再说了吧。我为什么要做出这样的选择，是因为这几年我在这里倾注了太多的心血，我感到我的心、我的命已经全都留在了这里。从我本人的意愿来讲，我当然希望你们都能留下来，跟着我继续干，但这是关乎个人前途命运的大事，希望你们能仔细斟酌，认真考虑。"

东海率先表态："您要回去干你的文职，我跟不了，您只要留在这里，那我就跟定了。别说我是什么热黏皮，反正您想撵也撵不走。"

会场上的气氛一下子活跃起来，群起响应，逐个表态。

敬儒最后一个说话，用幽默表明了自己的态度："安置费才给十几万，要是再多一点还可以考虑。"

廷轩脸上露出欣慰："在北京我还有点担心，费那么大劲争取来的机会，没有人跟着干怎么办？我一个光杆司令怎么去闯？现在我放心了，跑那么多腿，看那么多脸，值！下面我就布置一下今后的工作。第一，从明天开始，两个厂恢复生产，工程继续动工。第二，成立一个清产核资小组，由我任组长，仁义和开元任副组长，对公司所有资产进行盘查核实，登记造册，这项工作必须在一个月内完成。在此基础上，要对现有资产进行认真分类，哪些该留，哪些不该留，都要划分清楚，像这栋办公楼，我认为就没有留的必要。要尽量做到一点，留下的资产必须是有用的、能产生效益的，这样我们以后背负的包袱就能轻一些。"

东海插了一句："二号厂房怎么办？现在刚露出地面，是停还是建，是卖还是留？"

"可以暂时先停下来，但卖是绝对不能卖的。我讲过很多次，那里才是我们发展的重点，是我们未来的希望。再回到原来的话题，要积极与各大银行联系申请，将留下的资产办理抵押贷款，这样就可以完成部分债务转移，以后三年还款的压力就可以小很多。只要熬过这三年，我们就等于成功了一半，那时候只剩下银行利息，如果我们连银行利息都挣不出来，那我们做出的这个选择还有什么意义？还不如每人发一根拐棍，领着你们去讨饭吃。"

会议在紧张的期待中开始，在放松的笑声中结束。

敬儒既非清产小组成员，更非领导，表现得却比谁都要积极，一会给开元打电话询问情况，一会给仁义打电话了解进度，有时还会亲临清查现场，翻看登记册上的物品名称、数量和金额。神情由平静而狐疑，由狐疑而着急，由着急而生气。他知道单凭自己一个人是很难说动廷轩的，于是先走进了东海办公室。

东海和敬儒能够一前一后地主动走进自己办公室，这在记忆中是没有过的事情，廷轩的目光里，难免多出些好奇。

敬儒认为自己很在理，直接道出疑虑："不对呀王总，我去看了看他们的登记表，好像所有的房产都按现在的市场价在登记。"

廷轩不解地看着敬儒："对呀，这么登记有什么问题吗？"

"为什么不能按成本价登记呢？这几年虽说房价涨得慢，但还是涨了一些，我问了一下，市场价和成本价之间，少说也有二三百万的差价。"

"为什么要按成本价登记呢？你以为接收小组的人都是傻子，人家到这里随便打听一下不就全都知道了，我们千万不要干弄巧成拙的蠢事。再说，我们以前是用国有资产在运营，利润也罢，潜在的价差也好，就应该归国家所有，这难道有什么问题吗？"

敬儒不得已退了一步："土地呢，也要这么登记吗？咱们买的时候五十元一平，现在已经涨到一百五十多，之间的差价有一千多万，难道也要白白地交上去？"

廷轩已经有些动气："这和房产是同样的道理。我问你，你有什么理由把这一千多万差价留下来？"

敬儒不好再说什么，求救似的看着东海。

东海好像很为难，但还是讲了出来："我觉得老黄讲的也不是完全没有道理，我们不一定要全留，能留下一小部分，以后的日子就会稍微好过一些。"

廷轩勃然大怒："我是想给咱们寻找和搭建一个继续创业的平台，不是要和你们一起侵吞国有资产，贪污犯罪。你们要是对我、对自己没有信心，现在退出还来得及。"

敬儒一看情形不对，向东海递了个眼神，抽身走了出去。廷轩看着东海，语气和缓了一些："你也是一名老党员，怎么能说出这种糊涂话？人什么都可以失掉，但不能失掉清白之身呀！"

东海何曾见廷轩发过这么大火，在廷轩堂堂正正的形象和言辞前，也有点自惭形秽，急忙退让："算我没说，算我没说。"

清产核资行将结束之际，廷轩又召开了一次秘密会议，参加会议的只有公司三个老总。东海和敬儒以为又发生了什么变故，心里都有些忐忑不安，紧张地注视着廷轩。

廷轩慰藉地一笑："别那么紧张，没什么大事。尽管咱们很自觉，很干净，北京那边还是有不少传言，好像我们占了国家多少便宜。还有更邪乎的，说我从一个国家干部一下子变成了一个大资本家。"

敬儒悻悻的："早知道这样，还不如……"

廷轩伸手把敬儒后面的话挡了回去："这个话永远不要再提，清者自清，浊者自浊，我想资产接收小组肯定会有一个公正的结论。为避免树大招风，让人生嫉，我想出了一个办法，将我这个法人一分为三，咱们三个每人担一份，对外是独立法人，对内仍然是三位一体，你们觉得怎么样？"

敬儒立刻响应："这个主意好啊！既可以减少不必要的麻烦，又不改变公司的实质，我坚决拥护。"

东海没有说话，但神色是认同的。

廷轩显然是深思熟虑过的："既然是独立法人，就应该是独立的经济实体。我想将公司资产分作三块：生产加工，房地产，酒店。你们两个可自选一块，剩下的留给我。"

东海提出异议:"没有这个道理,要选也必须是您先选。"

廷轩很不以为然:"叫你选你就选,已经说了,对内仍然是三位一体,把它看那么严重干什么?"

"就是就是,说是法人,其实只是在代行管理而已,何必那么较真。我对生产经营不是很了解,对房地产更是一窍不通,就让我给咱们管酒店这一块吧。"敬儒率先表态。

东海气愤地看了敬儒一眼,傻子也知道,酒店是最稳定也是最好管理的一块。剩下的两块,其实已经没有了选择,但这个态还是要表的:"那我还是干我的老本行吧。"

廷轩倒显得很开心,好像这就是他想要的结果:"好,这件事就这么定了,后面的资产转让协议就由咱们三个分头签,不过在此之前,我们必须先签一份协议。"他拉开抽屉,拿出三张纸,每人面前放了一张。

敬儒溜了一眼,很短,内容是强调三位一体,外分内合,股份问题待债务清偿后再定夺,心里很有点不情愿:"君子一言九鼎,还用得着多此一举吗?"

"我认为很有必要。小人要防,君子也要防,在利益面前,尤其是在大的利益面前,君子很容易变成小人。说老实话,我对我自己都不是很放心。"东海拿过笔,爽快地签上了自己的名字。

敬儒摇了摇头,神情是不情愿的,但还是把"黄敬儒"几个字写了上去。

廷轩也郑重其事地签上了自己的名字:"这份协议对我们三个人的约束力是相同的。最后,我想强调一点,在公司重新合而为一之前,我希望对外严格保密,否则这么做就失去了意义。"

资产接收小组的审核过程异常顺利,资产转让协议的签订也就水到渠成。在欢送晚宴上,接收小组组长大发感慨:"真不简单,累计盈利七百多万,土地和资产增值一千多万,其他军工企业要是都像你们这样,军委这一份文件也许就不会下发了。"

晚宴结束后,敬儒对仁义大晃其脑:"用一千多万买一句称赞,你觉得合算吗?我是真想不明白他为什么要这么干。"

得知敬儒成了酒店法定代表人，叶丽立刻打印出一份辞职报告，送到了廷轩办公室。

叶丽如此过激的反应是廷轩完全没有想到的，他想自己的神情是受到惊吓的，声音也有点可怜："为什么要这样？你走了酒店怎么办？"

叶丽深知酒店在廷轩心目中的位置，但在这种情况下，只能将心一横："人家能当这个法人，自然会有办法，反正我是绝对不会给他当这个副总经理。"

"可是公司里现在也没有合适你的位置。"

"这个您放心，新开的希望大酒店派人来找过我好几次。"

这句话让廷轩重新看到了希望："是不是嫌这边工资低？我可以和黄总商量一下，再给你增加一些。"

"王总，您这么说很让我伤心，如果是为了工资，我去年就走了。"

不是为了工资，那能是为了什么呢？廷轩百思不得其解，带着惋惜，带着无奈，目送叶丽走出办公室。他心里面仍有不甘，将炜平传唤到办公室："你能不能告诉我，叶丽为什么要辞职？"

炜平根本就不知道叶丽辞职的事情，错愕之后，据实以告："我根本就不知道这件事。"

"那你现在知道了。你去给我问清楚，究竟是什么原因。我们家乡有一句老话：死也要让人死个明白。"

这句话的分量炜平能掂得出，他不敢怠慢，出来后就拨通了叶丽的手机。他知道，叶丽能做出这样的决定，自然会有她的道理，可是这么大的事情，为什么不提前商量一下呢？

叶丽的声音很像什么事都没有发生过："我知道你会打这个电话，是王总让你打的吧？这件事有时间我再详细讲给你听，现在我只能告诉你一句：我不想再在觉得恶心的人手下干。"

对一个人感到恶心，可以有多种原因，吝啬、阴险、虚伪、庸俗、下流，究竟是哪一种，炜平一时也分辨不清。他不能把叶丽的原话转告给廷轩，只能做一点小小的文学处理："她好像对黄总的成见挺深的。"

"他们之间能有什么深仇大恨？"廷轩喃喃自语。他知道，这件事情已经无可挽回了。只能通知敬儒，让他赶快想办法。

敬儒听到这个消息，其吃惊程度不亚于廷轩。只顾了高兴了，这个问题为什么事前没有想到呢？刚拿到帅印，大将却跑了，这还了得。他很有些自知之明，知道自己当个法人还可以，是管理不了这个酒店的。情急之下，也顾不得什么体面，直接走到了叶丽办公室。

叶丽正在整理自己的东西。这张面孔出现在办公室，是叶丽没有想到的。他来干什么？是想劝自己留下，还是急着拿走办公室钥匙？她沉下脸，冷冷地看着对方。

敬儒脸上带了可怜巴巴的笑容："我刚当这个法人，你就要走，你这不是在打我的老脸吗？如果你还在为那件事生气，那我现在给你赔个礼道个歉行不行？而且可以向你保证，以后决不会再犯那样的贱毛病。"

叶丽只觉得肠胃一阵痉挛。

"如果不是为了那件事，那你就是为了随礼的事在生我的气。我知道，二百块钱是有点拿不出手，可是不巧，那天手头就只有那么多。你放心，你和炜平有了孩子以后，我一定会加倍补上。"

叶丽已经快要吐出来，她指着门口："你说完了没有？我现在还是这个酒店的总经理，有权力请你出去。"

敬儒仍然不想放弃，走到门口，又回过头来："你只要愿意留下，工资我可以给你翻番。"

门把后半句挡在了外面，敬儒悲哀地意识到，已经没有任何希望了，要不然关门的声音不会那么响亮。

离开之前，叶丽在酒店前前后后、里里外外转了个遍。多少个日日夜夜，多少次殚精竭虑，对这座酒店所花费的精力、所倾注的感情，谁人能知？谁又能理解她现在的矛盾和悲伤？

多么熟悉的环境，多少熟悉的面孔，这一切马上就要看不到了。泪水一次又一次模糊了双眼，这不是什么生死离别，可是为什么会有这么多的伤感呢？

回到办公室，她索性伏在办公桌上大哭了一场，把所有的委屈和辛酸都流尽了，这才提起收拾好的行囊，从侧门绕出来，坐上了出租车。

没有告诉开元，这似乎有点不妥、不地道，可是有什么办法呢？告诉了，那小子一定会刨根问底，也一定会跟着自己一起离开，那样的话，酒店就会陷入一片混乱，那种场面绝不是自己想要看到的。就像一个负气离家出走的孩子，谁会希望自己的家毁了呢？

车行至半道，开元的电话却追了来："姐，你也太不够意思了吧，这么大的事情也不和我商量一下，你一甩手走了，把我留在这里喂狼吗？"

叶丽忽然泪流满面，泣不成声。她挂断了电话，用短信回了过去："对不起，我只能这么做。你不要学我，一定要留下来，不要让咱们的酒店垮掉。"

开元哪里会听这个，也将一份辞职报告送到了廷轩办公室。

对开元，廷轩没必要像对叶丽那么客气，脸色变得很难看："你们这是想干什么？存心找别扭是不是？叶丽走了，对酒店的影响不会小，你要是再一走，干脆直接关门得了。"

开元仍然嬉皮笑脸的："王总，您不要生气好不好？干工作讲究个心气，没有心气怎么干？不瞒您说，这个人不只叶丽讨厌，我也讨厌。说白了，我愿意为您效力，但不能为他卖命。如果公司没有容纳我的地方，我也可以离开公司，另谋出路。"

廷轩的愁眉结成了疙瘩："不对吧，这个人还不至于这么不堪吧？有些事我现在不能讲，但有一点你应该清楚，我对酒店是很有感情的，不希望它走下坡路，更不希望它垮掉。我现在没有权力再命令你，那就算我求你行不行？"

话说到了这个份上，开元真想不出自己还能再说些什么。

上任伊始，就摊上这种事，敬儒真是伤透了脑筋。亲自披挂上阵，兼任总经理，也不是不可以做，只是这心里面太虚了呀！

怎么办呢？这个位置总得有人顶上去才行。他首先想到了开元，在酒店待了这几年，看也应该看会了。为了表示对人才的尊重，他没有打电话让开元过来，而是再一次走到了酒店，走进了开元办公室。

敬儒的脸像刚喝了二斤苦瓜汁："我也不知道什么时候得罪了叶丽，给我来了这么个下马威。你当这个财务总监已经好几年了，难道就不想再上一个台阶，独当一面？"

开元觉得好笑，他想敬儒可能还不知道自己要辞职的事情。能留下来当这个财务总监已经够窝心的了，还想让我当总经理，那不是痴人说梦吗？他让自己的脸看上去比敬儒的脸更苦："黄总，你就别取笑我了，我有几斤几两我自己心里最清楚，当个小会计，算个小账还勉强能够胜任，要是让我当这个总经理，不出三天，酒店肯定会乱成一窝蜂。"

敬儒看开元的神情，不像是在开玩笑的样子，作为酒店法定代表人，这样的风险自然是不能冒的。他重重地叹了口气，揣着满腔心事走了出来。

怎么办呢？他再一次问自己。他开始恨起叶丽来，不应该一开始就给自己出这样的难题。她又不代表党组织，凭什么来考验我？愤慨、绝望之际，他想到了一个人，牛振乾。

对于敬儒的抬爱，振乾思量了好半天。这个人是不怎么样，刚从他的手底下逃出来，难道又要回到他的掌心里去，像是再搬回一间已经住得很久了的又潮湿又阴暗的屋子。可这件事却的确是件好事，与灯具厂厂长相比，酒店总经理可是要风光多了。灯具厂这种半死不活的样子，继续干下去有什么前途呢？还有一点让他心痒难熬，酒店那么多年轻靓丽的女孩，与厂里这几个又粗又笨的大妈比，那简直就是天堂与地窖之别了。人小事大，这决定也就不难做了。但现在不是自己想走就能走的，东海这一关就不好过。来硬的肯定不行，公司分分合合的，谁知道是怎么回事，人家是公司二号人物，能不得罪最好不要得罪。

果然，振乾刚讲完，东海就从椅子上跳了下来："乱弹琴，你走了，厂子怎么办？"

振乾装出一副可怜相："我对黄总也是这么说的，可是他说他遇到了难处，叶丽走了，那边没有一个人管不行。"

"笑话，他那里有难处，我这里就没难处？不行，这事情没什么可商量的。"

振乾无奈，只好给敬儒打电话，一方面表明了自己的意愿，一方面讲出了东海的态度，让敬儒自己去想办法。这样做有两个好处，既避免了不必要的麻烦，同时抬高了自己的身价。

敬儒能有什么办法，与东海商量肯定是商量不通的，这等于是把人家一条胳膊卸下来安到自己肩膀上，人家怎么可能同意呢？无奈之下，只能去找廷轩。

酒店与灯具厂，孰轻孰重，是一目了然的事情。再说，遍观手下诸将，好像还真找不出比振乾更合适的人选。廷轩知道这样做对东海不大公平，也只能硬下心肠，做东海的工作。

东海纵然一百个不情愿，但廷轩既然开了口，那还能怎么样？谁让这是一个自己既尊重又信赖的人呢？此生此世，这样的人碰见了几个？

好在两个厂都在一栋楼内，照看起来还算方便。振乾走了之后，他在工人中挑选了一个头脑清醒又精明能干的工人担当负责人。他对灯具厂的前景并不看好，只要能维持下去，别出什么事就行了。

海苔厂又一条生产线恢复了运转，上个月的财务报表数字显示，企业已经略有盈余，但东海对这样的结果还是不满意。人活着，不是为了在生死线上喘气；办企业，也不是为了在保本点上挣扎。怎么才能做到既不违法，又能让以前的盛况再现呢？他为此绞尽了脑汁，苦思冥想，但终无所得。

振乾坐到了叶丽办公室。他做的第一件事情，是去见开元。

"咱们哥儿俩看来还有点缘分，又走到一起了。事情来得急，我也没和你商量。"振乾语气很诚恳，做出礼贤下士的样子。

对振乾来当这个总经理，开元内心是排斥的，但想一想也就释然了，总得有人来当，谁当不是当，反正只有两年，挺过去就是了。也就还以笑脸，开起玩笑来："领导定的事情，和我有什么好商量的？我就是个抬轿子的，谁坐上去我都得抬，不过你以后可得减点肥，要不然会把我累死。"

振乾凑近了一些，是打算把心掏出来的样子："我给你说句掏心窝子的话，我是真不想过来。我跟着他干了这几年，还不知道他是个什么样的人？可是没有办法，他看找我不行，又去找王总。别人的话可以不听，王总的话能不听吗？我这是赶着鸭子上架，心里一点底也没有，后来一想，我有个兄弟在这里，那还有什么可担心的。"

经过几年的接触，开元对振乾的秉性已经有所了解，是真是假，是实是虚，由着他去说就是了。

振乾又说出一句让开元摸不着头脑的话来："到了咱们这个年龄，也该为自己考虑了。"

见开元没有回应，振乾又补充了一句："我告诉你，姓黄的这个人是绝对靠不住的。"

两句话合在一起，开元多少明白了振乾的意思。他正色道："我只想凭自己这点雕虫小技混口饭吃，从来没有想过要依靠谁。"

振乾有点失望："哥和你交心，你和哥来虚的。看来必须吃过几次亏才能明白过来，到时候别怪哥没提醒你。"

开元也就顺水推舟，虚与委蛇："有你这当哥的总经理罩着，谁还敢来找我的麻烦。"

这句话让振乾很受用："你这话只说对了一半。咱们哥儿俩只要扭在一起，那就没有对付不了的事情。"

开元只能继续用玩笑搪塞："两个大男人扭在一起，那成了什么，知道的，以为是麻花，不知道的，会以为咱们在搞同性恋。"

走出来的时候，振乾的心放下来一半。这个人很难为自己所用，但以这个人的品性，应该也不会使什么坏。

开元却郁闷了好一阵，上任伊始，正事还没干，就开始琢磨歪事，这酒店还能好得了吗？

振乾做的第二件事情，是把老婆劝回了家。对外的理由很充分，要管好这个酒店，就得主持公正，有一个老婆在酒店里，有些事情就很难说得清楚。对内的理由也很充分，现在的工资是当厂长的两倍，还差你那两个小钱？儿子让保姆看，怎么能有你看着放心？再说，家里多那么个人，总是很不方便，偶尔来点情绪，也碍手碍脚的，很是扫兴。

老婆自然明白振乾的心思："我还不知道你那些花花肠子？我告诉你，你要是敢打这些小女孩的主意，做出什么丢人现眼的事情，我就把你的命根子给你割了。"

话是这么说，人还是回了家。丈夫刚当上这个总经理，是要树立权威的，自己总不能带头对着干。再说，回家的诱惑还是很大的，在酒店里忙忙碌碌一天，哪有在家里看着孩子舒服？

叶丽犹豫再三，还是把在悉尼发生的事情告诉了炜平。

突然坚决辞职，又没有站得住脚的理由，肯定是有深层原因的。炜平没有再问,并不代表他不想问,不想知道。电视上经常可以看到这样的事情,夫妻间的疑问最后变成了解不开的疙瘩,叶丽当然不想让这样的悲剧在自己身上发生。

"其实我早就想把这件事情告诉你,但我知道你的心性,脸上一点事都藏不住,每天低头不见抬头见的,让你一天天怎么过?"讲完以后,叶丽又加了这么几句。

炜平听了后果然脸色铁青,一语不发。

"看看,让我说对了吧。事情已经过去了这么久,你现在也不用天天见他,知道这是个什么人,以后不用再理他就是了。"

炜平好像很难从憎恶中挣脱出来:"以前只是觉得这个人品质不怎么样,没想到竟然会这么无耻!真是色胆包天,竟然敢打我的叶丽的主意。"

叶丽亲昵地环住炜平的脖子:"那时候我还不是你的叶丽,不过要是让他看到你在东北那一幕,肯定会让他感到后怕。算了,别让他影响到我们的心情,我给你放一首歌吧,刘若英的《后来》,刚出的,很好听。"

本有一个星期的休息时间,叶丽却只在家里待了两天便去上了班。这让希望大酒店的老板颇感意外,欣喜万分。老板一面盛赞叶丽的责任感和事业心,一面领着叶丽熟悉新的工作环境,下午便召开全体职工大会,亮明了叶丽的掌门人身份。叶丽只简单地讲了几句客气话,却博得了雷鸣般的掌声。

老板是一个五十多岁的男人,说话带着浓重的地方口音。叶丽不知道这个老板的底细,感到还能接受,远不像那个黄金老板那么粗俗和讨厌。

只有叶丽自己知道,这么急着上班,不是因为什么事业心,更不是想在新老板面前表现,她完全是被空落落的感觉给逼出来的。炜平在家的时候还好,三岔两岔的,时间就过去了。炜平一离开,这种空虚感便立刻涌荡而来,心是空的,眼睛看出去也是空的。想闭着眼睛休息一会,眼睛里又全是酒店里那些熟悉得不能再熟悉的人和事,那些人和事,总是让心一扎一扎地疼。再睁开眼睛,空得更厉害,不只是虚,是急,是慌,还有自责,有懊悔,有一种想放声大哭的欲望。她意识到,再这样待几天,自己也许会被逼疯的。

坐在比原来的办公室大出将近一倍的办公室里,满脑子想的还是四方大酒店的事情。开元已经告诉她振乾出任总经理的事情,各种疑问便抑制不住地纷至沓来。他有这个能力吗？员工的情绪会不会波动？服务质量和菜品质量会不会下降？一会也觉得可笑，你现在是什么身份，为什么还要担心那些事情？但是心不由己好像比身不由己来得更容易一些，不知道怎么突然一拐，又会拐到那些问题上去。还有更为可笑的事情，对着这边的部门经理、主管说话，喊出的却是那边人的名字。什么时候才能完全从这个留恋、矛盾又纠结的坑里跳出来呢？她哀哀地想。

炜平觉得自己陷入了一种莫名的纷乱和烦躁。公司里发生的一幕幕总是在眼前徘徊不去，曲与直，丑与美，邪恶与良善，每每在胸腔里冲荡不已，唤起他写作的冲动，可一旦拿起笔来，却又一片茫然，不知道这笔从何处落下。

叶丽的讲述，让他在强烈的愤慨之余，陷入深深的悲哀。从表面上看，那个人应该是文化人中的佼佼者了，可那副道貌岸然的躯壳里，包藏了多少龌龊与肮脏！这算是什么佼佼者，简直就是文化人的耻辱！

另一种疑问又冒了出来：这只是一种个例呢，还是有一定代表性？

不可否认，改革开放的大政方针让这个国家、这个时代活力四射，也可以说光彩照人，但物欲横流，道德沦丧，应该也是不争的事实。这些难道都是经济发展过程中的必然现象吗？都是不可避免、难以消除的吗？

他很想在这些纷杂的思索中理出个头绪，却始终未能如愿。如果真的想不清，看不透，那就把发生的这一切都如实记录下来，让后人去思考，去评说。

让他烦躁的，不只是想不明白，即便想明白了，也没有时间去写。公司分拆之后，人事、文秘方面的事情少了，廷轩又把房产销售这一块压给了他。这样安排是无可非议的，总不能把所有事情都让王总一个人去做。多出这一块，肩膀上就有了实实在在的压力。房地产市场始终不温不火、半死不活的，电视上的广告做了，夹在报纸里的传单也送了，却几乎看不到什么效果，售楼处一天进不了几个人，还有一两个只是为了喝口水。一个星期能卖掉一两套，已经是很好的业绩了。

对这样的现状，炜平很是着急，廷轩却总是微笑着说没事没事。这个人身上似乎有一种很神秘的定力，炜平不知道廷轩的定力由何而来，但他知道，这种定力给了他支撑下去的信心。

当然，廷轩身上的魅力绝不止于这一点定力，更有一种让人心悦诚服、死心塌地跟着干的魅力。办公楼卖掉以后，把一套三室一厅的商品房简单装修了一下，一间作为廷轩的宿舍兼办公室，另外两间，一间做财务，一间做行政办公。加上做饭的老纪，开车的小孙，全公司加总起来只有八个人，原来的三辆车变成了一辆，军牌也换成了地方牌，真有点从天上掉到了地下之感。但廷轩的情绪似乎没有受到任何影响，每天仍然乐呵呵的，看看图纸，到工地上转悠转悠，好像还和以前一样，什么事都没有发生过。受他的感染，其他人的情绪也都很乐观、很开心。只有仁义例外，脸上很少能见到笑，经常阴郁地望着窗外。

仁义怎么可能高兴呢？酒店和两个厂的报表，不可能再并进来，账户上的资产大幅缩水，虽然名义上还是个经理，但实际上已经是一个小的不能再小的小会计，前途渺茫，婚姻无望，现在看来，走出来这一步，可能是一个很彻底的错误。怎么办呢？也许，又到了应该离开的时候了。

振乾没有想到，尽管自己在职工大会上做出了郑重承诺，尽管他在每一个职工面前都展现出平易近人、和蔼可亲的一面，不顺心的事情还是接踵而至。十几个长期住店的客人突然退房，七八个厨师和服务员提出辞职，而且是非走不可。振乾了解到，退房的客人全都搬到了希望大酒店，辞职的厨师和服务员也大都去了那里，这分明是叶丽在挖自己的墙脚，不由肝火大动，拨通电话就对叶丽一通吼："叶丽，你也太不地道了吧。炜平还在公司，你怎么能这么干？"

对这个继任者，叶丽本就没有什么好感，现在更没有什么好气："振乾，你说话最好留点口德。我告诉你，我绝对不会做任何对不起四方大酒店的事情，但他们来了，我也不能把人家赶回去。你现在应该做的，不是信口雌黄发邪火，而是想办法把该留的人留住。"

火没发成，反倒挨了一通训，振乾更是气上加气。但仔细一想，叶丽说的也不是没有道理，没有证据，凭什么认为是人家拉走的呢？叶丽的口气那么强硬，不像是心中有鬼的样子。想办法，能想什么办法？我已经降尊纡贵地对他们笑了，还想让我怎么样？给每个人发一个金元宝，我手里也得有才行啊！

眼见得客房出租率在下降，收入在减少，振乾真可谓忧心如焚，敬儒的脸也一天天拉了下来。

办公楼卖掉以后，敬儒直接把东西搬到了自己家里。他堂而皇之地谢绝了振乾在酒店内提供一间办公室的好意："客房嘛，能多卖一间就多卖一间，我占着它干什么？"

他心里有自己的小算盘：住房离酒店只有几十步远，想看随时都可以看到，行使个监督职能还是很方便的。既然家里做了办公用，那就应该享受办公室的待遇，水电暖之类的费用是不是应该全部报销？再说，在家里办公肯定更自在一些，没有人能看见你，想走就走几步，想坐就坐一会，想躺可以随时把自己放倒在松软的席梦思垫子上。当然，还有另外一个好处，不管是看碟片还是在网上浏览，可以放松放心地看，不用再提着心吊着胆。

很快就形成了这样的习惯，7点半起床，洗漱、早餐，再扭扭腰送送胯；9点左右，到自己的领地转一圈，到振乾办公室坐一小会，问一问昨天的收入情况；剩下的时间，就完全属于了自己，可以恣意地挥霍与享受。

敬儒不说什么，但等于把什么都说了，这样下去肯定是不行的。酒店管理难道还有什么诀窍吗？自己的管理方式是不是有什么不当之处？振乾决定做一次深入调查，便用了五个晚上，把市里几家大酒店转了个遍，客房、餐厅、舞厅、桑拿，都进去体验了一番。调查结束时，一个大胆的决定已经在心中形成。

这是关乎酒店前途命运的很重要的一次谈话。它不再是简单的汇报，而是商讨和决策。因而在敬儒到来之前，振乾便泡好了茶，两杯，一人一杯，放在沙发前面的茶几上。这样坐着，便有了点平起平坐的意思，他很讨厌，也很排斥那种一问一答的汇报式。

"黄总，我想问您一句，您是想让酒店维持现状、每年就挣那么点小钱呢，还是希望能有一个大的突破？"

敬儒的惊喜中含了苦笑："看你这话问的，钱谁不想多挣。"

"要想多挣，就得在思想观念上有大的突破，"振乾干脆单刀直入，"这次我跑了几家酒店，几乎没有一家不涉黄的。"

敬儒对黄是有一定研究的，所以对这个字眼一点也不陌生，立刻明白振乾想要干什么，神情中多了些惊吓："这能行吗？有没有什么风险？"

"钱花到了，就不会有风险。"

"那要花多少钱？"

"这我也打听到了。"振乾竖起两根指头。

"两千？"

"那些人可不是叫花子，随便给点钱就能打发。"

"两万，那么多！给这么多钱他们能干什么？"

"保咱们平安呀，每次检查之前我们都会得到消息。"看敬儒还在犹豫，振乾只好再加把火，"真要放开手脚，这点钱算什么，一天就可以挣到。"

敬儒头一仰，闭上了眼睛，不知是在思考这件事的利害得失，还是在计算将来可以挣多少钱。振乾紧张地看着敬儒，这个草包的一句话，现在还是很管用的。

"那就试试吧，"敬儒态表了，脸上仍然带着迟疑，甚至还有一点痛苦，"不过，真要是出了什么事……"

"您放心，真要是出了什么事，由我一个人担着，绝不会推到您身上去。"

敬儒这才露出笑容："我倒不是害怕什么，只是这名声不好听，一个研究员，容许下面的酒店干这种事，这要是传出去，我这张老脸就没地方放了。不过你也可以放心，我这个人你也应该知道，真要是出了什么事，我是绝对不会坐视不管的。"

振乾心中冷笑，我知道，我当然知道，草包加滑头。还有一个词可以形容：政治流氓。

开元对酒店经营管理上的事情已经毫不关心，爱怎么折腾就怎么折腾，和我有什么关系？上班以后，他就把自己关在办公室里，看看报纸，上上网，或者打开联众，下上几盘棋。他感到每天的时间好漫长好漫长，两年期限，什么时候才能熬到头啊！

别的事情可以不管，财务上的事情是不能不上心的。日报上的数字很快引起了他的注意，桑拿和舞厅的收入连续几天往上猛蹿，已经超过了餐饮收入。这是怎么回事呢？出于职业习惯，他必须要弄个明白。

查清这个，对于开元来说自然不是什么难事。先到财务室问编制日报的会计："这是些什么收入？"

会计红着脸回答:"服务费收入。"

开元已经清楚了是怎么回事,但还是不愿意相信,又进到桑拿和歌舞厅里面看了看,发现多了不少生面孔,而且多出来的全是清一色的年轻女孩,一个个浓妆艳抹的,极尽妖娆之能事。这还需要再查问下去吗?开元就觉得一股火气在往上涌,一个好端端的酒店,怎么能容许这些乌七八糟的事情?他直接闯进了振乾办公室,板着脸质问:"振乾,你想干什么?你是要把这个酒店变成鸡窝吗?"

振乾嘿嘿一笑:"我就知道你小子要来向我发难。哥这不是被逼得没有办法了吗?我总不能眼睁睁地看着业绩下滑,让这一百多号人没有饭吃?"

"再急也不能不顾法律,不要名声。"

振乾把开元按在椅子上:"动那么大火干什么?坐下来我慢慢给你说。先说法律,公安对这种事情一直是睁一只眼闭一只眼,想起来了走走过场查一查,过后又完全放任自流,如果再做一些必要的工作,保证什么事都不会有。现在的我已经不是几年前的我,想收拾我,没那么容易。再退一万步,真要是出了什么事,八竿子也打不到你那里,你着的哪门子急?你不要给我瞪眼,听我把话说完。再说名声,名声能当饭吃吗?同样一件事情,看的角度不同,结论就会不同。我对这件事情是这么看的,情欲,是一个人的正常生理需求,难道不应该满足吗?你不要给我来虚的,你在这里也单了一年多,就没有想过要解决一下吗?脸红了吧,承认了吧。再说这些女孩,她们也是人,也要挣钱来养家糊口,我给她们提供这样一个就业机会,难道有什么错吗?从这两方面来看,我现在做的,是不是一件功德无量的事情?"

对一种被作恶者道德化了的恶行,还有什么可说的呢?开元站起来,在振乾身上闻了闻:"别厚着脸皮提什么功德无量,你就等着遗臭万年吧。"

开元身后,是振乾放肆的大笑。

没法待了,真的是没法待了。这样来的钱,怎么沾手,怎么花呢?姓黄的是法人,这件事他不可能不知道,应该是同意了或者默许了的。他们可以不要脸不要名声,自己不能不要。

开元先给叶丽打了个电话,告诉了这边发生的事情,叶丽听后也是大吃一惊:"这个振乾胆子真够大的,什么样的事都敢干。"

开元也是病急乱投医："姐，不行我就到你那里去干吧。"

叶丽的声调变得兴奋起来："那太好了，我现在就可以派人把你接过来，不比不知道，像你这样的财务总监到哪里去找？"随后却是一个急转弯："不行不行，我要是这样做了，王总还不把我恨死。你还是先和王总谈吧，谈通了，我这里随时恭候。"

看来廷轩这一关是无论如何也绕不过去的，开元无奈，又拨通了廷轩的电话，声音里带了哭腔："王总，您还是放我走吧。"

廷轩颇感意外："不是说好两年吗，怎么又变卦了？"

逼到这个份上，开元只能道出实情。

"怎么会有这样的事情？我马上找黄总问一下。这更说明我把你留在那里是对的，要不然我会一直蒙在鼓里。你一定要给我坚持住，两年，两年后我对你自有安排。"

开元真有点哭笑不得，这把我当成了什么，钉子还是耳目？可是怎么办呢？能硬下心肠走开吗？真没想到，崇敬和信赖也会成为一种沉甸甸的负担。

挂断开元的电话，廷轩就拨通了敬儒的电话，直接发问："我怎么听说酒店现在有一些不三不四的事情。"

敬儒当然明白不三不四所指何事，只能含糊应对："不可能吧，现在具体事务都是振乾在打理，我知道得也不是很清楚，一会我过去问一下。"

廷轩的声音异常严肃："那你就代我向他提个醒，可以多想点办法，但绝对不能胡来，别忘了我们军工企业这个身份。"

这时候敬儒倒有了话说："人家都不要我们了，我们还算什么军工企业？"

"那也不行！"廷轩义正词严，"军工企业的牌子没了，但形象不能失，精神不能丢。再说，我们都是党员，哪些事能干，哪些事不能干，你也要好好掂量掂量，千万不要越过法律和政策的红线。"

放下电话，敬儒郁闷了好一阵。既然已经分开，各自管好自己的事情就行了，为什么还要插手别人的事情？刚有几天好日子过，就来给我添乱添堵，还用这样的口气和我说话，当我是三岁小孩子？

想是这样想，毕竟这理是亏的，心是虚的，该走的过程还得走，于是锁了门，懒洋洋地来到振乾办公室。

振乾很是奇怪："酒店的事情，他为什么还要过问？"

敬儒没有办法，只好把三个人的秘密协议讲了出来。

振乾一脸的沮丧和阴郁："这么说您说话并不能完全算数。我最怕的就是这样的事情，外面的渠道好不容易打通了，里面的闸门却给你关上。实在不行，您就让我回去当我的厂长吧。"

敬儒也怕这个，立刻慷慨激昂起来："再怎么说营业执照上写的也是我的名字，有什么说了不能算的？你尽管按你想的干，不过能隐蔽还是尽量隐蔽一点，多注意点影响。我想他也就是问一问，总不能过来亲自干预吧。也真是奇怪，咱们这才干了几天，他就知道了。"

振乾朝开元办公室那边偏了下头："这有什么好奇怪的，人家肯定有自己的眼线。"

敬儒很生气："这小子怎么能干这种吃里爬外的事情，实在不行，我就找个理由把他开了。"

振乾摇头："在这个节骨眼上开他，肯定会激化矛盾。再说，酒店现在还离不开这个人。这件事交给我吧，我想个办法让他闭嘴。"

酒店部门经理以上人员晚上要轮流值班，以应对一些突发事件。这是叶丽以前定下的规矩，振乾上任后也没有废除。

这天又轮到开元值班，他像往常一样，7点多钟各处走了一遍，11点钟按照相同路线又走了一遍。这样走好像并没有什么实际意义，但转上这么两圈，心里就能踏实一些。

近12点，他准备关灯睡觉，这时却听到了敲门声。好像还很有点修养，轻轻的，三下，又三下。

按说作为值班经理，他是不应该感到害怕的，但却有点头皮发麻，因为这是从来没有遇到过的事情。谁说为人不做亏心事，半夜敲门心不惊呢？最好让他听一下试试。

他走到门口，先从猫眼里看了看，猫眼里没有人，便问了一句："谁？"

"我。"听起来是女音，却听不出是谁。

开元壮着胆子，拉开门，看见过道灯朦胧的光线下，站着一个并不认识的年轻女孩，未免心生好奇："你是谁？找我有什么事？"

女孩笑模笑样的："别管我是谁，只要能让你开心就行，我真有福气，还是这么帅一个帅哥。"边说边往屋里钻。

开元不好用身体挡，声音一下子提高了许多："这里是经理值班室，请你自重，你要再敢胡来，我就让保安把你抓起来。"

女孩止住步，不相信似的盯着开元的脸看了看："不中意就不中意呗，出那么大声干什么？干了这么多年，还头一回看见你这样的。"腰一扭一扭，屁股一拧一拧地走了。

开元锁死门，心犹自狂跳不已。平心而论，除了气质，这女孩的容貌和身材简直可以和叶丽媲美，而且比叶丽更年轻，还是很有几分诱惑的。可是能让她进来吗？这分明是振乾安排的一出好戏，想用这种卑劣手段把自己拿下，能这么愚蠢而没有廉耻地就范吗？还有，妻子和儿子的眼睛呢？纵了这一时之欲，以后怎么面对和直视他们的眼睛？

经受住了这样的考验，他有些庆幸，也有些自傲。担心敲门声再起，他把头埋进了被窝，但耳朵却似乎完全没有放弃自己的职能，敲门声即使比刚才再低一些，也是能听得见的。更不争气的是，心里好像还有那么一种隐隐约约的期盼，希望那敲门声再响起来。当然，门是绝对不会再打开了，这一点是不会含糊、不容置疑的。

第二天下午，振乾溜进了开元办公室，嬉皮笑脸的，一点也不掩饰自己幕后操纵者的身份："你小子怎么回事，还是不是个男人？我告诉你，这个女孩是咱们这里的头牌，我放着生意不做，让她去照顾你，你却把人家挡在了门外。你知道女孩怎么说？她问我你是不是有病？哈哈哈，乐死我了！"

开元脸色气得铁青："振乾，你能不能给自己积点阴德？你想怎么下流无耻那是你自己的事情，不要再想着把我拉下水。"

振乾脸上一点愧色也没有："我管他什么阴德不阴德的，只要在阳世快活着就行。你给哥说句实话，身体是不是真的有病？如果有病就抓紧看，一个男人，如果连这点事都干不了，那还叫什么男人？"说完大笑着转身离去。

开元很奇怪自己竟然会说不出话来，他这才知道，在一个无耻之徒面前，再好的口才也是派不上用场的。

他没有把晚上的惊心一幕告诉妻子，不是担心妻子信不过自己，而是怕妻子心脏承受不了。自己都觉得匪夷所思、心惊肉跳的事情，为什么还要让妻子跟着担惊受怕呢？

餐饮和舞厅的收入还在不断攀升，廷轩也没有打电话过来，也不知是因为忙而忘记了过问，还是过问了却没有什么作用。算了吧，有了那么一幕，还有什么恶心不能忍受。好在只有两年，两年一满，立刻从这里逃出去，一天也不会多留。

他熟知振乾的秉性，不达目的是不会轻易收手的，为了不让自己的心灵再经受那样的惊吓、考验和折磨，以后值班，晚上巡查完之后，便悄悄溜进自己的办公室，在沙发上凑合一个晚上。至于经理值班室的门又敲了没有，敲了多久，就不用去想了，耳不闻，心就不会惊，自然也不会动。

这天晚上9点多，敬儒看完一张碟片，正弯着腰想把另一张放进去。这几乎已经成了习惯，再看完一张，差不多就到了10点，那时就可以在纷杂的画面和各种刺激的回味中入睡了。

手机铃声却在这个时候响了起来，他受了一小惊，很不情愿地直起腰，走过去把放在床头的手机抓在手里。

电话是振乾打来的，声音很亲切："黄总，您还没睡吧？我今天新招了几个技师，按摩手法很不错，想请您过来体验一下。"

这样的好意怎么能推辞不受呢？敬儒的不满顿时烟消云散，他关了电视和影碟机，把光盘放到床底下一个鞋盒里。在这一点上他一直很谨慎，因被偷被盗而曝光的贪官时有可闻，因而要防患于未然，绝不能让这样的事情发生在自己身上。人生在世，名声是很重要的，对一个有了点名气的人来说，名声尤为重要。

振乾已经等在酒店门口，将敬儒径直领进离桑拿房最近的一间客房。这间客房与别的房间并没有什么大不同，只不过床变成了圆形的，灯光也似乎要暧昧一些。

振乾喜滋滋地介绍："这几个女孩个个年轻漂亮，按摩手法也很有特点，所以我请您来亲自体验一下。您先坐一下，我把人给您喊进来。"

"做保健嘛，手法好就行，年轻不年轻、漂亮不漂亮有什么关系？"敬儒不知是说给振乾听，还是说给自己听。

女孩一进来，敬儒的眼睛就有点发直。振乾没有妄言，确实又年轻又漂亮。他感觉到身体已经在起反应，咽下一口唾沫，又咽下一口唾沫。多好，多美呀！他真想将女孩一把揽在怀里，但还是强力克制着自己。在按摩的真实含义还没有弄清楚之前，是不能轻举妄动的。女孩要是不情愿，你伸出的手哪怕是柔情的抚摸，那也是咸猪手，这一点在叶丽身上已经验证过了，对一个聪明人来说，同样的错误是不能犯第二次的。

女孩笑盈盈地走到近前，声音也甜甜的，柔柔的："老板，您把衣服脱了吧。"

敬儒这时候心里已经明白了七八分，但为了面子，还得装一点糊涂："不是做保健嘛，还脱衣服干什么？"

女孩的声音是职业性的，脸上也看不到丝毫的羞涩："老板，我要给您做的是全套服务。"

这个行业名词对于敬儒并不陌生，在碟片里已经听到过无数次。他有点勉为其难、身不由己似的，稍带幽怨地看了女孩一眼，脱掉上衣，缓慢而庄严地躺了下去，同时在喃喃自语："你这个孩子，你这个孩子。"听上去像是怜悯，又像是惋惜。

完事以后，他觉得自己应该有所表示，便从衣兜里摸出一百元钱递给女孩。女孩眉宇间浮现出轻蔑和厌恶，但转瞬即逝，仍然笑盈盈的："牛总说了，不能收您的钱。"

敬儒又把钱放回兜里，换成庄重的承诺："我会告诉你们牛总，让他以后对你另眼相待。"

"谢谢老板！老板，您休息一会吧，我就不打搅了。"女孩倒退着走到门口，才转身走了出去。

敬儒稍微有点疲倦，又舒舒服服地躺了下来，大睁着双眼，回味着方才新鲜而又刺激的一幕。

多好呀！碟片上的视觉享受是一回事，亲身体验完全是另外一回事。原以为那柔软、富有弹性的肌肤已经远离了自己，没想到这么容易就回来了。这女孩真是敬业，做得多好啊！有此一回，算是不枉此生了。现在看来，自己选择这个酒店已经不仅仅是正确，而且是英明了。还有，叶丽的离开也未必就是什么坏事，这就叫塞翁失马焉知非福呀。振乾能做出这样的安排，说明这小子还真有点良心，单论这一点，这个人也是选对了的。

正感念着振乾的好，振乾就走了进来，脸上带着淡淡的笑意，但里面绝对没有嘲笑之类的东西，口吻里含着真诚的关切："怎么样，这个女孩手法还可以吧？"

"不错不错，"敬儒站起身，做了个扩胸动作，"按这一会，身上松快多了。"

振乾掏出一把钥匙递到敬儒手里："这是这个房间的钥匙，您以后要是想解解乏或者是哪儿不舒服，随时可以过来。我一会给你手机里发几个电话号码，您拨通以后，什么话都不要说，她们就会过来。"

敬儒已被感动得一塌糊涂，这么说来，这样的好事以后可以经常有了。

振乾又在为敬儒扫清理念和道义上的障碍："像你们这样的年龄，就应该想开一些，奋斗了大半辈子，难道不应该多享受享受？阿姨不在身边，您就要学会自己照顾自己。我看您以后的午饭和晚饭也不要做了，就到酒店来吃，这么大的家底，还在乎您吃那么一点。"

敬儒只觉得心里一热，眼里一湿，就算是亲生儿子，也不过如此呀！

敬儒很快就明白了这把钥匙对于自己的重要性，原来这种事情也是很容易上瘾的，此后便有点欲罢不能，最多隔上三四天，就会过去做一次按摩，一方面嗟叹着此前的愚昧与无知，一方面心安理得地享受着自己的快意人生。

小茜觉得自己突然掉到了蜜罐，幸福得一塌糊涂。

小史做得比说得还要好。结婚的当天晚上，是小茜最为担心的，但小史好像知道她的担心，手没有去触碰那敏感的地方。他勾着她的脖子，深情地注视着她，温柔地吻她。他的吻点燃了她，于是开始回吻，于是有了新婚之夜的感觉和激情。

在以后的日子里，小史绝口不提之前的事情，这让小茜一想起来就感动得想哭。她从他款款的温存里，从他默默的笑容里，从他脉脉的眼神中，都能感觉到，也能看到，这个男人已经完全把自己当成了他的女人，不是在形式上，而是在心里面。对一个女人来说，还有比这种感觉更重要、更珍贵的吗？

企业的境况在逐渐好转，报表上的盈利数字在不断增加。但这些已经不再是最值得高兴的事情，最高兴的，是下班和上班都能看到那个熟悉的身影，那个属于了自己的、给自己带来爱和幸福的身影。

心情好了，肚子也跟着争气，结婚才两个月，她感觉自己已有了身孕，到医院确诊以后，她把这个好消息第一个告诉了叶丽，声音因激动而微微发颤："姐，我有了。"

正在忙乱中的叶丽一下子没有反应过来，反问了一句："你有什么了？"

小茜稍微有点失望，一个女人，怎么会连这句话都听不明白？只好再补充说明一句："我怀孕了。"

叶丽的声调这才欢快起来："真的吗？真够快的！小史知道了吗？知道了肯定会乐个半死。"

这才是小茜最想要的，很想笑出声来，但她知道，在一个没有孩子的女人面前不能过于显露有孩子的得意，她收束起自己的喜悦，用了成熟女人的口吻："姐，你和肖总也抓紧要一个吧，你们两个生的孩子，肯定是天底下最漂亮的。"

"孩子"两个字，在叶丽心中荡起柔情的涟漪。当母亲，是一个女人最普通也是最圣洁的愿望啊，她怎么可能不想？转眼已经是三十好几的人了，她怎么可能不急？可眼下是能要孩子的时候吗？谁能想到，一项政策，忽然说变就变，一个好端端的公司，忽然就四分五裂了呢？刚接手这个酒店，事务杂多，头绪繁乱，哪有心情和精力去考虑孩子的事情呢？

回到现实中，她不禁烦躁起来。上任一个多月，她已经亲身体会到：接管一个酒店，比组建一个酒店要困难得多。这就像一棵树，如果是你亲手栽种的，你可以按照你的心思施肥、浇水、修剪，让它长成你认为合理的形状。可如果你面对的是一棵大树，对那些不合理的枝枝杈杈该怎么办？锯掉吗？没有那么简单，你知道它们的硬度吗？知道它们连着哪儿的神经吗？

第一天的例会上，她就注意到了这两双眼睛，一双傲慢，一双阴冷。傲慢的是主管餐饮的副总，年过五旬，姓郭。酒店老板对这个人有过详细的介绍：当地餐饮业的元老，厨艺了得，手里还掌握着一批厨师。阴冷的是人事部经理，姓姚，女性，年龄看上去和自己相差无几，长相乍一看还很过得去，再一看就会生出些凉意，这主要得益于她身上的乖戾之气。对于这个人，老板介绍的不多，后来叶丽才知道老板谨言的原因，有说这个人是老板的什么亲戚，有说是老板的姘头，原本是要坐上总经理位置的，不知道为什么又没让坐。

郭总在下面公开叫嚣:"老子在这个行业混了几十年,凭什么听她一个丫头片子的指挥?"

姓姚的经理也到处频吹冷风:"我倒想看一看她究竟有什么能耐,说不定几个月之后,就会灰溜溜地走人。"

这些话是四方大酒店过来的员工偷偷告诉叶丽的。叶丽气闷之余,反过来安慰这些员工:"情况我都知道了,你们以后只管干好自己的工作,不要再为我担心。"

安慰别人容易,安慰自己难。这两个人摆不平,是很难管好这个酒店的,可这两个人是这么容易摆平的吗?她决定暂且避其锋芒,先从制定和完善酒店的各项规章制度入手。当了几年总经理,她很懂得这一点,规章制度不仅可以作为一道坚实的心理屏障,有时候也是可以作为武器用的。

这时候她特别想念开元,如果开元能在身边,情形就会大不一样,就不会这么累,心里也会踏实得多。

每天回到家里,都是一身劳累,免不了向炜平诉诉委屈,倒倒苦水。炜平多心疼啊,又是端茶递水,又是按肩揉背,有时也忍不住劝解几句:"实在不行就别硬撑着了,回来好好歇一段日子,咱们现在的积蓄,吃他个十年八年的绝对没有问题。"

这个念头不是没动过,歇一段时间,再要一个孩子,确实有很大的诱惑,可是,我叶丽是一个能灰溜溜走人的人吗?

该来的总是会来的,过了一个多月,叶丽终于不可避免地与郭总发生了冲突。

酒店规章制度中有一条明确规定:员工不能酒后上班,更不能在上班期间喝酒。在南京中心大酒店学习时,老师对这一点特别强调:人喝了酒以后,头脑发热,思维混乱,便会出言不逊,放浪形骸,就会严重影响和破坏酒店的形象,而酒店是一个特殊行业,形象就是酒店的生命。

郭总却有一个习惯,每天晚上,必喝二两小酒。规章制度颁布之前,要两个凉菜,在自己办公室喝;制度颁布之后,干脆就坐在了餐厅,凉菜由两盘变作四盘,二郎腿一翘,美滋滋地又吃又喝,有点公开叫板的意思。

这一段时间姚经理和郭总走动得很频繁,经常在一起交头接耳,嘀嘀咕咕,有时又放声大笑，像是在欢庆胜利似的。叶丽视而不见，听而不闻，心里却在发着狠声：是到了该解决的时候了。

发工资时，郭总只领到了正常工资的一半，立刻明白了怎么回事，勃然大怒，将财务经理臭骂了一通。财务经理不好多说什么，拿出酒店的处理决定给郭总看。这还用得着看吗？盛怒之下，欲去找叶丽理论，半道又折往老板办公室，拿出自己的撒手锏，凭什么这么整人？受不了这个窝囊气，辞职走人。

老板这一惊非同小可，餐饮是酒店的一条腿，这条腿要是没了，以后还怎么支撑？只能好言安抚几句，先把人留住再说，然后急匆匆地过来找叶丽。

这些都在叶丽预料之中，也冷了脸："制度面前没有人可以例外，有一个例外，制度就会形同虚设，严格管理就只能是一句空话。现在您需要做出选择，要么他走，要么我走。"

老板不知道该说什么好，急得在屋子里转来转去。

看着老板左右为难的样子，叶丽心生不忍，神态活泛了一些："我可以告诉您，您让他走，他是不会走的，因为他现在没有地方可以去。我已经做过了解，由于他的脾气和毛病，市里几个大酒店已经让他转遍了。"

老板将信将疑地看着叶丽，这时候不相信也得相信，两害相权取其轻，腿受伤总比头受伤要强，如果连这个道理都不懂，还算是什么商人？索性横了心，赌一把。

郭总果然留了下来。留下来的郭总少了之前的飞扬跋扈，多了些沉默和忧郁。对叶丽仍然是爱搭不理，不服和憎恨时而在眼神里一闪一闪的。叶丽知道，他是把对自己的恨意藏在了心里。这样下去是不行的，一个领导团队，彼此别别扭扭的，怎么能形成一种蓬勃向上的合力呢？她耐心地等待着机会。

机会说来就来，这天刚上班，餐饮服务员就送来一张郭总的请假条。郭总能主动打请假条，这是多了不起的成就。但叶丽此刻无心高兴，她看了一眼请假原因，是回家给母亲过寿，心里立刻有了主意。问明是司机小王将郭总送回家的，等小王回来，立刻让调转车头，路上买了四样礼，直奔郭总老家而去。

这是城市近郊的一个乡村，临着一座小山，村前便有了一条不大的溪流，清澈可见底，安静地蜿蜒地奔流而去。郭总的老家在村子边上，很远就能感受到喜庆的气氛，门口有人扎成几堆，还有人在不停地进进出出，贴在门上的两个大大的"寿"字，鲜艳而醒目地标榜着当天的主题。

郭总正在院子里指挥着几个年轻人摆放桌椅，嗓音粗大得在门外就能听见。看见叶丽，人忽然僵了似的，眼睁睁地看着叶丽和小王提着礼品，向坐在厅堂的母亲走去。

老寿星对叶丽却喜欢得不行，走到近前，身前身后地看了个够。"这闺女，咋长得这么俊！"转头向自己的儿子，"这是你们酒店的员工吧，我要能有这么个孙女就好了。"

郭总沉默了一小会，忽然发出一声大笑："你这个孙女比你这个儿子可是要厉害多了。"

叶丽却突然有点想哭。这一趟算是来对了，她清楚地意识到，两个人之间的隔膜已经在这一声大笑中彻底消除。

郭总这一道难关过了，姚经理就很容易摆平。一次例会之后，叶丽将姚经理留了下来："今天有点时间，我想和你开诚布公地聊一聊。"

姚经理一点也不买账："咱们之间有什么好聊的？"

叶丽就有点动气，这就叫给脸不要脸："你要是认为没有什么可聊，那你可以走。"

姚经理却坐着没动。

叶丽的语气柔和了一些："我想提醒你，你我之间的状态，是不正常的，一个总经理和人事部经理之间，不应该是这样一种关系，这会影响到工作，也会影响酒店的发展。我还想告诉你一句，你没当上这个总经理不是我的错，不应该把这一笔账记到我的头上。如果继续这样下去，很有可能连这个人事部经理都当不成。当然，你要是真有能耐，也可以赶我走。"

姚经理的头低了半天，终于又冒出来一句："我也不单是为了这个。"

叶丽好生奇怪："难道你还有其他什么原因？"

姚经理忸怩、迟疑了半天，还是讲出了口："我担心你会把他夺走。"

叶丽差一点笑出声来，但还是忍住了。一种悲悯之情油然而生，这个看似强势的女孩，其实是多么的可怜！如此看来，妍头一说应该是真的。他们这算是一种什么样的关系呢？里面有爱的成分吗？还是一种纯粹的利益和权位的交换？但这是人家的私事，自己何必去想那么多呢？她让自己的神态尽量坦率和真诚：

"这一点你大可放心，我绝对不会对你们老板有什么想法，老板也绝不会对我动什么心思。你如果真为老板想，为酒店的发展想，以后就应该齐心协力，而不是勾心斗角。"

姚经理倒有点不耐烦起来："你就不要再说那么多，我以后听你的就是了。"

连下两城，叶丽想不高兴都难："这个春节终于可以放下心过了！"她对炜平说话的语气，既像是叹息，又像是炫耀。

"真没想到，我家这个女主人还会玩一点政治手腕，以后我可要多留点神。"炜平的回应，半是赞赏，半是揶揄。

"说什么呢？"叶丽装作不高兴的样子，"人家这叫谋略好不好，而且还是被逼出来的。"随即眼睛妩媚地一动，伏到炜平身上，咻咻地笑个不停。

"你过来一下，咱们把春节前的一些事情敲定敲定。"

敬儒很不满意廷轩电话里的语气，已经是三足鼎立了，这语气怎么一点都没变？凭什么让我过去，你就不能过来？

想是这样想，身体却有点不由自己，毕竟有约在先，领导与被领导的关系似乎还若有若无地存在着，不去是说不过去的，便跟振乾要了辆车，负气而来。

这是敬儒第一次走进廷轩的新办公室，见状不由大吃一惊，这个人可真是能上能下，这么破烂的地方也能在里面坐得住。

东海已经等在里面，见敬儒进来，欠了欠身子，算是打过招呼。廷轩把一杯茶水放到敬儒面前说："就这种条件，凑合着坐吧。今天把你们两位找来，是想商量一下春节前奖金发放的事情。按说生产加工和房地产这两块效益都不是很好，奖金不应该多发，但这是咱们改制后的第一年，稳定人心、鼓舞士气也是很有必要的，所以我想适当多发一些。黄总，你现在是大财主，能不能拿个一百万出来，作为奖励的专项资金。在具体发放数额上，酒店那边可以适当高一些。"

东海在一旁打趣："我们两个这是在向大财主化缘。"

敬儒心里一百个不情愿，一百万，说拿走就要拿走，这是典型的杀富济贫呀！适当高一些是什么意思，到底能高出多少？伸手抓一把还要在我这里落下个人情。

廷轩后面的话更让敬儒生气："剩下的钱就不要动了，留着明年应急用。明年7月份是个很重要的关口，这一关能不能过，关系到我们的生死存亡。"

嗨，连剩下的钱都算计上了！那我这个法人当着还有什么意思？合着只有挣的权利，没有花的权利。但这些话当面是无法讲出口的，他只能憋着，憋到振乾面前才发泄出来："平常管得挺宽，这也不能干，那也不能干，要钱的时候倒是痛快，现在为什么不嫌这钱不干净呢？"

振乾的话里带着怂恿："黄总啊，您总得让我明白我是在给谁打工，千辛万苦挣点钱，人家一抓就走，这样干下去有什么劲。"

敬儒心里不由一动，酒店的利润要是能全部由自己支配那该有多好！可是，怎么才能做到这一点呢？

第七章

开春伊始,开发区工商局发生的一桩血案,让这片尚处料峭中的大地哆嗦了一下,震颤了一下。

工商局的办公楼是一栋单面楼,每一层楼前面都有一条长长的通道,在下面看上去很像一层层的戏台,只是稍微狭窄了一些。

上班的第一天,行凶者手持一把尖刀,把杨副局长从办公室里拎到二层通道中间,大声叫喊:"屋子里的人都出来看看,我今天要召开一次公审大会,审判你们这个丧尽天良、猪狗不如的人渣!"

新年新气象,可这气象也新得有点太离谱了吧!屋子里的人纷纷涌了出来,上下通道里看不清楚,二层通道里又存在风险,便一股脑涌到了楼下,这便真有了点看戏和公审大会的味道。他们看见,行凶者并不比杨副局长强壮多少,但可能因了尖刀的缘故,平日里威风八面、盛气凌人的杨副局长此时却像只待宰的羔羊,低眉顺目,面如死灰。

工商局局长毕竟是局长,比其他人更成熟更冷静一些。在自己的地盘上发生这样的事情,自然算不得什么好事,这一刀子要是扎下去,弄不好就会把自己的仕途扎掉,当务之急,是要平息事端,所以便仰起脸喊道:"有什么事我们可以好好商量,千万不要胡来。"

"和你们这些人还有什么好商量的?我告诉你们,我不是神经病,也不是疯子。当年武松杀人留名,我今天也可以公开我的身份。我是三星房地产的老板,姓宋,叫宋仁川。两年前,我筹建通发商城,找到这个姓杨的,想把商城一层作为农贸市场,姓杨的满口答应,拍着胸脯,说这件事包在他身上。为表示感谢,我当时给了他五万,之后连送带要的,拿走了我二十万。现在商城建成了,他却突然改口,说我们那个地方不适宜做农贸市场,要将农贸市场迁往快要竣工的德耀商城,我猜想他一定是收了人家更多的好处费。你们给评评理,天底下有没有这样的道理?我在一楼建了三百个摊位,已经卖出去五十多个,租出去一百多个,现在市场不让搞了,卖出去、租出去的要给人家退钱,摊位还要强制拆除,这不是个小数,是三百多万呀?我这个小公司,经不住这么大的闪失,公司的资金链突然断裂,银行催着还钱,客户逼着退钱。年前我找到他,说我认栽,农贸市场我不搞了,你把拿我的二十万还给我,让我把这个年过好行不行?谁知他翻脸不认账,反说我血口喷人,你们说世上有这么不要脸的东西吗?你们知道我这个年是怎么过的吗?我是带着老婆孩子在丈母娘家过的。这些天我越想心里越不是滋味,我做错什么了吗?为什么会落到这样一种地步?想来想去,只有一个结论,就是让这个王八蛋给害的。我今天来就是想和这个王八蛋做个了断,免得再让他去害其他人。"

揪在后面的手不知道怎么动了一下,杨副局长的头被抬了起来。站在下面的人清晰地看到,杨副局长的眼睛里毫无光彩。

"你给他们说说,我讲的这些是不是事实?"

"是,是。"

"你是不是收过我二十万好处费?"

"是,是。"

"声音大一点!"

"是,是。"

"你是不是一个黑了心肠烂了肺的畜生?"

"是,是。"

"你说,像你这样的畜生是不是该死?"

杨副局长似乎不想回答这个问题,那把尖刀就变直了,想要扎进去的样子。

"快说!"

"是,是。"

这个时候,门口突然冲进来十几个全副武装的特警,撒成线状,或站或半跪，枪口全都指向一个点。一个人开始喊话："上面的歹徒听着，你已经被我们包围，赶快放下刀子，举手投降，才是你唯一的出路。"

死人一样的杨副局长一下子现出生气，大声叫喊起来："你们快来救我，这就是个疯子，神经病，我刚才说的话都不是真的，是他逼着我这么说的。"

事后人们分析，如果杨副局长不改口，也许还有生路，因为正像宋仁川自己说的，他不是疯子，也不是神经病。一个不是疯子也不是神经病的人，在把想要发泄的发泄过之后，对着那么多枪口，是会感受到死亡的威胁和恐惧的。他有老婆和孩子，说不定父母也健在，那就必然会有牵挂，一个有牵挂的人就会有生的留恋。那么，他一定会停下来，在警察威严的喊话声中软下心肠，放下刀子，跟着警察去坐几年牢，出来后再行赡养和抚养的人事。

这些分析也许有一定道理，但也只能是分析而已，宋仁川当时心里究竟是怎么想的已经无从知道，因为人们看到，被激怒了的宋仁川真的像疯了一样，对着杨副局长的胸口连扎了三刀。在几个女人尖利而惊恐的叫声中，枪声同时响起，宋仁川趴在了栏杆上，杨副局长倒在了地上。分不清是谁的血，从楼板前滴淌下来，在短暂的静寂中，滴出一声声响亮。

两个人都没有送去医院，因为都没有了生命特征。宋仁川的刀扎得又准又狠，一刀足以毙命，何况三刀。而宋仁川自己身上，则留下七八个枪眼，有几颗打偏了的子弹，嵌进了墙壁，留下几个洞口，像一孔孔黑色的疑问。

按说这桩凶案到此应该画上句号，但事情的发展总是出人意料。杨副局长不仅被漂白，又被追认为烈士。一个月后，工商局为杨副局长补办隆重的追悼会，十几个不明身份的人闯了进来，踩花圈，撕挽联，摔遗照，将肃穆庄严的追悼会现场弄得一片狼藉，然后扬长而去，给这桩血案留下让人很不舒服的注脚。

杨副局长被追认为烈士，这对工商局来说，是一件很荣耀的事情，覆盖在杨副局长墓碑上的光环，也可大大冲淡这次恶性事件带给工商局的不良影响。谁知没过多久，原工商局局长就被调离岗位，到一个很偏远的县当了副县长。虽说是平调，但对明眼人来说，抑或擢一望可知，这让人不得不怀疑杨副局长这个烈士称号的含金量。

新来的工商局局长大概不希望这样的恶性事件再行发生，上任伊始，便干了两件事情，一是把整个面墙彻底粉刷了一遍，他心里可能很清楚，这些弹孔和血迹是唤不出什么荣誉感和自豪感的；二是狠抓政风建设，撤换了两个科级干部，处分了几个声名狼藉的办事人员，让整个机关风气为之一新。

"从这一点来讲，杨大人这个'烈士'称号倒是受之无愧，"开元对炜平戏言，"我敢断言，那个宋老板所说的百分之百都是事实。见到这姓杨的第一眼，我就预感到他将来不得好死，看来'不是不报，时机未到'还真是一句至理名言，只是可惜了宋老板这条好汉。"

"这个事件看似简单，其实反映了一个很深刻的社会问题，"炜平脸上是很重的忧虑，"从那个商贩被打到现在，几年过去了，执法者的法律意识是否有所增强？我们一直在争取的民主权利和社会公正离我们还有多远？法律应该给予的公正，却要靠暴力和犯罪去争取，这才是最悲哀、最可怕的。"

怎么才能成为事实上的、真正的法人，让这个酒店完完全全属于自己呢？这个念头一旦扎进了脑子，就再也赶不出去，而且像一根断尾的刺一样，越扎越深。

分开了就分开了，为什么还要有这个私下协议，自己为什么又要答应呢？敬儒恼恨得将手握成拳，用柔软的部位在自己额头上砸。可是当时如果不答应，这个酒店能顺顺当当到自己名下吗？韬光养晦，曲径通幽，是做人之道，亦是行事之法，当时不这么做，还能怎么做呢？

怎么办呢？硬来大概是行不通的，自己毕竟是一个有身份的人，背信弃义的事是不能随便做的。再说，即使横下心来，翻脸不认账，最终结果会怎么样也很难说。万一既弃了道义丢了脸，又输了官司折了财，那就真成了大笨蛋一个。

好像已经想透了，想开了，想明白了，可这心怎么就平静不下来呢？7月这道坎，说到就到，那时候他们一把就会抓走几百万！一想到这个，他就像卸胳膊卸腿似的难受。找什么样的借口，用什么样的办法把这些钱留下来呢？带着这样的期盼和向往，他走进了振乾办公室。

"我最近一直在思考你年前说的那句话，我们辛辛苦苦挣的钱，为什么要让他们轻而易举地拿走呢？要是他们以后能发展起来还好说，要是发展不起来呢，咱们这些钱不就白白打了水漂？看他们现在的状况，八成是没有什么希望的。到了7月怎么办？再让他们狠抓一把？我今天过来就是想和你琢磨一下这件事，看看有没有什么好的办法。"

振乾低着头，用手在后脑勺上抓挠了半天，抬起头的时候，脸上已带了点笑容："不管什么事情，只要你想做，就会有办法。挣了钱，他们会来拿；要是不挣钱呢，他们还怎么拿？"

敬儒一下子还没反应过来："咱们明明是挣钱的，说不挣钱，他们怎么会信呢？"

"挣钱不挣钱应该是咱们说了算，他们要是不相信，让他们看一下报表就行了。"

敬儒明白了振乾的意思，又有了一个疑问："这种事情开元会干吗？"

"这确实是一个问题，所以我想最好能让开元和仁义互换一下位置。"

敬儒仍然心存疑虑："这么做他们会不会有什么想法？另外，开元和仁义两个人会不会答应。"

"既然想做，就不要在乎他们的想法。仁义的工作我来做，至于开元，我看那小子的心早就不在这里，只需要轻轻推一下就行了。开元这边，我认为还是您出面更合适一些。"

敬儒感到酒店已经被自己装进了口袋，有点兴奋起来："这件事一旦办成，你和仁义就是大功臣，年终奖我会给你们单发。如果我成了这个酒店真正意义上的法人，你们两个就会成为股东。当然，不管是奖金数还是持股比例，你都会比仁义高一些。"

仁义接到振乾的电话，就像阴暗的地窖里突然透进一缕阳光，此前的所有不快全都忘得一干二净。在孤独绝望的时候，能有人想起，这是多么值得高兴的事情！

振乾的声音充满了关怀和亲切，而且破天荒地喊了声："老哥，多长时间了，连个面都没见着，电话也不打一个，看来过得不错呀。"

仁义的眼泪差一点流出来，但他知道，人是不能轻易示弱的，所以强忍住了，说："不错什么呀，混日子呗，哪能和你比，一人之下，百人之上，呼风唤雨，说一不二的。"

振乾嘿嘿笑了两声，是认同的意思："不和你废话，兄弟我想你了，晚上请你喝酒，5点半，到时候见不到人，我就派几个保安把你绑过来。"

仁义能不去吗？不管振乾的用意是什么，有什么可怕的呢？已经活成了这样，再坏还能坏到哪里去呢？

仁义没想到，振乾会在酒店门口迎接自己。仁义支起自己的加重永久，弯下腰准备上锁，振乾不耐烦地拉了一把："就你这破车，还上什么锁，丢了我赔你一辆新的。"

仁义不好意思再锁，跟了振乾，走进一个包间，饭桌上的菜品已经摆好，中间放着一瓶茅台，一个身着黄色旗袍，看上去很是养眼的女服务员伺立在一旁。振乾看了女服务员一眼："你出去吧，我们哥儿俩说说话，不叫你不要进来。"

服务员很听话地走了出去。仁义上下左右环顾一番："行啊，你现在每天都过着这样的日子！"

"我为什么就不能过这样的日子？卖命可以，但必须有一半卖给自己，这是我的人生信条。"

"咱们就两个人，要这么多菜干什么？还要喝这么好的酒，我告诉你，我的消费还远没有到这个层次。"

振乾大声笑起来："我就知道你这家伙老谋深算，放心吧，既然我请你来，这顿饭就不会让你买单。"

两个人便一杯杯地喝了起来，一边说些不疼不痒、半荤半素的闲话。酒至半酣，振乾才逐渐切入正题："最近房子卖得怎么样？"

仁义的嘴角抽出些痛苦："别提了，死，死不了，活，活不旺，十天半月的能卖出一套就不错了。这样下去，我看是撑不了多久的。"

"那你就没想着动一下窝？"

"动窝？"仁义疑惑地看了振乾一眼，"往哪里动？我这么大年龄，难道还要带着简历，到人才市场上去碰运气？"

"搞财务的，像你这样的年龄，才是最吃香的时候，理论知识和工作经验都有，抢都抢不到手，还愁没人要。想不想过来，我现在就可以给你下聘书。"

仁义不由一喜，这种可能为什么事前没有想到呢？酒店以前的盈利情况自己是知道的，后面的风言风语也多少了解一些，既然敢违规经营，盈利情况肯定比以前还要好。与房地产公司比较，其优劣不用思考也能得出。但为什么要让自己过来呢，自己过来开元怎么办，和开元之间还有一个谁听谁的问题，这些都必须事前弄清楚，便问了一句："开元不是干得好好的吗，为什么还要让我过来？"

"这小子对我当这个总经理好像有什么看法，嘴上不说，但工作很消极。这样下去肯定是不行的，所以我给黄总建议，让你和开元换一下位置。"

仁义的心完全放了下来，心中的花蕊已经在一瓣一瓣地绽放，但他没有喜形于色，一个年过四十的男人，必要的矜持还是要有的。他想知道事情的进展情况，也想抬高一下自己的身价，于是又问了一句："公司那边能同意吗？"

"这你就不用管了，我现在就想听你一句话。"

仁义的头默哀似的低下去几秒，不知道是在向过去致敬还是告别，抬起头时，神情庄重又决绝："我听你的。"

振乾最想听到的就是这句话。为了把这句话落到实处，用餐结束后，他又把半醉半醒的仁义领到地下室，先洗后蒸，最后加送了一次免费按摩。

返回时仁义酒已经全醒，但骑着自行车，却有一种腾云驾雾般的感觉。爽，简直太爽了！人原来还可以有这样一种生活，为什么不来？傻子才会不来。

开元没想到，敬儒的面孔会突然出现在自己办公室。他惋惜地看了一下电脑桌面上的棋局，优劣已分，是完全可以赢下来的，却只好认输退出。这个道貌岸然的草包，到这里来干什么呢？

敬儒似笑非笑的，先向电脑桌面探了一下头，然后将自己陷入沙发。

尽管很反感，甚至厌恶，但作为下级和晚辈，必要的礼数还是要尽到的，开元便站起来取杯倒水。杯子刚拿到手里，见敬儒摆手，也就见好就收。

"去年咱们交了多少税金？"

开元想不出为何有此一问，各项税金缴纳的数额，年度报表上都清清楚楚，但还是耐着性子回答："营业税和教育费附加三十七万五，所得税七十八万三。"

"这么多！"敬儒像是第一次听到，"你就不能想办法少交点？"

"这个办法我想不出来。动这样的念头，那就是在找死。"

"我听到的可有点不一样，只要和税务搞好关系，就什么事都没有。少交上五十万，给他们花上五万，不等于赚了四十五万，你说是不是这么个理？"

"投其所好，沆瀣一气，损害国家利益，这样的烂事我是不会去做的。"

"你不是已经做过一次了吗？"

"那是被逼无奈，和主动去做完全是两回事。再说，那一次已经让我恶心了很长时间，我为什么还要让自己不舒服？"

"我想提醒你一句，你现在已经不是什么国家卫士，待在企业，就要为企业的利益着想。"

"我认为干好本职工作，就是在为企业的利益着想，而偷税漏税，不属于我的本职工作。"

敬儒已有点恼羞成怒："如果我坚持让你这么干呢？"

"那你必须在相关凭证上签上你的名字。"

"笑话，让法定代表人在凭证上签字！这也不能干，那也不能干，那我要你这个财务总监干什么？"

开元倒是平心静气的："黄总，我想告诉你，我一分钟也不想在这里多待。"

敬儒是真动了气："我早就看出来了，你小子从来没把我当回事，合着我这研究员的身份是骗来的。我这就找王总去说，你不是想走吗，遂你的意就是了。"

敬儒给廷轩打电话时，声音很不好听："你还是把开元给我弄回去吧，这个财务总监比我这个法人还牛。"

这个电话来得太过突然，廷轩没有一点思想准备："到底发生了什么事，你能不能说清楚一点？"

这件事能说清楚吗？敬儒只能避实就虚："人家心目中只有你一个领导，已经明确表示不想在这里干，何必让人家留在这里受委屈。"

廷轩觉得有必要为开元主持一下公正。"开元走了，你们财务核算那一块会不会乱？我可以明确告诉你，这个人当时是我强行给你留下来的。"

敬儒心里在说，那就更应该走，话筒里却是另外的声音："核算上的事情你不用担心，我想让开元和仁义换一下位置，仁义的业务有可能比开元稍差一些，但起码不会整天闹别扭。"

看来这不是临时起意，而是一个酝酿成熟的计划。这是想要干什么呢？廷轩一时间也理不出个头绪，就来找东海拿个主意。

"想干什么我不知道，但肯定没憋什么好屁。"东海气哼哼的，脸上带了轻蔑。

"那现在该怎么办呢，答应还是不答应？"

"要我说，就让开元回来吧，既然已经有了矛盾，强留在那里，别别扭扭的也不会舒服。通过这几年的观察，我发现开元不只是业务水平，品质方面也要比仁义强出许多，姓黄的有他的如意算盘，我们也借此纯洁一下革命队伍，提升一下团队素质，何乐而不为？"

廷轩不以为然："这话好像没有道理，咱们现在仍然是三位一体。"

东海脸上露出参破天机的冷笑："你我还可以这么想，有些人只怕早就不这么想了。"

办理完交接，振乾领着仁义熟悉环境，开元就开始收拾自己的东西。他没有留恋，没有感伤，有的只是逃出牢笼般的喜悦。

其实没有什么可收拾的，几本书，一台计算器，属于自己的东西，就这些了，一个简易折叠包，全给收了进去。

要不要到财务室去道个别呢？他想了想，还是打消了这个念头。见了面说什么呢？他们脸上会是什么样的表情？算了吧，畅畅快快地走了多好，何必让这些想法影响了心情，迟滞了脚步。

他也不想再坐等振乾和仁义回来，虽然振乾已经好几次情真意切地表达了遗憾之情，并且言之凿凿地吐露出相送之意，可是这张假面已经看得太多，假面后的真容也已经一清二楚。再等下去，就不仅是自认愚蠢，也有点自认可怜了。

一个人走在狭长的通道里，竟然有了一种莫名的孤独感。他认为自己不应该伤感，但伤感还是不由自主地来了。这就是自己几年辛苦工作的回报，这难道是自己应有的结局？一种愤懑之意挟带着感伤之情偷袭了他，让他的情绪一下子低落下来。他很想骂自己一句不争气，你不是早就想走吗，为什么还要这样失意和落寞？可是没有办法，人在很多时候，就是说服不了自己。这通道今天似乎更长了一些，把他的孤独和悲苦都拉长了。

终于走到了尽头，拉开门，差点与炜平撞个满怀，开元心里一暖，又一潮，问："你怎么来了？"

炜平含蓄地一笑："我怎么会不来？仁义今天没有过去，我就知道你今天肯定会回来。"

开元故作轻松，拎包的手抬了一下："就这么点东西，还用得着接？"

炜平将包接了过去说："我要接的是你这个人，东西倒在其次。知道你要回来，害得我失眠了半个晚上。这下好了，我们天天都可以在一起。"

开元心里又是一热，他不想让炜平看出自己的失态，将脸侧向一边，也是为了掩饰，又问了一句："你怎么知道我会从这个门里出来？"

"以前接叶丽，都走这个门，我想你也一定会走这个门。"

开元也暗自好笑，这不是多此一问吗？酒店虽然规定部门经理以上人员可以走正门，但叶丽上下班却一直坚持走员工通道，总经理这样走，其他人还有什么说的，这个习惯就像传统一样被保留了下来。

走到停车场，看见小孙在车旁站着，开元心里不由生出一种回家般的急迫感，脚步不由加快了一些。

行至车前，却突然止住脚步，身体也为之一僵。廷轩从后车门里探出身子，微笑着伸出手来："欢迎回家。"

开元的眼泪再也抑制不住："我有何德何能，敢让您亲自来接。"

廷轩将开元的手紧紧握住："是我让你坚守在这里的，我知道你一定受了不少委屈，不来接你，我自己心里会过意不去。"

炜平坐了副驾位置，开元和廷轩坐在后排。车开动以后，廷轩见开元情绪已经平静下来，便问了一句："说说吧，究竟发生了什么事？"

开元也没有什么避讳的，据实以告："他让我偷税漏税，又不想承担任何责任。"

"这个黄总，他到底想要干什么？我总觉得这里面有什么问题，酒店现在的钱挣得不少了，他为什么还要冒这个风险？"

"我也有点奇怪，不过也不难理解，对一个贪婪之人来说，贪欲是没有止境的。"

"那种事现在还在干？"

"压根就没有停过。酒店现在就像一个大染缸，乌烟瘴气的。好端端一个酒店，就这样让他们给毁了。"

"我当时给黄总打过电话，他把事情推到振乾身上。现在看来，当时这么安排也许是一个错误，不管怎么说，他现在也是法律意义上的代表人，我的话已经不像以前那么管用了。我想吃过几次亏以后，他们就能明白过来。算了，他们的事情让他们去操心吧。你能回来，我和张总都很高兴，不过我要告诉你，这里的工资可没有酒店高。"

开元孩子气地笑了起来："一分钱不发我也高兴，我爱人工资高，养活我和儿子没有问题。"

当天晚上，开元让妻子炒了几个菜，把炜平夫妇和小史夫妇叫到了家里。小茜已经显怀，走路让小史扶着，很小心的样子，脸上流溢着只有当了母亲才会有的笑容。家里来了人，乐乐显得分外高兴，一会在地下疯跑，一会在沙发上蹦跳，一会又拉着炜平的手问这问那。

"今天的主题是为我庆生，男士喝白酒，女士喝红酒，一定要喝个尽兴。"开元给每个人倒上酒，举起杯子，"你们不知道，我今天真有逃出牢笼的感觉。"

"言重了吧，咱们酒店还不至于如此不堪吧，我离开时怎么没有这样的感觉？"叶丽的反问中多少含了些戏谑之意。

"能一样吗？"开元真有点激动起来，"本来就像歌词里唱的'解放区的天是明朗的天'，忽然就成了'国统区'，一片灰暗，我都快要压抑、恶心死了。"

"你今天离开时难道真的一点留恋都没有？我也不怕你们笑话，那天我可是大哭了一场的。"

"还是不一样，你是主动离开的，我是让人家赶出来的，要说还有点感觉，那也是灰溜溜的。早知道这样，还不如当时硬下心，和你一起走。"开元的眼圈竟有点红了起来。

炜平见状，忙端起酒杯："已经回来了，还说这些不愉快的干什么？看来'物以类聚'这句话还真有点道理，转着转着，又把咱们转到了一起，也把那几个人转到了一起。"

"这就叫牛马同圈，蛇鼠同窝。"开元说完，自己倒先笑了。

开元妻子看了小茜一眼："什么蛇鼠同窝，人家有那么坏吗？说那么难听干什么?"

小茜好像并没有理会这些,与小史大秀恩爱,一会她给他夹菜,一会他又给她夹菜。开元见状,忍不住开起玩笑:"你们两个不要这么肉麻好不好?现在果实都有了,我的猪头在哪里?还说要赶一头活猪,什么时候给我赶上来?"

小茜羞怯地低下头,小史仍然慢条斯理的,半点没有开玩笑的意思:"我只说了活猪,并没有说大小,赶一头大猪上来有点难,明天我给你抱一头小猪。"

一桌子人笑得喷饭,乐乐倒是挺高兴:"好玩好玩,我要我要。"

开元给小史杯子里倒满酒:"原来我认为自己还很有点幽默感,现在看来这家伙可以给我当师傅。是不是想赖账,来,罚了这一杯再说。"

小史不推也不辩,端起就喝。

小茜像是在为小史辩护,又像是在夸耀:"我们小史绝对不是一个忘恩负义的人,现在每个礼拜都要到汪所长家里跑一趟。"

"汪所长"几个字让刚刚活跃起来的气氛又为之一冷,那个人,那件事,都是留在心里的阴影。炜平不由问了一句:"汪所长的身体有没有好转?"

小史摇摇头:"还是老样子,很可能永远都是这个样子了。"小史忽然激愤起来:"我就是想不明白,一个活生生的人,突然被他们逼成了这个样子,却没有人为这件事负责任。我尊重他,是因为他太值得尊重,你们是没有见过他工作时的样子,那真的是在玩命。我跟着他干了整整五年,这样一个人,怎么能说忘就忘呢?"泪光在小史的睫毛上璀璨地闪动。

开元的心情刚好起来,不想再触及这些伤感的话题,便有意往别处引:"小史,你认为你们的海苔产品真的会有前途?"

小史生气地看了开元一眼,声音突然大了许多:"你怎么能这么问?没有前途,汪所长能在这上面耗费二十多年的生命?没有前途,我会死心塌地地跟着他干?"

小茜轻轻拽了下小史的衣角。

开元并不在意:"小史,你不要生气。我为什么要这么问,是想让自己心里有个底,因为房地产和海苔产品的前途命运,就是我们这些人的前途命运。"

"厂里现在的销售情况还是很不错的,"小茜的脸上不无骄傲,"青岛、大连、济南、郑州、西安的大商场里都有了我们的货。小史说了,三年之内,要让我们的产品出现在全国每一个大商场。"

"你们听听这措辞,小史说了,感情小史说的话就是金口玉言,我这个媒人现在也有点糊涂了,你们两个当初到底是谁在追谁?"

叶丽也跟着打趣:"小茜你可得当心点,我算是听出来了,小史把他的海苔产品看得比儿子还金贵。"

小史憨厚地笑了笑:"这个你们倒不用担心,我会对两个儿子都好的。"

乐乐看了看小茜的肚子,跑过去拉着母亲的手说:"妈妈,你再给我生个弟弟好不好?我爸爸也会对两个儿子都好的。"

在众人的哄笑声中,开元故意板起脸训斥:"去去去,瞎捣什么乱,我哪有你史叔叔那样的能耐。"

担心小茜的身体,小史提前告退。炜平和叶丽也想走,却被开元强留下来:"你们再多陪我一会行不行,今天我高兴,咱们多聊一会。"

开元妻子去哄儿子睡觉,桌子上就剩下三个人,气氛更松快了一些。开元却突然对炜平发难:"你今天真有点不够意思,王总在车里面,你也不事先告诉我一声,就等着看我的笑话是不是?"

炜平稍带歉意地笑了笑:"我是想给你一个惊喜,谁能想到你竟然会哭。其实男人流眼泪不是什么丢脸的事,因为眼泪里面不只是悲苦,更多的是情义。"

叶丽倒乐得不行:"真哭了吗?认识这么长时间还没见你哭过,再哭一个给姐看看。"

开元很有点难为情:"你这不是趁火打劫吗?当时也不知道怎么回事,忽然就有点控制不住。他这一接,让我感到所受的委屈和煎熬都是值当的。这个人身上有一种奇怪的东西,能让你死心塌地地跟着他干。"

"在这一点上我们的感觉是相同的。"炜平给开元和自己的杯子里斟满酒,"今天晚上咱哥儿俩喝个痛快。"

叶丽把小史的杯子拿去冲洗了一下,给自己把白酒倒上:"也别哥儿俩了,算上我一个,哥儿仨吧。"

开元感激地看了叶丽一眼,举杯碰了,一饮而尽:"我经常在想,如果没有王总,没有你们两个,我还能不能在这里坚持下去。到这里才几年时间,感觉到所经历的,比以前几十年还要多。强权强势,虚伪奸诈,利欲熏心,厚颜无耻,好像全都经历到了。有时候我自己都很佩服自己，怎么会有这么大的肚量，这么能忍。"

开元妻子又坐回到桌上："我也挺佩服你的，那么要强的一个人，现在却能忍下那么多事。"

开元苦笑了一下："你这是在夸我还是在骂我？"

炜平举杯与开元碰了一下："有人说生活经历是一种财富，可有谁知道这财富里所蕴含的辛酸。但我想我们不应该后悔，经历和承受苦难，最起码可以让我们的心变得坚韧。"

"我也觉得没什么可后悔的，"叶丽随声附和，"如果不走出来，我们怎么可能相识，又怎么可能坐在这里喝酒？"

开元妻子自己给自己打圆场："我也不是后悔，是心疼。你们不知道，他本来是一个很乐观的人，可是有一阵子整天愁眉苦脸、唉声叹气的，问也不说，怎么劝都没有用。"

开元不好意思地笑了一下："那是振乾刚搞出新花样那一阵，领工资时，我一想到那钱是怎么来的，就想把钱扔到地上。你说也真是奇怪，这么长时间竟然没有人管，莫非这种丑恶现象真的已经被社会默许了？"

"我认为不会，"炜平若有所思，"改革开放，是对原有体制和观念的一次冲击和颠覆，必然会有一段思想的混乱期，就像邓小平说的：打开窗子，就会有苍蝇飞进来。"

"既然知道苍蝇要飞进来，为什么不事前加上窗纱？"

"他只是举了这么一个例子，事实上改革开放远不是打开窗子这么简单，一些法律制度都已经严重滞后，只能逐渐加以补充和完善。"

"我不否认改革开放给这个社会带来的活力，但腐败和丑恶现象的滋长也是一种客观存在，我想这绝不是改革的设计者们想要看到的结果。"

"我也很担心这个问题。开放，可以激进一些，偏颇一些，但绝不能动摇了传统文化这个根本，让人心失去了方向。如果一味地纵欲、纵恶，必然会延误改革开放的进程，甚至会吞噬改革开放的成果，所以我想这种现象绝不会长久存在下去。"

"你既然看到了，想到了，为什么不把它写出来？"

"乱,写不出来。以前苦于没有素材,现在满脑子素材,却又理不出个头绪来。写小说不同于写评论文章,有感就发,直抒胸臆。小说构思就像酿酒,要有一个发酵期,故事情节和人物必须都想清楚了才能写。也许有一天你也会成为我小说中的主人公。"

开元高兴起来:"那我就可以永垂不朽了。来来来,这杯酒算是我交的定金。"

炜平和开元两个人边喝边聊,叶丽和开元妻子边喝边听。叶丽猛一抬头,看见挂钟上的指针已经指向11点,急忙站了起来,开元仍然不让走:"我们哥儿俩正聊得高兴,你急什么?家又不远,就几步楼梯的事。"

叶丽向开元妻子递了个眼神:"你们两个以后天天在一起,还愁没有说话的时间?酒店的规矩你也知道,迟到可是要罚款的。"

开元妻子也笑着附和:"就是就是,我明天要是把钱点错了,是你赔还是我赔?"

开元这才依依不舍地把两个人送了出来。

老板进来,像是有什么话要说,却又不好说出口,犹犹豫豫,抓耳挠腮的。

这种情景还是第一次出现,叶丽不好问,只能静待对方开口。

"我听说四方大酒店桑拿和舞厅的生意很是火爆,收入已经超过了餐饮和客房。"

叶丽已经明白了老板的意思,声音尽可能地平静:"如果你也想那么做,那就请你另请高明。"

"我们可以把这两块承包出去。"

"那也不行,如果我还在总经理这个位置上,就决不容许这样的事情发生。"

老板沉默了好一阵,应该是在权衡总经理这个人选和利益之间的轻重与得失。

叶丽觉得有必要点拨几句:"一个企业,是考虑长远发展,还是着眼于短期利益,这一点我想你应该是很清楚的。"

"据我所知,这种事在几个洗浴中心已经存在了好几年。"

"我想再问你一句:你当初建这个酒店时,想的是几年,还是几十年或者上百年?踏踏实实、心安理得地做自己应该做的事情多好,为什么要提心吊胆地去冒那样的风险。我认为,国家对那种事绝不会坐视不管,放任自流,出手之时,对企业就会是灭顶之灾。做企业和做人一样，名声是很重要的，一旦有了污名，就很难洗得干净。我对这个酒店的前景还是很看好的，硬件条件已经达到五星级标准，如果在软件方面再下点功夫，一两年之内评上五星级酒店应该没有问题。当然这只是我的想法，最终怎么定还是你说了算。对我来讲，只有两种选择：要么正正经经地干，要么收拾东西走人。"

这一席话让老板恢复了常态："其实你来以后的各种变化我看得很清楚，几个月时间，就能让酒店扭亏为盈，确实很了不起，也算是我没有看错人。怪我耳根子软，别人嘀咕几句，心里就有点发痒。今天的事情算我没说，你该怎么干还怎么干，等挂上五星级牌子，我给你发一个单项奖。"

看着老板的背影消失在门口，叶丽颇有几分感慨。平心而论，这个老板也算得上一个明白人。对一个商人来说，在利益面前，不可能不动心，动心之后又能静心，实属难得，由此也可以看出这个貌不惊人的老板的精明和过人之处。

海苔的三条生产线已经全部恢复运转，产销情况呈现出良好的发展态势，报表上的数字一月好于一月，最上面的收入数和最下面的净利数都在不断增加。

虽说名义上还在管着销售，但东海实际上已经很少再插手，小史已经在不知不觉间将这一块接了过去。不服不行，不退出也不行啊，在销售理念上自己已经严重落伍，什么网状分布，形象植入，情感渗透，都是闻所未闻的。这样也好，年轻人能干，就让他多干点，自己要做的，就是把好关，不要让那怵惕又屈辱的一幕再发生。

灯具生产却成了东海的一块心病，始终处于一种半死不活的状态，机器在转，人在动，心在操，每个月的经营成果前面，总是要多出一条半厘米长的、让人气馁的小尾巴。小史好像已经认定他就是主管海苔项目的副厂长，对灯具生产上的事情从不过问。海苔生产毕竟是厂里的主业，这一点东海心里是清楚的，所以也不想让小史分心，只能自己一趟趟往楼上跑。

不上去不行，一上去就来气。设备不能满负荷运转，库房里的产品越积越多。这就像看着一个半死不活的病人，着急上火的，却一点用也没有。狠下心关掉吧，设备怎么办？工人怎么办？不关吧，这样下去什么时候才是个头，自己又为什么要跟着遭这份罪呢？这么想的时候，他就在心里恶狠狠地骂敬儒和于老板，一个瞎眼，一个黑心，弄了这么个破项目坑害自己。

这一天，车间里来了几个人，说是看产品，眼睛却只在机器上面。东海是什么人，很快就看出端倪，只装作不知，轻描淡写地敷衍几句，私下里却告诉工人，这几天一定要打起精神。

过了几日，这几个人又出现在车间里。这一次东海干脆视而不见，背着手大声吆喝了几句，就回到自己办公室喝茶去了。他有一种预感，要发生点什么事，而且很有可能是好事。

果然，半个小时之后，这几个人也跟进了办公室。东海故作惊异："你们不是来看产品的吗，和销售人员谈就行了，何必下来这么一趟。"

一个四十多岁的男子面带微笑："张总看来是久经商场之人，挺能沉得住气的。"

东海面露不悦之色："你这叫什么话，什么事能让我沉不住气？再说，我能不能沉得住气和你们又有什么关系？"

几个人各自找了位置坐下，还是那个男子开口："我想问一下张总，灯具厂现在的生产和销售情况怎么样？"

"这么说你们不是来买产品的，那你们是来干什么的？车间你们也去看过了，我说运转正常你们应该能相信吧。"

那人狡黠地笑了笑："张总就不要藏着掖着了，据我所知，你们的灯具项目一直处于亏损状态。"

是谁把这个情况泄露出去的呢？东海在心里暗骂，表面上却依然从容淡定："赔赔赚赚的，这很正常啊，我想你应该也是做企业的，不可能不明白这一点。金融危机的影响，不可能永久持续下去，这个月亏损，谁能说下个月就一定会亏呢？"

来人终于沉不住气，兜出了实底："我就给您明说吧，我们来看的不是你们的产品，而是你们的设备和工人。我们是一家新建的灯具厂，生产规模要比你们大十几倍，为了避免同行之间的恶性竞争，我们决定把你们这几台设备收购回去。"

不能轻易服软，这点常识东海还是很清楚的："这我就奇怪了，运转得好好的项目，为什么要卖给你们？你们在什么地方看到我们要出售的信息？"

那人的神情变得严肃起来:"我们是带着诚意来的,张总您就别再卖关子了,只要您同意,价格方面的事情好商量。"

话说到这个份上,东海也就没有必要再拿着捏着:"这件事也不是不可以考虑,因为灯具生产毕竟不是我们的主业。不过这件事太大,不是我一个人说了能算,你们先在这里等一会,我去和他们商量一下。"

东海在楼道里给廷轩打了个电话,廷轩的回复很简单:生产上的事情你看着定就是了,如果确实没有什么前途,那就干脆卖掉,腾出精力来干其他的事情。

接着就是拉锯式的谈判,最后终于达成了一致。设备按八折转让,原材料按进价,库存产品按成本价接收,生产、包装工人连窝端。

这些人的行动真够快的,钱打过来以后,两天就把楼上搬了个空。东海心里一块石头终于落了地,人一下子变得轻松起来,就琢磨着把上面两层再租出去。在看不准的情况下,最好别做,这是他给项目开发所下的结论。

小史却在这时候找上门来:"上面这两层能不能也一并给我?"

什么我不我的,一个副厂长和法人兼厂长分什么你我。但东海并没有不高兴,这小子说话就是这个样子,他喜欢,问道:"你已经占了三层,还要这两层干什么?"

"我想把五层做一个独立的仓库,四层再增加一条生产线。"

哇,这胃口可真够大的!已经有了前车之鉴,他认为应该适当泼一点冷水:"产量增加那么多,能销得动吗?"

"能,"小史很肯定,"最近咱们的销量一直在稳步增加,现在咱们的产品只进到了七个省份,如果在全国各大城市、各大商场都布上货,也许还需要一栋厂房。至于库房的事情,我早就有这个考虑,只是苦于没有地方,像现在这样,生产和库房混杂在一起,安全隐患还是很大的。"

东海心中大喜。这小子看着蔫不作声的,其实把什么都想到了,工作上也有一股狠劲。真要发展到他说的那种情景,该有多好!心里这么想着,嘴里已是不由自主地允了。

开元回来以后,炜平几乎把财务室当成了自己的办公室,不是叙旧聊天,而是大倒苦水:"快帮我想想办法吧,这个销售经理我真是当不了,该做的好像都做了，可房子就是卖不动。王总虽然不催，但我知道他心里其实也很着急，7月份眼看就到了，要还的钱从哪儿来？"

开元故作生气的样子："合着我是你们两口子的奴才，帮完那个接着再帮这个。"嘴里这样说，心里却是高兴的。与酒店的账相比，这里的账就显得太过简单，与其一天天闲着，还不如找点事做来得踏实。再说朋友相求，不出手相帮，那还叫朋友吗？

要帮这个忙，总得先把情况了解清楚再说，便和炜平一起，到处跑，到处看，看完了自家，再看别家。最后得出结论："房子卖不动，不能怪你，目前这种状况，神仙也没有办法。"

虽然是在为自己开脱，但这不是炜平想要听到的，所以不见高兴，反而更加沮丧。开元有些不忍，只好再行安慰："但我觉得这种状况不会持续多久。人买房的欲望总是一种客观存在，谁不想有自己的房子，谁不想让房子更大、更好一些呢？这几年经济在发展，人们口袋里的钱也在增加，能买起房的大有人在。手里有钱，却不出手，这只有一种解释，他们还在等，等房子降价，等更合适的机会。现在可能正是卖方和买方较劲角力的时候，着急是没有用的。我看了一下，现在的售价已经接近成本价，这就是说，留给开发商的降价余地已经很小，正常情况下，一个企业是不可能赔本卖出自己的产品的。认清了这一点，看透了这一点，就到了他们该出手的时候了。"

"听你说了半天，到底还要等多长时间？"炜平还是一脸愁容。

"快则半年，慢则一年。"

"那么长！那我们现在怎么办，就这样干等着？"

"工作还是要做的，因为这牵扯到一个问题：真到了他们出手的时候，把哪个公司的房子作为首选。咱们现在要做的，就是要让他们一旦动买房子的念头，脑子里立刻跳出'四方房产公司'几个字。电台和报纸上的广告咱们都已经做过了，我想是不是可以再做一个网页。我是这么想的，网页没有电台、报纸广告那么大的覆盖面，也没有那样的听觉和视觉冲击，可是它可以更持久，起到润物细无声的作用。还有，上网的大多是年轻人，而年轻人结婚买房则是一种刚性需求，通常是父母出钱，在哪儿买、买什么样的房子则由他们说了算，所以这个市场份额我们必须先拿下来。网页的创意由我来做，文字方面由你负责，如果再配上一段优美的音乐，我想那效果是不会差的。"

人家这是在帮自己的忙，炜平岂有不允之理。

两个人就开始忙碌起来。开元四处照相取景，炜平根据照片和开元的要求编写解说词，这对炜平来说，算不得什么难事。制成以后，已经不是什么网页，更像一个宣传推介片，精美的图片，简洁而华美的文字，优美的古筝乐，让缓缓翻动的页面，有了行云流水般的美感。公司的介绍，别墅区和普通住宅区的位置，楼房的外景，房间内部的结构和布局，都在页面翻动过程中一一呈现。

做成了，两个人带着欣喜和激动，一遍又一遍地看，对几个地方做了小小的改动，觉得再也挑不出什么毛病，这才拿去让廷轩看。

廷轩的神情是欣赏的，赞同的，语气里却带了质疑："我们公司的房子有那么好吗？是不是有点夸大的成分？"

炜平没来得及开口，开元已抢在了前面："在事实陈述方面都是很客观的，在售后服务和质保方面也留有足够的余地，至于住进去的感觉和心情之类，自然可以做一些渲染，总不能告诉人家，住进我们的房子，以后也许会做噩梦。"

炜平在廷轩面前从来没有开过这样的玩笑，有点担心地看着廷轩。廷轩却大笑起来，然后将手一挥："你们要是觉得没有问题，就往出发吧，反正现在是死马当活马医，多一种办法总比少一种办法要强。"

网上发出去之后，很快便有了回应，点击率也日日攀升。有打听公司楼盘所在位置的，有询问目前价格情况的，开元一一给予回复和解答。偶尔也会看到一些不愉快的言辞，诸如：吹牛吧，能有你们说得那么好；自己生的孩子，自己看着肯定比别人的孩子漂亮；都是些骗子，钱骗到手后就没人管了。对这些言辞，开元只能皱一下眉头，置之不理，一笑了之。不管怎么说，主流总是好的，成功的喜悦和兴奋足以掩饰和冲淡这些偶然的、轻微的不快。

炜平想看到更实际的东西，每天的大部分时间待在了售楼处。与之前相比，电话铃声响起的频率显然更高了一些，到里面来了解情况、看房的人也有所增加，但就是没有人签合同、交定金。热闹过后，还是一场空啊！炜平忍不住又急躁起来。

开元看出炜平的急躁和愁苦，倒笑了起来："刚播下种子，你就想要收割，也未免太心急一点了吧。"

"不是我想要急,是不得不急。你看看王总,现在很少有坐在椅子上的时候,经常背着手在办公室转悠。到时候真要是拿不出钱,你说我这脸往哪儿放。"

开元倒是信心满满的:"这么多人在一起,还有什么过不去的坎?酒店那边有的是钱,只要不怕脏,借用一下就是了。"

既然是信赖之人,说出的话自然也是值得信赖的,但炜平的心里还是有点虚飘飘的。

"你呀,就是把自己的职责看得太重了。"开元把手搭在炜平的肩膀上,笑着安慰,"该做的事情,只要我们认真做了,就没有必要再内疚。相信我,有王总在,有我们在,这个公司是绝对不会倒的。"

振乾已经很少回家,开始是一两天不见人,后来是三四天,再后来干脆是一个礼拜。回去也是很匆忙地待一小会,连个夜也不过,目光更多停留在儿子身上。而理由只有一个字,忙。

这让他的老婆很失落,也很伤心。当初说得倒好,辞退保姆,是为了行事方便,现在人都难得见上一次,还行什么事,还有什么方便不方便的。一个人带了孩子,白天还好说,出去转一转,遇见个女人聊会天,再做上几顿饭,喂喂孩子,时间就过去了。可晚上的时间就显得很漫长,尤其是孩子睡着以后,形只影单的,心空落落地没处放,难免就胡思乱想起来,这么想着,疑窦就像恶性肿瘤一样越长越大。真有他说的那么忙吗?以前叶丽当总经理,也没见忙成这样。还有,结婚这么多年,还有谁比她更了解振乾的秉性,他最好的那一口,会因为忙而舍弃吗?不对,这里面肯定有问题,一定是被哪个小妖精给迷住了。

这女人也算得一个烈性女子,哪能忍受这样的窝囊气。她选择了一个夜晚,待儿子睡熟以后,骑了自己的坤车,直奔酒店而来。

已近12点钟,楼道里静悄悄的。脚下是地毯,踩不出什么动静,她知道振乾的办公室在什么地方,也知道那里面有一张床,疾步走到门前,指头伸出来,却没有落下,先把耳朵附了上去。

里面有声音,这是肯定的,她更贴紧了一些,有说话声,是男人的,有笑声,是女人的。这么晚了,一男一女能在里面干什么好事?她怒火中烧,用力摁响了门铃。

里面立刻没有了动静，她又摁了几下，门依然没有打开。想给老娘装死是不是？她的火气一波一波往上涌。你不要脸，老娘我还有什么好顾忌的，于是改摁为敲，而且一声比一声更响，这样再敲上几分钟，就能把其他房间里的客人全给敲出来。

这一招果然有效，房门打开，振乾一把将她拉了进去，声音低沉，面带愠色："你发什么神经，这么晚了跑过来干什么？"

果然有一个年轻貌美的女子站在里面。振乾老婆冷笑："我来干什么？我来看我男人晚上在忙什么。"

"我正在和秦经理谈事情。"

"什么经理，婊子经理吧？"

"你说对了，她就是管婊子的经理。"

"我倒想看看，这个经理自己会不会也是个婊子？你们谈的事情是不是床上的事情？"老婆一边说，一边向那女子走近。振乾担心老婆会动粗，挡在了两个人中间，对那女子使了个眼色："你先回去吧，剩下的事情明天再商量。"

"别呀，怎么刚见面就让走，我还有好多事情要问她。"老婆似挡似抓，女子惊恐不已，鱼一样溜了出去。

女子一走，振乾的胆气就壮了许多，沉下脸来责问："你这不是胡搅蛮缠吗？你这么做，让我以后怎么工作？"

正在气头上的老婆，根本不吃这一套，拉着振乾往外走："我胡搅蛮缠？走，咱们现在就到大厅里去，把住店客人都叫起来给评评理。再把那个女人找回来，让大家辨认一下，看看到底是个什么东西。"

振乾软了下来："这么晚了，你别大声嚷嚷好不好？把儿子一个人放在家里，你就不怕出什么事？"

老婆啐了一口："亏你还知道自己有个儿子，你刚才和那个妖精腻歪在一起的时候想没想到过儿子？你是不是还想说你是清白的，你们两个什么事都没干，那你现在就证明给我看。"说完，老婆真就开始脱自己的衣服。

振乾心中暗暗叫苦，但被逼到这个份上，能认怂认熊吗？这一认，不是把什么都认了吗？只能紧咬牙关，强打精神，披挂上阵。可这身体真是不争气，以前一旦触碰到这两个滚圆的屁股，立刻会火烧火燎的，像个身披铠甲、威风八面的斗士，这次却像一只拔了毛的公鸡，全然没有一点斗志。费尽了周折，勉强能够成事，体力终不能支，三两个回合便败下阵来。老婆一脚把他蹬到一边，脸上满是轻蔑："你还敢说你不回家是因为工作忙吗？你还敢说你刚才和那个婊子在干什么正经事吗？身体都快被掏空了，你还敢在老娘面前装正经！"

振乾索性不再言语，身体已经招了供，再说还有什么用。

老婆说着说着就哭了起来："振乾，你狗日的自己摸着良心说说这么做对得起我吗？当年你是怎么把我追到手的你忘了吗？你被公安抓起来那件烂事我问过你一次吗？我知道你是个什么货色，管不住裤裆里那点事。你在外面怎么花、怎么烂，我可以睁一只眼闭一只眼，可你不能不要这个家、不要我和儿子了呀！你在这里潇洒自在，知道我一天天是怎么过的吗？你告诉我，你的良心是不是全都让狗给吃了？"

经这一哭一骂，振乾也觉得自己做的实在有点过分，这时候只能息事宁人，便使出浑身伎俩，又是忏悔又是保证，边赌咒边发誓，好歹把老婆弄回了家。

女人在哭闹之后都会来一点小情绪，这一点振乾是知道的。为避免酒店里尴尬的一幕再次出现，把老婆哄上床之后，便一头蹲进了厕所，这一蹲便是一个多小时，直到确信老婆已经睡了才敢出来。

在厕所里振乾想了很多，出现晚上这一幕，自己肯定是有责任的，如果稍微多一点定力和克制，这件事情也许就不会发生。可是情欲这东西，是想克制就能克制的吗？平心而论，老婆还是很有些女人味的，可是一个三十多岁的女人，怎么能和二十岁左右的女孩相比呢？老牛喜欢吃嫩草，那是因为嫩草好吃呀！从这一点来讲，自己又有什么错呢？不用担惊受怕，不用花钱，召之即来，挥之即去，这么现成的好事如果让它从身边溜走，那不是傻瓜一个吗？不过以后还是要多加点注意，老婆这个烈性子，万一到酒店大闹起来，自己这个总经理的形象必然是会受损的。

之后，振乾果然改变了许多，一周内会有三四个晚上待在家里，而且会有一两次上好的表现。老婆也就知足者常乐，能有一个完整的家就行，其他的事情，随他去吧。

但她没有想到，这样的光景也难以长久，过了不到一个月，振乾又故态复萌，三天两夜地不着家。已经退到这一步了，还能往哪里退呢？再去捉一次，闹一次，还有什么意义？能给他换一颗心吗？能把他贪色的本性改掉吗？老婆一气之下，抱着孩子回了老家，临行前在茶几上留了张纸，纸上写了不多的几句话：给你一年时间考虑，如果你真想做一个花心萝卜，我就带着孩子改嫁，让你永远见不到儿子，让你们老牛家绝后。

振乾看到纸条，先是一惊，随后便乐了起来。我不签字，不离婚，你能改哪门子嫁？儿子是我的种，走到哪里都是我的种，想让我老牛家绝后，门都没有。不是还有一年期限吗，且让老子潇洒够了、享受够了再说。

没有了老婆和儿子的牵绊，振乾更加纵神畅意，放浪形骸，干脆连家也不回，吃住都在酒店了。有人看见，振乾开了车，拉着年轻漂亮的女子在海边兜风；也有人看见，振乾领着青春靓丽的女孩在大商场购物。至于那些女孩是什么样的人，他们之间是什么样的关系，没有人去关心，更没有人去追问，眼前那么一亮，心里那么一暗罢了。

对于振乾来说，这似乎就是他最想要的生活，或者说是生命的最高境界。人生若此，夫复何求，佛家所说的极乐世界，怕是也不过如此了吧。

仁义的心情也好得不能再好。过来以后，工资首先增加了将近一倍，身份也有了实质性的改变，在那边手下只有一个出纳，这边连收款员算在一起，有十几个人，这种心理感觉真是大不相同。

不得不承认，开元这小子还真是一把好手，把酒店整个核算系统打理得井井有条，让自己经常感到没有什么事情可干。坐累了的时候，就迈着四平八稳的鸭步，到财务室和各个收款台转悠一圈，既展现了自己的敬业精神，又植入了自己的形象和威望，同时舒展了筋骨，一举三得，何乐而不为。

最为惬意的莫过于值班之夜，准时的敲门声，然后是配合默契、不用花钱的风流。第一次还有点慌乱，有点不安，慢慢也就心安理得，习以为常。遗憾的是，值班的经理太多，八天才能轮上一次。他知道两个女经理家里有孩子，是很不愿意值班的，便很想替她们值班，却又开不了这个口，理由呢，理由是什么？四十而不惑，惑不惑的不好说，想问题周到一点总是应该的吧。

他还坚持着一个原则，决不进桑拿室和舞厅里面去。送上门的、免费的享受可以接纳，主动到里面去算怎么回事，好意思不掏钱吗？花钱去干那种事，心里面总有点不大舒服。另外，有一个度的问题，偶尔地、适当地满足一下生理需求就行了，决不能纵欲过度。他自认为是一个懂得节制的人，因为节制能见出一个人的修养。

再找一个老婆的念头已经不是那么强烈，特别是振乾老婆走了以后，这种心思就更淡了一些。急什么呢，这样的生活不是挺好的吗？为什么还要给自己添堵添乱呢？

他有点想不通，这么好的待遇，这么舒服的工作条件，开元为什么还要走？他很想知道在开元值班的晚上发生过什么，又深知这样的事情是不能开口问的，包括自己的艳遇，与振乾之间，也只能彼此心知肚明，心照不宣。人嘛，脸面总还是要顾及的。

唯一忐忑不安的，是桑拿和歌舞厅的收入。要想隐匿下来，只能在财务报表上做手脚，一个月三十多万，以后只会越垒越多，王总那边不用去考虑，反正出面的不会是自己，想怎么说就去怎么说。税务这边却不能不顾忌，一旦查明坐实，那是会出大事的。一想到这里，心就会为之一沉，冷汗也会渗出几粒。可这也是没有办法的事情，要享受就要有付出，这道理没有几个人不懂。好在已有近二十年的从业经验，知道该怎么去做；好在酒店现在有的是钱，可以放心、大胆地花。通过任组长牵线搭桥，他很快就和几个主管税务人员以及他们的科长打得火热，送卡，请吃饭，蒸桑拿，唱歌，很快就到了称兄道弟的程度。有个税务人员很讲义气，喝酒后拍着他的肩膀保证：老哥，你就放一百个心，企业的事情，查，就是事，不查，就不是事；即便查了，我们说是事就是事，我们说不是事就什么事也没有。

有了这么几个人，有了这样的承诺和保证，仁义心里便踏实了许多。很多事情，看似在做，其实是在玩。很多时候，会做不会做倒在其次，会玩不会玩才是最重要的。在这一点上，他对自己还是充满信心的。

小茜生了一个重达八斤一两的大胖小子，这让小史父母喜不自胜，笑逐颜开，出院后就把母子接回家里，像宝贝一样伺候着。

生孩子之前，小茜一直有一个担心，要是自己没有奶水，孩子喂养起来就比较麻烦。谁能想到呢，伴随着孩子的出生，一直扁平的胸部竟然奇迹般地隆了起来，并且奶水丰盈。这一巨大的惊喜甚至超越了儿子的降生，她喜极而泣，泣过又喜。这个伴随着自卑、屈辱和伤痛的缺陷终于永久性地成了过去，从此她可以和其他女人一样，挺着胸部走路，也可以和其他母亲一样，敞开胸襟给孩子喂奶。一想到这些，她就兴奋、激动得发晕。

以前和小史躺在一起，她总是护着胸前，不让小史的手触碰到，小史也很识趣，或者说善解人意，一直尽量躲避着那个地方。现在则完全不同，她几乎是强制性地让小史的手一直停留在那个地方。她知道这么做有点无理，有点可笑，甚至有点不知羞耻，可是就想这么做，就要这么做。

当然，只让小史一个人知道这神奇的变化是远远不够的，必须要让更多的人知道。她第一个就想到了叶丽，并且开始猜测叶丽看到后可能出现的眼神和表情。于是刚一满月，她就抱着孩子回到了小家，又在当天晚上，把孩子抱到了叶丽家里。去之前，她有意将喂奶时间滞后了一些。炫耀也要讲求点技巧，总不能直接将衣襟撩上去给叶丽看，那样就会显得少了点沉稳和涵养。

见到小茜和孩子，炜平和叶丽都高兴得不行。叶丽抱过孩子在灯下端详，然后和炜平一起讨论，看孩子到底长得像谁。小茜的神情中浮泛着母爱的光晕，不管结论如何，都是她喜欢听的。不过，这不是她此行的主要目的，她耐心地等待着机会。

叶丽知道小茜的身体情况，担心地问了一句："奶水够不够？"

小茜还没来得及回答，孩子先哭了起来。小茜等的就是这个机会，接过孩子，背对炜平，将衣襟撩了起来。

炜平很识趣，女人给孩子喂奶，是不应该在一旁看的，便转身进了书房。

炜平一走，小茜将衣襟撩得更高了一些，让白生生的奶根全都露了出来。叶丽一开始并没有注意这些，她没有这方面的经验，以为女人喂奶就应该这样喂。但小茜迷醉的表情和急于显露的眼神让她明白了过来，这是在向自己显摆和炫耀呀！心中不由暗笑，可怜的妹妹，你这羊奶包一样的乳房能叫乳房吗？当然，这样的话是绝对不能说出口的。对于小茜来说，能有这么一双差强人意的女性特征，是多么不易，显摆一下，炫耀一下，都是很正常的。既然如此，为什么就不能顺着她的心，让她多高兴高兴呢？她坐近了一些，这样可以更清楚地看见小孩吃奶的动作，小嘴一噏一噏的，奶水就吸吮进去了。乳房被小孩那么噏着，会是一种什么样的感觉？一股柔情蜜意，从心里泛涌上来，一直涌到了脸上。为了排解自己的心绪，她用手指头在小孩脸蛋上轻轻点了两下，将前面的疑问变作肯定："看来你的奶水还是很不错的。"

"吃不了，有时还得往外挤一些。"小茜毫不掩饰自己的得意。

"你没让小史给你帮帮忙？"话说出口，叶丽自己都有点吃惊。

"姐，你说什么呢？你也会说这样的话！"小茜臊红了脸，用手在叶丽腰间轻碰了一下。

两个人又说了会闲话，小茜的目的已全部达到，便起身告辞："总是这样，奶一吃饱，就该睡了。万一着点凉，还不被他父母骂死。"

送走小茜，叶丽却平静不下来，怀里满满的是抱着孩子的感觉，眼里满满的是孩子吃奶的模样，忽然就生出一种强烈的渴望，想要有一个自己的孩子。

走进书房，炜平还在静静地看书。叶丽从后面环住炜平的脖子，将身体贴了上去。这是经常的动作，炜平并没有太在意。但接下来他却发现有些异样，叶丽不是像往常那样，在脸颊上或者额头上给一个吻，然后走开，去看电视，听音乐，或者干一些其他的事情。叶丽的手从衣领里伸了进来，在胸前轻柔地抚摸，人也顺势转到前面，坐在了他的腿上，脸上魅惑的表示再清楚不过。激吻中，他听到了叶丽有些含糊不清的声音："我想要一个孩子，咱们自己的孩子。"

下个月的例假没按时来，叶丽怀着隐秘的欣喜和按捺不住的冲动，到医院做了检查。等待结果的时间，她觉得好漫长，这样的迫切，是一生中没有经历过的。检查结果证实了她的预感，明知道会是这样的结果，但结果还是让她晕眩，甚至有点窒息。天啊，她就要做母亲了，或者说她已经是一个母亲了！天啊，做母亲的感觉原来是这样的，与浩瀚而深沉的母爱相比，那些轰轰烈烈、死去活来的情爱实在太肤浅、太微不足道了。

她不想在电话里把这个好消息报给炜平，那样就显得太轻率了。这一天余下的时间，她什么也干不了，于是就什么也没干，只是一遍又一遍地在想，用什么样的方式告诉炜平，炜平听到后会是什么样的反应。

终于挨到了下班，她却出奇地冷静下来。回到家，该做饭做饭，该吃饭吃饭，洗了锅，刷了碗之后，她才贴近炜平耳朵，用最低的但却是最清晰的声音，通报了这个好消息。接着，她就看见了想要看见的，炜平先是发了几秒呆，然后是一脸的狂喜，将她拦腰抱起，在房间里转了几个圈。她也理所当然地奉上了最灿烂的笑容和最开心的笑声。

这个好消息当然也要告诉双方父母，分享了喜悦并收到祝福之后，她开始做母亲的梦，并开始做母亲的准备。几个月之后，酒店的五星评审应当能告一段落，不管最终能不能评上，此后的工作肯定会闲暇一些，那样就可以把更多的时间和心思放在自己和孩子上面。会是一个男孩还是女孩呢？男孩和女孩又有什么不同呢？她这样幸福地猜测着，自问自答着，欢度着一天又一天的时日。

7月终于来了，这艳阳高照、晴空万里的大好天气，在廷轩眼里却像阴惨惨的鬼门关一样。

千努力万努力，千省万省，账面上的资金也只有二百多万，与要缴纳的四百万相比尚有近二百万的差额。酒店那边应该是绰绰有余的，东海那边也说基本上可以凑齐，问题为什么偏偏出在了自己这里？他有些不服气，也有些气恼，感到自尊心受到了一定程度的伤害。

怎么办呢？这个坎总是要过去的。最省事的办法自然是从酒店拿，这是事先商定好了的，也应该是理所应当的事情，可这心里面总觉得有点别扭。去年拿那一百万，敬儒的脸色就不大好看，现在让拿二百万，那张脸不知道又会变成什么颜色。大半年了，连个人影子也没见到，别说汇报工作，商量也不曾商量过一次，真不知道现在是什么样的心思。想不到这明分暗不分，会分出这样一种结果。算了吧，实在不行，这次就算是借他的，过后再还给他就是了。

稳妥起见，他先将开元喊了过来："酒店账户上现在能有多少钱？"

开元侧着头想了想："最少也应该有六百万。"

廷轩心里踏实了许多。酒店那边的缴纳数是三百万，这就是说，那边至少还有三百万的剩余，调节使用一下是足够了。如果敬儒流露出不情愿、不乐意，那就打张借条给他。

毕竟是求人的事情，又是这么大的数额，电话里是不好说的，便喊了小孙，先奔酒店，酒店没见到人，又找到家里。

门敲了好半天，敬儒才蹬了拖鞋，踢踏踢踏地走出来，刚起床的样子，犹自睡眼蒙眬。

"你倒是活得挺潇洒自在。"廷轩笑着挖苦。

"我这人想得开,不喜欢揽权,既然信任人家,就放开手脚让人家干。"

"你这是在批评我吗?"

"我哪敢。我只是在说,每一个人的领导方法和领导艺术都有所不同。想喝点什么,青茶还是花茶?"

"茶就不喝了,我今天是来向你求救的。"

"向我求救?我这还不知道到哪里去求救。你看看这报表,给人家交过之后,账面上只能留下几十万,几十万能干什么,也就是一两个月的工资。不当这个独立法人不知道,原来压力会这么大。一百多个人在你这里干,你就得为他们负责。最近我经常在想,还是以前那样好,虽然没有什么权力,但用不着操这么多的闲心。"

廷轩仍然抱着一线希望:"这钱算我借你的,我可以给你打借条。"

"王总,你这叫什么话?咱们之间是有约定的,三位一体,要是有钱,我能不给你吗,还用打什么借条。振乾经常到我这里叫苦,你不知道现在酒店有多难做,新上的几个酒店档次都比咱们高,叶丽那个酒店听说还要评什么五星,从咱们这里拉走了不少客人和服务员。"

廷轩知已无望,不想再听那么多废话,站起来要走。

"真没想到你那里也会这么困难,如果维持不下去,我可以让他们给你转上五万,反正你那里也没有几个人。"

廷轩冷冷地摆了摆手:"谢谢你的好意,不必了。"

送到门口,敬儒又来了一句:"当初要是听我的话,多瞒下来一些,何至于这样。"

廷轩沉下脸:"我就是穷死、饿死、困死,也决不会干那种卑劣的事情。"

敬儒没有送下楼,关上门大摇其头:"你倒是高尚,可是高尚能当饭吃吗?既然那么高尚,为什么还要到这里来求我?"

心里是非常熨帖的,激动的,这些钱总算是留下来了,而且离真正的法人又迈进了一大步,想着这些钱和这座酒店都将成为自己的,想不高兴不激动还真有点困难。

廷轩坐回车里,只说了两个字:回去。然后一言未发。他心里充满了难言的愤怒和感伤，一个人怎么可以如此背信弃义，如此无耻！想起来也真是可怜，出来打拼了这么几年，竟然会为了区区二百万元，去向这样一个小人开口求助，自取其辱。当初踌躇满志地出来，难道就是为了走到今天这一步吗？接下来该怎么办呢？还有必要再咬着牙挺下去吗？他思前想后，回肠九转，万念俱灰。

回到办公室，东海、炜平和开元全都等在里面。看到廷轩的脸色，东海已经猜出了七八分："睁硬眼，翻脸不认账了，是不是？"

廷轩苦笑了一下："不说不给，是说没有，还拿出报表让我看。"

开元恍然大悟："我这才知道他们为什么要赶我出来，看来他们早有预谋，敢瞒下这么多，这胆可真够肥的。"

东海激愤不已："难道就这么罢了不成？这么大一块肥肉，就让他一个人独自吞了？"

"要不然还能怎么样？"廷轩有点神思恍惚，似在自言自语。

"告他，让他把吃到嘴里的全给吐出来。"

"怎么告？"廷轩像是被拉回现实，看着东海的脸，"我们那份协议，是没有法律效力的，他敢这么做，肯定早就吃准了这一点。"

"我有办法让他连渣都不剩地吐出来。"开元也有点义愤填膺。

"你能让他吐到咱们的盘子里吗？即使能吐到咱们的盘子里，那会是什么样的味道？算了，不要再提他，就让他自求多福吧。刚才在路上我想了又想，这个公司我是不想再做下去了。"

此言一出，众皆大惊。东海率先发声："王总，您怎么能这么想？您这棵大树一倒，想让我们当猢狲吗？"

"忽然觉得没有意思，我没有想到人心会这么险恶，也没有想到做企业会这么艰难。"

"险恶者不是已经走了吗？我想我们现在的队伍应该是纯洁的、团结的。困难也只是暂时的，不就是二百万的事吗？我那里还可以挤出五十万，您在上面熟，可以给他们再说一说，缓上一段时间再交。"

廷轩重重地叹了口气："言而无信，何以为人？我怎么好意思去给他们张这个口。你那五十万可以先借给我用用，以后我肯定会还你的。他们两个跟着我干了这么久，我不能让他们空着手离开。"

一直没有说话的炜平这时候开了口："王总，您这么讲话，难道不是对我和开元人格的侮辱吗？在您眼里，我们两个难道也是那种趋利避害的小人吗？"

开元也随声附和："我们跟了您，就没想着要离开，您也别想撇下我们不管。"

说话的同时，两个人各自拿出两本存折，恭恭敬敬地放到了办公桌上。廷轩不用看，就知道那是什么，神情为之一动，闭上眼睛，两颗豆粒大的泪珠从眼角慢慢渗出，又慢慢掉落下来。他的声音里满含悲怆："我很感谢你们还能这么信任我，可是你们想过没有，如果房地产市场明年还是这个样子，你们这些钱就有可能打了水漂。"

开元又开起玩笑："王总，您也太小瞧我们了，我们人都敢漂到这里，还怕钱打水漂？"

东海拿起几本存折看了看："可是这钱还是不够啊，剩下的一百多万从哪儿来。"

开元神秘地一笑："两位老总就不要发愁了，剩下的钱我来想办法。"

廷轩睁开了眼睛："你能有什么办法？"

开元又是一笑："您难道忘了我老婆是干什么的？告诉你们一个好消息，我老婆三个月以前已经提拔为开发区支行的行长助理，办这点贷款不算什么难事。而且，银行的银根现在已经有所松动，他们是不会把钱留在手里的，在保证安全的情况下，他们想尽快将钱贷出来。所以，咱们贷他们的款，也是在帮他们的忙。我告诉我老婆，你就放下一百条心，五年以后，我们公司将会是你们行最大的存款户。"

廷轩的神色明朗了许多："你凭什么这么说？你这不是在骗人家吗？"

开元的话掷地有声："我不会去骗人，更不会去骗我老婆，我就是这么认为的。现在可以说是房地产企业最艰难的时刻，也可以说是黎明前的黑暗，只要把这段时间挺过去，必然是一片坦途。"

廷轩的脸上已经有了点喜色："你既然敢这么说，我就敢把你们的钱接下来。我早就在想公司股份的事情，这些钱就算作你们的股本吧。至于持股比例，我想好再告诉你们，要尽快把这件事情定下来。这里，我也要做个检讨和保证，今天是让这个黄总给气糊涂了，以后这样的退堂鼓绝对不会再打。"

"这就对了嘛,公司成立以来,经历了多少风风雨雨,还愁过不了这个坎。"东海也是一脸的欣慰,"工厂那边的股份怎么办?要不要合在一起?"

廷轩略微思索了片刻:"我认为合在一起的时机还不是很成熟,你可以在厂子内部先搞起来。心如果还在一起,人就一定会在一起,到时候只是一个股份折算问题,这对开元来说应该不是什么难事。"

"厂子那边如果搞,我想给汪所长留上百分之十的干股。"

"应该的,百分之十如果不够,还可以再增加一些,对于该记得的人,我们是一定要记得的。"

从廷轩办公室里走出来,开元对炜平笑言:"真没想到,王总这样的人也会流眼泪。"

炜平反应很平淡:"这有什么好奇怪的,人是感情动物,到了伤心动情处,自然是会落泪的。"

"这么说你也哭过。"

"当然哭过,而且不止一次。"

"可是为什么没让我看到过呢?不行,这对我不公平,你必须当着我的面哭一次。"

炜平推了开元一把:"别废话了,赶紧去办贷款的正事吧。"

开元嘻嘻哈哈的没个正形:"我办事您老人家还不放心吗?十天之内,我保证贷款打到咱们账上。你要是现在给我哭一个,五天时间就够了。"

这些钱就这么留下来了吗?这座酒店将来真的可以归自己所有吗?敬儒无数次地这么问自己,他被这巨大的喜悦和兴奋刺激得坐卧不宁,一会忍不住笑几声,一会心里面又虚虚的、慌慌的,总想再把这种感觉抓得严实一点,牢靠一点。

他走到振乾办公室,又让振乾将仁义喊了过来,然后将发生的事情讲述了一遍,最后以表功的口吻收场:"这钱总算是给咱们留下来了。迈出这一步,就不可能再回头了,我心里还真有点不踏实,就想找你们再说道说道。"

"王总是什么样的反应?"振乾问。

"你这话问的，能好吗？高兴是不正常的，不高兴是正常的，换作是你，你能高兴吗？不过他也没有什么可说的，我不是不给，是没有啊，所以不存在什么道德方面的问题。说到底还是你出的这个主意好，要不然我还真不好意思不给。既然已经走到了这一步，我们一定要统一口径，千万别露出什么破绽或者说漏了嘴。"

振乾阴惨惨地一笑："别人也许还会相信，开元你能骗得过去吗？"

敬儒有点紧张："这么看来，必须要撕破脸皮了。"

"实际上已经撕破脸皮了。该来的总归会来，早撕比晚撕要好。"

"他们会不会把我告上法庭？"

"我认为没有这种可能，他们心里也很清楚，你们那份三方协议是不受法律保护的，不可能告出什么结果，再说王总是那么要面子的一个人。"

"话是这样说，还是要把准备工作做得更充分一些，人在气头上，往往会做出点糊涂事，比如到税务那里给你捅一下。仁义你要多动点脑子。"

仁义胸有成竹地笑了笑："黄总，您就放心吧，该做的工作都已经做了，一般情况下是出不了什么问题的。"

"不能一般情况，要保证绝对不出问题。咱们三个现在是一个利益共同体，一损俱损，一荣俱荣。"

振乾也笑着安慰："咱们仁义同志也算得一只老狐狸，这么一点小事还能难住他？您就买上几台点钞机，只管坐在家里数钱就是了。"

敬儒这才露出笑容，眉飞色舞："数钱也是为你们数，没听到过那么一句话吗，这世界最终还是你们的。"

开元没有妄言，三天以后，银行的二百万元贷款就到了公司账上。

廷轩心里一块磐石落了地。还过钱之后，账面上还能剩余几十万，半年之内，不用再为资金的事情忧愁了，这个春节也可以轻松愉快地度过。以前只想着酒店重要，现在看来，真应该让开元这小子早点回来，也许自己的头发就不会白得这么多。

他将炜平和开元唤到办公室，眼睛却看着开元一人："你那边的问题解决了，我这边的事情也想好了。公司的股份，我占百分之四十，你们两个人各占百分之二十五，另外百分之十留给其他人。一万元一股，如果没有人要，或者认购不完的部分，你们两个人再平分。"

开元吃惊地睁大了眼睛："王总，这么做不大合适吧，咱们公司的股份不应该这么廉价，另外我们两个不应该占比这么高。"

"廉价吗？这要看你怎么想。公司现在的贷款加上明年7月份要给部队还的款，资产净值基本为零，还很有可能成为负数，就像我那天说的，你们交的钱很有可能打了水漂。别的人不一定会像你们这么傻，一万元一股，估计都不会有人交。再说占比，我留那么多有什么用，给你们个百分之十、百分之五的，还有意思吗？这里，我要先向你们两个股东讲清楚一件事，去年我刚给儿子在北京买了一套房，现在拿不出那么多钱来，但可以向你们保证，一年之内，会把该补的钱补上。"

开元大为动容："王总，您这不是在骂我们吗？您的股份还用交什么钱，拿干股是天经地义的事情。"

廷轩的神色变得严肃起来："既然搞股份制，就得按股份制的原则来，谁也不能例外。你让我像汪所长那样享受干股，我能心安理得吗？如果你们同意，这件事就这么定了。炜平，你下去召集其他人开个会，把这件事情讲一下，给他们三天时间考虑，谁如果想多要，就从我的股份里面往外扒拉。"

散会后，开元没有回财务室，跟着炜平走进了办公室，很仔细地打量着炜平："我真是奇怪，你这心是什么做的，怎么一点反应都没有？"

炜平也奇怪地看着开元："你要我有什么样的反应？"

开元压低了声音："我真没想到王总会这么大方，原本想着能给个百分之十就不错了。你知道不知道百分之二十五预示着什么？两三年以后，我们就有可能成为千万富翁。"

炜平有点不大相信，又有点不屑："会有那么多吗？真成了千万富翁又能怎么样，我还不是我，你还不是你吗？"

开元用手指点着炜平："你呀，心思完全让书虫给蛀空了，连一点人间烟火味都没有，还怎么写出更好的作品。我可没有你那么清高，真要是成了千万富翁，我每天都会把头在墙上碰三下。"

炜平故作惊讶地看着开元："会吗？我估计在成为千万富翁之前，你一定会把家里重新装修一遍，把所有墙面全软包起来。"

开元笑了起来："算了吧，道不同，不相为谋。你还是赶紧去开你的会吧，我真希望没有一个人认购，把那百分之十的股份再分给我们两个。"

事情完全如开元所想，开会现场，没有一个人表态，开过会两天，也未见一个人来交款。开元心中窃喜，看来离百分之三十的股份是越来越近了。他偷眼打量着坐在对面的出纳，轻蔑和怜悯在心中交替。他原来最担心的是这个人，毕竟是搞财务的，就应该有点经济头脑，脑子就应该比别人清楚一些，没想到竟然也是这么蠢。

这是一个二十多岁的小男孩，开元看第一眼就不喜欢，以后还是不喜欢。不喜欢的原因是这个男孩的下嘴唇和仁义有点像，都有点厚，他有点偏执地认为，下嘴唇长成这样的男人，都会有点厚颜无耻。接触了几个月，倒没有找到多少无耻的佐证，但还是不喜欢，因为这个男孩还有一个毛病，言谈里经常不由自主地流露出对仁义的敬仰之情。能敬仰那样一个人，其愚蠢程度可想而知，这次不参与认购，也就在情理之中了。

面前坐着这么一个人，视觉和心理都不大舒服，可人家又没犯什么错误，不能以下嘴唇厚和愚蠢为由把人家辞退。通常情况下，感情是不能代替理性的，所以便咬牙一天天忍受着，公司总是要发展的，到时候找个由头支远一点就是了，眼不见为净，这句话绝对是一个真理。

到了第三天下午，司机小孙迟迟疑疑地走了进来："孟总，我想和你商量一下入股的事情。"

虽然回到了公司，小孙却一直保留着以前的称呼。通过借钱的事情，开元也对小孙很有好感。出纳好像有意回避这敏感的话题，主动走了出去。

小孙天生的一副愁苦相，到现在也没改变多少："孟总，你说我该怎么办？不入吧，我觉得对不起王总；入吧，老婆不同意，家里也拿不出那么多钱。"

开元看着小孙，心里很矛盾。劝入吧，百分之三十股份的梦想就会泡汤，不劝不支持吧，这个可怜的人就会丧失一次难得的发财或者是彻底改变命运的机会。他沉吟了一会，先避近就远："老纪和田军他们怎么想？"

"他们都决定不入，尤其是田军，不入还乱嚷嚷，说是公司快不行了，才让大家往外拿钱。"

如此说来，目前犹豫不决的只有小孙一个人。开元支着下巴，沉思良久，最终还是怜悯之心战胜了贪婪之情。自己少上一个点两个点的有什么关系，对于小孙来说，却是天大的事情，这样的机会也许一生中只有这一次。他觉得都快被自己感动了，神情里多了些激昂："你要是愿意听我的话，还是入一点。你现在能拿出多少钱？"

小孙很有点难为情："这几年的工资大都还了欠款，现在手里只有几千块钱。"

"我建议你入两股，不够的钱我可以给你垫上。但丑话我要说在前面，由于你这是投资，这些钱我不能白借给你，要按银行同期利率收取利息，不过本息你都不用急着还，可以等到分红以后再说。"

"又要借你的钱。"小孙看似不好意思，实际上还在犹豫。

"我再说一遍，你要是相信我，就听我的，绝对不会有错。"

小孙这才千恩万谢地走了出去。

也许是小孙的身材比自己还要瘦小，也许是自认为做了一件很高尚的事情，开元真就觉得自己高大起来，竟然被这种念头撩拨得坐立不住，走到炜平办公室，将炜平拉起来比试了一下，难免有点泄气，嘴里嘟囔着："怎么还是差这么多？"

炜平很感奇怪："你这是发什么神经、抽什么风？"

开元就把小孙的事情讲了一遍，最后又问了一句："你说我这么做是不是很高尚、很高大？"

炜平的笑容里带了揶揄："八字才见到一撇，你到底是在帮人家，还是在害人家，都很难说得清楚，就开始给自己树碑立传。"

开元严肃起来："要是见到另外一撇，他们哭都来不及。有人说发财靠努力，有人说发财靠机会，我认为都不是，最重要的其实是眼光。《创业史》那本书你肯定看过吧，里面把元宝往河里扔那个故事，让我笑了好久，现在我才发现，现实生活中这样的人其实很多。你是不是还有点信不过我，要不这样行不行？把你的股份加一倍价格转让给我，干不干？倒一下手，二十多万就到手了，到哪儿去找这样的好事？"

炜平也就顺水推舟，装作动心的样子："说内心话，这诱惑是挺大的，可我要是把股份卖给你，以后还怎么见王总。"

开元又呵呵笑了起来："我也给你说一句内心话，你真让我买，我也不敢买，过两年公司的业绩一上去，叶丽要是一气之下休了你，我到哪里去给你找叶丽那样的婆姨。"

炜平用手在开元肩膀上轻砸了一下："算了吧，别贫嘴了，王总那边还等着结果。"

听完汇报，廷轩皱着眉头思考了挺长时间才开口说话："这我还真没有想到，看来他们对我这个老总还不是很信任。这样吧，其他人就不去管他了，小孙和老纪这两个人来得早，给他们各留上两个点，老纪那里我再单独去做做工作。这四个点就从我的百分之四十里面出，你们两个各占百分之三十，这样更好记一些。要是没有什么意见，就抓紧时间把证书做了。"

开元心中狂喜，这个好报也来得太快了一些，那边落了高尚，这边得了实惠，如此看来，以后还是要尽可能地多做好人好事。他忍不住瞧了炜平一眼，发现那张脸上还是风轻云淡的，一点变化也看不出来。这家伙也真是奇怪，是真的看不准，还是压根不把这些利益当回事。如果真是后者，那就不只是身高，修养也比自己高出不少。

田军怒气冲冲地质问老纪："不是说好不入了吗，你怎么又变了卦？"

老纪自知理亏，嗫嗫嚅嚅的："我想了又想，觉得不入对不起王总。"

"那你为什么不和我商量？看你这眉眼就像个叛徒，你想往火坑里跳你就跳吧，到时候别怪我没拉你。"

老纪被骂急了，也把脖子一梗："跳火坑就跳火坑，我愿意，你以后别再操这份闲心。"

"好好好，是我他妈的嘴长，长了个驴嘴。到时候你老婆和你闹离婚，千万别来找我。"

老纪心里本来就不是那么太踏实，两万块钱，几乎是全部家底，都是抠抠搜搜积攒下来的，平常看得比命都重，真要是打了水漂，那要心疼多少日子？让老婆离婚的阴影这么一罩，心里更虚了一些。可是有什么办法呢？王总单独谈话，这面子总不能不给。王总又反复交代不要告诉其他人，也不知这葫芦里到底卖的什么药。心里面七上八下的，没有个着落，入股的战友只有小孙一个，就想到小孙跟前再讨个实底。

"小孙你给我交个实底，你心里到底是怎么想的？"

"说老实话，我心里也没底，不过我信王总，也信孟总这个人，他要说没事，那就不会有事。"

老纪悻悻的："你倒是轻巧，只有几千块钱，没了也就没了，我这可是两万实打实的真金白银。"

小孙恼了："老纪你这说的是人话吗？你把我看成了什么人？这钱真要是瞎了，我就是卖血也要给人家孟总还上。你想入就入，不想入就别入，以后别在我面前瞎咧咧，烦！"

仁义找到振乾，神态有点鬼鬼祟祟的："你知道吗，公司那边的股份已经解决了。"

振乾颇感意外："你怎么会知道？"

"出纳告诉我的。他征求我的意见，问我该不该入。"

"你是怎么回答的？"

仁义没料到会有此一问，顿了一下："我能怎么回答，这种事谁也看不透，只能自己做主。"

"炜平和开元的股份是多少？"

"各占百分之三十。这边的股份也不知什么时候才能解决，要是也能有他们那么多就好了。"

振乾心里有点不大舒服，这就叫不自量力，我的持股比例能和你一样吗？嘴里说出的却是另外的话："你觉得咱们这个主子会有王总那么大度吗？我看能给你个百分之十就算是烧了高香。"

仁义的失望之情溢于言表："他一个人就要占那么多？"

"现在的问题是他说了算，不是咱们说了算，就这百分之十也不知道什么时候才能给，我和这个人打交道时间比较长，按照他的秉性，这种事等是等不来的，我们必须主动去争取。你想一想，财务那边还有什么要汇报的事情，我们现在就过去找他。"

两个人一起进来，让敬儒受了一小惊，还以为发生了什么事。

坐定以后，仁义先开口："财务这边有点事情，想当面给您汇报一下。昨天滨海银行的人来找我，说他们行刚出了个政策，存款利息可以比别的行高一个点，我想把存在建行的三百万转过去，这样一年就可以多出三万多块钱的利息。"

敬儒的心放下来一半，语气里略含了责备："这样的事情你和振乾商量着办就行了，还用得着给我汇报。"

"我这里也有点事情要向您汇报，"振乾有点郑重其事，"几个做正规按摩的技师要求将她们的分成比例提高一些。这几个人也真是的，让做大活不愿意做，看人家挣钱又眼红，想一脚踹出去，里面没有这么几个人遮挡还真不行，我看就给她们提高半个点算了，反正也没有几个钱。"

敬儒有点警惕起来，这件事情好像也不值得这么兴师动众的。振乾的语气也让他不大舒服，那意思是已经定了的，还跑来汇报什么。但这个人现在就如同自己的摇钱树一般，是绝对不能随便得罪的。这么想着，脸上便带了笑："我早就说过，管理上的事情我不懂，也不想懂，以后像这样的小事，你看着定就行了。"

几个人一时无话，振乾忽然想起来什么似的转向仁义："你昨天说公司那边改成了股份制，是不是真的？"

仁义点了点头："是真的。开始我也不大相信，后来又问了几个人，都说确实是这么回事，不只房地产那边，厂子那边也改了，听说还给汪所长送了百分之十的干股。"

敬儒心里完全明白过来，这才是这两个人此行的目的。看这架势，很有点逼宫的意思，未免就有点恼火，这么大的事情，是说定就能定的吗？脸上便露出点不屑："你们也相信那一套，不过是笼络人心的伎俩罢了，随便扔个仨瓜俩枣的，这样的事情谁不会干？"

振乾正色道："那可不是仨瓜俩枣的事情，炜平和开元各占了百分之三十。"

敬儒这一惊非同小可，两个百分之三十，那就是百分之六十，要照此办理，一口就要吞去我一大半，那还不和天塌了一样。这种情绪当然不能流露到脸上，学识、修养和阅历在这时候便发挥了作用。他轻蔑地哼了一声："不过是画饼充饥、卖空头人情的伎俩而已，能有什么用？入了股他们能得到什么？很可能这也是没有办法的办法，靠这些钱再维持、再支撑一阵子。我真有点担心，他们入股的钱还能不能再拿得回去。这个问题我也不是没有考虑，但咱们这边的情况有所不同，入股就必定有红可分，是明摆着的一件好事。这就牵涉到一个问题：股份给谁不给谁，是到部门经理一级还是到主管一级，我必须统筹考虑，所以这不是一个简单的问题。不过，你们两个大可放心，不管最后怎么解决，你们的占比肯定不会少，我是绝对不会让你们两个吃亏的。"

把两个人送走，敬儒开始苦思苦想。这真是一个很头疼的问题，不但当着面提出来，胃口还那么大。这要是答应下来，就预示着存在银行的近四百万资金将有一大半不属于自己，还预示着以后的净利润会源源不断地从别的渠道流走。这就相当于原来用两只手接钱，现在只能伸出一只手，里面还放不满，这样的感觉能好得了吗？该怎么办呢？断然拒绝显然不是上策，这两个人目前还是要依靠的，是得罪不起的。左右为难之际，他有点生廷轩和东海的气，干不下去就别干了呗，整这个八卦干什么？把我这大好心情搅扰得愁云密布。

思想到最后，他想到了拖，这是最笨、最无奈的办法，但往往是最有效的办法。在时间里寻找变化，在变化里寻觅时机。拖上一段时间，也许他们就会知难而退，也许会降低期望值，如果每个人的占比能在百分之十以内，那也不是不能考虑。还有一种可能，会发现更合适的总经理和财务总监人选。要是那样，态度就可以强硬一些，就是这样的待遇，想干了就干，不想干了就给老子滚蛋！

走到路上，振乾问仁义："你说生活流氓和政治流氓的区别是什么？"

这一问太过突兀，仁义回答不出，只把眼睛瞪得更大了一些。

"我是这么看的，生活流氓是一种生理需求，像到桑拿和舞厅消费的这些客人，都可以归入这一类。政治流氓是一种心理需求，像官场上玩弄手腕的那些人。生活流氓还是有一定人性的，而政治流氓基本上是不讲人性的，或者说只讲人性不通人性。还有，生活流氓有可能转化为政治流氓，因而未必是政治流氓，而政治流氓却必然是生活流氓。"

仁义很是好奇："你什么时候开始研究这些问题的？"

振乾很有几分得意："要与人打交道，不懂得人怎么行？"又调笑地看着仁义："比如说你，身上兼具生活流氓和政治流氓的潜质，可惜的是，运气不是太好。"

仁义面红耳赤："你怎么能这么说话？"

振乾大笑："即使戳到了你的心窝子你也不要不高兴，这不是在骂你，是在夸你。想不想听我对自己的评价，充其量就是一个生活流氓，永远也上升不到政治流氓。"

仁义半是质疑半是回击："我有点听糊涂了，你到底是在夸你还是在贬你？生活流氓和政治流氓到底哪一个更好一些？"

"既然是流氓，还有好的吗？有的只是层次和程度上的问题。政治流氓自然比生活流氓层次更高，因而人性化程度更低，这个评价只有自己才能做出，关键看你向往的是什么，追求的是什么。算了吧，言归正传，我越看咱们这个主子越像是一个政治流氓，所以我们以后也要多长点心眼，不要忙死忙活地干到最后，什么也没捞着。"

对此仁义很有同感，但是他没有说出来。他认为一个人成熟的标志之一，就是把想要说、应该说的话从容地憋在心里面。

10月的一个上午，活泼泼的阳光从窗户里泼洒进来，房间里暖融融的，炜平正在有一搭没一搭地和开元扯闲。他很享受这样的时刻、这样的情调，开元的归来，在很大程度上缓释了自己内心的急迫，好像也在填补着生活方面的一些空白。

门很有礼貌地响了三下，随即一前一后走进来两个男人。前面的四十多岁，后面的五十多岁，都西装革履的，穿戴不俗，气度亦不凡。炜平看不出两个人的身份，出于礼貌，起身让座。开元却把自己当成了客人，坐着没动，只悄悄地注视着。

炜平想要倒水，被年轻的很坚决地制止了，脸上出现一个惯于交往的人特有的笑容："你不要忙活，我们来只是想了解一下，你们公司网上的宣传页是哪个广告公司做的？"

炜平还未及开口，开元先冷冷地问了一句："你们打听这个干什么？"

那人脸上的笑意更浓了一些，指着年长的介绍："这是我们卓越公司的万总。我们没有别的意思,就是想找到这个广告公司,看看有没有合作的可能。"

炜平愣了一下,看到开元的脸色也为之一变。卓越公司的名头是很响亮的,是全市最大的房地产开发商,几乎占了全市房地产业务的半壁江山。

万总也微笑着开了口:"你们不要有什么顾虑,我们公司在开发区现在还没有开发的楼盘,不会对你们构成什么威胁。"

人家把话说到这个份上,炜平也就如实相告:"没有什么广告公司,那宣传页是我们两个自己做的。"

"你们自己做的?"万总似有点不大相信,"那么好的创意,那么讲究的文字,你们自己能做出来?"

开元有点来气:"我如果告诉你,坐在你面前的这一位是有名的作家,你信不信?"

疑问逐渐从万总脸上褪去:"这我还真没有想到,这么小一个公司,竟然会藏龙卧虎。杜总,你想到了吗?顺便给你们介绍一下,这是我们公司主管销售的副总经理。"

杜总有点如释重负:"我就说嘛,如果是广告公司做的,下面怎么会没有公司名称,哪个广告公司都恨不得把业务做到天上去。你们两个把我害苦了,为了这件事情,我挨了万总好几次训。"

万总嗔怪地看着自己的副手:"你这训挨得还冤吗?要是早点过来,不是早就明白了。"然后,一脸真诚地转向炜平和开元:"你们能不能帮我们公司做一期,如效果理想,我们可以长期合作。"

杜总也补充了一句:"报酬方面你们不要担心,我们万总不是一个出手小气的人,要不然公司也做不到这么大。"

这件事情来得太过突然,炜平不知道该怎么回答,便求救似的看着开元。

开元的神情是跃跃欲试的,但嘴却闭得紧紧的。

炜平无奈,只好采用拖延战术:"这件事我们两个不好定,需要向我们王总请示一下。"

万总看来是志在必得:"你们王总在不在,能不能帮我引见一下,我真想看看,什么人手下,能有这么两员大将。"

这样的要求是无法推拒的,炜平只好将两个人领到廷轩办公室,做过介绍,倒上茶水，想不出王总会对这件事情怎么看，心里很有点忐忑不安。

谁知廷轩和万总竟有点一见如故，简单寒暄几句以后，一下子亲热起来。原来这万总也是个退伍军人，而且和廷轩一样，都是大校级别，不同的是，一个是文职，一个是武员。廷轩兴致颇高，吩咐炜平把壶里和杯中的茶水倒掉，从柜子里拿出一包茶叶重新泡上。一文一武的，竟然也有说不完的话题，敞开心扉，谈笑风生。炜平和杜总插不上嘴，只能边喝茶边听，该笑的时候跟着笑一下。炜平对这种场合还不是很适应，笑也总是比杜总慢了半拍。

两个军人的交谈终于告一段落，回到了现实，万总扭头四下里看了看，大发感慨："你老兄这心胸可真够大的，能受得了这样的委屈。一个大校级别的京员，在这种环境里办公，传出去也不怕别人笑话。"

"有什么可笑的？"廷轩笑着反问，"不是有那么一句话，叫'掉毛的凤凰不如鸡'吗？这可能也是文武之间的差异，你们是宁折不弯，气贯长虹，而我们却经常能忍不能忍之忍。"

"话是这么说，可我这心里就是有点不大舒服。今天算是认识了，就把我当战友看，以后有什么过不去的坎，吭一声就是了。"

廷轩抱拳："有你这个地产大佬做后盾，我这心里踏实多了。前几个月我真有点灰心，要不是他们几个铁了心地支持，也许就坚持不下去了。"

杜总给万总使了个眼色，万总才想起此行的目的，语气上改变了一些："不过，今天来我是有求于你的。"

"求我？"廷轩很有些意外，"你们那么大的公司，还有能求到我的地方？"

万总便把做广告的事情讲了出来。

廷轩这才释然："我以为是什么大事，能入你们的法眼，让他们做就是了，还谈什么钱不钱的事情。"

万总看着炜平："王总表了态，这下应该没有什么问题了吧。"然后，一脸正色道："该付的钱我们肯定是要付的，这不只是劳动报酬问题，也是对人才的尊重。说实在话，我真想把你这两个人挖过去。你说这也真是奇怪，我已经干了十几年，怎么就没抓住一个像这样的人才。"

廷轩担心杜总的面子上过不去，为其遮掩了一句："我看你这个杜总也很像一个干才。"

"从挨训这个角度讲，我确实是一个干才。"

杜总的自嘲让几个人都笑了起来。

一直聊到日近正午，万总才起身告辞，廷轩诚恳挽留，挡住不让走，一边让炜平给东海打电话。万总也就不再坚持，脸上的笑容更加朗然："我这好像是在故意蹭饭，这个名声可不怎么好听。吃饭可以，但这顿饭必须由我买单。"

廷轩显得很随和："好，你买你买，谁让你是大老板呢？"

出门前，炜平将廷轩拉过一边，低声问道："去哪个酒店？"

廷轩的神色忽然暗了一下，思索了片刻："去叶丽那个酒店。"

"要不要喊上开元？"

"当然要喊上。这顿饭因你们而起，按说你们两个才是主角。"廷轩的神态已经恢复如初。

在路上，炜平就给叶丽打了个电话，预订了包间。听说王总要去，叶丽的声音都有点变样，炜平能从声音里想见其兴奋的神态。

东海在军工企业干了二十多年，最起码也能算得半个老兵。两个半老兵，也能唱一出好戏，进到包间以后，三个人便你一言我一语的，很难再停得下来。先从兵器谈起，步枪，机关枪，手榴弹，坦克，飞机，原子弹，然后是战争，抗日战争，解放战争，朝鲜战争，对越自卫反击战，谈到高兴处，三个杯子便在空中碰一下，全然忘记了其他几个人的存在。其他几个人倒也识趣，自己吃自己的，偶尔互相举杯示意一下。

直到叶丽进来敬酒，两个半老兵的谈话才算告一段落。看到叶丽，万总的眼里就流露出些许惊异，及至明白了叶丽与炜平以及四方公司的关系，吃惊和艳羡全都写在了脸上，由衷地赞叹道："真不知道你这网是怎么撒出去的，刚开始我还有点同情你，现在却有点羡慕你，这样的精英怕是在滨海市也找不到几个。"

东海酒已微醺，也不知说给谁听："也有乌龟王八，烂鱼臭虾，不过都已经跑了。"

廷轩看了东海一眼，示意不让再说下去。

万总没有注意到这些，仍然延续着自己的思维："手里有这么几个人，我相信你老兄的公司在不久的将来，一定能做大做强。"

"万总对现在的房地产市场怎么看？"开元不失时机地问了一句。

"快了，我认为要不了多长时间，房地产市场就会活跃起来，所以现在该捂的楼盘一定要捂住。"

印证了自己的看法，开元在心里偷偷笑了起来。

用餐结束时，炜平和杜总争着去结账，被叶丽挡住："这个账你们谁都结不了。我在这里当了一年多总经理，免单的签字权还没有用过，今天就让我感受一下。"

廷轩的神色不知为什么又暗了一下。

下午刚一上班，廷轩便将炜平和开元叫到了自己办公室。

"我已经答应了人家万总，所以这件事不管你们同意不同意，都必须去办，而且一定要办好。"

炜平面露难色："我心里一点底也没有，那么大一个公司，怎么会看中我们两个胡乱折腾的这点玩意。我就怕把事情搞砸了，给咱们公司丢脸。"

"能丢什么样的脸？至多看不上、不采纳就是了。你们只管放心大胆地去干，真要是丢脸，也丢不到你们那里，我把这张老脸给他就是了。开元你怎么想，有没有信心？"

"我这人别的没有，信心多的是。我在想另外一个问题，真要是做成了，发票该怎么开？开公司的发票肯定是不行的，一个房地产公司不大可能向另外一个房地产公司买房子，再说金额对不上，做一次广告，不可能值一套房子。"

廷轩的神情里多了些调侃意味："你怎么净想着钱的事情？我已经给人家说了不收钱。"

"那不行，"开元语气很坚决，"付出就要有回报，这是天经地义的事情。再说他们有钱，我们现在缺钱，揩他们一点油，也是应该的。并且，这不单是钱的问题，杜总上午有一句话提醒了我，他说在网页上找不到广告公司的名字。如果给他们的广告业务做成了，还有其他公司想做怎么办，总不能让人家瞎猫捉老鼠似的到处乱找。"

廷轩的语气里含了善意的讽刺："你小子心倒是挺野的，还真想把这作为一门主业去做。那好，我成全你，可以成立一个广告策划公司，作为公司的二级单位也行，独立于公司之外也行，房地产业务真要是做不下去，我还可以到你们那里讨口饭吃。"

开元开心地笑了起来："我已经想好了，公司就叫四方广告策划公司。我是有点野心，但没有那么大，董事长必须是您的，我们两个充其量就是闹个总经理当当。"

廷轩的神色变得严肃起来："公司可以搞，事也可以干，但我有言在先，一定要分清主次，任何时候都要以公司的业务为重。我为什么会痛快地答应这件事情，有一个很重要的原因，那就是你们办理业务的过程，也是一个很好的学习过程。万总他们的公司能做到那么大，肯定有过人之处。你们现在有了这个便利，小区的整体规划，楼体外观的设计，房间内部的布局，销售理念，房子的价格，都要认真地看一看，问一问，这对我们公司以后的发展将会有很好的借鉴意义。"

开元的赞叹里多少含了些挤兑："我说王总为什么会对这件事情这么热心、这么支持，原来是让我们两个去当间谍呀！"

炜平很佩服开元的大胆，却也跟着笑了起来。

为了谁当广告公司的总经理，炜平和开元争执了半天。

开元的理由很充分："谁都知道搞财务的是千年老二、老三或老四，绝对成不了老大。这道理其实很简单，公司的财务我要管，这个小公司的财务我也要管，再让我当这个总经理，这不是明摆着想让我犯错误吗？"

炜平的理由也很充分："这个公司是你鼓捣起来的，凭什么让我负责？世界上没有什么事情是一成不变的，你就给搞财务的破个例有什么不可以？再说，有王总在上面罩着，你还真成不了什么老大。广告公司的收入能有几个钱，还怕你贪污了不成？你放心干就是了，真要是犯了事，我天天去给你送饭，而且拣你爱吃的送。"

争论到最后，炜平几乎是在哀求："你就饶了我行不行？我实在没有那个兴趣，一想到要与人打交道我就头疼。"

开元是真生气："这个没兴趣，那个头疼，那你还活在世上干什么？"

炜平一点也不恼："活着给你当兄弟呀！要是没有我，你想想你会有多寂寞。"

"算了吧，活着给叶丽当老公还差不多。我懒得再和你争，这个总经理我当，但有些话必须说在前面，我这个总经理眼下只有你这么一个兼职员工，绝不能磨洋工、撂挑子。"

"这个你放心，我保证随叫随到，而且会尽心尽力。但有一样，你不能让我到街道上去散传单、揽业务。"

开元笑了起来："对我有一点信心好不好？公司如果做到那种地步，再做下去还有什么意思。你只需干好一件事情就行了，就是把好文字关，也不要写得太好，能让人说出'讲究'两个字就行了。不对，还有一件事，这个公司以后所有的费用支出单据，都必须有你的签字。我可没有那么傻，真要是进去了，再好的饭吃到口里也会变味。"

不就是签个字嘛，有什么难的，炜平想也没想就答应了下来。

营业执照办下来之后，开元把复印件拿回家向妻子炫耀："你老公还行吧，一不小心就弄了个总经理。"

妻子拿过复印件看了一眼，又扔到桌子上："十万块钱的总经理，我一年的工资就能买一个。"

开元气得不轻："你这人怎么这样，就不能满足一下你老公的虚荣心？公司从小做到大，才是真本事。你信不信，过上儿年，我这个十万元的小公司，每年就能挣他个几十万、上百万。"

"你就别做梦了，还是好好想想明年怎么还我们银行的二百万吧。"

"你们那二百万还用还吗？到了明年，你肯定会跟在我屁股后面求我：孟总，再在我们这里多贷一点吧。或者是另外一种说法：孟总啊，你们公司的钱就不要往别的银行存了，都存在我们银行吧。"

妻子走过来在开元额头上摸了摸："也没发烧啊，今天怎么净说梦话？"

开元抓住妻子的手，将妻子揽在怀里，然后抱起向里屋走去。

炜平没有想到，签字也不是一件好干的事情。开元拿来的第一张单据，是相机申购单，上面的金额赫然写着八千元。

八千元，几乎是注册资本的十分之一，炜平很是犯难，这单到底是该签还是不该签。

开元有点着急:"咱们现在好歹是一个公司,总不能一点资产也没有。舍不得孩子套不住狼,你让我再拿着我的傻瓜相机去给人家拍照,那会让人家笑死。我知道你在担心什么,这么大的事情我是不会自己做主、自行其是的,你签过字,我就拿去让王总审核。"

炜平这才犹犹豫豫地签上了自己的名字。

廷轩这边倒比炜平痛快得多,一边签字,一边鼓励:"既然想做,就不要怕花钱,我建议买最好的,八千元要是不够,再增加点就是了。"

这样的话是开元没有想到的,就有点兴奋和激动,将申购单摊开在炜平桌面上:"你以后要多学一学王总的大气,知道王总是怎么说的吗?八千元要是不够,只管再增加。"

炜平故作生气的样子:"那我以后不签还不行吗?"

开元最怕这一招:"还没正式开业就想撂挑子,你让我这个总经理怎么当?我把你再叫一声哥行不行?算我没说行不行?我给你赔礼道歉行不行?"

由于是第一单生意,开元格外重视,非要拉着炜平一起去。炜平也想多给这个小兄弟老总一点支持,便痛快地答应了下来。

说好让小孙去送,下得楼来,却见杜总已等在楼下。杜总一见面就开起玩笑:"在万总眼里,你们两个比我这个副总可是重要多了,知道你们今天要去,昨天就打电话告诉我,一定要派车来接。我一想,派别人来还不如我自己来,万一再出个什么岔子,肯定又吃不了兜着走。"

开元也跟着开起玩笑:"吃不了兜着走好啊,现在人们的消费观念逐渐在改变,吃不了的东西,打包带回家,已经不是什么丢人的事情。"

谈笑间,车已开进一个快要建成的小区。走下车,开元不由心惊,什么是大公司,什么叫大手笔,总算是见识到了,建成的已有几十栋,在建的还有十几栋,齐刷刷的,像整齐的行军队列。小区内的绿化和其他配套设施已经基本完成,小桥流水,奇石巧布,绿草如茵,很是赏心悦目。开元心里被一个个"啊"字顶着,摆出一个资深摄影师的架势,弯腰撅臀的,拍个不停。炜平也自感叹不已,文思已不由自主地跳跃起来。

看完楼外，再看楼内，惊叹也随着跟了进去。房子的建筑面积最小的三十多平方米，最大的一百八十多平方米，户型由一室一厅一卫到四室两厅两卫，几乎可以满足所有需求。更叫绝的是户型设计，南北通透，厅大室小，进门有衣帽间，与厨房相连的小阳台可以做储藏间，极具人性化。相比之下，公司需要借鉴的地方真的挺多。开元在心里嘀咕，难怪王总说可以不收取费用，用这种光明正大的方式得来的资料，其商业价值已远远超过了做广告的报酬。

在住宅区里里外外转了个遍，杜总又将车开到工业园区，远远一望，开元的眼睛就有点发直，转头看炜平，也有点痴呆呆的样子。原来看公司的厂房，感到挺宏伟、挺有气势的，可这里是什么，是一大片呀，少说也有二十几栋，而且哪一栋都比公司的厂房更大。几排楼的中间铺有铁轨，伸展双臂的吊车在铁轨上缓慢地移动。

杜总在一旁介绍，神情里不无骄傲："这一片是市里规划的高新产业园区，计划建标准厂房四十二栋，现已建成二十五栋，在建六栋。竣工的厂房出租率已达百分之七十以上，五家韩企、三家日企已入驻。这些外资企业的效率就是高，才进来半年，就已经出了产品。"

杜总领着他们两个参观了一家韩国电子企业。这家企业的卫生要求很严，进门必须换鞋换衣服，头上还要套一个圆顶帽。

偌大的厂房里一尘不染，悄无声息，只有传送带在动，人的手在动。所有工人不分男女，全都是白衣白帽，表情也几乎完全相同，凝神而专注。

从厂房出来，开元问炜平："你有何感想？"

"有感无想，里面确实有点现代化的气息。"

"你猜我想到了什么？想到了卓别林演的《摩登时代》，要是让我在里面待上一个月，我想我也会疯掉的。"

"也许现代化和人性化本身就是一个矛盾体。"

杜总真有点着急起来："这些话千万别写到广告里去。"

几个人全都笑了起来。

回到卓越公司的办公大楼，已经过了12点。杜总微带歉意："下午还有事要干，不能请你们喝酒，就在我们公司食堂随便吃点吧。"

进到食堂里面，开元又是一惊，里面的空间足有几百平米，墙角摆放着鲜花，几十张方形饭桌疏朗而有序地排列着。更为奇异的是，它不像别的食堂，只开有一个窗口，厨师站在里面，把一勺勺菜往排队过来的盘子里扣。这个食堂里一排开着十几个窗口，用餐者都可以到窗口点菜。开元把自己的感叹用疑问表达了出来："这里到底是餐厅还是食堂？"

杜总多少有些得意："我们万总有一句语录，'生活好才能身体好，身体好才能工作好'。我们公司下面有两个施工队，还有一个物业公司，加起来已经超过一千人，所以吃饭问题绝对不是个小事。今天你们两个可以品尝一下，我们这些厨师的厨艺还是很不错的。"

杜总走过去，对一个厨师低语了几句。只过了十几分钟，四盘菜就端到了桌子上，一盘糖醋里脊，一盘红烧鸡翅，一盘西芹虾仁，一盘炝土豆丝，红是红，绿是绿，白是白，看着倒也养眼。开元也不客气，把每样菜先自品尝了一遍，让满意写在了脸上："不错不错，我在酒店吃的经理餐也不过如此。你们可真有福气，天天都能吃这个。"

杜总半是玩笑半是认真："这还不好办，你要是过来，我这个副总就让给你做。"

开元装出被吓到的样子："杜总，你千万别开这样的玩笑，我这个人别的优点没有，自知之明多少还有一点，当这么大公司的副总经理，吓也会把我吓个半死。再说活到现在，我也有一点人生感悟，人活在世上，饭可以吃不好，衣服可以穿不好，但觉必须睡好。你不能让我每天晚上瞪着眼睛想，我抢了人家杜总的饭碗，人家会用什么样的方式报复我。"

笑声中，杜总将头转向炜平："肖总好像不大爱说话。"

炜平报以一笑，开元又接了过去："我们肖总内秀，内秀的人往往惜字如金。不像我，不说话就憋得难受，我老婆就经常说我，下辈子一定要托生成一个女人。"

杜总乐得不行，但还是不肯放过炜平："肖总现在还在写吗？"

这样的提问炜平不能不答："想写，可是心里很乱，理不出个头绪来。"

杜总很能理解的样子："待在企业里面，很难静得下心来。我以前挺喜欢看小说的，现在已经很少看了，尤其是长篇，一年也看不到一部。"

开元又有了话说："这就叫职场催人老，社会环境的险恶，人心的叵测，我这几年算是感受到了。"

饭后，几个人又上了车。车东窜西窜的，竟然就窜出了市区，向郊外驶去。

开元未免好奇："杜总，你这是要拉我们去哪里？"

杜总却卖起关子："别心急，过一会就知道了。你们难得来一趟，总得让你们看个够。"

路两边已经看不到房子，变成一片一片的庄稼地。玉米穗已经掰了，玉米秆还在风中摇晃；地瓜的叶子已经发红，也到了快要收获的时候；一小片一小片绿着的，应该是菜地了。炜平的头朝着窗外，贪婪地看着外面的景致，在这样的季节，家乡的土地上能看到的，也就是这些了吧。

车开出十几里路，驶向一个山头。这个地方的山有点奇怪，不像秦岭那么高耸入云，那么连绵成一片，基本上都是说高不高，说低不低的，而且是很散漫的，这儿一座，那儿一座，像随心所欲长出来的野蘑菇。

车发出闷重的哼哼声。路两旁的庄稼已完全为苹果树所取代，果树的叶子已经落尽，只把红彤彤的果子留在上面。远处近处，都有果农在采摘，他们脸上的笑容，应该是和苹果一样的颜色。

车在一道铁栅门前停了下来，门里面转出一个穿黑色制服的保安，看见杜总，举手行了个军礼。

门旁边有一个很大的招牌，上面写着"世外桃源"几个字。杜总这才抖开包袱："这座山头是我们前年买下来的，计划将它建成全市最大的养生休闲区，建筑以别墅为主。这条公路是我们公司为这个休闲区特意修建的，现在的前期投资已经上亿。"

开元担忧地向下望了望："离市里这么远，会有人来买吗？"

杜总笑着反问："如果你自己有车，还会这么想吗？从目前的势头看，私有车将会有一个爆发性的增长。走吧，到里面去看看。"

进到门内，又是另外一种景致。不远处，有一池碧水，清澈见底，在阳光下泛着幽幽的亮光。

"这水是活水，从那里来的，"杜总的手指向山头的一个夹缝处，果见一道细小的、若有若无的白练在晃动，"别看这水流不大，一年四季奔流不息。这水是温的，不信你们可以下去试一试。我们已经找专家鉴定过，水里面含有丰富的钾元素，可以直接饮用，稍微再加点热，用来泡澡，对人体亦大有益处。"

池水四围，是一蓬蓬的翠竹，像是在证明杜总所言不虚，长出一片片精神。

"要是三四月来，这地方会更好看，漫山遍野的桃花，那才叫壮观，希望你们两位明年能带着夫人来看一看。"杜总的自豪之情溢于言表，"五年以后，也许要不了五年，这里将是我们开发的重点，现在只建了四套样板房，咱们上去看看。"

远看一点也不起眼，像贴在山腰的一片白色的膏药。走到近前，才见出其不凡。上下两层，庄重浑厚，又大气又霸气。楼前有一围五十平米左右的小花园，里面已搭成一个葡萄架，架下面吊了藤椅。楼与楼之间，已经搭建好了车库。

"这栋别墅的建筑面积是二百二十平米，楼下是客厅、饭厅、书房和厨房，楼上全部是卧室。我们将来会把下面的水引上山，在家里就可以泡温泉，是不是很惬意、很舒服。"杜总声情并茂，如数家珍。

站在二楼窗户前，视野很是开阔，山下的景致便尽收眼底。近处的碧潭翠竹，远处的苹果树、庄稼地，再远处，就是滨海市朦朦胧胧的远影了。

"山上的房子，就有这个好处，一栋完全不挡另一栋的视线。"杜总一点机会都不想放过。

"要是让陶渊明站在这里看一看，不知会作何感想。他所想象的世外桃源，不知道是不是这个样子。"炜平由衷地赞叹。

"要是能在这里面住上一个晚上，这一辈子就算没有白活。"开元也大发感叹。

"这还不容易，"杜总又开起玩笑，"你要是愿意过来，我就给万总言语一声，让他送你一套。"

炜平看到开元的喉结动了一下，像是在把一栋别墅往下咽。他利用杜总如厕的机会问了一句："是不是有点动心？我告诉你，意志一定要坚定，你要是让人家挖了去，王总肯定饶不了我。"

开元大笑："作家的目光就是敏锐，这一点小心思也能看出来？这么大的诱惑，不动心是不可能的。但你兄弟的可贵之处在于，动了之后又能静下来。我难道就这么不值钱，一栋别墅就能把自己卖了。我也就是那么说说，过上几年，咱们买这样一套别墅应该不是太难的事情。"

回到市里，已是4点多钟，杜总还想留饭，开元看了炜平一眼，知其不情愿，便婉言谢绝。杜总也不坚持，将两个人送了回来。

临别时，炜平握住杜总的手，真诚地表达了自己的谢意："真不好意思，让你这个老总为我们开了一天车。"

杜总根本不当回事："这对我来说是家常便饭。"接着开了句玩笑："你们真要是过意不去，少收我们点钱就是了。"

开元的话便让一股豪气给顶了出来："没有问题，这是我们的第一笔生意，你们要是能看过眼，随便打赏一点就是了。我们王总也给你们万总表过态，一分钱不收也没有关系。"

话说出口，心里就有点后悔，这一单生意，最少也应该挣他个万儿八千的，怎么能说不要就不要了呢？

第二天开元就忙碌起来，洗照片，选照片，排列，扫描，忙了个不亦乐乎。三天之后，终于完成了自己该要完成的部分。

事情到了炜平这里，便变得简单了许多，看着画面配文字，有什么可难的。再说已经亲临其境，感受已在心中，只需要抒发出来就是了。只用了一个下午，便将U盘交到开元手里。

文件发过去以后，开元心里便七上八下的，一会担心效果不理想，对方会看不上；一会又猜测对方会不会给钱，能给多少。最为关键的是，到底应该收多少，自己心里一点底也没有。在自己办公室坐不住，一趟趟往炜平这边跑，一会抓耳挠腮，一会长吁短叹。炜平气得不行，笑着挖苦："有你这样的吗？一会气壮如牛，一会胆小如鼠。当面说大话，背过脸就变卦，看来以后和你交往还要多小心一点。"

等了三天，终于等来了杜总的电话，虽然只有简短的一句话，却让开元一下子兴奋起来。杜总在电话里说："把你们公司的银行账号发过来。"

一块石头落了地，剩下的只是钱多少的问题。电话里面不好问，下午便让出纳到银行去查询，查询回来的结果让开元呆坐了半天，账户上的金额竟然多出了三万！

初战告捷，开元信心大增，开始琢磨给自己的广告公司做广告的事情。

卓越公司的广告在网上出现以后，很快就有几家公司打电话过来，有一家房地产公司，两个生产企业，还有一家酒店。开元装作愁眉苦脸的样子来找炜平："你说这么多业务，我哪能忙得过来。"

炜平以为又要拉自己去，急忙推辞："咱们有言在先，你不能说话不算数。"

开元笑了起来："看把你吓的。我不是要拉你去，我是在发愁我怎么去，别的公司不见得会像卓越公司这样车接车送，出租车咱们又坐不起，难道你让我这个总经理去挤公交车？"

炜平还是不大明白，直直地看着开元。

"杜总那天有一句话提醒了我，开车这个时髦为什么不能赶一赶呢？在这一点上，振乾倒是远远走在了前面。"

开车，可是车从何来？账上这点钱，够买一辆车吗？

开元看出炜平的疑虑，在炜平肩膀上轻拍了两下："放心吧，车我自己买，但学车的费用你必须给我报销。"

此后一段日子，开元一有闲暇，就拉着小孙出去学车。小孙受过开元几次恩惠，巴不得能有个报答机会，自然是随叫随到。

开发区有一段新修建的道路，上面少有车行，这给开元学车提供了极大的方便，再加上脑子灵活，三天之后，小孙感到自己的眼睛已经可以看着别处。一个月之后，开元已经开着自己的新捷达到处乱跑了。

敬儒最担心的事情还是发生了。

桑拿房里一个东北来的女孩，由于年龄偏大，姿色又平平，坐了一晚上台也没有人点钟，好不容易轮到一个钟，又被客人很不客气地退了回来。忧愤之下，灌下半斤白酒，然后在晚上1点多钟，一间间地去敲住店客人的门。几次遭拒、被斥责之后，干脆堵在一个门口，与房客纠缠不休，任你推搡、辱骂，就是不走。房客无奈之下，打电话叫来保安，才把人拖走。

这个房客是一个台湾商人，睡眠不是很好，经这么一折腾，后半夜再也没有合眼。心里越想越气，第二天上班以后，就给管委会办公室打了个电话，把这件事捅了出去。

这种事情一旦摆上台面，就很难放得下。在中国，禁止卖淫的政策是坚定的、一贯的，怎么能容许这样的事情发生？这也太丢酒店的脸了，太丢地方政府的脸了。管委会领导一怒之下，成立了由公安和旅游局组成的联合调查组，责令彻查此事。

振乾以前的钱没有白花，很快就得到了消息。他的第一反应是找到那个女孩，先给了一巴掌，然后扔给五千元钱，让其滚蛋，滚得越远越好。

这是一件大事，必须要让敬儒知道。可是知道了又有什么用呢？那个草包肚子里能倒出什么好主意来？

敬儒听过后，脸色果然变得蜡黄："你不是给我保证过不会有什么事吗，怎么还会发生这样的事情？"

振乾也没多少好气："我也不是神仙，不可能把什么事情都预料到。"

敬儒很快就意识到眼下不是发火的时候，要想躲过这一劫，还得靠眼前这个人："那你说现在该怎么办？"

"现在最好的办法就是一口咬定那个女孩是从外面流窜进来的，我们酒店里面没有那样的场合，也没有那种人。我已经把那个女孩撵走，其他的大项技师再放上几天假，谅他们也查不出来什么。我再去给那个客人道个歉，做做工作，这件事应该就能过去。"

敬儒已恢复正常神态："那就按你想的去做。该打点的就打点，不要舍不得花钱。"

话是这样说，心里却一紧一紧的。这边要花，那边的收入又要断流，两边加总起来，该有多少钱。

事情的发展果如振乾所料，来检查的几个人也都是肉体凡胎，装模作样地在桑拿和舞厅查看了一番，吃过、拿过之后，便按照振乾的口述，写了份调查报告交了上去。

一场风波就此平息，振乾很是高兴，但没有陶醉，他想利用这件事情再做一点文章。

仁义过来之后，中层以上干部基本上都被收服，这是必须的，一个总经理，权威性是必定要有的，做不到一言九鼎、令行禁止，那这个总经理当着还有什么意思。

只有一个人还在圈子之外，这个人是安保部经理郑全。开始他并没有把郑全当回事，一个当兵的，脑子里能有几根弦、几道弯，稍微给一点甜头还不乐得屁颠屁颠的。谁知接触起来却完全不是这么回事，这家伙不知是在装傻还是在充愣，就是不承这个情，神情还是那样桀骜不驯。在郑全值班时，他也曾用对付开元的办法，去的女孩不同，领回来的只是一个相同的字：滚。

他也曾想将郑全降职使用或者赶出酒店，可这个人的工作又极敬业，挑不出什么毛病，狼吃羊都要找一点借口，何况人乎，这件事就一直拖了下来。

这一次应该是个机会，发生这样的事情，保安肯定是有责任的，为什么不及时赶到？为什么不及时汇报？他想借这个机会把这个人拿下。

他准备好言辞，将郑全传唤到办公室，板起脸，语气尽可能地严厉："酒店发生这样的事情，你这个做保安经理的，是不是该对我说点什么？"

没想到郑全根本不吃这一套，硬邦邦地回了一句："你养的鸡干下的好事，和我有什么关系？"

振乾不由火冒三丈，声音也一下子高出许多："你还有理了是不是？发生了这样的事情，不及时制止，也不及时汇报，我真不知道你这个保安经理是怎么当的！"

郑全毫无退缩之意："我更不知道你这个总经理是怎么当的。好端端一个酒店，让你祸害成现在这个样子。那天晚上有值班经理，你不找值班经理找我干什么？我住在家里，还要来管你这些破事？你晚上就住在酒店，为什么不去管？我甚至怀疑那女孩是你派去的！"

振乾没有想到，一贯沉默寡言的郑全口齿竟然会这么伶俐，有点恼羞成怒，站了起来："郑全，你别在这里满口喷粪。你也算是当过兵的人，在部队，下级对上级敢这样讲话？你他妈的眼里是不是从来就没有我这个总经理？"

郑全走过来，揪住振乾的领口，振乾感到自己的双脚已经快要离开地面，喉结也被手指关节顶得生疼。郑全的声音同时在耳边炸响："你再吐一个脏字试试，看老子敢不敢把你从窗户里扔出去？我实话告诉你，你这个总经理还真没到过我眼里，你比人家叶总差了十万八千里。我还想告诉你，这个恶心的地方老子早就待够了，走之前再给你一个忠告，你不是还有一个儿子吗？最好能给儿子积上一点德。"

振乾坐回椅子上，有点狼狈，也有点失落。他有点想不明白，怎么会是这样一种结果。他摸着脖子，脸上浮现出苦涩的笑容。这真是秀才遇见兵，有理说不清，说着说着怎么就动上手了呢？这家伙也不知当的什么兵，手上怎么会这么有劲。

一种担忧，慢慢从心里泛了上来。听这家伙的意思，是不想在这里干了，他对酒店的底细一清二楚，要是一气之下，全都给捅出去该怎么办？想到这里他有了一点后悔，这件事情思虑得还是不够周全。

第二天，郑全真没有来上班。过了几天，听闻郑全已经到一个韩资企业去当保安主管，酒店这边也没见发生什么事，振乾悬着的心才慢慢放了下来。但想起这件事的时候，总会有点不大舒服，放着这里的经理不干，却去当一个主管，为什么会做出这样的选择呢？还有，自己和叶丽之间，相差真的有那么大吗？他用的是什么样的衡量尺度？

知道了郑全离开的消息，田军就有点心痒难熬，想去补上这个肥缺，兴冲冲地和老婆商议，没想到又被老婆臭骂了一顿："你个缺心眼的玩意，你知道郑全为什么会走吗？你知道酒店现在成了什么样子！我但凡有一点本事，也早就离开了。你要是想让老先人在地下躺得安稳一些，就给我安安生生地待着。"

"那里的工资不是高嘛。"田军腆着脸替自己辩解。

"抢人偷人，钱来得更快，你为什么不去干？要不然我帮你去问一声，看他们那里招不招公鸡？我还是那句话，你要是真想去也可以，那就先把离婚手续办了。"

"我就是要去，又不离婚，你还能怎么样？"田军现出些无赖相。

"那我就一头撞死，你信不信？"

老婆的性格他已多次领教过，不由不信，在离婚和撞死的双重压力之下，田军终于打消了这个念头。

老婆又反过来安慰田军："你就是想去，人家也不一定会要你。你有人家郑全那样的本事吗？你是个什么样的货色别人不知道我还不知道吗？"

田军露出几分恼羞："你这是在安慰我吗？我怎么听着像是在骂我。你不让我去也行，以后要是日子过得不如人家你可别怪我。"

老婆这次是真安慰："你就放心好了，只要你活得像个人样，就是挂着棍子去要饭我也会跟着你。"

田军却不领这个情:"我怎么听着还是在骂我。"

灯具生产设备转让以后,东海到海苔生产车间转悠的时间便多了一些。但也仅是转悠而已,研发、生产、销售,都插不上什么手。这个小史越来越让人刮目相看,不仅是研发,在经营管理上也很有一套。插不上手就不插呗,人在能自在的时候找不自在,那才真叫犯傻。

海苔销售的触角已经伸展到二十多个省,订单纷至沓来,产品每每供不应求,只能靠加班加点来解决。销售收入在逐月增加,但利润额却一直在低点徘徊,全让居高不下的销售费用给吃掉了。这样下去什么时候才是个头呢?我可以不管,但你总得让我这个董事长心里透亮一点是不是?被这种心思搅扰着,压迫着,他走进了小史的办公室。

"咱们的销售费用是不是太高了一些?"

小史肯定地点点头:"这是没有办法的事情,产品布局阶段都是这个样子。让人家认知、接受,总需要一个过程,这个过程需要人去跑,去推介,要请人家吃饭,要给人家送礼,都是些要花钱的事情。"

"这种状况还要持续多长时间?"

"快了吧,等咱们的产品在各大商场站稳脚跟,或者等他们反过来求我们的时候,这些费用就会大幅降低。"

东海提出另外一种疑问:"你既然有这样一种销售思路,为什么以前不给汪所长讲?"

小史苦笑了一下:"我不是没有讲过,可他那时候满脑子装的都是曹大师,哪还能听进我的话。他呀,就是心太急了一点。也许在他眼里,我只能跟着他搞研发,根本不懂什么生产经营。"

事情已经解释明白,既然心急了没用,心急了不好,那还急什么呢?但作为一个富有经验的、资深的管理者,怎么能这样问几句就走了呢?所以,又语重心长地叮嘱了一句:"在开拓、渗透的同时,要多做一点宣传。"

"这个我早有考虑,但是在创意方面一直没有想好,我想不做不说,要做就要有一点轰动效应。现在咱们有了自己的广告公司,这件事情就好办多了。"

看来这小子把该想到的都想到了,那还有什么可担心的呢?东海调整好自己的心态，完全放松下来，隔个一日两日的，到廷轩这边来喝杯茶，聊会天，好在两地相距不是很远，只有一里多地，只当是散步、锻炼身体罢了。

小茜给开元打电话，故意将声音变异得让开元听不出来："请问是四方广告策划公司吗？"

"是，你找谁？"

"我找孟总。"

"我就是，你有什么事？"

"我们公司想让你们做一个广告，让我先了解一下你们公司的情况。你们公司的注册资本是多少？有多少员工？"

"注册资本十万，员工两个。"

"才两个人呀！你们会不会是报纸上说的皮包公司，拿了钱就找不到人？"

"你这个女同志怎么能这样说话，想做就好好谈，我没时间和你废话。"

"那你们的费用是怎么收取的？"

"这要视情况而定，简单就少收，复杂就多收。"

"有没有可能免费做呢？"

"我们不是慈善机构，打个折什么的还可以考虑，免费是不可能的。你好像不是要谈什么业务，是在寻开心吧？"

小茜终于忍不住笑了起来，这一笑，让开元听出端倪。喜欢戏弄别人的人，竟然让人给戏弄了一回，这还了得，语气里便多出些刻薄："这是什么世道，一个老实巴交的好女孩也能变得这么坏！"

"这怎么能叫坏呢？你不是告诉过我，做什么事情一定要谨慎吗？再说，我是真有业务要谈，小史说要把厂子的广告业务交给你们来做，费用上的事情好商量，这两年我们的销售费用老了去了，不在乎你们这几个钱。"

开元沉默了一会，然后斩钉截铁地回了一句："不行，这个活我不能接。"

"为什么？"小茜真有点着急起来。

"因为你们小史是一个不讲信用的人，到现在我连猪的影子都没看到。"

在听见自己笑声的同时，两个人都听到了对方的笑声。

"你听说了吗？小高出事了。"

"哪个小高？"廷轩一时没想起来，放下手中的报纸，看着东海。

"就是公司开除的那个司机。"

廷轩眼前浮现出的，不是当司机的小高，而是那个西装革履、满脸得意的小高，他厌恶地皱了下眉头："出了什么事？"

"贪污和挪用村民的土地补偿款。这种人出事是迟早的事情，当了个村长，就像当了皇帝一样。上次来你也见到了吧，狂妄得不知道把脚往哪儿放。听说数额不小，少说也要判个十年八年的。"

"他把钱退赔给人家，应该就能少判几年。"

"他拿什么退赔？钱都让他挥霍得差不多了，整天海吃海喝的，对象换了十几个，到现在也没有结婚。这样也好，真要是留下个女人和孩子，那母子俩可就遭了大罪。"

"他不是还有个公司吗？上次来还说要和咱们合作，那口气可真够大的，听着不像是要合作，而是要兼并似的。"

"那叫什么公司，只不过是瞎胡闹罢了。成立后先给自己盖了栋办公楼，心思也不操在上面，两年就停摆了，还欠了银行一屁股债。"

"他家里还有什么人？"

"父母全在，一姐一妹，都嫁了人，他这一出事，最倒霉的是两个老人。不过，这事说起来他们也有责任，谁让他们管教不严呢？"

"你说咱们当初的处罚是不是太过严厉了一些？"

"我不这么认为。是孽障，放在哪里都会害人。您当时为什么要把公司一分为三，我现在才有点明白过来。给一点便宜让他占，你看这身边多清净、眼前多敞亮啊！"

"不过，这么做也有弊端。你是不知道，那一天被他拒绝之后，我是什么样的心情，那是我一生中经历的最屈辱的一件事，当时真是极度愤怒，又万念俱灰。另外，想起来我就心疼，好好一个酒店，让他们经营成什么样子，干着急，却没有一点办法，我现在甚至不想让人在我面前提起酒店的事情。振乾以前和你走得近，现在还有没有联系，能不能让他稍微收敛一点？"

"我给他打过电话，可是一点用也没有。人家现在已经是总经理，那腔调和过去已完全不同。事已至此，我想借用一下您那句话，自求多福吧。自作孽不可活，小高的事情就是一个活生生的例证，但愿他们能从中吸取点教训。"

"最近比较闲，我喜欢胡思乱想。与我们所经历过的禁欲年代相比，现在对人的欲望是不是太过放纵了一些？去年春节，打开哪个台，都能听到恭喜发财的声音，听起来很庸俗，很刺耳，很不舒服。打破原有的禁锢，尽可能地释放人的能动性和创造性，这是没有错的，靠劳动、创造致富也是没有错的。可是，发财不应该成为一个社会的主声浪，也不应该成为主流媒体的声音。在这种声音的煽动和诱惑下，会让一些人迷失本性，不择手段，铤而走险，我想这绝不是改革开放的初衷。反过来，这些人的出现，这些事情的发生，肯定会阻碍改革开放的进程，破坏改革开放的成果。"

"我没有你想得那么多，但我的感觉和您完全相同。现实生活中很多都看不懂，就像酒店发生的事情，执法者为什么要睁一只眼闭一只眼，任其存在呢？我在网上看到这样一种说法，认为这是投资环境的必要条件之一，是外商生活和生理需求的必要产物，您说可笑不可笑？"

"看不懂就留待以后慢慢看，"廷轩倒上两杯茶，将一杯移送到东海近前，"来，喝茶。"

振乾又给仁义介绍了个对象，让仁义头疼了很多天。

平心而论，这个女人的长相还是很不错的，不说第一任妻子，即便和小茜相比，也要养眼许多。脸盘大而白净，眼睛、鼻子和嘴巴配置得当，笑和不笑都很能看得过去。身材和振乾老婆有几分相像，只是稍微收敛了一些，因而更多出些内涵和韵致来。单就外表来说，仁义是满意的，躺在那上面的感觉，想都能想得出来。

问题出在这个女人的身份上。她管着桑拿和歌舞厅的女孩，按照现在的说法叫领班，按照过去的说法叫老鸨。娶一个老鸨做老婆，甭管她长得多漂亮，心里这道坎还是很难过去的。那些老鸨的男人是什么样子，在电视和书里面都很少看到，因而无法作为参照。但有一点是肯定的，这绝对不是什么光彩事，被人在背后指指戳戳，羞辱，唾弃，应该都是情理之中的事情，那腰杆估计是很难挺得起来的。出于这些考虑，他迟迟没有答应下来。

振乾对此很不满:"这么好的事情,你还在犹豫什么?我告诉你,别看她干的是这个行当,人家本身可是很干净的。有一次一个人出到一万块,她都没有答应。"

"这话你可以对我说,我能对别人说吗?你不要逼我,让我再考虑考虑行不行?"

那女人看上去是情愿的,碰见了,眼目流盼出的是盈盈的笑意。不久,人又出现在了办公室里,有一搭没一搭地东拉西扯,酥胸半露,搔首弄姿的,让仁义心猿意马,坐卧不宁。

可能是看到了成功的希望,一天晚饭后,这女人竟然找上了家门。进门后也不坐,立刻担当起家庭主妇的职责,又是收拾又是擦洗的,忙活了近两个小时,时不时地还要飞上个媚眼,或者温柔地数落上一两句。

仁义很尴尬,挡也不是,不挡也不是。脱了外衣的女人看上去更风情了一些,更妖娆了一些。他感到心痒难熬,已有点蠢蠢欲动,可是又觉得不能动,不敢动,因而便有些痛苦。

9点已过,女人还没有走的意思,这是要在这里留夜了。不知道为什么,仁义忽然感到一种恐惧,这种恐惧感完全压制住了一次次泛起的情欲。他一脸愧疚地看着女人:"真不好意思,我晚上和人约好,要出去谈点事情。"

女人听出话音,幽怨地看了他一眼,一声不吭地走了出去。

这一刻,仁义的心情很复杂。他有点佩服自己,竟然能这么冷静、机智地处理这件事情。同时有点后悔,伸手就可以得到的享受,为什么要眼睁睁地放弃呢?

如果结婚以后,能带着她离开这个地方,倒是一种不错的选择。可是她会走吗?离开以后又到哪里去呢?她的工作问题怎么解决?在欲念和理智、肯定和否定的缠斗中,他度过了这个晚上。

几天以后发现的一件事,让他彻底打消了这个念头。

他去找振乾商量事情,那门却是锁死的。敲了几下之后,那女人先从里面走了出来,他是过来人,很容易从那慌乱的神态、凌乱的头发和衣衫做出准确的判断,从而对振乾说的"干净"两个字产生了怀疑。娶一个老鸨做老婆,这感觉已经很不舒服,如果这女人又是振乾的情人,那不就像泡在了污水缸里一般。

好在从此以后，振乾没有再提这件事，那女人也像是就此断了念头，再见面，只是淡淡地点个头而已，好像什么事情都没有发生过。

一个电话，让叶丽郁闷了几个小时。

电话是以前学校的一个女同事打来的，同事在电话里告诉她：那个女副市长已经在外地落马，交代问题时，也交代了几个情人。由于没有查出他有其他方面的问题，所以从轻发落，保留公职，官位降至副科。

叶丽当然知道同事说的他是谁，她有点想不明白，离婚几年了，那个女同事为什么还要给自己打这个电话？两个人以前的关系并不是很好，她哪儿来的这一份热心？这只能有一种解释，她想用这件事情刺激一下自己，恶心一下自己，以求满足自己的畸形心理，获得一种心理平衡。谁都知道损人不利己的事情最好不要去干，可这样的事情却总是有人在干。

现在看来，那个庸俗的、讨厌的女同事的目的是达到了。可是，自己为什么要这么郁闷、这么烦恼呢？那个人的成败起落，和自己还有一丁点关系吗？

可是，当真说没关系就没关系了吗？那毕竟是相恋了几年，又在一起生活了几年的人呀！你可以恨他，骂他，不去想他，可你真的能把他完全从心里驱赶出去吗？对于视官位如命的他，这个打击肯定是致命的。他现在心里会想些什么？他该如何面对那些同事、朋友和家人？他会不会想到自杀？

这件事要不要让炜平知道？还是算了吧，烦恼就像霉菌，为什么要传染给别人呢？人这一生，总有一些必须自己独自承受的痛苦。

这种难言的伤痛、吐不出的忧烦还要持续多久呢？心事这种东西，竟然是这样的顽固，你越想赶它走，它越是不走；你越是想忘，越是忘不了。既然决定不告诉炜平，表面上就不能流露出来。心里面愁云密布，阴风习习，表面上还要装得什么事也没有，春光融融，惠风和畅，这样作假真是太难、太苦了！

早晨醒来，她发现这些思虑仍然蹲伏在脑子里。你到底要把我折磨到什么时候呢？她躺平了身子，看着透过窗帘散发在天花板上的熹微光线，恨恨地想。

就在这个时候，来自体内的一种微弱的、细小的感觉，顷刻间将所有忧烦冲扫得一干二净。她感受到了胎动。

天啊，孩子在动了，这是多么的神奇，多么的不可思议！她的心在狂喜，同时有一种哭泣的欲望:"炜平,你快过来!"

她拉着炜平的手,放在动过的地方,等了三分钟、四分钟,真的又动了一下。这一次有了心理准备,隔着炜平的手也能感受到。她看到炜平脸上也有了迷醉般的欣喜。

"你说孩子是不是等急了呀?你再帮我听听,是个男孩还是女孩?"

炜平真就把耳朵贴在了那个地方。可是奇怪,等了十几分钟,也没有一点动静。

"是不是生气了呀?孩子,你放心,不管你是男孩还是女孩,爸爸和妈妈都会非常非常地爱你。"

说来也奇,叶丽的话刚落音,那地方又很分明地动了一下。这下叶丽就不只是高兴,更有点骄傲了:"能听懂我们的话是不是?你说长大以后该有多聪明。你现在就没有一点诗兴吗,给我们的孩子写一首好不好?"

炜平答应得很畅快:"好吧,我就给我们的孩子说几句。"

> 孩子,你带给了我们一个多么不平常的早晨
> 你让霞光在我们头顶照耀
> 你让幸福在我们心头翻滚
> 你的蠕动是一种诉说吗
> 还是想提前享受我们的温存
> 安静地成长吧宝贝
> 等你出生的那一天
> 你会看到爸爸最慈祥的目光
> 妈妈最温柔的眼神

叶丽幸福地闭上了眼睛,喃喃自语:"孩子,你和你爸爸的诗,是母亲这一生中收到的最好的新年贺礼。"

第八章

历史终于走完了公元后的第二个千年。2000年，在人们心中唤起的岁月感是完全不同的，因而这一年的央视春节联欢晚会，格外庄重，分外热闹。第五篇章"龙禧千年颂新春"，更是将节日气氛推向了高潮，一曲《龙禧千年》唱出了国人的心声，也唱出了浓浓的欢快和殷殷的期盼。

  既是龙年伊始
  又是千年开元
  除夕正逢立春日
  喜上添喜……

  2000年的新春，也给四方公司带来了新气象，售楼处看房的人突然多了起来。以前每天能进来三个两个的就已经很满意了，现在是一拨接一拨地来，来了也不像之前那样漫不经心、走马观花，而是认认真真地问，仔仔细细地看，研究过沙盘上的模型，还要到楼里面亲眼看一看，把售楼处几个闲惯了的女孩一个个累得龇牙咧嘴，叫苦连天。炜平知道情况以后，不好在办公室待着，也来到售楼处，充当起解说和向导的角色。

  但奇怪的是，热闹了十多天，竟然没有一个人签合同，交定金。这是怎么回事呢？难道要像《红楼梦》里大观园那样，热闹过后，终落得一场空。他想不出个所以然，只好再次问计于开元。

"问我就对了，"开元没有半点谦虚，"广告策划公司的总经理，你不问我问谁？不过你还是先谈谈你的想法。"

"我感到这些人已经有强烈的购房欲望，也有足够的诚意，可能对价格方面还不是很满意，所以房价如果能再降一些，这种僵局也许就会被打破。"

开元装神弄鬼似的掐弄了一会手指，然后露出点恶作剧样的笑容："你真想听我的意见？"

"你这不是废话吗，不想听，我来找你干什么？"

"那就涨价。不要太多，五十五十地涨，一两个月涨一次。"

炜平吃惊地看着开元。现在的价格都卖不动，还要涨价，那不是往死路上走吗？

开元收起笑容："你要是相信我，就听我的。我糊弄谁，也不可能糊弄老兄你。"

这个人和这个人的话，都是值得信任的，这一点毋庸置疑。可是这个建议似乎太离谱了一点，炜平即使想信，也有点不敢信。降价也好，涨价也罢，都是大事，他不能自行做主，便去给廷轩汇报，把节后出现的情况，自己和开元截然不同的两种应对办法，全都讲了出来。

廷轩想了半天，也很难做出决断："这是一件大事，你把开元喊来，也把张总请过来，咱们认真讨论一下。"

"开元，你先谈一下你的想法。"人到齐以后，廷轩先面向开元。

"我也是突发奇想，可能很不成熟，但不妨试一下。我在想这些人的心理，既然有了买房的意愿，为什么还不动手，只有一个解释，他们还在观望，还在等，等什么呢？等更合适的价格。但究竟什么样的价格才是最合适的价格，他们自己心里也不清楚，只是一种朦胧的期望。在这种情况下，继续降价收效不会太大，他们会有一种自我庆幸、自我满足感，等对了，等出了效果，那还有什么说的，肯定继续等。买涨不买跌是人们长期以来的消费心理，所以我想用涨价来刺激一下，也许会收到一点效果。"

廷轩点点头，又摇摇头："好像有点道理。可是你想过没有，开发区的房地产企业不是咱们一家，咱们涨价，别的企业按兵不动或者降价该怎么办？会不会把这些客户拱手让给了别人？"

开元也点点头："不是没有这种可能，打第一枪确实需要一定的勇气，但这第一枪必须要有人去打。这会给购房者一点警示，让他们警觉起来，现在就是房价的最低点，就是买房的最佳时机，如果再不出手，等待他们的将会是后悔，而后悔的事情是没有人愿意干的。至于其他房企会怎么样，我是这么想的，他们继续降价的可能性几乎不存在，现在的房价基本上都在保本点附近，赔钱赚吆喝的事情没有人愿意去干。如果他们能理会咱们的意图，也跟着涨点价，房地产的春天说不定就真的来了。到了那个时候，购房者会做出什么样的选择，我想就不用我再说了吧。购房者必定会这样想：这家企业为什么敢率先涨价，那肯定是因为他们的房子质量比别人好啊。"

这一席话让在座的几个人脸上都有了笑容。廷轩转向东海："你对这件事怎么看？"

东海抓挠着后脑勺："对这件事情我还真没有发言权，以前军工企业的产品价格都是上面说了算，生产出来拉走就是了。现在海苔的价格都是小史在定，我基本上不去过问。卖不动的时候涨价，这想法倒是挺新颖的，死马当活马医嘛，我想完全可以试一试。"

廷轩最后转向炜平："你是继续坚持你的观点呢，还是认同开元的观点？"

炜平有点不好意思："我的直感是降，但在和经济有关的问题上，我宁可不相信自己，也愿意相信开元。"

廷轩拍板定案："那咱们就试一试，反正现在也卖不动，再坏也坏不到哪里去。"

涨价的消息在网上发布以后，立刻招来一片骂声。

"这种时候还涨价，想钱想疯了吧。"

"这是奸商玩的鬼把戏，都不要相信。"

"可笑，无耻！"

……

听到涨价的消息，售楼处的几个女孩也立刻表示反对。

"肖总，你这是不想让我们干了吗？保底工资这么低，提成又拿不到，这艰难的日子什么时候才是个头？"

"肖总，你让我们给客人怎么解释？这不是明摆着让客人骂我们吗？"

……

炜平只能胡乱应对，得过且过："这是公司做出的决定，我也没有办法。"

在这敏感的时间段，炜平认为自己有必要守候在第一线，和几个员工一起迎接挑战，共渡难关。

接下来几天，来看房的人忽然又减少了许多，炜平感到自己的体温在一点点降低，心在一点点下沉。

这天下午，走进来一个五十多岁的男人，一身横肉，满脸凶相，进门就怒气冲冲地发问："你们这里面谁管事？"

炜平站了起来。那人逼到近前，瞪圆了眼睛："你们凭什么乱涨价，谁给了你们这样的权力？"

几个女孩吓得挤作一团，炜平这时候倒出奇地冷静："涨价是一个企业应有的权力，这几年我们一直在降价，没有一个人来问为什么，怎么刚一涨价，就有这么多人发难？我不明白你为什么要生这么大气。"

"我能不生气吗？你们涨价伤害的是购房者的利益。卖不动还涨价，脑子是不是有病？"

对这种人，炜平觉得没有必要太客气："请你不要随便骂人好不好，脑子有没有病，那也是我们企业自己的事情。"

那人犹如狮吼："骂了你怎么的，告诉你，我还想揍你！"

几个女孩都惊惧地睁大了眼睛。炜平脸上却很奇怪地多出点笑容："那你就揍一下试试。"

接下来发生的事情谁也没有想到，那个人的音调忽然降了下来，声音里甚至带有一种讨好的味道："如果我现在交钱，能不能按以前的价格卖给我？"

事后，炜平也想不出为什么要那么回答："不行。而且我要告诉你，你如果现在不买，我们下个月还会提价。"

怒气又回到了那个人脸上："奸商，黑心烂肺的奸商！你现在就是便宜给我我也不要，而且我要告诉其他人，都不要来买你们的房子，你们就等着破产吧。"

那人离开后，几个女孩全都欢呼起来。

"肖总，你太伟大了，我们都快要吓死了，你还能那么冷静。"

"肖总，你要是没结婚多好，我肯定非你不嫁。"

炜平没有理会几个女孩的崇敬和调笑，他在思索自己的应对和处置是否妥当，是否有意气用事的成分。要说按以前的价格卖掉一套房子应该不是什么坏事，可是这种伎俩实在太难容忍。

"这个人曾经来过几次，看样子是真心想买。"一个女孩忽然想起来似的说了一句。

"那你为什么不早说？"炜平来了点气。女孩的话，让他心中的天平倒向了另一边。他明白了那个人火从何来，看好了，选定了，随时准备出手，又想着再能省上一点，却等来了涨价的消息，这种心理感受可想而知。一平米五十，一百平米的房子就是五千块，对一个普通工薪阶层来讲，这不是一个小数。他真想跑出去，追上这个人，满足他菲薄而可怜的愿望。可是问题又来了，如果再出现这种情况该怎么办？提价以后，却继续按原来的价格出售，这算是怎么回事。到底应该怎么做，他真有点吃不准，便走到外面，拨通了开元的电话。

"你这么做就对了，"开元在电话里说，"要是提价以后仍然按原来的价格出售，那叫商业欺诈，说不定会吃上官司。这几天心里面是不是挺虚的？我过来拉你去散散心。"

散心？这时候哪还有什么心思散心，还没有来得及拒绝，开元已经挂断了电话。这家伙总是这样，喜欢用这种方式表明自己的说一不二，虽然多少有点霸道，但心里面并不觉得很逆反，相反，有时候好像还很舒服。

过了不到五分钟，开元和他的白色捷达就出现在售楼处门口。开元给两侧车门喷上了"四方广告"几个红字，下面是公司的电话号码，看上去很醒目。开元已经嚷嚷过几次，要给自己的车辆收取一点广告费，但一直没有动真。

开元没有下车，将车窗玻璃摇下来，伸出左手摆了摆，将炜平摆到了车里面。炜平以为是到海边去，要说散心，那应该是最好的去处，在浩渺无际的大海面前，人们会反观出生命的渺小，从而看轻看淡自己的烦恼和忧伤。而那一波一波的永不停息的浪涌，则像是轻柔的抚摸，缓释和慰藉着内心的狂躁和落寞。笑莲回来又走了之后的日子，他就经常一个人走到海边，什么都不用说，只那样默默相望着就行。他一直对大海怀着感恩之心，执拗地认为是大海医治好了自己心灵的创伤。

开元的车却偏离了方向，开到了另一家房地产公司的售楼处。进去后的开元就成了一个买房意愿很强烈的顾客，详细地了解房子的地理位置、结构和价格情况，然后煞有介事地和售楼小姐讨价还价，离开时还装模作样地表示了一下遗憾之情。

看完一家，接着是另一家。两个多小时，把开发区几个售楼处转了个遍。回来的路上，开元开始总结："你都看到了吧，他们这里的交投和我们一样清淡，这就说明两个问题，第一，我们的涨价行为并没有将购房者赶往别处，购房者目前仍然在观望和等待。第二，房价已经跌无可跌，房产商不可能再把降价作为促销的手段。这起码可以印证我前半部分的判断是正确的，至于以后会怎么样，那就要看你老先生的造化了。"

这几句话云遮雾罩的，炜平听不出其要领何在。开元好像要的就是这种结果，哈哈一笑，关上车门走人。

随后又是几天的沉寂，令人窒息般的沉寂。

炜平还是每天出现在售楼处，他严峻的神色影响到几个女孩，没有人敢高声说话，更不敢发出一点笑声。这样的时间是很难熬的，沉闷更是女孩的天敌，她们都很希望能有一个人进来，买肯定是指望不上的，能随便说上几句话就行，那样就可以让气氛不至于这样沉闷。可现实就是这样残酷，很少有顺遂人意的时候，越想有人来，越是没有人来。时光好像又倒回了年前，一样的惨淡和冷清。

这一把要是赌不赢，会是什么样的后果？这个念头一次又一次地在炜平脑海里跳动，7月在一天天迫近，难道去年的一幕还要重演一次？去年好歹是应付过去了，今年这个坎还能迈得过去吗？别人即使什么都不说，自己这个管销售的脸上还能有光吗？用"罪魁祸首"这个词形容好像不大准确，但难辞其咎总是应该受领的吧。

奇怪的是，几个房产开发商也都相继提价，数额不多不少，也是五十。

奇迹出现在一天上午，一个销售员上班时，发现售楼处门前排着十几个人的长队，女孩给炜平打电话的声音有点发颤："肖总，你快过来。"

一天时间，签订了二十六份协议，比去年上半年签订的总数还要多。售楼处里热闹得像赶集似的，开元带着出纳和收款机也赶了过来。说话声、笑声、收款机转动的声音杂糅在一起，快要爆棚了似的。收款机过一遍，人还要数一遍，开元像是在显摆，也像是在真心地埋怨："炜平，你能不能少签几套，我这手指头都快要不听使唤了。"

廷轩得知消息，也是异常地兴奋，让老纪多炒了几个菜，晚上在小食堂喝酒庆功。

东海的脸被酒精烧红了之后，大发感慨："真没想到，我们开元同志原来是一个商业奇才。"

开元这时候倒谦虚起来："张总过奖了。什么商业奇才，充其量也就是点左道旁门之术，再加上一点好运罢了。其实我也挺担心的，这一招要是不管用，炜平还不把我吃了。"

炜平心情大好，也开起玩笑："我真想把你吃下去，变成我肚子里的蛔虫，以后再要有什么难事，敲敲自己的肚皮就行了。"

开元故作委屈地看着廷轩和东海："两位领导看看，这不是恩将仇报吗？我眼力怎么会这么差，交了这么一个忘恩负义的朋友。"

廷轩不说话，只是乐呵呵地笑。

东海转移了话题："你们两个做的广告也是很不错的，海苔那边用了之后，收效还是很明昂的。"

开元伸出手："口头表扬有什么意思，能不能来点实在的？"

东海忽然板起脸："开什么玩笑，给公司内部做点广告还要收钱？夸你一句你就不知道自己姓什么了，难道想当一个奸商不成？"

饭桌上的气氛为之一紧，人的脸色也为之一变，只有廷轩还保留着原来的笑容。

东海却又大笑起来："吓住了吧？随便开个玩笑，活跃一下气氛。你们知道海苔那边去年的销售费用是多少吗？"东海伸出大小两个拇指："六百多万，我想拿出点零头给你们应该就足够了吧。"

开元作告饶状："够了够了，不给也行，我胆小，以后千万别这么吓我。"

一桌人全都笑了起来。

敬儒又将振乾和仁义召集到自己住处，商讨酒店的股份事宜。

"我是真没想到，就这么几个数字，会这么难摆弄。因为这些个数字后面，代表着实实在在的利益，而这些利益，又影响着每一个人的情绪。我作为法定代表人，这一碗水必须要端平，你们可能想不出来，这个难度和心理压力有多大。"

振乾和仁义对这些表白没有兴趣，伸长了耳朵静听下文。

"现在有了一个初步方案，你们两个先听一听，不行的话可以再做适当调整。那就先从我说起，我想我拿百分之三十的股份就行了，你们不要有什么过意不去，事情主要是你们干的，我这个掌舵人也就是做个样子而已。"

振乾心中窃喜，这样分配下去，自己的占比在百分之二十五以上，不说酒店以后的资产，单论现在的存款和现金，就可以到手百万。但敬儒下面的话，却让他的心情瞬间跌入低谷。

"另外，我想给王总和张总两个人各保留百分之十的股份。这一点我想你们应该也能理解，这个酒店现在还不能说百分之百就是我的，他们真要是闹起来，结果怎么样还很难说。做人做事，一定要给自己留够后路，这样才能心安理得，应对自如。"

振乾意识到自己犯了一个错误：太小看了这个人。这个贪婪而又冠冕堂皇的理由他是怎么想出来的？他看到仁义的脸色也沉了下去，但要指望这个人去据理力争是没有可能的，这种时候，自己必须发出点声音来："这个我确实有点想不通，公司那边的股份并没有想到你，你为什么还要考虑他们？"

"他们不仁，我不能不义呀！这可能就是知识和教养方面的差别吧。不过你们两个大可放心，我这么做只是想留有余地，并没有说一定要给他们。如果过上几年他们不找事，我就把这百分之二十分给你们。你们千万不要怀疑我是想把这些股份留给自己，我这么大年龄了，要那么多股份干什么？要那么多钱干什么？我告诉你们，在哲学问题上，我是很坚定的无神论者，下一辈子的事情，我是绝对不会去考虑的。"

振乾终于听到了自己和仁义的股份比例，一个百分之十五，一个百分之十，他没有再说话，脸上多了一种阴冷和凶狠。

敬儒不知是没注意到，还是注意到了不在乎，继续侃侃而谈："剩下这百分之二十五，我还要认真考虑考虑，七个部门经理，该怎么去分，主管一点不给行不行，这些事情想起来真是头疼。不过你们可以放心，你们的股份不会再动，真要是不够，从我的百分之三十里面往外拿就是了。"

"我听说那边的房子最近卖得挺火的。"仁义不知是有意还是无意，冒出了这么一句。

敬儒的脸上露出几分鄙夷："火有什么用？价格那么低，能赚几个钱？我问你，炜平和开元的工资涨了吗？他们两个的工资比你们两个还要差一大截吧。"

仁义低下头不再说话，振乾却又冒出一句："开元给自己买了辆小车。"

"什么车？"

"捷达。"

敬儒轻蔑地哼了一声："一辆破捷达有什么稀罕。他用什么买的？还不是用在这里挣的工资买的。到了年底，你们的分红可以买几辆捷达。"

振乾并没有因这种美好的前景而动容，相反，面孔阴沉得更加厉害了一些。

刚走下楼，振乾便嚷嚷起来："有这么办事的吗？明摆着是拿我们当猴耍。"

仁义回头看了一眼，见窗户里有敬儒的身影，便劝了一句："你小声点，不要让他听到。"

"有什么可怕的，我就是要让他听到。看来这个分红我是等不到了。"

"为什么？"

"我担心还没等到分红，我就会被这个伪君子给恶心死。我真是服了气了，他怎么会想出这么一个恬不知耻的招数来。王总亲自过来借钱都没有给，现在却要冠冕堂皇地给人家留股份，这种话说给猪猪也不会相信。还记得我给你说过的生活流氓和政治流氓的话题吗，我现在又有了新的感悟：能把假话说得和真的一样，这是一个骗子的基本要求；能把假话说得和《圣经》一样，这是一个政治流氓的必要素质。我现在真的很担心，咱们这点可怜的股份也不知道什么时候才能落到实处。动不动就拿工资说事，好像这工资是他发善心赐舍给我们的。"

仁义一脸愁容："现在的话语权在人家手里，我们能有什么办法。"

"所以我们不能坐以待毙，也要想出点招数，变被动为主动。"

"我们能有什么招数？"

振乾诡异地一笑："这世上本没有辙，多想一想，就会想出辙来。反正这件事也不用太着急，我们有的是时间。我想他也不敢明目张胆地把这些钱据为己有，再说财务章在你的手里，他想拿也拿不走。"

"可他要是真想拿，我也不能不让他拿呀。"仁义真有点着急起来。

振乾在仁义肩膀上轻拍了两下说："你就放心好了，不用你挡，只要告诉我一声就行了。"

海苔生产的四个车间已全部改为两班倒，产品还是有点供不应求。收入比上个月几乎翻了一番，利润也开始跳跃性地增长。报表摆在桌子上，东海每天都要像看亲孙子似的看上几眼。这样发展下去，年利润突破一千万是没有任何问题的，每年的分红能拿到几百万，这简直和做梦一样。当然，绝不能把每年的利润分光吃净，要想让企业持续、健康地发展，必须有充裕的资金做保障，这一点东海心里是清楚的。但几十万总是可以到手的吧，那也是天文数字呀！一想到这里，东海就有点坐不住，站起来在办公室里兜几个圈子。

小史出现在办公室，让东海多少有一点意外。小史极少到办公室来汇报工作，对这一点东海能理解，因而也能接受。一个人既要管研发，又要管生产，还要管销售，该有多忙，哪有那么多汇报时间。更为关键的是，汇报了有什么用？你能给人家提出什么合理、有用的意见和建议？有这么一份报表看就足够了，你还想知道什么？实在闲得无聊的时候，到车间过上一会眼瘾就是了。

小史这次来不是要汇报工作，更像是指导工作："张总，我认为二号厂房该复工了。"

东海颇有些吃惊，这么大的事情，怎么张嘴就来了呢？那栋楼才盖到一层，要完全建起来需要花多少钱！那就是一个深坑，有可能把几年的利润填进去。为什么不能过几天安心的日子呢？每年一千万一千万地挣着不也挺好吗？揣了这样的私心，语气便稍微有点冷淡："这件事有必要这么着急吗？"

"有。"小史的语气是肯定的，不容置疑的，"从目前的发展态势看，要不了多久，我们就得由两班生产改为三班生产，今年底，或者明年初，还是会供不应求，到那时候该怎么办？少赚一点钱无所谓，最可怕的是丢掉市场。"

听着这样的话，东海心里还是很舒服的，嘴里表示出来的却是质疑："你就那么肯定？"

小史点了点头："其实销售也有一定的规律可循，从之前的情况看，占领一个省的市场，就会多出一个销售单元，然后销量会随着时间的推移逐步扩大。我们现在没有占领的省份还有十几个，这本身就蕴藏着巨大的需求量，再加上自然增长部分，现在的生产能力是根本无法满足的。"

东海的语气里多了些探讨和商量："我们现在的扩张速度是不是太快了一点？"

小史有点激动起来："商场确实和战场有相同相通之处，市场是一种客观存在，你不去占领，别人就会占领。你占领了坚守不住，又会被别人夺过去。如果您认为现在的扩张速度太快，那您也太小瞧了我。我的目标是把这个地方建成全国乃至亚洲最大的海苔生产基地，把我们的产品销往全世界。"

东海真有点被吓住了。把这个地方全建起来，那不是再建一栋，而是四栋，这要是全利用起来，一年的收入是多少？利润又会是多少？这么一想，就感到血液的流动在明显加快。可毕竟已过了不惑之年，冷静才是最应该、最可贵的品性。他提出另外的问题："盖这栋楼需要的资金不是小数，你想过没有，钱从哪里来？"

"我想过了，咱们现在账户上有几百万，可以支应一阵子，以后的需求可以用每个月的利润来解决，如果不够，就适当贷点款。"

说得倒是轻巧，每个月的利润有保证吗？款是那么好贷的吗？心里这样想，话不能这样说，年轻人的热情和闯劲还是要肯定和支持的。他沉思了一会，斟酌好了词句："这件事情太大，再说地也是人家王总那边的，我一个人做不了主，需要过去和他商量一下。"

去廷轩办公室的路上，东海的情绪还是消极的，慵懒的。找一个说得过去的借口，推诿过去就行了，真想盖，再拖上一年两年的，等资金充裕了岂不是更好？至于市场份额，不可能像小史说得那么玄乎，产品稍一断供，别人的货就能摆到架子上去，哪有那么简单的事情。

廷轩的反应却让他大感意外，几乎不假思索，立刻表明了态度："这是好事啊，年轻人能有这样的志向，我们高兴都来不及，你还有什么好犹豫的？不瞒你说，看见那个半拉子工程我心里就难受，这等于去掉了我一块心病。"

东海很有点难为情，期期艾艾的："也许是年龄的缘故，也许是这几年经历的事情太多。"

"你不会是满足于现在那些盈利了吧？"廷轩一语破的，"我想有一点我们两个应该是相同的，到这里来的目的，是想认认真真地做一点事，而不是为了挣下几百万甚至几千万的身家。让发展的良机从身边溜走，这应该不是你的性格。那么艰难的日子都挺过来了，现在还有什么可担心的？"

东海的手又伸到了头上："我不是说不干，只是想更稳妥一些，起码把7月这个坎过了再说。"

廷轩严肃起来："这一点年轻人可能比我们看得更明白，商机如战机，稍纵即逝。你放心干就是了，这对于咱们不是什么难事。施工监管对于你来说已经是驾轻就熟，唯一不确定的就是资金问题。我现在就可以给你几点承诺：第一，土地款可以不收你的。第二，我现在也算是一个有钱人了，你那五十万马上就可以还你，年底以前，还可以给你提供几百万的资金保障。第三，可以把我借调给你，给你打个下手，看个场子什么的。"

东海感到喉咙被一股热流给堵住了。还有什么可说的呢？信心、雄心和雄风全都回到了体内，他抖擞起精神，立刻忙乱起来。闲了这一段日子，忙起来也还能够适应。闲有闲的享受，忙有忙的乐趣，他甜丝丝地想，乐颠颠地跑，立刻与原来的施工队联系。十几天以后，像是风干了的塔吊又被注入了新的生命，活力四射地转动起来。

叶丽没有料到，五星级的申报和评定竟然会如此艰难。按照要求，该做的好像都做了，而且是很认真、很仔细地做了，自我感觉很不错，谁知初审之后，还是提出了一大堆问题。

叶丽把那些整改意见看了又看，有几点是自己确实没有想到、疏忽了的，绝大部分都是在没事找事，吹毛求疵，心里难免有气，可是有什么办法，权力在人家手里，说出的话就是金口玉言，别说是反驳，一点不情愿的脸色也不敢有。

她最反感那个评审小组的唐组长，一双金鱼眼似要脱框而出，两片厚嘴唇吧嗒个不停，唾液在两片嘴唇的夹击下飞溅出来，小瀑布一般。口若悬河指的应该就是这种人吧，会场上叶丽就在想，并且暗自庆幸，多亏离得远，要不然真的很恐怖。

她有点生气，甚至对评审要求、评审程序和评审意义产生了怀疑，档次越高,服务质量的要求也就越高,这是没有任何问题的,可是有必要这么烦琐,这么咬文嚼字,这么苛刻吗?事情主要是做出来的,而不是嚼出来喷出来的,要是这样有用,那就建一个大水池,多找上几个像唐组长这样的人,每人配上一个大缸子,让他们猛喷就是了。

气生过之后,事情还得接着干,食禄者谋之,食重禄者更应该谋之。制度,标准,工作流程,一项项地查找,一页页地修订,然后重新打印、装订。这些事情,她不放心别人,全都是自己在做。已经付出了那么多的努力,稍有不慎,便会前功尽弃。星级评审并不是每年都搞,这一次错过,不知又要等到何年何月。

老板对这件事情也格外重视,时不时地过来问一下。这个老板也真是精明,知道这件事情的意义有多重大,五星级酒店滨海全市只有一家,要是能如愿以偿,拿到这块金字招牌,便可以在同行业里傲视群雄,其竞争优势不言而喻。

毕竟已有几个月的身孕,叶丽不敢太辛苦,忙一阵子就站起来,用双手支住后腰,活动一下身体,顺便给孩子说上几句话。妈妈累了,孩子你是不是也有点累了?孩子你不要埋怨妈妈,妈妈拿了人家的工资,就要给人家做事情。妈妈向你保证,等忙过这一阵子,妈妈就请假,请长长的假,在家里专门陪着你。你爸爸现在已经是大股东了,他有的是钱,能养活我们母子俩。

上班时还不觉得怎么样,回到家里就这儿那儿的难受,这便苦了炜平,又是按肩又是揉背的,胳膊上、腿肚子上还要捏一捏。叶丽不但不领情,还扒拉着炜平的头发威胁:"炜平,你现在可要好好表现,要不然我就不让孩子认你这个爹。"

炜平也就故作痛苦,一副伤心流泪的样子:"孩子,你一定要睁大眼睛明察秋毫呀,千万不能听信你妈妈的一面之词。爸爸绝对是个好人,是个忍气吞声、任劳任怨的大好人。"

叶丽终于忍不住笑了起来,顺势将炜平的头揽在了胸前。

炜平不知是在自问,还是在问叶丽:"人们对幸福的理解各不相同,但感受总该是一样的吧?"

叶丽没有回答,只把炜平的头抱得更紧了一些。

"我想请教你一个哲学方面的问题。"开元坐在炜平对面,煞有介事地看着炜平。

"我对哲学缺乏研究,可能会让你失望。"

"别那么谦虚好不好?你这个学中文的,肯定比我这个学财会的离哲学更近一些。我想知道,存在的就是合理的,这句话究竟该怎么理解?"

"这句话的关键之处是对'存在'两个字的理解。黑格尔对此有过解释,他这里所说的存在,是真实的、有必然性的存在,而虚假的、偶然的、错误的、罪恶的、腐败幻灭的存在,是不包含在里面的。"

"好像明白了一点,又好像更糊涂了一些。真实和虚假、必然和偶然、正确与错误、美德与罪恶,这些该怎么界定,由谁来界定呢?"

"这就牵涉到一个认知上的问题,现在每个国家都在强调提高人文素质,我想这应该是原因之一。客观的参照有,传统道德,社会公理,法律。"

"我还是有点想不明白,比如说现在大量出现的卖淫现象,这是法律明文禁止的,传统道德和社会公理都不能相容的,可为什么会这么长时间的存在,而且有愈演愈烈之势?"

炜平面露难色:"我们能不能不谈论这个问题?"

"不行。你知道我这个人爱钻牛角尖,你不会想让你这个兄弟急死、闷死,或者得神经病吧?"

"那我只能曲解一下黑格尔的意思,凡是存在的东西,都会有它的原因和理由。就这件事来说,禁锢已久的欲望宣泄,一些女孩不愿辛勤劳作又想快速致富的畸形心理,还有什么改善投资环境之类,都可以作为理由。"

"那你对这件事是什么态度?"

"我当然是反感和反对的。卖淫,实际上卖的是耻,人没了羞耻之心,就会变得无耻,无耻的人多了,社会风气还能好得了吗?"

"反对,按你这种说法,男人都应该是正人君子。"

"当然不是,男性中自然也有无耻之徒,不同的是,无耻的女人大多把耻卖给了别人,无耻的男人大多把耻卖给了自己,卖给了自己权、钱、性交融在一起的欲望。"

"那你认为这些现象正常吗?是可以持久的吗?"

"当然不是。如果一个国家的经济发展要以恶浊的社会风气作为代价,那这个代价就太大了。我认为，不管是官场的贪腐之风，还是洗浴、酒店里的色情交易，在不久的将来，都是会得到整治的。"

"痛快。不管这个时刻什么时候来到，总算有了个盼头。作为回报，明天拉你们出去郊游一趟怎么样？"

这个弯转得有点急，炜平稍有迟疑："不知道叶丽明天有没有时间。"

"做做工作吧，难得一个周末，不好好休息休息，凭什么给他们那么卖命。就这样说定了，早上9点，我在楼下等你们。一是看看风景，最主要的，是给你们炫一下我的车技。"

炜平晚上将开元的提议告诉叶丽，叶丽竟激动地叫了起来："太好了！我这一阵子憋坏了，正好想出去放松放松。"

"你那边忙完了？"

"忙完了。我认为该做的工作都已经做了，就等人家做最后的宣判。谋事在人，成事在什么我真的不知道。你是没见过那个评审组的唐组长，那个假模假式的样子，见一次，能恶心上好几天，可是生死大权偏偏就掌握在这个人手里，你说气人不气人？"

"是挺气人的，不过咱不要这么生气好不好？像我遇到的杨局长，开元碰到的任组长，社会上这样的人多的是，要是经常这样气自己，那还不被气死。明天去可以，但你要有点心理准备，那家伙说要炫一下车技，你是没坐过他的车，开起来像疯了一样，我经常让他吓得半死不活的。"

叶丽笑了起来："放心吧，拉着我他不敢那样。"觉得有点不大合适，又补充了一句："他不为我考虑，也要为我们的孩子考虑。还有，明天他肯定会带着他老婆和宝贝儿子，他要是敢开快车，他老婆就会管他。"

炜平还有点犹犹豫豫的："你不知道，我现在一想起海边那件事，心里还后怕得不行。"

叶丽笑得更开心："没想到我的丈夫原来是一个胆小鬼。那样的事情还有可能再出现吗？如果不发生那次意外，你能娶到我做你的老婆吗？"

9点下楼，开元和他的白色捷达果然已经等在下面。见两个人出来，开元很绅士地为叶丽拉开主驾后面的车门。透过车窗玻璃，炜平看见开元妻子和乐乐已经坐在了后排，便拉开了副驾车门。刚一落座，乐乐便从后面抱住了脖子，炜平故作惊恐地大叫起来："救命，有人抢劫。"让一车人都笑了起来。

　　果如叶丽所料，开元一点没有炫车技的意思，车开得很慢、很稳。叶丽逗开元，也是在挤兑炜平："炜平说你今天要给我们炫什么车技，还说你的车平常开得像飞机一样快，今天怎么会这么慢，这么稳？"

　　开元一脸的委屈："别听你家炜平瞎说，像我这么稳重的人能开快车吗？自己不会开车，嫉妒我，就这么恶意攻击。"

　　炜平气得不轻："我看你再锻炼锻炼，就可以上街去卖假药了，保准一骗一个准。"

　　开元没有理会炜平，继续自说自话："再说，我是一个没有头脑、不知轻重的人吗？一个是我老婆和儿子，一个是你老婆和未来的儿子，我能置这些人的安全于不顾，而去逞自己一时之快吗？那样我不成傻子了吗？我给你说叶丽，你家这个人原来还是很不错的，但在我当了这个广告公司的总经理以后就完全变了样，整天鼻子不是鼻子眼不是眼的，挑我的毛病，找我的不是。我真没想到，嫉妒会把一个人变成这个样子，有人说嫉妒是一剂毒药，看来这话一点没错。"

　　炜平想反驳，却忍不住笑了起来。叶丽把手放在了肚子上，开元妻子把流出来的笑意又收了回去，责斥了一句："开元，你别贫了好不好，专心开车。"

　　车穿过市区，炜平就看出想要去的方向，也是想活跃一下气氛，语气里却不由自主地夹带了些嘲弄："人家杜总也就那么一说，没想到还真让你给惦记上了。"

　　开元振振有词："那当然了，好意不领是呆子，有席不坐是傻子，我这人把信誉看得比命都重要，既然答应了人家，那就必须去一趟。我们去是给他们长脸，又不让他们管吃管喝的，要说感谢，应该是他们感谢我们才对，还有什么可难为情的？"

　　炜平将头转向乐乐："回去好好管管你爸，以后别这么没大没小的，我说一句，他能说十句，幸亏我的学生里面没有一个像他这样的，要不然非得气死不可。"

　　叶丽将手放在乐乐头顶："你就那点本事，说不过人家，拉人家儿子帮忙，你也不想一想，乐乐会听你的吗？"

乐乐倒是挺仗义，举起小拳头："我和肖伯伯站在一边。"

开元哀叹一声："完了完了，我家出了个小叛徒。"

又是一车笑声。

公路两旁的地面上、枝头上，已有了轻轻薄薄的新绿，像是春天吐纳出的独特的气息。叶丽痴迷地、欣喜地看着窗外。

路上的车辆逐渐多了起来，有前行的，有回返的。开元在后视镜里看见了叶丽的神态，很有点自得："我这个提议还不错吧，这些车辆估计都是奔那里去的。好花不常开，好景不常在，我已经打听过了，这几天是当地桃花最绚烂的日子。"

远远的，漫山遍野的桃花已经在翻卷、摇曳了。

车行至山脚下，被一名保安拦住，手指向旁边一个停车场。开元走下车，对那个保安低语了几句，就见保安弯下腰，将摆放在路上的几个路障移开。

叶丽很好奇："你给保安说了些什么，他怎么会那么听话。"

"我告诉他我们是万总和杜总请来的客人。"

"你看你看，"炜平用手指敲着前面的硬塑台面，"现在假传圣旨、坑蒙拐骗的事情也会干了。"

开元委屈地大叫起来："有一点良心好不好，我这么做为了谁，还不是为了叶丽和你们未来的孩子。这么点小山，我半口气就可以爬上去。再说，我撒谎了吗？骗人了吗？杜总的邀请你也是听到了的，为什么还要这么说？叶丽，你说他这算不算恶意中伤，冤枉好人？"

叶丽替炜平打圆场："他这也是为了你好，担心你走上歪路斜路。你不要往心里去，中国不是有一句老话，叫'有则改之，无则加勉'吗？"

"你这是在安慰我吗？我怎么听着像是偏袒呢？看来今天我要落败了，现在已经是三比二。"

开元妻子也把一块石头扔下井里："你别那么乐观好不好？我还没有表态。"

开元面露痛苦："你也要在我背后捅刀子吗，这让我以后怎么活？看来真应了那句话，官做得越大，人缘越差。"

弃车步行，但见乱花迷眼，香气袭人，蜂飞蝶舞。游人如织，笑脸和笑声让花团锦簇的美景充盈着动感。天也善解人意，好像把云彩全都深藏了起来，海一样空阔碧透。

山算不得高，但路径崎岖窄狭，不时要侧着身子让过来人。炜平本有点担心叶丽的身体，没想到叶丽和乐乐却最先到达了山顶。

站在山顶四望，神情里都有几分迷醉。眼里看不到山体，只有一树一树的繁花，红的，白的，相依相挽，争奇斗艳，流泻而下。炜平发出一声感叹："什么叫灿若云霞，今天算是见识到了。"

叶丽问了一句："不知道蒋大为歌曲里唱的桃林，有没有这么大？"

"歌曲里的桃花更多的是一种象征意义，作者借对桃花的思念来抒发对家乡的深情和厚爱，桃树的多少是不重要的。如果非要比多少，那肯定没有这般壮观。我的家乡也有桃树，几十棵为园，几百棵就敢叫林，你看看这里，漫山遍野的，几万棵该有了吧。"

开元接过话头："不是有'人面桃花'一说吗？炜平你也应该诗兴大发了吧，何不给我们即兴一首。"

"既然有了那首诗，我还敢献丑吗？不过我倒是有一点感悟：既然知道生命之短暂，为什么还要去徒然悲伤，还不如学一学桃花，在春风里大笑上几声。"

开元真就噎着似的笑了起来，把其他人都惹笑了。

看够了，开元又担当起摄影师的角色，为大家合影留念，抬头看光线，低头找角度，忙得不亦乐乎。他一边拍照一边指点和吹嘘："把你们最好的姿态和最美的笑容展现出来，这样才能对得起这景致，对得起这八千元的相机和我这超一流的摄影水平。"

开元妻子走过去，把开元的上嘴唇往上掀了掀，开元惊惧地后退了一步："你要干什么？"

"我想看看你的舌头还在不在。"

炜平和叶丽不由笑了起来。

乐乐很不解："我爸的舌头怎么会不在？"

这一问，让开元也笑了起来。

下山，开元将几个人领到了样板房。房管员竟然还记得炜平和开元，殷勤地将一行人领到房间。开元妻子好像对房子很感兴趣，一处处看得很仔细。开元紧随妻子身后，不失时机地问了一句："怎么样，要不要来一套？"

"环境和房子都不错，可是价格估计也不会便宜，我们能买得起吗？"

"你只要看好就行，别的不用你管。要是连这样一套房子都买不起，还配做你老公吗？"

开元妻子瞅了炜平和叶丽一眼："你们看看，又吹上了。"

开元真有点着急似的："这怎么能是吹呢？炜平你也说一句硬话，咱们一人在这里买一套行不行？你可以设想一下，在这样的房子里面写作会是什么样的感觉，那肯定是豪兴频发，才思喷涌，佳作一篇接着一篇。"

炜平一点也不配合："看上去不错，听起来更不错，可这腰杆怎么就挺不起来呢？"

开元很失望："有你这样对领导的吗？气死我了！一个大男人，有点志气好不好？这房子也不是现在就买，我向你保证，五年以后，你可以买五套这样的房子。"

叶丽很惊讶："你凭什么做这样的保证？"

"凭我超前的目光，精准的判断。炜平不敢说硬话，你能不能给我个准信，如果真像我说的那样，你买不买？"

"买。"叶丽很肯定。

"听到了吧？"开元转向炜平，"你将来充其量也就是个家中老二或老三。"

炜平反唇相讥："我是准备做老二或者老三，可是我怎么觉得你也不像是个老大。做决定以前先请示，这是一个老大的做派吗？"

房管员也会心地笑了起来。

上车以后，开元大发感慨："我越来越佩服这个万总的魄力和眼光。这么多人来游玩，肯定会留下深刻的印象，真到了开盘之日，那还不得疯抢。"

"楼盘开发之后，这些桃树怕是留不住了。"叶丽颇有些惋惜。

"这是必然的，能留下一部分做点缀就不错了。"炜平代为回答，"这也是没有办法的事情，经济进，自然退，不可能找到两全之策。"

"留下一部分仍然可以叫桃花山庄，"开元延续着自己的感慨，"这正是人家的高明之处，造景造势，毁景建房，然后借景卖房。现在看来，咱们做的那个广告确实还有不到之处。"

"难不成你还想把这几句话加进去？"炜平微讽。

"我有那么傻吗？这么写人家能给钱？咱们两个是有分工的，我只提想法，怎么写是你的事情。"

叶丽替炜平抱不平："我怎么听着你这话有点欺负我们炜平的意思，是不是我以前有什么地方得罪了你，你现在要在炜平身上找补回来？"

叶丽一开口，开元就退："哪敢哪敢，我现在手下就这么一个兵，宠着哄着都来不及，哪敢得罪。可我毕竟是一个总经理，总得让我的翅膀扇几下，忽悠几下。算了，还是说房子的事情，今天就算说定了，回头我就给杜总打个电话，让他在最好的位置给我们留两套。但有一句丑话我要说在前面，到时候我不可能再给你们当车夫，现在有一个藏在肚子里，警察看不出来，到那时就不一样了，不管是出于安全方面的考虑，还是为了少交罚款，我这车你们都不能再蹭。所以，炜平你也要抓紧学车，我可以给你当师傅，领导兼师傅，这样你以后也会听话一些。"

说话很少的妻子这时候又来了一句："也不是没有其他办法，换一辆七座的车不就行了？"

开元痛苦得龇牙咧嘴："你到底是谁的老婆，怎么净帮着别人说话？我问你，这七座车是他们买还是咱们买？"

"你整天口气那么大，买一辆车算得了什么？"

乐乐高兴地欢呼起来："要换车了，要换大车了。"

开元有点伤心欲绝："完了完了，真的是四比一，这让我怎么活呀！"

尽管两年多没有联系，敬儒还是一下子听出了于老板的声音。

"黄总啊，想死你这个老朋友了！这几年发展得怎么样？已经成大老板了吧？"

敬儒很乐意回答这样的问题，生命的辉煌自己一个人看见有什么意思，有更多的人惊讶和瞻仰才更有乐趣。但他很懂得克制，在这种情况下，语气随意一些，轻描淡写一些，效果反而会更好："一般般吧，弄了个四方大酒店的董事长，每年也就几百万的进项。"

他没有讲出具体数字，给对方留有一定的想象空间。他认为最关键的是'百万'两个字，已经足以让对方的耳膜强烈地震动一下。他将手机贴近了一些，接下来听到的，应该是惊叹、赞叹或感叹，不管是哪一种，听起来都会是享受。

谁知听到的却是一声拉长了的、带有同情意味的哀叹："就这么一点啊！"

这一声哀叹将他的虚荣瞬间掩埋，失望和气恼之余，也有一种深深的不服，不由反问了一句："听于老板这口气，肯定是发了大财。"

于老板似乎也深谙讲话的艺术，语调也很随意，轻描淡写："不多，也就两个多亿。"

敬儒被击中了，这个数字，距离自己实在太过遥远，与之相比，几百万确实太小了一点。他心里有一种酸溜溜的味道，像是一个富翁突然又变回了乞丐。可是，这怎么可能呢，双方合作时拿过来的营业执照是看过的，上面的注册资本只有五百万港币，两个多亿，他是怎么挣到的呢？为了解开这种困惑，他又问了一句："你现在干什么能挣到这么多钱？"

"风投。风投你知道吗？就是风险投资。实业我已经不做了，太辛苦，还挣不到多少钱。"

"风投"这个词，是见过的，以前并没有太在意，认为和自己不会有什么关系。但现在已有不同，因为它和两个多亿连在了一起。他生出强烈的好奇，很想知道个究竟："做风投这么能赚钱？你是怎么做的？"

"既然是风险投资，就会有一定风险，关键是看谁做，怎么做。瞅准了，把握好时机和节奏，风险就不复存在，只剩下赚钱了。知道我这两个多亿是怎么挣的吗？去年我和一个朋友联合接手了一家快要退市的企业，经过一番包装和宣传，使其股价快速拉升，然后在高位卖掉，事情就这么简单。完事后我也像做梦似的，两个多亿，靠做实业去赚，几辈子才能挣到。"

敬儒听得耳热心跳，两个多亿，一年时间就挣到了，这是一种什么样的诱惑。

于老板压低了声音："今年我们准备再做一把，收购和一些造势工作已经完成，处于蓄势待发阶段。公司现在的股价只有三毛多钱，我们打算把它做到两块五毛钱左右。昨天，我突然想到了你这个老朋友，把自己狠狠地责备了一通，有这样的好事，怎么能把老朋友忘了呢？灯具厂的事情，我一直心存内疚，也想借此做一下补偿。"

敬儒没有办法不动心，三毛多涨到两块五，如果投两百万能挣多少钱，如果投五百万能挣多少钱，敬儒感到自己的血压在上升，瞳孔在放大。

"你认真考虑一下吧。"于老板的声音听上去有点漫不经心，"不过，这件事情已经箭在弦上，不可能等太长时间，股价如果已经拉了上去，你就是想买我也不会让你买。你要是想做，就在三天之内派个人过来，最好你能亲自来，咱们也好在一起叙叙旧，聊聊天。不过，有些丑话必须说在前面，真要是想做，必须答应我两件事情：第一，要严格保密，要是消息透漏了出去，大家都在低位抢筹码，我们去赚谁的钱？第二，什么时候买，什么时候卖，必须听我统一指挥，不能各行其是，赚点小钱就跑，让我的操作失控。几百万在你那里是大钱，在我这里就不叫钱。你想吧，想好了给我打电话。"

挂断电话，敬儒感到有一头梅花鹿在自己宽阔的胸膛里面冲荡，这是十万火急的事情，怎么能等呢？他即刻将振乾和仁义叫了过来。

所谓讲述，实际上是在复述于老板的话，他想保持平静和冷静，可是很难，心已经被刺激得发热发烫了，让他怎么冷静。

让他大感意外的是，仁义首先表示反对："我认为这件事情的风险还是很大的，我们买了以后，自己不能卖，这等于把主动权完全交给了于老板。我没有做过股票，但股票方面的知识多少还懂得一点，香港的股票与内地不同，没有涨停板限制，上天入地的，很难控制。"

敬儒半是反驳半是训斥："风投风投，没有风险能叫风投吗？钱存在银行，锁在保险柜里安全，可是能有那么高的回报吗？主动权不交给于老板，我们有能力自己去做吗？想搭人家的顺风车，还想要自己掌握方向，世上哪有这样的好事？"

振乾更是旗帜鲜明："我们和于老板也不是没打过交道，我看这家伙根本不是什么好鸟，与他打交道等于是与虎谋皮，别让我们辛辛苦苦挣来的钱真像肉包子打狗一样有去无回。"

敬儒大为光火："振乾，你能不能说点好听的，人家于老板是那样的人吗？我和他做了这么多年朋友，他能来坑我吗？你这么骂于老板，是不是在骂我有眼无珠，连个好坏人都分不清楚？"

讲民主肯定是通不过的，敬儒的脸阴沉下来："我这个法定代表人应该还有这一点决定权吧，这件事就这么定了。仁义，你把能动用的钱归拢一下，全都带上。"

仁义低头思索了一下："现在能动用的差不多有二百万。"

敬儒大为不解："怎么才那么一点？"

"有五百万是定期存款，现在还没有到期。"

"全取出来。存款利息能有几个钱？既然要做，我们就做一把大的。"

仁义几近哀求："黄总，还是多留上一点吧，万一发生什么意外，7月这个坎怎么过？"

振乾也在帮腔："流动资金总该留够吧，要是发不出工资，我这个总经理就算是当到头了。"

敬儒总算退了一步："那就留上一百万，带上六百万吧。钱准备好以后，仁义你明天就出发，我让于老板派人在那边接你。"

仁义脸上掠过惊喜，惊喜之后是惊慌："我去能行吗？"

"你不去谁去？干了这么多年财务，说这样的话脸不红吗？我倒是想去，可是我不懂呀。再说，我应当避嫌是不是？你们两个会不会担心我携款外逃了呢？都给我振作起来，别这么愁眉苦脸的，把一件大好事弄得和出丧似的。"

仁义走后第二天下午，发回一个短信：大众环保，已买，股价三毛六，共买一千六百六十六万股。

于老板又打来一个电话，告诉他下载一个股票软件，这样就可以看到香港股票的适时动态。"你就坐在家里赚好吧，看看钱是怎么流进来的。我劝你买上一点速效救心丸，过于激动，心脏会受不了的。"于老板的声音，充满了自信和乐观。

敬儒立刻行动起来，打开电脑，下载软件，将大众环保设为自选股。遗憾的是，做好这一切，香港股市已经到了休市时间。看大众环保当天的走势，并没有什么异样，上下都没有超过两分钱。成交量的绿色柱体却比平常增高了几倍，这里面就有自己的六百万，他心里涌上一种自豪感，深情地把那个绿色长柱凝视了几分钟。这应该是吸筹阶段的正常表现吧，他这样安慰着自己。他并没有把于老板的劝告当回事，你那个心脏，尚且能容下两个多亿，我这么大心脏，收它个几千万能有什么问题？

心痒难熬地等到第二天早上10点，迫不及待地打开电视，大众环保的表现却让他很失望，仍然像僵死的虫子一般，一点生气也没有。他有点沉不住气，先给仁义打了个电话："怎么回事，为什么还不见动？"

也许是距离太远，仁义的声音有点奇奇怪怪的："这件事是人家在操作，我怎么会知道。感觉上应该快了吧，这几天香港的报纸上、电视新闻上都有这个公司的消息，看来他们确实做了大量的包装工作。你看这个股票的量，现在又在放大，股市有这么两句格言，一是量比价先行，二是有多大的量，便有多高的价。现在股价没动，也许是他们的筹码还没有吸够，也许是在等一个好的时机。"

这一天的午饭吃得没滋没味的，午觉也没有睡好，好不容易挨到2点半，眼睛又死死地盯在了屏幕上。可那只股票仍然爬得长长的，挺得直直的，丝毫没有抬头挺胸的意思。唯一值得欣慰的是，成交量的绿柱比昨日增高了将近一倍。这么多人在买，说明这么多人是看好它的。不过话说回来，有这么多人在买，就有这么多人在卖，买它的人看好，卖它的人该怎么解释，他有点想不清楚，有点糊涂起来。临近收盘，他忍不住又给于老板打了个电话："老弟呀，你能不能给我交个实底，到底什么时候才能拉升，这等待的滋味实在不大好受。"

于老板在电话里笑了几声："真没想到，你老兄会这么沉不住气，我都不急，你有什么可急的？我只能告诉你快了，至于是明天、后天还是大后天，我不能讲得太明确。泄密是这个行当最忌讳、最可怕的事情，我要对你负责，也要对我的几个合作伙伴负责。"

问了等于没问，心中的焦灼和急迫并没有消除多少。这也许是必须付出的代价吧，欲挣大钱者，必先熬其心智，煎其肝脾，既如此，还有什么可抱怨的呢？

晚饭以后，心里面仍然惶惶的，想不出怎样才能静下来，便到酒店去做了一个按摩，回来后发现并没有什么效果，心思还是发散得收束不住。他有点好笑，按照自己的修行，是不应该被一个发财梦搅扰成这个样子的。可这不是一般的发财梦啊，在一千万甚至几千万的横财面前，还能保持冷静，那还是个人吗？

总算是睡着了，梦又特别多，尽是些离奇的、散乱的、碎片般的意象，似回忆又非回忆,似思想又非思想,故意来捣乱似的,把睡眠轻轻地托着,不让它深沉下去。

睁开眼睛,是早上7点多钟。离开盘还有两个多小时,这一段时间该怎么打发呢?慢条斯理地洗漱,慢腾腾地做饭、吃饭,总共才用去一个小时。实在想不到更好的消磨方式,他只好把一张光盘放进影碟机。

说来也怪,这里面的内容以前是很容易抓住眼球的,今天这是怎么了,竟然会觉得无聊,甚至还有点厌恶。可是不看这个,又能干些什么呢?于是就耐着性子看,坐累了,就躺着看一会;正眼看烦了,就侧着头斜着眼睛看一会。

时针终于指向10点,他关掉影碟机,放好光盘,手指已经碰到了电脑开关,又抽了回来。急什么呢,与其看着那僵死的样子干着急,还不如不看。心一横,干脆走下楼来。本想转一大圈,但只走出几十步远,就被巨大的好奇心压迫得转过了身子,上楼梯的速度也比平常快了许多。打开电脑以后,他将头仰靠在椅背上,半闭了眼睛,看不到希望的时候,那就少抱一些希望,这样就会少一些失望。

但他即刻向电脑桌面俯冲过去。奇迹真的发生了,那条僵死的虫子忽然如巨龙一般,大有腾空之势。一毛八,没错,涨了一毛八。他拿过计算器,啪啪按了几下,将近三百万,这真是做梦都梦不到的好事,短短十几分钟,几百万就到手了。他感到自己的心脏快要停止了跳动,于老板说的没错,准备一点速效救心丸还是很有必要的。

这么大的惊喜一个人独享有什么意思呢?他拿起手机,发出的声音自己都感到很陌生:"振乾,你马上过来!"

听到敲门声,他恨不得把电脑抱过去再抱过来,可是知道线没有那么长,只好把屏幕转向门的方向,倒退着向门口移动,开门以后,又小跑着坐回椅子。

股票还在跳跃着向上,已经涨了两毛五。

敬儒又在计算器上摁了几下:"四百多万了!你说说,干什么事情赚钱有这么快?"

振乾盯着屏幕,眼睛也有点发直。

"你还羡慕开元的破捷达,这才半个多小时,进来多少辆奔驰!等仁义回来,马上给你配一辆专车,就奔驰,别的不要。"

振乾的眼睛仍然停留在屏幕上，只报以感激的一笑。

股票好像涨累了的样子，停留在六毛一的价位上，涨一分跌一分的，有点像喘气的样子。

"这很正常，"敬儒的口吻已像一个行家里手，"人干活干累了都要休息一下，股票也是一样，涨一段时间就要停一停，积聚一下动能，再接着往上涨。于老板打算把这只股票做到两块五，我不想那么多，只要做到一块五，你算一算，我们能挣多少钱，那就是将近两千万呀！这些钱我们多少年才能赚到？我现在真是后悔，没把那一百万都给带去。"

这句话里带有责备的意思，振乾不是听不明白，但他认为没有必要去争辩，何况底气本身也有些不足。

两个人都像中了邪似的，目不转睛地盯着屏幕，彼此能听见对方粗重的呼吸。

直到中午收盘，眼珠才像失去磁性的铁球溜回到眼眶。敬儒用布满血丝的眼睛看着振乾："你说咱们是不是应该小小地庆贺一下？酒我这里有，你去弄几个菜过来。"

这对振乾来说，是再小不过的小事。走出去二十多分钟，便把几样下酒菜、一盆鱼翅泡饭提溜了进来。敬儒已将一瓶五粮液打开，酒香像是要和菜香争个高下似的，在屋子里迅速弥漫开来。

"这酒还是仁义几年前送我的，一直舍不得喝，今天倒是便宜了你小子。"敬儒饮下一杯，咂了咂后味，舒服得眯缝起眼睛。

振乾心里微微一惊，他想不出敬儒为什么要在这种时候透露这个秘密，这毕竟不是什么光彩的事情。他是觉得没有再隐瞒的必要，还是在向自己暗示什么？

"别以为我看不出来，我知道你小子一直对我有点小意见。"

原来是用仁义的忠心度和自己做对比，好让自己羞愧难当，迷途知返，奋起直追，倒是挺会想好事的，可是这样的好事你配受用吗？不是有小意见，是意见大了去了，但能傻了吧唧地承认吗？当然不能。他把手摇得像扇子："黄总，您怎么能这么说话，我要是对您有意见，还能一直这么鞍前马后地跟着您？"

敬儒身体前倾，眼睛瞪得像探照灯："真的没有？"

逼到这个份上，振乾只剩下赌咒发誓："要是有，就让我不得好死！"

敬儒忽然朗声大笑起来："开个玩笑。其实有一点小意见也很正常，我是不会在乎的，人嘛，谁没有一点个性，没有一点个性的人我还看不上眼。我这个人别的优点不敢说，但肚量要比一般人大得多，自古以来，没有肚量的人，是绝对成不了大事的。你们以后就会知道，你和仁义的选择绝对是正确的，至于那个开元，就让他后悔去吧。"

话题很自然地又回到了股票上："你说这玩意出现了也不是一天两天，以前为什么就没有想到呢？我今天才知道，当一个千万富翁、亿万富翁原来这么容易！那天于老板说他赚了两个多亿，我还以为他是在吹牛，可你看看这个，还有理由不相信吗？这次做成以后，再做上两三次，我们不也是亿万富翁了吗？"

振乾有心再看下去，可是实在忍受不了敬儒的夸夸其谈，接了个电话之后，借口有事走了出来。

下午，大众环保的走势不像上午那么凶猛，那么义无反顾，涨上两分就要停一下，像是在看地图，辨别方向；偶尔还会跌回个一分两分的，像是反身去拿什么忘记了的东西。但总体的表现还是不错的，收盘时股价停留在了七毛一分钱，这就是说下午涨了一毛钱，也就是说，下午又挣了一百六十多万！稍微有一点点遗憾，再涨上一分钱，刚好就可以翻倍。可是这有什么呢？人心是不可以太贪的，太阳山老大那样的悲剧绝无可能在自己身上发生。

他认为自己已经可以平静，但就是平静不了。晚上，他又去了一趟桑拿，连续两个晚上，这在他是从来没有过的事情，人是要懂得节制的，享受重要，身体和命更重要，这一点认识要是没有，还配做人吗？但这天晚上太过不同，心里面火烧火燎、猫抓猫挖的，总得让它冷却下来、安静下来才行，只好打破常规，聊发一次少年狂。

他不知道，于老板给大众环保喂了些什么东西，第二天上午又开始疯了似的涨，只在一元关口稍微停顿了一会，又昂首向上。到收盘时，股价停留在了一元二角。这就是说，一千多万已经到手。奇怪的是，他不再那么激动，已经有了一颗平常心。与两元五角相比，这个价位又算得了什么呢？也许是连续几天太过劳累，中午他睡了个好觉。

醒来时已近2点，他已经有了一个老股民的从容与淡定，把杯子里的茶梗倒掉，新泡上一杯，心情随着热气，温情脉脉地飘升。从上午的成交量看，下午再涨个一毛两毛的是没有任何问题的。这样涨下去，再有两三天就可以到达既定目标。钱到手以后用它干些什么呢？真要给振乾买辆奔驰吗？仁义会不会也提出同样的要求？看来以后脑子还是不要发热的好，自寻烦恼，真不是一个聪明人应该干的事情。

到了2点半，他有意拖延了几分钟才打开电脑。养在圈里的猪，蒸在锅里的螃蟹，有什么可急的呢？他漫不经心地溜了一眼，眼珠子立刻惊得快要跌落到地下，心也像跳出了胸脯。

怎么可能呢？短短几分钟，股价已经跌落到六毛钱，不但把上午涨的跌了个一干二净，连昨天下午涨的也一并收了回去。这就是说，一千多万又给人家还了回去。这也太不可思议了吧，难道股票里也有自由落体运动这一说？

仁义的电话很及时地打了过来："黄总，我们该怎么办呢？"仁义的声音像是有人用刀子在背后顶着。

敬儒没有多少好气："你不和于老板联系，问我干什么？"

"我打过了，可总是占线。"

敬儒强自镇定下来："你等着吧，我马上给他打。"

拨一遍，占线，再拨，还是占线。股票下跌的速度似乎缓慢了一些，但依然保持着鸭嘴的形状，股价已经到了五毛六分钱。这跌的不是钱，是老子的血啊！这狗东西干什么去了，为什么不接电话？你想要急死老子吗？

还好，拨到第六遍，终于听到了于老板的声音："我知道你想问什么，这时候一定要沉住气，不能慌。我们发现有不少跟风盘，运作了这么长时间，凭什么让他们搭顺风车，跟着赚钱，所以必须用震仓的方式把这些浮筹清理出去。"

敬儒吃下定心丸，立刻给仁义发出指令：洗盘震仓，听于老板的，持股不动。

像是在验证于老板的话，大众环保的股价又开始掉头向上，短短十几分钟，又回到了七毛钱。敬儒暗自庆幸，多亏打了这个电话，要是盲目出逃，不知要少挣多少。

可是好景不长，股价只在七毛左右盘桓了几分钟，又开始掉头向下，而且形状极像一根针，一毛一毛地往下落，转眼间已经到了两毛多。再拨于老板的电话，听到的声音不是占线，而是关机，眼看股价已经直逼一毛，他终于失去了信心，很伤感地给仁义下达了指示："实在不行就先卖了吧。"

"我已经卖了。"

仁义的回答让他心里一松，甚至一喜："多少钱卖的？"

"一毛一。"

他很想骂一句，但是没骂出来，因为股价已经跌到了七分钱。他颓唐地、委顿地窝在椅子里，脑子里忽然空空如也。人死了会不会就是这个样子呢？最先冒出来的是这样一个念头。

仁义回来了，失魂落魄、灰头土脸地站在敬儒面前。

敬儒身上已经多少积聚了些气力，毫不掩饰自己的愤怒和轻蔑："你真能干！带去六百万，带回来不到二百万。"

这样的黑锅，仁义自然不能背，就是撕破面皮，也要为自己辩解："这是于老板在一手操作，怎么能怨到我头上？当时我就劝你，这种事风险太大，最好不要去做，可你就是不听。不管怎么说，我还是卖了，要是接到你的电话以后再卖，还得损失几十万。"

敬儒恼羞成怒，咆哮起来："这么说你还立功了是不是？我还要感谢你、表扬你是不是？你既然没接到我的电话就敢卖，为什么不更早一些？我派你去的目的是什么？不知道有'将在外，君命有所不受'这句话吗？"

仁义快要哭出来："我倒是想卖，好几次都想卖，可是我敢吗？于老板不是定有纪律，要统一行动吗？目标是两块五，我要是卖早了，挣少了，担得起这个责任吗？"

敬儒一时语塞，像赶苍蝇似的摆了摆手："去去去，让我一个人安静一会。"

仁义却站着没动，表现出一个忠诚之士应有的素质和品质："我离开的时候听见有人在议论，这个企业的股份是他们几分钱收购的，如果是这样，这又算是一次成功的运作，估计又有几个亿到了他们账上。你和于老板关系那么好，能不能给他打个电话，让他给我们做出适当补偿。"

是啊，怎么没想到这一点呢？这件事因他而起，他就应该为这件事负责，再说他挣了那么多，还会在乎这么点小钱吗？仁义走了之后，他立刻找出了于老板的电话。

这次倒是顺利，一拨就通，可是还没等他说话，于老板先是劈头盖脸地一顿责斥："老黄啊，亏我还把你当朋友看，你怎么能这么做事呢？说好了统一行动，你怎么能撒手就跑了呢？你这次可是害苦我了，前两年挣的两个多亿全搭了进去。我问你，你们是不是一毛一分钱跑的？"

敬儒吃一大惊，于老板竟然会知道得这么清楚。

"我们本来计划打压到一毛钱再拉起来，可是你们一卖，别人都跟着卖，让我们完全失去了控制。"

敬儒有点想不明白："我们那点钱就能左右股票走势？"

"知道什么叫蝴蝶效应吗？听到过一根稻草能压死一只骆驼吗？我真没想到，会被自己一个信得过的朋友给坑了。你还有酒店可以赚钱，我以后该靠什么生活？"于老板最后又撇上了港腔，"你以后不要再给我打电话，你这种背信弃义的朋友不要再做的啦。"

赔了钱还要落不是，这他妈的到底是怎么回事，敬儒想了半天也没想明白。

仁义给振乾诉委屈，伤心得直流眼泪："真没想到世上还有这样的领导，我当时劝他的时候你也在场，现在出了事，就想把屎盆子往我一个人头上扣。"

振乾铁青着脸，听不出是在骂谁："猪脑子，简直是猪脑子！四百多万就这样没了，还说等你回来给我买一辆奔驰，现在估计能买他妈个×！还有谁比我更清楚这四百万是怎么挣来的，所以别人不心疼我心疼啊！你也知道咱们的利润主要从哪里来，我这个总经理说穿了就是个鸡头，一个正儿八经的本科生，来做这个鸡头，我心里就没有障碍吗？挣这么点破工资，连我的精神补偿都不够。"

仁义哭丧着脸，听任振乾发泄。捎带着骂几句就骂几句吧，这也是没有办法的事情，不管怎么说，钱是自己带出去的，却没有完整地带回来，要说一点责任也没有，只怕是没人会信。有一句话说得好，吐在地上的唾沫不算侮辱，吐在脸上才是。既然如此，何必去较这个真呢。

像是在对四百多万默哀似的，两个人都沉默了一会。最后，还是振乾先开口说话："我看现在再去争什么股份已没有什么太大意义，一是那家伙肯定还会拖，二是争到手又有什么用？7月该上交的上交了之后，账面上估计剩不了几个钱，即使有点剩余，谁知道他又会怎么去造。与其这样，我想我们还不如实实在在地给自己谋一点利益。"

仁义声音不高，但每一个字都很清晰："我早就在这样想了。"

"你听说了吗？酒店那边出了件大事。"开元的神情里多少有点幸灾乐祸。

"什么事？"炜平抬起头。

"想发一笔横财，却让人家骗走四百多万。他们的胆量可真够肥的，竟然敢到香港去撒野。四百万，说没就没了，我估计'黄老邪'肯定要痛苦好多天。这也算是报应，不义之财，看来真的是留不住的。"

"报应不报应的我不感兴趣，我更关心的是人心的变异。我经常在推想王总去借钱那天的情景，背信弃义，当面撒谎，我真想象不出这个黄总当时脸上是什么样的表情，他是怎么做到这一点的。"

"这就是君子和小人的区别，君子做不到或者说不齿于去做的事情，小人很容易就能做到，而且能心安理得。"

"可他也是一个知识分子啊，而且是一个大知识分子。"

"还说我爱钻牛角尖，你这不也钻进去了吗？知识占有和道德水准好像没有什么必然的关联，知识分子里面也会有小人的。而且说实在话，到现在为止，除了'土鳖'那个比较准确的表达，我还真没看到这个大知识分子身上能让人肃然起敬的地方。算了，不说他了，我毕竟是让人家赶出来的，想起来心里总有点堵得慌。他们这件事倒是给我提了个醒，股市这道浑水还真有必要去蹚一蹚。"

炜平有点哭笑不得："真不知道你这脑子是怎么想的，人家刚折在里面，你又想杀进去，是想做前赴后继的勇士，还是真把自己当成了神童。"

"神童不神童的我不敢说，但脑子总比仁义要强那么一点点吧。我是这么想的，你看有没有道理？公司做大以后，理财、资本运作必然成为我这个财务总监的一项主要工作内容，不懂股票，怎么说得过去。你也不要太过担心，我一没有人家那样的魄力，二没有人家那样的财力，广告公司账户上现在有二十多万，拿出十万玩一玩行不行？国内股市有涨停板限制，赔也赔不到哪里去。"

见炜平不语，开元又补充了一句："你要是还不放心，我就给你写一份保证，赔了算我的行不行？"

炜平已无退路，只好祭出最后一招："我没有意见，不过你还是给王总说一声。"

开元故作生气地站了起来："都说干办公室的人最圆滑，看来这是真的。早知道这样，何必给你费这么多唾沫星子。"

走到廷轩办公室，先谈酒店发生的事情，刚开了个头，便被廷轩拦住："这件事我已经知道了。"

廷轩的语气淡淡的，表情上也看不出喜怒哀乐。开元稍觉意外，看来消息也有线路和渠道，这应该是小宋、小孙那条线，其传播速度也真够快的。

接着谈投资股票的事情，他担心廷轩会有炜平同样的顾虑，谁知廷轩听后却笑了起来："有个性，别人在那个地方跌倒，我却要证明在那个地方跌不倒。十万是不是太少了一点，要我说，干脆用公司的名义开个户，投上五十万，赚了就赚了，赔了就赔了，怎么可能由你负担。"

开元颇为得意，免不了再到炜平这边显摆一番，挖苦几句："看看人家王总，一张口就是五十万，再看看你，芝麻大点责任都不敢担。看来总经理和总经理助理的差别还是很大的。"

炜平一点也不生气："你算是说对了，总经理是能做主的人，而总经理助理却是做不了主的人。"

"可我也是一个总经理，为什么就做不了主呢？"开元为自己喊冤叫屈。

"这是因为总经理也分两种，有能做主的总经理，也有做不了主的总经理。"

"这么说来，我这个总经理和你这个总经理助理并没有什么差别，那我这个总经理当着还有什么意思？我说你当时为什么坚决不当这个总经理，是不是早就看透了这一点？不仗义，一点也不仗义！"

话是这么说，神情却是兴奋的，脚步也是轻盈的，下了楼，将车开到了证券交易所。

开好户头，该往进打多少钱呢？他思之再三，还是按照初衷，只打了十万。被人信任是一件值得高兴的事情，可要是辜负了信任，内疚的滋味也不那么好受。

第二天一上班，先下载了一个大智慧股票软件，然后把里面的股票像虫子一样扒拉来扒拉去，看股本，看业绩，看成交，看走势，开盘前，终于选好了一只股票：济南轻骑。

  股票开盘后，却迟迟不敢动手，像是担心被那虫子样的东西给咬上一口。大盘很是疲软，一会红一会绿的，上下十几个点的在动，这只股票也像只跟屁虫似的，大盘红的时候涨几分，大盘绿的时候跌几分。看到10点多钟，他有点丧气，反正来日方长，与其这样半死不活地盯着看，还不如去和炜平聊会天。刚站起来，立刻又坐了下去。这只股票突然出现异动，不再受大盘的影响和支配，开始强势拉升，五分，一毛，一毛五。这说明自己的分析判断是完全准确的，开元心里充满了难言的激动，迅速打开交易。股价这时候却停了下来，像是在思考还要不要再往上涨。开元也有些迟疑，已经涨了两毛，还有没有可能再往上涨呢？买了后再跌回来该怎么办？正在犹豫，股票又抬起了头。这下开元急了，先输价格，再输数量，在数量问题上又略微迟疑了一下，最后决定干脆全买进去。准备敲击确认键，却见电脑上显示的股票价格已经超过了自己填写的价格，只好消掉再追。改完价格，下面的数量又出现了问题，已经买不了那么多，接着再改数量。心里面急慌慌的，他觉得高考也没有这么紧张过。一番忙乱之后，终于在七块八毛五的价格上买进了一万二千股。他刚松了口气，却见股价已开始掉头向下，跌下来一毛多。眨眼工夫，近两千块钱就不见了。什么意思，故意耍我是不是？你总不能让我刚进来就栽一个跟头吧。他有点生气，也有点气馁，看来这玩意还真不是那么好玩。股票却一点也不体谅他的心情，又跌下来一毛多，这就是说，三千多块钱已经没了。要是来个跌停板，这个人就丢大了，一天赔百分之十四，以后还怎么好意思做下去？

  还好，股票只绿了一分钱，便来了一个华丽转身，其涨势只能用气贯长虹来形容，短短十几分钟，便牢牢地封在了涨停板上。开元看得目瞪口呆，狂喜也随之涌出，这说明什么，说明小爷我的目光和判断力还是很不错的。他有点后悔没打进来五十万，一天挣上三万，那是什么样的感觉。

  旗开得胜，而且撞上一个涨停板，想要再安静地待着确实很难。他走到炜平办公室，学着唐老鸭的样子，右手手指伸缩了几下。见炜平看不明白，只好自行点破："想不到吧，第一天就到手五千。难怪中国会有这么多股民，这家伙来钱就是快。我现在脑子有点晕晕乎乎的，想不明白到底是我的判断准确，还是我的运气好。"

炜平脸上却没有他想要看到的东西:"要不要我给你解释一下,什么叫瞎猫碰上死耗子。"

开元大为失望:"你这人怎么这么无趣,我好心分一点快乐给你,你却兜头一瓢凉水。那么多的股票,我偏偏选了这一只,这是瞎了眼的猫能做出来的事情吗?如果涨停板的股票是死老鼠,那死老鼠就会成为人们心目中的吉祥物。"

担心涨停板会打开,又跑过去看上一眼,再过来坐上一小会。炜平不胜其烦,冷脸冷言:"原以为你有多大抱负,没想到五千块钱就烧成这样。你不工作,还让不让我工作?广告的事情不打算再做了吗?"

开元仍然嬉皮笑脸的:"我高兴的不是这五千块钱本身,而是这五千块钱所代表的眼光和运气,这是一个股民最需要的两样东西。你怎么能说我没有工作呢?我现在看股票,研究股票,难道不是工作吗?广告的事情当然要做,要不然我这个总经理岂不是当到头了,可是你总得让我这个新鲜劲过了再说吧。"

晚上想把这个好消息告诉妻子,却终于忍住没说,自个偷偷地乐了半个晚上。

济南轻骑确实有点轻骑的风采,第二天仍然是一骑绝尘,虽然没有再来一个涨停,却也涨了六个多点,相对于死气沉沉的大盘,相对于那些眨巴着绿莹莹眼睛的个股,已经足够亮眼,足够惊艳,足够让人欣喜若狂。两天的业绩加总下来,回报率已经高达百分之十二,这是什么概念,这比存银行一年的利率还要高出一倍多!

晚上终于忍不住,把自己骄人的战绩给妻子讲了出来,没想到妻子的反应竟然和炜平差不多,很是冷淡:"这种事还是慎重一点为好,我听说股民百分之八十都是赔的,只有百分之二十在赚。我们行有一个女的,去年投进去二十万,赔了八万。有一个搞装修的老板,投进去一千万,在里面折腾了两年,拿出来四百万。"

开元很是扫兴:"你就不能说点好听的?他们是谁,你老公是谁,一个学经济的高才生,怎么能和他们相提并论?"

"那好,我就给你说点好听的,股市专治狂妄自大和不服输的人,有一段股市笑话我没记全,里面好像有这么两句叫:竖着进去,横着出来;趾高气扬进去,垂头丧气出来。你要是哪一天栽在里面,千万不要埋怨我没给你提醒。"

开元气得直翻白眼，暗自庆幸没有把赔了由自己负担的话告诉妻子，要不然耳朵或者脑门上必定会吃一点苦头。

没想到真被妻子言中，第二天一开盘，大盘便低开了三十多个点。济南轻骑像是要表现其与众不同似的，挣扎了那么几下，随即便一个猛子扎了下去。待开元明白过来，想要去卖，股票已被打到跌停板上，卖盘像厚厚的天花板似的压在上面，下面却什么也看不见，卖给谁去？

转眼之间，一万多的盈利只剩下一千多块，开元又懊悔又郁闷，公司里的倾诉对象只有炜平一人，不找他找谁？

"你说我为什么不一开盘就卖了呢？"开元像是在问自己，又像是在问炜平。

"这起码能说明两点：第一，你是一个有经济头脑而且比我聪明很多的人，但还不是一个神。第二，你是四方广告策划公司的总经理，但不是股市的总经理，不可能你想怎么样，就会怎么样。我劝你还是退出来算了，这样下去，你不得神经病，我也会被你折磨成神经病。"

"不行，"开元发着狠声，"我非得抓住这条狐狸尾巴不可。"

"你凭什么认定它是一条狐狸呢？它要是妖魔鬼怪你该怎么办？"

"那我就让它现出原形。"

"如果我没记错的话，你应该姓孟而不是姓孙。"

开元没有理会炜平的玩笑，目光定定地想着自己的心事。

敬儒很快就觉察出了问题：日报表上面的收入和盈利数字都在减少，在不断地减少。

日报表每天还是很准时地从门缝下面塞进来，这是开元还在的时候就定下来的规矩，他曾为这个决定暗自得意过一阵。就让小出纳给我从门缝里塞进来吧，他当时就这么告诉开元。仔细想来，这真是一个很高明的主意。一个董事长，每天和一个小出纳打什么照面，何况这小出纳还是个男孩。有人说，距离产生美，这一点倒很难体验，但距离会产生神秘应该是不争的事实。权威是需要神秘感相助的，因而与下属之间保持一定的距离是完全有必要的。这样还有一个好处，可以省去好多麻烦，不用去开门关门的，不会打乱自己的生活节奏，也不用费那么多心思，给自己脸上布置表情。自己不在家的时候，报表也会像候虫一样爬进来。

其实他早就养成了这样的习惯，每天到了那个时刻，他的眼睛就会盯着门缝下面，日报表一旦完整地现身，便立刻到了他手上。有时候自己也有点好笑，觉得自己弯腰捡拾报表的动作和在鸡窝里掏蛋的农村妇女有几分相像。当然充其量也就是有点像而已，如果非要把报表上的收入数字看成蛋，那这蛋也实在太大、太多了一些，什么样的鸡才能下出来，多少鸡才能下出来。

可这蛋为什么会突然变小、变少了呢？他把连续几日的报表摊放在桌子上，对比之后，立刻看出端倪，客房和餐饮的收入几乎没有什么变化，只有其他收入在锐减。这是怎么回事呢？最近几天也没看见有什么严打之类的消息呀，收入下降这么多，这两个人为什么不过来汇报呢？

也许是一个什么意外，过两天就会好起来，他强压着性子，又等待了几天，可是报表上的数字却始终不见好转。他终于忍无可忍，这天提前两分钟等在门后，报表塞进来一半，他突然将门拉开。

刚直起身子的出纳员吃了一惊，看着面色阴沉的敬儒，惶恐得说不出话来。

"你给我说说，这些收入为什么会减少？"敬儒指着报表上的其他收入一行。

"这我不知道，报表不是我编的，我、我只负责送。"出纳员稍微有点结巴。

敬儒想想也是，这里面的原因，一个出纳员怎么会知道，堂堂一个董事长，和一个小出纳较什么劲，于是语气温和了一些："你去给你们朱总说一声，让他马上过来一趟。"

出纳员如遇大赦似的匆匆而去。

等待的时间有点长，敬儒认为不应该这么长，可就是这么长。他觉得自己的愤怒像火苗一样往上蹿，躲着不来是什么意思？是不是心里有鬼？你不来我就把你没办法了吗？我屈尊一下，去找你行不行？

正准备出门，却听见了敲门声。仁义脸上既没有来晚了的内疚，也没有干了什么亏心事的慌乱，还是以前那样弥勒佛般的似笑非笑的表情。

"你这个财务总监当得不错呀，挺稳重的，收入下降这么多，一点也不着急。"

"黄总，你这么说就不对了，收入下降和财务部门没有关系。业务部门完成多少，我们就报多少，你要是不相信，我可以让他们把部门报表送过来。"

敬儒一拍桌子："这是一个财务总监应该说的话吗？"

仁义的镇定出乎敬儒预料，回应更出乎预料："黄总，我不喜欢你用这样的方式和我说话。"

仁义的态度让敬儒完全失去了绅士风度，咆哮起来："你想让我怎么和你说话？让我低声下气地求你是不是？那你是不是应该先问一下你有没有那样的资格？"

"我是没有那样的资格，但我做人的资格总该有吧？我已经活了四十岁，像你这样的大官没当过，小官还是当过几次的，不喜欢也接受不了这种无端指责。你要是认为我不称职，完全可以另请高明。"

这一招把敬儒将住了，他有点警惕起来。这不符合仁义的性格，也不是他一贯的做派，发生了什么事？他的底气是从哪里来的？这一点必须要弄清楚。他强压住满腔怒火，甚至让脸上有了一抹火烧云般的笑容："你知道我最近心情不好，动不动就想发火，给老婆、儿子打电话也是这样。刚才是有点急，包括股票的事情，我都可以向你道歉。但我对你怎么样你总该是清楚的吧，要是不欣赏你，不器重你，为什么还要把你从公司那边挖过来？"

敬儒认为自己已经很有诚意、很动情了，仁义却不为所动，眼睛死牛般地盯着一个地方。

敬儒倒了杯茶水，放到仁义近前，然后坐在仁义身旁："收入大幅下降，当董事长的想知道原因，这个要求总不算过分吧？"

"这事我问过振乾，他说现在大项技师不好招，又有几个请了病假。"

就这么简单？真的就这么简单？他想从仁义脸上和眼睛里看出个究竟，但什么也没看出来。他脑子里忽然闪现出一个很可怕的念头：这两个人是不是已经勾结在了一起？好像只有这样，才能解释仁义今天的异常。如果真是这样，那就有了大麻烦，这两只手一拉，就有可能把自己架在空中。又不敢把他们一起辞退，且不说内部管理会失控，这两个人对酒店的内幕知道得一清二楚，放出去以后，就是两颗定时炸弹，而且是重磅炸弹。所以当务之急，是绝不能让这两个人结盟，结了盟，也要想方设法给他们拆散。破联盟之法，两千多年前的战国时期就有，拿过来用就是了。他坐得更近了一些，将手放在仁义的腿面上，有点促膝谈心的意思："我知道，这件事是振乾在捣鬼，和你没有关系。我会和他去谈，相信他也是一时让钱迷住了心窍，一定会迷途知返的。我自认为还是很大度的，但是再大度也有个限度，如果他真的冥顽不化，闹到不可开交，无法收场，我想你应该清楚，离开的会是谁。"

仁义回到酒店，把敬儒的话原原本本地告诉了振乾。振乾听后冷笑了一声："看来该上点手段，让我们这个黄董事长闭嘴了。"

仁义不知道振乾会上什么样的手段，但他知道，如果能让敬儒闭嘴，应该是一件好事。

振乾不请自到，有点出乎敬儒意料。他意识到可能会有一番严肃的、艰难的谈话，在这种情况下，谁能沉得住气，能保持冷静，谁就能占得先机。当然，该给的脸色是一定要给的，要形成一种威慑，在气势上压倒对手。

振乾不仅是不请自到，而且是不请自坐，大大咧咧的，像是在家里一样，脸上带着一种捉摸不定的笑容："我听说你准备开除我？"

敬儒心里一惊，这说明自己的感觉是正确的，这两个人确实勾结在了一起，幸亏发现得及时，要不然后果真的不堪设想。既然对方已经把事情挑明，那是绝对不可以退缩的。他让自己的声音和脸色一样阴沉："你是不是先问一下自己，做没做什么应该被开除的事情。"

"我要是承认做了，但又不想被开除该怎么办？"振乾脸上，一点没有因心虚而生的慌张，反而笑嘻嘻的，像是在开一个很随意的玩笑。

这是怎么回事，敬儒有点想不明白，并且因为想不明白而失了主意，乱了方寸。他感到振乾的样子像个无赖，在对付无赖方面，他还没有足够的经验。

"放心吧，您要是真想让我走，我是不会赖着不走的，但我好歹跟着你干了这么长时间，总得留下一点念想是不是？"振乾猫起身，把一张光盘放进影碟机，接着打开电视。荧屏上立刻出现了不堪入目的画面，敬儒很快就看清楚，那上面的男主角是自己。他第一次发现，自己的赤裸着的身体，喘息声和说话声，都是那样的丑陋和恶心。他急步上前，关了电视，退出碟片，扔到地上，用脚踩了几下，脸型因为极度的愤怒而完全扭曲："我真没想到，你会如此下流无耻！"

"你说这话我不爱听，是表演的人更无耻，还是录制的人更无耻，我们可以找几个人来评判一下。多好的一件艺术品，你把它毁了干什么？不过没有关系，我那里还有几张，可以再给你送过来，你的朋友里有好这一口的，也可以拿给他们看看。"

敬儒完全被击败，面色灰白，大张着嘴，像濒死的鱼一样喘着粗气，声音也虚软得勉强能够听见："你到底想要干什么？"

"你这句话算是问到了点子上，很简单，相安无事，你继续做你的董事长，我继续做我的总经理。但有一样，酒店的事情你不能没完没了地过问，该请示汇报的事情我自然会过来给你请示汇报。已经是21世纪了，我和仁义不可能像蠢驴那样，被一根红萝卜吊着走，总得为自己谋一点实实在在的利益。"

这是明目张胆的窃权与篡位呀！如果答应下来，自己连那个被世代耻笑的赵高都比不上，可是不答应又该怎么办，方才的画面不仅历历在目，也历历在心，其真伪是毋庸置疑的，一旦流传开去，还有何面目苟延在人世？无奈之下，只能再打一下感情牌，不奢望翻盘，能多争得一点主动和利益也好："你这么做对得起我吗？"

振乾忽然大光其火："这话应该我问你才对。跟着你干了这么多年，我得到了什么？你以为这个总经理是好当的吗？这些钱是好挣的吗？我背负着什么样的名声，承受着什么样的压力，每天工作多少小时，这些你都知道吗？不当这个总经理，老婆会带着儿子离开我吗？我付出了这么多，得到的是一张张空头支票，你告诉我，我的股份在什么地方，我的奔驰车又在什么地方？"

敬儒自觉理亏，但仍然不肯低头认输："股份比例我已经告诉了你们，只是在等一个合适的时机。车我本来确实想给你买，可是谁知道股票会赔了呢。"

嘲笑，轻蔑，愤恨在振乾脸上交替："等到什么时候，等到被你一脚踹开的时候吗？四百多万，说没就没了，你以为那些钱是风吹来的吗？算了，我不想再和你扯这些没用的。我不是一个不讲理的人，也不想把事情做绝。你要是能按我说的做，以后每月工资卡上可以多出两万块钱，如果有特殊需要，我还可以给你再追加一些。7月的上交款不用你管，银行利息也不用你还，想待你就安安生生地待在这里，晚上还可以到桑拿那边去享受享受，我可以向你保证，不会收你的钱，也不会再录续集。不想在这里待，你也可以回家去和老婆孩子团聚，或者到国内国外去旅行。你说到哪里去找这样的好事？"

既然已经安排得这样清楚，还能再说些什么呢？他突然悟出了一个接近真理般的道理：没有选择的选择才是最痛苦的选择。

振乾走了以后，他把那张碟片捡了起来。家里没有酒精，他拿出那天和振乾没有喝完的五粮液，用棉签蘸了，把光盘表面擦拭了一番，放进影碟机，居然还有画面出现。他不知道自己是出于什么样的心理，就是想看，想看出个究竟。

碟片里的内容显然是剪辑过的，不是一次，而是许多次的合成。这狗日的心早就坏了！他恶狠狠地骂了一句，眼睛仍然停留在污秽不堪的画面上。那笨拙地蠕动着的，那无耻地浅笑着的，那力不从心地哼唧着的，真的是自己吗？可那不是自己又是谁呢？身体可以否认，脸和声音也是能否认的吗？"你这个孩子"，"你这个孩子"，为什么要说这样的话呢？说了还不止一次，听起来又虚伪又倒胃口，振乾看到这里会怎么想，会不会在笑过之后，再骂上一句"伪君子"。像是故意似的，里面还有短暂的面部特写，比身份证上的还要清楚一些。看来要想否认是绝无可能了，绝望像山一样压下来，心里面一片悲凉。活了大半辈子，没想到会倒在一张小小的碟片上面。他关了电视，取出碟片，仇恨地注视了一会，用两只手捏住，拇指上用了力，想将其折断，但反复弯了几次都未能如愿。索性找出一把钳子，捏紧了，一点一点掰，将一张光盘变成一地碎片。

自己现在算是什么，木偶还是傀儡？这似乎并没有什么本质的不同，都是没有自主意识和个人意志的。世界上能找到这样的董事长吗？他悲哀地想。

等到发工资这一天，他到银行去查了一下，工资卡里果然多出两万。从这一点来讲，与木偶和傀儡还是有所不同的，他心里多少有一点满足和安慰。

他没有再去桑拿，一次也没有。不是不敢去，是压根就不想去，他发现自己已经没有了那一方面的欲望。这个发现让他又高兴又难受，高兴的是可以不再犯类似的错误，难受的是生命过早地到达了那个阶段，是透支所致，还是心理方面有了障碍，没法去弄清楚，也没必要去弄清楚。那就权且像行尸走肉般活着吧，呼与吸，纳与泄，就这么简单。

销量在不断增加，房价在逐渐上涨，土地价格也在跟着上涨，这就是说，不仅账面上资产净值在不断增加，隐形的资产净值也在不断增加。按当前的房价和地价计算，公司的资产净值总额应该是多少，百分之三十的占有额是多少，是很容易计算出来的。开元隔上一段日子就会向炜平报一次喜：肖总，我可以负责任地告诉你，你已经可以买两套桃花山庄那样的房子了；炜平同志，我以我的人格担保，你已经可以买三套桃花山庄那样的房子了。

炜平有点厌烦："你整天琢磨这样的事情有意思吗？"

"怎么会没有意思呢？"开元又是一套一套的，"知道我们的成就，可以提振我们的信心，增强我们的勇气，怎么会没有意思呢？"

"你就不怕王总听见，疑心你图谋不轨？"

"这有什么好避讳、好担心的呢？我只是在算、在想，并没有说要拿走，要分光吃净，如果连想都不能想，那要这股份还有什么意义呢？"

他已经很少再和炜平谈股票的事情，操作了一个多月，信心反而越来越小，虽然损失不大，套得不算深也不算牢，但套在脚脖子上和套在脖子上的感觉并无太大不同，都不怎么体面，也不怎么舒服。看来股市这潭水真的很深，不是随便扑腾几下就能闹明白的，在没有摸到规律、可以纵横捭阖之前，还是深沉一点、含蓄一点更为妥当。

银行账户上的存款数已经高达七百多万，这就是说，7月该交的交了之后，还会有三四百万的剩余。这些钱该怎么办呢？最省事、最简单的选择是还掉银行贷款，这样每个月就可以减少一万多的贷款利息，但这显然不是一个想要发展的企业所应该做出的选择，贷款有多难他是亲身经历过的，如果不是妻子帮忙，去年公司那道坎能不能过去真的很难说。还有一点，还款的行为方式本身就是一种收缩，在感觉上也是不舒服的。

放到股市里面，这是连想都不能去想的事情。一个理性的人，永远会把风险控制在自己所能承受的范围之内，我开元是什么人，是那种能让头脑发热、发狂的人吗？当然不是。

可是怎么办呢，就让这些钱趴在存款账户上，然后眼睁睁地承受每个月七千多元的存贷差，这种感觉同样很不舒服。

《滨海晚报》上面一则土地招标拍卖告示引起了他的注意。这块土地位于开发区中心地带，总面积一万五千平方米，按照上面的规划，均为小高层，靠近路边的一栋，一、二楼为商铺，三楼以上为住宅，里面三栋，则是很纯粹的住宅。最近的土地价格徘徊在二百五六，再给它加上五十，应该就到顶了吧，这是公司目前完全可以承受的。他快速计算了一下，按照现在的房价和建造成本，这块土地开发完成以后，最少能有四百万的盈利。这么大一块香气四溢的肥肉，有什么理由不张口去吃呢？

他兴冲冲地将报纸拿到廷轩办公室，眉飞色舞地讲述了一番。他认为廷轩应该跟着高兴，土地拍卖的告示倒是经常可以看见，但地块大的啃不动，太小的又没有胃口，像这么合适的还真是难得一见。

但廷轩好像并不是很动心："咱们的土地至少还可以开发三年，有必要这么早增加土地储备吗？"

"有，咱们公司要想持续发展，就得不断增加土地储备。您说的三年是现在的开发速度，要是需求增加，速度加快，也许不到两年就能开发完，到那时候再去考虑土地的事情，就有点太晚了。"

"7月的上交款是必须要留够的。"

"这我已经考虑到了，购置这块土地最多不会超过三百九十万，到7月还有两个多月时间，上交款肯定能凑够。"

"我给张总答应过，建厂房的资金要是拉不开，就从咱们这边拿。"

"海苔那边的销售现在很火，我已经问过了，年底以前用不着这边的钱，也许压根就不会用咱们的钱。"

见廷轩还在犹豫，开元不禁有些发急："单从投资的角度讲，买地也是很合算的，就这么几年时间，土地价格已经翻了几番，比存款利息高了不知多少倍。"

廷轩这才松了口："你要是真有兴趣，那就去试一试，不过千万不能冲动，不要勉强。我再强调一遍，上交款一定要留够。"

这是生命中的又一件新鲜事，开元又兴奋又激动，立刻行动起来，打电话报名，让出纳去交保证金，然后坐在椅子上臆想招标和中标过程。起价应该是二百五或者二百六，能低一点当然更好。随后，会十元十元地往上加。开始一定要按兵不动，到了三百再动手，主持人肯定会这么喊：四方公司三百一次，四方公司三百两次，四方公司三百三次，那手中的小木槌会随着"三次"两个字砸下来，一锤定音。然后，就会在众人艳羡的目光下，走向前去，和主持人握手，签订拍卖成交确认书。

终于等到竞投标这一天，开元穿了身浅蓝色西服，扎了条红底黄点的领带，脚下是擦得铮亮的黑色皮鞋。离开酒店以后，他是第一次这样穿戴，出现在公众场合，代表的是公司形象，所以一定要庄重一些。

毕竟是第一次经历这样的事情，心里面多少有点虚，动身时，又生拉活拽地将炜平弄到了车上。炜平虽然上了车，但心里是一百个不情愿："这种事我一点也不懂，你拉着我去干什么？"

"让你去见证我竞标成功的伟大时刻呀。也算是给你小说创作提供一点素材，亲身经历过的事情，写起来才能生动传神，妙笔生花。不过，到那时候你一定要吝惜一下笔墨，不要把我神话，也不要高大全，让人家觉得我不像是一个人。"

拍卖室很简陋，前面一方一尺多高的台子，台子上一张很不起眼的桌子，桌子上面什么也没有。台子下面，是五六排同样不起眼的桌子，有的桌面上放了台签，有的桌面上什么都没有。开元想到了小学时候的教室，不同的是前面缺了黑板，两边缺了标语。里面已经到了不少人，三个一团，五个一伙的，交头接耳地议论着什么。选了个偏后一点的位置坐下，一个工作人员走了过来，问明公司名称，将手里拿的一个台签摆放到桌子上。开元扳过来看了一眼，见上面写的是"四方公司"几个字，低声嘟囔了一句："弄这么不起眼个台签，真抠门！"

又等了二十多分钟，就见一个人从侧门里走了进来，穿着很随意，手拿一个小木槌，无精打采的，说话的声音也是软绵绵的，讲了半天，无非把公告上的内容复述了一遍，最后终于听到了最为关心的问题："这块竞标物的起拍价格是每平方米三百元。"

开元有点发懵，怎么会这么高？但他还是迅速将手举了起来。

主持人将小木槌抬离了桌面："四方公司三百元第一……"

"次"字还没喊出来，就有人喊出了三百二十元。

接下来的过程让开元瞠目结舌。报价一路走高，很快就涨到了四百元。主持人已经喊到了第三次，就在小木槌即将落下来之际，又一个声音响起："四百五十元。"

这一下不是开元一个人在吃惊，而是很多人在吃惊，头都不约而同地转向声音响起的地方。开元觉得这声音好像有点熟，直起身子看了一眼，果真是一个熟

493

人——几年没见的"土鳖"。

竞标价定格在了四百五十元，小木槌砸下之后，"土鳖"起身离座，走到前面，先是高傲地将竞争对手扫视了一遍，接着讲了几句不咸不淡的成功感言，最后还像绅士一样，弯腰行了个大礼。

开元的脸绷得紧紧的，炜平很想笑，却不好笑出来。坐到车里以后，才忍不住问了一句："你今天的话为什么这么少？"

"你想让我说什么，谈丢人丢脸的感受吗？刚露一下脸就让人家一巴掌拍回去，你知道我这心里面是什么滋味？我的人丢了也就丢了，让公司也跟着没了颜面。"

炜平好言相劝："不就是一次竞标失利吗，把它看那么重干什么？我和你坐在一起，不但没觉得丢人，反而有一种自豪感，你今天这身穿戴绝对亮眼，把所有人都比了下去。"

"你这是在夸我还是在损我？"开元猛地将领带扯了下来，扔到了后排，方向盘随之一偏，车身也跟着趔趄了一下。

炜平吓得不轻："你要是有什么想不开，千万别拽上我，你儿子都五岁多了，我连孩子的面还没有见到。"

"活该，谁让你落井下石，变着法地损我。"开元是真生气，"不过，我真是想不通，你说这些人是不是疯了，地价涨这么高，还能赚到什么钱？尤其是那个'土鳖'，再增加个十块二十的肯定也不会有人和他争，非要一下弄出个五十来，嘴这么一张，几十万就白白地损失掉了。"

"不应该把人家再叫'土鳖'，最起码也算得一个'洋鳖'，你看人家那一躬多到位，也不知私下里练了多少次。"

"我最看不惯他那一副傲慢、盛气凌人的嘴脸，那一躬，是另一种傲慢。他鞠躬的时候，我感到有人在把我的头往下压。等着瞧，总有一天，我会出这一口恶气。"

"你说你一个知识精英，和一个瞧不上眼的'土鳖'赌什么气，较什么劲，传出去不怕别人笑话？"

开元有点高兴起来："说的也是，和他较劲，那不和他成了一个档次，我这不是自贬身价、自甘堕落吗？不行，我要从善如流，听从大作家的劝告，洗心革面,振奋精神,做一个有高级趣味的人。"

回到公司,炜平想进自己办公室,又被开元一把拽住:"不行,陪人陪到底,你必须和我一起去汇报,丢脸不能只丢我一个人的。"

听了竞标经过,廷轩爽朗地笑了几声:"胜败乃兵家之常事,有什么丢脸不丢脸的。再说,塞翁失马焉知非福,那个徐老板的行为已经近似于赌博,我们为什么要去和他比个高下。恰好你们两个都在,这也算是开一个临时性的董事会,主要是统一一下以后的发展思路。坦率地讲,对这次竞标的事情我不是很热心,原因是我对房地产这个行业越来越没有兴趣。拿地,找人设计,委托施工,最后想方设法卖掉,这里面有多少科技含量?我是在农村长大的,对土地有着特殊的感情,看着大片的土地被圈占,被钢铁水泥硬化,心里面很不是滋味。还有,国民经济的持续发展绝不能寄托于房地产这个行业。基于以上考虑,我对公司房地产业务的想法是维持和逐渐压缩,在完成一定的资本积累以后,逐步转向科技行业,这样才对得起"四方科技"这几个字,也不负我们创办这个公司的初衷。当然,这纯属个人观点,你们两个有什么看法、想法,都可以说出来。现在既然是股份制,就要按照股份制的规矩来,不能再由我一个人说了算。"

炜平立刻表态:"您这么说话我还真有些不适应。张总说的没错,在经济方面我就是个傻子,您以后就继续把我当一个傻子看待就行了。"

开元更会说话:"您这样说话,说明对我们两个人还不够信任。您是我们的掌舵人,这在任何时候都不会变。"

廷轩先是一笑,接着又严肃起来:"我很感谢你们两个对我的信任,但股份制首先是一种契约,不是信任所能取代的,所以我希望你们以后能对公司未来的发展多一点思考,要有更多的承受和担当,不能把压力全都放在我一个半老头子身上。我也是一个肉体凡胎,思考问题也会有偏激和疏漏之处,需要你们及时提醒和纠正。我把话放在这里,感情归感情,假如有一天我的决定与你们的想法完全相左,你们随时可以选择退出,我决不会说半个'不'字。"

开元将后脑转向廷轩:"王总,您仔细看一看,我们两个头上都没有反骨。去年那么艰难的时候都没有离开,以后还会离开吗?您可能会有穷合富分的担忧,但我们两个是那种鼠目寸光、见利忘义的小人吗?"

廷轩击了一下桌子:"我就想听这种有志气的话。既然如此,我们就扭在一起，结结实实地干一点事情出来。"

走出廷轩办公室，开元又跟在炜平后面进了炜平办公室，掩上门后，长叹了一声："看来跟着王总是发不了大财了！"

炜平有点生气："你这不是口是心非吗？刚慷慨激昂地表过态，转过脸就反悔。"

"发不了大财，发点牢骚还不行吗？"忽然又正经起来，"你也未免太小瞧你这个兄弟了吧，平常我也就是说说而已，真的有那么财迷吗？但是说真的，在王总面前，我总有一种自惭形秽之感，我的所谓的聪明才智，其实不过是一些机智和机巧罢了，人家那才叫大智慧。这一点我很想不通，一个军人，也没有什么学历，他的境界、眼光和思路是从哪里来的？但有一点是肯定的，跟着这个人干，就一个字：爽。"

炜平也笑了起来："我还以为你小子要玩阳奉阴违那一套，逼着我去当一个告密者。我跟了他这么久，和你的感受是一样的，这可能就是人们常说的人格魅力吧。其实比较一下也挺有意思的，从学历方面讲，这三个老总呈一种阶梯型，从人格方面讲，是另一种阶梯型。"

"好啊，你敢恶毒攻击我们敬爱的'黄老邪'研究员，知道不知道后果会有多严重？"

"我攻击了吗？说出来看看。倒是'黄老邪'这个封号不知是谁的独创，我们的黄研究员喜欢不喜欢听？"

两个人一起笑了起来。

连续几天没有广告业务方面的电话打进来，开元决定主动出击，第一个便想到了叶丽："姐，你们那边家大业大的，也不说把我们接济一下，我和炜平都快要饿死了。"

叶丽在电话里笑了起来："是谁前些天还在吹嘘快要成为能买起五套房子的大富翁，现在却又说的这么可怜。这里的五星级终审下个月进行，在这之前做一次广告宣传，造造势，还是很有必要的。不过，这件事你不能和我谈，直接去找老板。具体怎么谈，我想不用我教你，但绝对不能透露出是我授意的。老板若能理解，知道我是为了酒店，若不能理解，会说我是在吃里爬外，这个名声可不怎么好听。"

开元真就去找了老板,围绕星级评定,一番海吹神聊,意思很明确,不做这个广告不见得评不上,做了这个广告就一定能评上。为了证明自己的实力和水平,又拿出卓越公司的广告合同让老板看,让老板不由不信。

送走开元,老板便过来找叶丽商议。叶丽知道这事已经成了七八分,心里高兴,脸上却很平静:"这件事您最好不要和我商议,是我让他去找您的。这个人以前在四方公司干过财务总监,现在又和我丈夫是同事,所以我必须避嫌。"

老板很不以为然:"你也太过谨慎了一点,只要是对酒店有利的事情就应该去做,管什么避嫌不避嫌的。那这件事就这么定了,花几万块钱多加一道保险,我想还是值得的。这个小伙子看上去倒是挺精明的,有没有可能给咱们挖过来?"

"咱们"两个字让叶丽心里生出一点恍惚,难道自己已经彻底离开了四方公司,而且会永远离开四方公司吗?她觉得老板有点太过贪婪,并因此有一点气恼。她不能让自己的情绪流露出来,但扼杀老板的这个奢望和念想,是很容易做到的:"据我所知,四方公司的王总对这个人很器重,而且这个人极重义气,想把他挖过来几乎没有可能。"

老板稍感失望,随即又笑了起来:"是我太贪心了。没事没事,酒店有你这么一个人就足够了。"

叶丽把好消息告诉了开元,顺便讲述了老板的求才若渴之情。开元大笑:"行啊,你告诉你们老板,要是他肯把董事长的位置让出来,本人还是可以考虑的。"

钱挣到手以后,开元要给叶丽提成,被叶丽狠狠地数落了一通:"我心里已经很不安了,你还想让我睡不着觉是不是?你要是真有这个心,以后就对我们家炜平好一点,不要动不动就欺负他。"

开元大呼冤枉:"姐,你就行行好吧,我欺负他?我敢欺负他?每次和他说话前,单是笑容,我都要准备上半个小时。"

叶丽忍不住笑了起来,和这个人打交道,心情总是很愉快的。

希望大酒店的牌子上,终于名正言顺地缀上了五颗星。老板心情大好,也大大地慷慨了一次，员工从上到下普升一级工资，几位骨干还有另外的奖励。作为头号功臣，叶丽也收到了一个五千元的红包。

接，为什么不接。相对于这么多日的辛苦，相对于这五颗星日后给酒店带来的收益，这点钱算得了什么？叶丽的心情完全放松了下来，让她放松的不仅是这件事终于有了一个结果，更主要的是从此可以不再看见唐组长那个人。生活中有的是这样的人，像这个唐组长，像敬儒，像仁义，让你一辈子都不想再遇见。

卸去了这一重负，工作就变得闲适而愉快。她有时会在办公室假寐一会，给肚子里的孩子说上几句安慰和鼓励的话，有时会挺着已经显形的肚子，到酒店里四处走一走。以前她觉得孕妇的体型很丑陋，奇怪她们脸上怎么还会有笑容，现在终于明白，那笑容是一个做母亲的骄傲啊！她默默地计算着临盆的日子，再有一个多月，儿子或者女儿，就要和自己相见了，那么，再工作十天，最长不能超过二十天，就该休产假了，到那时母亲也该过来了。和母亲一起，迎接新的生命，那该是多么幸福的事情。

炜平老家寄来了一个包裹，打开以后，里面有花花绿绿的小孩衣服，还有一厚沓粗布做成的尿布。叶丽故作生气地问炜平："你是不是告诉家里我怀的是三胞胎？"

炜平有点莫名其妙："我怎么会这么说话？"

"那你说这些衣服和尿布够几个孩子用的。"

"你不要多想，我们那里都是这个样子，恨不得把孩子一辈子穿的衣服都做出来，你看这些衣服，长短是不一样的。"

叶丽神情一暗："我不是埋怨，是心疼，这么多衣服，一针一线地缝，她老人家要缝多长时间？"

炜平也有点动容："可能高兴就不会觉得累吧。父母就我这么一个儿子，想这个孙子不知道已经想了多少年。"

叶丽忽然想起另外的问题："让我母亲来你不会有意见吧？我主要是想，和我母亲交流起来能方便一些，我听说女人在生产前后心情都不是很好，我要是真有点脾气，可以对我母亲发，但绝对不敢对你母亲发。你说我要是有脾气发不出来，是不是会得忧郁症，我得了忧郁症不要紧，孩子没奶吃问题就严重了。"

炜平将叶丽的手抓在手里："你母亲能过来，我高兴都来不及，怎么会有意见呢？我本来也有点担心，我母亲做个小孩衣服还可以，做饭却一般，万一你们婆媳间有了矛盾，我夹在中间多难受。"

叶丽有点不高兴起来："瞧你把我说的，像一个泼妇一样，我会是那样的女人吗？"

炜平还想再说点什么，被叶丽的嘴封住了。

叶丽生了一个女孩，让炜平起名，炜平张口就来：肖楠。叶丽很奇怪："你怎么知道是个女孩？"

炜平颇有些得意："这个字男孩女孩都可以用，生命长绿，又可成有用之才。"

叶丽嗔怪地瞪了一眼："滑头，给孩子起个名也偷懒。"接着却"楠楠、楠楠"地叫了起来。

孩子的满月是必须要过的，想着除了开元夫妇和小茜夫妇，也没有其他人可叫，就想在家里热闹一下就行了。

没有想到，在孩子满月的前一天，老板却打来电话，说酒店那边已经安排好，只要报个人数就行了。叶丽心里不由一热，这个老板也真算个有心人，这么点小事也能记在心里。想坚辞不受，又怕冷落了人家一番好意，只好答应下来。

廷轩和东海的出现，给了叶丽又一重惊喜。她责怪地看了炜平一眼，却见炜平也是一脸的惊讶。同为鼓里人，责怪自然是没有道理的，心里就只剩下满满的高兴了。

宴席很自然地分为两桌，希望大酒店的老板、郭总、姚经理和其他几个部门经理坐了一桌，四方公司这边坐了一桌。叶丽拉了炜平，在两张桌子之间穿梭往返，倒酒，敬酒，尽量让两张饭桌上的气氛同样热烈。

老板过来敬酒，叶丽看到现老板和原老板都是一脸的笑容，但眼神里却含了打量和窥探。这两个完全不同的人，却好像有一些相同的地方。哪些方面呢，一时又很难想得清楚。

开元和小茜为争儿媳打起了嘴仗。小茜好像已经当定了这个婆婆，不仅伶牙俐齿，而且咄咄逼人："孟总，你不要和我争了好不好，乐乐比楠楠大五岁，将来楠楠肯定会受欺负。"

499

开元气得不轻:"小茜,你有点良心好不好?没有我这个媒人,能有你儿子吗?现在都什么年代了,还谈年龄差别,大十几岁、二十岁的多了去了,大五岁算得了什么?"

小史和开元妻子不说话,只用眼神表明着立场。廷轩和东海置身事外,只是笑。

最后还是叶丽止住了干戈:"打这些嘴皮官司有什么用,不如好好去准备彩礼,我这个人爱财,到时候谁家的彩礼多我就让女儿进谁的家门。"

炜平看到廷轩朝叶丽投去锐利的一瞥,他想不清楚这一瞥的含义。只一句玩笑话而已,难道能够当真?再说,有什么必要当真。

晚上,叶丽打开红包,一个一个登记。四方公司这边简单,小茜一千,其他都是两千。希望大酒店的部门经理有的三百,有的五百,郭总和姚经理是一千,老板的红包是一万。

"这么重的人情该怎么还呢?"叶丽一脸愁容。

对于这样的事情,炜平也是一筹莫展,只能跟着露出点愁容来。

"算了,知道给你说了也是白说。"叶丽忽然愁云尽褪,一脸朗然,"别的还好说,这一万块是很难还回去了,看来以后只能多卖点力气给他干。你说我们老板这个人是不是很精明?"

"不但精明,而且大气,这说明他很懂得你的价值。"

"与王总相比怎么样?"

"那还是要差一些。"

"差在什么地方?"

"说不准,也许是境界,也许是气度。"

叶丽不再追问,像是在仔细品咂这个答案。炜平的思绪却回到了廷轩的目光上,为什么会有那一瞥呢?他在担心着什么?他还是想不明白。

二号楼的楼体在一层层地长高,东海其实不用下楼,站在北面的窗户前就可以看得一清二楚,可他压根就没有考虑这个选择,每天吊车的巨臂只要一动,他就会出现在施工现场。他给建筑公司的经理讲过好几次,你们该怎么干就怎么干,不要管我。我在这里转悠主要目的不是监工,是想享受这里的气氛。他说的是真话，与车间相比，工程施工现场更宏大，更壮观，也更有生气，让他不知不觉地回想起甚至回到了青年时代。

他可以这么说，这么想，建筑公司的经理却不敢这么认为，每天赔着小心，严把着质量，加快着进度。

小史的大话都变成了实话，账户里面的资金不仅没有被工程吸干，反而越聚越多，这样下去，有可能一分钱不用借就能完成。人的梦想也是可以发酵的，他现在已经习惯于按着小史的思路往下想，这一块地要是真的建成海苔工业园，那会是一种什么样的情景！死的时候，估计不笑也难。

他打心眼里感念汪所长，给自己带来和留下了小史这么一个好帮手。这个一开始并不怎么看好的小伙子，愈来愈显现出超常的思维能力和超凡的组织管理能力，已经把原本很看重的振乾全然比了下去。这个振乾也真是的，当了酒店总经理以后不仅未谋一面，连一次电话都没打过。想起这件事，他偶尔会生一点小气，再想想也就释然，人情薄如纸，对有些人来说也许真的就是那样，又有什么想不开、好生气的呢？

廷轩有时闲着没事，也会溜达过来，两个人一起，边走边看，边看边聊，让时光在愉悦的心境中缓缓淌过。

飓风行动及其辉煌战果，敬儒是第二天在《滨海晚报》上看到的。

第一版，标题是黑体字，很大，很醒目：飓风行动，雷霆出击，硕果累累。但这并没有引起他足够的重视，什么飓风不飓风的，和自己有什么关系。最近这一段时间，他感到自己的精神有一点萎靡，思想有一点麻木，也许用颓废来形容更合适一些。

看到副标题，他才警觉起来。副标题也是黑体字，不过比正标题要小一些：省公安厅昨天晚上组织的飓风行动，捣毁隐藏在洗浴、酒店内的淫窝十二个，现场抓获嫖客和卖淫女九十八人。

他意识到这则新闻很有可能和自己有一定关系，开始认真地往下看，果然就发现了"四方大酒店"几个字，跟在后面的一句话是：抓获嫖客和卖淫女十七人。他上上下下地做了个对比，在十二个里面排第二，在酒店里面排第一。

这么大的事情，振乾为什么不在第一时间通报呢？是心目中彻底没有了自己这个董事长，还是已经想好了应对之策，可以化险为夷，平安渡过？他有点忐忑不安，也有点慌乱。有一个念头却在慌乱中明晰起来，作为法定代表人，不管是被架空还是没有被架空，都是要承担法律责任的。不行，不能再等，必须要掌握主动。他拿起手机，点出振乾的号码，听到的却是女声：您拨打的手机已关机。连续拨了三次，听到的都是完全相同的声音。

无奈之下，他又拨打仁义的电话。这回倒是通了，他绷紧的神经稍微松弛了一些，也许并没有什么事，手机没电关机也是经常会有的事情。他稳定住情绪，问了一句："昨天晚上发生的事情你知道吗？"

"我也是刚看到。"仁义的声音像是在哭泣。

"振乾呢，振乾在什么地方？"

"我也在找他。"

"账户上还有多少钱？"

"不到十万。"

敬儒的心猛地一沉。畏罪潜逃，携款逃逸，两种推断相继冒出。账户里剩下不到十万，那就是说，这个狠心的东西不仅拿走了这几个月的盈利，还卷走了账户上的一百多万。可是这样的事情他是怎么做到的呢？于是又问了一句："财务章在你手里，账户上的钱他怎么能拿走？"

"我也不知道，有可能刻了假章。早上找不见他，我就有一种不好的预感，让出纳到银行去查，钱果然已被转走。"

"这个杂碎！"敬儒咬牙切齿地骂了一句，忽然又想起别的，"桑拿那个领班还在不在？"

"不在，估计是跟他跑了。我到桑拿和歌舞厅看了一下，里面现在一个人都没有。"

敬儒感到自己也成了一个空壳，将手机扔到沙发上，莫名其妙地说了一句："活该！"不知道是在说仁义，还是在说他自己。

这时候，他听见了敲门声。他多么希望进来的能是振乾，尽管他对那张面孔已经非常厌恶，但这时若能看见，也许会有一点亲切。他希望这张面孔对他说，他那么做完全是无奈之举，是为了资产保全，避免被查封、被没收。如果是那样，他会把最好的茶叶再拿出来，会露出和以前一样的笑脸。错误嘛，谁都会犯，改正了就是好同志。

可是进来的却是几个公安人员。领头的在屋子里打量了一番后，目光落定在他身上："你是四方大酒店的法人代表？"

"是。"他很清楚接下来要应对的是什么事，所以立刻为自己开脱，"我最近身体不好，一直在家里养病，酒店的事情我很少过问。"

"推得倒是挺干净，"领头的笑了一下，"你那个总经理现在在什么地方？"

"我也不知道，早上看到报纸以后我就一直在找他。"

领头的瞥了眼报纸："学习还抓得挺紧的。听说你还是一个研究员，是不是专门研究卖淫这种事？"

其他两个公安都笑了起来。

敬儒涨红了脸："你这个同志怎么能这么说话？"

"你要我怎么说话？你们酒店出了这么大的丑闻，你以为一推就可以了事。事实怎么样我们会调查清楚的，你那个总经理要是愿意替你承担这一切，那是你的造化和运气。所以，当务之急是找到你那个总经理，让他到公安局来交代问题。如果找不到他，只好委屈你亲自跑一趟。"

几个公安离去之后，敬儒陷入前所未有的慌乱和忧虑。出了这件事情以后，酒店还能不能继续经营？账户里那点钱够不够交罚款？部队的欠款用什么清偿？银行贷款的本息用什么归还？这几个问题像几座山一样压了下来，他觉得自己想要抬一下头都很困难。

让我到公安局去交代问题，让一个研究员到公安局去交代有关卖淫嫖娼的问题，敬儒觉得很可笑。他在镜子里看了看自己的样子，觉得确实很滑稽可笑，将硕大的头颅用力摇了两下。

看到报纸，东海立刻来到廷轩办公室。他几乎是一路小跑着过来的，他没有想到自己走路还能这么快。

他看到廷轩的眼睛盯在报纸上，神情凝重，面色铁青，很能理解这个人遭受了一次什么样的打击。

"该来的总是会来的。"东海想了半天，想出了这么一句开场白。

"耻辱啊，真是天大的耻辱！"廷轩抬起头，眼睛里闪动着泪花。

"按说这件事和咱们已经没有什么关系。"东海像是在开脱，又像是在安慰。

"怎么能没有关系呢？它不是曾经的军队企业吗？它不是我们亲手建起来又曾经经营的吗？它前面的'四方'两个字和我们的'四方'两个字有什么不同吗？"

面对廷轩一连串的诘问，东海想不出该说什么。廷轩觉察出自己的失态，语气温和了一些："这一次是怎么回事，突然闹出这么大的动静？"

"我也不是很清楚，从报纸上可以看出，这是一次由省公安厅组织的专项行动，估计消息封锁得比较严。"

"你说他们还能逃过这一劫吗？"

"我看很难。既然已经曝光，必然会严厉处罚，估计不死也要脱几层皮。"

"这个老黄，也不说来个电话，也许我们还能帮他做点什么。"

"对于这样的丑闻，别人都避之唯恐不及，我们又何必去沾腥惹膻，静观其变，应该是最好的选择。"

"我现在真有点后悔，为什么会想出一分为三那样的馊主意。"

"谁能把后面的事情全都看明白呢？要是还在一起，谁知道他又会出什么样的幺蛾子。"

廷轩一声长叹，像是呼出了千年的幽怨。

第二天清晨，在小区内巡查的保安发现了敬儒的尸体。开始以为是趴在地上倾听着什么，心里好生奇怪，既非战争年代，也没听闻有地震之类的事情要发生，有什么可听的呢？直到看清楚敬儒变了形的头颅和地面上一大片快要干透了的血，才明白发生了什么事，蹲在一旁干呕了半天之后，立刻打电话报了警。

听到了楼外面的吵嚷声，东海走了出来，看到了这个骇人的画面，心中惊叹不已。同住一栋楼内，一年多时间，竟然无缘见上一面，终于看到了，却已经是个死人。他摸出手机，又装进口袋，急步走到廷轩办公室。

听过讲述，廷轩闭上了眼睛，面部有一种很分明的痛苦。睁开眼时，目光迷离，幽幽地问了一句："真是脸朝下？看来鬼神灵异之说也不能全然不信。"

这话不应该从一个老党员口中说出来，东海不解地看着廷轩。

廷轩便讲了那年春节做过的梦，东海也有几分惶悚，除了地点不同，其他都惊人的相似，这该怎么解释呢？

叶丽从卫生间里走出来问："谁死了？"

"黄总。"

惊愕在叶丽脸上停留了好大一会："他怎么就死了？王总为什么要让你过去？"

炜平微露苦笑，这种事情，办公室的人不出面让谁出面？不过在潜意识里，他也有一探究竟的意愿，一个活生生的人，怎么会说死就死了呢？

炜平赶到的时候，几个警察已先期而至。警察三男一女，男人中一个年龄偏大一些，另外两个很年轻。女警察手里拿了笔和本，眼睛紧盯着年龄偏大的。炜平从人缝里看到了敬儒的尸身，已被一条棕色的粗绳圈围起来，他感到胃部一阵痉挛，很难把趴在地上的这个人和敬儒重合在一起。

一个年龄大一点的警察抬头看了一眼三楼开着的窗户，问了一句："这个人是不是住在那个房子？"

得到确认以后，那个人在敬儒的脚和墙根之间来回走了几遍，像是在给其他几个人讲解，又像是给观众演说："肯定是从那个窗户跳下来的，如果瘦一点，也许就不会死，如果选择其他的姿势，可能会落个局部残疾，也不至于死，可他偏偏选择了这样一种姿势。这说明他确实想死，一个真正想死的人是很难让他活下来的，后面这两句不要记。

"现在看来，自杀的可能性最大，他这体重，少说也有一百七八十斤，要把他从窗子里面扔下来，没有几个人是办不到的。当然，我们现在还不能完全排除他杀的可能，需要进一步查实。"

既然来了，就要不辱使命，炜平走到那个警察身边，讲明了自己的身份和来意。那个人倒好像很希望能有炜平这么一个人出现，竟然微笑着点了点头。

要确定死亡原因，是必须要到房子里面去看看的。在餐桌上，发现了一张纸，那个警察仔仔细细地看了半天，递给了炜平。炜平在那张纸上，看到了一堆莫名其妙的话：

你到底是一个什么样的人？换一种说法，你究竟是一个什么东西？

社会精英和垃圾之间，竟然只有这么一点距离！是眼睛的问题，还是心的原因？

　　精神和肉体，到底谁是老大，谁是老二？

　　不管是精神上的还是肉体上的，发泄时的快感与发泄后的空虚相比，孰重孰轻，掂量得出来吗？

　　权力和金钱，真有那么可爱吗？其实它们是长有眼睛的——窥伺的，不怀好意的绿莹莹的眼睛。

　　骗了自己再去骗别人，这叫自欺欺人，骗了别人再来骗自己，这应该怎么形容呢？

　　罪恶感和毒瘤一样，都是绝症，不同的是，一种是不幸，一种是活该。

　　想到代价，想到后果，有些事就不应该做，可是如果不做，你还是你吗？

　　熟透了就要烂掉，这是自然规律，没什么可遗憾的。

　　只有走到绝路，才能认清生路，可是已经到了奈何桥上，再回头看一眼还有什么用呢？

　　头朝下，头一定要朝下。脸是人体中最重要、最容易的识别元素，想看清我，想弄明白我是怎么想的，没那么容易。真要想看，就看我的背部吧，你充其量会捂着眼睛或嘴骂一句：原来是这么一副臭皮囊。

　　天空会让我觉得空虚、慌乱，土地会让我感到踏实、安详。

　　我之前是不存在的，之后也不会存在，就是这么回事。

　　真有耻辱柱那样的东西吗？我不信。在哪里？谁来钉？柱体是用什么材料做成的？让人背到废品收购站卖了怎么办，能像井盖那样再放上一个吗？

　　该存在的就让它继续存在，该死灭的就让它死灭吧！

　　尔曹身与名俱裂，不废江河万古流。

　　人生其实就是这么回事，人生他妈的就是这么回事！

　　"可以结案了，自杀，肯定是自杀，你们看这里，"那个警察从炜平手里拿过纸，指给其他几个同事看，"他连跳楼的姿势都选择好了。至于自杀原因，很简单，是由于酒店丑闻曝光而导致的绝望和精神紊乱，我看可以结案了。"

　　他又转向炜平："通知他的家里人来办后事吧。"

总经理逃逸，董事长自杀，仁义见大事不好，也躲得不见了人影。几个部门经理哪知道该怎么办，住店客人排着队退房，员工慌乱得找不见自己的影子，四方大酒店一片末日景象。

记者灵敏的鼻子，自然不会错过这么刺激、这么有价值的新闻。第二天的报纸上，相关报道便赫然纸上：董事长畏罪自杀，总经理望风而逃，四方大酒店将何去何从？文章里面特别提到了敬儒的研究员身份，记者以悲悯和惋惜的语气写到：研究员跳楼自杀，在本市甚或本省都是第一次见到，一个受党教育多年的高级知识分子，为什么会自甘堕落，走上这么一条肮脏无耻又令人扼腕痛惜的不归路，确实发人深省，令人深思。

银行得知消息，立刻行动，向法院申请保全。法院认为银行的诉求很有道理，便派了两个人去查封。茫然不知所措的员工这时候却变得很清楚，突然没有了工作，又得不到任何补偿，这么查封了算怎么回事。在个人利益面前，不仅很机警，而且很勇敢，将两个查封人员围了起来，争执，辱骂，甚至有了推搡动作。

查封人员无奈之下，只好打电话报警。几个公安人员来了以后，看到一群愤怒的眼神和准备拼命的架势，心里也自虚了几分，又打电话向管委会领导请示。管委会领导担心再把事情闹大，由一名分管旅游业的副主任牵头，成立了一个由银行、法院、公安、工商人员组成的特别问题处理小组，要求是：问题必须解决，影响不能扩大。

小宋把酒店发生的事情一一通报给了廷轩。廷轩把海苔厂和房地产公司的几名领导召集到一起，开了一个紧急会议。廷轩面色阴沉，神态凝重："今天把张总和小史叫过来开这个会，是因为我们虽然形式上是分开的，但实际上一直在一起。我现在要宣布一件事，这件事不是和你们商量，是必须做。你们可以不同意，也可以退出，但即使只剩下我一个人，这件事也必须要做。"

东海打着哈哈："您先说说是什么事，好像没有必要这么紧张吧。"

"我打算不惜任何代价，把酒店再接管过来。"

"我不反对，但是想知道这么做的意义。"

"很简单，我不想让'四方'这两个字永久地蒙上这样一个污点。在哪里跌倒就从哪里爬起来，我想通过酒店重新树立起四方公司的形象。"

"这么看来，我要是不举手，就有点说不过去。"东海的手举了起来。

炜平和开元的手也举了起来，只有小史坐着没动。廷轩没急，东海倒先急了起来："小史，你是怎么回事？"

小史却笑了起来："我想不出这件事和我有什么关系，只要不让我的海苔生产线停产就行，其他你们想干什么就干什么。"

廷轩紧绷的脸上终于有了点笑容："既然大家都同意，那就要抓紧去办。这件事由炜平和开元负责去谈，我虽然说了不惜代价，但能省还是要尽量省。还有一件事情，我们是不是应该给老黄开一个追悼会？"

"我们还要管这种事？"东海一脸的不情愿。

"我们不管谁管？振乾跑了，仁义找不见人，不能让人家家属说我们一点人情味也没有。毕竟在一起搭档了几年，就送他最后一程吧。"

散会后，廷轩把炜平单独留了下来："你还有一项任务，准备一份悼词。"

炜平面露难色："这悼词该怎么写？"

"不好写的地方就不要写，评价和定论之类的都可以略去，只把他的生平介绍一下就行了。我这里有他一份简历，你可以参照一下，有一点必须注意，党员身份和担任我们公司党支部副书记的事情就不要提了，公司的脸丢了也就丢了，不要再让他给党脸上抹黑。"

路上，开元问炜平："你说怎么会发生这样的事情，昨天晚上我吓得一晚上都没有合眼。一个大活人，怎么能说死就死了呢？我喊过好几次'黄老邪'，你说他会不会来报复我？"

炜平点点头："既然是老邪，那肯定会有些邪劲，这两天你还是当心一点为好。"

开元惊叫起来："你别这样说话好不好，你摸摸我后背，已经起了鸡皮疙瘩。"

炜平和开元进去的时候，里面正争论得一塌糊涂。

法院的人主张严格按法律办事。有法不依，法律就会形同虚设，这件事就应该按程序来，先查封，再研究怎么处理。如果一遇到阻挠就停下来，公理何在？法律的尊严何在？

公安的人强调执法的难度。法不治众，不能把这些员工都抓进去，一百多号人，往哪里放？拘留所还是监狱？阻挠执法，能定个什么样的罪？抓进去的时候也许还容易一些，放出来的时候只怕就难了。

工商的人主张立刻公开拍卖。连续出了这么几件事，几个主要领导死的死，跑的跑，这个酒店要想持续经营是不可能了，只能按照破产清算来处理，公开拍卖。

银行的人同意拍卖，拍卖所得的款项可以先拿出一部分来安置员工，但归还总装备部的欠款必须放在偿还银行贷款之后。

众说纷纭，莫衷一是，副主任手急得乱摆，就是不敢拍下去。

看到炜平和开元，副主任还以为是酒店员工派来的谈判代表，脸上的愁云又加重了一重。弄清了两个人的身份和来意，他立刻从椅子上跳跃而起，两只手同时抓住炜平和开元的手，有了点感激涕零的意思："你们两个是救急来了呀！回去告诉你们王总，不用花什么钱，只要能接收这些员工，承担酒店所有的债务就行了，有什么困难，可以直接到管委会来找我。"

房间里似乎有气球冒气的嘶嘶声，所有人的神情都松弛了下来。

原以为很棘手的一件事情，没想到这么容易就办成了，炜平和开元高兴，廷轩更高兴。这就是说，只需拿出几十万的流动资金，这座酒店就算是回来了。兴奋之余，他的眼睛又直直地看着炜平，看得炜平心里直发毛，禁不住问了一句："您这么看着我干什么？是不是我什么地方还没有做好？"

"你已经做得很好了。这几天总是在麻烦你，我都有点不好意思，但这件事情只有你能办，别人都代替不了。你去把叶丽给我请过来。"

炜平掏出手机，被廷轩拦住："我想让你当面把她请过来。"

开元已经明白了廷轩的意思，在一边催促："还不快去，背也要把她背过来。"

"王总突然找我干什么？"叶丽有几分好奇。

"可能想让你回来。"炜平就讲了接收酒店的事情。

惊喜和忧郁在叶丽明艳的脸上交替:"可是我该怎么给我们老板说呢?不行,管不了那么多了,我去。"

"放弃一个五星级酒店,接管这么一个声名狼藉的烂摊子,我知道这对你很不公平。而且,我要告诉你,暂时给不了你那么高的工资。"廷轩的神情,更像是在赔礼道歉。

"没事,不给钱我也会干。"叶丽回答得很干脆。

"这我就放心了。看来你没有让我失望,还保持着原来的本色,没有受到商品社会铜臭的腐蚀。"

炜平这才明白了满月酒席上廷轩那一瞥的含义,那是对一颗灵魂的担心和忧虑。

"我还要告诉你一件事,"廷轩目光定定地看着叶丽,"我不可能再把开元给你派过去,他现在有更重要的事情要做。我想和张总商量一下,让小茜去给你做财务总监。她在酒店干过那么长时间,业务上应该也能过得去。"

叶丽稍微有些失望,小茜的能力怎么能和开元相比?但这是没有办法的事情,也是意料之中的事情。她看了开元一眼,看到了一张做出来的鬼脸,上面有遗憾,也有得意。

叶丽知道,这将是一个很难堪的场面,是一次很艰难的谈话。路上,她就在反复想,老板看到辞职报告后会有什么样的反应,惊之后,应该是气,是恨,骂不大可能,几句难听话估计是少不了的,那怎么办,只好忍着、接着了,谁让自己这样不识好歹、不近人情呢?

可是这能怨我吗?我的酒店现在需要我了呀!你给我再高的工资那也是在打工,我现在又要为自己干了呀。你对我是不错,可是我也很对得起你呀,从亏损到盈利,到现在的五星级,酒店发生了什么样的变化,你心里应该是清楚的,所以要说我忘恩负义、对不起你,那也是不公平的。

让她没有想到的是,老板看了辞职报告以后,惊是有了,跟随在惊之后的,不是气和恨,而是一味的哀,她想老板哭的时候,应该就是这种样子。这时候她才知道,这种反应才是她最不想看到的,比骂她几句还要让她难受。

"是我对你还不够信任,还不够好吗?"

叶丽摇头。

"要是有什么实际困难,你可以讲出来。产假要是不够,你可以再多休几个星期。"

叶丽还是摇头。

"那你是给自己找到了新的去处?"

叶丽点头。

"方便告诉我是哪里吗?"

"四方大酒店。"

老板的瞳孔一下子放得很大,像是在看一个精神不正常的人。

叶丽避开老板的目光,似在喃喃自语:"我知道你很难理解,可是那边现在需要我,我必须要回去。"

老板沉默了一会,问了另外一个问题:"你能不能给我说说,你们那个王总是一个什么样的人。"

叶丽不知道该怎么回答,就讲了公司那边股份制的事情。

"我想我已经有点明白,他做的事情我是做不出来的。你走吧,但我有一个要求,这边要是有什么事情需要你帮忙,你不能随便推辞。"

叶丽松了口气,答应得很痛快:"这个您尽管放心。说内心话,离开这里我也有几分不舍。"

老板惨然一笑:"只能怪我运气不好,碰上了一个道行更高的。真是可笑,我那天还想着要把那个孟经理挖过来。"

"我希望这两家酒店以后会成为长久的合作伙伴。四方大酒店的硬件设施和这里没法相比,所以对这边构不成任何威胁,以后即使有竞争,也会是光明正大的,并且要往共赢的方向去努力。在我心里,我永远会是希望大酒店的一员,绝不会干任何对不起希望大酒店的事情。"

这一套说辞,叶丽已经默诵了好几遍。她看到老板脸上,终于出现了像笑一样的东西。

敬儒的追悼会在殡仪馆举行,谁也没有想到,敬儒家里只来了儿子一个人。

"你母亲呢，她为什么没有来？"东海忍不住问了一句。

"我妈说她丢不起这个人。"脸和语气都是冷冰冰的。

众皆愕然。

追悼会现场很冷清，孤零零一个花圈，萧萧然几个人，廷轩致的悼词听起来也干巴巴的，索然无味。

黄敬儒同志于1948年5月出生于河北省保定县，1966年考入中国人民大学经济系，1970年毕业后分配到53所工作，历任副科长，科长，研发室副主任、主任等职，1988年被推荐、评定为经济学研究员。

……

开元看了敬儒儿子几眼，发现对方一滴眼泪都没有流，神情不像是伤痛，更像是愤恨。一个儿子，怎么会对父亲怀有这样一种感情呢？

站在一旁的殡仪馆管理人员脸上露出明显的鄙夷，像是在期待这单调无味的追悼会赶快结束。

敬儒的尸身被推入火化炉之后，高高的烟筒顶上立刻腾起一股浓浓的黑烟，然后被风摇曳着，推送着，四下里飘散开来，终至不见。

这便是生命的终点了，每一个人的终点应该是相同的，那么不同的是什么呢？灵魂如果不死，看到这样的场面，他心里会不会有点失落，有点难过？炜平仰望天空，思绪万千，感慨不已。

在谁来接任四方大酒店董事长的问题上，廷轩和东海争论了很长时间。

按照廷轩的想法，就把董事长和总经理交由叶丽一人，这样就赋予了她更多的权力，管理起来便会更有效力和效率。

东海不同意。前事不忘，后事之师，不能再把一个企业的前途命运像押宝一样押在信任上面。叶丽是很不错，你可以赋予她更多的管理权限，但完全没有必要把董事长再交给她。

争论到最后，东海急了："您还想不想成立集团公司？我这个董事长都时刻准备着交出来，酒店的董事长为什么还要多此一举？股份问题解决以后，董事长就是一个名号而已，我想这一点没有人会想不明白，也不会有人有意见。"

廷轩这才停止争论，算是答应了下来。

董事长和总经理的变更登记，本来是炜平的事情，炜平实在不想再和工商打什么交道，便连求带塞地推给了开元。

这件事看起来容易，办起来却难。工商局的办事人员是一个小女孩，看过变更申请表以后，哭丧着脸："你们四方公司我是知道的，我也不想为难你们，可是注册登记条例上有明确规定，董事长的变更登记必须有前后两个董事长的亲笔签字。"

开元气得不轻："一个死了的人，能回来签字吗？"

"这个理我懂，可是表上面要是少了这个签字，我是要承担责任的。这种事情我没经历过，我去向我们科长请示一下。"

等了十几分钟，人倒是回来了，事情照样办不成："我们科长说他也没有经历过这种事，需要再向领导请示一下。"

开元知道，所谓请示，实际上就是拖延、消极推诿的代名词，不知要等到什么时候。他想起了那个管委会副主任，放着这么好的资源，为什么不用一下呢？灵机这么一动，将车开到了管委会办公大楼。

副主任问明缘由，勃然大怒，抓起电话就骂："前任董事长是死人，你们工商局也是死人吗？就不能想办法变通一下？这么一点小事都解决不了，要你们这些人干什么？"

再回到工商局那个办公室，女孩之外，多了一个三十多岁的男人，开元心想，这应该就是那个科长了。

这个男人恼怒地看了开元一眼："看来你们四方公司和我们工商局是摽上了，能量真够大的，为了这么一点小事，让我们挨骂挨了一溜串儿。"

开元心里得意，表面上却是一副可怜相："我这不是走投无路了吗？事情办不成，回去挨骂的人就会是我。"

"无论如何，这个字是必须要签的。"那人像是在找回面子，看到开元站起来要走，又急忙补充了一句："死人签不了，在他们家找个活人签总是可以的吧。"

开元想到了敬儒的儿子，心中暗自庆幸，多亏还来了这么个儿子，要不然这件事情真不知道会怎么收场。

敬儒儿子正在房间里清理遗物，见开元进来，问明事由，一句话没有多说，接过笔签上了自己的名字。这倒让开元大生感动，原以为会推三阻四的，或者提上一些额外的要求，没想到却这么痛快。便忍不住把对方多看了两眼，觉得长相、做派和敬儒都不是很相像，那么这究竟是一对什么样的父子呢？

听开元讲完事情经过，廷轩拍了一下脑门："你要是不提醒，我差点把这件事情给忘了。你再辛苦一趟，到银行提上五万现金，顺便把敬儒儿子接过来。"

看到钱，敬儒儿子忽然哭了起来："不是我和我妈无情，是他太无义。在所里的时候就和一个女下属搞在一起，整天逼着我妈离婚。出来这几年，我只见过他一次面，你们说我和他能有什么感情？"

这一哭，让廷轩和开元的面色都暗了下来。

叶丽担心自己上班以后母亲会忙不过来，想给家里雇一个保姆，母亲却坚决不让。叶丽知道母亲的性格，也就不再坚持。

上班这一天，叶丽把女儿的小脸蛋亲了个够，一边不住声地道歉："楠楠，妈妈本来还可以再陪你十几天，可是妈妈现在有重要的事情，你不要怪妈妈好不好？在家里一定要听外婆的话，不要哭闹，小心外婆会丢下你不管。外婆以前经常用这样的法子对付妈妈，说不定也会用这样的法子对付你。"

母亲一边笑，一边把叶丽往外推。炜平看着这诗情画意的一幕，心里面直感动。

下得楼来，正打算走向自行车棚，却见小孙站在车旁向自己招手，副驾一边的车门已经打开。

钻进车里，又是一个大大的意外，廷轩和东海竟然坐在后排。叶丽感动之余，也有点难为情："你们这是要干什么？熟门熟路的，员工也都熟悉，还要你们两个老总去送？"

廷轩正色道："这个程序必须要有，我要当着全体员工的面，把总经理的权柄重新交还到你手里。你一定要把困难想得更多一些，现在的管理难度比开业那个时候肯定要大得多。"

东海笑着给叶丽打气："你不要被王总吓住，咱们公司现在的经济实力已远非过去所能比，你就是亏损上一二年，也能承受得起。"

叶丽的脸上写满自信："亏损一年，那我这个总经理就别当了。半年，最多半年，我就要让它恢复到原来的样子。"

职工大会上，廷轩的开场白更像是忏悔："酒店走到今天这一步，主要责任在我。是我考虑不周，用人不当，才让你们受了这么多的委屈，吃了这么多的苦头。利用今天这个机会，我要郑重地向你们道个歉。"说完深施一躬。

员工中有的人眼里有了莹莹泪光，有几个女孩甚至哭泣起来。

"为了挽救这个酒店，我把你们叶总请了回来。叶总在希望大酒店的月薪是一万二，回到这里的工资只有五千，可她为什么还要回来，是因为她忘不了这个酒店，忘不了你们。我相信你们在叶总的带领下，一定能克服各种困难，迅速改变酒店目前的现状，让它像以前那样充满生机，朝气蓬勃。"

下面响起雷鸣般的掌声。

廷轩让东海讲几句，东海一只手在摆，另一只手指着叶丽。

叶丽未曾说话，脸上先有了两道清泪，这让下面唏嘘成一片。

"是我不好，不该扔下你们不管。幸亏公司出手及时，把你们全都留了下来。我相信，有你们这些最好的员工，我们酒店一定还会成为最好的酒店。"

掌声和哭声交汇在一起，更加动人心魄。

我回来了，我真的回来了！叶丽心里涌动着感伤，也涌动着悲壮。

她在酒店各处察看了一遍，看到的情景让她暗暗心惊，一百多间客房空无一人，偌大的餐厅看不到一个食客，桑拿、歌舞厅里一片狼藉。在心底里，这酒店也像是自己的女儿呀，怎么会被蹂躏、被糟践成这个样子！她心疼得直哆嗦。其实这些还不是最主要的，名声呢，那是塌陷下去的一个大坑，需要用百倍的努力和良好的信誉去回填、去夯实的。王总说的没错，是比开业时要困难得多。

浴火重生，百废待兴，很多地方需要重新装修，一些岗位的员工需要补充，员工的信心需要提振，这些都需要她去思考，去安排，去落实。要是开元能过来帮两个月忙就好了，有时她禁不住这样想。可是这么没志气的话能说出口吗？她又一次次地打消了这个念头。她几乎没有了时间概念，甚至一整天一整天地忘记了亲生女儿的存在。只有到了晚上，她才会让女儿贴在胸前，柔声地对女儿说上几句：不要怪妈妈狠心，谁让你还有一个"大姐姐"呢？妈妈要把那几个坏蛋抹在她脸上的黑擦洗干净，要给她恢复名誉，让她重新焕发出光彩。

值得安慰的是，留下来的人没有人再走，以前走了的竟然还陆续回来了几个，郑全也放弃了合资企业的高工资，回来继续做保安经理。"钱是一回事，关键是要待着舒心。"郑全这样解释回来的原因。这话叶丽听了不但觉得舒服，而且很受鼓舞。

这一天正在思考厨师长的人选问题，小茜突然闯了进来，神情很慌张。"姐，我看见那个人了。"

"哪个人？"

"仁义。"

"在什么地方？"

"人才交易市场。他肯定是在找工作，在一个个招聘摊位前转悠，可能也看见了我，突然扭头就走。听说他也被振乾坑了一把，什么也没得到。"

叶丽和小茜开起玩笑："你为什么不把他招进来给你当个成本会计？"

小茜涨红了脸："姐，你说什么呢？我这一辈子都不想再见到他，可是看到了，又觉得他现在其实挺可怜的。"

真是恶人难改其恶，善良的人难改其善良。叶丽觉得自己有必要给小茜提个醒："我告诉你一句至理名言：对恶人的怜悯就是对自己的犯罪。他还住在咱们那栋楼里面吗，我怎么很长时间都没看到过他？"

"他那套房子好像租出去了，他自己可能也觉得没脸见人。"

小茜出去以后，叶丽却很难静下心来，人的感情真是很难说得清楚，尤其是有过肌肤之亲的人，是说能忘就能忘了的吗？自己也认为早已把那个人忘了，可是有关那个人的一个电话，就让自己心神不安了好半天，这又该怎么解释呢？

小茜的怜悯也不是没有道理，看到坐在招聘桌前的小茜，仁义会作何感想？会不会有一点悲哀，自己怎么就沦落到这样一种地步了呢？算了，想他干什么？有些人是根本不配留在记忆中的。

10月底，四方大酒店的客房出租率已经回升到百分之八十，11月的财务报表开始出现盈利。

12月26日，在酒店三楼会议室召开的股东会议上，四方科技发展集团有限责任公司宣告成立，王廷轩担任董事长，张东海担任副董事长兼房地产公司总经理，孟开元担任财务总监兼广告公司总经理，小史担任海苔生产厂厂长，叶丽担任四方大酒店总经理，小茜担任酒店财务总监。

听到最后，也没听到炜平的名字，众人脸上，都不由自主地露出些疑问来。

廷轩笑了一下："我估计这个安排里面有两点你们会想不通，一是给我没有安排具体工作，二是没有给炜平安排任何职务。第一点我是这么想的，既然公司名称里有'科技'两个字，我后面要做的事情，就是要让它名副其实，我给自己定的任务只有一个：寻找和引进真正意义上的高科技项目。我在这里也有一个要求，项目引进之日，必须有足够的资金做保障。"

东海拍着胸脯："这个您放心，按照现在这个势头，凑个一两千万不是什么难事。"

"至于炜平的事情，我是这么想的。我们这个社会，既需要有责任感的企业家，也需要有良知的作家。这几年让他当办公室主任，当总经理助理，虽然干的都不错，但我能看出来，他的心思和兴趣根本就不在这上面，所以我想让他解脱出来，保留一份工资，让他去干自己喜欢干的事情。这是我自己做出的决定，不知道炜平会不会同意。"

炜平兴奋地站了起来："我同意，我怎么会不同意，不过工资我不能再要。"

"你听我把话说完。这工资不是白给你的，我有一个要求，给你两年时间，先把公司这几年的发展历程写出来。让你写这个东西，不是要为我树碑立传、歌功颂德，公司这几年经历的事情，我认为有很多值得深思的地方，到现在我也看不开，想不透，希望你能系统地把它们研究一番，给出我一个答案来。这些活生生的事例，这些血的、惨痛的教训，我想对世人也是有借鉴意义的。"

炜平稍显局促："我已经在做这方面的准备，只是不知道能不能写好。"

"你就不要再谦虚了，"开元先急了起来，"作为你的前任领导，我对你的能耐还是有所了解的。不过对这件事情我有点个人看法，这么大的事情事前为什么没有和我商量？我的广告公司只有这么一个员工，他走了以后我不成了光杆司令，广告业务还怎么做？还有，他每年的分红已经够吃够喝了，还多给他一份工资干什么？以后发工资时，我非扣下他一半不可。"

叶丽气不过，代炜平予以回击："有你这么当领导的吗？专门和自己的员工过不去。还想和我们做亲家，我看这件事你就不要再想了吧。"

一屋子人全都笑了起来。

散会后，东海却让廷轩留了下来："我有几件事今天想向您坦白。"

"有什么话就说，咱们两个之间，还能用上'坦白'这两个字？"

"是坦白，不说出来，我心里面憋得慌。第一件事情，是我曾经收受过仁义两瓶五粮液的贿赂。"

"这我倒没想到，当时只是感到奇怪，你怎么会和老黄的意见一致起来。"

"吃人的嘴软，喝人的嘴也软，也是我当时没有看清楚，让人家开元受了几年委屈。"

"这倒没有什么，多一点历练，我想对开元也不是什么坏事。"

"第二件事情，是我管工程那两年，也接受过施工队烟酒之类的礼品，但我可以用人格担保，绝对没有收过一分钱。有人也送过我两次卡，我都坚辞未受。"

"在当今社会里，能做到这样，已经很不容易了，也算是没有辜负我对你的信任。"

"第三件事情，是我给您拿来那五十万的时候，其实是可以拿一百万的，当时存了点私心，担心会影响到厂子那边的经营。"

"这我能理解，换作我，可能也会那么做。"

"您这么说，更让我无地自容。我原以为您会生气，起码会生一点小气。"

"我为什么要生气呢？你能这样袒露心胸，我应该高兴才是。"

"我也想问您一个问题，这个问题可能不应该问，但不问我同样憋得难受。"

"有什么不好问的，真正的朋友之间，就应该敞开心扉。"

"您对这个叶丽，为什么会如此器重，有没有情感因素掺杂在里面？在欣赏之外，她的能力您是怎么看出来的？"

廷轩意味深长地笑了笑："这个疑问已经憋了很久了吧？对这样一个既聪颖又美丽的女子，不动心、不喜欢是不可能的，我想你肯定也有同感。问题的关键是，怎么去喜欢，如果以事业为重，以企业的发展为重，就会滤去杂念，让这种情感变得纯净。至于能力，我是这么认为的，其实人和人之间的能力差异并不是很大，重要的是他的心思在不在上面，有没有努力去做。"

东海颔首叹服："我明白了，看来我是真的跟对了人，您的品质、心胸和眼光都在我之上。"

"你当时不想要这个人，是不是有这种担心在里面？坦率地讲，我对自己的定力也不是很有信心，没有把她留在身边，就是想远离诱惑，不让自己经受这样的考验。"

两个人相视而笑，继而大笑。

孩子睡着以后，叶丽轻手轻脚地走到书房，她看到炜平凝然坐于桌前，桌面的稿纸上，写着"真水无香"四个字。

叶丽以惯常的姿势贴近炜平，柔声问："开始写了？"

炜平握住叶丽的手，回答道："开始了。"

2018年12月一稿于烟台

2019年3月二稿于烟台

2024年6月三稿于烟台